中国
社会科学
博士论文
文库

时代觅渡的丰富与痛苦

——瞿秋白文艺思想研究

傅修海　著

导师　林　岗

中国社会科学出版社

图书在版编目（CIP）数据

时代觅渡的丰富与痛苦：瞿秋白文艺思想研究／傅修海著.
—北京：中国社会科学出版社，2011.2
（中国社会科学博士论文文库）
ISBN 978-7-5004-8839-2

Ⅰ.①时… Ⅱ.①傅… Ⅲ.①瞿秋白（1899—1935）—文艺
思想—研究 Ⅳ.①I206.6

中国版本图书馆 CIP 数据核字（2010）第 109096 号

责任编辑 郭沂纹
特约编辑 沂 涟
责任校对 刘 俊
技术编辑 张汉林

出版发行 中国社会科学出版社
社　　址　北京鼓楼西大街甲 158 号　　邮　编　100720
电　　话　010—84029450（邮购）
网　　址　http://www.csspw.cn
经　　销　新华书店
印　　刷　北京新魏印刷厂　　　　　装　订　广增装订厂
版　　次　2011 年 2 月第 1 版　　　印　次　2011 年 2 月第 1 次印刷
开　　本　880×1230　1/32
印　　张　15.5　　　　　　　　　　插　页　2
字　　数　402 千字
定　　价　45.00 元

作者简介

傅修海（1976— ），男，福建连城人。1999 年毕业于福建师范大学中文系本科，2002 年前往华南师范大学攻读现当代文学硕士，2006 年转赴中山大学攻读文艺学博士学位。2009 年博士毕业后任职郑州大学文学院，讲授中国现当代文学史、中国文艺思想史等课程，从事 20 世纪中国文学与文化批评、文艺思想史等相关问题研究。

内容简介

　　瞿秋白是中共早期懂文艺的政治领导人，五四以来左翼文艺发展史上艰难的觅渡者。在中国现代文艺思想转折变迁中，他更是集参与者、体验者、变革者、实践者于一身的典型：既深受中国古典文艺思想影响，又历经古典文艺趣味、儒家文艺思想、"五四"文艺思潮、俄苏文艺思想中国化等进程。本书以其文艺思想讨论为中心，从革命政治语境与现代文艺思想转折、文艺战线活动的思想史意味等发论，旨在推进从五四到延安之前的中国左翼文艺思想史的系统研究，并深化对中国百年文艺思想现代进程之认识。

作 者 简 介

傅修海（1976—　），男，福建连城人。1999 年毕业于福建师范大学中文系本科，2002 年前往华南师范大学攻读现当代文学硕士，2006 年转赴中山大学攻读文艺学博士学位。2009 年博士毕业后任职郑州大学文学院，讲授中国现当代文学史、中国文艺思想史等课程，从事 20 世纪中国文学与文化批评、文艺思想史等相关问题研究。

内容简介

瞿秋白是中共早期懂文艺的政治领导人，五四以来左翼文艺发展史上艰难的觅渡者。在中国现代文艺思想转折变迁中，他更是集参与者、体验者、变革者、实践者于一身的典型：既深受中国古典文艺思想影响，又历经古典文艺趣味、儒家文艺思想、"五四"文艺思潮、俄苏文艺思想中国化等进程。本书以其文艺思想讨论为中心，从革命政治语境与现代文艺思想转折、文艺战线活动的思想史意味等发论，旨在推进从五四到延安之前的中国左翼文艺思想史的系统研究，并深化对中国百年文艺思想现代进程之认识。

郑州大学文学院出版基金资助

总　序

　　在胡绳同志倡导和主持下，中国社会科学院组成编委会，从全国每年毕业并通过答辩的社会科学博士论文中遴选优秀者纳入《中国社会科学博士论文文库》，由中国社会科学出版社正式出版，这项工作已持续了12年。这12年所出版的论文，代表了这一时期中国社会科学各学科博士学位论文水平，较好地实现了本文库编辑出版的初衷。

　　编辑出版博士文库，既是培养社会科学各学科学术带头人的有效举措，又是一种重要的文化积累，很有意义。在到中国社会科学院之前，我就曾饶有兴趣地看过文库中的部分论文，到社科院以后，也一直关注和支持文库的出版。新旧世纪之交，原编委会主任胡绳同志仙逝，社科院希望我主持文库编委会的工作，我同意了。社会科学博士都是青年社会科学研究人员，青年是国家的未来，青年社科学者是我们社会科学的未来，我们有责任支持他们更快地成长。

　　每一个时代总有属于它们自己的问题，"问题就是时代的声音"（马克思语）。坚持理论联系实际，注意研究带全局性的战略问题，是我们党的优良传统。我希望包括博士在内的青年社会科学工作者继承和发扬这一优良传统，密切关注、深入研究 21 世纪初中国面临的重大时代问题。离开了时代性，脱离了社会潮流，社会科学研究的价值就要受到影响。我是鼓励青年人成名成家的，这是党的需要，国家的需要，人民的需要。但问题在于，什么是名呢？名，就是他的价值得到了社会的承认。如果没有得到社会、人民的承认，他的价值又表现在哪里呢？所以说，价值就在于对社会重大问题的回答和解决。一旦回答了时代性的重大问题，就必然会对社会产生巨大而深刻的影响，你也因此而实现了你的价值。在这方面年轻的博士有很大的优势：精力旺盛，思想敏捷，勤于学习，勇于创新。但青年学者要多向老一辈学者学习，博士尤其要很好地向导师学习，在导师的指导下，发挥自己的优势，研究重大问题，就有可能出好的成果，实现自己的价值。过去 12 年入选文库的论文，也说明了这一点。

　　什么是当前时代的重大问题呢？纵观当今世界，无外乎两种社会制度，一种是资本主义制度，一种是社会主义制度。所有的世界观问题、政治问题、理论问题都离不开对这两大制度的基本看法。对于社会主义，马克思主义者和资本主义世界的学者都有很多的研究和论述；对于资本主义，马克思主义者和资本主义世界的学者也有过很多研究和论述。面对这些众说纷纭的思潮和学说，我们应该如何认识？从基本倾向看，资本主义国家的学者、政治家论证的是资本主义的合理性和长期存在的"必然性"；中国的马克思主义者，中国的社会科学工作者，当然要向世界、向社会讲清楚，中国坚持走自己的路一定能实现现代化，中华民族一定能通过社会主义来实现全面的振兴。中国的问题只能由中国人用自己的理论来解决，让外国人来解决中国的问题，是行不通的。也许有的同志会说，马克思主义也是外来的。但是，要知道，马克思主义只是在中国化了以后才解决中国的问题的。如果没有马克思主义的普遍原理与中国革命和建设的实际相结合而形成的毛泽东思想、邓小平理论，马克思主义同样不能解决中国的问题。教条主义是不行的，东教条不行，西教条也不行，什么教条都不行。把学问、理论当教条，本身就是反科学的。

在21世纪，人类所面对的最重大的问题仍然是两大制度问题：这两大制度的前途、命运如何？资本主义会如何变化？社会主义怎么发展？中国特色的社会主义怎么发展？中国学者无论是研究资本主义，还是研究社会主义，最终总是要落脚到解决中国的现实与未来问题。我看中国的未来就是如何保持长期的稳定和发展。只要能长期稳定，就能长期发展；只要能长期发展，中国的社会主义现代化就能实现。

什么是21世纪的重大理论问题？我看还是马克思主义的发展问题。我们的理论是为中国的发展服务的，决不是相反。解决中国问题的关键，取决于我们能否更好地坚持和发展马克思主义，特别是发展马克思主义。不能发展马克思主义也就不能坚持马克思主义。一切不发展的、僵化的东西都是坚持不住的，也不可能坚持住。坚持马克思主义，就是要随着实践，随着社会、经济各方面的发展，不断地发展马克思主义。马克思主义没有穷尽真理，也没有包揽一切答案。它所提供给我们的，更多的是认识世界、改造世界的世界观、方法论、价值观，是立场，是方法。我们必须学会运用科学的世界观来认识社会的发展，在实践中不断地丰富和发展马克思主义，只有发展马克思主义才能真正坚持马克思主义。我们年轻的社会科学博士们要以坚持和发展马克思主义为己任，在这方面多出精品力作。我们将优先出版这种成果。

2001 年 8 月 8 日于北戴河

序

林 岗

傅修海博士近40万言的大著《时代觅渡的丰富与痛苦——瞿秋白文艺思想研究》将要出版了，他嘱我写几句序文。一方面是义不容辞，无可推托，另一方面是读着这后生可畏的精心结撰，也想说几句话。

瞿秋白在中国左翼文艺思想史上的杰出的开山祖师的地位是无人能够否认的，如果要数两三人代表从20年代到40年代左翼文艺思想的成就，则必有瞿秋白无疑。但这样一位左翼的"悍将"也居然是中国共产党的第二代"总书记"。1927年"八七会议"之后，他临危受命，接替陈独秀出掌上海的党中央，但旋即又被投闲置散。这一段在"组织"中清闲的生活，造就了他与鲁迅的友谊和文学事业上的"黄金三年"。据闻在中国共产党的名人当中，只有两人见过列宁，而他是其中之一。对于这样一个具有传奇般经历和复杂的历史人物，要阐释和准确评判他的文艺思想，不是一件容易的事情。盖影响瞿秋白思想和性格的有"大环境"和"小环境"之分。"大环境"就是国际和国内的时代和社会的变化；"小环境"就是瞿秋白的家世和成长经历。而"大环境"和"小环境"又是相互作用和相互渗透的，交汇聚焦到历史人物身上。要处理好其中的关系是颇考验研究者的学养和功力的，傅修海的大著不但非常准确地把握"大环境"和"小环境"以及相互的关联，更兼他拈出"觅渡"一词以作为论述的切入点。"知人论世"之谈已是耳熟能详，但怎样才能做到

"知人论世"，则需要寻找到切实的下手处。"觅渡"，就是傅修海的下手处。觅者，寻觅也；渡者，津渡也。而寻觅津渡，不但是那个时代政治经济社会裂变的特征概括，也是像瞿秋白这样苦闷的先驱者人生特征的浓缩。

唐代诗人孟浩然《南还舟中寄袁太祝》中有一句颇能达出"觅渡"的个中精妙："桃源何处是？游子正迷津！""桃源"和"迷津"无论是对于社会还是对于个人，都是互为因果的产物。设若心中没有"桃源"一念，则无可能上下求索，寻找可渡"桃源"的津渡；而深陷于"迷津"苦闷之中，大约是因为"桃源"一念在心中作怪。如果不信，则征诸现今时代的切身体验，庶几可以作为另一面的证据。笔者"生在新社会，长在红旗下"，这意味着一切都是"按既定方针办"的。从前的"桃源"，经过革命的洗礼，已经清晰而化为了"蓝图"，"迷津"亦因开国建政而消失无踪。社会有"组织"的指引，一定能够"从胜利走向更大的胜利"；个人沿着红旗指引的方向就一定不会行差踏错，虽然不能说一帆风顺，但总是波澜不惊。即使有苦闷，也纯粹是际遇坎坷时的个人呻吟而与社会无关。像瞿秋白成长的时代那样，个人的苦闷连着社会政治经济困境的事情是绝对不会发生的。这种时代的不同正是人文研究者不可忽视的。回想从前偶读西方中国学家的著作，咸谓近现代的先贤不可理喻，怎能从个人际遇的痛苦突然升华至民族国家的痛苦？怎能将个人命运与民族国家的命运相提并论？这样的议论看似有理，但读史阅世一深，即觉事不尽然。因为时代有所不同，其肌理脉络就判然有别。瞿秋白的时代乃是一个不折不扣的"大时代"，天崩地裂，王纲解体。这天崩地裂和王纲解体必有渗透进个人经历的细微之处，才能显示出它对整个社会震撼性的效应。否则，就如太平盛世的一场"宫廷政变"，剧变虽然发生于上层，社会还是日升日落，人生还是过着照旧的老日子。正因为"大环境"和"小环境"都一齐跟着剧变，相互激荡，个人命运和民族国家命运才产生如许深刻的关系。就瞿秋白的身世而论，他实在有太多种可能性而不成为一位革命先驱。直到他写《多余的话》的时候，他的基本性格依然不是"提三尺剑定天下"的枭雄人物的品格，但偏偏人生所有的细微变动都驱使他追求"新桃源"，参与兴起中的共产主义运动。因为他有"从贵族到小卒"的经历，而这经历又恰好发生在一个"大时代"，那所有身世的感叹都使那个感情依恋的"古典世界"化作理智必欲置之死地的"旧世界"；所有人生的追求都通向那个"一声炮响"由俄苏传输过来的"新桃源"。对于瞿秋白这一代先驱者而言，革命是最自然不过的事业了。一来求民族国家的解放，二来求个人人生的出路。这两件事今天看似不同，而当年竟然能"毕其功于一役"，岂非时势所使然哉！傅修海由"觅渡"入手把握瞿秋白的基本性格和思想，知人论世，而实亦有画龙点睛之妙。

由这个判断出发，傅修海认为瞿秋白的文艺思想存在"现代"和"古典"的二元性，这也是一个很有眼光的见解。从求新求变的一面看，瞿秋白所处的时代简直可以说是趋"新"若鹜。他本人把这一时代特点发挥到文学语言方面去，便是关于"文腔革命"的高论。今天看来真是有点儿"骇人听闻"。他不但视文言为"垃圾"，而且还要革五四"欧化白话"的命，更要命的是"文腔革命"的最高理想竟然是汉语的拉丁化。因为"工人无祖国"，而文字也不需要"祖国"了。今天我们当然不会认同瞿秋白的论断，但仍然需要有"同情的理解"。在国力日渐强盛，经济繁荣的今天，或许很难理解列强交侵时代像瞿秋白那样的先驱者恨铁不成钢的焦急心情。因为社会和人生的极度艰难，难免把此种不幸迁过于"旧世界"。就像旧时破落户子弟，也有迁怒于祖宗，迁怒于祖坟风水的。正是由瞿秋白"文腔革命"的极端思想，我们才可以观察和体会那个天崩地裂时代的前因后果。另一方面，我们也要知道，时代虽然是趋于求新、求变，但能变之新和能实现变化的程度，并不以人的意志为转移。往往在趋"新"若鹜之时，趋新者就拖了一条长长的"旧尾巴"。不同性格的人，这条"旧尾巴"有不同的形态。具体到瞿秋白，正如傅修海指出的那样，浓厚的"古典趣味"就是他的"旧尾巴"了。除了发为高论的时候，瞿秋白爱好古诗词，终其一生并无改变。甚至临牺牲前夕，也写作古诗词。他用词和意境都甚为"古典"，看不出一丝的"革命性"。瞿秋白甚至自称为"文人"，这个词联想起来的意味和他曾任中国共产党的最高领导的身份，相去甚远。然而时代就是这样，它把人们认为截然不同的新和旧，相互冲突的"现代"和"古典"诸种对立的要素融化综合在人的思想、感情、趣味之中。傅修海的大著，对于此点有所发掘，并且贯穿始终，体现了他深厚的学养和史识。

先驱人物思想和性格的二元性是一个颇有意味的现象，不但存在于瞿秋白性格和思想中，20世纪中国革命的先驱人物，都存在不同程度的"新"和"旧"的兼容现象。论者多从时代新旧交替的过渡性来解释，这当然是合理的，但又未能道尽其中奥妙。如果将理解历史现象的时间跨度放大一些，则现代社会无时无刻不在追求革新变化，而时代的过渡性亦因此而变得了无穷期。然而由此而推论整个现代过程领一时风骚的人物，其思想和性格亦必是二元性的，这显然不符合事实。笔者以为，十九、二十世纪之交的时代，对中国而言是高度浓缩的。所谓浓缩，颇有天上一日，人间千年的意味。将千年而当一日过，可见那一日是如何的"激情四射"，如何的"多姿多彩"。革命先驱者思想和性格的二元性，其实也是这种时代高度浓缩而在人身上的投射。笔者的鄙见，是耶非耶，此处顺便提出，以就教于高明。至于高度浓缩时代的造成，当然是由于国内和国外双重压力所使然。傅修海勤奋好学而有自己的学术关怀。博士论文虽然是不得不然的"缴卷"之作，但他绝不肯马虎从事，门敲开之后还下苦功增删润色，而始成今天的皇皇大著。读书治学，写过的东西就像走过的路，而真理的道路是没有穷尽的，永远都是更有胜景在前，有待探索。愿与傅修海博士共勉，是为序。

2010 年 8 月 25 日

目　　录

绪　论

　　瞿秋白是文人、书生政治家，① 一生关注文艺。尽管对他来说，"文学有时是政治，有时又不是政治"②，但文学始终浸润着他短暂的一生。瞿秋白是现代文学史上"第三代知识分子"③的典型，他那近 200 万字的文艺著作（总 500 余万字，文艺类约占 40%）也是考镜民初以来中国文艺思想流变、观念替革、趣味迁移的重要文本。在中国现代文学史上，瞿秋白"不仅记录了特定历史时期的社会审美心理需求的变化和新的文学价值观的确立过程，而且对中国新文学在特定时代的蜕变和转型，起到了引路作用"④。毛泽东称赞"瞿秋白同志是肯用脑子想问题的，他是有思想的……特别是在文化事业方面"⑤。的确，瞿秋白对

---

　　①　1927 年郭沫若和瞿秋白相聚武汉，后以此经历为题材写成《克拉凡左的骑士》。1936 年刊于东京《质文》月刊，收入《郭沫若文集》时改为《骑士》。小说里的"秋白烈"即瞿秋白为原型。郭沫若也是文人，在他眼中瞿秋白比他更文人，可见瞿秋白的"文人"气质和形象之典型。"书生政治家"的定位，源于保罗·皮科威兹研究瞿秋白的专著中译本（《书生政治家——瞿秋白曲折的一生》）。陈铁健的《瞿秋白传》再版时也以此定位瞿秋白（《从书生到领袖——瞿秋白》，上海人民出版社 1995 年版）。

　　②　熊月之：《瞿秋白与上海》，《瞿秋白研究论丛》2001 年第 2 期。

　　③　冯雪峰：《回忆鲁迅·附录三鲁迅先生计划而未完成的著作——片断回忆》。冯雪峰：《回忆鲁迅》（原载《新观察》1952 年第 3 期），人民文学出版社 1981 年版，第 196—197 页。

　　④　陈春生：《瞿秋白与俄苏文学》（四川大学 2003 年，博士后报告），第 7 页。

　　⑤　毛泽东：《为出版〈瞿秋白文集〉的题词》。最早收入《瞿秋白选集》，后分别收入《瞿秋白文集》的文学编和政治理论编。〔注：本书所引瞿秋白本人文字，若无特别注明，都引自《瞿秋白文集》（文学编）6 卷本，人民文学出版社 1998 年版；（政治理论编）8 卷本，人民出版社 1987—1998 年版。其他征引文献在第一次出现时注明完整出处，此后只列文献基本信息。——著者注〕

文学艺术的思考热情在其有生之年从来没有中断过，其文艺思想始终与时代风云一起呼吸吐纳，既有着那个社会时代的共同底色，更有个人独特的生命体验——"独特得惊世骇俗，独特得难以接受"①，使其成为中国现代文艺思想史上极具代表性②的"中国过渡人"③。

第一节　研究现状述评

对瞿秋白的研究，文学方面起步最早。④ 最早认识和正确评价瞿秋白文艺作品的是王统照，⑤ 他最早称瞿秋白为"盗火的普

---

① 李辉：《秋白茫茫——关于这个人的絮语》，《上海文学》1994 年第 7 期。

② 本书研究对象是瞿秋白文艺思想，但讨论中相当比重为"文学思想"，原因如下：一方面由于瞿秋白对文艺的思考主要在文学领域，但也包括语言、戏剧、大众说唱等；另一方面，瞿秋白也"往往把'文学'与'文艺'当作一个概念来使用"（丁言模：《中国新文学建设的"中介环节"——论胡适、瞿秋白和毛泽东的文学观》，《瞿秋白研究》第 8 辑，第 345 页）；艾晓明先生曾用一系列"正好是"的排比表述，肯定瞿秋白在中国文艺思想史上的独特地位。（艾晓明：《中国左翼文学思潮探源》，湖南文艺出版社 1991 年版，第 286 页。）

③ "过渡人"指的是"转型期社会的人"，是站在"传统—现代的连续体"（traditional – moderncontinuum）上的人。社会学家冷纳（Daniel Lerner）在"传统者"与"现代人"之间设定"过渡人"这个概念。转引自金耀基《从传统到现代》，广州文化出版社 1989 年版，第 72—77 页。

④ 言模：《新时期瞿秋白研究的文学领域——瞿秋白研究与思考之二》，《瞿秋白研究》第 5 辑，第 325 页。

⑤ 朱净之认为开始于 1934 年郑振铎的《〈中国文学论集〉序言》，冒炘则认为最早见于鲁迅的著作。其实郑振铎在《序言》中仅一处提到北京和瞿秋白办《新社会》旬刊和《人道》月刊、为《新中国》写稿的情况，但没有任何文字涉及对瞿秋白文学活动或者成绩的评价；而鲁迅对瞿秋白的评述（多为后人追忆的语录）也多属文学才华评价。因此朱净之和冒炘都不准确。参见郑振铎《中国文学论集》，开明书店 1934 年版；朱净之：《新时期瞿秋白研究纵览》，《瞿秋白研究》第 5 辑，第 308 页；冒炘：《瞿秋白研究的历史回顾》，《江海学刊》1984 年第 2 期；冒炘：《瞿秋白研究：说不完道不尽的"多余的话"》，徐瑞岳主编：《中国现代文学研究史纲》（下），江苏教育出版社 2001 年版，第 763 页。

罗米修斯"①。而以作家评价和文集整理为起步的瞿秋白文学研究则始于钱杏邨，②他称赞瞿秋白为"中国新文化的海燕"③。站在中国现代文学史的高度上最早肯定瞿秋白的却是朱自清。④而在就义之后，瞿秋白则被称为中国左翼文化运动中"光芒万丈的巨星"、"烛照长空的火焰"⑤。

　　1939年，李何林从中国现代文艺思想发展史的高度评述瞿秋白，对鲁迅和瞿秋白进行了充满政治意味和历史总结高度的相提并论，以"同等重要的地位"、"双璧"、"一样的

---

　　① 唐天然认为，最早认识和正确评价瞿秋白作品的是王统照，见唐天然《最初评论〈饿乡纪程〉的精辟文字——读一九二二年王统照所写的〈新俄国游记〉一文》，《瞿秋白研究》第1辑，第24页；剑三（王统照）：《新俄国游记》，《曙光》第1卷1922年第3期。（现收入《王统照文集》第6卷，山东人民出版社1984年版，第384—391页。）以王统照文章为发轫，持类似观点的还有赵庚林的《瞿秋白研究纵横》，《瞿秋白研究》第11辑，第387—388页。彭维锋先生也持此说。

　　② 阿英在《作家小传》"瞿秋白"条目里特别指出瞿秋白"散文作者，俄国文学译者。文学研究会干部，曾两次游俄。从事政治活动垂二十年。文学著作印成者有《新俄国游记》，《赤都心史》。翻译有《高尔基杰作集》、《柴霍甫小说集》等。后期所作多为辛辣讽刺散文，以载诸北平者为最多，别署有'易嘉''萧参'等。一九三五年，被杀于广西"。参见阿英《中国新文学大系史料》，上海良友图书公司1936年版，第227—228页。可见阿英对瞿秋白文学成就着重散文创作和俄文学翻译；鹰隼·钱杏邨）：《关于瞿秋白的文学遗著》，《文汇报·世纪风副刊》1938年6月9、10日。

　　③ 钱杏邨：《中国新文化的海燕：〈瞿秋白全集〉发刊预告》，《文献》1939年第4期。

　　④ 1932年朱自清编著的《中国新文学研究纲要》总论第二章《经过》里增补介绍了与瞿秋白有关的第十二节《大众文艺的讨论（1932）》和第十三节《"文艺自由"的论辩》。在第十二节第二小节"问题的重提"中，朱自清特别强调"宋阳的主张"是"a创造革命的大众文艺；b现代中国普通话；c揭穿一切种种的假面具，表现革命战斗的英雄，反映现实的革命斗争，非大众的革命文艺大众化"。朱自清：《中国新文学研究纲要》，《文艺论丛》第14辑，上海文艺出版社1982年版。据赵园先生在《整理工作说明》中所述，《中国新文学研究纲要》是朱自清先生"在清华大学讲授'中国新文学研究'课程所用的讲义"。

　　⑤ 《悼瞿秋白同志》，署名"本社同人"。见丁景唐《首次发表纪念瞿秋白烈士的悼文——记左联后期机关刊物〈文艺群众〉的"附录"。（《瞿秋白研究》第14辑，第162—165页。）

重大"①等表述，再三强调了他们在中国文艺思想界的等同地位。此后一直到 1949 年 10 月，瞿秋白的文艺研究多停留在对他的文学活动追忆上，以鲁迅、茅盾和毛泽东等人为代表。② 然而，这些评

① 李何林编著：《近二十年中国文艺思潮论》，上海生活书店 1948 年版，第 9—10 页。

② 鲁迅的评价多散见序跋、书信、日记等，如认为瞿秋白作为俄文中译的名手，已达到"信而且达，并世无两"、"足以益人，足以传世"的程度，文风"明白晓畅"，在"中国尚无第二人"。除了高度称羡瞿秋白的俄国文学（包括马克思主义文论）翻译外，鲁迅更看重瞿秋白的论文，认为"真是皇皇大论！在国内文艺界，能够写这样论文的，现在还没有第二个人！"最有代表性和说服力的就是《〈鲁迅杂感选集〉序言》，连鲁迅看了都心折，认为"分析是对的。以前就没有人这样批评过"。鲁迅的评价着重停留在文学才能的定位判断上，茅盾的评价则带有老练文学批评家的审慎、体贴和洞见。而毛泽东和他所主持的中共中央对瞿秋白的评价更多强调其政治地位。在瞿秋白牺牲后毛泽东对其共有七次评价（见诸书面意见的有三次），都是强调瞿秋白在文化事业上的贡献且多从当时政治大局出发，因此不排除这些评价是感情被政治原则所征服的结果。参见冯雪峰《关于鲁迅与瞿秋白同志的友谊》，《忆秋白》编辑小组编，人民文学出版社 1981 年版，第 261—263 页；鲁迅：《〈海上述林〉序言》（上），《鲁迅全集》第 6 卷，人民文学出版社 1981 年版，第 573 页；《〈海上述林〉上卷出版》，《鲁迅全集》第 7 卷，第 465 页；鲁迅：《关于翻译的通信》，《鲁迅全集》第 4 卷，第 370 页；《〈铁流〉编校后记》，《鲁迅全集》第 7 卷，第 365 页；《〈解放了的唐·吉诃德〉后记》，《鲁迅全集》第 7 卷，第 397 页；《致曹白》，《鲁迅全集》第 13 卷，第 446 页；茅盾：《瞿秋白在文学上的贡献》，《人民日报》1949 年 6 月 18 日；温济泽：《对瞿秋白几次重要的历史评价》，《瞿秋白研究》第 8 辑，第 20 —36 页。毛泽东对瞿秋白七次评价分别为：1. 1939 年 5 月与萧三散步说起瞿秋白牺牲时曾"言之不胜惋惜"地说："是啊！假如他（瞿秋白）活着，现在领导边区的文化运动该有多好啊！"（萧三：《秋风秋雨话秋白》，《忆秋白》第 176 页）。2. 1945 年 4 月 20 日，中国共产党第六届中央委员会扩大的第七次会议通过《关于若干历史问题的决议》（1945 年 4 月 20 日），《毛泽东选集》第 3 卷·附录，人民出版社 1991 年版，第 964—965 页。3. 1950 年 12 月 31 日为出版题词。4. 读《新唐书·徐有功传》后写道："岳飞、文天祥、曾静、戴明世、瞿秋白、方志敏、邓演达、杨虎诚、闻一多诸辈，以身殉志，不亦伟乎？"（《毛泽东读文史古籍笔记批语集》，中共中央文献研究室编，中央文献出版社 1993 年版。）5. 1955 年 6 月 18 日，中宣部部长陆定一代表中央作《瞿秋白同志生平的报告》。6. 1958 年杨之华在怀仁堂参加一次司局长以上干部会时，毛泽东历数了瞿秋白为党内百家争鸣历史上八大家之一。一木先生的说法源于叶尚志先生的《瞿秋白同志百年祭》（未刊稿）。7. "文革"期间，毛泽东看了《多余的话》后说"以后宣传烈士不要宣传瞿秋白了，要多宣传方志敏"。（一木：《毛泽东对瞿秋白评价的思考》，《瞿秋白研究》第 13 辑，第 177—182 页。）

述和纪念性的追忆文字，基本上没有关涉到对瞿秋白文艺思想的讨论。①

　　1949—1979 年间的瞿秋白文艺思想研究，再次采取以瞿秋白、高尔基和鲁迅三者并提②的方式确定瞿秋白文艺思想的历史地位。1949 年 10 月以后，《瞿秋白全集》被迅速纳入国家出版计划，③ 但瞿秋白文艺思想的评价却遭到悬搁不议的另行处理，④

---

　　① 1946 年 6 月东北书店出版的《乱弹及其他》一书的《出版者后记》为张闻天撰写，评价瞿秋白"在文化运动上"有"卓越的思想"、"丰富的革命经验"和"深渊的社会科学和文学理论的造诣"、"独特的文章风格"。（程中原：《高度赞颂瞿秋白的一篇至文》，《瞿秋白研究论丛》2005 年第 1 期。）

　　② 如林耶：《纪念高尔基和瞿秋白》，《川西日报》1951 年 6 月 18 日；万里云：《献给高尔基和瞿秋白同志》，《福建日报》1953 年 6 月 18 日。此类比拟继承了李何林的表述，丁景唐也作如是观（不过其排名先后已有价值判断意味），茅盾也曾以"左翼文台两领导，瞿霜鲁迅各千秋"来表达这种评价。参见丁景唐《学习鲁迅和瞿秋白作品的札记》，上海文艺出版社 1961 年版；茅盾：《赠丁景唐》（手迹），王仲良、季世昌主编：《瞿秋白》，中央文献出版社 2003 年版，第 159 页。

　　③ 叶圣陶在日记中提及与杨之华见面时，得知她正在为出版收集整理《瞿秋白全集》材料。（叶圣陶：《叶圣陶集》第 22 卷，江苏教育出版社 1994 年版，第 96 页。）

　　④ 这种紧张最早表现在文集出版计划。显然当时对瞿秋白政治评价不明朗，相应地对文艺思想的评价也不明确。因此在作品出版决策上只能同意出版瞿秋白已经出版过的文艺作品，而关涉瞿秋白政治理论的文章则以"联系中国革命的实际不够"为由另行处理。瞿秋白文艺思想与政治理论密切相关，自然也要被另行处理，这也导致一些作品编纂计划发生变动。1950 年 2 月再版的《海上述林》，杨之华就已经认为应抽去初版本的部分内容，根据无疑是当时的政治形式需要，因为"当时苏联已经在反布哈林"。参见陈福康、丁言模《杨之华评传》，上海社会科学院出版社 2005 年版，第 394—395 页；据陆定一说："1966 年之前，只出版秋白的关于文艺方面的著作和译作，这样做是他的主意，目的在于当时要出版毛泽东选集，不要引起某种不一致的可能。"无疑，文艺思想当然也属于应该避嫌的"不一致"。（孙克悠：《聆听陆老谈瞿秋白——访陆定一同志》，《瞿秋白研究》第 4 辑，第 253 页。）谢骏认为"鲁迅生前编辑出版的瞿秋白遗著《海上述林》，后因 1938 年苏联把布哈林枪决了，1950 年再版时，就抽去了 4 篇涉及布哈林的文章。"（谢骏：《论瞿秋白评价的合理性》，《暨南学报》（哲社版）1993 年第 2 期。）

文学史上也往往付之阙如①或存而不论。②《瞿秋白选集》也因有一些"与主流意识形态相抵牾"的话语，虽然已被列入新中国第一套"新文学选集"第一辑第二本（《鲁迅选集》之后），但最终仍未能出版。③1953年，为纪念瞿秋白就义20周年，人民文学出版社终于陆续出齐了四本八卷的《瞿秋白文集》，主编是时任《文艺报》主编、人民文学出版社社长兼总编的冯雪峰。冯雪峰在《序》中继续申述瞿秋白在个别论点上有偏颇。④1964年以后，对瞿秋白的评价已经是"政治信号和批判武器、教育资源"⑤。尚未充分展开的瞿秋白文艺思想研究，自然也就成为学术禁区，长达十年之久。⑥

　　1980年10月19日，中共中央办公厅正式发文"恢复瞿秋白同志的名誉"⑦。但是《多余的话》和"盲动主义"问题，仍

---

①　王瑶的《中国新文学史稿》仅对瞿秋白游记和杂文作了点到为止的概括。1951年5月署名为"李何林等著"、被列为"新学术小丛书第四种"的《中国新文学史研究》所收教学大纲正文里没有提及瞿秋白，但"教员参考书举要"中《乱弹及其他》却被列入九部参考论文第四位。蔡仪对瞿秋白文学评价也限于活动记述。参见王瑶《中国新文学史稿》，上海文艺出版社1982年修订重版；李何林等《中国新文学史研究》，新建设杂志社1951年版，第17页；蔡仪：《中国新文学史讲话》，新文艺出版社1952年版，第96、167—169页。

②　1956年丁易的《中国现代文学史略》认为瞿秋白系统介绍了马克思列宁主义的文艺理论和苏联文学作品，在大众化文艺运动和"第三种人"文学斗争中都起了决定性作用，对"左联"和革命文学运动的影响和鲁迅差不多是相等的；（丁易：《中国现代文学史略》作家出版社1955年版。）描述瞿秋白文学活动的著作有曹子西编著的《瞿秋白的文艺活动》（新文艺出版社1983年版）和上官艾明编著的《瞿秋白与文学》（江苏文艺出版社1959年版）。

③　陈改玲：《作为"纪程碑"的开明版"新文学选集"》，《中国现代文学研究丛刊》2005年第6期。

④　冯雪峰：《〈瞿秋白文集〉序》，《瞿秋白文集》第1卷，人民文学出版社1953年版。

⑤　一木：《毛泽东对瞿秋白评价的思考》，《瞿秋白研究》第13辑，第180页。

⑥　1974—1979年间瞿秋白讨论的焦点是《〈鲁迅杂感选集〉序言》，但主要涉及他对鲁迅评价正确与否，未论及文艺思想问题。

⑦　1980年10月19日，中共中央办公厅正式转发了中央纪律检查委员会《〈关于瞿秋白同志被捕问题的复查报告〉的通知》（《党史通讯》1985年第6期）。

然是瞿秋白文艺思想研究无法逾越的两大禁区。① 1980 年，陈铁健
发文肯定《多余的话》中"光辉是主要的"②；稍后，李维汉发
文认为瞿秋白的"左"倾盲动主义主要是"认识问题"③。于是，
瞿秋白文艺思想研究的禁区渐渐打破：瞿鲁交谊得到重新肯定，
文学史教材也开始逐渐肯定瞿秋白在中国马克思主义文艺理论史
上的地位。④ 唐弢主编的《中国现代文学史》认为：瞿秋白"左
联"时期对马克思主义文艺理论的传播，用力最勤、成绩最大
（除了鲁迅）；文学理论译介上，比较系统且切合革命文学运动的
迫切需要；瞿秋白的文艺批评，已经接触到文艺与政治等根本原
则。⑤ 这是文学史上第一次对瞿秋白文艺思想进行较为系统和客观
的评价。王士菁则大体上勾勒了瞿秋白的若干文艺观点（文腔、
文艺大众化、革命作家向群众学习），认为瞿秋白的文艺大众化和
中国文字改革的主张富于创造性。⑥ 类似的论列，在估定瞿秋白文
艺思想基本内容上有开创性贡献，但也产生了注重对若干文艺观点
口号的孤立梳理和片面发挥的弊病。1982 年，以陈云志编著的《瞿
秋白》为开端，大陆出现了多达三十余部关于瞿秋白的传记。⑦ 其

---

① 关于"左"倾盲动主义解释，李维汉和包树森先生认为"对秋白不应过于追
求个人责任"。（李维汉：《怀念瞿秋白》，《北京日报》1980 年 7 月 14 日；李维汉：
《回忆与研究》，中共党史资料出版社 1986 年版，第 235 页。）"左"倾盲动主义是"在
当时特定历史条件下难以避免的我党的一次集体失误"。（包树森：《"左"倾盲动主义
不应打上瞿秋白的标记》，《瞿秋白研究》第 1 辑，第 324 页。）
② 陈铁健：《重评多余的话》，《历史研究》1979 年第 3 期。
③ 李维汉：《对瞿秋白"左"倾盲动主义的回顾与研究》，《中国社会科学》
1983 年第 3 期。
④ 九校编写组：《中国现代文学史》，江苏人民出版社 1979 年版；刘绶松：
《中国新文学史初稿》，人民文学出版社 1979 年版；唐弢编：《中国现代文学史》，人民
文学出版社 1979 年版。
⑤ 唐弢编：《中国现代文学史》第 2 册，第 61— 62 页。
⑥ 王士菁：《关于瞿秋白的评价问题》，北京师范大学中文系中国现代文学教研
室编：《现代文学讲演集》，北京师范大学出版社 1984 年版，第 162—176 页。
⑦ 参见《参考文献》中的相关资料目录整理。

中除了鲁云涛对瞿秋白文艺思想进行了文本与基本文艺论点的初
步对应梳理之外，① 大多传记都侧重人物文艺活动的评述。

　　新时期以来，文学史论著述仍侧重于瞿秋白文艺思想个别特征
和若干文艺观点的概括：② 王铁仙从文学、政治与人民的关系及现
实主义观等方面对瞿秋白文艺思想的核心内容进行归纳；③ 钱理群
注意到瞿秋白杂文的政治色彩；④ 郭志刚、孙中田认为瞿秋白在思
维方式建构上有历史感和科学的品格；⑤ 黄修己指出瞿秋白文艺思
想与政治思想在逻辑上始终存在着矛盾；⑥ 黄曼君肯定瞿秋白在马
列文论中国化的过程中起到了奠基作用；⑦ 昌切认为"阶级"是
瞿秋白论衡文艺的轴心观念和文艺思想的关键；⑧ 朱辉军将瞿秋白
文艺思想的进程概括为从"无产阶级的现实主义"到"工具论"到
"辩证法唯物论的方法"到"文艺大众化"⑨的进程；艾晓明注意到
瞿秋白译著中的相关表述与"拉普"文论在思想上的契合；⑩ 单
世联简要梳理了瞿秋白文艺对毛泽东的影响；⑪ 陈春生对瞿秋白文

　　① 鲁云涛：《瞿秋白评传》，四川文艺出版社 1991 年版。

　　② 周葱秀先生曾撰文对主要的中国现代文学史写作上关涉瞿秋白的评述进行了
比较系统的梳理。参见周葱秀《中国现代文学史上的瞿秋白》，《瞿秋白研究》第 10
辑，第 238—266 页。

　　③ 王铁仙：《瞿秋白论稿》，华东师范大学出版社 1984 年版，第 88—138 页。

　　④ 钱理群等：《中国现代文学三十年》，上海文艺出版社 1987 年版。

　　⑤ 郭志刚、孙中田主编：《中国现代文学史》，高等教育出版社 1993 年版。

　　⑥ 黄修己：《中国现代文学发展史》，中国青年出版社 1988 年版，第 252—253 页。

　　⑦ 黄曼君主编：《中国近百年文学理论批评史》，湖北教育出版社 1997 年版，
第 548 页。

　　⑧ 昌切：《思之思——20 世纪中国文艺思潮论》，武汉大学出版社 1994 年版，
第 97—109 页。曾以《瞿秋白三十年代文艺思想的内在理路》为题，载于《中国现
代文学研究丛刊》1994 年第 1 期。

　　⑨ 朱辉军：《西风东渐——马克思主义文艺理论在中国》，燕山出版社 1994 年
版，第 35—47 页。

　　⑩ 艾晓明：《中国左翼文学思潮探源》，第 286—317 页。

　　⑪ 单世联：《马克思主义美学对现代中国的影响——以瞿秋白、毛泽东为中
心》，汝信、王德胜主编：《美学的历史——20 世纪中国美学学术进程》，安徽教育
出版社 2000 年版，第 546 页。

艺思想与苏俄文学资源进行了比较与勾连；① 钱竞则在历史感和政治氛围中去理解瞿秋白文艺思想；② 周忠厚等对瞿秋白文艺思想的基本特征的概括和观点梳理也较好③（此类大同小异的著作还有一些④）；而试图在学术史视野里观照瞿秋白文艺思想的，则是张岂之和戴逸主编的两套丛书，⑤ 但存在资料选用有些不规范或罗列的弊病。

　　此外，据不完全统计，目前为止大陆仅有3篇硕士论文⑥部分讨论到瞿秋白文艺思想。其中，除杨建生的论文⑦稍有研究构架外，另外两篇都侧重于对瞿秋白文艺思想某一方面的介绍。另外，仅有一篇研究瞿秋白文艺思想的博士论文，⑧ 但仅以左翼时期的瞿秋白文艺思想为研究对象，且局限于以文化诗学的理论预设进行

---

　　① 陈春生：《瞿秋白与俄苏文学》。

　　② 钱竞：《马克思主义美学思想史》第4册，中央编译出版社1999年版，第92—108页。

　　③ 周忠厚、边平恕、连铗、李寿福主编：《马克思主义文艺学发展史》下卷，中国人民大学出版社2007年版，第759—778页。

　　④ 李衍柱主编：《马克思主义文艺理论在中国》，山东文艺出版社1990年版；邓牛顿：《中国现代美学思想史》，上海文艺出版社1988年版，第83—86页；聂振斌：《中国近代美学思想史》，中国社会科学出版社1991年版，第362—373页；周来祥：《中国美学主潮》，山东大学出版社1992年版，第751—753页。

　　⑤ 张岂之主编：《民国学案》第1卷，湖南教育出版社2005年版，第555—588页。第1卷里33位入选的民国学人中瞿秋白排第25位，该目由邓亦武执笔；戴逸主编，李复威分卷主编《二十世纪中华学案》文学卷1，北京图书馆出版社1999年版，第102—188页。

　　⑥ 唐世贵：《瞿秋白现实主义文学观》（四川大学，1992年，刊于《瞿秋白研究》第6辑，第80—94页）；顾震宇：《瞿秋白的文艺探索与苏俄左翼思潮的关系》（首都师范大学，2007年，指导教授：林精华）；杨建生：《瞿秋白文艺思想研究》（南京师范大学，2008年，指导教授：潘大春）。

　　⑦ 杨建生先生从瞿秋白文艺思想的"发展阶段、核心要素、特征和历史地位、当代启示与不足"四部分来谈，剥离了历史进程来抽象，罗列观点而变成了一种共性研究，缺乏应有的文本深入和历史具体理解。

　　⑧ 彭维锋：《瞿秋白左翼时期的文艺思想研究》，北京师范大学，2006年，指导教授：李春青。

孤立讨论。此外，同期里单篇论文有不少，但精论却不多，① 反倒是一些辑刊里的单篇论文值得注意。② 可见，迄今为止，中国大陆对瞿秋白文艺思想的整体系统研究仍旧阙如。

中国香港和台湾地区的瞿秋白研究，多着重人物传记和政治思想史考察。③ 香港的王宏志认为，瞿秋白翻译观的中心思想就

① 如郄智毅《中国马克思主义文艺理论传播史中的一次关键转折——评瞿秋白对马列文论的译介》，《河北大学学报》（哲学社会科学版）2007 年第 3 期；傅群：《略论瞿秋白早期文艺思想》，《瞿秋白研究》第 6 辑，第 69—79 页；张俊才：《瞿秋白文学思想论》，《洛阳师范学院学报》2001 年第 3 期；鲁云涛：《瞿秋白的文学观》，《西南民族学院学报》（哲学社会科学版）1999 年第 4 期（《瞿秋白研究》第 11 辑，第196—208 页）；蒋明玳：《瞿秋白文艺思想试论》，《韶关大学学报》1999 年第 6 期；刘永明：《论瞿秋白文艺思想的译介形态》，《文艺理论与批评》1995 年第 5 期；冒炘、王强：《瞿秋白文艺思想片论》，《瞿秋白研究》第 1 辑，第 166—183 页；陈山：《论瞿秋白的文学批评体系》，《社会科学辑刊》1988 年第 2 期；洪峻峰：《瞿秋白早期思想的演变》，《厦门大学学报》（哲学社会科学版）1988 年第 2 期；秦家琪：《瞿秋白的文艺思想与中国现代文学》，《南京师范大学学报》（社会科学版）1985 年第 2 期；黄侯兴：《论瞿秋白的文艺思想》，《社会科学战线》1979 年第 2 期；查国华：《试论瞿秋白文艺思想的发展》，《山东师范大学学报》（人文社会科学版）1959 年第 3 期。

② 陈鸣树：《二十世纪的伟大工作——论瞿秋白对中国马克思主义文艺理论的贡献》，编辑部编：《文学评论》丛刊（第 29 辑·现代文学专号），中国社会科学出版社1987 年版；倪墨炎：《鲁迅瞿秋白文艺思想比较论》，《文艺论丛》第 14 辑，第 157—185页；贾植芳：《瞿秋白对中国无产阶级文艺理论和文艺批评的开拓性贡献》，《江海学刊》1985 年第 9 期；朱净之、季世昌：《中国马克思主义文艺理论史上的两座高峰——瞿秋白与毛泽东文艺思想比较论》；编辑部编：《毛泽东思想研究》1988 年第 3 辑，四川省社会科学院出版社 1988 年版；朱辉军：《瞿秋白与 20 世纪中国美学和文艺理论》，刘纲纪主编：《马克思主义美学研究》第 1 辑，广西师范大学出版社 1998 年版，第 215—233 页。

③ 香港的瞿秋白传记属司马璐的《瞿秋白传》（香港：自联出版社印行，1962年 10 月初版）最早，对瞿秋白心路历程有细腻的体贴，但有不少失实和歪曲之处，并以反共色彩最为知名，此外尚有一些文章对瞿秋白人生悲剧进行讨论；台湾瞿秋白研究郑学稼当为较早，此后有翁文利的《瞿秋白与中共》、姜新立的《瞿秋白的悲剧》、简金生的《瞿秋白与中国马克思主义》、蔡国裕的《瞿秋白政治思想之研究》、胡秋原的《瞿秋白论》等。在这些研究者眼中，瞿秋白作为中共领袖的政治意味是第一位的，故旨趣不免于其反共心态导致的狭隘与偏见。（参见翁文利《瞿秋白与中共》（国立政治大学硕士论文，1979 年）；姜新立：《瞿秋白的悲剧》；简金生：《瞿秋白与中国马克思主义》（国立政治大学硕士论文，1999 年。）"共党问题研究丛书编辑委员会"编：《瞿秋白政治思想研究》，台湾"法务部调查局"印行，1984 年 6 月出版。（此书应是蔡国裕的硕士论文，但未标明）郑学稼：《瞿秋白的一生》，参见萧公权等《近代中国思想人物论——社会主义》，时报出版公司 1985 年版，第 383—422 页。

是"一切都要为革命服务","翻译就是斗争",但其讨论有琐碎
罗织、弊于政见的片面。① 此外,台湾的胡秋原对瞿秋白文艺思
想与时代语境的关系有细腻的理解。②

　　国外的瞿秋白文艺思想研究,主要在苏联、美国等地展开。
苏联的 M. E. 施奈德侧重介绍瞿秋白的文学活动、文论观点及创
作经历,③ 他从俄国人角度出发的观照自有其独特意义;B. B.
彼得罗夫曾著文讨论瞿鲁"左联"时期的交谊;A. T. 施普林钦
回顾了瞿秋白参与汉字拉丁化运动。④ 美国贝那德特·李的博士
论文包括了瞿秋白早年生活的许多重要细节;⑤ 夏济安的《黑暗

　　① 王宏志:《论瞿秋白翻译理论的中心思想》,《中国比较文学》1998 年第 3
期,第 79—92 页;王宏志:《重释"信达雅"——20 世纪中国翻译研究》,清华大
学出版社 2007 年版,第 303、310 页。对王宏志论点的评述,亦可参见范立祥《论瞿
秋白的翻译观》,《瞿秋白研究》第 12 辑,第 230—240 页。

　　② 胡秋原:《瞿秋白论》,《东亚季刊》第 10 卷第 3 期,1979 年 1 月,第 1—17
页;后又发表于《中华杂志》第 17 卷第 6 期,1979 年 6—7 月,第 14 页。(后来收
入姜新立的《瞿秋白的悲剧》,第 1—34 页。)

　　③ 〔苏联〕M. E. 施奈德(Mark E. Shneider):《瞿秋白——革命家、作家、战
士》,莫斯科知识出版社 1960 年版;〔俄〕费索林等:《瞿秋白的创作道路(1899—
1935)》,莫斯科:Lzdtel, stvo Nauka1964 年版。部分已被译成中文,参见《前苏联
学者论中国现代文学》,宋绍香译,新华出版社 1994 年版,第 14—31 页。《瞿秋白
文集》(俄文版),莫斯科:文学出版社 1959 年版。参见李明滨《中国文学在俄苏》,
花城出版社 1990 年版,第 223—224、248、296 页。

　　④ 瞿秋白研究情况参见〔苏联〕K. B. 舍维廖夫:《中国人民的优秀儿子——
瞿秋白》;〔苏联〕郭绍棠(阿法纳西·加夫里洛维奇·克雷莫夫):《回忆瞿秋白》
(以上两文,参见《瞿秋白研究》第 6 辑,第 241—260 页。)〔苏联〕A. T. 施普林
钦:《瞿秋白与中国拼音文学》;〔苏联〕E. ø. 科瓦廖夫:《共产党人,国际主义者
瞿秋白》,以上两文见《瞿秋白研究》第 7 辑,第 148—171 页。〔苏联〕B. B. 彼得
罗夫:《鲁迅与瞿秋白》,参见《瞿秋白研究》第 8 辑,第 497—518 页。

　　⑤ 〔美〕贝那德特·李(Bernadette Li):《瞿秋白传:从青年时代到党的领袖
(1899—1928)》,哥伦比亚大学哲学博士论文(未出版),1967 年转引自〔美〕保
罗·皮科威兹(Paul G. Pickowicz):《书生政治家——瞿秋白曲折的一生》,谭一青、
季国平译,中国卓越出版公司 1990 年版,第 287 页; 〔美〕本杰明·I. 史华慈
(Benjiami. I. Schwartz):《中国的共产主义与毛泽东的崛起》(中译本),陈玮译,中
国人民大学出版社 2006 年版。

之门》有专章略为涉及瞿秋白文艺思想，但主要注重对瞿秋白的软弱作精神分析；[①] 保罗·皮科威兹是美国研究瞿秋白文艺思想的代表人物，对瞿秋白与五四文学传统的承传、文艺大众化思想及其与毛泽东的关联等都有洞见。[②] 保罗·皮科威兹的最大贡献是以发展史述的方式将人物评传和文艺思想探索结合，把瞿秋白文艺思想讨论带入一种思想史视野。但他对《多余的话》的价值估计不足，而且因为过于追求瞿秋白马列主义文艺思想发展理路的统一性而喜欢下断语；[③] 爱伦·威德曼对瞿秋白文艺思想与俄国文艺体验的复杂关系进行了深入辩证；[④] Kung Chi – Keung

① T. A. Hsia：*The Gate of Darkness*，University of Washington Press／Seattle and London，1968. 瞿秋白的专章曾由紫霜译出，题为《"软心肠"的共产主义者——瞿秋白》，连载于香港《明报月刊》第5卷，1970年第4—7期。

② Paul G. Pickowicz：Qu Qiubai's Critique of the May Fourth Generation：Early Chinese Marxist Literature Criticism，*Modern Chinese Literature in the May Fourth Era*，Edited by Merle Goldman，Harvard University Press，1977，pp. 351—384. 陈思和节译为《瞿秋白对"五四"一代的批评——中国早期的马克思主义文学批评》，贾植芳主编：《中国现代文学的主潮》，复旦大学出版社1990年版，第184—207页；*Lu Xun Through the Eyes of Qu Qiu – bai：New Perspectives on Chinese Marxist Literary Polemics of the 1930s*，*MODERN CHINA*，Vol，2 No.3，July 1976，pp. 327—368；Ch'ü chiu – pai and Chinese Marxist Conception of Revolutionary Popular Literature and Art，*The China Quarterly*，No. 70（June，1977），pp. 296—314。对保罗·皮科威兹的瞿秋白研究的评价可参见［美］安懋桑：《评〈中国马克思主义文艺思想——瞿秋白的影响〉》，张青运译，《国外社会科学情况》1988年第1期，第46—47页；王薇生：《保罗·皮科威克兹及其〈瞿秋白对中国马克思主义文艺思想的影响〉》，《国外社会科学情况》1989年第5期，第39—46页。林勃先生认为保罗·皮科威兹在瞿秋白研究中由于"文化差异较大"而"相互了解颇难"。（林勃：《关于〈多余的话〉的评论之评论》（二），《瞿秋白研究》第7辑，第232页。）

③ Paul G. Pickowicz.：*Marxist literary thought in China：the influence of Chü Chiu – pai*，Berkeley：University of California Press，c1981.，此书本应译为《马克思主义文艺思想在中国：瞿秋白的影响》。中译本为节译本，且书名改为《书生政治家——瞿秋白曲折的一生》，与原书旨趣似不太吻合，但中译本对瞿秋白的角色定位则相当准确。

④ Ellen Widemer：Qu Qiubai and Russian Literature，*Modern Chinese Literature in the May Fourth Era*，Edited by Merle Goldman，Harvard University Press，1977，pp. 103—126。

则以瞿秋白的文艺大众化理论为个案，讨论现代中国知识分子与大众在启蒙思潮和革命语境里的互相沟通。① 此外，澳大利亚的Nick Kight关于马克思主义哲学中国化进程的新著，讨论了瞿秋白在唯物主义和辩证法中国化进程中所处的思想位置。② 斯洛伐克的玛利安·高利克则结合个别佛教观念梳理瞿秋白现实主义文学观在1930年前形成过程中的概念更替。③ 日本的瞿秋白研究④是从翻译著作开始的。对瞿秋白文艺思想的研究，主要也是讨论文艺大众化理论。⑤ 在韩国研究中国现当代文学的学术界视野

---

① *Intellectuals and the masses*：*The case of Qu Qiubai*，by Kung，Chi - Keung，Ph. D.，The University of Wisconsin - Madison，1995. 导师：Meisner，Maurice。

② Nick Kight：*Marxist Philosophy in China*：*From Qu Qiubai to Mao Zedong*，1923 - 1945，Published by Springer Netherlands，2005.

③ ［斯洛伐克］玛利安·高利克（Marian Galik）：《现代中国文化史研究——青年瞿秋白》，转引自［美］保罗·皮科威兹（Paul G. Pickowicz）《书生政治家——瞿秋白曲折的一生》，第16、286页；［斯洛伐克］玛利安·高利克（Marian Galik）：《中国现代文学批评发生史（1917—1930）》，陈圣生、华ური荣、张林杰、丁信善译，社会科学文献出版社1997年版。（关于瞿秋白的章节曾由张泉先生单独译出，题为《瞿秋白的俄国文学榜样和文学艺术上的现实观》，《中外文学研究参考》；中国社会科学院文学研究所编辑部编，1985年第7期，第24—29页。）

④ 《日本学者评说瞿秋白》，张惠才译，《瞿秋白研究》第12辑，第313—327页；程慎元：《日本瞿秋白研究概述》，《瞿秋白研究》第10辑，第286—292页；［日］姬田光义：《论瞿秋白理论体系的形成》，康军译，《国外中共党史研究动态》1991年第1期，第11、28页；［日］载藤敏康：《现代文学史对瞿秋白的叙述和评价》，高鹏译，《文学研究动态》1983年第3期；［日］松井博光：《瞿秋白和茅盾》，高鹏译，浙江人民出版社1982年版，第147—156页。

⑤ 刘柏青、张连弟、王鸿珠主编：《日本研究中国文学目录索引》（1945—1975），载于《日本学者中国文学研究译丛》（1—4），吉林教育出版社1986—1990年版。情况如下：高田昭二：《1932年瞿秋白和茅盾关于文艺大众化的论争》，冈山大学法文部学术纪要21，1964年12月。《日本学者中国文学研究译丛》第2辑，吉林教育出版社1987年版，第282页；阪口直树：《瞿秋白的〈大众文艺论〉》，《中研笔记12》1972年2月。《日本学者中国文学研究译丛》第4辑，吉林教育出版社1990年版，第244页；阪口直树：《瞿秋白和"文艺大众化"论争》，野草8，1972年8月。《日本学者中国文学研究译丛》第4辑，第246页；前田利昭：《瞿秋白和左联》，《东洋文化52》，1972年3月。《日本学者中国文学研究译丛》第4辑，第244页；植田渥雄：《瞿秋白的知识分子观》，《驹泽大学外国语部论文集1》1972年3月。《日本学者中国文学研究译丛》第4辑，第245页。

里，瞿秋白是 1987 年以后最具有吸引力的作家之一。赵显国曾围绕"菩萨行"的内涵对瞿秋白前期文艺思想与佛教的关系进行讨论；而据说李贞娇曾著有《瞿秋白文艺研究（以欧化现象为中心）》；沈揆昊作有《瞿秋白与左联》，并将皮科威兹的瞿研代表作译成韩文；此外，韩国还有 6 篇以瞿秋白为论题的硕士论文，① 主要涉及文艺大众化理论和现实主义思想。

　　综上所述，目前国内外的瞿秋白文艺思想研究，基本上还停留在梳理文艺活动和概论文学成就、② 介绍基本文艺观点、③ 对某一文艺理论观点的探究④和特定时段的思想文化影响⑤等的讨论。通观迄今为止对瞿秋白文艺思想零零碎碎的所有讨论，大多主要集中于发展史的叙述和若干文艺观点介绍上，尚未有独立研究意识，缺乏历史性、具体性、整体性和系统性的结合。至于结

---

　　① 　[韩] 朴宰雨：《韩国的中国新文学研究近十七年的情况简析（1980.1—1997.2）》，《中国现代文学研究丛刊》1997 年第 2 期，第 273—282 页；Jo Hyun - kuk：*The Influence of Bodhisattva - hood on the Formation of Qu Qiu - bai's Literary Thought*，《中国文学论文集》第 23 号第 2 册，[韩] 月台：中国文学研究会 2003 年 5 月出版，第 339—362 页。六篇硕士论文分别是：金善阳：《瞿秋白的大众文艺论研究》，汉城大学，1990 年 8 月；李珖淳：《瞿秋白现实主义文学论研究》，高丽大学1991 年版；朴世旭：《瞿秋白研究：以报告文学为中心》，岭南大学 1991 年版；李贞娇：《瞿秋白文艺论研究》，韩国外国语大学 1993 年版；金大出：《瞿秋白研究》，明知大学 1996 年版；赵显国：《瞿秋白现实主义理论研究》，釜山大学 1997 年版。参见 [朝鲜] 金时俊、金泰万《中国现代文学研究在南朝鲜的历史与现状》，《中国现代文学研究丛刊》1991 年第 4 期，第 235—250 页；李贞娇的情况出自《千万别学英语》的"译者介绍"。郑赞容：《千万别学英语》，李贞娇译，世界图书出版公司2001 年版。[朝] 沈揆昊：《瞿秋白与左联》，《中国现代文学》1990 年第 4 期。

　　② 　如陈铁健、王铁仙、王观泉、M. E. 施奈德等的文学传记。

　　③ 　如鲁云涛、余玉花、季甄馥、邓中好写的思想评传。

　　④ 　如王铁仙和 Kung Chi - Keung 对"文艺大众化"的研究、王宏志和保罗·皮科威兹对瞿鲁交谊的研究。

　　⑤ 　如艾晓明对瞿秋白与"拉普"理论的比较研究、陈春生和爱伦·威德曼对瞿秋白与俄苏文艺思想的关联研究、彭维锋对"左联"时期瞿秋白文艺思想的研究、钱竞和单世联对瞿秋白文艺思想和革命政治时代的文化关联研究、刘小中对瞿秋白与现代中国文化的研究、哈迎飞和高利克对瞿秋白文艺思想与宗教文化的研究。

合文本细读、关联时代历史语境的、系统深入分析的整体研究成果，除了保罗·皮科威兹曾有一本兼传记和思想史述论性质的早期专著①外，迄今为止仍旧缺乏。

可见，对瞿秋白文艺思想的整体研究和探索，目前仍然有待于三个层面的综合观照：一是作为中国现代文学史上古典文人转为现代知识分子代表的思想史价值；二是在中国现代革命史上作为书生革命的文学家代表的文学史意味；三是作为马克思主义文论中国化的关节点、中国现代左翼文学批评的思想资源引进者的地位。因此，对瞿秋白文艺思想的网状透视和综观，是本书努力完成的论述目标和研究架构。

第二节　问题、方法与创新

瞿秋白是从五四新文学运动一直发展到左翼文学，进而延伸到苏区文艺的文学史典型，在现代文艺思想史上有相当代表性。他既是中国从古典文艺转而为五四文学群体的代表人物，也是第一个亲历俄国革命考察的中国共产主义革命早期领导人，更是中国现代左翼文艺运动的主要领导人。因此，讨论瞿秋白文艺思想，在一定程度上就是部分讨论中国 20 世纪文艺思想发展史。

然而，根本问题是，这个富有浓厚古典趣味和教养的"五四"文学青年，为何会渐渐走上共产主义革命之路？这一切怎样转成历史事实？瞿秋白文艺思想从古典趣味而渐入现代革命文艺，除激变社会历史情势促动外，其本土文化的教养习得和异域思想资源分别起着什么作用？瞿秋白激进的左翼文艺思想理论倡导与实践活动究竟如何互动？这与中国现代左翼文学批评的发展

---

①　该专著仅依靠 1953 年版的四本八卷本的《瞿秋白文集》，在资料上严重不足，因此所下结论往往不够全面而颇多感性和猜测性断语。

构成有何种关系？他如何从古典文人进而转为现代革命政治家和马列主义文艺理论家？在大变革时代他如何呈现和反思那场从古典到现代的精神苦旅？

为讨论以上"论题"①，本书以瞿秋白单篇作品、文集、选本为基点，参考相关传记、回忆资料等文献，在文本细读、历史语境考量、文艺活动观照等多维的系统比勘下，综合国内外瞿秋白研究的主要成果，详细讨论瞿秋白文艺思想的发展理路、本身价值和不足之处。除了史论结合的方法外，本书采用了史华慈的"问题意识"和"人的模式"②讨论理路，力求对瞿秋白文艺思想进行思想史意义上的探索。

在对上述问题展开论证和辩驳的过程中，本书试图彰显三个方面的创新努力：

1. 材料使用和研究方法：搜罗国内外最新的瞿秋白研究成果和讯息（尤其是国外博士论文和外文期刊、网络资源及国内

---

① "论题"是现代传播学的术语，即认为"大众媒介只要对一些问题注意，对其他问题忽视，就可影响公众舆论。人们倾向于了解大众媒介注意的那些问题，并采用其各个问题确定的优先顺序"、"在特定的一系列问题或论题中，那些得到媒介更多注意的问题或论题，在一段时间内将日益为人们所熟悉，他们的重要性也将日益为人们所感知，而那些得到较少注意的问题或论题在这两方面则相应下降"。［英］丹尼斯·麦奎尔、［瑞典］斯文·温德尔：《大众传播模式论》，祝建华、武伟译，上海译文出版社1997年版，第84—85页。

② "问题意识"是"史华慈史学思想中的一个关键性范畴。这个观念贯穿史华慈全部著作。史华慈认为整部思想史，乃至非物质层面的文化，都可以视为环绕各种问题意识而展开的对话"。所谓"人的模式"，是指史华慈"对这种取消人的自主性，把人彻底单面化的'人的模式'非常不满"，于是他提出自己的"人的模式"，即认为"我们所需要的是一种可以呈现人的全部的带有悲剧性的复杂性的人的模式。这种模式把人视为一种依据各种思想和目标采取行动的受造物，这些思想和目标又以无数的方式和追求权力及保持自身利益纠缠在一起。此外，他还得对既不是他所创造，也不是他所能预见的客观处境所提出的种种要求做出反应"。参见［美］本杰明·I.史华慈（Benjamin I. Schwartz）《中国的共产主义与毛泽东的崛起》，陈玮译，中国人民大学出版社2006年版，第7—8页。

外学术会议论文等），尽可能阅读原始报刊，比勘、对读各种瞿秋白文本（包括著作、书画、金石和图片），交叉阅读同代人、时人和后人对瞿秋白的种种评说，采取问题和人的思想史讨论模式，结合传统的知人论世、论从史出的研究方法，形成对瞿秋白文艺思想在历史时空里的网状定位和定性。融合各种瞿秋白传记、生平材料和相关历史信息，考索瞿秋白文艺思想的生成语境和内外思想资源，辨析源流、分清表里，理解其现代品格的生成与审美趣味的变迁。在文艺思想史的视阈下放观具体人事纠葛，在资源接受场域中解析思想生态和现代新变，理解其间转换的事理动机与问题实质。

2. 对核心观念和文艺实践的思想史探究：

从世家望族的贵族书生转为现代共产主义政治文化革命小卒，把握瞿秋白这一独特历史身份在各阶段的变迁，体味他在身份转换过程中对传统文化、五四文化和俄苏经验的资源现代整合，理解其文艺趣味与现实功利二元绞缠的文艺思想结构。瞿秋白文艺思想在革命政治语境中的现代变革，涵摄了"语言政治的文腔革命、政治写作的革命文艺大众化、文学史的革命重写之'整理'文学史观"三部分的论说。这是对瞿秋白文艺思想的核心观念在理论层面上的探索。

对瞿秋白文艺思想在实践层面上的讨论，主要涉及他在文艺战线上四部分的革命活动：旨在争夺革命文艺领导权和占领"五四"话语权的"欧化文艺"批判；作为政治情态表现而定位的三次文艺论辩；蕴涵着政治策略与日常激情的文学交往活动（如文学翻译论辩、《鲁迅杂感选集》编选、《子夜》的修改和评论等）；在苏区对革命文艺活动（如戏剧大众化实践）在政策化、制度化方面的探索，尤其是对集体写作制度的系统尝试。

C. 论点的突破与深入：在文艺与政治的互动过程中，瞿秋白文艺思想与中国革命洪流具有同构性。它沿着"政治革命—

文学革命—文腔革命—语言文字革命—文化革命"的变迁逻辑，逐渐形成革命功利的现实主义文艺思想，既包含"文艺新社会的思想视野描述、文艺现实情怀的解释与大众阶级立场的艺术判断"的基本诉求，又蕴藉"最清醒的现实主义①、文腔革命论、革命文艺的大众化"的基本内核，更统摄着六项系统的文艺观念：文艺本体论上，主导工具论，因文学革命而倡革命文学，最终只推崇唯革命甚至直接是以文学为名目的革命行动；文艺风格论上，以大众化为唯一标准，把处在启蒙需求、消费策略、革命动员三向度上的文艺思考简约为文艺风格通俗化，进而等同于革命动员与宣传；文艺批评论上，强调文学社会历史批评，以阶级分析法对作品进行世界观的审视，重视阶级立场判断，形成最清醒的现实主义理路；文学语言论上，提出普通话、真正的白话等文言合一的中国现代汉语发展理想，但抹杀文学语言与日常语言、文学和语言的差别；文学史观上，认为"五四"后的新文学传统需要下猛烈的泻药，必须实行无产阶级的"五四"，强调争夺文学史写作和革命文艺的无产阶级领导权，进而配合现实政治使命；文化论上，引进高尔基的"两个真实论"，将文化进程等同于现实政权的更替，认为汉字拉丁化才是中国文化彻底革命的金光大道，主张文化激进。尽管这与他深厚的中国传统文化教养积累极为矛盾。

　　总而言之，瞿秋白文艺思想的基本历史形态是现代革命与唯美趣味的二元，其历史限制包含着"身份认同、精神皈依、现

---

　　①　在思想实质上，本书对瞿秋白"现实主义"文艺思想的概括比较接近以丁言模先生为代表的第六种观点，但由于瞿秋白过分强调革命功利，所以这种"现实主义"有时候并不"唯物"也不"辩证"。但对瞿秋白文艺思想的内涵，我同意保罗·皮科威兹的观点，即认为瞿秋白试图保全西方文学传统和中国文学传统，也试图反对浪漫主义和现实主义文艺思想中的不革命因素。（参见贾植芳主编《中国现代文学的主潮》，复旦大学出版社1990年版，第203页。）

实主义理论探索"三重困境。瞿秋白的文艺思想，不仅关联着
古典文艺到现代文艺的转换，也涉及本土和异域（尤其是俄苏）
思想资源的冲突与接受。本书希望以瞿秋白文艺思想的讨论，进
一步介入对中国现代激变的历史情势反思，进而"通过研究思
想的合理性来挖掘藏在思想深处的当代问题"①，以期对中国文
艺思想从古典到现代、从五四新文学到延安新文艺的转折、承续
和发展有更深一层理解。所论或有不够严密和妥切之处，恳请诸
位博学方家予以教诲和帮助。

---

① ［美］约瑟夫·阿·勒文森（Joe R. Levenson）：《梁启超与中国近代思想》，
刘伟、刘丽、姜铁军译，四川人民出版社 1986 年版，第 3 页。

第　一　章

从贵族到小卒①:古典的现代觅渡

　　1899 年 1 月 29 日，瞿秋白生于常州府阳湖县②青果巷八桂堂天香楼，出身"世代书香，自明末历清朝二百年，代代为官"③、"衣租食税"④的大家族，乳名阿双，学名瞿双，中学后期改名为爽、霜，字秋白，此后以秋白字行世。瞿秋白最早的作品是 1913 年的《咏菊》⑤，1919 年 7 月 17 日发表第一篇政论文

---

　　①　瞿秋白曾自称"忏悔的贵族"。参见 1932 年 12 月瞿秋白重录《雪意》赠鲁迅时给该诗加的《跋语》。瞿秋白:《雪意》,《瞿秋白文集》(文学编)，第 2 卷，第 359 页。参加政治革命后，瞿秋白称自己为"编入世界的文化运动先锋队里"的"小卒"。瞿秋白:《赤都心史三三"我"》,《瞿秋白文集》(文学编)第 1 卷，第 213 页。

　　②　常州府治设于武进，民初阳湖入武进，1949 年后武进城区入常州，故瞿秋白为江苏武进（今常州）人。

　　③　李克长:《瞿秋白访问记》，天津《国闻周报》第 12 卷第 26 期，1935 年 7 月 8 日。

　　④　瞿秋白:《多余的话》,《瞿秋白文集》(文学编)第 1 卷，第 701 页。

　　⑤　《咏菊》"今岁花开盛，宜栽白玉盆。只缘秋色淡，无处觅霜痕"。父亲瞿世玮认为此诗"充满着不吉利语，恐怕是此儿不得善终"。(羊牧之:《霜痕小集》,《常州文史资料·第十二辑·秋华馆文存（附怀瞿秋白诗八十首）》，常州市政协文史委员会编，1996 年版，第 88 页。)类似一语成谶的话还有，如瞿秋白在《水陆道场》中有则小序和反语性质的《讣告》，全文如下:"绝肖罪孽深重，祸取笔名陈笑峰，于中华民国一九三一年除夕横死歪寰。为此特建水陆道场超度众生，继续乱弹。该道场之欧化名称系风雷水火三教九流鬼神人物鸟兽鱼虫展览会——A Universal Gallery.谨此讣闻。并非子司马今泣血稽颡。"(司马今:《水陆道场》，原载《北斗》月刊，1932 年第 2 卷第 1 期。编入文学编《瞿秋白文集》)(第 1 卷时被删除。)

《不签字后之办法》①，1919 年 9 月 15 日发表第一篇译文《闲谈》②。由于文艺活动的增加和革命工作的需要，瞿秋白的笔名近有八十之多，③最后的笔名"息为"是汀州狱中的用印。④

　　作为一个古典趣味纯正的文人、新旧驳杂的现代文学家、中国早期马列文论家，瞿秋白文艺思想的变迁轨迹大体吻合他的人生转折。而瞿秋白文艺活动及文学言论所呈现的审美趣味、批评基准，也和他的思想曲折紧密相连。瞿秋白"从没落的封建家庭中叛逆出来，经由激进民主主义走向了共产主义"⑤，仅仅 36 个春秋。对瞿秋白文艺思想的分期，许多研究者往往按文艺活动密度将它分为"发生期（1919—1922）、发展期（1923—1924）、成熟期（1931—1934）"，尤其是将分界线划在 1931 年，认为这是瞿秋白文艺思想的"原点"⑥。这种分期方法有相当的典型性，但考察瞿秋白文艺思想的整体轨迹而将若干时段留白，无疑不是很妥切。把文艺思想轨迹与革命生涯进程混为一谈，也不够符合历史实际。反之，若将瞿秋白的文艺活动设置为考索的核心线索，则对讨论有所助益。

　　本书采取将瞿秋白的人生履历与文艺活动并置观察和梳理的

---

　　①　姚守中等编：《瞿秋白年谱长编》，第 47 页。又见《晨报》，署"瞿秋白投稿"，1919 年 7 月 17 日。

　　②　姚守中等编：《瞿秋白年谱长编》，第 49 页；《新中国》第 1 卷第 5 号署瞿秋白，1919 年 9 月 15 日版。

　　③　张起厚：《中共地下党时期报刊调查研究》（1919—1949），第 245 页。又据翁文利在《瞿秋白与中共》第 151 页中的统计，瞿秋白的笔名、化名为 66 个。

　　④　1935 年初夏瞿秋白送给国民党少校军医陈炎冰的诗词原稿上的用章。参见《瞿秋白批判集》，第 189 页。北京师大井冈红军编：《瞿秋白批判集》，1968 年 5 月第 2 版。

　　⑤　杨尚昆：《在瞿秋白同志就义五十周年纪念会上的讲话》，《人民日报》1985 年 6 月 19 日。

　　⑥　彭维锋：《瞿秋白左翼时期的文学思想研究》，第 18—58 页。

方式，从整体上把握其文艺思想的变迁轨迹，探索其中的闪光点和模糊处，以期推进中国现代文艺思想史研究。以瞿秋白文艺活动为文艺思想史考察的基本支撑，把瞿秋白文艺思想划为四个区间：早期（1913—1927）是"遭遇革命的古典文学趣味"，经历古典到现代的摇摆与皈依，游移于时代；中期（1927—1931）处于共产主义革命漩涡，作为文学边缘人探索文学为革命功利的政治路径；后期（1931—1935.3）退出政治中心，震荡于政治与文学的二元空间，从事着"左联"文艺统战，时而返归"田园"从事文学经典译述（如马列文论翻译和实践）。入中央苏区后，仍从事大众化戏剧活动和集体写作设计；晚期（1935.2.26—1935.6.18）身陷囹圄、万缘俱寂，文艺思想回归古典的"反动"①。

第一节　遭遇革命的古典文艺趣味

　　瞿秋白的幼年和同时代许多人一样，从 5 岁起接受私塾教育。不同的是，瞿秋白受到"颇有旧学根底"②的母亲金衡玉的亲自开蒙。③父亲瞿世玮有"四王"风格④的江南山水画、道教思想和中医文化等对瞿秋白的影响也很深。六伯父瞿世琨的金石

---

　　①　此"反动"为"反者道之动"的意思。《老子》，陈鼓应注译，商务印书馆2003 年版，第 226 页。

　　②　羊牧之：《我所知道的瞿秋白》，《常州文史资料·第十二辑·秋华馆文存》，第 1 页；姚守中等编：《瞿秋白年谱长编》，第 2 页。

　　③　杨之华：《忆秋白》，《红旗飘飘》第 8 集，中国青年出版社编，中国青年出版社 1958 年版，第 28 页。

　　④　清初江南画派王时敏、王鉴、王石谷、王原祁，其中尤其是王石谷（王翚）的画风对瞿秋白的影响最深。参见瞿秋白在旅俄途中的描写，《饿乡纪程·一二》，《瞿秋白文集》（文学编）第 1 卷，第 86 页。

篆刻①对瞿秋白幼年教养也产生影响。但瞿秋白"后来成为具有浓厚的文学气质的人"是多种因素所致，并非仅仅"是家庭、主要是母亲谆谆教导，潜移默化的结果"②。

　　1904年瞿秋白到星聚堂庄氏书馆读书。1905年到冠英小学堂③读书（前身是冠英义塾）。从私塾更为学堂以及冠英小学此时有小狗解剖课程来看，崇尚科学的实学风已兴起，变革时代的气息隐约可见。④瞿秋白回忆1908年看《三国演义》时因为父亲"随便拿一张大红名片可以打人家的屁股"而思考张角造反和黄巾军造反原因，这成为他"小时候最强烈的印象和记忆"⑤。瞿秋白也曾熟读《李长吉歌诗》、《水浒传》、《红楼梦》。⑥1909年秋瞿秋白入读常州唯一的新式中学——常州府中学堂⑦。中学教育对瞿秋白影响巨大，⑧同学张太雷正是影响他日后走上革命道路的

---

　　①　瞿秋白金石艺术的教养也与中学时期老师史国干的进一步培养有关。参见张浩典《浅谈瞿秋白和他的中学师长》，见《瞿秋白百周年纪念——全国瞿秋白生平和思想研讨会论文集》，第409页。

　　②　陈铁健：《瞿秋白传》，人民出版社1986年版，第9页。

　　③　冠英学堂堂长庄苕甫，出身举人却颇有维新思想。（吴之光：《瞿秋白家世》，中央文献出版社2003年版，第242—248页。）

　　④　钱听涛：《瞿秋白少年时代事迹考》，《瞿秋白研究》第6辑，第304—314页。

　　⑤　瞿秋白：《关于整理中国文学史的问题》，《瞿秋白文集》（文学编）第3卷，第79页。

　　⑥　王仲良、季世昌主编：《瞿秋白》，第32页；羊牧之回忆说瞿秋白多次和他闲谈过《水浒传》里的英雄好汉。（姚守中等编：《瞿秋白年谱长编》，第24页。）瞿秋白甚至表示假以时日仍想再读《红楼梦》。（瞿秋白：《多余的话》，《瞿秋白文集》（政治理论编）第7卷·附录，第723页。）

　　⑦　时为"辛亥革命时当地的革命中心"，（钱听涛：《三件往事》，《瞿秋白研究》第3辑，第333页。）校长屠元博曾留学日本，并加入了孙中山的同盟会。庶务长、兵操教员皆是同盟会员，学堂盛行民族革命教育，学生大多思想活跃，非常注重"实习"（1915年常州府中学堂的校刊《杂谈》有《教育应注重实习说》）。李奇雅：《瞿秋白在常州府中学堂》，《瞿秋白研究》第4辑，第255—265页。

　　⑧　钱穆对中学时期的瞿秋白评价是"以聪慧着群誉"，并记述了瞿秋白当年率众"全体告假"反抗舍监的举动。钱穆：《八十忆双亲·师友杂记》，三联书店1988年版，第67页。

关键人物。① 辛亥革命后，瞿秋白厌恶新思想口头禅化的社会思想风气，"一激而成厌世的人生观：或是有托而逃，寻较远于政治科学的安顿心灵所在；或是竟顺流亡返，成绮语淫话的烂小说生涯"②。况且瞿秋白中学时的师生群体文艺切磋氛围浓厚，如昆曲和乐器学习、旧体诗词吟咏创作、游艺"班会"③、常州名胜游览等，④ 这些都滋养了瞿秋白本来就发达的文艺爱好，古典旨趣也因此伴随他的一生。

　　中学时，除钻研正课外，瞿秋白开始读《太平天国野史》、《通鉴纪事本末》、《仁学》、《群学肄言》、《饮冰室文集》、《中国近世秘史》、《庄子集释》、《老子道德经》，还有《陈曼生印谱》、《百将百美图印谱》、《吴友如画宝》等。"书桌上、枕头边经常乱堆着《杜诗镜铨》、《词综》等"⑤，同学回忆他"独于课外读物，尤其是思想性读物，研读甚勤……惟《庄子》除秋白外，他人皆不易无师自通，亦惟秋白能独立思考"⑥。古典文艺方面，瞿秋白

---

　　① 叶孟魁：《瞿秋白和张太雷》，《瞿秋白研究》第 1 辑，第 303—318 页。

　　② 瞿秋白：《饿乡纪程·四》，《瞿秋白文集》（文学编）第 1 卷，第 23 页。

　　③ 许多传记写瞿秋白中学时期与同学结成诗社，有误。据当事人任半塘先生回忆，瞿秋白与同学组成的是"班会"，取名"希坚"。参见贺忠贤《往事记忆新，生死各千秋——访瞿秋白烈士同学任半塘教授》，《常州报》1983 年 1 月 30 日。

　　④ 据李子宽回忆，瞿秋白当时选学昆曲《拾金》，乐器中喜"适合于其性情的""音调婉转而凄楚"的洞箫。此间随国文教员史蛰夫研习治印，国画则多作山水，亦曾多次游览常州名胜红梅阁并有诗存留："出其东门外，相将访红梅。春意枝头闹，雪花满树开。道人煨榾柮，烟舞湿徘徊，此中有至境，一一入寒杯。坐久不觉晚，瘦鹤竹边回。"李子宽：《追忆学生时期之瞿秋白、张太雷两先烈》，参见上海市政协文史资料委员会编《上海文史资料存稿汇编》（第 1 册·政治军事），上海古籍出版社 2001 年版，第 508—515 页。又见姚守中、马光仁、耿易《瞿秋白年谱长编》，第 22 页。瞿秋白对音乐昆曲的爱好，还受到常州中学堂继任校长童斐（字伯章）的影响，童斐对元曲和昆曲很有研究。周永祥：《瞿秋白年谱新编》，第 15 页。

　　⑤ 羊牧之：《霜痕小集》，《常州文史资料·第十二辑·秋华馆文存》，第 86 页。

　　⑥ 李子宽：《追忆学生时期之瞿秋白、张太雷两先烈》，《上海文史资料存稿汇编·政治军事》，第 508—515 页；姚守中等编：《瞿秋白年谱长编》，第 15 页。

"词则更与同学任氏两兄弟乃纳、乃闿，互相推敲研究、逐渐深入，先由二窗（梦窗吴文英、草窗周密）入手，继学各大家，于是渐能谱叶调，感情奔放"[①]。瞿秋白的中学教育"欧化"，他认为是"死的科学的教育"，当时"正值江南文学思想破产"且"流动的文学思潮的堕落"，于是"大家不期而然同时'名士化'，始而研究诗文古词，继而研究经籍；大家还以性灵相尚"[②]。

　　1915 年夏天，由于家里无法供学费瞿秋白不得不辍学。对此，陈铁健认为："瞿秋白体谅母亲的苦难，他虽然未能读完中学，倒也并不感到怎样痛苦。但是，这对母亲却是一个很大的刺激。"[③] 此说似乎尊老不爱幼，其实，瞿秋白的失学不仅"似乎在家里发生了一次地震，对母亲来说，更是一种精神上的幻灭"[④]，而且对心思细腻而感情丰富的瞿秋白也是"沉重的打击"[⑤]。金衡玉写信给秦耐铭希望瞿秋白跟他在一起"研究些学问"[⑥]。1916 年初秦耐铭为秋白谋到小学教职，[⑦] 瞿秋白奉命到无锡面谈并留下过年。1916 年 2 月 7 日夜里金衡玉自杀，延至 2 月 8 日晚身亡。金衡玉自杀，除家中贫困、积债甚多外，一家人已得不到任何帮助的困境是根本原因，而金衡玉认为她死后起码孩子可因此得到他人帮助。[⑧] 母亲因贫被"驱逐出宇宙之外"的

①　羊牧之：《霜痕小集》，《常州文史资料·第十二辑·秋华馆文存》，第 89 页。

②　瞿秋白：《饿乡纪程·四》，《瞿秋白文集》（文学编）第 1 卷，第 24 页。

③　陈铁健：《瞿秋白传》，第 33 页。

④　瞿轶群：《母亲之死》，《瞿秋白研究》第 2 辑，第 310 页。

⑤　姚守中等编：《瞿秋白年谱长编》，第 26 页。

⑥　张晓萃：《瞿秋白少年时代生活侧记》，《新文学史料》1985 年第 2 期；姚守中等编：《瞿秋白年谱长编》，第 27 页。

⑦　瞿秋白在无锡时期的经济生活和思想变化情况，参见尤伟、周汉成《瞿秋白在锡遗踪考辨》，《瞿秋白研究》第 6 辑，第 295—303 页。

⑧　此说最早出于《瞿秋白同志传》（萧三、杜静、康生合著《瞿秋白、刘华传》，国际图书公司 1940 年版，第 10 页），秦纳敏：《秋白遗事》，《工人生活》（无锡）1957 年 6 月 26 日；陈铁健：《瞿秋白传》，第 34 页。

人生至痛，对瞿秋白的刺激莫此为甚，"成一不可磨灭的影像"①。事后瞿秋白返赴无锡江溪桥杨氏小学任教，月薪10元。② 杯水车薪的工资无法改变家道败落的命运，而工作的烦闷枯燥更窒息着才情丰盈的瞿秋白——"思想复古，人生观只在于'避世'"③。母亲自杀导致瞿秋白的思想陷入困境，古典文艺温柔甜美、端庄谨严的趣味，对瞿秋白形为抚慰实则加剧他的精神痛苦。瞿秋白这一时期的作品有《咏菊》、《出其东门外》、《哭母》，④ 这些诗作格律上都不特别合仄：《咏菊》意境颇为悲凉，体现瞿秋白多愁善感的禀赋和天性；《出其东门外》有道家体悟滋味；《哭母》是平淡中寓断肠语。从这些作品的情调看来，瞿秋白文艺思想仍是古典传统，这也符合他对中国知识分子知识结构的预设：

> 做一个中国人，尤其是知识分子，起码要懂得中国人的文学、史学、哲学。文学如孔子与五经，与东周的辞赋，与建安、太康、南北朝文学的不同，以及唐诗、宋词、元曲、明清小说的特点，史学如太古、中古、近古，特别是近代史以及私人著述的野史笔记；哲学如先秦的子学，汉代的经学，魏晋南北朝的佛学，宋明的理学等，都要有一个初步的认识，否则怎么能够算一个中国人呢？……这是起码条件。⑤

---

① 瞿秋白：《饿乡纪程·二》，《瞿秋白文集》（文学编）第1卷，第14页。

② 张晓莘：《瞿秋白少年时代生活侧记》，《新文学史料》1985年第2期；姚守中等编：《瞿秋白年谱长编》，第31页；陈铁健：《瞿秋白传》，第37页。

③ 瞿秋白：《饿乡纪程·四》，《瞿秋白文集》（文学编）第1卷，第24页。

④ 这三首诗分别见诸陈铁健、王观泉等人写的《传记》，没有收入《瞿秋白文集》。

⑤ 羊牧之：《霜痕小集》，《常州文史资料·第十二辑·秋华馆文存》，第87—88页。

　　由此可见，瞿秋白少年时期接受的是相当传统的古典文艺思想，讲究风雅韵致、哀怨忧伤。文艺是他安放心灵的精美笼子、体味世界的安全通道，浸淫着传统文人的唯美趣味。瞿秋白生活在日渐没落的世族大家，这种趣味天然地倾向"诗可以怨"，古典诗词吟咏构成其文艺活动的中心，而厌世观的形成正是他文艺思想中"怨"传统发展的偏至，母亲的自杀更是促使瞿秋白对生活由怨生恨。尽管受着古典唯美的趣味滋养，瞿秋白此后却以对生活、社会和世界的厌恶和憎恨开端。古典文艺的唯美脆弱，偏偏又遭逢乱世变革、崇尚实力的社会转型，这更让他对现实感到无比失望。梁启超和鲁迅都提倡力的文学，在理智上瞿秋白也许赞同，天性上却不合。古典文学趣味的沉浸，牵绊着瞿秋白在文艺思想上的变革，耽于沉思的他转而找寻其他路向的突围。

　　母亲死后，全家星散，烦闷困窘的瞿秋白辞去教职回到常州。[①] 为了重获学习机会，瞿秋白写信给瞿纯白（时任交通部京汉铁路局通译科翻译[②]）寻求帮助，随后又"只身由吴而鄂"，希望既能充足"饥渴似的知识欲"又可求得"饭碗问题的间接的解决法"[③]。在瞿纯白的帮助下，瞿秋白投考武昌外国语专科学校并被录取学习英语，后因学校条件很差而学费昂贵中途退学投奔黄陂的二姑母。在二姑母家，瞿秋白遇上表兄周均亮并在他的指引下醉心古典诗词、绘画、篆刻和佛学研究，政治问题也渐入谈资。[④] 此时他最爱读《资治通鉴》，有时也看佛书，一度对

---

　　① 陈铁健认为是暑假辞职（陈铁健:《瞿秋白传》，第38页）。姚守中等认为是农历十月间辞职。（姚守中等编:《瞿秋白年谱长编》，第33页。）

　　② 吴之光:《瞿秋白家世》，中央文献出版社2003年版，第165页。

　　③ 瞿秋白:《饿乡纪程·四》，《瞿秋白文集》（文学编）第1卷，第24页。

　　④ 周君适:《瞿秋白同志在黄陂》，《山花》1981年第7期；瞿秋白:《饿乡纪程·四》，《瞿秋白文集》（文学编）第1卷，第24页。

托尔斯泰主义发生兴趣。① 瞿秋白以苦读度日，身体虚弱又用功过度而染上肺病。尽管经济生活的要求"丝毫没有满足"，瞿秋白心灵上却"渐渐得一安顿的'境界'"②。瞿秋白后来回忆"十六七岁时"开始读老庄之类的子书、宋儒语录和佛经、《大乘起信论》、胡适的《中国哲学史大纲》③，梁漱溟的印度哲学④，还有当时一些科学理论和文艺评论。⑤ 瞿秋白读了大量的佛经和哲学书，因此对佛道思想理解比较深入，郑振铎就很佩服瞿秋白"中国书念的很多，并大量的刻苦的读着哲学书。对于'老''庄'特殊有研究"⑥。

晚清民国以来，科举废而学堂兴，求正规学堂出身是读书人未来生活的重要保障，退而求其次便是当大学旁听生、自学生，进则留洋求学，"这一变化加速了新的、非学术性的知识分子的形成"⑦。家境好则学政治经济（如徐志摩、郁达夫）、医科建筑（如鲁迅、郭沫若、梁思成），差点便学兵科（如

---

① 王学其：《"天涯涕泪一身遥"——少年瞿秋白在黄陂》，《春秋》1985 年第 5 期；姚守中等编：《瞿秋白年谱长编》，第 35 页。

② 瞿秋白：《饿乡纪程·四》，《瞿秋白文集》（文学编）第 1 卷，第 24 页。

③ 该书上卷到 1919 年 2 月才出版。

④ 梁漱溟 1917—1924 年在北京大学哲学系教授印度哲学课程的讲义，1919 年以《印度哲学概论》出版。梁漱溟：《梁漱溟全集》第 1 卷，山东人民出版社 1989 年版，第 23—247 页。

⑤ 胡适的《中国哲学史大纲》上卷于 1919 年 2 月出版（胡适：《胡适全集》第 5 卷，安徽教育出版社 2003 年版，《整理说明》，第 5、543—721 页。）瞿秋白的佛教思想资源除了佛典阅读，还受到梁漱溟佛学思想的影响，因为他读过梁漱溟的教材。瞿秋白从 1919 年春开始曾经在北大当过旁听生，因此听过梁漱溟的授课和读过根据此课讲义出版的教材《印度哲学概论》也是有可能的。（瞿秋白：《多余的话》，《瞿秋白文集》（政治理论编）第 7 卷·附录，第 704 页；周君适：《瞿秋白同志在黄陂》，《山花》1981 年第 7 期。）

⑥ 郑振铎：《记瞿秋白同志早年的二三事》，《新观察》1955 年第 12 期。

⑦ ［美］莫里斯·迈斯纳（Mamtee Meisized）：《李大钊与中国马克思主义的起源》，中共北京市委党史研究室编译组译，中共党史资料出版社 1989 年版，第 6 页。

成仿吾）。家道破落的学生，学堂也提供不少机会：努力而运气好的，早些可获得公费留学资助，如鲁迅；稍次也可入政府部门委托开设的专门班，如瞿秋白。日后专门培养共产主义革命干部的上海外国语学社也是这种机构。[1] 在这种背景下，由于瞿纯白调任北京外交部条约司当翻译，瞿秋白"抱着入大学研究的目的"[2]随其到了北京。曾投考北京大学，考试虽通过却因学费昂贵作罢。此后应北京政府普通文官考试未被录取，瞿秋白近半年里闲置无事。张勋复辟引发了兵祸，瞿秋白护送瞿纯白家眷离京回汉口，事件平息后返回北京。期间瞿秋白曾随张寿昆到北京大学文学院旁听陈独秀、胡适等授课。[3] 无奈之中的瞿秋白，最终选择了"既不要学费又有'出身'的外交部立俄文专修馆去进"[4]，希望将来做外交官或译员谋生活。习俄语和进外交部设的学校为瞿秋白的"饿乡"行伏下契机，并因此改变了他一生。在俄文专修馆，瞿秋白除精修俄语、俄文会话"竟然说得相当流畅"[5]外，中文

---

① 蒋光慈等就曾在上海外国语学社学习俄语后留俄。（吴腾凰：《共同的志向深厚的友谊——瞿秋白与蒋光慈的友情概述》，《瞿秋白研究》第 2 辑，第 331 页；萧劲光：《回忆旅俄支部前后的一些情况（1979 年 11 月）》，中国社会科学院现代史研究室中国革命博物馆党史研究室选编：《"一大"前后中国共产党第一次代表大会前后资料选编 三》，人民出版社 1984 年版，第 113 页。）

② 瞿秋白：《饿乡纪程·四》，《瞿秋白文集》（文学编）第 1 卷，第 24 页。

③ 孙九录：《瞿秋白在常州府中学堂和北京的一些情况》，《党史资料丛刊》1980 年第 3 辑，上海人民出版社 1980 年版，第 75 页。

④ 瞿秋白：《多余的话》，《瞿秋白文集》（政治理论编）第 7 卷·附录，第 695 页。

⑤ 沈颖：《关于秋白的一点回忆》，编辑小组：《忆秋白》，第 105 页。瞿秋白第一次旅俄时的俄文水平并不像后人回忆的那么精熟，据郭质生 1960 年写给杨之华的信：当郭质生第一次见到瞿秋白和李宗武时，仍旧"从发音、音调以及问题的语法结构上"等方面"立刻明白了他们是刚来的，他们的俄语不是在苏俄学的"。（瞿独伊：《寻觅双亲的足迹》，《瞿秋白研究》第 1 辑，第 366 页。）

更因作文课"几乎每次均油印传观，以至名遍校内，无人不知"①。瞿秋白后来又跟瞿纯白学法文，"水平远远超过了补习班的其他正式学员"②。

　　1917 年底或次年初，瞿秋白作《雪意》："雪意凄其心惘然，江南旧梦已如烟。天寒沽酒长安市，犹折梅花伴醉眠。"③ 15 年后瞿秋白重录此诗赠给鲁迅，可见他对该诗的看重、艺术之自得和诗思的认可。诗中传达的对现实人生的彷徨与颓唐，无疑既是他低沉抑郁心情的"曲折反映"④，也表现他对古典文学趣味恋恋不舍的游移（甚至是根深蒂固的痴恋）。重录的时候，瞿秋白仍"今日思之，恍如隔世"⑤，言下之意有沧海桑田的感慨，但

---

　　① 沈颖：《关于秋白的一点回忆》，《忆秋白》，第 105 页。

　　② 瞿重华口述，韩斌生整理：《回忆秋白叔父在北京的情况》，常州教师进修学校语文学科组编：《瞿秋白研究资料》1982 年 6 月，第 39 页。

　　③ 瞿秋白：《雪意》，《瞿秋白文集》（文学编）第 2 卷，第 359 页。诗解如下：（元）方回有《雨夜雪意》："汹涌风如战，萧骚雨欲残。遥峰应有雪，半夜不胜寒。吾道孤灯在，人寰几枕安！何当眩银海？清晓倚楼看。"（元）方回编：《瀛奎律髓》第 14 卷，上海古籍出版社 1993 年版，第 151 页。古诗词中同题的诗作不少；长安本为汉、唐京师，古典诗词中多借指当时京城，如刘克庄《玉楼春·年年跃马长安市·戏林推》就有"年年跃马长安市，客舍似家家似寄"。此处"长安"即临安。"沽酒长安"的表述，古诗词中也常见，如（唐五代）韦应物《酒肆行·豪家沽酒长安陌》就有"豪家沽酒长安陌，一旦起楼高百尺"。陶敏、王友胜校注：《韦应物集校注》，上海古籍出版社 1998 年版，第 548 页；《苏东坡全集》（卷 13）中有《腊梅一首赠赵景贶》（《次履常腊梅韵》）有"醉中不觉度千山，夜闻梅香失醉眠。归来却梦寻花去，梦里花仙觅奇句"。（宋）毛德富等主编：《苏东坡全集》10 卷，北京燕山出版社 1998 年版，第 720 页；杨万里《诚斋诗话》有："主问：'问余何意栖碧山，笑而不答心自闲。桃花流水杳然去，别有天地非人间。'……'醉中不觉度千山，夜闻梅香失醉眠'。"明代唐寅《桃花庵歌》写道："桃花坞里桃花庵，桃花庵里桃花仙。桃花仙人种桃树，又摘桃花换酒钱，酒醒只在花前坐，酒醉还来花下眠。"（明）唐寅：《唐伯虎全集》，周道振、张月尊辑校，中国美术学院出版社 2002 年版，第 24 页；可见瞿秋白《雪意》集粹了中国古典诗词关于花、酒的典型意绪，鲜明呈现浓重的古典文人情趣。又：此诗是 1932 年 12 月 7 日瞿秋白录赠鲁迅的两首之一。参见丁景唐、文操合编的《瞿秋白著译系年目录》，第 78、155 页。

　　④ 鲁云涛：《试析瞿秋白"心智不调"问题》，《瞿秋白研究文丛》第 1 辑，江苏省瞿秋白研究会编，中央文献出版社 2007 年版，第 160 页。

　　⑤ 瞿秋白：《雪意》，《瞿秋白文集》（文学编）第 2 卷，第 359 页。

也未尝没有"陌生化"①后发现新我中之旧我的讶异。1918 年瞿秋白在发奋学习的同时,看了许多新杂志,思想有相当进展,新人生观"厌世主义的理智化"②正在形成。瞿秋白的自我估评相当恰切,因为反映他"青年时代"气息的《雪意》,正显露着理智与厌世二者的矛盾:一面是凄然作别如烟的"江南旧梦",一面则遥想"天寒沽酒长安市,犹折梅花伴醉眠";一面是厌世主义、悲观情绪弥漫,一面则有理智化的自我警醒。二元人生观和文艺思想已现端倪,瞿秋白说:

> 因研究国故感受兴趣,而有就今文学再生而为整理国故的志向;因研究佛学试解人生问题,而有就菩萨行而为佛教人间化的愿心。这虽是大言不惭的空愿,然而却足以说明我当时孤独生活中的"二元的人生观"。③

母亲自杀导致瞿秋白思想产生新变,新质素就是佛教思想。如果说古典文艺趣味与道家思想在瞿秋白文艺思想中和谐共处,那么佛教思想则促成其第一次二元裂变而非激变:前者构成世间责任担当,后者则是出世间功德。文以载道的功利观沟通了菩萨行思想,使瞿秋白文艺思想实现体用二分,但文艺趣味上仍旧停驻于古典唯美。

1919 年清明瞿秋白赠李子宽山水一幅,题"松风自度曲,我琴不须弹,胸中具此潇洒,腕下自有出尘之概,何必苦索解人

---

①　[俄] 什克洛夫斯基:《散文理论》,刘宗次译,百花洲文艺出版社 1994 年版,第 10 页。

②　瞿秋白:《多余的话》,《瞿秋白文集》(政治理论编) 第 7 卷·附录,第 695 页。

③　瞿秋白:《饿乡纪程·四》,《瞿秋白文集》(文学编) 第 1 卷,第 24—25 页。

耶"①，字里行间、画里画外，古典文艺的趣味仍清爽难离。然而，"五四"变革时代的呼唤与社会情势吁求、个人思虑与师友训育都促使瞿秋白最终抛却如烟江南旧梦，向新思想（包括新文学趣味）迈进。1919 年 5 月 4 日，五四运动"陡然爆发"，瞿秋白抱着"不可思议的'热烈'"②卷入漩涡。"五四"为瞿秋白从"佛教人间化"转向"共产主义人间化"造成契机，③ 他内心的不安"再也藏不住了"，准备着要给社会"震惊的刺激"④。瞿秋白不顾劳苦地参加罢课、游行示威，⑤ 还被推举为俄文专修馆总代表之一出席各校代表会议。运动中瞿秋白渐渐成为主要"谋主"，表现了"出众的辩才"和"领导天才"，⑥社会政治运动激烈地卷入了瞿秋白的思想世界。⑦

　　"五四"迅速落潮后，北京青年的思想渐渐转移，趋重于哲学和人生观方面⑧寻找社会进步的答案。1919 年 11 月，瞿秋白与郑振铎、瞿世英、耿济之、许地山等创办《新社会》⑨ 大力宣传社会改造，认为"既以新思想为造新政治、为造新道德、为

---

　　①　《瞿秋白年谱长编》，第 43 页。

　　②　瞿秋白：《饿乡纪程·四》，《瞿秋白文集》（文学编）第 1 卷，第 25 页。

　　③　王尔龄：《"五四"与瞿秋白》，《瞿秋白研究》第 3 辑，第 125 页。

　　④　瞿秋白：《饿乡纪程·四》，《瞿秋白文集》（文学编）第 1 卷，第 25 页。

　　⑤　瞿重华·口述，韩斌生整理：《回忆秋白叔父在北京的情况》，第 39 页；姚守中等编：《瞿秋白年谱长编》，第 47 页。

　　⑥　郑振铎：《记瞿秋白同志早年的二三事》。

　　⑦　"五四"一代对"五四"社会政治文化运动的参与，很大程度上都是出于素朴的激情。可参阅冰心、冯至、艾芜、许钦文、俞平伯、杨振声等人的回忆。参见香港广角镜出版有限公司编写《五四运动》（画册），华风书局有限公司发行，1989 年 4 月初版；中国社会科学院近代史研究所编：《五四运动回忆录》，中国社会科学出版社 1979 年版。

　　⑧　瞿秋白：《饿乡纪程·四》，《瞿秋白文集》（文学编）第 1 卷，第 27 页。

　　⑨　《新社会》旬刊从 1911 年 11 月创刊到 1920 年 5 月被查封，共出版 19 期。中共中央马克思、恩格斯、列宁、斯大林著作编译局研究室编：《五四时期期刊介绍》第一集·上册，三联书店 1978 年版，第 320—327 页。

造新学术之前提，试循因以求其果，则灿烂光明之新中国，且不期而涌现乎大地之上？"①语气中洋溢着"五四"时流行的简单因果思维和乐观。通过办刊物参与社会政治活动，这是瞿秋白思想上"第一次与社会生活接触"②。瞿秋白在该刊发文共23篇，再三强调社会和思想的"革新的时机到了"③，"力求普遍这种新思想"④最要紧。

1919年11月16日上午，北大学生林德扬对社会绝望而投水自杀。爱国青年竟因国事而绝望自杀，《晨报》等纷纷展开热烈讨论。瞿秋白也积极投稿参与，甚至说"自由神就是自杀神"⑤。瞿秋白主动参与讨论自杀问题，可谓意味深长。周利生说："如果不抛弃'避世'、'厌世'的人生观，对于极具挚情爱心的瞿秋白来说，三年后不可能讨论起自杀问题。"⑥母亲自杀给瞿秋白留下巨大的心理阴影，此后他一直将此归咎于贫穷和封建家族制度。五四后自杀青年越来越多，舆论已纷纷转向从社会找原因。瞿秋白终于可以堂而皇之地从社会角度去反思，巨大的心灵创伤因此同时化作思考社会问题的绵延动力。为此，瞿秋白再次就自杀问题而呼吁青年"要在旧宗教，旧制度，旧思想的旧社会里杀出一条血路，在这暮气沉沉的旧世界里放出万丈光焰"⑦。旧宗教、旧思想、旧制度、旧世界成为瞿秋白思想前行的对象化障碍，有的放矢的思想突破使他迅速走到社会变革的思潮前线，埋下了日后走

---

① 《新社会·发刊辞》（由郑振铎执笔），《新社会》第1卷第1号，第3页。

② 瞿秋白：《饿乡纪程·四》，《瞿秋白文集》（文学编）第1卷，第26页。

③ 瞿秋白：《革新的时机到了!》，《瞿秋白文集》（政治理论编）第1卷，第20页。

④ 同上书，第21页。

⑤ 瞿秋白：《自杀》，《瞿秋白文集》（文学编）第2卷，第3页。

⑥ 周利生：《从"避世""厌世"到"打起精神，往前干去"？——从〈新社会〉旬刊解读瞿秋白的早期思想》，《常熟高专学报》2001年第3期。

⑦ 瞿秋白：《自杀》，《瞿秋白文集》（文学编）第2卷，第3页。

向激进的共产主义革命政治的逻辑基础。

1920 年 3 月瞿秋白加入李大钊等创建的"马克思学说研究会"①。4 月翻译《社会之社会化》。8 月李大钊等提出"青年呵！速向农村去吧！"② 的号召，瞿秋白深表赞同。他追忆自己是"二十一、二岁，正当所谓人生观形成的时期，理智方面是从托尔斯泰式的无政府主义很快转到了马克思主义"③，这个转变也就是从这里开始。其实瞿秋白的转化仅仅才开始，因为思想转变不仅需要时间，还有感情因素考量。正在这时，鉴于中国辛亥革命后黯淡的社会局面，北京兴起了对新俄国和"十月革命"的讨论。仅一次武装起义就使旧俄国变成新俄国，"十月革命"一下子成为中国人的思想参照。④ 参照辛亥革命之半吊子革命结

---

① 1920 年 3 月李大钊等在北京大学秘密组织"马克思学说研究会"，参加的北大学生有邓中夏、高君宇等 19 人，该会章程规定"马克思研究会，以研究关于马克思派的著述为目的"、"对于马克思学说研究有兴味的和愿意研究马氏学说的人，都可以做本会底会员"。（《发起马克思学说研究会启事》，《北京大学日刊》1921 年 11 月 17 日。）瞿秋白后来也参加了。[王功安、毛磊：《国共两党关系史》（五卷合订本），武汉大学出版社 1988 年版，第 40 页。] 1921 年 12 月，李大钊又和费觉天等 9 人发起成立"北京大学社会主义研究会"，以"集合信仰和有能力研究社会主义的同志，互助的来研究并传播社会主义思想"为宗旨。（《北京大学社会主义研究会通告》，《北京大学日刊》1921 年 12 月 6 日。）可见瞿秋白参加的是"马克思学说研究会"（按照《启事》章程内的表述为"马克思研究会"，但一般用《启事》里的名称"马克思学说研究会"），不是"社会主义研究会"，也不是瞿秋白回忆中的"马克思主义研究会"或"俄罗斯研究会"。瞿秋白对回忆中的表述是留有余地的，特加了引号和括号并打了问号。（瞿秋白：《瞿秋白文集》（政治理论编）第 7 卷·附录，第 696 页。）

② 李大钊：《青年与农村》，《李大钊文集》（上卷），人民出版社 1984 年版，第 653 页。

③ 瞿秋白：《多余的话》，《瞿秋白文集》（政治理论编）第 7 卷·附录，第 701 页。

④ 张玉法先生认为"十月革命"对当时中国人思想触动的象征意义在两点："一为群众的力量崛起，平民走上政治舞台；一为社会主义革命成功，厌恶资本主义的人有了新的选择。"[张玉法：《中华民国史稿》（修订版），联经出版事业股份有限公司 2008 年版，第 135 页。] 这两点都合乎瞿秋白彼时思想状态下对俄国"十月革命"的基本读解。

局，较之北洋军阀政府统治下的混乱局面，俄人革命的巨大成功、革命后一度困苦的现状，给中国人造成巨大刺激，无不对"新俄国"既新奇又畏惧。而整个社会对"新俄国"、"饿乡"的普遍心理，给习俄文的瞿秋白提供了英雄用武之地。"漂流震荡于这种狂涛骇浪之中"的瞿秋白，思想更是受"新俄国"刺激后在悄悄变化。相比之下，俄国革命的成功对瞿秋白的刺激和吸引更是巨大。新俄的困苦状况反而被革命成功的光晕遮蔽了，"新俄国"竟一变而为中国古典文化里伯夷叔齐的"饿乡"。尽管当时社会各界对俄国和"十月革命"评价纷乱，但丝毫不影响瞿秋白的感情天平，他一头扎进自己心中预设的"饿乡"寓言。这种反认他乡作故乡的思路错位，里面的转换逻辑与动力和瞿秋白寻找思想出路的急迫与盲目有关，瞿秋白写道：

> 思想不能尽是这样紊乱下去的。我们对社会虽无责任可负，对我们自己心灵的要求，是负绝对的责任的。唯实的理论在人类生活的各方面安排了几千万年的基础。——用不着我和你们辩论。我们各自照着自己能力的限度，适应自己心灵的要求，破弃一切去着手进行。……清管异之称伯夷叔齐的首阳山为饿乡，——他们实际心理上的要求之实力，胜过他爱吃"周粟"的经济欲望。——我现在有了我的饿乡了，——苏维埃俄国。俄国怎样没有吃，没有穿，……饥，寒……暂且不管，……他始终是世界第一个社会革命的国家，世界革命的中心点，东西文化的接触地。[①]

瞿秋白的追忆带有强烈思想贯穿色彩，但提供了他把新俄当"精神饿乡"的思想转换逻辑。"宁可我溅血以偿'社会'，毋使

---

① 　瞿秋白：《饿乡纪程·五》，《瞿秋白文集》（文学编）第1卷，第31页。

'社会'杀吾感觉"①的瞿秋白，迅速选定了他的精神苦闷的突破口——到"饿乡"去，所以将这段路程纪录取名《饿乡纪程》。谐音"俄乡"，既化用伯夷叔齐的典故，也表明瞿秋白确实是把新俄当作革命圣地的初衷。

　　想去和肯去"饿乡"是一回事，有没有条件去"饿乡"又是另外一回事。② 瞿秋白的条件在1920年秋成熟了。③ 胡政之聘请《大公报》副刊编辑吃饭，瞿秋白是嘉宾之一。席间瞿秋白与主人相谈甚欢、文才特出。不久与沈颖同赴天津采访俄人柏烈伟，④ 瞿秋白优异的俄语得到表现。⑤ 1920年秋《晨报》和《时事新报》为迅捷报道世界大势，决定合派一批驻外记者分赴各国。⑥ 由于有俄语专长、又曾在《晨报》发过稿，时任外交部护

---

　　① 瞿秋白：《赤都心史·三五 中国之"多余的人"》，《瞿秋白文集》（文学编）第1卷，第220页。

　　② 据陆泰先生说，瞿秋白等赴苏俄采访是俞颂华邀约的。[陆泰：《从十里洋场到黄土窑洞——俞颂华传记之一章》，《世纪风采》（江苏）1994年第6期。]瞿秋白能够获得此次作为特派记者赴俄考察的机会，包括日后回国能因此有所作为，还与他的同学人脉资源等有密切关系。张太雷、任乃讷、吴炳文、李子宽等人都是一时之豪杰。（钱听涛：《记瞿秋白的中学同学任乃讷、吴炳文、李子宽》，《瞿秋白研究》第7辑，第271—280页。）

　　③ 王文强先生认为瞿秋白赴俄考察的思想促动与李大钊和张太雷都有关系。（王文强：《与瞿秋白成长关系密切的几个人物》，《瞿秋白研究》第13辑，第126—134页。）

　　④ 柏烈伟即俄国汉学家鲍立维，1918年秋因同情十月革命、积极宣传社会主义从海参崴到中国从事联络工作，与李大钊等人联系并找张太雷翻译马克思主义文献。（刘玉珊、左森、丁则勤：《张太雷年谱》，天津大学出版社1992年版，第30页。）瞿秋白和张太雷是同学，瞿秋白去采访柏烈伟与其有关。而且"秋白思想之转变得力于此一阶段，太雷之掖进应不在少"。李子宽：《追忆学生时期之瞿秋白、张太雷两先烈》，《上海文史资料存稿汇编·政治军事》，第508—515页。

　　⑤ 沈颖：《关于秋白的一点回忆》，《忆秋白》，第106页。

　　⑥ 《共同启事》："吾国报纸向无特派专员在外探取各国真情者，是以关于欧美新闻殊多简略之处，国人对于世界大势，亦每因研究困难愈趋隔阂淡漠，此诚我报一大缺点也。吾两报有鉴于此，用特合筹经费遴派专员，分赴欧美各国担任调查通讯事宜，冀稍尽吾侪之天职，以开新闻界之一新纪元焉。"（北京《晨报》1920年11月28日首次刊载，以后一直到12月16日，每日照登这则启事。）

照科长的瞿纯白也打了招呼；加上时任《晨报》笔政的孙光圻推荐，[①] 各种因素[②]一起促成瞿秋白顺利获得记者资格。在因缘时会获取两家报社驻俄特派员资格后，瞿秋白可以进行思想实地考察了。事后瞿秋白回忆，这次得来的"新闻记者"资格来之不易，他自认也有点"不问手段"、"冒昧"、"勉强"[③]。可见，瞿秋白能前往俄国不完全是因为他胜任记者角色，也并非完全出于俄语特长（当时在俄文专修馆还没毕业）。但综合各因素，赴俄特派记者还是选定了他。"饿乡"之行，瞿秋白本来也只想做思想实地检验，为"想挽定思潮"，"认定思想之私有"的"勉力前进"[④]之举。瞿秋白在《去国答〈人道〉》中去国赴俄的思想更清楚，心意明显而决断："来去无牵挂"、"只不过做邮差"，辛苦只因为是在"宇宙的意志"的驱策下奔往"自然的和谐"[⑤]。其踌躇满志和潇洒心态，令前去送行的郭绍虞颇羡慕和钦敬他的"英气"[⑥]。"饿乡"一行，瞿秋白找到获取新生的历史通道，这

---

①　孙九录：《瞿秋白在常州府中学堂和北京的一些情况》；王观泉：《一个人与一个时代：瞿秋白传》，天津人民出版社 1989 年版，第 113—114 页；钱听涛：《五四运动前后瞿秋白的思想事迹考析》，《瞿秋白研究》第 8 辑，第 478 页。

②　瞿秋白能成为旅俄记者还有其他因素。（钱听涛：《五四运动前后瞿秋白的思想事迹考析》，《瞿秋白研究》第 8 辑，第 478 页。）

③　"我暂且不问手段如何，——不能当《晨报》新闻记者而用新闻记者的名义去，虽没有能力，还要勉强；不可当《晨报》新闻记者，而竟承受新闻记者的责任，虽在不能确定的思潮中，而想挽定思潮，也算冒昧极了。"瞿秋白：《饿乡纪程·五》，《瞿秋白文集》（文学编）第 1 卷，第 31 页。

④　瞿秋白：《饿乡纪程·五》，《瞿秋白文集》（文学编）第 1 卷，第 31 页。

⑤　瞿秋白：《去国答〈人道〉》，《瞿秋白文集》（文学编）第 1 卷，第 35—36 页。

⑥　郭绍虞回忆说："我是经过郑振铎认识瞿秋白的。他走的时候，我曾去聚会送了他。秋白的样子，至今我还记得。我当时觉得一般青年都有一种恢气，他比较的没有。我好像感到他和别人不一样，有一股英气。我觉得这是我们不及他的地方。"（唐天然：《流星，直往西北飞去——记郭绍虞 1920 年赠别秋白诗》，《瞿秋白研究》第 5 辑，第 205 页。）关于当年友人送别瞿秋白赴俄考察的记载可参见王统照《恰恰是三十个年头了》。（《王统照文集》第 6 卷，山东人民出版社 1984 年版，第 235—244 页。）

既是出于现实生计考虑（年薪千元相当可观），也是思想寻求异质资源以求新变的取经行动——"以学生或流亡者的身份到国外去，致力于自己的研究和写作"。①

1920 年 10 月 22 日，瞿秋白发出"饿乡"行的第一篇报道，思想进入第二阶段。此前，瞿秋白漂流震荡于变革时期思潮的狂涛骇浪之中。当时整个社会"不论政治上，经济上，学术上的思潮都没有明确的意义，只见乱哄哄的报章、杂志、丛书的广告运动"②。在各种主义喧哗中，他决定"以整顿思想的方法入手"，自认为已"略略领会得唯实的人生观及宇宙观"，成就了世间的"唯物主义"。③显然，瞿秋白此时的思想相当驳杂，主要是佛教朴素的唯物主义，此外还有因幼时社会生活环境"不期然而然"具有"斯笃矣派"④的色彩。在短短一年多的时间里，瞿秋白著译约 36 篇（部），译作 9 部，政论 17 篇，文学序言 2 篇，时论杂感等 8 篇。⑤《远》⑥是瞿秋白这一时期的代表作，呈现出他文艺思想的分裂和驳杂。这是新诗模样的文字：第一段是古典文风写的精致严谨的风景描述；第二段是干脆简洁的街头速写，稍有现代气味；第三段恰好是前两种风格的杂糅。文

---

① ［美］莫里斯·迈斯纳（Mamtee Meisized）：《李大钊与中国马克思主义的起源》，中共北京市委党史研究室编译组译，中共党史资料出版社 1989 年版，第 10 页。

② 瞿秋白：《饿乡纪程·五》，《瞿秋白文集》（文学编）第 1 卷，第 30 页。

③ 同上书，第 31 页。

④ 斯多葛派（Stoiciste），公元前 4 世纪由芝诺于雅典创立的学派，也译作画廊派、斯多亚派、斯多阿学派，因讲学场所在彩色画廊而得名（希腊文 stoa，意为画廊，音译斯多亚）。研究重心是伦理德行学，强调人生应该顺从自然。政治思想上最早系统论述自然法，认为自然法就是理性，应该废除国家界限，消除等级差异组成共同的世界国家。（赵敦华：《西方哲学通史》第 1 卷，北京大学出版社 1996 年版，第 273—291 页。）

⑤ 据丁景唐、文操合编的《瞿秋白著译系年目录》（1919—1935）和蔡国裕著的《瞿秋白政治思想之研究·附录一：瞿秋白著译作品年表》（1919—1934）的统计。

⑥ 刊于 1920 年 8 月 5 日《人道》创刊号。（瞿秋白：《新的声音》，《瞿秋白文集》（文学编）第 2 卷，第 5、18—19 页。）

中频繁出现的省略号表明诗思破碎和风格分裂。《去国答〈人道〉》也仍然存在古典与现代的驳杂，但现代哲理散文诗气息已经浓厚多了。

可见，直到赴俄前夕，瞿秋白文艺思想仍处于古典与现代驳杂的状态。但从老庄哲学到大乘佛学、从托尔斯泰主义到马克思主义，瞿秋白文艺思想还是发生了转化，因为生活关注焦点的改变，无疑是思想变化的表征。总括而言，其间发生三大变动：

其一，对俄国文艺的兴趣越来越浓厚。由于俄语渐渐精熟，而学习俄语的途径——俄文专修馆"用的俄文课本就是普希金、托尔斯泰、屠格涅夫、契诃夫等的作品"①——多是俄国19世纪古典名著，因此对俄国文学的鉴赏力得到提高。不论出于学以致用、互动提高的自觉，还是"十月革命"后北京社会环境对俄国文学的兴趣越发浓厚，都致使瞿秋白的文学关注转移到俄国文学。他不仅兴致勃勃地翻译俄国文学，强调从原文翻译和原汁原味，而且每有译作都附上长短不一的评论。为俄国文学译作结集和写序言的任务，往往也找瞿秋白。这在一定程度上表明，在当时的俄国文学翻译圈子内，其俄国文学素养已经得到了较大认同。②

其二，初步具有用社会科学理论研究社会和文艺问题的自觉。"五四"前瞿秋白思考文艺的端口有两个：一是文艺本身，如中学前接受的古典文学教育；二是道教佛教思想资源。尤其在母亲自杀后，他更是趋向于实现"就菩萨行而为佛教人间化的愿心"③。世间与出世间、道教的积极与佛教的消极杂糅于瞿秋

---

① 郑振铎：《回忆早年的瞿秋白》，《文汇报》1949年7月18日。

② 1921年郑振铎正式将瞿秋白列入文学研究会，会员号第40号。（郑振铎：《回忆早年的瞿秋白》；王铁仙：《瞿秋白文学评传》，百花文艺出版社1988年版，第44页。）此事尽管发生在瞿秋白去俄国考察之后，但也说明此前瞿秋白文艺思想和"文艺研究会"圈子中人基本趋同，文艺识见程度相当。

③ 瞿秋白：《饿乡纪程·四》，《瞿秋白文集》（文学编）第1卷，第25页。

白的二元人生观。"五四"后，各种主义思潮鱼龙混杂、莫衷一
是。但总体上，时人都有引入社会科学理论解释中国现实问题的
动机，尤其是无政府主义思潮在当时占主要地位。① 因此，文艺
社科理论分析往往压倒审美鉴赏，"写什么"的问题越来越重
要，现实感或时代感成为当时乃至此后极为重要的艺术判断标
准，"问题小说"等成为一时风尚并非偶然。瞿秋白也受到大气
候影响，因此对托尔斯泰、果戈理小说特别垂青，甚至在托尔斯
泰思想下流连过片刻。② 社会主义思潮彼时对于他只是模糊影
响，"隔着纱窗看晓雾"、"意义都是纷乱"③，并非像瞿秋白所
说"学生运动倏然一变而倾向于社会主义"④那么突然。《饿乡
纪程》是在红光烛照下的追忆，但因其写作态度的真诚，往往
与暂且并不僵硬的革命意识形态思维存在互相纠缠，因此导致有
纪程与心路在逻辑上不合拍的现象发生，⑤ 这也是瞿秋白文学趣
味与思想倾向发生冲突的表现。

其三，对文学活动和社会事件的积极参与。瞿秋白文学活动
除了翻译，主要是办刊物和投稿参与社会问题讨论，带有极强的
社会参与色彩。翻译文艺作品的同时也翻译社科论著，并喜欢运

① 阿里夫·德里克认为在转入马克思主义之前，瞿秋白经历了无政府主义的阶段。[美] 阿里夫·德里克（Arif Dirlik）：《中国革命中的无政府主义》，孙宜学译，广西师范大学出版社 2006 年版，第 183 页。

② 这部分是因为托尔斯泰的思想中充满着东方精神。列宁就认为托尔斯泰主义的"现实的历史内容正是这种东方制度的即亚洲制度的思想体系"。（列宁：《列·尼·托尔斯泰和他的时代》，《列宁全集》第 20 卷，中共中央马克思、恩格斯、列宁、斯大林著作编译局编译，人民文学出版社 1988 年版，第 102 页。）关于瞿秋白与托尔斯泰思想的关联参见侯涤的《瞿秋白与托尔斯泰》。（《瞿秋白研究》第 6 辑，第 124—130 页。）

③ 瞿秋白：《饿乡纪程·四》，《瞿秋白文集》（文学编）第 1 卷，第 26 页。

④ 同上。

⑤ 也就是夏济安说的充满"苦心雕琢的风格及伤感主义的夸张"、早期作品"只是一片病态的苍白"。T. A. Hsia：The Gate Of Darkness，pp. 24。译文参照紫霜先生译文《"软心肠"的共产主义者——瞿秋白》（三），香港《明报月刊》第 5 卷第 6 期，第 67 页。

用书中理论同步评述文艺作品;《新社会》被封后接着又力促办《人道》①;讨论完青年自杀又急于对世界政治形势、政治运动、知识平等、劳动妇女等问题发言。瞿秋白也尝试用散文和新诗表达心灵历程,如《心的声音》。五四运动成为瞿秋白文艺思想的又一刺激,也恰好给了他放大个人悲惨身世遭遇的机会,使他"走出'心灵监狱'步上心路"②。个人家庭不幸与国家民族不幸紧密结合起来,获得宏大叙事的历史合理性,瞿秋白参与历史舞台的机缘就此萌生。五四新文化运动的深入,也给他提供了实现远大抱负的平台和入口。但仅仅凭其学术积累和思想功力,要参与新文化运动无疑有点力不从心。瞿秋白的优势是俄语的精熟程度,还有他对俄国文学较深入的了解。因此五四运动对瞿秋白的刺激,主要是政治思想。新文化运动则在纷乱的思潮论争中刺激了他对社会现实的热情思索,加剧他整合思想资源的紧迫感——希望自己能清理出令人满意的对社会现状的解释。

　　于是,斯多葛派、柏格森主义③、无政府主义、民粹主义、托尔斯泰主义、各种社会主义思潮,都进入瞿秋白思想借鉴的视阈。

---

　　①　《五四时期期刊介绍》第一集·上册,第328—331页。

　　②　翁文利:《瞿秋白与中共》(台湾国立政治大学,1979年,指导教授:沈之岳),第9页。

　　③　瞿世英,即瞿菊农,民国时期著名的哲学家,1926年获得美国哈佛大学研究院的哲学和教育学博士学位,最早在中国传播新实在论(New Realism),并大力介绍柏格森生命哲学。(张耀南、陈鹏:《实在论在中国》,首都师范大学出版社2002年版,第47页;黄见德:《西方哲学东渐史》上册,人民出版社2006年版,第400—402页;张历君:《心声与电影——论瞿秋白早期著作中的生命哲学修辞》,《现代中国》第11辑,北京大学出版社2008年版,第202页。瞿秋白对柏格森哲学思想的接受,是通过他称其为"族叔或宗叔"的瞿世英(吴之光:《瞿秋白家世》,第172—178页),杨之华回忆中称瞿世英为瞿秋白的"密友"。(杨之华:《回忆秋白》,洪久成整理,人民出版社1984年版,第99页。)但应该指出,柏格森在1915—1919年间的北京青年知识分子中的影响都是相当大的,这也许还因为影响柏格森的美国作家爱默生(Emerson)曾经在日本很流行的原因。参见〔美〕莫里斯·迈斯纳(Mamtee Meisized)《李大钊与中国马克思主义的起源》,中共北京市委党史研究室编译组译,中共党史资料出版社1989年版,第25、28、31、41、54—58页。

这些思想流派与他原有的传统文化、道家、佛教思想杂糅在一起。① 因此，瞿秋白文艺思想处于古典与现代的驳杂期：文学趣味从中国古典文艺渐渐转向俄罗斯 19 世纪小说，文学思想倾向于以现代西方社科理论驱策文学审美分析。瞿秋白文艺思想再次出现二元重组：一方面是古典文艺品味，一方面是现代知识体系建构。瞿秋白对现代文学理论的建构，没能得到现代高等教育的体系化训练，也没有现代学科体系的知识把握和指导，而是径直进入了现实社会政治语境，在革命的实践中参与异质意识形态话语体系的建构。学理性不足、革命实践性突出是瞿秋白现代文艺思想的特点。瞿秋白拥有深厚纯正的古典文学素养，但缺乏系统深入的现代知识体系研究沉潜，呈现出古典与现代的驳杂。显然，这种驳杂无法彻底引导瞿秋白古典文学观念的现代转变。现代文艺思想转变的不彻底，则为他后来在革命实践中仍旧产生的革命意识形态文学观与古典文学观的二元埋下伏笔。瞿秋白文艺思想从来不纯粹讲求文艺唯美，也不会完全彻底地陷入功利，但功利实用主义文艺观则始终贯穿着瞿秋白文艺思想的整个发展过程。瞿秋白文艺思想总是能在文艺的现实策略上得到整合。因应现实需要策略上的一元，成为瞿秋白文艺思想的根本。

第二节　从文艺趣味到革命政治

一　"向着红光里去"②

1920 年 11 月 4 日，瞿秋白开始写《饿乡纪程》。哈尔滨、

---

① 瞿秋白著述中有很多讨论"心"的文字，这体现他保持了中国知识分子"借思想文化以解决问题"的思想传统。［美］林毓生（Lin Yusheng）：《中国意识的危机——"五四"时期激烈的反传统主义》，穆善培译，贵州人民出版社 1986 年版，第 73 页。这和柏格森的哲学思想也有关系，因为瞿秋白思想是驳杂的整体。

② 瞿秋白：《饿乡纪程·九》，《瞿秋白文集》（文学编）第 1 卷，第 33、60 页。

满洲里、赤塔、莫斯科是瞿秋白思想"向着红光里去"的四个
关节点,所谓"哈尔滨得空气,满洲里得事实,赤塔得理论,
再往前去,感受其实际生活"①。1921 年 1 月 4 日至 25 日是瞿
秋白进入"饿乡"的前奏。这段心程半年后成为《饿乡纪程》
第 12 节至 14 节文字的初稿,最初以《自赤塔至莫斯科的见闻
记》②单独刊行。从《自赤塔至莫斯科的见闻记》到《饿乡纪
程》,内容与思想风格都有所改写,不时流露出瞿秋白"充满政
治激情的政治眼光",意味着他"已经开始用红色思维观审和思
考问题"③。2 月 27 日,瞿秋白在《共产国际远东书记处公报》
发表《中国工人的状况和他们对俄国的期望》,标志着"他与第
三国际联系的开始"④。经张太雷介绍,瞿秋白 9 月正式入俄共
党,1922 年 2 月转入中国共产党。⑤ 入党是瞿秋白人生和思想的
重要分水岭,从此他"不是旧时代之孝子贤孙,而是'新时代'

① 瞿秋白:《饿乡纪程·十一》,《瞿秋白文集》(文学编)第 1 卷,第 82 页。

② 这三节的部分内容,最初纳入俞颂华长篇通讯《旅俄之感想与见闻》(署名
"澹庐")并加上"附录秋白笔记"的说明,以《自赤塔至莫斯科的见闻记》为题刊
于 1921 年 8 月 26—29 日《时事新报》。后于 1921 年 9 月 11—15 日刊于北京《晨
报》,此时俞颂华文章总题改为《俄国旅程琐记》。1921 年 10 月 26—27 日,河南开
封《新中州报》转载。

③ 丁言模:《寻觅足迹:姐妹篇的演变——记〈自赤塔至莫斯科的见闻记〉与
〈饿乡纪程〉》,《瞿秋白研究》第 14 辑,第 113 页。

④ 王关兴:《瞿秋白和第三国际》,《瞿秋白研究》第 2 辑,第 20 页。对瞿秋
白与共产国际的因缘原委叙说更为周详的是杨奎松先生的《瞿秋白与共产国际》。
(《瞿秋白研究》第 8 辑,第 61—85 页。)

⑤ 关于瞿秋白入党问题我采取钱听涛先生的考证,其基本信息和陈铁健先生的
解释相符。[钱听涛:《瞿秋白入党时间考析》,《瞿秋白研究》第 4 辑,第 243—248
页;瞿秋白:《记忆中的日期》,《瞿秋白文集》(政治理论编)第 7 卷·附录;李克
长:《瞿秋白访问记》;彭述之:《中国共产主义的发轫》第 1 卷,第 287—288 页,
巴黎:Gallimard 书店法文版(周永祥:《瞿秋白年谱新编》,第 61—62 页);王观泉:
《一个人与一个时代——瞿秋白传》、第 217—218 页;陈铁健:《瞿秋白传》,第
144—145 页;陆定一:《瞿秋白同志生平的报告》,《瞿秋白研究》第 1 辑,第 3—4
页。]

的活泼稚儿"，被"编入世界的文化运动先锋队里"①。在此前后，瞿秋白曾亲历克鲁泡特金葬礼、访问托尔斯泰后人、参加俄罗斯复活节、感受俄国的"五一"劳动节。此外，还参观许多艺术博物馆、画院、剧院、美术馆，参加音乐会，与俄国乡村底层和在俄华工接触，会访文艺大家（如卢那察尔斯基、马雅可夫斯基）。同时受俄国扫盲运动启示②瞿秋白开始研究汉字拉丁化问题，成为中国文字改革先驱者。③瞿秋白第一次在俄实地考察长达两年，中间曾动摇和退缩过。1921年9月25日，瞿秋白致信俞颂华告知自己心情非常沮丧、茫然，④初步决定回国。但这次好不容易才决定的撤退，后来还是因种种困难作罢。这段时期，瞿秋白共写新闻报道42篇⑤、译文6篇⑥、诗歌5篇、小说2篇⑦，两本"以体裁而论为随感录"的"文学试作品"：一是"用政治史，社会思想史的体裁"写的《饿乡纪程》⑧；一是

---

① 瞿秋白：《赤都心史·三三"我"》，《瞿秋白文集》（文学编）第1卷，第212—213页。

② 关于瞿秋白从事汉字拉丁化工作的历史背景，郑林曦先生有较全面的论述。（郑林曦：《普通话和新文字的倡导者——瞿秋白》，《瞿秋白研究文集》，第321—322页。陈铁健等编：《瞿秋白研究文集》，中共党史资料出版社1987年版。）A. T. 施普林钦认为苏联扫盲和建立拼音文字的经验"对瞿秋白的拼音工作都产生了影响，向他说明和暗示了实现他的想法，把可能变成现实的途径和手段"。［苏联］A. T. 施普林钦：《瞿秋白与中国拼音文字》，马贵凡译，《瞿秋白研究》第7辑，第161—162页。

③ 倪海曙编：《中国字拉丁化运动年表》，中国拉丁化书店1941年版；丁景唐、文操合编：《瞿秋白著译系年目录》，第120页。关于此事周永祥和姚守中等编的年谱都不准确，而王观泉和陈铁健的传记都没提及。

④ 瞿秋白：《赤都心史·二六 归欤》，《瞿秋白文集》（文学编）第1卷，第181页。

⑤ 相当一些是会议文件和报刊资料编译，而《校外教育及无产阶级文化运动》、《无产阶级运动中之妇女》则完全为译作。

⑥ 如《俄国革命周年纪念》，《美人之声》，《世界社会运动中共产主义派之发展史》等。

⑦ 丁景唐、文操合编：《瞿秋白著译系年目录》，第3—19页。

⑧ 初版题为《新俄国游记——从中国到俄国的记程》。

"用日记,笔记的体裁"写成的"杂记"《赤都心史》①。此外,还完成两部论著——《俄罗斯文学史》和以"社会科学论文的体裁"②写成的《俄罗斯革命论》③。两年的俄罗斯文化浸染和革命洗礼,瞿秋白感受了旧俄悠久深厚的历史文化,也见识了革命新文化开创期的热情亢奋。

初到苏俄,瞿秋白对新旧文化分野判断仍很客观,初期喜欢翻译俄罗斯古典名家名作,后来也翻译一些带革命味的作品。随着采访深入和信息渠道日益固定,其所见所闻也逐渐革命化,俄革命政府的宣传思维引导着他。瞿秋白文字里"随感录的色彩"④越来越浓厚,《赤都心史》记录了他思想上的巨变:开篇《黎明》讨论文化与经济的关系,瞿秋白试图以阶级分析法和唯物论来分析文化问题,从阶级与革命的历史必然力量得出"资产阶级文化的夜之余"就是"无产阶级文化的晨之初"——艺术发展与社会革命同构的进化论。尽管他已开始运用阶级分析法,但有时仍忠于自己的艺术感受和审美判断。《黎明》结尾,瞿秋白持平地说"新旧两派平行缓进,还可以静待灿烂庄严的未来呢"⑤。他不时依然留恋文艺古典趣味,思想上也不时有焦虑和冲突:《秋意》

①　《饿乡纪程》、《赤都心史》文体问题争议颇多,但在时人看来这并不成为问题,因为彼时"散文"作为文体只有相对于"古诗词"的意义。因此瞿秋白将其称为"文学试作品"的"随感录"和"杂记",正表明他破除古典文学文体秩序的现代文体自觉上的努力。正如蒋明玳先生所说"瞿秋白对散文这一文体的选择,所反映的意义绝不仅仅是写作方式上的,而是直接与作者的立场、观点及文学主张有关,甚至超越了这一切,显示出他内心的独特感受,从而具有独到的意义与价值"(蒋明玳:《心灵的真实坦露——论瞿秋白的散文创作》,《瞿秋白研究论丛》2002年第2期,第68页。)蒋明玳对"散文"文体的历史判断不太准确,但对瞿秋白文体选择的自觉意义所见独特。

②　瞿秋白:《赤都心史·引言》,《瞿秋白文集》(文学编)第1卷,第115页。

③　瞿秋白:《赤都心史·跋》,《赤都心史·引言》分别见《瞿秋白文集》(文学编)第1卷,第109—110、114—115页。

④　王尔龄:《论瞿秋白的杂文》,陈铁健等编:《瞿秋白研究文集》,第247页。

⑤　瞿秋白:《赤都心史·一 黎明》,《瞿秋白文集》(文学编)第1卷,第119页。

有王维佛道式的幽谧和柏格森意识"绵延"①与"不间断的"冲动②；《"皓月"》更是"生理亦如斯，浩波欲无际"；《"东方月"》一边怨怨哀哀"赤都云影"掩没"东方月"③，一边又激情满怀高唱"欧亚华俄——情天如一"④。然而，历经两年俄苏实际生活，瞿秋白的政治思想却发生质变，文艺思想也发生转向。最重要的是，唯物论、阶级论成为其思想资源并促使他以此解释文艺和社会。1921 年秋，瞿秋白"用红色思维观审和思考问题"⑤改写半年前的《自赤塔至莫斯科的见闻记》⑥。对于果戈理的心理分析和文学为服务社会的工具主张，瞿秋白高度赞赏。对普希金的现实性与平民性，他更是大加称誉。这些都在无形中为瞿秋白日后的文学工具论、文艺的大众化思想打下基础。而在俄苏大扫盲运动启发下，瞿秋白对汉字拉丁化的思考及其实践，也为他的文腔革命、革命文艺的大众化思想埋下伏笔。瞿秋白基本的现代文学观念、关于文学问题的思想模式，在这个时期大致形成。⑦

---

① "绵延"（duration）是柏格森在《时间与自由意志》中提出、代表其"直觉说"的核心概念。柏格森用"绵延"来描述人的意识活动的特征，是意识状态的本质，因此意志不受因果律的支配，是自由的。［法］柏格森：《时间与自由意志》，吴士栋译，商务印书馆 1958 年版。

② ［法］柏格森认为"生命之流"是永动不息而又不知疲惫的"生命冲动"（Vitalmpetus），是一种无尽的"绵延"状态，"其中每一个状态都既预示着以后，又包含着以往"。［法］柏格森：《形而上学导言》，刘放桐译，商务印书馆 1963 年版，第 68 页。

③ 瞿秋白：《赤都心史·九"皓月"》，《瞿秋白文集》（文学编）第 1 卷，第 137 页。

④ 瞿秋白：《赤都心史·二十五"东方月"》，《瞿秋白文集》（文学编）第 1 卷，第 178 页。

⑤ 丁言模：《寻觅足迹：姐妹篇的演变——记〈自赤塔至莫斯科的见闻记〉与〈饿乡纪程〉》，《瞿秋白研究》第 14 辑，第 113 页。

⑥ 瞿秋白：《自赤塔至莫斯科的见闻记》，上海《时事新报》"赤俄通信"专栏，1921 年 8 月 26—29 日。后载于北京《晨报》1921 年 9 月 11—15 日。1921 年 10 月 26—27 日，河南《新中州报》转载。现收入《瞿秋白文集》（政治理论编）第 1 卷，第 178—183 页。

⑦ 傅群：《略论瞿秋白早期文艺思想》，《瞿秋白研究》第 6 辑，第 71 页。

二　"为衔春色上云梢"①

1923 年 1 月 13 日，瞿秋白回到北洋军阀政府统治下的北京。当月《孙文越飞宣言》发表，共产国际执委会肯定国共合作。瞿秋白被选为中国共产党"三大"中央委员和国民党"一大"候补执行委员。1923 年 12 月瞿秋白写信给王剑虹激情满怀地宣告"我是江南第一燕，为衔春色到云梢"②，表明了他的政治革命转向。③ 1924 年下半年瞿秋白夹在鲍罗廷、中共中央、陈独秀、蔡和森之间，政治上"内交外困"④。南昌起义后，瞿秋白成为负责政治局的三常委之一，事实上主持中央工作。由于实行"左"倾盲动主义招致许多损失，六届一中全会瞿秋白被选为中央政治局委员并留任中共驻共产国际代表团团长。1931 年 1 月 7 日，以王明为代表的"左"倾冒险主义取得领导地位，瞿秋白被逐出中央。从回北京到被逐出中央这七年，"有点舞文弄墨的积习"⑤的瞿秋白写了约 30 篇文艺作品。较之同期政治类作品，文艺类大约占 1/10，可见他的主要精力在从事实际革命工作。然而，即便数量不多的文艺类作品，也大多是他回国后头两年内写的。《赤都心史》也是在 1924 年 6

---

① 瞿秋白：《江南第一燕》，《瞿秋白文集》（文学编）第 2 卷，第 367 页。

② 同上。

③ 瞿秋白共产主义革命激情高涨与其受到马林和鲍罗廷的赏识有关。马林致信给共产国际执委会和越飞、达夫谦等人时称瞿秋白"的确是唯一能按马克思主义的方法分析实际情况的同志"、"他是这里最优秀的马克思主义者"。（中共中央党史研究室第一研究部编：《共产国际、联共（布）与中国革命文献资料选辑 1917—1925》，北京图书馆出版社 1997 年版，第 419、480 页。）马林对瞿秋白的激赏传染了他的继任者鲍罗廷。

④ 钱听涛：《介绍瞿秋白在中共三大至四大期间的一些新史料》，《瞿秋白研究》第 10 辑，第 198 页；又参见丁言模《鲍罗廷与中国大革命》，宁夏人民出版社 1993 年版。

⑤ 张国焘：《我的回忆》第 1 册，东方出版社 1998 年版，第 298 页。

月出版。尽管之后极少涉足文艺类创作，① 但上列著述已足以证明瞿秋白是"早期革命文学的最重要的领导人之一，而且可以清晰地发现瞿秋白的革命文学理论已经开始形成"②。直到再次赴俄，瞿秋白才继续写稍有文艺性质的书信（主要讨论汉字拉丁化、文艺大众化）。1930 年 5 月，瞿秋白与郭质生等一起研究中国拉丁化字母方案。③ 从再次回国到被逐出中央之前，瞿秋白除了参加"左联"、走访丁玲④外，没有其他文艺活动。但在紧张繁忙的革命生涯里，他仍不时吟诵或写作旧诗词。⑤

　　1923—1931 年间，瞿秋白的文艺思想基本延续旅俄期的状态，只是革命斗争需要远远压倒文艺趣味。不管是所译还是所

---

　　① 　1925 年 6 月瞿秋白办《热血日报》，写了大部分社论和一些大众文艺性质的小曲。但当时《热血日报》两位编辑郑超麟和何公超都回忆说，这些小曲不是瞿秋白写的。（参见郑超麟《怀旧集》，东方出版社 1995 年版，第 215 页。）何公超的意见出自他与王铁仙的谈话。（王铁仙：《瞿秋白文学评传》，第 114 页）1926 年夏天瞿秋白写了四首五言古体诗赠羊牧之；1927 年 1 月为蒋光慈新诗集《哀中国》题署；1927 年将一些文艺类论作编入《瞿秋白论文集》第 8 辑《赤化漫谈》第一部分《文艺杂著》，其中杂文如"寸铁"、"鞘声"、"小言"颇有以笔为枪的战斗寄托，"充满口诛笔伐的战斗气息"。（王文强：《瞿秋白人格与瞿秋白杂文》，《瞿秋白研究》第 7 辑，第 121 页。）这与"左联"时期把论战文字命名为"乱弹"之秘密革命捣乱的隐曲表述有所不同；1927 年瞿秋白绘《风竹图》题赠羊牧之；1928 年 1 月参加太阳社的成立会议并作指导。（戴淑真：《阿英与蒋光慈》，《新文学史料》1983 年第 2 期；易新鼎：《太阳社》，《文学评论》1984 年第 6 期；贾植芳主编：《中国现代文学社团流派》（下），江苏教育出版社 1989 年版，第 485—511 页。）这两种说法也不一定确切。根据郑超麟回忆瞿秋白是"将中央要他去创造社指导工作的重要统战任务，委托给了郑超麟。大约 4 月底 5 月初，郑超麟按照瞿秋白的重托，去上海北四川路上的创造社"。（周永祥：《瞿秋白与郑超麟》，《瞿秋白研究论丛》2001 年第 2 期，第 56 页。）1928 年瞿秋白要求曹靖华多翻译苏联文艺作品和文艺理论，作为庄严的革命政治任务来完成。（曹靖华：《罗汉岭前吊秋白并忆鲁迅先生》，周永祥：《瞿秋白年谱新编》，第 272 页。）；1930 年瞿秋白参加"左联"。（冯夏熊整理：《冯雪峰谈左联》，《新文学史料》1980 年第 1 期。）

　　② 　刘小中：《瞿秋白与中国现代文学运动》，南京大学出版社 2002 年版，第 55—56 页。

　　③ 　周永祥：《瞿秋白年谱新编》，第 288 页。

　　④ 　同上书，第 300 页。

　　⑤ 　同上书，第 186—187、214、218、244、380 页

作，不管是所处情境还是担当的角色，都要求他注重文艺现实的革命政治需要，如关注高尔基小说、红色诗歌词曲创作、苏俄最新文艺实践介绍、作为革命举措的大扫盲等。这都体现了瞿秋白作为政治革命家的文艺思考——文艺作为革命的辅助工具。"齿轮和螺丝钉"①的列宁出版宣传思想对他的影响显而易见。② 同时，瞿秋白依然保持对古典文艺的审美趣味，不时在革命间隙吟诵中国古诗词、也翻译契诃夫的小说、为《灰色马》作序和校阅《三姊妹》。尤其是在走访丁玲时，他竟然感慨文学"田园将芜胡不归"③。如果说旅俄时期瞿秋白文艺思想是二元对立，那么1923—1931年间他的文艺思想就是二元而不对立，即激流与潜流共存，但激流远远压倒潜流。经历长达七年的现实革命政治洗礼，瞿秋白文艺思想中的俄苏现代革命文艺思想成为他显在的文艺思想主流。因此"左联"时期瞿秋白无形中成为左翼文艺统战和论战的领导者和主要战士，恰恰是他文艺思想发展的必然。况且现实革命政治的失意和边缘化，也促使他转移到当时还非常幼稚的左翼文艺战线。而革命政治生涯积累下来的领袖权威，则为他在文艺领域的革命东山再起奠定威望资本。在诸多因素推动下，瞿秋白移师左翼文艺战线，在革命生涯中形成的瞿秋白文艺思想激流奔腾的时机成熟了。

第三节　革命与大众的文艺

　　1931年1月27日，米夫、王明等控制的中央政治局再次打

---

　　① 列宁此文发表在苏联1905年11月13日的《新生活报》上。自20世纪30年代始，中译本多译作《党的组织和党的文学》。列宁：《党的组织与党的出版物》，《列宁全集》第12卷，第92~97页。

　　② 对此陈春生先生有较详尽的比勘和论述。陈春生：《瞿秋白与俄苏文学》。

　　③ 丁玲：《我所认识的瞿秋白同志——回忆与随想》。

击瞿秋白，① 瞿秋白彻底退出中央领导层。② 瞿秋白连续写信给郭质生，请寄俄文文学书刊、文字拉丁化方面的材料。③ 他还写信给"迪兄"、"新兄"④讨论新的文学革命。1931 年 4 月 4 日，瞿秋白作小说《"矛盾"的继续》。下旬，接到茅盾来访并讨论《子夜》。5 月初，冯雪峰送《前哨》创刊号给茅盾时遇见瞿秋白。几天后，瞿秋白请冯雪峰找个比较能长时间居住的地方。自此，瞿秋白与"左联"发生联系。

---

①　此处涉及瞿秋白在第二次驻苏俄期间牵涉到莫斯科东方大学"江浙同乡会"一事。参见杨奎松《江浙同乡会事件始末》，《近代史研究》1994 年第 3—5 期；李玉贞：《国际舞台上的瞿秋白》，《瞿秋白研究》第 8 辑，第 86—102 页。

②　值得注意的是，瞿秋白被逐出中共中央领导层后并非完全丧失政治地位。1931 年 2 月 20 日，时在上海任共产国际远东局委员、中共中央军事顾问组领导人的盖利斯写信给别尔津（工农红军参谋部第四局局长）说："委任的（苏区）中央局由 9 人组成"：项英、任弼时、瞿秋白"（他在四中全会后承认了自己的错误，但他身患疾病——肺结核）"、王稼祥、蔡和森、毛泽东、朱德、顾作霖和李文林等。但是，组建苏区中央局"这件事情进行得太慢了，慢得不可思议"。但瞿秋白拒绝了再做政治工作。2 月下旬，米夫（威廉）以共产国际执行委员会远东局的名义，写信给共产国际说："四中全会后我就同他（瞿秋白）谈过话。谈了他后来写的声明（现寄给你们）。我提出让他搞政治工作的问题。他摇摆着手脚表示拒绝。他更乐意从事翻译，讲讲课，研究苏维埃运动的经验。他现在病了，将完全脱离工作两个月。我认为，以后可以利用他做些非独立的，但却是政治性的工作。"中共中央党史研究室第一研究部译：《联共（布）、共产国际与中国苏维埃运动（1927—1931）》（第 10 卷），中央文献出版社 2002 年版，第 63— 64、131、137 页。在米夫的信中，苏区中央局组成人员名单中已经没有瞿秋白。1931 年 11 月，瞿秋白当选为中华苏维埃共和国第一届中央执委会委员、中央执委会人民委员会教育人民委员、任中华苏维埃共和国临时中央政府教育部部长。当时瞿秋白没到任，教育部工作由副部长徐特立主持。由此可见，瞿秋白被逐出领导层之后，从事左翼文化运动以及日后调到苏区任教育人民委员等职，尽管多是空头称号或虚职，但并非完全是无组织的个人兴趣或被动工作所致，仍然部分地出于"一些非独立的，但却是政治性工作"的安排。1934 年 8 月 4 日，瞿秋白甚至还作为"中央政府代表"在瑞金红军家属代表大会开幕式上致词。（《瑞金红军家属代表大会开幕志盛》，《红色中华》1934 年 8 月 4 日第 2 版。）

③　周永祥：《瞿秋白年谱新编》，第 304—305 页。

④　同上书，第 305—306 页。

一　"真正了解文艺的初步了"①

对瞿秋白而言,文艺仅仅是另一条战线。经过半年多的艰难调适,瞿秋白明白回到文学是他另立新功、重新回到革命政治中心的唯一选择,也是兼顾文学趣味与革命政治的两全之策,更是现实政治语境中寻求精神平衡的秘密通道。因此,一方面,论战是他在"左联"时期文艺活动的主要形态;另一方面,与名作家的文学交往构成他的基本日常生活。除了自己写杂文外,瞿秋白甚至与鲁迅合写杂文、和冯雪峰等共同设计文艺论战。② 瞿秋白自如游走在文学与革命之间,著译颇丰,享受人生中难得惬意的生活。偶尔也仍有必然的革命紧张(如避难与逃亡),而逃亡避难本是革命生涯应有的标志。战线调适完毕,瞿秋白一面参与起草《中国无产阶级革命文学的新任务》、《苏维埃的文化革命》等党对文化战线的指示性文件,一面写《普洛大众文艺的现实问题》发动第二次文艺大众化论战。一系列带有选择性的、密集的文艺战线冲击,表明瞿秋白"要以苏联普洛文学为模式,跻身于'世界革命'的战斗行列中"③。"左联"时期的短短三年内,瞿秋白度过一生中最饱满的文学时光,写下了100多篇(部)文学类作品,加入并事实上领导着"左联",④ 参加了对

---

① 瞿秋白:《多余的话》,《瞿秋白文集》(政治理论编)第7卷·附录,第718页。

② 朱净之先生把瞿秋白从1919年在《新社会》上发表的杂文到1926年之前的杂文称为前期杂文,把此后的杂文创作称为后期杂文,并按照发表的阵地差异将其分为"北斗"杂文和"申报"杂文。这种分类方式颇为独特,尽管朱净之先生可能仅为分类方便,但却在不经意间暗合了瞿秋白创作杂文的一以贯之的、强调革命政治斗争及其策略的内在理路。

③ 丁言模:《瞿秋白与斯大林》,《瞿秋白研究》第6辑,第22页。

④ 瞿秋白与"左联"的领导关系应是精神资源意义上的事实,不是组织关系和政治实践安排,是"双向互动"的关系。[刘小中:《瞿秋白与左联》,《甘肃社会科学》2003年第1期;张小红:《瞿秋白与左联》,《华东师范大学学报》(哲学社会科学版)1999年第1期;奕彤:《瞿秋白是左翼文化工作组织领导的考辨》,《瞿秋白研究》第13辑,第219—225页。]

"民族主义文艺运动"、"新月派"、"自由人"、"第三种人"的文学斗争，不断讨论"五四"文学的成败得失和文学翻译理论与实践，策划了第二次文艺大众化论战，翻译大量苏俄经典文艺作品，推动高尔基、普希金等在中国的传播，辑存了萧伯纳访华的历史花絮，译介并传播马克思主义经典文艺论著，第一次全面评价了鲁迅杂感的思想意义。此外还写下50多篇（部）政治类作品，保持着对革命政治满腔热忱的关注和参与。

"左联"时期，瞿秋白模仿俄苏文学发展阶段而策划的文学活动，① 贯穿了20世纪30年代文学史。在这一阶段，瞿秋白发扬光大了他在政治革命实践中形成的革命文学思想，如1933年12月他将高尔基的《关于市侩》用新诗形式重译为《市侩颂》，此前他曾用文言文译为《阿弥陀佛》。从文言文到新诗话语、从《阿弥陀佛》到《市侩颂》，他用文学来从事革命工作的思想转变非常明显。再者，瞿秋白对俄罗斯古典文艺的兴趣也迅速升腾，甚至遮蔽了他对中国古典文学下意识的痴恋。由于俄罗斯古典文艺传统（尤其是批判现实主义的作品）与苏俄革命文艺思想在当时区分不多，人们也习焉不察，论者往往误以为瞿秋白此时只剩下俄苏革命文艺传统。② "左联"时期，瞿秋白文艺思想中革命政治需要和古典文艺趣味，天然弥合在俄苏文艺的革命光环中。对"左联"无形和事实上的领导，与鲁迅"亲密"和"知己"的情怀，其个中奥秘部分也在于这一点。而瞿秋白"左联"时期的文艺实践，则不仅构成当时的"左翼"文学思潮，也为日后延安新文艺传统形成奠定基础。③ 文艺论战中，文以载

---

① 参见萧三《我为"左联"在国外作了些什么?》，《萧三文集》，新华出版社1983年版。

② 对此，已有国外研究者细致指出，如 Ellen Widemer：*Qu Qiubai and Russian Literature*。

③ 参见 Raymond F. Wylie：*The Emergence of Maoism：Mao Tse - tung，Ch'en Po - ta，and the Search for Chinese Theory*（1935—1945），Stanford University Press，1980，pp. 76—99。

道思想在瞿秋白的左翼文艺实践里被置换成文学革命思想。本来兼有道德关怀的文艺传统，被简化为阶级论战和意识形态建构的工具；文以载道中的修身养性、现实情怀与俄罗斯古典文艺里注重个人发现、道德自省、现实批判的传统契合，也统一于"五四"以来现实的思想启蒙吁求。俄苏文学压倒一切地成为中国现代革命文学的思想资源，除了革命语境之功，文学思想本身的契合也不可忽视。然而，在马克思主义文艺理论中国化的历史进程中，瞿秋白的确是先行者。

二 实际生活中寻找"共同的言语"[①]

1933 年 12 月的某个傍晚，[②] 瞿秋白接到中央调他去苏区的电报通知。[③] 1934 年 2 月 5 日瞿秋白抵达瑞金，[④] 瞿秋白随即当

---

① 瞿秋白：《多余的话》，《瞿秋白文集》（政治理论编）第 7 卷·附录，第 717 页。

② 1930 年 10 月，江西省苏维埃政府宣告成立，标志着苏区中央根据地形成。1930 年 2 月上旬到 1933 年 3 月，中央苏区连续粉碎四次军事"围剿"后发展到鼎盛期。在国统区，"四中全会"后党的工作混乱，一批重要干部被捕后或叛变或牺牲。共产国际指示成立中共临时中央政治局，博古负总责并继续推行"左"倾冒险主义，局面更趋严重。1933 年 1 月 7 日中共临时中央政治局由上海迁至瑞金。1933 年 10 月 17 日中央苏区遭受第五次"围剿"且屡战失利，苏区形势日趋严重。

③ 苏区军事斗争的危急关头，此时正酣战在上海文艺战壕里的瞿秋白——长期肺病的文弱书生，又是被清除出中央政治领导层多时的边缘人，为什么会被如此紧急地命令奔赴中央苏区呢？据当时传达通知者之一的冯雪峰（据周永祥的《瞿秋白年谱新编》，第 368 页）回忆是"冯雪峰，袁孟超即袁家铺"亲自送的电报通知。但是冯雪峰不可能既是在苏区拍发电报的人，又是在上海送电报的人，显然有误。后来据学者指出，事情是因为：张闻天谈到苏区干部人选时，想让瞿秋白来改变苏区教育部门工作的事务主义弊端。（参见陈琼芝《在两位未谋一面的历史伟人之间——记冯雪峰关于鲁迅与毛泽东关系的一次谈话》，《中国现代文学研究丛刊》1980 年第 3 辑，北京出版社 1982 年版。）

④ 从 1933 年 12 月（或年底）接到电报通知，到 1934 年 1 月 4 日去向鲁迅和茅盾告别，中间至少有一小段时间里，瞿秋白在思考这件事。当时他提出请求让杨之华一起去，第二天就被组织拒绝。参见袁孟超《一九三三年中共江苏省委的一些情况》，《党史资料丛刊》1984 年第 4 期，上海人民出版社 1984 年版；杨之华：《回忆秋白》，第 147—148 页；《访问伍修权同志记录》（1982 年 4 月 13 日），转引自中共党史人物研究会编《中共党史人物传》第 53 卷，陕西人民出版社 1994 年版，第 29 页。在这段决定是否前往苏区的时间里，瞿秋白遭受到很大的政治和经济压力。（参见杨子烈《往事如烟》，后改为《张国焘夫人回忆录》，自联出版社 1970 年版。）可见，让瞿秋白去苏区一事，或许带有继续打击他的党内斗争策略成分。

选为中华苏维埃共和国第二届中央执委会委员、中央执委会主席团成员、中央执委会人民委员会教育人民委员、任中华苏维埃共和国中央政府教育部长。中央红军主力长征后，瞿秋白被命令滞留南方打游击，任中共苏区中央分局宣传部部长。瞿秋白在中央苏区从事革命活动的时间将近一年。一年里，他写些通俗小调歌词，指导创作即时性的剧本，发动和指导剧社进行剧本集体创作，编了一本苏区戏剧会演的剧本《号炮集》，此外还写了近10篇政治论文、报告和文件；文学活动上主要负责苏区的戏剧活动，如创办高尔基戏剧学校①、负责下设剧团演出和宣传②。原来在左翼文艺战线上酣战的瞿秋白，突然来到实际军事斗争的中央苏区，文艺生活环境决然两样。虽名义上是教育部长，瞿秋白实际主要负责教育部直属的艺术局（即高尔基戏剧学校和附设剧团③），政治军事不需要他关心，但他仍然不时在《红色中华》刊发政论，可见其革命政治情怀深厚——所谓"要完全不问政治却又办不到了"④（一定程度上这是导致他悲剧命运的祸根）。在这种情况下，瞿秋白的文艺思考更加少了。危急战地环境的戏剧演出条件很差，只能作为战后休整的精神放松或者战前动员。因此，瞿秋白在中央苏区设计的剧本集体创作方式、剧本审查和预演制度等政策，首先作为军事政治遗产为延安制度设计者继

---

① 下设中央剧团，李伯钊（杨尚昆的夫人）时任中央剧团团长。

② 红军主力长征后，瞿秋白把工农剧社编成"红旗"、"红星"和"战斗"三剧团，进行乡间巡演或会演。（江西师范大学中文系苏区文学研究室编：《江西苏区文学史》，江西人民出版社1984年版。）

③ 当时戏剧学校和剧团融为一体，长征后到达延安的一些戏剧文艺骨干，就是在这文艺与战斗交织的过程中成长起来的，如赵品三、陈其通等。（相关回忆见：李伯钊：《回忆瞿秋白同志》，《人民日报》1950年6月18日；庄晓东：《瞿秋白同志在中央苏区》，《忆秋白》，第336页；刘英：《秋白同志在中央苏区》，《北京日报》1980年6月16日；石联星：《秋白同志永生》，《新文学史料》1980年第3期。）

④ 瞿秋白：《多余的话》，《瞿秋白文集》（政治理论编）第7卷·附录，第712页。

承，道理就在这里。

瞿秋白在上海是英雄有用武之地，无论论战对象还是交游群体都是知识分子。在苏区，瞿秋白面对的主要是进行血与火军事斗争的战士、文盲半文盲状态的农民，因此他只能思考民间文艺和战时宣传艺术的结合——工农大众文艺。在上海主要停在笔头、口头上的文艺大众化和汉字拉丁化思考，瞿秋白却在苏区找到了更好的实践机会。瞿秋白在教育上注重扫盲，认为"教育也是阶级斗争的武器"①；在文艺活动中继续提倡文艺大众化，指出"高尔基的文艺是大众的文艺，应该是我们学校的方向"②，强调剧团"战斗"功能。③ 客家山歌（如采茶调）等民间艺术进入瞿秋白大众化现实问题的视野；中央苏区所处的客家地区是方言区，民间艺术天然与方言结合，瞿秋白的汉字拉丁化思考也借机得到修正。尽管瞿秋白"很想仔细的亲切的尝试一下实际生活的味道"，在考察中却发现自己和农民一开口就没有"共同的言语"、"一无所得"④。理论上的文艺大众化，遭遇到了生活实际的挑战并产生悖论：民间的也是大众的，但却无法大众化，更无法化大众。因为文艺大众化理论中的大众，并非仅仅是某一或大或小的方言群体，而是战争时代需要动员的最广泛的群体。瞿秋白推动的苏区戏剧活动在解决文艺大众化理论悖论上的经验教训值得反思。瞿秋白理论上极力提倡大众化，但实际上几乎无法实现。他只好在实际操作中承认存在艺术分层的现实，毕竟现实中没有铁板一块、整齐划一的大众，文艺大众化只能是先通过

---

① 瞿秋白：《阶级战争中的教育》1934 年 5 月 20 日，《斗争》（苏区）第 62 期。

② 瞿秋白：《在苏维埃大学开学典礼上的讲话》1934 年 4 月 1 日，《红色中华》第 170 期。

③ 石联星：《秋白同志永生》，《新文学史料》1980 年第 3 期。

④ 瞿秋白：《多余的话》，《瞿秋白文集》（政治理论编）第 7 卷·附录，第 717 页。

小众化来实现，让一部分人先"大众化"。剧团教员缺乏，只好请一些白军军官俘虏当教员；学员水平参差，只好分设红军班和地方班。瞿秋白在苏区的大众化文艺理论实践调适，成为日后延安"普及与提高"关系讨论的很好注解。

中央苏区时期的瞿秋白文艺思想，是他"左联"时期的延续，主要是革命文艺的大众化思想的深入实践。推崇高尔基、培育工农剧团和探索战地演剧方式都体现他文艺思想的革命政治导向。从"左联"文艺论战到苏区现实斗争，加强并巩固了瞿秋白的革命文艺思想；但中央苏区文艺大众化理论在实践中的调适也曾引起他的反思，尽管没来得及深入，但在实际操作层面上他已经灵活调整了文艺大众化和汉字拉丁化的思想偏颇。① 与此同时，瞿秋白的古典文艺趣味也并未沉寂，闲暇时刻他仍旧与毛泽东谈笑咏诗②（当然不可能是新诗③）。

三　并非多余的反思

中央红军被迫长征，瞿秋白虽"要求同走"④但被无情拒绝，⑤ 1935 年 2 月 26 日在苏区转移途中被捕，6 月 18 日英勇牺

---

① 李伯钊：《回忆瞿秋白同志》。

② 关于瞿秋白与毛泽东的友谊，参见《两位临危受命的巨人——瞿秋白与毛泽东》，《毛泽东思想研究》1994 年第 2—4 期；吴小龙：《瞿秋白与毛泽东——一个具有革命精神的文学家和一个具有文学气质的革命家之间的友谊》，《南方周末》2003 年 10 月 23 日；林玉辉：《毛泽东与瞿秋白》，《福建党史月刊》2004 年第 4 期；曹春荣：《毛泽东与瞿秋白》，《党的生活》2000 年第 4、6 期；宋元昊：《战乱中的毛泽东与瞿秋白》，《党史文汇》1995 年第 2 期；宋元昊：《毛泽东与瞿秋白的长征惜别》，《党史文苑》1994 年第 4 期。

③ 直到 1958 年 3 月成都会议上毛泽东还说"现在的新诗还不成型，我反正不看新诗，除非给 100 块大洋"。（陈晋：《毛泽东与文艺传统》，中央文献出版社 1992年版，第 322 页。）

④ 张闻天：《从福建事变到遵义会议》，《福建党史月刊》1985 年第 3 期。

⑤ 杨之华曾对陈学昭说瞿秋白是"被丢"在中央苏区的，也就是被变相抛弃。（陈学昭：《怀念敬爱的杨之华大姐》，上海市妇联妇运史料组编：《回忆杨之华》，安徽人民出版社 1983 年版，第 23 页。）

性。长汀狱中瞿秋白被羁押一个多月，期间写有自传性质而本想"凑成三部曲"①的《多余的话》、致郭沫若和给杨之华哥哥的信②、赠陈炎冰照片题词和七首③旧体诗词及《未成稿目录》，还刻了不少印章——本书一概称之为瞿秋白的"狱中文本"。

《多余的话》无法完全归入文学或政治写作，但可见瞿秋白至死仍对中国古典文学情有独钟。这并非意味着瞿秋白放弃马列主义文艺思想，放弃"左联"以来形成的左翼革命文艺思想，而是他已经"学着比较精细地考察人物"④。瞿秋白自觉剔除左翼文艺论战时的阶级标签，重新反思革命文艺思想的合理内核，重读中国和西欧文学名著，了解人生和社会、各种不同的个性，理解有血有肉有个性的人，也考虑一定的生产关系和阶级。因此他肯定自己"进到真正了解文艺的初步了"⑤。瞿秋白反思左翼革命文艺思想，重新梳理马克思、恩格斯、列宁等人的经典文艺论述的合理部分，一直试图整合成科学的马克思主义文艺思想理论框架，这项工作在他生命最后仍未停止。反思过程中，他越来越清晰地呈现其文艺思想的激流和潜流，他并未掩盖和荡涤自己内心深处的古典文艺趣味。然而，瞿秋白已经意识到要寻找有血有肉有个性的人，同时又不忽视一定的生产关系和阶级，这种逻辑思路使他沟通俄罗斯古典文学、俄苏革命文学、中国古典文学的三种传统，获得了科学马克思主义文艺思想宏大广阔的视野，接续了中俄古典文艺思想

---

①　李克长：《瞿秋白访问记》。

②　当时也有一封给杨之华的亲笔信，至今未得见。

③　七首都是集句体旧体诗词。北京师大井冈山红军编：《瞿秋白批判集》，1968年2月初版，1968年5月再版，第187—188页。

④　瞿秋白：《多余的话》，《瞿秋白文集》（政治理论编）第7卷·附录，第718页。

⑤　同上。

细腻体贴的人道情怀。狱中七首"文体风格具有二重性"①的集句诗，恰好成为"多变"、"敏感"②的瞿秋白文艺思想最后、也是最好的隐喻。

---

① 吴承学：《集句论》，《文学遗产》1993 年第 4 期。
② 郑超麟：《瞿秋白与托洛茨基不断革命论》，《瞿秋白研究》第 5 辑，第 413、422 页。

第 二 章

旁流杂出[①]:变革时代的思想抉择

　　瞿秋白文艺思想是介于传统与现代之间的历史"中间物"[②]，他对鲁迅的评价——"从绅士阶级的逆子贰臣进到无产阶级和劳动群众的真正的友人，以至于战士，他是经历了辛亥革命以前直到现在的四分之一世纪的战斗，从痛苦的经验和深刻的观察之中，带着宝贵的革命传统到新的阵营里来的"[③]——同样适用于他本人。"从今文经学到佛学，从改良主义到实验主义，从整理国故到文化救国"都融入了青年瞿秋白"正在形成的世界观和人生观"。[④]他不仅受到"五四"新文化思潮和俄苏文艺思想的冲击，更浸润着来自中国传统文化方方面面的熏染。因此，要考察"自幼混洽世界史上几种文化的色彩"、

---

　　① 瞿秋白:《饿乡纪程·四》，《瞿秋白文集》(文学编)第1卷，第26页。

　　② "中间物"出于鲁迅在《坟·写在〈坟〉后面》:"孔孟的书我读得最早，最熟，然而倒似乎和我不相干。大半也因为懒惰罢，往往自己宽解，以为一切事物，在转变中，是总有多少中间物的。动植之间，无脊椎和脊椎动物之间，都有中间物；或者简直可以说，在进化的链子上，一切都是中间物。"(《鲁迅全集》第1卷，第286页。)后来汪晖先生以此来概括鲁迅思想的历史状态。(汪晖:《历史的"中间物"与鲁迅小说的精神特征》，《文学评论》1986年第5期。)

　　③ 瞿秋白:《〈鲁迅杂感选集〉序言》，《瞿秋白文集》(文学编)第3卷，第115页。

　　④ 陈铁健:《瞿秋白传》，第51页。

"已经不能确切的证明自己纯粹的'中国性'"①的瞿秋白文艺思想的历史形态生成，无疑有必要首先探寻其"旁流杂出"的资源构成。

第一节　传统：古典趣味的转换

瞿秋白对传统文化的接受，首先是儒家文化，其中包括地域文化、家族文化、儒家经典诵读传统和今文学的通经致用思想。此外，释（佛）道文化对瞿秋白的文人名士风致形成影响也很大。而这些思想资源，都点点滴滴地构成了他作为古典文人的精神遗产，终其一生仍挥之不去。因为不管是"对传统道德的抨击"还是"为西化喋喋不休的呼喊"，都反映了传统遗产中的"那些道德曾经施加给他的影响"。②

一　儒家传统文化

儒家文化传统对中国人发生的影响，瞿秋白的认识相当深刻。他说："中国的智识阶级，刚从宗法社会佛老孔朱的思想里出来，一般文化程度又非常之低，老实说，这是无智识的智识阶级，科学历史的常识都是浅薄得很。——中国无产阶级所涌出的思想代表，当然也不能自外于此。"③瞿秋白的言下之意，无疑也承认自己是"当然也不能自外于此"地存在着"宗法社会佛老孔朱的思想"。而事实也的确如此，

---

① 瞿秋白：《赤都心史·三三·"我"》，《瞿秋白文集》（文学编）第 1 卷，第 212 页。

② ［美］莫里斯·迈斯纳（Mamtee Meisized）：《李大钊与中国马克思主义的起源》，中共北京市委党史研究室编译组译，中共党史资料出版社 1989 年版，第 5 页。

③ 瞿秋白：《〈瞿秋白论文集〉自序》，《瞿秋白论文集》，第 1—2 页。瞿秋白：《瞿秋白论文集》，瞿勃、杜魏华整理，重庆出版社 1995 年版。此《序》文及《目录》后被收入政治理论编第 4 卷，第 414—433 页。

从旧式文人转换而来的瞿秋白,与儒家文化传统①有着太多的历史因缘与纠葛。

首先,常州文化圈、江南文学氛围孕育了瞿秋白的早期思想。当瞿秋白渐渐融入更大的社群之后,地域文化仍旧首先成为他最为重要的身份表征。因此,尽管遭遇过许多变故和不幸,但江南文化仍是他心中一份美妙的整体记忆:

> 我幼时虽有慈母的扶育怜爱;虽有江南风物,清山秀水,松江的鲈鱼,西乡的莼菜,为我营养;虽有豆棚瓜架草虫的天籁,晓风残月诗人的新意,怡悦我的性情;虽亦有耳鬓厮磨哝哝情话,亦即亦离的恋爱,安慰我的心灵;良朋密友,有情意的亲戚,温情厚意的抚恤,——现在都成一梦了。②

而较之氛围式的江南文化,生于斯长于斯的常州文化更是塑造了瞿秋白少年时期之前的传统文化认知。

常州③是历史文化古城,文风鼎盛,人文荟萃,肇始于 2500 年前建邑延陵的季札,以善外交,精礼乐,重然诺而见称于诸侯各国。南北朝时,常州是齐梁故里,以主编《昭明文选》的萧统为代表的萧氏家族在文学、史学、音乐上造诣甚深,影响深远。"天下名士有部落,东南无与常匹俦"④是清代诗人龚自珍

---

① 本文侧重讨论瞿秋白文艺思想与关于传统儒家文化哲学思想的影响,可参见任俊《传统儒家文化思想对瞿秋白的影响》。(《瞿秋白研究论丛》2002 年第 2 期,第 24—30 页。)

② 瞿秋白:《饿乡纪程·二》,《瞿秋白文集》(文学编)第 1 卷,第 15 页。

③ 常州市地方志编纂委员会编:《常州市志》(第 3 册),中国社会科学出版社 1995 年版,第 848—862 页。

④ 龚自珍:《常州高才篇,送丁若士》,《龚自珍全集》(下册),王佩诤校,中华书局香港分局 1974 年版,第 494 页。

对常州人才辈出的赞叹。缪进鸿历时数载，对先秦以来全国 400
多个城市的杰出专家学者地域分布进行统计，常州位居苏州、
杭州、北京之后名列第四位。隋唐开科取士以来到清末 1400
余年间，常州就涌现状元 9 名、榜眼 8 名、探花 11 名、进士
1546 名。北宋大观三年（1109）合试天下贡士，一科 300 名
进士中，常州人就有 53 名。① 明代有文学家、抗倭英雄唐荆
川；有清一代，常州画派、今文经学派、阳湖文派、常州词
派、孟河医派，以及常州骈体文等众多文化学术流派，精彩
纷呈，影响全国；近现代以来，常州人才在传承历史的基础
上展现出新的时代风采。

　　常州文化的悠久传承，也造就了它独特的地域文艺特征。而
在文艺思想上，瞿秋白首先是"脉承'常州文'传统"，与阳湖
文派的传统一脉相承，② 注重心灵真实的抒写与事实和感受的真
切描摹。

　　其次，不仅地方传统文化对瞿秋白文艺思想上有滋养，常州
的名人名胜③更是直接深入了其思想的内核。常州名胜古迹众
多、园林盛极一时，④ 而对他影响较深的则有常州天宁寺和红梅
阁（见下图）。

----

① 参见缪进鸿《长江三角洲与其他地区人才的比较研究》，《教育研究》
1991 年第 1 期。后收入缪进鸿编《中国东南地区人才问题国际研讨会论文集》，
浙江大学出版社 1993 年版；缪进鸿、钱伟刚：《科举制度衰亡与"东南"人才
辈出》，《人才开发》2005 年第 11 期。

② 刘福勤：《瞿秋白散文简论》，《瞿秋白研究》第 7 辑，第 100—101 页。

③ 白葵阳：《常州地域文化对瞿秋白的影响》，《瞿秋白研究文丛》第 1 辑，第
162—171 页；邵建伟、李奇雅：《论家乡常州对瞿秋白的影响》，《瞿秋白研究论丛》
2001 年第 2 期，第 65—69 页。

④ 参见邵志强《常州文化丛书·常州名胜》，中国文史出版社 2003 年版。

天宁寺　　　　　　　　红梅阁

天宁寺和红梅阁是瞿秋白中学之前流连忘返的地方，[①] 这里不仅有他对故里情感的寄托，而且凝聚着他对传统文化的审美投射。天宁寺的佛教文化氛围就曾深深吸引着他。常州天宁寺（即天宁禅寺）向有"东南第一丛林"、"一郡梵刹之冠"的称誉，特点是五大：殿大、佛大、钟大、鼓大、宝鼎大。[②] 红梅阁也是瞿秋白常州文化的深刻记忆，梅花传说和道教氛围甚至成为他最初接受道家文化吸引的重要因素。常州红梅阁宋时为贡士试院，后改道观，传说号称紫阳真人的道教南派鼻祖张伯端曾在此聚徒修炼。瞿秋白少年时曾和羊牧之等游玩于此。

对瞿秋白影响较大的常州文化名人是黄仲则[③]和龚自珍。[④] 黄仲则生前穷困潦倒，"全家都在风声里，九月衣裳未

---

① 羊牧之：《霜痕小集》，《常州文史资料·第十二辑·秋华馆文存》，第84—85 页。

② 许伯明主编：《吴文化概观》，南京师范大学出版社 1997 年版，第 227 页。

③ 黄仲则名景仁，又字汉镜，江苏武进人，清乾隆常州杰出诗人。参见黄葆树、陈弨、章谷编《黄仲则研究资料》，上海古籍出版社 1986 年版；许隽超：《黄仲则年谱考略》，上海古籍出版社 2008 年版；（清）黄仲则：《黄仲则诗选》，止水选注，广东人民出版社 1985 年版。

④ 瞿秋白与黄仲则和龚自珍等常州文化名人的关系，参见邵玉健的《瞿秋白与常州文化名人考略》。（《瞿秋白研究》第 2 辑，第 339—353 页。）

剪裁"①。黄仲则的诗直到 1949 年前 30 年，欣赏者仍旧很多，其中最著名的是郁达夫②和瞿秋白。瞿秋白对黄仲则不仅仅是欣赏，甚至还有对象化式的共鸣。两人不但文风才情相类似，人生身世也多有隔代同音之处。瞿秋白赴俄前，就曾经以黄仲则自况："想起我与父亲的远别，重逢时节也不知在何年何月，家道又如此，真正叫人想起我们常州诗人黄仲则的名句来：'惨惨柴门风雪夜，此时有子不如无。'"③ 1927 年大革命后，瞿秋白赠给羊牧之的诗中再次提到黄仲则："词人作不得，身世重悲酸。吾乡黄仲则，风雪一家寒。"④ 深切同情溢于言表，也隐隐有往事不堪回首的沉痛。此外，《多余的话》里"一为文人，便无足观"的慨叹，与黄仲则的"十有九人堪白眼，百无一用是书生"⑤更是何其相似。除黄仲则之外，"智足以知微"的龚自珍⑥的名士做派、诗风文思，对瞿秋白也影响甚深。龚自珍诗喜纵论时政，构思奇特、文辞瑰伟，自称"庄骚两灵鬼，盘踞肝肠深"⑦。

---

① （清）黄仲则：《都门秋思》（三）："五剧车声隐若雷，北邙惟见冢千堆。夕阳劝客登楼去，山色将秋绕郭来。寒甚更无修竹倚，愁多思买白杨栽。全家都在风声里，九月衣裳未剪裁。"（清）黄景仁：《两当轩集》，李国章标点，上海古籍出版社 1983 年版，第 318 页。

② 郭沫若说郁达夫的"短篇小说《采石矶》便是以黄仲则为主人公的，而其实是在'夫子自道'"。（郭沫若：《〈郁达夫诗词钞〉序》，《光明日报》1962 年 8 月 4 日。）

③ 瞿秋白：《饿乡纪程 一》，《瞿秋白文集》（文学编）第 1 卷，第 10 页。瞿秋白文中引诗出自（清）黄仲则：《别老母》："搴帷拜母河梁去，白发愁看泪眼枯。惨惨柴门风雪夜，此时有子不如无。"（黄仲则：《两当轩集》，第 68 页。）

④ 羊牧之：《我所知道的瞿秋白》，《常州文史资料·第十二辑·秋华馆文存》，第 28 页。

⑤ （清）黄仲则：《杂感》："仙佛茫茫两未成，只知独夜不平鸣。风蓬飘尽悲歌气，泥絮沾来薄幸名。十有九人堪白眼，百无一用是书生。莫因诗卷愁成谶，春鸟秋虫自作声。"（黄仲则：《两当轩集》，第 15—16 页。）

⑥ 谭献：《复堂类稿·文集·明诗》。

⑦ （清）龚自珍：《自春徂秋，偶有所感，拉杂书之，漫不诠次，得十五首·第三首》，王佩诤校：《龚自珍全集》（下册），中华书局香港分局 1974 年版，第 485 页。

梁启超曾经中肯而笃定地说龚自珍"性跌宕，不检细行，颇似法之卢骚；喜为要眇之思，其文辞犿诡连傲，当时之人弗善也"①。瞿秋白是个"龚迷"②，特别喜欢引用或化用龚诗，如瞿秋白的《"儿时"》，就以龚自珍的"猛忆儿时心力异，一灯红接混茫前"开篇。曾担任过瞿秋白秘书的郑超麟，对他深受龚自珍诗词影响的印象很深。③

　　除大范围的地域文化之外，特定空间的家族文化对瞿秋白的塑造更是丝丝入扣。瞿秋白深厚的文人士大夫教养，源于他历史久远的家族文化。瞿氏家族在当地号称"瞿半城"，家族文化对瞿秋白早期的笼罩是显在而且强势的。其实，家族文化对每个中国人的影响之深，已经类乎一种集体无意识。钱穆从思想文化史角度指出："'家族'是中国文化一个最主要的柱石，我们几乎可以说，中国文化，全部都从家族观念上筑起，先有家族观念乃有人道观念，先有人道观念然后有其他的一切。"④ 冯友兰则曾对家族制度论述道：

　　　　由于经济的原因，一家几代人都要生活在一起。这样就

① 梁启超：《清代学术概论》，《饮冰室合集》第 8 册·专集 34，第 54 页。梁启超：《饮冰室合集》全十二册，中华书局 1989 年版。

② 苏仲翔（即苏渊雷）：《瞿秋白是个"龚迷"》，《瞿秋白研究》第 3 辑，第 305 页；钱璱之：《瞿研小札》（续四则），《瞿秋白研究》第 7 辑，第 140—142 页。

③ "他从抽屉拿出稿子来，说他正在翻译哥勒夫的《辩证法唯物论》。这是好久以前，他为了需要稿费贴补生活，问我有什么书翻译，我从书架上选了这本给他的。谈了一些不相干的话，看了他几首'集龚'①的诗……"原注：① 秋白也是"龚迷"，同我一样；定公的诗，他比我熟得多了。那日，他告诉我，中国旧诗，尤其定公的诗，意义含糊，也可利用来表现我们的思想。我记得他集了一首诗咏农民暴动，其中有一句是"忽闻大地狮子吼"。后来，他在福建被捕，临枪毙前几日还集了几首定公的诗哩，而且把"莫抛心力贸才名"改成了"莫抛心力作英雄"。郑超麟：《郑超麟回忆录》，现代史料编刊社 1989 年版。又可见该书的另一版本，东方出版社 2004 年版。

④ 钱穆：《中国文化史导论》，商务印书馆 1994 年版，第 51 页。

发展起来了中国的家族制度，它无疑是世界上最复杂的、组织得很好的制度之一。儒家学说大部分是论证这种制度合理，或者是这种社会制度的理论说明。家族制度过去是中国的社会制度。传统的五种社会关系：君臣、父子、兄弟、夫妇、朋友，其中有三种是家族关系。其余两种，虽然不是家族关系，也可以按照家族来理解。君臣关系可以按照父子关系来理解，朋友关系可以按照兄弟关系来理解。在通常人们也真地是这样来理解的。但是这几种不过是主要的家族关系，另外还有许许多多……这种局面一直保持到现代欧美的工业化侵入，改变了中国生活的经济基础为止。①

瞿秋白生于末代大家族环境，对大家族的感受更是"如鱼饮水，冷暖自知"，可以说是爱之深恨之切。在他笔下，对家族文化、家族制度的诉说比比皆是：

> ……中国社会组织，有几千年惰性化的（历史学上又谓之迟缓律）经济现象做他的基础。家族生产制，及治者阶级的寇盗（帝皇）与半治者阶级的"士"之政治统治包括尽了一部"廿四史"。……旧的家族生产制快打破了。旧的"士的阶级"，尤其不得不破产了。畸形的社会组织，因经济基础的动摇，尤其颠危簸荡紊乱不堪。
>
> 我的诞生地，就在这颠危簸荡的社会组织中破产的"士的阶级"之一家族里。……于是痛，苦，愁，惨，与我生以俱来。我家因社会地位的根本动摇，随着时代的潮流，真正的破产了。……我幼时的环境完全在破产的大家族制度的反映里。

---

① 冯友兰：《中国哲学简史》，北京大学出版社 1996 年版，第 19 页。

大家族制最近的状态，先则震颤动摇，后则渐就模糊渐灭。我单就见闻所及以至于亲自参与的中国垂死的家族制度之一种社会现象而论。只看见这种过程，一天一天走得紧起来。好的呢，人人过一种枯寂无生意的生活。坏的呢，人人——家族中的分子，兄弟，父子，姑嫂，叔伯，——因经济利益的冲突，家庭维系——夫妻情爱关系——的不牢固，都面面相觑戴着孔教的假面具，背地里嫉恨怨悱诅咒毒害，无所不至。"人与人的关系"已在我心中成了一绝大的问题。人生的意义，昏昧极了。我心灵里虽有和谐的弦，弹不出和谐的调……只是那垂死的家族制之苦痛，在几度的回光返照的时候，映射在我心里，影响于我生活，成一不可灭的影像，洞穿我的心胸，震颤我的肺肝，积一深沉的声浪，在这蜃楼海市的社会里；不久且穿透了万重疑网反射出一心苗的光焰来。①

瞿秋白曾非常细腻地反复描述了自己与大家族制度共同走过的痛苦历程，家族文化严重地困扰着瞿秋白青少年时期的成长。瞿秋白既亲身体会其间痛苦，当然也有家族庇护的温暖（即便有时看来有些虚伪）。然而，随着家族文化的败落，漂泊无依的决绝迫使瞿秋白最终走向对旧世界的彻底反抗。而对家族文化的生活体验与思想质疑，也改变着瞿秋白对曾经浸习其间的儒家文史经典的看法。瞿秋白的思想文化经历，在现代作家中其实也非常普遍。②

① 瞿秋白:《饿乡纪程·二》,《瞿秋白文集》（文学编）第 1 卷, 第 13—15 页。

② 曹书文:《家族文化与中国现代文学》,中国社会科学出版社 2002 年版, 第 31 页。

　　家族文化有两面性：一方面"只有加入家庭集体，才能完成获得生存资源的活动并得到生存资源。……在无法从别处获得资源的情况下、家庭成员里家族成员也必须依靠自己的群体，这不仅是种血缘关系，而且是一种生产方式"①。作为群居动物的人，个性发展随着理性发展和高扬变得越来越重要，但群体安全感和温暖同样难以离弃。因为"在这种文化中，当找到归属感、感到自己承担了适当的岗位的时候，人们的感觉会很良好。在集体主义的文化中融入社会和完成自己份内的事是骄傲的源泉"②。另一方面，"家庭是最古老的、最深刻的情感激动的源泉，是他的体魄和个性形成的场所。通过爱，家庭将长短程度不等的先辈与后代系列的利害与义务结合在一起"③。权利与义务的结合、漫长历史下各种制度的累加，使家族制度越来越不合时宜，甚至成为封建专制制度的代名词。吴虞认为："夫孝之义不立，则忠之说无所附，家庭之专制既解，君主之压力亦散。"④现代中国历史语境相当复杂，"无论那一国要像中国样满是多种多样的矛盾情形的，怕一国也没有罢"⑤。然而，"五四"时期激变情势下能够冷静的人不多，对家族文化的批判同样一边倒。既有必欲"拉杂摧烧之"并"当风扬其灰"⑥而后快的决绝，自然就不可

---

　　① 王沪宁：《当代中国村落家族文化——对中国社会现代化的一项探索》，上海人民出版社 1991 年版，第 108 页。

　　② ［美］伯格：《人格心理学》，陈会昌等译，中国轻工业出版社 2000 年版，第 259 页。

　　③ ［法］比尔基埃、克里斯蒂亚娜·克拉比什—朱伯尔、玛尔蒂娜·雪伽兰、弗朗索瓦兹·佐纳邦德主编：《家庭史》（第 1 卷）《遥远的世界、古老的世界》（上），袁树仁、姚静、肖桂译，三联书店 1998 年版，第 5 页。

　　④ 吴虞：《家族制度为专制主义之根据》，《新青年》第 2 卷第 6 号，1917 年 2 月 1 日版。

　　⑤ E. Varga：《中国革命的诸根本问题》，参见樊仲云编《东西学者之中国革命论》，新生命书局 1929 年版，第 1 页。

　　⑥ 汉乐府《有所思》。

能有黑格尔般的冷静。① 历史充满悖论，从文化延续上说，任何革命都并不能斩钉截铁地与前代的文化积累割断脐带。"文化需要多代积累，真正有深厚文化教养的人才，往往出现富有积累的世家子弟中。"② 现代作家与家族文化往往是互动的，"如果说现代作家对家族文化的激烈批判昭示出他们理性上对西方个性本位文化的接受，对家族文化不适合现代社会潮流的清醒认识，那么，他们对家族文化某种程度上的情感认同一方面反映出他们观念中的传统积淀，同时也从一个侧面折射出现代作家对家族文化中优质部分的亲近与眷恋"③。

瞿秋白在家族文化上同样有两面性，只不过由于家道没落、世变急急，痛苦冷漠的大家族记忆成为他对家族文化替代性的概念记忆。因此，面朝反叛之路的瞿秋白在对待家族文化与家族制度的时候，更多地彰显了一种革命家的决绝，而将怀恋与痛苦的热情深埋在内心。然而，家族文化里的群体意识追求却始终是他喜欢的，这样可以形成心理的安全感和力量感。因此，除了"五四"时的结社办刊与游行呐喊，不管是1927年革命文学论战，还是左翼文学论战，更不要说大革命期间的政治实践，他都起着领袖作用。大量文艺论战是现代文学史的独特景观，而左翼群体的文学论战尤其多而密。瞿秋白置身其中，感受着群体文化的在在为难，正如他对少年时期之前的家族文化的记忆一样。因

---

① "但这种传统并不仅仅是一个管家婆，只是把她所接受过来的忠实地保存着，然后毫不改变地保持着并传给后代。它也不像自然的过程那样，在它的形态和形式的无限变化与活动里，仍然永远保持其原始的规律，没有进步。这种传说并不是一尊不动的石像，而是生命洋溢的，有如一道洪流，离开它的源头愈远，它就膨胀得愈大。"［德］黑格尔：《哲学史讲演录》第1卷，贺麟、王太庆译，商务印书馆1959年版，第8页。

② 严家炎：《五四新文化运动与中国的家族制度》，《鲁迅研究月刊》1999年第10期。

③ 曹书文：《家族文化与中国现代文学》，第93页。

此，瞿秋白与胡秋原的论战和私交也耐人寻味，①由此可以反观他对待旧式家族和古典文化的游移态度并非哲学意味的二元，更多地属于一种感情牵制下的理智困境，或者更可以说是一种心灵温暖的找寻。当然，文艺群体追求有时也正是革命力量动员的集体主义，有时演变为令人为难的宗派主义，这是革命群体与家族文化群体不同的现代之处。在现代文艺思想史上，宗派主义成为不可避免的客观存在，"一方面它如同过街之鼠常遭口诛笔伐，并被诉诸于各种文件和领导者的讲话；可另一方面，它又像大雾中的神龙，首尾不见，时隐时现，终于未能根除"，"几乎与'反党集团'，'小家族'，'有组织有纲领'等罪名同义"②。这种奇特的群体现象和思想变异，其实正是中国古代家族制度转型而来的意识存留。而因为瞿秋白的家族文化浸习之深，瞿秋白文艺思想里的古典唯美的文艺趣味与现代革命政治的张力，早已经天然地存在于他对家族文化等群体文化的考量之中。尽管随着革命信仰的确立和坚定后，其个人现代意识觉醒而日益独立，但是群体的积极和消极、感性和理性的矛盾更是深度地折磨着从高门巨族门墙下溃退出来的他。所谓"道高一尺，魔高一丈"，传统文化里的家族文化意识的制约，对于瞿秋白这样出身的革命者而言，无疑更为深刻。因此，也就可以想见瞿秋白走向现代政治革命的决绝与艰难。

　　瞿秋白生于"世代读书，也世代做官"的家族，"过了好几年十足的少爷生活"③，当然也在大家族文化氛围中接受儒家传统教育。而对他思想影响较大的，除了上述大家族士大夫文化教习，还有正规的儒家经典诵读教育。而经典诗文诵读的影响，上

　　①　参见张漱菡《胡秋原传》，湖北人民出版社2007年版。
　　②　沈永宝：《革命文学运动中的宗派主义》，《上海文论》1989年第1期。
　　③　瞿秋白：《多余的话》，《瞿秋白文集》（政治理论编）第7卷·附录，第701页。

可以溯及幼时启蒙，下可以延至人生末路，这对形成瞿秋白儒家功利主义文艺思想影响相当深远。传统古典文学自然流露于瞿秋白文艺思想，而"这种'自然流露'又主要表现在艺术情趣和美学思想方面"①。瞿秋白的古典诗文记诵式教育首先来自母亲的开蒙，② 因此也导致了他从小就对古典传统世界的兴趣更为浓厚。其小学时的一件小事颇有意味：

> 记得一次放学回来，（瞿秋白）说："教师作了解剖小狗的实验。"他兴致特高，在纸上向我讲心的位置，并低声说："我母亲平常总对我说，为人心要放在当中。其实，没有一个人心在当中的，可见古人不了解心的位置。"③

时为新学的动物解剖课并没唤起瞿秋白对自然科学的兴趣，为何反倒迅速激起他对人心世界的儒家式沉思呢？也许是因为瞿秋白开蒙以来的禀赋和教养，使他天然轻松地进入传统儒家思想世界的问索。瞿秋白入读中学时对文词诗赋、经史子集多有涉猎，金石书法也有所通。④ 况且辛亥革命前后的社会情势非但没立即好转，反而恶态丛生。身受"'欧化'的中学教育"的瞿秋白于是与扬州任氏兄弟等"不期然而然同时'名士化'"起来，"始而研究诗古文词，继而研究

---

① 方锡德：《中国现代小说与文学传统》，北京大学出版社 1992 年版，第 10 页。

② 羊牧之：《霜痕小集》，《常州文史资料·第十二辑·秋华馆文存》，第 80、88 页。

③ 羊牧之：《我所知道的瞿秋白》，《常州文史资料·第十二辑·秋华馆文存》，第 4 页。

④ 同上书，第 65—66 页。

经籍"①。中学辍学后，尽管其古典文史经籍的系统教育和阅读训练被迫中断了，但他仍然不时地自觉阅读古典文史经籍。但是，中学辍学前的传统儒家文史经典教育已经基本奠定了瞿秋白早期的文艺思想。对于 36 岁英年早逝的瞿秋白来说，人生前 17 年系统的儒家文史经典教育的影响，不仅深远绵长而且一生难忘。② 而传统文史经典的教育渐渐沉潜为他文艺思想资源的那一部分，正是儒家文史教育中的功利主义文艺思想（夏志清颇为精到地概括为"感时忧国"③精神）。这种儒家功利主义文艺思想的影响，主要是功利主义文学观和道德主义文艺审美观，④ 此外也包括对文艺、政治、文学史等的判断，影响相当广泛。

　　最后还应该提及的是，通经致用的清末今文经学思想对瞿秋

----

①　瞿秋白：《饿乡纪程·四》，《瞿秋白文集》（文学编）第 1 卷，第 24 页。

②　1928—1930 年间曾在莫斯科东方大学学习的陆立之，回忆瞿秋白彼时对古典文艺学习和讲谈情况，所涉包括《诗经》、《易经》、《礼记》、《红楼梦》、《水浒传》、《西厢记》、《桃花扇》、《牡丹亭》、《剑南诗稿》、《文赋》等。当时莫斯科里列宁图书馆珍藏着八国联军沙俄劫掠去的中国古本图书，包括有太平天国史料（如洪秀全的诏书等）、线装木刻大本《金瓶梅》等。（陆立之：《深藏在心底的瞿秋白及其它——王明对瞿秋白的打击迫害》，《瞿秋白研究》第 5 辑，第 108—109 页。）

③　［美］夏志清：《中国现代小说史·附录二·现代中国文学感时忧国的精神》，丁福祥译。［美］夏志清：《中国现代小说史》，刘绍铭等译，传记文学出版社 1979 年版，第 533—552 页。

④　唐世贵先生曾从儒家哲学的高度，对儒家文化传统与瞿秋白思想的关系有较深入的讨论。他认为孔子的"仁"的思想对瞿秋白影响不大，孔子的"兼治思想"和"忧患意识"对瞿秋白的影响则是"通过孔子的后继者和阐释人王阳明的'心学'来实现的"，瞿秋白在早年接受这一影响时，"主要是借用它的语言外壳来表达他自己的思想，而并非要阐明'义理'"。"儒家哲学构成的文人士大夫'达、退'观"对瞿秋白的影响也很大，"这种以'忧'为主调的文人士大夫的'达、退'两面心态，造成了他们审美价值取向上的差异，一种是意识层面上的政治、伦理的取向标准；一种是无意识层面上的审美取向标准"。（唐世贵：《瞿秋白与儒家哲学》，《瞿秋白研究》第 10 辑，第 72、74、77 页。）

白影响也很深。清末世变之亟，龚自珍等以通经致用的今文经学冲破往常治经格局，以治经学议时政，即梁启超所谓"喜以经术做政论"的"龚魏之遗风也"。[①]龚自珍、康有为、梁启超都借今文经学求变和讲微言大义的形式呼吁革新。[②] 今文经学因此特别强调经世致用和功利主义，要求文事合世变之需、吁求变革现实的力量。梁启超以"熏、浸、刺、提"[③]四种力的方式进行小说功用的解析和描述，就是出于这种思维逻辑。近代以来，社会情势迫使人们不仅对文艺的看法愈发功利，而且对所有知识的看法都已归为培根名言——"知识就是力量"[④]。以改变现实的力量大小来衡量知识功用往往成为变革时代的文艺标准，至今不变。对这种急急求变的滔滔思潮，连曾热情欢呼"摩罗诗力"[⑤]的鲁迅都"仿佛觉得大炮的声音或比文学的声音要好听得多似的"[⑥]。

　　然而，古典文艺教养不深的人接受这种观念，也许仅仅是个知识传播与观念接受的问题，但像瞿秋白这种之前接受过系统儒家文史经典教育的人，要想完成彻底的实用主义文艺思想变革却要为难许多。尽管本质上说，儒家功利主义文艺观与实用主义文艺思想本身也有许多相同之处。但既然整个社会情势都是这样，

① 梁启超：《清代学术概论》，《饮冰室合集》第 8 册·专集 34，第 56 页。

② 参见萧公权《近代中国与新世界：康有为变法与大同思想研究》，汪荣祖译，江苏人民出版社 1997 年版。

③ 梁启超：《论小说与群治之关系》，《饮冰室合集》第 2 册·文集 10，第 7—8 页。

④ 此语是〔英〕弗朗西斯·培根在 *Meditations Sacrae*（《沉思录》）中的片断语，却为他人不明所以地不断引用，可谓是断章取义的最好范例。参见邢贲思《哲人之路》，浙江人民出版社 2002 年版，第 254 页。费约翰也对此问题从泰勒到福柯的思想角度进行讨论。参见〔澳〕费约翰（John Fitzgerald）《唤醒中国：国民革命中的政治、文化与阶级》，李霞等译，三联书店 2004 年版，第 165 页。

⑤ 鲁迅：《摩罗诗力说》（1908），《鲁迅全集》第 1 卷，第 63 页。

⑥ 鲁迅：《革命时代的文学》，《鲁迅全集》第 3 卷，第 423 页。

注目于国家自强的瞿秋白当然也无法自外地接受了今文经学通经致用的思想。中学时代瞿秋白就研读了《饮冰室文集》。进入北京到"五四"期间，他"因研究国故感受兴趣，而有就今文学再生而为整理国故的志向；因研究佛学试解人生问题，而有就菩萨行而为佛教人间化的愿心"[1]，对今文经学的兴趣越来越浓厚。

此后，通经致用的思想与马克思主义[2]的社会变革思想结合在一起，更是加剧了瞿秋白实用主义的文艺思想趋向。尽管在趋于手段而非目的的革命文艺策略极端的时候，瞿秋白也曾产生正向或反向的心理防御"形成机制"[3]，也曾一度激发起他对古典文艺趣味的刻意压抑与深度怀恋。但在进一步接受了阶级论等共产主义革命思想之后，他还是更加激进地走向急急求变的功利实用主义的文艺思想。

二　佛道文化体验

瞿秋白的佛教文化体验，比儒家文化传统和道教文化体验都要迟缓。天宁寺的佛教文化氛围，曾经吸引了童年时期的瞿秋白。此后，瞿秋白又主动研读佛经并一度以韦陀自喻，这些都表明一种佛教思想影响的印痕。

总的来说，瞿秋白的佛道文化体验是由道入佛，但又不时以

---

[1]　瞿秋白：《饿乡纪程·四》，《瞿秋白文集》（文学编）第1卷，第25页。

[2]　唐世贵先生认为，"马克思主义哲学主要作为他（瞿秋白）从事外部社会政治活动的准则；其中国传统哲学则更多地是作为他日常生活及诗文的价值尺度"。（唐世贵：《关于瞿秋白哲学思想几个问题的思考》，《瞿秋白研究》第8辑，第195—196页。）这种二分法事实上机械地割裂了作为文人政治家的瞿秋白。

[3]　此术语出自弗洛伊德的《自我和防御机制》（1936）。关于此精神机理与文学的关联，参见［美］卡尔文·斯·霍尔（Hall，K. S.）《弗洛伊德心理学与西方文学》，包华富编译，湖南文艺出版社1986年版，第81页。

道解佛或以佛释道，甚至还用佛道思想来阐释和理解他接触的马列主义。① 在阅读佛经深受启发后，瞿秋白自认为找到了入世激情和出世苦谛的因果由来。佛教道教化和道教佛教化，在人生的多个阶段都曾成为瞿秋白的精神支柱。直到瞿秋白信仰了马列主义之后，佛道文化思想的影响仍没有消散，一方面化成了他对马列主义理解的补充和谈助，再者也成为他理解现实纠葛的潜在精神慰藉。② 因此，在不同阶段里，瞿秋白对佛教文化的理解、吸收和运用并非都是始终如一的。

佛教文化体验与瞿秋白的思想发展如影随形，但也不是常做主人。瞿秋白最初接触佛教文化与母亲有关，③ 但真正接触到佛教的思想层面是开始于中学。中学时期瞿秋白读《仁学》、《饮冰室文集》等书，两书的内容甚至被"常引为谈助"④。瞿秋白

---

① 高利克对瞿秋白以佛教思想来理解马列主义曾有较详细的讨论，参见［斯洛伐克］玛利安·高利克（Marian Galik）《中国现代文学批评发生史（1917—1930）》；《瞿秋白的俄国榜样和文学艺术上的现实观》。

② 哈迎飞注意到瞿秋白对佛教文化运用的思想矛盾，细腻指出瞿秋白政治人生悲剧命运与佛道文化的因果联系。但有点简单化地认定道家文化对瞿秋白有强势影响，对作为革命政治先行者的瞿秋白探索不够深入，失之粗糙和过于因果。根本原因是哈迎飞由瞿秋白人生失败来推理其革命事业的不够成功，因此看轻、甚至忽略马列主义这种夹杂着宗教意味的政治信仰对瞿秋白的双重规约。［参见哈迎飞《"五四"作家与佛教文化》，三联书店 2002 年版，第 173—190 页；《瞿秋白与道家文化》，《东南学术》1999 年第 3 期；《以科学代宗教——陈独秀、郭沫若、瞿秋白的佛教文化观透视》，《福建师范大学学报》（哲学社会科学版）2000 年第 1 期；《瞿秋白与佛教文化的关系》，《人文杂志》2001 年第 3 期。］

③ 据羊牧之先生回忆，瞿秋白在上完博物课的小狗解剖实验后，提及母亲常常有对他"为人心要放在当中"的教诲（羊牧之：《我所知道的瞿秋白》）；金衡玉对自杀时间的选择，也考虑到民间信仰、禁忌等因素。因此，我认为瞿秋白的母亲可能是多少存在佛教思想。

④ 羊牧之：《霜痕小集》，《常州文史资料·第十二辑·秋华馆文存》，第 86 页；李子宽：《追忆学生时期之瞿秋白、张太雷两先烈》，《上海文史资料存稿汇·编政治军事》，第 508—515 页；姚守中等编：《瞿秋白年谱长编》，第 15 页。

回忆自己中学时研读了经籍，① 其中应该有佛经，否则就不能称为"经籍"。尽管瞿秋白天资聪颖，但才十三四岁就读佛经而能有很深的习得，似乎不太可能。然而，《饮冰室文集》、《仁学》中金刚怒目的激烈面，却也的确符合当时社会变革的思潮。瞿秋白真正得以深入地研究佛典要在遇上表兄周均亮以后。在周均亮的指引下，瞿秋白研习佛经而能境界精进。

除了时势促使的因素外，更深入地吸引瞿秋白进入佛教思想的原因，是母亲自杀这一转折。瞿秋白因为道家思想不足以抚慰丧母之痛，所以转而汲取佛教文化滋养的主要推动力。因此，瞿秋白思想中道佛粘联的因子起始于母亲的自杀。他曾对羊牧之说"母亲自杀后，我从现实生活中悟出一条道理，当今社会问题的核心，是贫富不均"②。带着改革社会不平的冲动，一个文弱书生面对重重现实困境，老庄超逸绝尘之想自然是不够抚慰，除了找寻佛教思想的寄托，还有什么办法呢？恰好遇上在诗词佛学都有所研究的周均量，况且周家藏书也很丰富，为了排遣丧母的痛苦以及再次寻求精神觅渡——追寻哲学思想的本体依附，瞿秋白度过了一段长达三四个月系统求知的苦读期，大量汲取佛典里的思想资源。瞿秋白回忆，"十六七岁时开始读了些老庄之类的子书，随后是宋儒语录，随后是佛经、《大乘起信论》——直至胡适之的《中国哲学史大纲》，梁漱溟的印度哲学，还有当时出版的一些科学理论，文艺评论"③。其实他在黄陂时期真正研读的是《大乘起信论》等佛经。因为遇到周均量后古文诗词涵养颇深、曾涉猎佛经的瞿秋白不仅"诗词研究更进了一层"，而且还

① 瞿秋白：《饿乡纪程·四》，《瞿秋白文集》（文学编）第1卷，第24页。

② 羊牧之：《我所知道的瞿秋白》，《常州文史资料·第十二辑·秋华馆文存》，第14页。

③ 瞿秋白：《多余的话》，《瞿秋白文集》（政治理论编）第7卷·附录，第704页。

得到了对"政治问题"的佛学解释式辅导，① 这就说明他与周均量研习的主要是佛学和诗文，而且两人研读佛经的出发点和目的是不同的。瞿秋白研习佛学既是因刚经历丧母之痛需要寻求精神寄托和心理解释，也因为"佛经里也有哲学"②。佛经的研习，很大程度上帮助他渡过了心理和思想危机，因此和表兄研究佛学才会使他"心灵上却渐渐得一安顿的'境界'"③。即便在日后走向红光的岁月里，瞿秋白仍然时时徜徉在佛教世界寻找心灵慰藉。

而在佛教思想正式成为瞿秋白的思想资源之后，佛教体验就始终伴随着他的思想进程，紧密地融会在一起。进入北京到"五四"前的 3 年，瞿秋白一方面厌世观的哲学思想程度加深；一方面又"因研究国故感受兴趣，而有就今文学再生而为整理国故的志向；因研究佛学试解人生问题，而有就菩萨行而为佛教人间化的愿心"④。因此，在因缘时会获得赴俄当记者的机会后，瞿秋白首先想到的就是开始菩萨行实践，说这次赴俄"差不多同'出世'一样"⑤，在《赤都心史·序》里他率先阐述的也是佛教"镜面钟声"说。在哈尔滨即将去国时，瞿秋白还抒发"蒙昧也人生"的感叹，流露出"露消露凝，人生奇秘。却不见溪流无尽藏意"的佛学思想。佛教思想的自觉觉他，给了瞿秋白以无穷启迪。瞿秋白说是"入饿乡"是要"以整顿思想方法入手，真诚的去'人我见'以至于'法我见'"⑥。同时，瞿秋白也认为"'生命大流'的段落，不能见的，如其能见，只

---

①　瞿秋白：《饿乡纪程·四》，《瞿秋白文集》（文学编）第 1 卷，第 24 页。

②　周君适：《瞿秋白同志在黄陂》，《山花》1981 年第 7 期。王学其：《"天涯涕泪一身遥"——少年瞿秋白在黄陂》，《春秋》1985 年第 5 期，第 7 页。

③　瞿秋白：《饿乡纪程·四》，《瞿秋白文集》（文学编）第 1 卷，第 24 页。

④　同上书，第 25 页。

⑤　瞿秋白：《饿乡纪程·二》，《瞿秋白文集》（文学编）第 1 卷，第 15 页。

⑥　瞿秋白：《饿乡纪程·五》，《瞿秋白文集》（文学编）第 1 卷，第 30 页。

有世间生死的妄执"。① 瞿秋白运用大量佛教语和佛典故事来阐释与比拟这次俄苏之行,以佛教思想的本体追求来支撑"饿乡"之旅。这种思路,不仅抵消他"空无所有"的内在精神状态,也放大了他个体的精神力量,使多层面的个体行为与时代精神思潮的驱动结合,获得一种历史言说的宏大语境。他也因此得以将本意为儒家思想的"饿乡"追求纳入到佛教语境,以此弥和自己夹杂着儒释道驳杂思想的内在紧张。

赴俄之后,瞿秋白又驳杂地将佛教思想融会柏格森哲学等思想,② 共同调节着他各方面的思想紧张。直到瞿秋白渐渐接受马列主义为主流思想支撑后,其他思想资源也并未烟消云散,而是潜藏在思想深处,共同达成了灵魂的抚慰。③ 瞿秋白明确地说:"菩萨行的人生观,无常的社会观渐渐指导我一光明的路。"④ 的确,正心诚意的菩萨行实践,使瞿秋白在俄国迅速接受了马列主义思想召唤,完成他的另一种思想皈依——马列主义信仰。尽管在俄化的体认中,瞿秋白仍然不时因为种种因素泛起心海波澜:

---

① 瞿秋白:《饿乡纪程·二》,《瞿秋白文集》(文学编)第 1 卷,第 13 页。

② 张历君先生认为这里包括美国的杜威 (John Dewey) 和詹姆士 (William James) 的哲学思想的影响,而且指出瞿秋白当年乘坐火车奔赴"饿乡"类似看电影的"物质性空间"体验。在"他人生的转折点上,留下了深刻的印记"。(张历君:《心声与电影——论瞿秋白早期著作中的生命哲学修辞》,《现代中国》第 11 辑,第 203—208 页。)张历君先生的考订颇为细微,但似乎过度放大该细节的思想意义。

③ 夏济安 (T. A. Hsia) 先生认为,瞿秋白在早期哲学中有"折中主义"味道,即"瞿世英的唯心论和张太雷的唯物论的混合物",并指出瞿秋白"以佛学和柏格森主义的形而上学阐释历史唯物论,在纯粹的马克思主义眼中看来,无疑是异端邪说。在《饿乡纪程》和《赤都心史》中,他不时以哲理推究事象,但以'宇宙的意志'和'生命大流'这两个观念为基础。如果他不是绝对的唯心论者,也应是个二元论者"。入党后这一切都被瞿秋白"摒弃"(我认为只是压抑下来)。T. A. Hsia: *The Gate of Darkness*, pp. 22—23. 译文参照了紫霜先生的译文《"软心肠"的共产主义者——瞿秋白》(三),《明报月刊》第 5 卷第 6 期,第 66 页。袁伟时先生也认为瞿秋白"从'五四'开始到 1921 年初到达莫斯科的初期为止,他的世界观基本上仍然是唯心主义的"。(袁伟时:《试论瞿秋白的哲学思想》,《哲学研究》1982 年第 5 期。)

④ 瞿秋白:《饿乡纪程·四》,《瞿秋白文集》(文学编)第 1 卷,第 25 页。

在莫斯科翻译《市侩颂》，他以"阿弥陀佛"为题又以"阿弥陀佛"结尾，充分体现他对人生、社会、人际关系以至无穷的宇宙是以佛教观点和视角表明心境和看法；在俄国一年间，瞿秋白经历许多现实生活苦辛，也经受许多思想曲折波动。本就患肺病的羸弱之躯，不时考验他的生之意志，于是他不时用佛教思想来勉慰自己；1923 年起，瞿秋白开始用"屈维它"的笔名发文，后用"韦护"①给丁玲写信；1928 年，在苏俄时他给中山大学兼课时曾给学生示范过"和尚打坐"姿式并表白过他从事革命起缘于《大乘起信论》和印度佛学的研究和启发；②《多余的话》里，以死为人生"休息"和"睡眠"是瞿秋白佛学思想的复归和返光；长汀就义时，"盘足而坐"也被认为是学佛有得的实证境界；③ 绝笔集句《偶成》则典出《涅槃经》……由此可见，佛教思想伴随他一生，甚至安抚他走完义路的最后心程与路程。④

当然，瞿秋白的佛教文化影响不一定都成系统、成体系，有时是语词谈助，有时为思想观念，有时仅为比拟阐释之便而已。但是，佛教思想浸润着他青少年后期的心路历程，也历时性地形塑着他的文艺思想。高利克⑤认为瞿秋白用佛教语言解释马克思

---

① 瞿秋白曾对丁玲说："韦护是韦陀菩萨的名字，最是嫉恶如仇，他看见人间的许多不平就要生气，就要下凡去惩罚坏人，所以韦陀菩萨的神像历来不朝外，而是面朝着如来佛，只让他看佛面。"丁玲：《我所认识的瞿秋白同志——回忆与随想》。

② 罗宁：《瞿秋白与佛学》，《法音》1988 年第 7 期，第 37 页。

③ 同上。

④ 瞿秋白思想资源往往呈现出绞缠状态，以"自杀"情结为例的讨论就是典型。例如，衡朝阳和陈春常讨论瞿秋白的思想成分，就认为瞿秋白"献身"情结里"马克思主义实现理想的手段和瞿秋白的自杀情结有一致性"。（衡朝阳、陈春常：《瞿秋白"献身"情结刍议》，《瞿秋白研究》第 13 辑，第 342 页。）

⑤ Marian Galik，也有译为玛丽安·加里克。其《现代中国文化史研究：青年瞿秋白》一文信息出自［美］保罗·皮科威兹的《书生政治家：瞿秋白曲折的一生》，第 286 页；玛丽安·高利克（Marian Galik）：《现代中国文化史研究：青年瞿秋白》，［英］《亚洲研究》1976 年第 12 期。

主义理论和俄国革命情况，但也有研究者则认为仅是佛学术语的"双语借用"、"与原意已经发生了质的变化"①。朝见国则以《饿乡纪程》、《赤都心史》为例，考察大乘佛教"菩萨行"思想对瞿秋白文艺思想的影响，认为对瞿秋白人生观形成、"现实"概念形成、利他个性起着深远影响。② 以上尽管对佛教资源起的作用有不同理解，但都从不同角度证明瞿秋白思想与佛教思想体验的紧密关联。

佛教文化对瞿秋白文艺思想的影响，除了体现在瞿秋白对现实主义的理解、对马列主义思想的话语解释、对文艺大众化的体会与定位之外，还包括对自我形象建构③和对文艺趣味的措置。此外，瞿秋白对文艺趣味的看法也深受佛教文化影响，尤其体现在古典诗文创作方面。瞿秋白古体诗文如梦如幻的意味非常浓厚，不论是《雪意》还是《偶成》，都是叙说一个梦境。其他的旧体诗文，也夹杂有许多的佛语词汇或典故。这些充满着佛教思想旨趣的更为私人的写作倾向和趣味呈现，的确也相当合乎他抑郁落寞的人生基调。或许是佛教的空幻迷离尤为吻合他人生困顿、事业失意时的心境。这与人生得意、事业恢弘时他以道家出尘想来措置文艺趣味，一定程度上异曲同工。

瞿秋白的道家文化体验，最初来自信奉道教、好技击、颇爱黄老学的父亲瞿世玮。瞿世玮信奉道教，并以道教人士身份终其一生。而瞿秋白却仅仅对道家文化感兴趣，而且多出于对诗酒风流的潇洒与道家出尘生活态度的向往。瞿秋白对道家文化的接

---

① 净之：《纪念瞿秋白诞辰 90 周年学术讨论会综述》，《瞿秋白研究》第 2 辑，第 373 页。

② ［韩］赵显国：《瞿秋白文学思想形成与"菩萨行"的影响》，《中国文学论文集》第 23 号（第 2 册），第 339—362 页。

③ 瞿秋白对自我形象的构建，刘新民（Xinmin Liu）曾在其博士论文第三章 *A Tender Heart's Journey：Remapping Qü Qiubai's Self - Exile* 中进行讨论。

受，除耳濡目染的文化影响外，更多的是源于阅读道家文化著作时的思想认同和趣味趋同。对于道教，瞿秋白更多的是被动、感性的好奇与参与、模仿和体验；对于道家文化，他却是主动、理性的深入与思考、探索和理解。瞿秋白阅读的道家著作有《庄子集释》、《老子道德经》，① 尤其是对《庄子》别有心得。学问造诣颇深的郑振铎曾经高度肯定瞿秋白"对于'老'、'庄'特殊有研究"②。

老庄吸引瞿秋白，有瞿世玮等创造的道家文化氛围为先导，但真正吸引他的则是老庄的文采与思想。青春年少的美好岁月，才情潇洒的瞿秋白本该跃动活泼。无奈国难家辱，使他无法畅抒己有，反而抑郁寡欢。因此，瞿秋白选择老庄为作哲学本体思想力量。沉潜虚静归于至道的陶冶，自然平复了他的不少心灵焦虑。但是，瞿秋白仅选择老庄的最重要的原因，首先是因为有慈母在勉力撑持家庭，这是老庄能缓解瞿秋白内心焦虑的可能前提。况且阅读老庄也因为老庄是哲学，"应该研究"③。老庄之道成为了瞿秋白中学时的思想基石，对一生短暂而始终没机会接受现代系统知识训练的瞿秋白而言，中学时代系统的文史知识探求（包括道家文化），对其思想世界的影响诚然极为深远。乃至于多年后在莫斯科体验了长达两小时的纯正希腊教仪式后，瞿秋白竟然仍旧说"仿佛不在欧洲"、"希腊教仪式竟和中国道教相似"④。地道异教文化的实地体验，竟然不动他的心怀，反而促使他对道教起怀旧之感。在老庄之道的指引下，瞿秋白形成了避世观。调和主义也天然与老庄思想"此亦一是非，彼亦一是非"

① 羊牧之:《霜痕小集》，《常州文史资料·第十二辑·秋华馆文存》，第86页。

② 郑振铎:《记瞿秋白同志早年的二三事》。

③ 周君适:《瞿秋白同志在黄陂》，《山花》1981年第7期。

④ 瞿秋白:《赤都心史·一一》，《瞿秋白文集》（文学编）第1卷，第142页。

等同起来，使瞿秋白不由得陷入了相对主义价值观。而超迈俗世的理想则令他时有出尘之慨，形成以死为解脱、以退为进的生命观。老庄等的道家思想文化，则塑造着其哲学思想和文艺思想。

瞿秋白经历丧母之恸后，道家虚无消极思想仍旧无法慰藉他，于是他选择了佛教思想。但是道家文化的空灵绝尘之想，仍满足着瞿秋白对逃逸俗世的渴求。尤其是当他遇上太多生命中不能承受之重的时候，他更是迅速转向道家思想的虚静和无利害。瞿秋白认为最理想的世界是大家"和和气气的过日子"①。在需要作价值判断和现实利益抉择的关口，他也会立即退回到道家思想的相对主义。瞿秋白一边译介传播和吸收马列主义文艺思想，一边又时时怀恋视若家园的古典文艺趣味；一边与各种文艺派别论战，一边又与鲁迅作旧诗词酬唱；一边提倡文艺大众化、汉字拉丁化，一边徜徉俄苏古典文艺。即便在革命政治最紧张的间隙，他也会一边写着长篇政治报告、决策论纲，一边与羊牧之等人比较才情与唱和赠答。至于恋爱时期的新诗创作和浪漫主义文风，更是与当时紧张的革命气氛形成尖锐反差。

可见，道家文化始终给瞿秋白文艺思想提供了一个两可的、诗意栖居的现实调节空间，也缓和了他由于古典文艺趣味和革命政治实践同时并进的紧张。况且，瞿秋白并不很严格地去细察儒释道和马列主义之"道"的深度差异和形而上的区别。对他来说这些都是真理代名词，只不过选用的时间阶段不同。因此哈迎飞认为，瞿秋白对思想资源的选择有不成熟的"儿童心理"②，"理论钻研的缺乏和理性思考的不足"也使瞿秋白的皈依和信仰

---

① 瞿秋白：《多余的话》，《瞿秋白文集》（政治理论编）第7卷·附录，第715页。

② 哈迎飞：《瞿秋白与道家文化》，《东南学术》1999年第3期。

"带上了过多的感情色彩"①。可是，遥想"五四"时期的思想
先行者，又有几个人是很清醒选择某种思想资源的呢？与其说瞿
秋白在思想选择上心理不成熟，不如说那个时代具有难得的真诚
来得更加妥切。

　　总而言之，道家文化对瞿秋白文艺思想的影响，② 主要是文
学趣味留存。道家文化的朴素美，对其文艺大众化思想亦有所支
撑。但是，道家的朴素美更多指向出尘之想，与大众化原初状态
追求中的民本思想、民粹主义色彩在本质上却是矛盾的。尽管佛
教文化对瞿秋白文艺思想的影响也主要在文艺趣味，但与此不同
的是，佛教文化还提供对马列主义理论的初始理解，包括以佛教
语汇和观念来解释马列主义理论，以及用佛教信仰来比拟马列主
义终极理想的便利法门。

三　传统的现代处境

　　瞿秋白终其一生对传统文化资源的守望相当执著，批判也异
常激烈。中国古典文艺思想有文以载道的宏大基调，也包容着追
求唯美的古典文艺旨趣。唯美追求意味着中国古典文艺语言艺术
上的烂熟斑斓，也体现其时段漫长与思想积淀的贫乏。中国现代
文艺思想有革命政治、时代使命的宏大叙事，但照样顽强存在着
对文艺唯美私趣的现代追求。不管是古典还是现代，都延续着中
国自身的文艺思想传统，也都承受着现代文艺思想的冲击和吸
纳。对孕育于民族文化的个人而言，传统文艺思想是一种潜意
识。因此，传统的变迁也同步展现在每一文化个体中。

　　文艺传统的潜意识，是在具体语境下自觉地对雅文学和俗文

---

　　①　哈迎飞：《瞿秋白与佛教文化的关系》，《人文杂志》2001 年第 3 期。
　　②　道家哲学对瞿秋白的影响，可参见唐世贵《瞿秋白与道家哲学》，《瞿秋白
研究》第 11 辑，第 172—182 页。

学进行文学立场选择。现代变迁却是从古典文学趣味向现代文艺思想转型。瞿秋白文艺思想的二元调适正基于此。但文艺思想上的和谐，却无法对应他在现实世界身份政治的同一。文人而为革命家的二元构成，使他无法完全获得任何一个世界的接纳。在古典世界看来，他是叛离旧世界的"'杀人放火'的共产党的领袖(?)"①；在革命者天地里，他又是个"婆婆妈妈的"②文人。他出身于没落的士的阶级，有着他们期许的古典文艺趣味；他又是现代变革大潮中的忏悔的贵族，具有现代知识分子难得的良知。瞿秋白对古典世界文化的依依不舍，是他投身现代革命的反向动力；而对现代世界的激进变革，也同样需要可以退守和自许的精神家园。然而，不管是怀恋还是裂变，传统的文化思想资源都成为瞿秋白文艺思想中古典趣味的终点，更是现代文艺品格的起点。

第二节　　"五四"：现代意识的刺激

晚清以来，借他山之石以攻玉的民族自强思路连绵未绝。从"师夷长技以制夷"③到"中学为体，西学为用"④，从沐浴欧风美雨到瞿秋白的追寻一线"红光"⑤、孙中山的以俄为师，作为异域文化的西学都在中国人的思想里经历了从技术资源到思想资源的角色转换。瞿秋白虽然是从"五四"走来，但最终却转向共产主义革命的洪流；瞿秋白是中国现代左翼文化的奠基者之一，但又是个打上"五四"新文化烙印的、由古典文人转型而

---

① 瞿秋白：《多余的话》，《瞿秋白文集》（政治理论编）第 7 卷·附录，第714 页。

② 同上。

③ （清）魏源：《海国图志》，《魏源全集》第 4—7 册，岳麓书社 2004 年版。

④ （清）张之洞：《劝学篇·自序》，《劝学篇》，上海书店 2002 年版。

⑤ 瞿秋白：《饿乡纪程·九》，《瞿秋白文集》（文学编）第 1 卷，第 60 页。

来的现代知识分子。与此同时，瞿秋白更是"五四"时期[①]由学习外语的古典文人转而走向现实政治革命的现代文艺理论家，他接受"五四"新文化的心路历程，对后人理解中国文艺如何从古典唯美的世界走到现代广阔无边的现实主义大潮，有着独特的文艺思想史考察价值。

一　西学刺激："五四"的外语体验

求新务实，自晚清以来已经是社会的重大思潮，再加上科举制的废弃切断了传统教育与现实生活的联系，因此更推动了社会文化思想急于追寻实力的向度变革。西学作为"新学"成了时人追捧的香饽饽，崇尚科学和实学的风气已经勃兴。瞿秋白入读的冠英小学堂（原为冠英义塾）从私塾更改为新式学堂，堂长庄苕甫出身举人却颇有维新思想，聘请了日本教习开设解剖小狗之类的博物课。但是，时为新学的动物解剖课并没有令瞿秋白对自然科学感兴趣。西学并没有让瞿秋白迅速转入对科学伟力的崇拜，反而引起了他对现代知识世界的好奇。尽管瞿秋白把这种好奇迅速地与儒家古典思想世界联系起来，但他毕竟在儒家经典世界的玄思当中蕴蓄了对现代知识世界的社会意味探寻。动物生理知识与人文知识世界的二分，意味着现代社会视野的出现，也意味着诗学与实学的现代分野和现实抉择。谋生更多地与技能相关联，而与教养有所隔膜——这种现代性的体验要等到瞿秋白面向实际讨生活的时候才会有深刻的刺激。

瞿秋白入读新式的常州府中学堂也盛行民族革命教育，学生大

---

① 本书所指的"五四"时期指从"新知识界领导人1917年云集于《新青年》杂志和北京大学"到1921年文学研究会、创造社的成立为止的历史时段。关于"五四时期"概念使用和界定的讨论，参见［美］周策纵（Chow Tse－tsung）《五四运动：现代中国的思想革命》，周子平等译，江苏人民出版社1999年版，第5—6页。

多思想活跃、倾向于革命。瞿秋白在这接受了英文、外国历史、外国地理、三角几何、拳术、器械、军事体操等丰富的现代教育。①"欧化的中学教育"②加上家庭困顿的现实体验，③唤醒了瞿秋白对国家和民族独立命运的关注和思考，也孕育着他反抗现实的思想。然而西学的冲击竟没能让他转换思路和另投实学，④反而引发了避世思想。同学张太雷早早选择了现实革命的道路，瞿秋白却因此而避世，二者迥然不同。瞿秋白选择的独特，不仅与他的家境、身世密切相关，他对古典文艺的热爱与浸习之深也有重要影响。但是，西学最终还是进入了瞿秋白的思想世界，因为中学开设了英文科。本来开设英文科，在学校看来，无非仅仅是为了引入新学的语言工具。但外语对于瞿秋白来说，除了本身可作为谋生技术和语言工具之外，也是了解外国文学的桥梁。

瞿秋白曾经考取武昌外国语学校学习英语，后来因该校师资

---

① 贺忠贤：《瞿秋白学年考》，《瞿秋白研究》第 7 辑，第 281—286 页；张晓萃：《瞿秋白少年时代侧记》，《新文学史料》1985 年第 2 期；周永祥：《瞿秋白年谱新编》，第 10 页。

② 瞿秋白：《饿乡纪程·四》，《瞿秋白文集》（文学编）第 1 卷，第 23 页。

③ 1911 年因家境更加贫困，瞿秋白一家违反族规搬进瞿氏宗祠。1911 年 10 月 10 日，辛亥革命爆发，常州光复，瞿秋白兴高采烈地剪去辫子。1912 年，瞿秋白在校长屠元博带领下到常州火车站迎接孙中山，不久袁世凯窃取革命成果。1912 年瞿秋白与羊牧之谈《水浒》时愤然说："现在就是没有梁山泊聚义的地方，我虽不能做拿着双斧的李逵，至少也好做一个水边酒店里专门接送来往好汉的酒保。"1913 年，四伯父瞿世琥仕途困顿，大姑母去世，瞿秋白家不再有亲人接济，生活更加困窘。1913 年 10 月 9 日至 11 日，袁世凯正式就任大总统并值国庆，瞿秋白在寄住的瞿氏宗祠悬挂"国丧"的白灯笼。[羊牧之：《我所知道的瞿秋白》，《霜痕小集》，《常州文史资料·第十二辑·秋华馆文存》；冒炘：《瞿秋白研究》，中国矿业大学出版社 1989 年版，第 156 页；王铁仙：《瞿秋白论稿》，第 162 页；瞿轶群口述，王铁仙整理：《回忆我的哥哥瞿秋白》，《社会科学》1980 年第 2 期；李子宽：《追忆学生时期之瞿秋白、张太雷两烈士》，《上海文史资料存稿汇编·政治军事》，第 508—515 页。]

④ "实学"的概念，此处指"实体达用之学"意。参见葛荣晋主编《中国实学思想史》，首都师范大学出版社 1994 年版。

落后且学费昂贵而辍学。瞿秋白也曾和许多热爱文史诗词的年轻人一样在北京期间曾到北大旁听，但选择的仍然是中文系陈独秀、胡适等的课程。[①] 瞿秋白甚至也想"能够考进北大，研究中国文学，将来做教员度过这一世"[②]。可见外语学习并非瞿秋白率先的爱好，学外语也是为了文学，西学的外语与瞿秋白爱好的文学比起来，仍旧不脱体用之分。然而，文艺趣味在现代社会里并非仅仅是才情教养和处世姿态，更是生存的身份认同和群落归属资格。况且，因学习外语而扩充的文学体验，也已经不再是纯粹的文学趣味，而且还同步带来外语语言技能优越感产生的现代知识威权。但无论是现代知识语境的权力体验还是文学现代处境的变异，这种感觉上的转变，首先是因为遭到社会现实生存的压力才发生转折，因为瞿秋白认识到自己要通过求职而生存——即便是研究中国文学，也只是做教员以后才能有的资格。经济独立意识的压力，催生瞿秋白对外语语言工具的现代知识权力意味认知，也催生他对现代社会里由情趣人生涵咏变为职业人生耕作、由追求古典趣味变为承担专业拓荒的身份转型。

先是瞿秋白参加北京文官考试未果，只好进不要学费而且有职业期待的俄文专修馆学习俄文并自修英文、法文。这也许是受堂哥瞿纯白因外语技能而出任外交部职员的启发，外语为谋生技能终于成为瞿秋白的一次正儿八经的人生选择。瞿秋白在俄文专修馆里一下修习三门外语，既可见他的语言天分和勤勉，更可看出他为谋生焦虑而导致的习技心切。俄文专修馆是"一个既不

---

① 中共常州市委党史征集研究委员会常州市民政局编：《常州革命英烈》，中共党史资料出版社1990年版，第8页。
② 瞿秋白：《多余的话》，《瞿秋白文集》（政治理论编）第7卷·附录，第695页。

要学费又有'出身'"的学校,① 可以满足瞿秋白求学、生存与发展的多种需要,但本意毕竟是培养俄文外交译员。但俄文专修馆起码暂时稳住了瞿秋白的漂泊状态,重要的是在这里他既有未来的职业生涯保证,又可以继续研究文学与哲学而与规定的正常学习并行不悖。一举两得的原因,是当时"用的俄文课本就是普希金、托尔斯泰、屠格涅夫、契诃夫等的作品"②。暂时的身心寄托使瞿秋白得以刻苦攻读,这既有生计有望的动力刺激,更有灵肉和谐的短暂勉慰。然而事后瞿秋白却追忆这三年是"最枯寂的生涯"③,这一方面固然是他放大当时刻苦攻读的思想苦闷,目的是为后来的先进思想追溯革命逻辑,但另一方面也不妨认为是他从文学情趣追求转而为现代职业生涯设计的痛苦表现。

瞿秋白在俄文专修馆的刻苦程度的确是惊人,除完成优异的外语学习功课外,他"同时为哲学研究不辍,一天工作十一小时以上"④,可谓全身心投入学习和思考。瞿秋白说:"当时一切社会生活都在我心灵之外。学俄文是为吃饭的,然而当时吃的饭是我堂阿哥的,不是我的。这寄生生涯,已经时时触动我社会问题的疑问——'人与人之关系的疑问'。"⑤读书首先为了吃饭,道理很朴实,这和科举时代相比并没有根本变易。不同的是,科举本身是合文学情趣与现实生存期待为一体的,而瞿秋白此时的读书却已经是现代知识社会里的职业训练。外语学习尽管使用文学著作为教材,训练的目的却在于语言工具,而不是首先在于趣味。正是现代社会职业期待的焦虑,使瞿秋白体认到寄生

---

① 瞿秋白:《多余的话》,《瞿秋白文集》(政治理论编) 第 7 卷·附录,第695 页。

② 郑振铎:《回忆早年的瞿秋白》。

③ 瞿秋白:《饿乡纪程·四》,《瞿秋白文集》(文学编) 第 1 卷,第 24 页。

④ 同上书,第 25 页。

⑤ 同上。

生涯这种无以为生的尴尬,并进而将现实尴尬与社会问题的疑问——"人与人之关系的疑问"联系起来反省。待业的瞿秋白对寄生生涯的鄙弃,转而生成为对造成此尴尬的社会本身的鄙弃,厌世代替避世,进而认定"菩萨行的人生观,无常的社会观"①是一条光明路。

俄文专修馆的外语学习,潜移默化地从语言到文学、从文学到思想地影响着瞿秋白对西学的接受。但瞿秋白此时仍更多接受佛教哲学的笼罩,西学在这三年的思想冲击远小于佛教哲学。但经过俄文学习和阅读俄国经典文学,瞿秋白毕竟从俄国文学而开始了现代知识语境里的西学体验,且由此较容易习得了俄苏文艺理论等现代社会科学思想。直到1930年初,瞿秋白在《清党问题》中批评张闻天和博古等人"往往只是依仗自己的知识去向工人同志示威"时,也将心比心地承认他们"因为外国文好的缘故,自然容易学到理论"②。当时瞿秋白的俄文无疑要比他人精通,可见精通俄文为他习得俄苏文艺理论助益之大。更可想而知的是,外语学习对于促使瞿秋白思想和心态的现代社会处境转型是何等重要。从外语学习到外国文学译介而得来的一系列西学体验,此后便随着瞿秋白更大量的俄苏文学与其他社会科学和政治文件的翻译实践,产生了潜在的影响,这甚至比理性接受更加深入。而托尔斯泰"民粹主义"和"无政府主义"、果戈理的批判现实主义、屠格涅夫的"民族情怀"等思想,也不仅润泽着瞿秋白的古典文艺趣味,而且因应着他的现代文艺思想的生成。乃至十年后,瞿秋白站在现代中国大学应该有的知识培育功能设计高度上,对现代社会里的文学个性发展要求、学术民众化趋

---

① 瞿秋白:《饿乡纪程·四》,《瞿秋白文集》(文学编)第1卷,第24页。
② 瞿秋白:《清党问题》,《瞿秋白文集》(政治理论编)第6卷,第851页。

势、研究的精细化和知识系统化有强调性的评述。① 当然，习俄文并非一定是瞿秋白日后从事共产主义革命的预期，因此，文学影响也不是初始就成为他译介俄苏文学和从事共产主义革命的有意选择。② 就义前，瞿秋白坦诚地说："这样，我就开始学俄文了（一九一七年夏），当时我并不知道俄国已经革命，也不知道俄国文学的伟大意义，不过将来谋一碗饭吃的本事罢了。"③ 瞿秋白的回忆有点颓唐但相当平实，却深刻地点出了西学在现代社会职业意识上对他思想的强烈促动。

俄国十月革命爆发三天后，上海《国民日报》等相继报道了消息，但并未立即引起中国社会大部分人的关注。④ 随着时间的推移，十月革命才在中国渐渐地引起反响。而且是因为"中国有许多事情和十月革命以前的俄国相同"⑤，中国人也才开始把注意力转向俄国，并出现赞成以俄为师的具有初步共产主义思想的知识分子。李大钊明确指出：十月革命"非独俄罗斯人心变动之显兆，实二十世纪全世界人类普遍心理变动之显兆"，号召"去打破国界，打倒全世界资本的阶级"⑥。陈独秀对十月革命意义的认识更迟，1919 年 4 月底才表示欢迎社会主义学说和

---

① 瞿秋白：《现代中国所当有的"上海大学"》，《瞿秋白文集》（政治理论编）第 2 卷，第 127 页。

② 日本明治大学的陈正醒也认为瞿秋白 20 年代初的苏俄之行"决定了瞿秋白后来的人生"，"他在苏俄期间练就的俄语能力和理论素养，支持了他后来光辉的政治生涯"。[日] 陈正醒：《瞿秋白在俄国》，《中国学》1998 年 8 月。此处转引自程慎元：《日本瞿秋白研究概述》，《瞿秋白研究》第 12 辑，第 291 页。

③ 瞿秋白：《多余的话》，《瞿秋白文集》（政治理论编）第 7 卷·附录，第 695 页。

④ 连孙中山直到 1918 年夏才致电列宁祝贺并表示敬意。

⑤ 毛泽东：《毛泽东选集》第 4 卷，第 1469 页。

⑥ 李大钊：《李大钊文集》（上），人民出版社 1984 年版，第 573、575、608 页。

社会主义革命。[1]

中国共产主义革命的第一批先驱反应尚且如此,瞿秋白就更为滞后。瞿秋白此刻作的旧体诗《雪意》,恰切体现了他从避世到厌世的颓唐气息和忏悔贵族的心情。1918 年是中国历史上激变思潮涌动的转折年头,"1918 年,为《新青年》的极盛时代,也是知识青年最激动的时期"[2]。正是这一年,由于瞿秋白看了许多新杂志,思想有相当的进展,新的人生观形成。新杂志的传播配合着"五四"激变思潮诞生,而瞿秋白看得最多的正是新杂志。通过阅读新杂志,瞿秋白参与社会现实问题思考。在阅读新杂志—思考当下社会议题—参与杂志与社会讨论的互动过程中,瞿秋白逐渐接受了克鲁泡特金无政府主义、俄国社会主义等各种思潮主义影响,也包括大量来自西学的思想冲击。因此,的确要等到"五四"时期纷纭复杂的主义思潮大量涌入北京后,西学对瞿秋白才发生深刻影响。因为直到"五四"运动陡然爆发、被卷入漩涡后,瞿秋白的孤寂生活才被打破——先前的西学刺激至多也就导致个人的内心焦虑。而一旦这种个人封闭情感状态被打破,思想焦虑才有了真正的社会、现代和现实的意义。瞿秋白和瞿菊农、郑振铎、耿济之等组织出版《新社会》旬刊,这是他思想上"第一次与社会生活接触",所以才更明白"社会"的意义。从阅读新杂志到创办新杂志,瞿秋白思想在西学新潮冲击下,随着"五四"思想激流历史性地拐了弯——先是觉得"菩萨行的人生观,无常的社会观渐渐指导我一光明的路";继而由于思想第一次与社会生活接触和学生运动中受到一番社会教训,更明白社会的意义,于是参与引起他无限兴味的

---

① 陈独秀:《二十世纪俄罗斯革命》,《每周评论》第 18 号,1919 年 4 月 20 日。

② 参见周策纵语《〈新青年〉90 周年纪念:一本杂志和一个时代》,《国际先驱导报》2005 年 9 月 16 日。

"社会主义的讨论";接着他"以研究哲学的积习,根本疑及当时社会思想的'思想方法'",在北京社会实进会的支持下和朋友们合办《新社会》旬刊探讨新社会。刊物被封闭后,五四运动也已经落潮,在思想苦闷中瞿秋白和《新社会》同仁们继而组织《人道》月刊,"要求社会问题唯心的解决"①。

　　从1918年到办《人道》月刊恰好是三年。三年里,从与社会隔绝到融入社会,瞿秋白思想的变化巨大。以社会为思考的出发点,瞿秋白第一次真正跳出佛教哲学以人生为出发点的思维定势。这个思维跳板,正是职业意识和"五四"前后新杂志里大量关于思潮主义的探讨争论,导致其个体独立意识的觉醒。尽管这些思潮著译大多是中国社会问题论争语境下的本土化西学。按理说,瞿秋白精通外语,他对西学吸收应较为深入本色。其实不然。瞿秋白说:"然而究竟如俄国十九世纪四十年代的青年思想似的,模糊影响,隔着纱窗看晓雾,社会主义流派,社会主义意义都是纷乱,不十分清晰。正如久壅的水闸,一旦开放,旁流杂出,虽是喷沫鸣溅,究不曾自定出流的方向。其时一般的社会思想大半都是如此。"② 因此,我认为西学为瞿秋白思想渐变提供"撬起地球的支点"③,但应对他理解西学的深度有限度感。毕竟此时瞿秋白对西学的认识,主要从新杂志和个人生活体验中获得,并没有系统深入的现代社科理论研读,更没有现代知识体系的训练和指导。当然,对西学理解的不彻底、不探本和不系统,并不影响瞿秋白思想因此获得激发,也不妨碍他通过参与五四运动实践而获得思想升华。相反,瞿秋白的西学理解和把握,更多的是在社会事件的亲身参与和群体思想的争鸣讨论中才得到

---

　　① 瞿秋白:《饿乡纪程·四》,《瞿秋白文集》(文学编)第1卷,第25—27页。

　　② 同上书,第26页。

　　③ 阿基米德语。

了发展和深入。

"五四"西学体验，一方面导致瞿秋白思想转向，跳出大乘佛教哲学主导的思维定势，上升到现代社会视野的思想高度；另一方面，也影响着瞿秋白文艺思想的现实主义进向。在果戈理《仆御室》（剧本）译毕时，瞿秋白写了一段"译者志"：

> 现在中国实在很需要这一种文学。不过文学这门学问，有人说还未形成一种科学，更因国界言语的不同，环境的不同，所以翻译外国文实在还不能满足这一种需要。这是我个人的私见，我不是研究文学的，所说或者全是外行话，更希望现在研究文学诸君注意到这一层。①

瞿秋白说自己"不是研究文学的，所说或者全是外行话"，这里部分存在自谦成分，但也说明彼时他尚没能充分发育出现代文艺思想。但瞿秋白的意思很明了，即他的小说翻译目的本来就不全是仅供书斋研究，而是为中国社会现实需要考虑，他希望文学研究者都能转变到这一立场。可见，在瞿秋白从翻译《闲谈》开始所选择的译介对象里，尽管有许多偶然因素，但他本人的立场相当明确，即唤醒和改造中国社会现实。而瞿秋白翻译作品以改造现实社会的功利考量策略，也并不必然与他译介时的审美蕴涵要求形成矛盾。前者是思想资源对象选择，后者是艺术的异域传通。写旧体诗《雪意》时他还在自我伤怀，译《闲谈》时已开始借托尔斯泰小说传达对生活和社会改革出路的苦闷。此后，瞿秋白连续翻译了一系列充满社会现实关怀与批判的俄罗斯经典，日趋明确他要求借助文艺来批判现实社会生活的思想。因此，呐喊、揭露和战斗的现实主义文艺，率先成为他越发青睐的对象。

---

① 《曙光》第1卷第4期，1920年2月。

　　从颇为古典唯美的旧体诗，到基本以白话译成的对谈体小说；从自我的内心独白和焦虑，转向外在的思想对话和观点论争，瞿秋白文艺思想发生了巨大变化。"五四"前后西学大潮的影响，最重要的是突出理性启蒙，强调个人觉醒，主张思想公开对话与主体论辩。因此，瞿秋白不仅写作时论时评、踊跃参与社会政治问题讨论，而且亲自参与融入五四运动的社会政治实践。他已经不仅在思想上、也在行动上转入社会层面。在大量主义思潮的激荡鼓动下，瞿秋白真正转向以现代社会视阈来生发个人行动和思想意义。这种转向改变了他此前以文艺独白为主的古典趣味，更多投入到以文艺参与社会变革进程的政治实践与思想反省。瞿秋白曾以《心的声音》①为总题写了一组散文，除《绪言》有心路历程的意味外，其他每一篇都是一副社会现实情境化描述和勾勒，标题就是要反思的主旨。瞿秋白文艺眼光的焦点，从专注个人悲惨身世转向拷问社会现实情境；文艺趣味也从凄凄惶惶自我哀叹，一变为沉痛庄严的民生抗辩。社会视阈和现实民瘼的关怀，使瞿秋白文艺思想走出古典文艺的逼仄唯美，获得宽广而深刻的现代美学——现实主义文艺深刻的社会人生内涵。和许多现代思想人物颇为不同，在五四时期，瞿秋白并未一开始就对古典文学发难，也没有介入"五四"新文学发轫期的语言运动。"一开始便兼有社会运动的参与者和文学爱好者、倡导者双重身份"②的瞿秋白，唯一承续"五四"新文学传统的通道，就是参与五四时期的文学交往活动和外国文学译介热潮。因为"中国文学的方法实在不完备，不够作我们的模范"，"西洋

---

①　瞿秋白：《心的声音》，《瞿秋白文集》（文学编）第 2 卷，第 5—19 页。
②　程凯：《国民革命与"左翼文学思潮"发生的历史考察（1925—1929 年）》，北京大学博士论文 2004 年，指导教授：温儒敏，第 4 页。

的文学方法，比我们的文学，实在完备得多，不可不取例"①。
瞿秋白等参与的苏俄文学汉译实践，② 自然也是当时的译书大潮
之一。只不过他的翻译，一开始就不想"空标"主义，而是要
"离一切主义，离一切死法子，去寻中国现在所需要的文学"，
目的是要使人人都"看得懂"将来的"新文学"，受得着"影
响"和"感动"。③ 瞿秋白的翻译中创造意识非常明确，同时文
学现实功用的目标设计也早早地横亘其间。因此，瞿秋白在五四
时期的社会体验与西学接受的萃合，奠定了他讲求功利的现实主
义文艺思想的基本底色。

　　五四时期，从文学翻译实践有意识走上现代文学道路的作家
很多，但从学习外语而不自觉地从古典文人转向现代文艺家、甚
至走上政治革命道路，但又始终保持古典文艺趣味的，大概仅有
瞿秋白。外语学习沟通了瞿秋白儒家经典文艺趣味与俄国经典文
艺的心曲，使他不自觉地接受俄国现代思想中的民粹主义、无政
府主义和民主主义，更使他有幸融入到五四运动学生群体和新杂
志编辑群体，亲自感受和思考滔滔西潮并受启发。最关键的是，
外语学习让瞿秋白有机会因俄语语言优势最终获得前往"饿乡"
任旅外记者的机会，并以思想实证为基础走上革命道路，接受和
传播马列主义。

　　外语学习对瞿秋白来说可谓是改变一生的选择。当初仅把学
外语当作求饭碗的瞿秋白，无论如何也想不到这个饭碗求索，竟
无形中吻合中国现代历史变迁，也吻合"五四"文艺思想传统

---

①　胡适：《建设的文学革命论》，《胡适全集》第 1 卷，安徽教育出版社 2003
年版，第 66 页。

②　关于苏俄汉译文学（尤其是三四十年代）的讨论参见李今《三四十年代苏
俄汉译文学论》，人民文学出版社 2006 年版。

③　瞿秋白：《序沈颖译〈驿站监察吏〉》，《瞿秋白文集》（文学编）第 2 卷，
第 246 页。

到延安新文艺思想转折的内在理路。瞿秋白的俄语学习，从语言工具①的学习进而接受了语言背后的异域思想资源和社会政治体系。瞿秋白的外语学习，尤其是俄语专修，不仅获得现实饭碗，更为其思想变迁找到激变的思维跳板。俄国文学经典翻译阅读、五四时期新杂志的阅读讨论，为瞿秋白提供新思想资源；五四运动的社会政治实践和新文化活动参与，为瞿秋白提供思想飞跃动力。从语言到思想，瞿秋白找到"饿乡"寻觅所在。由俄语学习勾连相通的俄国经典文学，则使其文艺思想从中国古典文艺的唯美境界破关而出，走进有着俄国宗教思想支撑的、带着强烈现实批判色彩的广阔的现代文艺领域——社会人生。当然，这种现实社会人生的关怀与大乘佛教里的菩萨行理想实践也存在契合。

　　在"五四"西学滔滔的刺激与启发下，瞿秋白文艺思想渐渐走出狭窄的古典文艺自伤自悼、自我封闭的空间，走向以社会生活为广阔视野的现实主义，这也意味着瞿秋白文艺思想朝向现代的重大转折。其现代朝向，一旦与俄苏马列主义理论结合，更是生发出共产主义革命意识形态的现实功利色彩和巨大的实用政治能量。因此，瞿秋白革命政治时期发表的诸多过激语，并非纯粹出于文艺理论家的小阁楼深思，更多是属于革命政治家对文化策略的运筹帷幄。

---

　　①　瞿秋白对语言的理解有两个层面：一是马克思唯物主义哲学的基本观点"语言是思维的物质外壳"；二是人与人之间信息交通的工具。而对语言哲学、社会语言学的思考付诸阙如。因此，瞿秋白早期的外语学习和后来站在革命政治立场上强调"文腔革命"、文艺大众化和汉字改革的时候，几乎没有考虑语言的社会文化分层、语言文化史、语言哲学、语言与民族文化共同体和现代—民族国家形成关系等深层问题。参见［英］彼得·伯克（Peter Burke）《语言的文化史——近代早期欧洲的语言和共同体》，李霄翔、李鲁、杨豫译，北京大学出版社 2007 年版，第 13—31、40—41 页；［美］本尼迪克特·安德森（Benedict Anderson）：《想象的共同体——民族主义的起源与散布》，吴叡人译，上海世纪出版集团、上海人民出版社 2004 年版，第 38—46、66—79 页。这也说明瞿秋白的文艺思想和语言思想、政治革命是第一性的。

二　群与诗："五四"的社会体验①

随着国门渐开和西学的涌入，现代传播媒介逐渐介绍到中国。因此，传播媒介（主要是报纸副刊、消闲读物、团体杂志等）和团体群落对中国文艺思想现代转型的影响也就不容忽视。②传媒的发展不仅带动读者群落的成熟和分化，也导致作者群落的现代生长和变迁。梁启超的《论小说与群治的关系》，从文艺思想上说并无特别的大进步，但反映了中国近现代变革之世的力量焦虑。但若考虑到梁启超是在现代报刊上发布此文，而且迅速卷起一种文艺变革思潮的事实，那么"诗可以群"（《论语·阳货》）——文艺的群治力量之大，却引人深思。报纸杂志本身是以传播信息为旨归的群落。尽管文艺传播有特殊处，但在信息传播与接受角度上，与其他媒介的基本路径和效果估量则大体一样。

先群而后言诗，是现代传媒对传统文艺生态的革命。诗多少可成群，但群未必都能诗，而且也不一定都为了诗。五四时期"为人生"与"为艺术"的口号之争，在对待古典文艺思想的革命立场、方式和目标上，其实都是一致的。因此，现代文艺发展

---

①　对五四时期文艺思想内在转折意味，莫里斯·迈斯纳认为，"从1919年到1920年的五四运动，标志着中国新一代知识分子的出现。他们在感情和文化上抛弃了对西方的依赖，重新唤醒了中国人民决定自己未来的能力。不象许多人认为的那样，这一运动标志着西方自由和民主思想在中国的影响何等深远：恰恰相反，它正是这一影响将要迅速消亡的开端"。［美］莫里斯·迈斯纳（Mamtee Meisized）：《李大钊与中国马克思主义的起源》，中共北京市委党史研究室编译组译，中共党史资料出版社1989年版，第109页。

②　此类讨论文章颇多。除了报刊媒体、文学社团和同仁派别的专门研究外，还有一些文艺思想史研究。开风气之作有王晓明先生的《一份杂志和一个"社团"》、刘纳先生的《社团、势力和其它——从一个角度介入"五四"文学史》、陈平原先生的《思想史视野中的文学——〈新青年〉研究》、李楠女士的《晚清民国时期的上海小报》等。

史上纷纭复杂的口号之争，有文艺内涵差异的并不多，大多属于话语霸权之争。话语也是一种权力①，话语之争就是维系利益和力量的互动。作为现代传媒方式，刊物报纸、文艺团体和群落的生存维系，可谓一条线和一串蚂蚱的关系。用"树倒猢狲散"来形容现代文学史上的文艺刊物、文艺团体和文艺人的关系，无疑有它恰切之处。正是它们形成文学生存群落，构成大小不一的文学权力场。场效应与群大小几乎成正比。当群足够大的时候，它便有担当文坛霸主的责权，同时也带来成为众矢之的的风险。激变之世情，力量不断重组是常态。文艺群落的分化和组合同样如此。瞿秋白和他的朋友们，也正是那个时代里的一个群，而瞿秋白则是他所在群里的"这个"②。

少年老成的瞿秋白迅速成为"五四"弄潮儿，凸显于各色"群"并闪耀出他超群的才华，首先是政治才华。从这个意味上说，后人以政治角色扮演的悲剧结局来否定其政治才华，无疑过于历史势利和悲观。郑振铎对"五四"时的瞿秋白，分别在1949 年 7 月③和 10 月④前后写过两篇内容类似的回忆文。前面的回忆，强调瞿秋白老成持重而阴郁的心境；后来的回忆，则突出瞿秋白革命的战斗素质。但是，两次回忆在根本上都承认瞿秋白对社会政治思考的早熟。

瞿秋白心智的早熟冷静和丰富人生阅历，令他在一拨"五四"热血青年中脱颖而出。群体性社会运动需要燃烧激情，但

---

① 参见［法］福柯（Michel Foucault）《知识考古学》，谢强、马月译，三联书店 2003 年版，第 32—41 页。

② ［德］恩格斯：《恩格斯致敏·考茨基》（1885 年 11 月 26 日），《马克思恩格斯选集》第 4 卷，中共中央马克思、恩格斯、列宁、斯大林著作编译局编译，人民文学出版社 1995 年版，第 673 页。

③ 郑振铎：《回忆早年的瞿秋白》，丁景唐编：《瞿秋白印象》，学林出版社 1997 年版，第 18—19 页。

④ 郑振铎：《记瞿秋白同志早年的二三事》，《忆秋白》，第 108 页。

群体运动的领导者却需要冷静。五四运动的启蒙性质，使得广场式的革命呼告成为主要宣传、争夺和扩大群体力量的基本手段，这需要辩才，也需要口才和文采。"五四"也因此涌现出一批瞿秋白式的学生型政治家——多为旧式文人转变过来的现代学生。这群被社会情势逼上街头的政治运动参与者，虽号为现代学生，但本质上却更像古代书生或儒生。他们有着儒生报国的激烈情怀，但又有现代社会政治视野。文人而为政治家的书生革命家，是后人对他们独特身份转型与历史面目的最好概括。他们与后来从欧风美雨中回来、提倡和追求西方民主政治的学者政治家不同；也与留法"勤工俭学"和留苏的"俄国式革命家"不同。他们暂时还没有法国大革命式的、以暴力为前提的革命理念。"五四"落潮之后，学生群体迅速分化。但因"五四"激起而来的社会思想大解放运动却渐渐展开。鲁迅说："后来《新青年》的团体散掉了，有的高升，有的退隐，有的前进。"[①]"五四"青年学生群体同样如此。"五四"显示出青年学生的历史伟力，但也改变学生的历史角色预设——不再作为青灯黄卷旁的文化传承者，也不再仅是现代新知的接受传播者，而是凭借知识和思想显示历史动力即时转化的群体。他们开始投入社会运动的现实激流，与职业军人、破产农民交替或一起成为历史变革力量。而群众形态的社会运动体验，也因此深深地改变"五四"以来的文艺发展机制。文艺内部的思潮流派的变迁逻辑，越来越让位于各色群落纠集形成的大小势力的文艺现实博弈。例如，传媒版面和读者群的争夺、现实政治势力的支持等，都构成文艺历史变迁的合力因素之一。瞿秋白热情参与其中，读了许多新杂志而思想变动的他，首选办同人刊物的办法来实现自己的思想主张，包括文艺上的主张。

---

　　①　鲁迅：《〈自选集〉自序》，《鲁迅全集》第4卷，第456页。

瞿秋白深知，文艺不再是求取个人的趣味陶醉，而是必须要他人也能受到"影响"和"感动"，最好是"人人"①都能如此。人多力量大，这就是群体形态的根本动员机制。群与诗，在现代社会运动的体验中自然地拧成一股绳。文艺的个体情怀与趣味，逐渐让位于饱含集体主义精神的、追求宏大叙事的革命意识形态美学品格。②

（一）街头运动与传媒群落

"五四"时瞿秋白已经得了肺病，尽管他学的是俄文等外语，但喜欢的仍是文艺与哲学。因为"五四"，瞿秋白第一次走出佛经、走出身世哀苦的家庭记忆，第一次融入中国现代风云激荡的社会现实。自此，瞿秋白以学生型政治家的形象登上现代社会运动的大舞台。可惜这个大舞台迅速落幕了。参加"学生运动"使瞿秋白知道自己"处于社会生活之中"，也因此知道不是自己有病，而是整个社会"中了无名毒症"。虽不知道如何医治，但瞿秋白已经从实践中体验到许多再也"藏不住"的"不安"。③知道生病的事实和病情严重后，当务之急便是求医问药。鲁迅用小说在找寻，瞿秋白则经历现实学生运动而后走上刊物政治之路。因为瞿秋白要"暂且先与社会以一震惊的激刺，——克鲁扑德金说：一次暴动胜于数千百万册书报"④。可是无政府主义领袖克鲁泡特金的名言，似乎被瞿秋白用反了。的确，对一介带肺病的文弱书生而言，街头政治不是首选，而办报刊则力所

①　瞿秋白：《序沈颖译〈驿站监察吏〉》，《瞿秋白文集》（文学编）第 2 卷，第 246 页。

②　对于"五四"以后的现代体验中的"群"意识，旷新年先生责从民族主义、国家想象与现代文学的关系进行理解。（旷新年：《民族主义、国家想象与现代文学》，《韩中言语文化研究》第 14 辑，韩国现代中国研究会韩国中国语言文化研究会发行，2007 年 10 月 31 日，第 255—271 页。）

③　瞿秋白：《饿乡纪程·四》，《瞿秋白文集》（文学编）第 1 卷，第 25—26 页。

④　同上。

能及,而且也是解决思想烦闷的好办法。"五四"落潮、学生运动"倏忽一变倾向于社会主义"后,"从孔教问题,妇女问题一直到劳动问题,社会改造问题;从文字上的文学问题一直到人生观的哲学问题;都在这一时期兴起,萦绕着新时代的中国社会思想"[①]。在思想大解放和问题大讨论的社会背景下,瞿秋白带着浓厚的社会政治问题探索热情,和瞿菊农、郑振铎、耿济之等组织创办《新社会》旬刊:一方面,是因为北平基督教青年会[②]所属的团体"社会实进会"[③]想找人办青年刊物扩大影响;另一方面,则是瞿秋白等试图进一步明白"社会"的意义、探询新社会的可能面目。

---

① 瞿秋白:《饿乡纪程·四》,《瞿秋白文集》(文学编)第1卷,第26页。

② 《新社会》,五四时期的重要刊物,瞿秋白、郑振铎等主办。创刊于1919年11月1日,旬刊,共出版19期,1920年5月前后被反动当局查封。该刊以北京"社会实进会"名义发行,编辑和主要撰稿者有:瞿秋白、郑振铎、耿济之、许地山、瞿世英等。它的宗旨是,为了"尽力于改造社会事业",其"改造的目的就是创造德莫克拉西的新社会——自由、平等,没有一切阶级一切战争的和平等幸福的新社会";改造的手段则是"考察旧社会的坏处","以和平的、实践的方法,从事于改造的运动"。其主要内容是:讨论社会改造、妇女解放、劳动问题和知识分子前途等。也发表了一些介绍世界各国社会运动的文章。在全国青年中有相当影响。该刊思想倾向比较复杂。它虽然对资本主义社会制度的罪恶与黑暗作了猛烈抨击,但对马克思主义和俄国革命却缺乏清醒的认识,未能划清社会主义和空想社会主义及改良主义的界限。参见《五四时期期刊介绍》第一集·上册,第320—327页。

③ 北平基督教青年会所属的社会团体,成立于1913年,由参加青年会活动的大学生和中学生发起组成,会员达200多人。宗旨是:"联合北京学界,从事社会服务,实行改良作风。"1915年,该会下设学务、演说、游艺、调查、交际五个部,并成立了西城分会。除开展演说会和游戏场等社会服务活动外,还举办夜校,进行人力车夫调查等。1918年秋,增设编辑部。1919年11月1日,创办《新社会》杂志,强调以民主改造旧社会、创建新社会为宗旨。同年成立董事会和职员会,聘请13名有学识和经验、热心社会服务的人士担任董事,由董事会负责财产、经济和人事任免。职员会成员从会员中选举产生,任期一年。五四运动以后,在郑振铎、瞿秋白、耿济之、瞿菊农等先进知识分子的影响下,北京社会实进会的宗教色彩逐渐淡化,强调在改造社会方面的功能,主张为建立一个真正共和、自由、平等、幸福的社会服务。(参见《五四时期期刊介绍》第一集·上册,第328—331页。)

不久，《新社会》就受到统治军阀的注意而被取缔。瞿秋白等人于是努力说服青年会出版《人道》。编刊物是为了传达思想，主要通过刊物编辑理念和亲自撰稿来体现。瞿秋白作为主要编辑者，不仅连编辑同人都觉得他思想渐渐激进，而且日趋明确社会主义方向。① 以办刊物来接续政治理想和改革热情，在"五四"落潮后是普遍现象和常态做法。彼时的报刊团体可谓如雨后春笋，尽管最终成竹者并不多。因此，如果说五四运动是学生的街头政治实验，那么，办刊物热潮则是刊物政治的实践，《新社会》、《人道》都是如此成为其中的"尖兵队"。郑振铎回忆《新社会》文章内容时说：

> 我们所写的开头还谈些青年修养，介绍些科学常识。到了后众却完全鼓吹起社会改造、家庭革命，向当时的统治者直接进攻了。《新社会》成了反帝反封建的队伍里的一支勇敢的尖兵队。远到四川、两广、东北等地，都有我们的读者，秋白的尖利异常的正面攻击、或明讽暗刺的文章是《新社会》里最有份量的。②

瞿秋白等人的刊物政治实践，最大收益就是体会到现代媒介宣传的群体动员效应。这种以宣传代文艺、以集体（群体）代个人、以情绪煽动代灵魂慰藉、以动员代感动、以舆论制造代情趣陶冶的文艺思想变动，不仅为他日后的革命生涯生色不少，更奠定他自然而然地接受革命政治意识形态美学的心理模式。

---

① 郑振铎：《记瞿秋白同志早年的二三事》，《忆秋白》，第110—111页。
② 同上。

（二）俄国文学热潮与身份政治

瞿秋白等以办刊物的形式对新社会、人道改良的呼吁探索，遭到北洋政府的中途扼杀。而正在瞿秋白激进于社会主义的时候，恰好社会主义成功的地方——新俄国，此时也成为当时社会时论好奇和争论的中心。俄国"十月革命"后的经济困境和社会乱相、革命后的新气象和一举成功的振奋人心，都成为"五四"落潮后中国沉闷社会现状的热点议题。由于此时媒介的发达，群体的关注焦点自然变成媒体的商机。因此，俄国文学和俄国游记也纷纷受到报刊青睐，纷纷开设诸如"俄国研究"专栏或以俄国文学翻译为主的、"新文艺"之类的专栏，如《晨报》便在 1919 年 11 月 12 日开设"俄国研究"专栏，连载 An Ransome 著，兼声译的《一九一九年旅俄六周见闻记》。开设专栏时，《晨报》还郑重其事地加上两则"叙言"①。署名"孟和"的"叙言一"写道：

> 近来的报纸杂志和书籍，记俄国的事情的虽然不少，但是可靠的材料却不多见。一则因为各国都设有检查员，确实消息常被这些检查员拦住，不许漏出。二则各国的新闻记者常与俄国的政党生关系，用政党或特种利益的眼光叙述俄国的现状。所以那些记载都是带特别色彩，就没有价值了。近来出版界里关于俄国有价值著作只有四五种。我所见过的一本是一个德国人著作的专讨论俄国革命以来经济上的变迁。一本是一个法国人著的叙述"布尔扎维克"党（这个字原是多数党与那"孟斯维克"少数党相对的名称。今人译为过激党实在是不通之极）

---

① 孟和：《一九一九年旅俄六周见闻记·叙言一》、兼声：《一九一九年旅俄六周见闻记·叙言二》，《晨报》1919 年 11 月 12 日。

的历史及其成绩。还有一本就是英国的文学家名"兰塞姆"所著的《俄国旅行记》。兰塞姆是一个有名的文人。并不是一个"过激派"也不是一个社会党，著作有十几种。最惹人注意的，就是《王尔德传》。他会说俄国话，明白俄国的风俗情状。去年已经到过俄国一次，今年二月间又到彼得格勒和摩斯哥尔处考察布尔扎维克。在俄国住了六个礼拜，见了许多当局的要人，又访问反对党的领袖。著者的忠实，是无可怀疑的。他的书，出了一个月已经再版。英美各杂志都引用他的话，称赞他的公道。所以中国人要真知道俄国最近之情状，不得不读兰塞姆这本书。现在把他译了出来，是很有价值的。①

译者"兼声"作的"叙言二"则写道：

　　我们稍注意世界大势的人，心中总不免有一个疑问，以为俄国国内的情形，究竟是怎么样。报纸所载，今日如此，明日如彼；这种靠不住的消息，不但不能考见俄国的真相，并且令阅报的人生厌了。幸而我们有一位朋友，刚从欧洲带来 Ransome 做的一本《一九一九年旅俄六周见闻记》（*Six Week in Rassia in* 1919），这是今年六月在伦敦出版，七月再版的。他再说至于作者做这本书的宗旨，他的引子已经说得很明白，用不着我在这里提了。这本书共分三十章，最少要四、五个星期方能登完。读这本书的人，总可以看见：（一）俄国社会的一切情形；（二）劳工会政府治下的政治经济教育状况；（三）该国民对于政府的评论和该国政府对

① 孟和：《一九一九年旅俄六周见闻记·叙言一》，《晨报》1919 年 11 月 12 日。

于各国的态度；（四）华工在俄国的真相；（五）列宁的主义和进行；以及其他各派如克鲁泡特金等的传播事业。以上是本书的大端，其详细处，请阅者诸君逐日看去便明白了。①

报刊对俄国"十月革命"后状况的关切和追捧，当然是出于国内读者对类似信息的大量需求。而国内读者对俄国信息的需求数量之多和程度紧急，一是因为数量少，再者也因于信息的纷纭复杂和不可靠。加上新闻检查员的控制和报道者利益差异导致的观点歧异，更是使迫切想通过新俄国来寻求新思想资源的国人产生更大的焦虑和好奇。

因此，无论从信息求真的角度，还是从经济利益考虑，新俄国状况都自然而然地成为当时社会议题和巨大媒体商机。此议题本质和商机的根本卖点所在，就是消息报道和材料必须客观、真实和可信，所谓眼见为实，耳听为虚。因此，在"孟和"和"兼声"看来，要达到这个目的，条件起码有"会俄国话"、"明白俄国的风俗情状"、"材料的可靠"、"著者的忠实"、"不与任何政党生关系"、"到过俄国亲自考察"等。否则"今日如此，明日如彼；这种靠不住的消息，不但不能考见俄国的真相，并且令阅报的人生厌了"。在这种情形下，不仅新旧俄国方方面面的材料都引人关注，而且在时事新闻有限的前提下，俄国文学也自然成为时人了解俄国情形的重要信息渠道（当然，这也是后来《晨报》和《时事新报》会斥巨资派遣赴俄国考察记者的原因）。

俄国文学竟然成为重要时政信息渠道。瞿秋白等虽然在

---

① 兼声：《一九一九年旅俄六周见闻记·叙言二》，《晨报》1919 年 11 月 12 日。

办思想刊物上受阻，但翻译俄国文学著述却一直渠道畅通，反响也不错，可谓"柳暗花明又一村"。1919 年 9 月 15 日，《新中国》刊载了瞿秋白翻译的《闲谈》。不久，杂志社很快就将这些翻译小说编辑成两集共 20 本汇刊出版，《闲谈》被列入第一集第九本。短短时间内翻译的俄国小说，马上就可以编辑成书出版发卖，而且在社会上居然如此畅销，可见俄国文学在当时颇受欢迎。而综观瞿秋白对俄国文学翻译实践的兴趣浓烈期，也正好是"五四"落潮后的办刊物阶段——约在 1919 年 9 月至 1920 年 10 月间。期间，瞿秋白共翻译 11 部俄国作品（见下面的统计表）。

译文篇目	原作者	（译/刊）时间	刊载杂志	《文集》中的归类
《闲谈》(小说)		1919 年 9 月 15 日（刊）	《新中国》第 1 卷第 5 号	文学编，第 4 卷
《告妇女文》（论文节录）	［俄］托尔斯泰 注：《告妇女文》、《答论驳〈告妇女〉书》后附有"译者志"	1920 年 1 月 13 日（译）1920 年 3 月 1 日（刊）	《解放与改造》第 2 卷第 5 期	政治理论编，第 8 卷
《答论驳〈告妇女〉书》（论文节录）				
《祈祷》(小说)		1920 年 3 月 15 日（刊）	《新中国》第 2 卷第 3 号	文学编，第 4 卷
《论教育书》（书简论文）		1920 年 6 月 15 日（刊）	《新中国》第 2 卷第 6 期	政治理论编，第 8 卷
《俄国革命纪念》	［俄］托摩	1920 年 3 月刊	《曙光》第 1 卷第 6 号	政治理论编，第 8 卷
《仆御室》（剧本，后附有"译者志"）	［俄］果戈理	1920 年 2 月 14 日（译）1920 年 2 月（刊）	《曙光》第 1 卷第 4 号	文学编，第 4 卷

续表

译文篇目	原作者	(译/刊) 时间	刊载杂志	《文集》中的归类
《付过工钱之后》（小说，后附有"译者志"）	[法] 都德	1920 年 4 月 3 日（译）1920 年 4 月 11 日（刊）	《新社会》旬刊第 17 期	文学编，第 4 卷
《马德志尼论"不死"书》（绪言、书信，前附有"译者志"）	[意] 马志尼	1920 年 2 月前（译）1920 年 2 月（刊）	《曙光》第 1 卷第 4 号	本篇未入《瞿秋白文集》，而入《瞿秋白译文集》下卷（政治理论编）①
《妇女》（小说，后附有"译者志"）	[俄] 果戈理	1920 年 10 月（译）1920 年 11 月 1 日（刊）	（苏州）《妇女评论》月刊第 2 卷第 3 期	文学编，第 4 卷
《社会之社会化》（长篇政治论文，前附有"译者志"）	[德] 伯伯尔	1920 年 4 月 13 日（译）1921 年 2—3 月（刊）	《改造》第 3 卷第 5—7 号	政治理论编，第 8 卷

注：在 1919—1920 年，瞿秋白翻译了 11 部（篇）作品，其中俄国文学占 7 部。

瞿秋白对俄国文学的翻译兴趣，首先是因为俄文专修馆的俄文学习。俄文专修馆里的俄国文学兴趣群体——郑振铎称之为"集团"②的生成，则是推动瞿秋白从事俄国文学翻译的动因。

---

① 郑惠、瞿勃编：《瞿秋白译文集》，译林出版社 1999 年版。《马德志尼论"不死"书》的归类，见下卷《编后记》的第 605 页。

② 郑振铎：《回忆早年的瞿秋白》。

因学外语的机缘，瞿秋白得以和同学一起结成文学兴趣的共同体，而这个群体的文学趣味和文学思想无疑瞿秋白也是认同的，"一个共同的趣味就是搞文学"①。"搞文学"的说法，形象表达了群体的纯兴趣本质，也表明共同趣味选择的偶然性。"秋白、济之是在俄文专修馆读书的。在那个学校里，用的俄文课本就是普希金、托尔斯泰、屠格涅夫、契诃夫等的作品。"② 正因这种偶然性，才会有"济之偶然翻译出一二篇托尔斯泰的短篇小说出来，大家都很喜悦它们"的效应。学俄语和以俄文文学作品为教材的因素而导致喜欢俄罗斯文学经典似乎是必然的。然而，必然的兴趣形成后的对象选择——喜欢俄罗斯文学里的哪些作家——却是偶然的。

瞿秋白等人如何、为何选择自己喜欢的那些俄罗斯文学经典呢？首先是外在选择的偶然。俄文专修馆里，用的俄文课本就是普希金、托尔斯泰、屠格涅夫、契诃夫等的作品。在铁路学校读书的郑振铎，由于不是学俄文的，所以尽管也和瞿秋白等一样"这时候对俄国文学的翻译，发生了很大的兴趣"，"也译些契诃夫和安德烈耶夫的作品，却都是从英文转译的"。而瞿秋白则译"托尔斯泰、屠格涅夫、高尔基的小说，普希金、莱蒙托夫的诗，克雷洛夫的寓言"。除了转译，郑振铎还"曾写信给在日本的田汉同志，希望他能介绍些俄国文学史"③。其次，可供翻译的俄文的文学作品当时极为有限，基本上是看到什么就译什么。翻译对象起码必须是当时翻译者可以看到的。后来，郑振铎有这样的回忆：

---

① 郑振铎：《记瞿秋白同志早年的二三事》，《忆秋白》，第109页。
② 同上。
③ 同上书，第111—112页。

　　青年会的干事是一位美国人步济时。他是研究社会学的，思想相当的进步，而且也很喜欢文学。在青年会小小的图书室里，陈列得最多的是俄国文学名著的英文译本和关于社会学和社会问题的书。我开始接触着托尔斯太、柴霍甫、高尔基几位的小说和剧本。而秋白和济之在俄文专修馆里也正读着托尔斯太和柴霍甫。他们从俄文开始译托尔斯太的短篇小说，我却从英文译本重译柴霍甫的剧本。①

　　再者，出版者要求也是导向。刊物的编辑趣味、每一期的发刊主旨，都是选择译文对象的潜在要求。出版选题的策划，更是制约着翻译对象选择。郑振铎对此记忆深刻："我们译的东西，起初是短篇小说，由耿济之介绍到《新中国》杂志发表。这杂志由一叶某（已忘其名）主编，印刷得很漂亮。"②后来，由他人介绍"认识了'研究系'的蒋百里。他正在主编'共学社丛书'，就约我们译些俄国小说、戏剧加入这个丛书里"③。瞿秋白等人的俄国文学翻译对象选择出于偶然，其实还有另一个重要原因，就是他们那时对俄罗斯文学史并没有认识，因为俄文专修馆"是不教授这些课程的"④。

　　由此可见，瞿秋白的"五四"刊物政治时期，尽管伴随一段勃发兴盛的俄罗斯文学翻译高潮，但其俄罗斯文学思想和兴趣的选择却是由于俄语学习群体而生成的文学趣味共同体。瞿秋白文艺思想的新变，也建立在文学共同体基础之上。由于该文学共同体的文艺思想构建基础——俄罗斯文学作家作品的选择有许多偶然性和历史现实因素的限制，因此也导致瞿秋白文艺思想的新

---

①　郑振铎：《回忆早年的瞿秋白》；见《瞿秋白印象》，第19—20页。
②　同上书，《忆秋白》，第109页。
③　同上书，《忆秋白》第111—112页。
④　同上书，《忆秋白》第109页。

变天然存在着一定的局限。种种因素共同促成瞿秋白选择托尔斯泰、柴霍甫、屠格涅夫、契诃夫、高尔基等为代表的俄罗斯经典文学传统。而这些俄罗斯经典文学，也应合瞿秋白避世思想的渐变需要。无政府主义、民粹主义、社会主义思想，通过这些作家作品渗入了瞿秋白思想。① 由于"五四"落潮，新俄国、"十月革命"在当时又恰好成为时论焦点和媒介商机，因此产生俄国文学的翻译热潮，更形成由俄国文学翻译者形成的俄国文学兴趣共同体。恰好，瞿秋白正是这个俄国文学翻译者形成的俄国文学兴趣共同体的主角。反过来，瞿秋白对俄国文学翻译喜好和文学兴趣的群体性，也促成他对俄国思想资源潜意识的深度认同。这种被簇拥着的滑行，不自觉地塑造着瞿秋白对俄国文学相关的其他思想文化的自觉拓荒意识，也强化着瞿秋白的群体诗学观念——因文学趣味或译介对象的趋同而形成思想共同体。由于俄国文学译介热潮，成就瞿秋白"五四"后期对群体精神领袖的身份认同——"担一份中国再生思想发展的责任"，要"以整顿思想方法入手，真诚的去'人我见'以至于'法我见'"②。然而，俄国文学译介的兴趣共同体反而成为瞿秋白在现实生活中思想政治身份转换的跳板，这又是他始料不及的。

在历史急速转换的五四时期，个人选择的机会看似是那么多，但实际也是那么的少。为了谋一份现代社会中独立生存的职业，瞿秋白从古典文人的自我期许，转而变为渴望从事俄国文学研究专业的教员。这种现代职业意识和对专业身份的现代转型，事实上已经在改变着他对现代文艺的基本认同。就瞿秋白而言，外语学习选择、办刊热情和俄国文学译介热潮的参与，竟然都在不知不觉地令他获得这种现代文艺思想的转折：由个体转为群

---

① 洪峻峰：《瞿秋白与五四新文化运动》，《瞿秋白研究》第 11 辑，第 240 页。
② 瞿秋白：《饿乡纪程·五》，《瞿秋白文集》（文学编）第 1 卷，第 30 页。

体、由情趣转为主义思潮、由情趣爱好转为精神拓荒领袖、由趣
味综合体验转为现代研究专业选择、由纯粹审美转为混杂日常谋
生。一些不由自主的选择和群体裹挟的历史时势,造就变革时代
的群体诗学,一种初步革命意识形态的美学。在这种美学转折
中,在群体与诗学的裹挟和簇拥下,瞿秋白不仅渐渐改变对自己
古典文人和"五四"学生的身份想象;同时,他作为一个历史
时势制造出来的精神人物典型,也不自觉地改变着中国现代历史
的进程——从"五四"的"欧化"走向"俄化"。

第三节　俄苏经验:革命意识形态的置入

18 世纪时,由于中国文化大规模进入欧洲,中俄文学交流
开始发生。[①] 然而,尽管中俄"通过一定的政治关系"产生的
"不可忽视影响的文学历史关系"[②],但关系建立的纽带"与其
说是文化,还不如说是时代和社会进程,是政治和革命的变革"[③]。
瞿秋白正是中俄文学关系和政治关系在现代交错进程中的一个关
键点。"无论作为学者"或是"作为一个政治家",瞿秋白都自
然"倾向于莫斯科",[④]因为这是由他的专业选择、谋生职业和
现代社科兴趣决定的。瞿秋白对大量俄苏文艺作品、共产主义革
命政治理论、马列主义文艺理论的译介、传播、倡导和实践,使
他成为中国现代文艺思想史上"新俄来源"[⑤]的代表;他对俄苏

---

①　陈建华:《20 世纪中俄文学关系》,学林出版社 1998 年版,第 2 页。

②　夏仲翼:《20 世纪中俄文学关系·序二》,陈建华:《20 世纪中俄文学关系》,第 3 页。

③　同上。

④　[英]克莱尔·霍林沃思:《毛泽东和他的分歧者》,高湘泽、尹赵、刘辰诞译,河南人民出版社 1989 年版,第 30 页。

⑤　王观泉:《中国奋起与"士"的觉醒——瞿秋白诞辰百年祭》,《鲁迅研究月刊》1999 年第 1 期。

经验的本土疏离与融合，也促成中国现代文艺思想史上＂＇现实＇的诞生＂①。

一　文学理解中的社会政治向往：革命的想象

瞿秋白起初的俄文作品翻译，带有俄文学习实践和练笔的意味。在俄文专修馆时，瞿秋白是从俄语学习的出发点来阅读和翻译俄国文学作品的。尽管客观上这改变了以往从其他语言转译俄国文学的历史，但仍不宜过于强调语言便利与苏俄文学体验深度的必然关系。毕竟语言工具的熟练与文化理解的深入，二者存在质的飞跃问题。② 五四运动爆发后，俄罗斯文学研究＂在中国却已似极一时之盛＂，＂俄国文学就成了中国文学家的目标＂③。瞿秋白只说因为研究俄国，俄国文学成了中国文学家目标，但却没说出个中原因。而据王统照记述，＂自一九二〇年以来，红俄，广义派，马克思制度下的新国家，早已引动了多少中国青年们的好奇心和尝试心。近年来来往于西伯利亚铁道上的，已不乏其人＂④。时人对新兴俄国充满着强烈的了解欲望，甚至纷纷选择文学为通道来阅读俄罗斯，因为＂要想懂得俄国的政治，经济和社会理

---

① 杨慧：《＂现实＂的诞生——再论瞿秋白对马克思主义文学理论的译介》，《中国现代文学研究丛刊》2008 年第 3 期。

② 陈春生先生认为瞿秋白＂凭着语言优势，直接进入俄罗斯文学的核心＂，这种估计有点过于乐观。他认为瞿秋白的俄语优势＂同时又构成了他接受西方文学的不足＂，＂摄取异质文化的视阈，没有其他人宽阔＂，判断结论是中肯的，但前提不太全面，毕竟瞿秋白会多门外语。简单的一个例子就是对《爱森的袭击》的翻译，可见瞿秋白的德文学习也是深入的。（陈春生：《瞿秋白与俄苏文学》）；瞿秋白：《爱森的袭击·后记》，《瞿秋白文集》（文学编）第 6 卷，第 351 页。

③ 瞿秋白：《〈俄罗斯名家短篇小说集〉序》，《瞿秋白文集》（文学编）第 2 卷，第 248 页。

④ 王统照：《新俄国游记》，《瞿秋白研究》第 1 辑，第 27 页。

想，翻他们的蓝皮书或打听他们的新闻界领袖是不中用的，中用的方法只有一个，就是研究他们的艺术"①。

瞿秋白为《俄罗斯名家短篇小说》作序，明确指出文学译介必须考虑中国社会现实变革的需要。② 瞿秋白在五四时期得来的俄国文学经验，主要是俄国文学对社会问题的执著关切，即俄国文学和俄国作家强烈的社会关注情结。这促成瞿秋白以文学变革社会的认识。"社会"与"现实"（瞿秋白有时也写作"实际"），渐渐成为瞿秋白文艺思想的两个核心语码。从此，瞿秋白从个人的文学小情怀走向人生现实的大社会。

"五四"落潮后，瞿秋白忙于以办刊物等实际行动参与着社会变革实践。但在俄苏文学翻译和接受上，他更多从杂志编辑、小说编选者角度，根据社会思潮和读者阅读趣味等因素来加以考虑和选择。语言学习和文艺审美上的计较，逐渐不再居于首要地位。从外语学习的练笔到杂志书刊的编选策划，瞿秋白的俄国文学体验迅速经历从语言到审美到社会政治思想的升华。当许多人停留在做文学家、欣赏文学趣味或者文艺思想取向等选择时，瞿秋白更多地站在社会文化变革的思想战线上对新社会、新文学进行运筹帷幄。尽管瞿秋白说"不是因为我们要改造社会而创造新文学，而是因为社会使我们不得不要创造新文学"③，但实质上，新社会与新文学是相辅相成的。尽管此时他所译的俄国文学多是批判现实主义作品，旨趣在于思想，但"真正的影响永远是一种潜力

---

① 沈泽民：《克鲁包特金的俄国文学论》，《小说月报》1921 年 12 卷号外。

② 瞿秋白：《〈俄罗斯名家短篇小说集〉序》，《瞿秋白文集》（文学编）第 2 卷，第 249 页。

③ 同上。

的解放"①，瞿秋白却将其读解成社会实践层面的批判，更多的是取而代之的实际考虑。况且国内兴盛而热闹的俄罗斯文学研究的大好氛围，也导致瞿秋白的内在思想冲突。②

抱着对国家民族命运、对新社会和新文学变革改造的思索，杂糅着从小接受的儒家文艺思想家国情怀，吸收国内俄国文学经验中关注社会、强调社会和现实的文艺观念，瞿秋白构建起充满意识形态意味的俄苏文学想象，走上文艺思想新变的旅途，也走向考察饿乡新社会形态的旅途，希望"从别国里窃得火来"③。然而，这不仅仅是思想文化之火，还有共产主义革命的火。

二　饿乡之旅的激情：革命的视觉体验④

在哈尔滨，俄人聚会"高呼'万岁'"、"哄然起立"、"声调雄壮"⑤的《国际歌》合唱，最早让瞿秋白目睹"赤俄"新文艺的热力。在赤塔，瞿秋白对"饿乡"先入为主的革命阶级同情，渐变为本人的阶级倾向。此时的瞿秋白仍试图保持客观报道的记者眼光。因此，当发现"一边倒"的思想政治宣传与现实

---

①　[匈牙利]卢卡契（G. Lukacs）：《托尔斯泰和西欧文学》，《卢卡契文学论文集》（2），中国社会科学院外国文学研究所外国文学研究资料丛刊编辑委员会编，中国社会科学出版社 1981 年版，第 452 页。

②　瞿秋白：《饿乡纪程·九》，《瞿秋白文集》（文学编）第 1 卷，第 66—67 页。

③　鲁迅：《"硬译"与"文学的阶级性"》，《鲁迅全集》第 4 卷，第 209 页。

④　周蕾提出"技术化观视"里蕴涵政治意识形态，即所谓视觉意识形态。参见 [美]周蕾《视觉性、现代性与原始的激情》，罗岗、顾铮主编：《视觉文化读本》，广西师范大学出版社 2003 年版，第 258—278 页；另见 Rey Chow：*Primitive Passions: Visuality, Sexuality, Ethnography, and Contemporary Chinese Cinema*, New York : Columbia University Press, c1995。

⑤　瞿秋白：《饿乡纪程·九》，《瞿秋白文集》（文学编）第 1 卷，第 61 页。

调查访问得到的社会事实多有抵牾的时候，无法解释的"烦闷"简直让瞿秋白"更落于精神的监狱里"①。在阅读一些苏俄机关或个人送来的宣传性质的书籍杂志之后，瞿秋白"才稍稍知道俄共产党的理论"②而有所释怀，进而得以继续保持自己对共产主义革命的阶级倾向。赤塔戏院看戏时，瞿秋白在比较了革命宣传文艺的粗糙之后，发出对资产阶级"文明"的感慨，③ 流露出他内在深厚的古典文艺趣味。

瞿秋白知道到赤塔，只是到"门庭"。只有进了"赤国"莫斯科以后，共产主义研究才算"入室登堂"④。但赤塔体验却使瞿秋白对文化现实的使命感变得尤为强烈。离开赤塔之际，瞿秋白有一段长文特意对现实、事实、现实生活等概念进行哲理思考和逻辑梳理:⑤

宇宙的本质结晶于假设的现实世界，——生活的意义只有两端:在此现实世界内的世间生活，与超此现实世界上的出世间生活。如其无能力超脱一切，就只能限制于"现实"之内，第六识（意识）的理解所不能及之境界，却为最浅薄最普通的"现实感觉"所了然不误的。显现生活的情感（空气 atmosphere），虽不与人以切实的了解，却也不生意识上的错觉。传达思想的文辞（理论），表示情况的名物（事实），却都只能与人以笼统抽象的概念，不见现实生活是绝对不能明白了解的，而且常常淆乱人的思断。人类表示思想，传达事物的言语文字本来只能在某一限度内抽出一相对

---

① 瞿秋白:《饿乡纪程·一二》,《瞿秋白文集》（文学编）第 1 卷，第 82 页。
② 同上。
③ 瞿秋白:《饿乡纪程·一〇》,《瞿秋白文集》（文学编）第 1 卷，第 72 页。
④ 瞿秋白:《饿乡纪程·一二》,《瞿秋白文集》（文学编）第 1 卷，第 84 页。
⑤ 同上书，第 83—84 页。

合于"现实"的概念，因此思想的本身也受这"惰性化"的影响，只凭主观概念中的理解去思索论断现实生活。——于是往往使现实生活堕于抽象的恶化。"当使现实了然显现，以立真理之世间的一方面，必须令理论的文辞，事实的名物服从于现实生活；而现实生活，因得自此映现的情感之助，而能驾驭得住文辞中的理论及事实之抽象性。"身离赤塔，不日入"赤国"，我实行责任之期已近，自然当立此原则。从此于理论之研究，事实之探访外，当切实领略社会心理反映的空气，感受社会组织显现的现实生活，应我心理之内的要求，更将于后二者多求出世间的营养。①

强烈的现实感笼罩，使瞿秋白更加明确此行责任在于研究文化。赤塔得来的初步阶级性理论，迅速被瞿秋白运用到对文化研究的理论预设中。在塞楞河边，瞿秋白有一次文化战争的设想：

> 到此一带真是黑暗阴幽的所在。现在在政治地理上是民主的远东国与苏维埃的俄国交界之地；文化上是东西杂色的俄国积极殖民地文化，与北方中原的中国消极殖民地文化融会之处。经连年战乱，刚刚平定，奄奄一息，正如久病之后，勉强得一点生机，元气亏耗，病根还没有全去，未来的命运恰在当地劳动人民之手呵。②

有趣的是，清早醒来，瞿秋白却兴致勃勃地描绘《江干七树图》景象，③ 浓厚的古典趣味仍萦绕不去。在伊尔库次克实地

---

① 瞿秋白：《饿乡纪程·一二》，《瞿秋白文集》（文学编）第 1 卷，第 83—84 页。

② 同上书，第 85 页。

③ 同上书，第 85—86 页。

考察饿乡精神状况时，他甚至觉得"反不如社会主义深奥理论的书籍容易呵"①。西伯利亚的十天之行，令他感到"主观的人格抑郁到极处"。现实生活的状况，让他更坚定个性渺小和历史社会的伟力。苏俄革命后社会现实的生动与深刻，也让他颇为震惊，警醒他把目光更多地转移到对现实的观察和理论的实践运用。瞿秋白运用零星接受的苏俄革命理论，对相关现实情况进行思考，其中包括一些推理和解释。于是，瞿秋白得出结论：苏俄革命成功的伟力，就是"俄国的所谓无产阶级革命的伟力"。"只有实际生活能产出社会思想"这个"副产物"，"实际生活"便是"社会革命"。因此，瞿秋白觉得应该摆脱此前书本上的"唯心的社会主义试验家"②幻想，开始转到对唯物的社会主义——对亲眼看到的苏俄革命现实生活的信仰。初抵莫斯科的几个月里，瞿秋白亲身体验俄国现实饥饿之乡那"黑面烂肉"的生活恶相和苦境。③

俄国新经济政策实行后情况好转，瞿秋白"在这几个月内，请了私人教授，研究俄文、俄国史、俄国文学史"，但对共产主义也只有"同情和相当的了解，并没想到要加入"④。对"'自相矛盾'而实际上很有道理的逻辑——马克思主义辩证法"，瞿秋白却"觉得有趣"⑤。瞿秋白"专心去研究俄文"，至少有大半年"没有功夫去管什么主义不主义"⑥，一门心思研究俄国文学——因为他"误会着加入了党就不能专修文学——学文学仿佛

---

① 瞿秋白:《饿乡纪程·一三》,《瞿秋白文集》(文学编) 第 1 卷, 第 90—91 页。

② 瞿秋白:《饿乡纪程·一四》,《瞿秋白文集》(文学编) 第 1 卷, 第 98 页。

③ 瞿秋白:《饿乡纪程·一二》,《瞿秋白文集》(文学编) 第 1 卷, 第 84 页。

④ 瞿秋白:《多余的话》,《瞿秋白文集》(政治理论编) 第 7 卷·附录, 第 696—697 页。

⑤ 同上书, 第 704—705 页。

⑥ 同上书, 第 705 页。

就是不革命的观念——在当时已经通行了"①。尽管如此，入党和专修文学、学文学和干革命，毕竟构成瞿秋白现实必须面对的严峻人生选择。他具备了基本的共产主义革命意识形态的理解之同情，他的阶级倾向已经很鲜明。革命意识形态渐渐构成对瞿秋白俄苏亲身经验的替代，俄国文学经验第一次成为革命思想倾向内在要求的对立物。

苏俄新经济政策实行后，瞿秋白也更深入地观察莫斯科斑驳陆离的文化现象，领略旧俄罗斯深厚的文化底蕴，也欣喜陶醉于使人"另成一新奇的感想，特异的象征"②的革命艺术。尽管连郭质生都在瞿秋白面前抨击革命滋生"新资产阶级"现象，瞿秋白还是愤懑地斥之为"好急激"、"未免刻毒"③。瞿秋白访问卢那察尔斯基，特别注意到"无产阶级艺术之华"的宣传图和赫尔岑的铜像。④ 参观托尔斯泰陈列馆，瞿秋白感受到与《老子》思想的关联。瞿秋白翻译莱蒙托夫诗作，感到情绪"烦闷"，因为"人生空泛，人生真太愚"⑤。瞿秋白一方面把喀琅施塔德水兵叛乱视为革命之反动，一方面也试着去接触理解俄国式社会主义。对宗教的俄罗斯和郭质生介绍的俄国革命成绩——对兵士的思想改造"可算是大告成功了"⑥，更是印象深刻。尽管

---

① 瞿秋白：《多余的话》，《瞿秋白文集》（政治理论编）第7卷·附录，第696—697页。

② 瞿秋白：《赤都心史·一八·列宁杜洛次基》，《瞿秋白文集》（文学编）第1卷，第162页。

③ 瞿秋白：《赤都心史·二一·新资产阶级》，《瞿秋白文集》（文学编）第1卷，第169页。

④ 瞿秋白：《赤都心史·三·兵燹与弦歌》，《瞿秋白文集》（文学编）第1卷，第124页。

⑤ 瞿秋白：《赤都心史·八·"烦闷"》，《瞿秋白文集》（文学编）第1卷，第136页。

⑥ 瞿秋白：《赤都心史·一一·宗教的俄罗斯》，《瞿秋白文集》（文学编）第1卷，第142页。

看到莫斯科革命宣传艺术盛行在各个广场街衢，瞿秋白仍旧觉察出旧宗教文化历久弥深的积淀。①

瞿秋白学着具体而微地理解不同"劳动者"②，但对俄罗斯心灵始终充满探寻兴致。从陀斯妥耶夫斯基、芭烈澳斯基、托洛斯基，一概称之为西伯利亚这个"死人之家的归客"③。此时他已把革命者的身份放大，甚至有为革命叙事梳理逻辑和建构正统的意味。但在思想上，瞿秋白此刻也并未完全以马列主义武装自己。当被问及参加"大会"是否"预备回去宣传无产主义"时，他虽笑着回答"不是的"，但"回寓来觉着更不舒服"④并"心神不定，归梦无聊"⑤。瞿秋白访问一个赤军兵士，认为兵士享受着人生观被改造成功的"心灵之感受"——"舒泰"⑥。也许是受各种杂务的干扰和革命思维模式的局限，瞿秋白感觉对俄国文化研究的深入程度不够。可是，他没能冷静反思自己带着"红色眼镜"的局限，反认为是自己陷入"片面的智识劳动更使健康受损，性格怪僻"⑦。瞿秋白强烈向往体魄雄健的魅力，欣赏可与现实革命洪流相匹配的雄壮。尽管其本意试图研究俄国文学，但此时在俄国研究文学与革命已是不

①　瞿秋白:《赤都心史·一二·劳工复活》，《瞿秋白文集》（文学编）第1卷，第146页。

②　瞿秋白:《赤都心史·一三·"劳动者"》，《瞿秋白文集》（文学编）第1卷，第147—148页。

③　瞿秋白:《赤都心史·一四·"死人之家"的归客》，《瞿秋白文集》（文学编）第1卷，第149—151页。

④　瞿秋白:《赤都心史·一九·南国》，《瞿秋白文集》（文学编）第1卷，第164页。

⑤　同上书，第165页。

⑥　瞿秋白:《赤都心史·二三·心灵之感受》，《瞿秋白文集》（文学编）第1卷，第175页。

⑦　瞿秋白:《赤都心史·二七·智识劳动》，《瞿秋白文集》（文学编）第1卷，第182页。

能并立的选择。瞿秋白为此曾犹疑再三，甚至打算回国，原因是"求学问题"与"经费问题"①。"通信问题"主要是朋友较少，这随着时间推移自然克服。但"求学问题"与"经费问题"则不那么简单。"求学问题"是俄罗斯文学研究，瞿秋白语言文学修养不是问题，但缺少研究者的心态和环境。"经费问题"是因为俄国实行新经济政策后消费水平较高，他仅靠《晨报》薪水生活自然有点拮据。精神追求与经济现实的双重困境，使瞿秋白难以为继。况且气候的不适应，本来就有肺病的他更是常有病体支离之慨。

瞿秋白最终仍旧逻辑而必然地走向共产主义革命的意识形态激情。因为正在困境选择的时候，转机出现了。这也是他俄苏经验意识形态化的转折点——1921 年 9 月东方大学中国班开办，第一批中国红色革命力量培育开始。② 作为一种完全异质的革命文化思想输入和新生力量培育，中国班的革命者首先遇上语言不通的障碍。而此刻在莫斯科，除了瞿秋白，"一个俄文翻译都找不到"③。他是最佳的翻译兼教员人选。这一方面解决了他的"求学问题"——研究马克思主义；另一方面也大大缓解了其经济困境。况且任职教员与从事俄国文学和政治思想文化研究也是瞿秋白早就向往的事。更重要的是，"中国班"学员给瞿秋白的"通信问题"也缓解不少。此后他给《晨报》写稿有所减少，主要精力渐渐被教职牵扯，最后导致《晨报》"停止了他的薪金"，完全"改

---

① 瞿秋白：《赤都心史·二六·归欤》，《瞿秋白文集》（文学编）第 1 卷，第 181 页。

② 王观泉：《一个人与一个时代——瞿秋白传》，第 193 页。

③ 瞿秋白：《多余的话》，《瞿秋白文集》（政治理论编）第 7 卷·附录，第 697 页。

领东大的薪水而生活"①。

因为职务关系，瞿秋白"对马克思主义理论书籍不得不研究些，而文艺反而看得少了"②。经济来源的完全依赖，使他更加全身心投入到共产主义革命理论的研究和教学译介中。最终由于花费大量时间研究马克思主义理论书籍，频繁作教材讲义，瞿秋白逐渐没有精力再研究文学，"不久就宣（喧）宾夺主了"③。现实与理想的矛盾，让他感到无法周全的痛苦，自比为不合时宜之俄国文学里的"多余人"④。报道、译介⑤、急就章式的马克思主义理论教材讲义制作，让瞿秋白焦虑不安，甚至怀疑是思想里"浪漫派"和"现实派"人格矛盾所致。⑥瞿秋白令人感动的真实笔触，⑦清晰呈现他从旅外记者走上革命道路历程中的为

---

① 《国闻周报》第 12 卷第 26 期，第 2 页。转引自蔡国裕《瞿秋白政治思想研究》，第 15、27 页。按：瞿秋白的生活来源变化是否如此，材料已不可确考。任教职之后瞿秋白仍有报道在《晨报》和《时事新报》刊载，但数量较前阶段减少许多。

② 瞿秋白：《多余的话》，《瞿秋白文集》（政治理论编）第 7 卷·附录，第 697 页。

③ 同上书，第 705 页。

④ 瞿秋白：《赤都心史·三五·中国之"多余的人"》，《瞿秋白文集》（文学编）第 1 卷，第 218 页。

⑤ 瞿秋白面对单一革命宣传的写作偶露意绪："中国莫斯科的通信记者，可怜只有区区一个，全副功夫，永久只注意于'政治'、'外交'、'经济'、'会议又会议'，也未免厌烦，何况名震全球的'文学的俄国'、'社会思想的俄国'，半世纪以来，凡掌握世界的精神文明，何独于光荣的十月革命之后，而反可以使它落寞呢？"（瞿秋白：《智识阶级与劳农国家》（之一），《晨报》1922 年 9 月 10 日。）

⑥ 瞿秋白：《赤都心史·三五·中国之"多余的人"》，《瞿秋白文集》（文学编）第 1 卷，第 219 页。

⑦ 瞿秋白真实的"心史"描摹感动不少同时代中国读者。郑振铎回忆："我们几乎不断的谈着他的游记和通信，那些充满了热情和同情的报道，令无数的读者们对于这个人类历史上第一次出现的崭新的社会主义国家，发生了无限的向往之情。我相信，那影响是很大的。"（郑振铎：《记瞿秋白同志早年的二三事》，《忆秋白》，第 111—112 页。）

难。1922 年 2 月瞿秋白加入中国共产党。① 在红色思潮席卷下，因为种种机缘，他被簇拥着走进革命队伍。而《赤都心史》集大成总结篇目——《新的现实》与《生活》也成为他第一次感受苏俄的思想总结和阶段汇报，意味着其俄苏经验意识形态化的彻底形成。1923 年 4 月，瞿秋白出任上海大学社会学系主任，这将是第一次俄苏经验在中国语境内的本土尝试。由此，瞿秋白开始强调社会科学研究的重要意义和紧迫性，尤其要"形成新文艺的系统"②。

从踏上"饿乡"之旅那一刻开始，到加入中国共产党，瞿秋白从一名旅外记者变为在俄国成长的中国共产主义革命者。在这一阶段里，他除发表大量的新闻报道，译述许多共产主义革命理论材料外，还翻译和创作了不少文艺作品。记者的客观忠实，渐渐被对共产主义革命的同情和认同左右。③ 文学研究者的审慎冷静，慢慢为赤俄新文艺热力激情所淹没。个人丰富细腻的情绪波动和犹疑，当然也在被共产主义革命纪律"理智的力，强行裁制"④。饿乡新社会考察的记者—共产主义革命理论的教员和译介者—共产主义革命思想的中国本土传播者，这一系列的角色转换也促使瞿秋白文艺思想产生新变。社会运动的群体心理、宣传煽动气氛与个人文学趣味格格不入；革命与文学、革命理论的

---

① 1921 年 5 月，瞿秋白经张太雷介绍在莫斯科入党（莫斯科的共产党），9 月担任莫斯科东方大学翻译时正式入党（莫斯科的共产党）。1922 年 2 月正式经张太雷介绍转入中国共产党。

② 瞿秋白：《现代中国所当有的"上海大学"》，《民国日报·觉悟》1923 年 8 月 2—3 日。

③ 1922 年 6 月，瞿秋白与王一知共同翻译郭范仑夸的《俄国无产阶级社会观》。此书原名《政治常识》，但瞿秋白"因欲注意于胜利的无产阶级之新人生观"改译为《俄国无产阶级社会观》。同年瞿秋白还完成《俄罗斯革命论》、《俄国文学史》。

④ 瞿秋白：《赤都心史·三五·中国之"多余的人"》，《瞿秋白文集》（文学编）第 1 卷，第 219 页。

职业培训与科学冷静的学术研究，非此即彼；运动的程序服从、主义为先、集体行动机制也和文学研究的审慎沉思难以兼容。更重要的是，经济来源由《晨报》到莫斯科东方大学的改弦易辙、职业选择的变革，更是从本质上改变了他走向现代社会的切入口。

瞿秋白自从"五四"之后长期置身各类运动，思想或处于西潮纷纭的惊涛骇浪，或处于俄国马克思主义主导的洪流，大多数时候不由他有任何个人静思和排他选择，最终服从革命最高音而被纳入主义大合唱。瞿秋白初始很清楚自己要做什么、为何而来，尽管有着朦胧的社会主义倾向，但他还是试图客观真实地体验生活并努力进行独立思考。因此，他前一阶段对新俄国的体验和报道都相对客观，既有着倾向性也存在多种声音。[1] 然而，顺着俄罗斯革命洪流采访的体验和马列主义革命理论的接受，瞿秋白的现实观渐渐呈现为俄国列宁主义的现实观——"觉得有趣"却"'自相矛盾'而实际上很有道理的逻辑——马克思主义所谓辩证法"[2] 代替了五四时期现代思想文化的刺激，也代替了此前菩萨行般的独立思考和实践意识。

在革命现实观的视野里，瞿秋白获得共产主义革命汹涌的改造激情。俄苏经验作为革命朝圣的资本，被纳入其选择的共产主义革命思想体系，生成为革命政治的意识形态。而就在这个间隙里，俄苏文学经验也退隐为次要的思想资源，湮没在革命意识形态的洪流中。

三　革命文艺设计:俄苏经验的意识形态化

1928 年 4 月 30 日，瞿秋白再次前往苏俄，这次主要是因为

---

① 瞿秋白:《饿乡纪程》,《瞿秋白文集》（文学编）第 1 卷，第 74、93、119 页。
② 瞿秋白:《多余的话》,《瞿秋白文集》（政治理论编）第 7 卷·附录，第 704—705 页。

革命政治任务。期间翻译《第十三篇关于列尔孟托夫的小说》。
这篇"根据文学史上的材料的事实小说",不仅把莱蒙托夫"'忏
悔的贵族'式的性格"写得"很显露"①,而且作者 P. 帕甫伦
珂也是高尔基的崇拜者。瞿秋白翻译这篇小说,估计是联系他此
刻的政治处境,可谓心有戚戚。本年,瞿秋白曾谈到"中国迫
切需要苏联的文艺作品和文艺理论的介绍",希望曹靖华"当作
庄严的革命的政治任务来完成",同时"充满革命热情地谈着文
艺大众化问题"。②

　　瞿秋白还拟订《中国拉丁化字母草案》、编定《中国拉丁化
字母》。次年,在苏联当地华侨中试行,并引起文化界广泛关
注。他又论及汉语拉丁化改革问题,③ 还致信岚兄谈及大众文
艺、口头文学、争取群众读者、方言和普通话、文艺大众化的问
题。④ 他还与郭质生、尤果夫组成专门小组,对中国拉丁化字母
方案继续研究。1930 年 7 月下旬,瞿秋白和周恩来先后离开莫
斯科。这次长达两年的俄苏经验,使瞿秋白形成新的文艺关注
点——以汉字拉丁化为核心的文艺大众化。

　　瞿秋白回到上海后,不久就被排挤出中央政治局。政治边缘
化处境,迫使他不得不进行重新自我调适——折返文学斗争广阔
天地,其中包括重新关注苏俄文学。他两次致信郭质生,希望他
寄"一切好的关于拉丁化问题的小册,著作,杂志,以及语言
学的一般书籍,再则,新出的以及旧的文学,小说,以及杂

---

　　① 《第十三篇关于列尔孟托夫的小说》译者前志,（文学编）第 6 卷,第 169
页。

　　② 曹靖华:《罗汉岭前吊秋白并忆鲁迅先生》,《人民日报》1951 年 10 月 21
日。

　　③ 瞿秋白:《致杨之华》（1929 年 3 月 18 日）,《瞿秋白文集》（文学编）第 3
卷,第 319 页。

　　④ 瞿秋白:《致岚兄》,《瞿秋白文集》（文学编）第 3 卷,第 321—324 页。

论"①。瞿秋白还"再次三跪九叩首地请求"郭质生经常寄"一些俄文书籍……以及有关阿拉伯文拉丁化的材料"等②。瞿秋白接着翻译《铁流·序》、《被解放的唐·吉诃德》、《新土地》、《一天的工作》、《岔道夫》，写《斯大林与文学》③、《〈铁流〉在巴黎》、《满洲的〈毁灭〉》、《论弗理契》、《苏联文学的新阶段》，校译《八月四日夜晚》。瞿秋白还集中翻译高尔基的《冷淡》、《高尔基论文选集》、《高尔基创作选集》，从创作到评论、从思想到作品地对高尔基进行了整体全面的介绍和颂扬，希望为中国文艺界树立创造新文学的苏俄典范。

此后，瞿秋白又陆续翻译关于高尔基的散篇论文《高尔基——伟大的普洛艺术家》、《高尔基的文化论》，文艺作品《市侩颂》、《马尔华》、《二十六个和一个》、《克里慕·萨慕京的生活》。同时也非常关注他人对高尔基的翻译和认识。④ 对高尔基大量集中的译介，无疑是瞿秋白革命文艺事业的策略与规划——即为革命文学寻找榜样的力量，也为自己的革命生涯在文艺领域立块界碑。除了苏联文学实践榜样的寻找与确立外，瞿秋白还全面着手完成革命文艺理论经典思想构造工程——马克思主义文艺思想译介。他认为所谓"文化引入"除了"变更需要"、"变更榜样"之外，还要"变更思想"和"变更理由"。⑤

树立高尔基，还得同步引入树立榜样的思想和理由。瞿秋白

---

① 瞿秋白：《致郭质生（一）》，《瞿秋白文集》（文学编）第 3 卷，第 326 页。

② 瞿秋白：《致郭质生（二）》，《瞿秋白文集》（文学编）第 3 卷，第 328 页。

③ 这篇文章"实际上是对 1931 年 8 月苏联'拉普'机关报《文学报》上的社论的转述"。（陈春生：《瞿秋白与俄苏文学》，第 78 页。）

④ 1933 年 5 月邹韬奋编译的《革命文豪高尔基》出版，瞿秋白连续写《关于高尔基的书——读邹韬奋编译的〈革命文豪高尔基〉》、《"非政治化的"高尔基——读〈革命文豪高尔基〉之二》进行全面评价。参见瞿秋白《高尔基创作选集·后记》，《瞿秋白文集》（文学编）第 5 卷，第 320 页。

⑤ ［美］约瑟夫·阿·勒文森：《梁启超与中国近代思想》，第 46 页。

根据苏联共产主义学院主编的《文学遗产》在 1932 年第 1—2 期上刊发的相关材料，编译完成《现实——马克思主义文艺论文集》。他也随时注意译介文艺界中代表性文艺论作，如《歌德和我们》、《伯纳·萧的戏剧》、《第十三篇关于列尔孟托夫的小说》、《茨冈》。此外，他还根据苏俄文艺刊物信息，翻译或评介一些其他国家的革命文艺论著，如德国的"第一部普洛小说"①——《爱森的袭击》。

　　翻译之余，瞿秋白也及时对马列主义文艺理论进行总结，如《马克思文艺论底断篇后记》。离开上海赴苏区之际，译出《十五年来的书籍版画和单行版画》，而且为高尔基小说《母亲》十四幅版画写解说文字。这既是瞿鲁友谊的见证，也是瞿秋白对高尔基译介工作的延续。考虑到版画艺术在革命艰苦年代的独特地位，翻译此文同样有对革命艺术进行总结的意义。在苏区，瞿秋白主持制订《高尔基戏剧学校简章》，不仅建议以高尔基命名中央苏区第一所戏剧学校，而且还推荐高尔基的《母亲》、《下层》，认为"那真正是表现劳动人民的小说和戏剧"②，并开展苏区工农大众文艺建设和对集体写作文艺政策的设计。直到《多余的话》中，瞿秋白还希望"可以再读一读"俄国文学中的《四十年》、《克里慕·萨慕京的生活》、《鲁定》、《安娜·卡里宁娜》③。《未成稿目录》④也包括不少有关俄苏经验的叙述。"左联"时期以后的瞿秋白，冷静地将自己的苏俄文学体验与国

---

　　①　瞿秋白：《爱森的袭击·后记》，《瞿秋白文集》（文学编）第 6 卷，第 347 页。

　　②　李伯钊：《回忆瞿秋白同志》，《人民日报》1950 年 6 月 18 日。

　　③　瞿秋白：《多余的话》，《瞿秋白文集》（政治理论编）第 7 卷·附录，第 723 页。

　　④　瞿秋白：《未成稿目录》，见中央档案馆所存瞿秋白烈士材料抄件。最早于陈铁健的《瞿秋白就义前后》中注释发表（《近代史研究》1980 年第 3 期），后收入梦花编的《瞿秋白写作生涯》，（百花文艺出版社 1986 年版。）后在陈铁健的《瞿秋白传》第 497 页中再次刊出。

内革命现实相结合，形成此后新文化发展影响重大的焦点——普洛文学的新任务，文艺大众化理论，高尔基译介、鲁迅的革命阐释、中国马列主义文论体系建构、工农文艺建设和集体写作文艺政策的设计。

综上可见，瞿秋白俄苏文学体验中有的是国内师友交游所得；有的于苏俄时期的私人交游、现实访谈与见闻中获取；有的来自于书籍阅读；有的直接从俄苏报纸刊物中知晓。瞿秋白俄苏文学体验，除了初始现实生活感受外，包括对俄苏文学作家作品阅读与译介、传播和批评，包括对俄苏文艺思想情势的总结、概括和现实运用，还包括对马列文论文本多种译介方式的移用会通。① 与此同时，瞿秋白对俄苏文学体验进行总结和思想强化的相关活动，也是他的苏俄文学体验的重要组成部分。这一点长期被研究者忽视，如瞿秋白在北京女子师范大学演讲、与文学研究会同人的聚会、在上海大学主讲《社会科学概论》等课程、译介作品时的译者志、序言、后记、附注等。这些都是瞿秋白苏俄文学体验的窗口，更是他苏俄文学体验活动的绵延。而"左联"时期大量参与的文艺论战，更是瞿秋白俄苏经验本土融合的关键。对于异质思想资源的俄苏经验，瞿秋白既不时勾连起他的古典唯美文艺思想并稍微扩展现代内涵，更主要是在中国革命语境中结合本土文艺实践对俄苏经验进行疏离与改造，包括对俄苏文学经验与政治体验进行疏离与融合，从而生成"最清醒的现实主义"② ——将俄苏经验本土化的文艺思想上的革命意识形态。

---

① 有研究者认为，瞿秋白对马列文论文本译介有"直译"、"编译"、"翻译加评说"、"写序跋"、"在各种著作中片断地引述"五种基本形式。（易难、叶栋：《瞿秋白对马列文论的传播、发展和影响》，《瞿秋白研究文丛》第1辑，第205页。）

② 瞿秋白：《〈鲁迅杂感选集〉序言》，《瞿秋白文集》（文学编）第3卷，第117页。

　　考察瞿秋白的苏俄体验与其文艺思想关系，在聚焦于异域思想资源的冲击之外，还得回溯接受者本身的传统和本土的因素。毕竟异域影响决定于"对方国家文学上的需要"①。作为思想大变革时代的一分子，瞿秋白文艺思想的资源是"旁流杂出"②的：传统文化中古典诗文的唯美思想、儒家功利主义文艺思想、道家和佛教的个别美学观念是长期积累而来的成长体验；五四时期的文化渲染则是主动学习探索得来的社会历练；俄苏文艺思想更是信仰追求中拣择沉淀得到的理性认知。和同代人一样，面对汹涌而来的诸多文艺思潮，瞿秋白并非都有冷静沉笃的思索，更多的是得其大意或取其表意，然后迅速糅合于自己的成长体验和生活经验，最终生成为自我认识。

　　因此，瞿秋白文艺思想在不同时段都是斑驳杂色的：传统中有儒家、道家也有佛教文化；现代里有"五四"的西方现代文艺思想，更有苏俄的异域体验。他既加入文学研究会，又赞成创造社文学主张。因此，直到"左联"时期，瞿秋白因革命思想立场的确立，他的文艺思想资源才稍有固定的源流取向。但又因为当时材料信息不足和本土独立经验参证的加入，瞿秋白的文艺思想也显示出他与苏俄主流仍然有所差异。

---

　　①　[匈牙利]卢卡契：《托尔斯泰和西欧文学》，《卢卡契文学论文集》（2），第451页。

　　②　瞿秋白：《饿乡纪程·四》，《瞿秋白文集》（文学编）第1卷，第26页。

第 三 章

我们是谁①:以笔为旗的革命规约

瞿秋白始终没能忘怀古典文艺的唯美趣味，但也没有就此止步，而是根据历史进程展开文艺现代品格的追求，强调现代革命语境下的文艺品格塑造。尽管瞿秋白走向马克思主义的路"不是自然形成的"②，但他是"迈步跨进革命的"而不是"突然落入革命里的"③。因此，把开展革命事业的需要与文艺现代品格的追求相提并论、互相挂钩的内在原则和心理焦虑，使瞿秋白文艺思想发生许多难得的现代新变。这些现代质素既丰富中国现代文艺思想的发展内涵，也因其背负着过重的历史政治使命而导致现代文艺品格的变态。④ 然而，瞿秋白现代文艺思想的历史生长毕竟开始了，正如他所说的："地底下放射出来的光明，暂时虽然还很脆弱，然而它的来源是没有穷尽的，它的将来是要完全改

---

① 瞿秋白：《"我们"是谁？》，《瞿秋白文集》（文学编）第 1 卷，第 486—490 页。

② ［苏］E. ø. 科瓦廖夫：《共产党人、国际主义者瞿秋白》，路远译，《瞿秋白研究》第 7 辑，第 148 页。

③ ［俄］托洛茨基：《文学与革命》，刘文飞、王景生、季耶、张捷译，外国文学出版社 1992 年版，第 117 页。

④ 正如托洛茨基所说，"阶级的政论踩着高跷跑在前头，而艺术创作却拄着双拐在后面跛行"。［俄］托洛茨基：《文学与革命》，刘文飞、王景生、季耶、张捷译，外国文学出版社 1992 年版，第 538 页。

变地面上的景象的。这种光芒和火焰从地心里钻出来的时候，难免要经过好几次的尝试，试探自己的道路，锻炼自己的力量。"①

第一节　作为语言政治的文腔革命

1927 年国共合作破裂、国民革命失败，中国现代史进入大革命时代。② 大革命洪流伴随着民族主义、民粹主义兴起，出于革命力量的"唤醒"③ 和发现群众（大众）阶级等目的，④ 急于要将现实的大众挤入"五四"新文学世界。为此，蒋光慈曾一再惊呼："倘若承认文学是社会生活的表现，那我们现在的文学，与我们现在的社会生活比较起来，实在是太落后了。"⑤ 大众的启蒙和大众作为文学主体的参与，成为大革命时代的首要文艺规约。

瞿秋白尽管亲身经历过"五四"，但他认为"五四"文学革命"差不多等于白革"、"产生了一个怪胎——象马和驴子交媾，生出一匹骡子一样，命里注定是要绝种的了"⑥、"五四的新文化运动对于民众仿佛是白费了似的！五四式的新文言（所谓白话）的文学，以及纯粹从这种文学的基础上产生出来的初期革命文学

---

① 瞿秋白：《财神还是反财神？·反财神》，《瞿秋白文集》（文学编）第 1 卷，第 412 页。

② 程凯的博士论文《"国民革命"与左翼文学思潮发生的历史考察（1925—1929）》在其"绪论"和"第一章"（第 1—61 页）中对国民革命到大革命再到左翼的历史与文学潮流分野、转折，有较好的梳理。

③ ［澳］费约翰：《唤醒中国：国民革命中的政治、文化与阶级》，李霞等译，读书·生活·新知三联书店 2004 年版，第 107—108、210—218 页。

④ 李音：《"群众"的发现与"革命文学"的发生》，《中国现代文学研究丛刊》2008 年第 2 期。

⑤ 蒋光慈：《现代中国文学与社会生活》，《太阳月刊》创刊号，1928 年 1 月 1 日。

⑥ 瞿秋白：《学阀万岁！》，《瞿秋白文集》（文学编）第 3 卷，第 176 页。

和普洛文学,只是替欧化的绅士换了胃口的鱼翅酒席"①。文学革命运动产生的"五四"新文学,在瞿秋白眼中竟然成为"不战不和,不人不鬼,不今不古——非驴非马"的"骡子文学"②。在这个判断基础上,瞿秋白于是考虑如何继续共产主义革命文化事业,倡导"第三次文学革命"③。瞿秋白认为:"二十世纪的中国里面,要实行文艺革命,就不能够不实行所谓'文腔革命'——就是用现代人说话的腔调,来推翻古代鬼'说话'的腔调,不用文言做文章,专用白话做文章。"④ 因此,正如五四时期以语言文字为发端展开新文学(化)革命一样,⑤ 文腔革命成为瞿秋白发动第三次文学革命的根本指导思想。

一　政治逻辑下的文学革命

所谓文腔革命,预设前提是文腔需要革命和存在着革命前提。瞿秋白说的"文腔"⑥,多指文体或语体修辞范畴。"文腔革命"本意就是采用另一种文体或语体,只不过瞿秋白认为,应该由共产主义革命者来完成这项取而代之的工作,即革旧文腔

---

① 瞿秋白:《大众文艺的问题》,《瞿秋白文集》(文学编) 第3卷,人民文学出版社1989年版,第13页。

② 瞿秋白:《学阀万岁!》,《瞿秋白文集》(文学编) 第3卷,第177页。

③ 瞿秋白认为,在他提出"第三次文学革命"之前,中国有两次文学革命,一次是辛亥革命之前,梁启超等人提倡的文学革命;一次是五四运动时期的五四新文化运动中的文学革命。"第一次文学革命和辛亥革命一样,如果没有五四运动,那差不多等于零。因此,第二次文学革命才是真正的文学革命。"(《鬼门关以外的战争》,《瞿秋白文集》(文学编) 第3卷,第146页。)

④ 瞿秋白:《鬼门关以外的战争》,《瞿秋白文集》(文学编) 第3卷,第137页。

⑤ 参见北京师范学院中文系汉语教研组编著,中国语文杂志社编《五四以来汉语书面语言的变迁和发展》,商务印书馆1959年版。

⑥ 瞿秋白:《罗马字的中国文还是肉麻字中国文?》、《中国文学的古物陈列馆》,《瞿秋白文集》(文学编) 第3卷,第206、251页。

（书房文腔、小西崽文腔、戏台文腔、洋翰林文腔）① 的命。瞿秋白批判四大旧文腔，实质上是借此把革命矛头指向文腔背后的四类人——书房的旧文人、买办西崽、旧戏群体和欧化的洋翰林。可见，文腔革命的语言文学外衣下面，潜在的却是革命政治的基本逻辑。这种逻辑其实早在"五四"白话文运动文言与白话之争中就已奠定，只不过现在反施于"五四"那一代人身上。②

其实，早在 1927 年 2 月，瞿秋白就把文艺思想的发展纳入革命事业考量：

> 自五四运动中国宗法社会的思想崩溃以来，至今还是遗留着……对于这种现象，我们要高呼"持续新文化运动时期（五四）之可宝贵的遗产！"这种可宝贵的遗产，便是无情的彻底的反抗宗法社会及一切舶来的反动妥协的文艺思想。③

出于革命开辟新天地的需要，瞿秋白感慨"五四"文学革命运动"十二年来的成绩只是如此！国语的文学至今还没有建立"，所以"第三次的文学革命"是非常要紧的了。④ 不

---

① 《中国文学的古物陈列馆》中瞿秋白曾把"文腔革命"前的"文腔"分为四类：第一，书房里的文腔；第二，小西崽的文腔；第三，戏台上的文腔；第四，洋翰林的文腔。（瞿秋白：《中国文学的古物陈列馆》，《瞿秋白文集》（文学编）第 3 卷，第 251—253 页。）

② 在"五四"白话文运动中，周作人就把文言和白话分属为"老爷"和"听差"的语言。（周作人：《中国新文学的源流》，华东师范大学出版社 1995 年版，第 56 页。）

③ 瞿秋白：《瞿秋白论文集·自序》，《瞿秋白论文集》，重庆出版社 1995 年版，第 6 页。后收入政治理论编第 4 卷，第 414—423 页。

④ 瞿秋白：《鬼门关以外的战争》，《瞿秋白文集》（文学编）第 3 卷，第 152 页。

仅第三次文学革命非常要紧，而且要进行文学革命必须先进行文腔革命。相对于新文学内部的种种倾向，文腔革命是先在前提：

> （一）文学革命的新阶段，正在要求第三次的文学革命——在文艺内容上，不但要反对个人主义，不但要反对新文学内部的种种倾向，而且要认清现在总的责任还有推翻已经取得三四十年前《史记》《汉书》等等地位的旧式白话的文学；可是，对于这个任务，却没有人注意；（二）第三次的文学革命——在文腔改革上，不但要更彻底的反对古文和文言，而且要反对旧式白话的威权，而建立真正白话的现代中国文。①

第三次文学革命的核心，就是文腔革命，因为这个问题"却正是'新文学'界所最忽略的"②。于是从对象到目的，瞿秋白对第三次文学革命进行了全面策划：

> 第三次文学革命的对象是现在的旧文学——旧式白话的文艺，以及高级的和低级的新式礼拜六派，当然，这个革命运动同时能够开展"新文学界"内部的一种极重要的斗争；第三次文学革命的目的，必须包含继续第二次文学革命的任务——建立真正现代普通话的新中国文（所谓"文学的国语"）。谁都应当知道：没有真正现代普通话的新中国文，真正的"新的文学"是不能再发展的了。现在"文艺界"

---

① 瞿秋白：《鬼门关以外的战争》，《瞿秋白文集》（文学编）第3卷，第147—148页。

② 同上书，第148页。

的情形明明白白的告诉我们："新的文学"正受着"绝种界线"的束缚；"没有文腔革命，是不能够彻底实行文艺革命"的。①

解决文腔问题是进行文学革命的前提。文腔革命就是"不但要更彻底的反对古文和文言，而且要反对旧式白话的威权，而建立真正白话的现代中国文"②。第三次文学革命的目标，正是"要有他自己的'新的言语'——真正现代普通话的新中国文"③。文腔革命要解决"新的言语"，即"建立真正白话的现代中国文"。因此，"现代普通话的新中国文是必须建立的，这是文学革命运动继续发展的先决条件"④。也就是说，在完成语言工具变革的基础上，运用这种语言工具进行写作，建立真正白话的中国文，这便意味着完成第三次文学革命目标。可是，"现代普通话的新中国文"⑤ 是什么呢？瞿秋白认为：

> 首先，这应当是和言语一致的一种文学。……其次，这种文字应当和言语一致，是说和什么言语一致呢？应当和普通话一致。普通话不一定是完全的北京官话。本来官话这个名词是官僚主义的。当然，更不是北京土话。……总之，现代普通话的新中国文应当有一个总的原则，就是：适应从象形文字转变到拼音文字的过程，简单些说，就是只能够看得

---

① 瞿秋白：《鬼门关以外的战争》，《瞿秋白文集》（文学编）第 3 卷，第 152—153 页。
② 同上书，第 148 页。
③ 同上书，第 152—153 页。
④ 同上书，第 164 页。
⑤ 同上。

懂还不算，一定要听得懂。①

现代普通话的新中国文必须是真正现代化的。这就是说，必须写现在人口头上讲的话。这里尤其要注意言语之中最重要的部分：所谓虚字眼——关系词（preposition），联络词（conjunction），代名词跟字尾。②

现代普通话的新中国文，应当用正确的方法实行欧洲化。③

现代普通话的新中国文必须罗马化。罗马化或者拉丁化，就是改用罗马字母的意思。这是要根本废除汉字。④

现代普通话的新中国文，应当是习惯上中国各地方共同使用的，现代"人话"的，多音节的，有语尾的，用罗马字母写的一种文字。创造这种文字是第三次文学革命的一个责任。⑤

瞿秋白对文腔革命的思考，层层深入也步步激进，甚至采取要根本废除汉字这种对民族文化过激的虚无主义态度。⑥ 从写作习惯和当时语境来判断，瞿秋白也许本意未必真的如此决绝：首先，瞿秋白并没有给"现代普通话的新中国文必须罗马化……

①　瞿秋白：《鬼门关以外的战争》，《瞿秋白文集》（文学编）第 3 卷，第 164—165 页。

②　同上书，第 165 页。

③　同上书，第 166 页。

④　同上书，第 168 页。

⑤　同上书，第 169 页。

⑥　刘靖之先生认为，瞿秋白"写出这么偏激的言论可能是由于求变心切，将中文一笔抹杀"。（刘靖之：《重神似不重形似——严复以来的翻译理论》，《翻译研究论文集（1949—1983）》，中国翻译工作者协会编辑部编：《翻译通讯》，外语教学与研究出版社 1984 年版，第 387 页。）从修辞角度，我认为极端表述本身的"夸张反映了我们时代的狂暴"。［俄］托洛茨基：《文学与革命》，刘文飞、王景生、季耶、张捷译，外国文学出版社 1992 年版，第 135 页。

要根本废除汉字"这段话全加着重号，仅仅在"改"字上加着重号，可见他对根本废除汉字的过激有自知之明；其次，瞿秋白觉得根本废除汉字的理由不用多说，但接下来仍列举三点理由："第一，汉字是十分困难的符号"，"第二，汉字不是表示声音的符号"，"第三，汉字使'新的言语'停滞在《康熙字典》的范围里面，顶多只能从《说文》里面去找'古音古义'等来翻译现代的科学的字眼，而不能够尽量发展——采取欧美科学技术的新名词"。① 显然，这些都不是废除汉字的根本理由。符号难易只有程度差别；而是否为表示声音的符号，则属于言文是否一致的问题，不能因言废文，况且汉字并非只能文不能言；至于说汉字使新的言语停滞，阻碍科技和现代科学引进和发展的理由，更不能成立。因为科学文化译介时的汉字不够用，只是创造新名词问题，不能因噎废食。既然理由是充分而非必要，因此瞿秋白的结论本身都有点带着自我否定。

且看他最后总结出来的办法：

> 我们可以把一切用汉字写的中国文叫做"旧中国文"或者汉文，而把用罗马字母写的中国文叫做"新中国文"。或者简直叫做"中国文"，而革掉汉字文的"中国文"的头衔——因为汉字不是现代中国四万万人的文字，而只是古代中国遗留下来的士大夫——百分之三四的中国人的文字。②

其实，瞿秋白汉字拉丁化改革首先是有世界性的历史背景的：

---

① 瞿秋白：《鬼门关以外的战争》，《瞿秋白文集》（文学编）第 3 卷，第 168 页。
② 同上书，第 169 页。

二十世纪,资本主义的发展到了烂熟期,东方各民族为了民族的独立解放,掀起反帝反封建的浪潮,于是也纷纷实行文字拉丁化,用这套容易识、容易记、容易写、容易用的文字记号拼写各自的语言,来普及教育,启发民智,争取西洋资本主义国家皆多已达到的文化水准。①

可见,拉丁化运动的讨论在当时并非仅仅是瞿秋白个人式的激进,而是普遍的社会讨论。② 如果结合这个历史性因素的制约,"用这样的历史观来看中国的拼音文字运动或拉丁化运动,那么一切顽固偏见、恶意污蔑,都成为不值一笑的东西"③。退一步说,在中国汉字改革历史上,废除汉字论在瞿秋白前早已有之。④ 因此,尽管瞿秋白的废除汉字论确实存在偏颇,但也得对此抱历史之了解。

与此同时,由于大众文艺究竟"文字是末"还是"技术为本"的问题,瞿秋白与茅盾发生争论。瞿秋白借机再次对"真正的白话文"作出阐释:

> 总之,我把真正白话文叫做"根据新兴阶级的普通话写出来的文字",意思是在于:(一)不是农民的原始的言语,而能够接受政治技术科学艺术等等的丰富的字眼;(二)也不是绅士等级的言语,不会盲目的抄袭欧洲日本的

---

① 倪海曙:《拉丁化新文字概论·前言》,《拉丁化新文字概论》,时代出版社1949年版,第3页。

② 从1935年叶籁士著的《拉丁化概论》(天马书店1935年版)中可见时人对汉字与拉丁化文字的关联讨论相当充分。

③ 倪海曙:《拉丁化新文字概论·前言》,《拉丁化新文字概论》,第3页。

④ 梁启超、谭嗣同、吴稚晖、钱玄同等人都主张过废除汉字。关于中国汉字改革的基本历史过程,可参见伍启元编《中国新文化运动概说》,现代书局1934年版,第29—30页。

文法而只从古代汉文里去找些看得懂而听不懂的"象形字"
来勉强应付现代化的生活；（三）并且不是用某一地方的土
话勉强各省的民众采用做国语，也不是偏僻的固定的"乡
下人"的言语，而是容易接受别地方的方言集成的言语。
况且我所着重的是现在就用什么话写的问题。所以最主要的
还是第一第二点。①

由此可见，瞿秋白废除汉字的思路，根本上不是从语言文化
上着眼的，而是属于重构政治蓝图的策划之举，即"用真正中
国文来宣传主义于一般能读些书的群众之中"②。在瞿秋白的文
腔革命思想里，根本废除汉字从来都是政治革命斗争的逻辑，③
因为事关谁可以拥有代表"现代中国四万万人"的"头衔"问

————————

　　①　瞿秋白：《再论大众文艺答止敬》，《瞿秋白文集》（文学编）第3卷，第49页。
　　②　瞿秋白：《中国革命中之争论问题》（1927年2月），《瞿秋白文集》（政治
理论编）第4卷，第543页。
　　③　1929年12月30日，在《文件三　瞿秋白给库西宁的信》中瞿秋白一再强
调"不仅从理论上而且从（职工运动、党的建设等等）实践上加紧实行国际主义教
育。不仅需要，如对中国劳动者共产主义大学来说，实行'中国化'，即研究中国问
题，而且需要使用中国工人确实明白易懂的语言来教授所有课程，需要把理论同实
际知识和工作结合起来"。与此同时，瞿秋白甚至认为，"我们至今拥有的优秀翻译
都来自知识分子。如果不本着他们应该如何学会对待工人和苦力的精神来对他们进
行教育，那么就会经常发生这种情况：这些'书本'知识分子玩弄群众陌生的科学
术语，不是去帮助工人进行学习和分析复杂的政治问题等等，而只是在工人面前显
示自己的渊博学识……"因此，瞿秋白提出要"培养和建立人民群众明白易懂的中
文和相应其它文字的马克思主义文献：（1）通俗易懂的涵盖所有最基本的必要的知
识领域的政治常识性读物；（2）翻译和修改共产主义大学的教科书和参考书；（3）
翻译马列主义经典作家著作。……不做这些工作就不能为落后的殖民地国家建立马
列主义文献。这些国家现在只是处在帝国主义和世界社会主义革命时代，在开始进
行自己的'语言革命'，即建立'民族语言'。而且这些国家的资产阶级已经不是西
欧复兴时代的资产阶级"。由此可见，瞿秋白在上海"左联"时期从事"文腔革
命"、"汉字拉丁化"、"文艺大众化"，乃至翻译马克思主义文艺理论经典著作，都
有政治蓝图和革命政策的预期安排。《有关瞿秋白的重要历史文件》，马贵凡译自
《联（共）布、共产国际与中国》系列文件集第3卷《联（共）布、共产国际与中
国苏维埃运动（1927—1931）》。《有关瞿秋白的重要历史文件》，《瞿秋白研究》第
12辑，第10—12页。

题。瞿秋白把"真正白话文"叫做"根据新兴阶级的普通话写出来的文字"，所以它是新中国打倒旧中国、打倒士大夫阶级的"文"的方面，目的是"革掉汉字文的'中国文'的头衔"，原因是"汉字不是现代中国四万万人的文字，而只是古代中国遗留下来的士大夫——百分之三四的中国人的文字"①。

　　瞿秋白的第三次文学革命、文腔革命，带有想象和推理的人工制造意味。但其立场本身是正确的、出发点是好的，都是为了将文化事业革命化和大众化。无论出于文学艺术发展还是政治阶级立场选择，瞿秋白都是为着提高大众的文化程度以配合已提高了的政治上的发展，② 因为"大众的程度是跟着政治上文化上的发展而进步的"③。在瞿秋白文艺思想里，阶级与大众一体两面。文腔革命的讨论，最后必然转入文艺大众化倡导，因为二者在阶级立场上一致，都指向大众。大众就是大多数，就是政治斗争力量所在，就是革命斗争胜利的力量来源和根本保证。然而，现代历史语境里的大众在文学上却沉默无声，无声就是没有话语权。革命的首要工作就是争夺无产阶级革命的领导权，话语权当然属于首先要争夺的。因此，形成话语权、让大众发出声音、拥有自己的言语、创作出自己的文学，则是自然而然的革命基础工作：

　　　　如果文字问题，形式问题等等最低限度的一般大众文艺的问题解决之后，在工作和斗争的进行过程之中，去切实的研究文艺技术上的问题，那么，文艺技术上的改良，艺术力量的加强，最初时期的"动作多而抽象的叙述少"的方法等等，都是极重要的问题。如果不要新的文学革命，不要注

---

①　瞿秋白：《鬼门关以外的战争》，《瞿秋白文集》（文学编）第 3 卷，第 169 页。

②　瞿秋白：《致新兄》，《瞿秋白文集》（文学编）第 3 卷，第 337 页。

③　瞿秋白：《致伯新兄》，《瞿秋白文集》（文学编）第 3 卷，第 348 页。

意"形式上的形式",而只要把新文言的小说在描写方法上改作"动作多而抽象少",那就无所谓大众文艺的运动。①

一切工作,包括争取大众,都是为了更好地进行革命。因此,瞿秋白关于文学语言等问题的意见也"基本上是马克思主义的"②。瞿秋白认为语言有阶级性③并非从语言学上论说,而是指向语言使用背后的特定人群。既然文言文是士大夫没落阶级专属,"五四"白话文又为欧化绅士阶级霸占,旧小说白话文则为封建阶级所利用,新礼拜六派白话文又是绅商趣味,大众没有自己的言语,因此才需要文腔革命,需要创造一种新的"大众语"——"真正白话的中国文"④、"现代普通话的新中国文"⑤。这种言语的根本属性和创造基准就是"一切写的东西,都应当拿'读出来可以听得懂'做标准,而且一定要是活人的话"⑥。这种思路显然面临着方言文学的现实存在的挑战,瞿秋白于是从战术上调整目标预设,认为"至少暂时先发展的是普通话的现代中国文的文艺,而不是现代上海文,或者江南文的文艺"⑦,但必须确保最根本的底线——"一定要用中国普通话的真正白话文"⑧。

可见,瞿秋白一直致力于新的言语——"大众语"的创造工作(即汉字拉丁化)。其他文艺问题讨论,都是言语创造工

---

① 瞿秋白:《再论大众文艺答止敬》,《瞿秋白文集》(文学编)第3卷,第44页。

② 《瞿秋白文集》(文学编)的《说明》。《瞿秋白文集》(文学编)第1卷,第V页。

③ 叶楠先生认为瞿秋白对语言阶级性的观点"跟马尔关于语言是有阶级性的看法吻合"。(叶楠:《瞿秋白对语言理论的贡献》,《瞿秋白研究》第2辑,第180页。)

④ 瞿秋白:《鬼门关以外的战争》,《瞿秋白文集》(文学编)第3卷,第152—153页。

⑤ 同上书,第164页。

⑥ 瞿秋白:《大众文艺的问题》,《瞿秋白文集》(文学编)第3卷,第17页。

⑦ 瞿秋白:《再论大众文艺答止敬》,《瞿秋白文集》(文学编)第3卷,第49页。

⑧ 同上书,第51页。

作的思路延展。而当瞿秋白在俄苏看到新经济政策后的文艺发展、第一个五年计划成就、在俄华侨因拉丁化扫盲工作而实现文化整合的巨大成效之后，他更是认为自己找到了文化上配合国际共产主义运动的好办法，也因此相信汉字拉丁化是进行文学革命的有效通道。根据这一认识，瞿秋白形成文艺大众化的文艺思想。

瞿秋白再三强调"没有文腔革命，是不能够彻底实行文艺革命"，第三次文学革命必须要有"他自己的'新的言语'——真正现代普通话的新中国文"①。瞿秋白如此断定文腔革命与文学革命的关系，正源于他文艺思想上的新变——由俄苏文化统战政策而设计的汉字拉丁化方案，由汉字拉丁化方案构想而产生的文艺大众化设想。也就是说，瞿秋白所有的文艺讨论，都是为了配合大众政治程度发展而来的文化水平上的提高。瞿秋白的文腔革命表面上试图解决文学革命的语言工具问题，而在本质上，无论是文腔革命、文学革命还是文艺大众化，②他都是在政治革命的逻辑思维下来讨论和思考它们：古文文言是"绅商的言语文字"，西崽的"切口"是"时文的文言"，欧化小诸葛的白话又是"非驴非马的骡子话"③。瞿秋白对任何语言类型的批判，都迅即地指涉其使用的人，将语言与语言使用者的阶级性等同。瞿秋白无

① 瞿秋白：《鬼门关以外的战争》，《瞿秋白文集》（文学编）第3卷，第152—153页。

② 丁言模先生认为瞿秋白将最初的"第三次文学革命"改为"文艺大众化的运动"，"也许是为了统一于'左联'执委会讨论的《中国无产阶级文学的新任务》提出的首要重大问题'文学的大众化'，和充分利用已有的文艺大众化首次讨论的条件，以及其它因素的促使"。（丁言模：《论瞿秋白"第三次文学革命——文艺大众化的运动"》，《瞿秋白研究》第1辑，第185页。）

③ 瞿秋白：《新英雄·英雄的言语》，《瞿秋白文集》（文学编）第1卷，第432页。

论谈文学还是谈文腔、乃至语言，最终也都指向革命政治。因为文腔和文学都是政治蓝图的一部分，归根到底，政治立场和阶级立场才是决定他们应然的最根本理由。至于语言学意味上的本然和当然，则不是瞿秋白此刻想争论和能解决的问题。可见，瞿秋白理解的文腔革命和文学革命的实质，就是文学阶级论：布尔塞维克＝阶级＝科学＝真实，"所谓布尔塞维克的，也就是科学的。反布尔塞维克的，一定也就是反科学的，违背客观真实的"、"一定要有真正布尔塞维克的、真正阶级的、也就是真正科学的、真正客观的立场方才能正确的分析革命的历史"①。因此，瞿秋白后来在讨论文学革命时，才自然会转化为讨论文学革命的无产阶级领导权问题，而且把新文学变成为"不战不和，不人不鬼，不今不古——非驴非马"的"骡子文学"、"次要"的原因，归结为"'文学革命党'自己的机会主义"②。这正是文学阶级论和政治革命斗争逻辑在文学论阈内的自然发展。

瞿秋白在判断第一次和第二次文学革命是否成功时，也往往将文学革命与政治革命相提并论、互相比附。这也是他站在政治革命家立场看待文艺革命的又一表征。因此，可以说瞿秋白倡导文学革命和文腔革命，并不是因文学发展史必然催生而来的革命要求，而是被制造的人工革命——"话语决定论"思维下导致的"激进的文化相对主义"，因此可谓是"一场经过详细论述的专制主义之间的游击战"③。

---

　　① 瞿秋白：《中国大革命史应当这么写的么？——对于华岗的〈中国大革命史〉的批评》，《瞿秋白文集》（政治理论编）第7卷，第452—453页。
　　② 瞿秋白：《学阀万岁！》，《瞿秋白文集》（文学编）第3卷，第177页。
　　③ ［荷兰］佛克马、易布思：《文学研究与文化参与》，俞国强译，北京大学出版社1996年版，第140—141页。

二 对文学传统变迁的反思

文腔革命之所以具备革命合理性,除了政治逻辑推演,还在于瞿秋白所在时代正是中国文学传统遭遇现代变革的历史阶段。工业技术的迅猛发展、现代中国命运的转折、城市地域空间的变化、民众文化水平的提高和群体扩容,都促使文学传统不得不转型——从书面阅读转向多维接受。相对于传统的"读"而言,"听"在革命喧嚣的时代激流刺激下更是威力大增。因此,瞿秋白才认为"一切写的东西,都应当拿'读出来可以听得懂'做标准"①。读和听比写和看重要,瞿秋白强调无论写、读、看、听都应是"活人的话"②。

本来,"写出来——看得懂"与"读出来——听得懂"是两个不同问题,是书面与口头、文与言、文字与声音的问题。汉字言文分离的事实,封建统治者有意的愚民政策、经济发展的落后等因素,都共同导致中国文化落后。瞿秋白断定,诸多因素中,汉字言文分离是根本原因。他对汉字言文分离的追问,不是首先从文化和语言角度出发,而是率先服从于政治革命如何尽快能够变革社会现实的需要。而且俄苏对在俄华侨进行汉字拉丁化扫盲实验成功,也给他提供了汉字以拉丁化方式的成功实证。③ 唯独对俄苏以俄化方式进行统战的大国沙文主义野心策略,瞿秋白却产生盲视。俄苏榜样的力量、现实政治革命的功利需要、共产主义革命世界一统的情怀冲动,迅速结合成为他提倡汉字拉丁化的

---

① 瞿秋白:《大众文艺的问题》,《瞿秋白文集》(文学编)第3卷,第17页。
② 同上。
③ 例如萧三主编的《拉丁化中国文字拼音和写法参考书》,参加编辑的有苏联人尤果夫、赖和德(莱希特)、史萍青、马松,由苏联新字母中央委员会印行。(参见倪海曙编《拉丁化新文字运动的始末和编年纪事》,知识出版社1987年版,第80页。)周有光先生认为此书"说明了瞿先生(秋白)的中文拉丁化思想"。(周有光:《新语文的建设》,语文出版社1992年版,第371页。)

巨大动力。

　　然而，异域经验的横向移植毕竟是无根生存。瞿秋白要想在1931年的上海单纯提倡汉字拉丁化，表面上看似要发起语言学革命，其实本身已天然设定革命文化开辟的意识形态色彩。显然，这打着语言变革旗号的革命路径策略，于其身份过于唐突，于革命事业的急功近利又显得视野过于狭隘。于是，瞿秋白转而提出文腔革命和第三次文学革命，并挑起第二次文艺大众化讨论。尽管这两个思路都有着苏俄经验和共产国际的影响，但瞿秋白首先还是依托对国内文艺现实的观察和理解，应和的是中国文学传统变迁的历史要求。

　　瞿秋白恢复与上海文艺界的密切交往后，连续写《鬼门关以外的战争》、《中国文学的古物陈列馆》、《学阀万岁！》一系列充满讨伐性质的檄文。这意味着在文艺领域，瞿秋白找到在政治领域丧失的革命领导者的精神角色。文腔革命、第三次文学革命等口号，更与先前的政治革命无出二辙。行文中以论文艺来论政治的思路，更表明他非同一般的思想抱负。瞿秋白的写作显然并非热血上头的应景之作，而是为开辟新的战斗领域而进行的思想造势和言论渲染。瞿秋白对这场新革命显得非常有领导者的自信，个中原因除了他个人的文艺修养和理论造诣外，更重要的是当时中共中央及"左联"对其战斗热情和角色的默许。同时，其自信还来自他对中国文学史的深入研究、悉心体会和对中国文艺传统变迁趋势的洞察。瞿秋白返回上海文艺园地时，其思想资源除了古典文艺修养、苏俄体验、"五四"阅历外，还有亲自参加革命政治实践工作（包括领导工作）的经验。这些都成为瞿秋白"左联"时期对文艺问题大胆发言的依据和资历依托。因此，1931年前后的上海文艺现实，成为他在论战中思路回溯就近的和直接的切入点。

　　那么，瞿秋白体认的中国文艺传统的变迁，与文腔革命、第三次文学革命有什么默契呢？众所周知，中国古典文艺的修习，建立在从小开始的经典诗文反复诵读与记忆的基础之上。"学而时习之，不亦乐乎"就指这种反复诵读，自我修习的渐悟快乐。显然这是强调诵读、注重以听觉来学习的文艺传统。目的在于使学习者在记录时效性差的条件下，尽可能久远传道。与此同时，"谨于行慎于言"的君子修身原则，也形成"敏于行讷于言"的行为标准，这同步压抑着读与说的发展。随着印刷术的发展，以诵读来记忆和保存典籍的压力大大减轻，但以诵读来修习诗文的文艺传统依然。

与此同时，市民社会发展、现代公共空间（包括报纸刊物、社会政治生活等）缓慢形成、声光电传播媒介发达，口头表达能力和以听来获取信息的能力，在现代社会进程中变得越来越重要。20 世纪 30 年代留声机已经成为中国都市社会普遍的时髦玩意儿，报纸刊物（尤其是小报小刊）更是越来越发达。① 不同政治团体纷纷强化对学校（学生）、社会市民的力量争夺，公共舆论成为现代政治角力的重要因素。② 在此情况下，文艺传统自然转入强调听说能力的训育，这也正是"新文学建设中的读者第

---

① 参见卢汉超《霓虹灯外：二十世纪日常生活中的上海》，段炼、吴敏、子羽译，上海古籍出版社 2004 年版。

② 例如，瞿秋白曾对学生群体在革命力量争夺中的独特性和革命策略有精彩分析："至于学生青年，固然，我们要知道，智识阶级确在阶级分化之中；但是，学生不比成年人，他们思想未稳定，生活未独立（即没有确定的阶级利益），其中大半是可左可右的。右派根基较深之地，则学生较右。然而大多数学生，如今又在革命潮之中了。三一八前后，是北方暂时的反动局面，右派暂时得势的时候，所以学生群众之中，右派居然能得到些势力。如今右派衰落的趋势已见，学生运动之中有左派得势之前途。总之，这是智识阶级中最游动的一部分，我们必须趁此时机协同左派力争，否则，右派看着他们是最好基础呢。党必须同团努力加紧青年中的工作。"[瞿秋白：《中国革命之争论问题　第三国际还是第零国际——中国革命之孟雪维克主义》（一九二七年二月），《瞿秋白文集》（政治理论编）第 4 卷，第 544 页。]

一性"①。瞿秋白对中国文艺传统变迁的观察，最看重其背后隐藏着的群体力量机制已发生转移，文化威权让位于话语权力，声音僭越书写。② 他对听得懂、读得出的强调，远远甚于看得懂：

> 中国的象形文字，使古文的腔调完全和言语脱离。象形字是野蛮人的把戏……中国古文的读法，因此只是读的人自己懂得的念咒……古文的这种"流风余韵"，现在还保存在新文学里面。这样，大多数的作品，都是可看不可读的。③
>
> 但是我们应当知道：中国历史上假使还有一些文学，那么，恰好都是给民众听的作品里流转发展出来的。④
>
> 而现在的新式小说，据说是白话，其实大半是听不懂的鬼话。……只看不听，只看不读——所能够造出来的：不是文学的言语，而是哑巴的言语；这种文学也只是哑巴的文学。⑤
>
> 新文学界必须发起一种朗诵运动。朗诵之中能够听得懂的，方才是通顺的中国现代文写的作品！此外……中国虽然没有所谓"文学的咖啡馆"，可是，有的是茶馆，固然那是很肮脏的。然而茶馆里朗诵的作品，才是民众的文艺。这种

---

① 丁言模：《中国新文学建设的"中介环节"——论胡适、瞿秋白和毛泽东的文学观》，《瞿秋白研究》第 8 辑，第 342 页。

② 这里涉及对口述与书写、声音与文字的分野与文学艺术之间的关系。林岗先生认为二者都能产生宽泛意义上的文学作品，且文字传统后出于声音，因此文字的出现意味着对声音传统的"侵蚀"与"撕裂"。参见林岗《论口述与书写》，《中山大学学报》（社会科学版）2008 年第 6 期。该文仅讨论瞿秋白言论所处时代语境下的文学传统变迁，所言的文学传统一概指文字的文学传统。而且在汉语文化圈当中，似乎有且只有文字的文学传统。

③ 瞿秋白：《哑巴文学》，《瞿秋白文集》（文学编）第 1 卷，第 359 页。

④ 同上书，第 360 页。

⑤ 同上。

"茶馆文学"总比哑巴文学好些。①

政治角力时代,"诗可以群"成为沟通古典文艺传统与现代政治动员机制的契合。而读得出与听得懂形成的声讯互动,才是政治军事动员的根本需要,这也是革命年代最急需的文艺功能。因此,瞿秋白才认为"说到中国的'新的文学'产生的过程,就不能够不回溯到这件三千年前的簇新的事情,因为这里伏着文腔革命的种子"②。瞿秋白对中国近代以来三次文学革命的观察和概括,都始终强调以"中国社会生活的剧烈的变动——尤其是在最近三十年来的变动"③为背景。这种剧烈的变动就是:

> 社会的巨大变动产生"新的文学"和"新的言语"的需要。宗法封建的社会关系的崩溃,使中国的文言文学和文言的本身陷落到无可挽回的死灭的道路上去。同时,资本主义式的社会关系产生了新的阶级,不论他们这些阶级之间发展着怎样的斗争,以及这种斗争怎样反映到文艺上来,他们却共同需要白话文学和所谓"白话"的"新的言语"的完全形成。④

瞿秋白从社会关系的变更需要着眼,迅速推导出对新文学和新言语的需要。他认定,新文学和新言语就是"白话文学"和"所谓'白话'的'新的言语'"。新文学指涉的是文学领域,而新言语则指涉社会日常生活,这本是两个不完全重合的论域。

---

① 瞿秋白:《哑巴文学》,《瞿秋白文集》(文学编)第1卷,第360页。
② 瞿秋白:《鬼门关以外的战争》,《瞿秋白文集》(文学编)第3卷,第139页。
③ 同上书,第138页。
④ 同上书,第138—139页。

但是在瞿秋白的政治革命逻辑里，却是同一件事情，都是社会关系变更下的要求。瞿秋白特意指出："必须极严重的注意一个问题，就是文艺里面所用的文腔，不应当离开一般社会日常所用的说话腔调，而成为单独的简直是别一个国家的文腔似的东西。"①瞿秋白不仅混同文学和社会日常生活，而且把文学革命放大为日常言语的全新建立，即文腔革命。于是，瞿秋白以革命家纵横捭阖的气度宣告：

　　　　这里，我们必须研究文学革命的意义：文学革命的任务，决不止于创造出一些新式的诗歌小说和戏剧，他应当替中国建立现代的普通话的文腔。现代的普通话，是随着社会生活的剧烈变动而正在产生出来；文学的责任，就在于把这种新的言语，加以整理调节，而组织成功适合于一般社会的新生活的文腔。这样，方才能够有所谓"文学的国语"；亦只有这样办法，才能建立和产生所谓"国语的文学"。②

　　反过来，发动文腔革命的目的，同样可以逆推到文学革命。因为二者的逻辑目的，都是为了寻找和创造在中国继续进行共产主义革命的社会群体力量。瞿秋白似乎有点恍然大悟，他说道：

　　　　原来文学革命的发动：首先只限于文艺的内容，并不一定注意到文腔的改革。可是，社会关系的巨大变动，使中国人的日常生活，社会生活，学术生活跟政治生活，都发生很厉害的变更，以至于旧的文腔不能够应付了，然后，才从最

---

①　瞿秋白：《鬼门关以外的战争》，《瞿秋白文集》（文学编）第 3 卷，第 137 页。

②　同上书，第 138 页。

初一点一滴的,使文体上的改变（这种改变还不过是适应文艺的新内容的需要而发生的),进一步而走到整个文腔的改变。这个文腔的整个改变,有极深刻的社会意义。这个意义在什么地方呢? 就是在于使用那种"新的"文腔的人,在社会上的地位抬高了,他们在社会上成为一种不能忽视的力量了。[①]

中国文艺传统变迁和文腔革命、第三次文学革命的契合,根本问题正在于"使用那种'新的'文腔的人,在社会上的地位抬高了,他们在社会上成为一种不能忽视的力量了"[②]。一切因人而变、因势转移,中国现代文艺传统变迁也因应着激变的社会变动而加速转型。中国革命,无论是国民革命、政治革命、思想文化革命还是共产主义革命,同样是率先因外力促压而起。毛泽东所言"'十月革命'一声炮响,给我们送来了马克思主义"[③]所表达的潜在内涵,无疑也有革命道路选择的意外与被动。[④] 既然同样都是因为外力促变下产生的革命,因此,内力的产生就必然都带有一定程度想象和制造成分。在某种意味上,便是人工启蒙和制造革命,对社会关系变革下的群体力量进行重新组合与动员。因为瞿秋白的俄苏革命经验告诉他:"农民士兵本来大多数是无意识的群众,向来不知道'为什么'"[⑤],他们需要的只是不

---

① 瞿秋白:《鬼门关以外的战争》,《瞿秋白文集》（文学编）第 3 卷,第 139—140 页。

② 同上书,第 140 页。

③ 毛泽东:《毛泽东选集》第 4 卷,第 1471 页。

④ 季羡林先生认为这句话"也蕴含着马克思主义不是直接从德国传到中国来的,而是经过了苏联的媒介"。（季羡林:《〈20 世纪中国学术大典〉序一》,《光明日报》2002 年 10 月 17 日。）

⑤ 瞿秋白:《赤都心史·二六·归欤》,《瞿秋白文集》（文学编）第 1 卷,第 181 页。

断地被"刺激"和"鼓动"①。

瞿秋白是从实践政治革命中推出来的革命家和文学家。他重返文坛和开辟文艺战线，首先关注的是战线而不是文艺。因此，其内在逻辑理路也是现实政治革命。瞿秋白结合社会关系变更和文艺传统变迁，迅速发动意在争夺"社会上不可忽视的力量"②的"文腔革命"和"第三次文学革命"，言在此而意在彼。因此，"文腔革命"天然地带上双重革命的合理性：一是社会政治革命的合理性，一是文学语言革命的合理性。"文腔革命"不仅成为瞿秋白政治革命理想的替代品，而且是他发动"第三次文学革命"的旗帜和前提。在文艺传统的赓续上，"文腔革命"因应着历史变革的必然，获得文化"权势转移"③的合法身份——"使'革命'和'历史'拥抱起来"④。

三　"文腔革命"的阶级性本质

在考量社会关系变化的历史情境下，瞿秋白在有些"从抽象的概念出发，进行主观推论"⑤的逻辑下，提出"文腔革命"和"第三次文学革命"。这是他"以政治家的敏锐，提出了一些

---

① 瞿秋白：《中国革命之争论问题　第三国际还是第零国际——中国革命中之孟雪维克主义》（一九二七年二月），《瞿秋白文集》（政治理论编）第4卷，第542页。

② 瞿秋白：《鬼门关以外的战争》，《瞿秋白文集》（文学编）第3卷，第139—140页。

③ 罗志田：《权势转移：近代中国的思想、社会和学术》，湖北人民出版社1999年版，第1—81页。

④ 李中昊：《文字的历史观与革命论·写在书前头的话》，李中昊编：《文字的历史观与革命论》，北平文化学社1931年版。

⑤ 李静：《瞿秋白与文艺大众化》，陈铁健等编：《瞿秋白研究文集》，第223页。

左右全局的关键性问题"① 之一。

瞿秋白认为，文腔革命是第三次文学革命的前提，"现代普通话的新中国文是必须建立的，这是文学革命运动继续发展的先决条件"②。因此，文学革命的任务是应当"替中国建立现代的普通话的文腔"，而"文学的责任，就在于把这种新的言语，加以整理调节，而组织成功适合于一般社会的新生活的文腔"③。瞿秋白把文腔革命树立为第三次文学革命的前提、核心和终极目标。因此，文腔革命是瞿秋白文学革命的基本思想。这个基本思想根本上要求文学服从于社会需求，在革命情境下就是服从社会政治革命需要。"替中国建立现代的普通话的文腔"的"替"字，耐人寻味地点出革命先声夺人的社会强制性。因此，文腔革命有"极深刻的社会意义"④。在"资本主义式的社会关系产生了新的阶级"的情况下进行文腔革命，甚至可以"不论他们这些阶级之间发展着怎样的斗争，以及这种斗争怎样反映到文艺上来"⑤。瞿秋白当然不是说文腔革命可以不管"阶级之间发展着怎样的斗争"，而是认为文腔革命在阶级斗争的情形下可以不管文艺，因为首先要确保的是"白话文学和所谓'白话'的'新的言语'的完全形成"⑥。瞿秋白的言下之意，是要确保文腔革命领导权——新的语言话语权力的取得。文腔革命领导权的核心是语言革命导致的话语权，话语权自然制约着文学革命的领导权。工具规约产品，为了前者自然可暂时不论后者，况且有了前者才能有后者，这才是瞿秋白文学革命核心思想——"文腔革

----

① 李静：《瞿秋白与文艺大众化》，陈铁健等编：《瞿秋白研究文集》。

② 瞿秋白：《鬼门关以外的战争》，《瞿秋白文集》（文学编）第3卷，第164页。

③ 同上书，第138页。

④ 同上书，第139—140页。

⑤ 同上书，第138—139页。

⑥ 同上。

命"的本质规定所在。

　　同时，由于确立文腔革命的目的是"要有他自己的'新的言语'——真正现代普通话的新中国文"①，即以根本废除汉字为基础、建立新的语言表达系统。因此，瞿秋白必须把文腔革命继续往前推进，更加远离文学和文艺而提倡进行"新中国的文字革命"②。革命的对象从古到今一锅端，"一切种种用汉字写的旧式中国文——从古文的文言文起直到夹杂着文言的假白话文为止——都是文字革命的对象"③。汉字"对于群众实在是太困难，只有绅士阶级能够有这许多时候去学他，所以他是政治上文化上很大的障碍"④。为了完全推倒汉字、进行彻底汉字拉丁化的文字革命，在世界语热潮的鼓动下，在苏俄汉字拉丁化扫盲实验成功的刺激下，瞿秋白对文字革命爆发出孤注一掷式的热情。瞿秋白花费巨大心力去研究汉字拉丁化，出版《中国拉丁化的字母》⑤，一再系统修订《新中国文草案》⑥，亲自试用和推广文字革命方案。⑦瞿秋白从"文学革命"到"文腔革命"再进到"文字革命"，试图独自一举完成废除汉字的汉字拉丁化的政策设计。瞿秋白文学革命思想从激进的变革转而沉溺于心造的、带

---

　　①　瞿秋白：《鬼门关以外的战争》，《瞿秋白文集》（文学编）第3卷，第152—153页。

　　②　瞿秋白：《新中国的文字革命》，《瞿秋白文集》（文学编）第3卷，第280—315页。

　　③　同上书，第285页。

　　④　瞿秋白：《中国拉丁化的字母》，《瞿秋白文集》（文学编）第3卷，第351页。

　　⑤　《中国拉丁化的字母》，1929年在苏联时试作，1930年由苏联KYTY出版社出版。现收入《瞿秋白文集》（文学编）第3卷，第351—419页。

　　⑥　瞿秋白：《新中国文草案》（现存遗稿两份，一为初稿，一为修订稿，修订稿较为系统）。修订稿后收入文学编第3卷，第423—586页。

　　⑦　彭玲：《难忘的星期三——回忆秋白、之华夫妇》，《新文学史料》1982年第4期。

有文化虚无意味的语言文字革命的乌托邦，这既有瞿秋白作为革命者变革现实社会的热情和对民众启蒙的理性探索，更有共产主义革命理想中的、国家和阶级消亡论的文化想象。

文腔革命的提出，尽管是瞿秋白重返文坛后抛出的第一个口号，有着种种现实革命逻辑的考虑和文艺传统观察、现实文艺经验依托，但也鲜明体现出瞿秋白文艺思想的现代新变——强调文艺阶级性。文腔革命和第三次文学革命，都表达出对文学进行社会意识形态规约，强调文学阶级性的要求。瞿秋白的文腔有阶级性，此文腔不等于语言学的文腔。为了辨别意有所指，瞿秋白曾专文批判语言学家刘大白对文腔的理解。[①] 以往的研究者多撰文批评瞿秋白阶级论的语言观，并引用斯大林的《语言学》论述做证据。这不能说不对，但显然没有对号入座。但是，瞿秋白在争夺政治革命无产阶级领导权的逻辑下，以文腔阶级立场涵盖文艺阶级性论述，的确不仅导致现代文艺品格追求的简单化和对文艺创作中的人的因素忽视，同时也把政治、语言和文艺三个论域混为一谈。

由于以文腔革命的阶级性贯穿对文学革命的观察和梳理，瞿秋白的文学革命思想自然地停顿在强调文学创作主体的阶级立场上，从而把文学革命的目标、客体——文学本身——置于被忽视的地位，甚至简单等同于语言工具。这种思路又进而把阶级性一味泛化和扩大化，推及到对一般语言工具的论述，导致阶级论的语言观和文艺观，给后来文艺的发展设置了极为僵化的政治桎梏。

---

① 瞿秋白:《罗马字的中国文还是肉麻字中国文?》,《瞿秋白文集》(文学编)第3卷, 第206页。

四 前提预设：共产主义革命的普世情怀

瞿秋白一系列的语言文字工作，其思想基础在于，他本人显然确信这些努力必然与共产主义革命的终极目标吻合——即全世界无产阶级联合起来，最终使得阶级、国家和民族差别都消亡。① 因此，瞿秋白认为废除汉字和汉字拉丁化的理由根本"不用多说"②，其间体现出来的非此即彼的政治革命逻辑相当武断而简单。因为瞿秋白的大判断乃出于创造"真正的现代中国文"③ 的目的。

如何才是真正的现代呢？当然必须符合共产国际设定的共产主义革命目标——以俄化为国际化和现代化。在这个终极价值的前提预设下，语言文字和文化差异都必然在此之前就要消亡。尤其在文艺大众化这个首要的革命任务面前，语言文字达成共产国际规约的大统一，更是首当其冲和需要解决的问题。然而，这种大统一的标准却是预设的，即必须以苏俄为所有共产主义革命者和无产阶级群众的祖国——因为"他始终是世界第一个社会革命的国家，世界革命的中心点，东西文化的接触地"④。共产主义革命目标的无限美好，使瞿秋白确信自己所有的革命行动，都是通往共产主义革命预设的终极追求——解放全人类，实现人类大同的康庄大道。因此，对共产主义革命的真诚信仰，使瞿秋白

---

① 正因为共产主义革命终极目标的国际主义色彩，使得"'国家主义'的法国革命没有影响到中国，国际主义的俄国革命则具有普遍意义。在俄国革命影响下，中国能进入世界历史的舞台，跟上世界进步的强大潮流"。［美］莫里斯·迈斯纳：《李大钊与中国马克思主义的起源》，中共北京市委党史研究室编译组译，中共党史资料出版社 1989 年版，第 70、196—197 页。

② 瞿秋白：《鬼门关以外的战争》，《瞿秋白文集》（文学编）第 3 卷，第 168—169 页。

③ 同上。

④ 瞿秋白：《饿乡纪程·五》，《瞿秋白文集》（文学编）第 1 卷，第 31 页。

在革命行动中凸显出相当的狂热和决绝，他坚信民族主义和共产主义革命是针锋相对、水火不相容的，因此只要是关涉到"民族主义"和"民族"的中国本土文化，都必须坚决予以革命。

瞿秋白对共产国际规划的革命远景全身心顶礼膜拜，因此在批判民族主义文艺运动时，有时甚至连带对民族主义本身也一笔勾销。① 例如在对《国门之战》的批判中，瞿秋白说："民族主义的文学更加注意的是鼓吹屠杀民众的剿匪战争了。首先出现的是剿杀'苏联红匪'的小说……假造一些谣言，描写民族主义者杀老婆的本领。那又是多么英雄气概。神话化了的岳飞也拉进了剿匪战争，大声叫喊着'壮志饥餐胡虏肉，笑谈渴饮匈奴血'。这种吃人肉喝人血的精神，的确值得帝国主义者称赞:'好狗子，勇敢得很!'"② 在《青年的九月》中瞿秋白也把涉及民族主义的作品一概骂倒，认为都在"歌颂着战争，赞美着'马鹿爱国主义'"③，都是"中国的黄金少年要出来弄个什么民族主义文艺的把戏"④，"文艺上的所谓民族主义，只是企图圆化异同的国族主义，只是绅商阶级的国家主义，只是马鹿爱国主义，只是法西斯主义的表现，企图制造捍卫帝国主义统治的所谓'民族'的'无上命令'，企图制造服从绅商的奴才性的'潜意识'，企图制造甘心替阶级仇敌当炮灰的'情绪'——劳动者安

---

① 瞿秋白对民族主义和民族精神的理解极其混乱，也相当激进。瞿秋白认为，"不懂得民族主义"和"忘记了祖国"本身没有任何问题。(瞿秋白:《财神还是反财神?》，《瞿秋白文集》(文学编)第1卷，第408页。)乃至于他批判民族主义精神最为激进的一篇文章《水陆道场·民族的灵魂》在编入1997年版的《瞿秋白文集》(文学编)第1卷时被删去600多字(一说是瞿秋白本人自己删去的)。(参见朱正《愧对秋白》，《读书》1997年第1期;胡渐逵:《从〈愧对秋白〉想到的》，《读书》1997年第7期。)

② 瞿秋白:《屠夫文学》，《瞿秋白文集》(文学编)第1卷，第370页。

③ 瞿秋白:《青年的九月》，《瞿秋白文集》(文学编)第2卷，第31页。

④ 同上书，第34页。

心自相残杀的杀气腾腾的'情绪'"①。

　　既然无所谓民族、民族主义和民族文化，而且"民族主义者之中的'最左派'尚且认为'工人无祖国'"②；既然共产主义革命的远景事业规划和当下文艺大众化运动都需要有新的言语，那么就必须实行文腔革命，以期在革命洪流中创造革命新人，同时在革命洪流中为革命新人创立"新的言语"、"真正现代普通话的新中国文"③——革命人的新文腔。也就是说，不仅要有革命人，还要有革命文，而前提是创造革命的语文。而最彻底的文腔革命，就是把"文腔"所附的"文"的基本工具——汉字连根铲除，亦即废除汉字，按照共产国际革命大本营使用的斯拉夫语言对其进行改造——汉字拉丁化。因为"苏联党的中央委员会曾经认定反对鞑靼民族等改用罗马字母的人，事实上等于出卖阶级"④。瞿秋白在"出卖阶级"四个字下面打上着重号，可见共产国际的巨大规约力量。所以瞿秋白只能无条件服从地说："现在我们对于中国文的罗马化问题，暂时不说。可是至少要注意到这个'罗马化'的基础，就是创造一种真正现代大多数人用的文字——言语。"⑤既然是为了革命利益，瞿秋白更是胆气粗豪地宣称："一切种种用汉字写的旧式中国文——从古文的文言文起直到夹杂着文言的假白话文为止——都是文字革命的对象。"⑥

---

　　①　瞿秋白：《青年的九月》，《瞿秋白文集》（文学编）第2卷，第36页。

　　②　瞿秋白：《水陆道场·沉默》，《瞿秋白文集》（文学编）第1卷，第391页。

　　③　瞿秋白：《鬼门关以外的战争》，《瞿秋白文集》（文学编）第3卷，第152—153页。

　　④　瞿秋白：《普洛大众文艺的现实问题》，《瞿秋白文集》（文学编）第1卷，第464页。

　　⑤　同上。

　　⑥　瞿秋白：《新中国的文字革命》，《瞿秋白文集》（文学编）第3卷，第285页。

为着进行彻底汉字拉丁化的文字革命,远有共产主义革命普世价值的皈依,近有世界语热潮鼓动和苏俄汉字拉丁化扫盲成功的刺激,瞿秋白毫不犹豫地倾尽心力研究汉字拉丁化。从文学革命到文字革命、从革命政治实践到文学战线的转换、从文艺大众化到汉字拉丁化,瞿秋白一变而转为专注于语言文化世界里的革命。

作为语言政治,瞿秋白的文腔革命论源于对共产主义革命终极目标和共同价值预设的盲信。这不仅使他摒弃了任何关于民族文化自觉守望的警惕,也使他把宝贵的民族文化情怀毫无保留地献纳给革命无国界的终极奋斗,更丧失他本来应有的现代民族国家独立意识,从而盲目地把民族本位文化的思考完全淹没于共产主义革命浪潮。在大革命时代里瞿秋白表现出来的革命真诚与热情,令人无法不为之感动。然而,瞿秋白天真而虔诚地推动处于苏俄操控下的、带有共产国际革命的偏执与规约、丧失民族本位文化的依托、以“文化断层”[1]为基础的汉字拉丁化运动,个中的转折、盲视与洞见更应该引起后人的反思。

第二节 政治写作[2]:革命文艺大众化

对于革命文学,瞿秋白在不同阶段有不同的命名,如“大反动文学”[3]、“普洛文学”、“茶馆文学”、“俗语文学”、“普洛大众文艺”、“无产文艺和革命文艺”等。尽管名称各异,但本质上是以“文艺大众化”理论为基础的“无产文艺和革命文艺”,才是瞿秋白理想中的革命文艺形态。瞿秋白不仅把“文腔

---

[1] 申小龙:《汉语人文精神论》,辽宁教育出版社1990年版,第16页。

[2] [法]罗兰·巴尔特认为,在政治革命语境里“写出作品就是一种行动”。[法]罗兰·巴尔特:《符号学原理·结构主义文学理论文选》,李幼蒸译,三联书店1988年版,第76页。

[3] 这是反语式的表述。

革命"、"第三次文学革命"作为文学和文化革命的前提，而且认为这些才是实行革命文艺的大众化的根本问题。瞿秋白甚至提出，继"五四"文学革命之后再来一次新的文学革命——"俗语文学革命运动"，"需要的是澈底的俗话本位的文学革命"①。新的文学革命不是"五四"的简单继续，而是"辩证法的开展"②，目的是创造出"无产文艺和革命文艺"③，从而创造出"就其实质而言"是"大众的、普及的、人民的""新文化"④。瞿秋白"革命文艺的大众化"⑤思想，在结合语言文字改革的思考和论战中渐渐凸显出来，最终成为他革命文艺思想的理论主轴。而瞿秋白奠定的文艺大众化思想，也被认为是"从中国的实际情况和现实需要出发，比较全面系统地阐述了这个问题，从而丰富了马克思主义的文艺理论"⑥，是中国马克思主义文艺理论的重大发展。

一　"革命文艺的大众化"思想的形成

瞿秋白对文艺大众化思想的正式论述，以《大众文艺和反对帝国主义的斗争》为发端。此后，瞿秋白发表一系列论文加以深化，还包括相关的创作实践。《学阀万岁!》以反语口吻提出"反动文学"并倡导文艺"转变方向"⑦。"大反动文学"是

---

① 瞿秋白：《普洛大众文艺的现实问题》，《瞿秋白文集》（文学编）第1卷，第480页。

② 瞿秋白：《致迪兄》（一），《瞿秋白文集》（文学编）第3卷，第331页。

③ 瞿秋白：《欧化文艺》，《瞿秋白文集》（文学编）第1卷，第496页。

④ ［俄］托洛茨基：《文学与革命》，刘文飞、王景生、季耶、张捷译，外国文学出版社1992年版，第179页。

⑤ 瞿秋白：《欧化文艺》，《瞿秋白文集》（文学编）第1卷，第493页。

⑥ 朱辉军：《西风东渐——马克思主义文艺理论在中国》，燕山出版社1994年版，第45页。

⑦ 瞿秋白：《学阀万岁!》，《瞿秋白文集》（文学编）第3卷，第193页。

"所谓无产阶级的文学，所谓普罗文学"[①]；《哑巴文学》提出"茶馆文学"，认为"新文学界必须发起一种朗诵运动。朗诵之中能够听得懂的，方才是通顺的中国现代文写的作品！"只有"茶馆里朗诵的作品，才是民众的文艺"[②]；《大众文艺和反对帝国主义的斗争》，正式号召"革命文艺向着大众去"，强调文艺革命的大众化。瞿秋白首先描述中国大众目前文艺生活的落后现状：

> 中国的大众是有文艺生活的……城市的贫民工人看的是《火烧红莲寺》等类的"大戏"和影戏，如此之类的连环图画，《七侠五义》，《说岳》，《征东》，《征西》，他们听得到的是茶馆里的说书，旷场上的猢狲戏，变戏法，西洋镜……小唱，宣卷。这些东西，这些"文艺"培养着他们的"趣味"，养成他们的人生观。[③]

落后的大众文艺生活需要革命改造，否则就是"豪绅资产阶级所需要的"[④]。瞿秋白从三个层次上深入对大众文艺的号召[⑤]：首先就是大众文艺的必要性。"这次日本占领东三省的巨大事变，激动全国民众的热血。这种沸腾的情绪需要文艺上的组织。但是新文艺和民众是向来绝缘的"[⑥]，所以革命文艺必须"向着

---

① 瞿秋白：《学阀万岁！》，《瞿秋白文集》（文学编）第 3 卷，第 194 页。

② 瞿秋白：《哑巴文学》，《瞿秋白文集》（文学编）第 1 卷，第 360 页。

③ 瞿秋白：《大众文艺和反对帝国主义的斗争》，《瞿秋白文集》（文学编）第 3 卷，第 3 页。

④ 同上。

⑤ 瞿秋白受到勒庞思想的影响，勒庞在《革命心理学》中说："诸如此类的尝试向我们揭示了这样一个事实，那就是：一个民族除非首先改造它的精神，否则就无法选择自己的制度。"［法］古斯塔夫·勒庞：《革命心理学》（*The Psychology of Revolution*），佟德志、刘训练译，吉林人民出版社 2004 年版，第 34 页。

⑥ 瞿秋白：《大众文艺和反对帝国主义的斗争》，第 3—4 页。

大众去"①；其次，是大众文艺说什么话。向着大众必须"说人话"，"说中国话"②；再次，大众文艺写什么话。既然向大众说人话，那么"写出来的东西也要念出来象人话——中国人的话"③。大众文艺必须加以革命改造的思路，在《普洛大众文艺的现实问题》中更清晰。这篇论文可谓是瞿秋白关于普洛大众文艺思想的集大成式的思想纲领式文件。因为《普洛大众文艺的现实问题》开篇摘引的，就是列宁《党的组织和党的出版物》中强调的确立文艺服务对象的一段话。④

对于普洛文艺的性质，瞿秋白同样引证列宁的观点，即普洛文艺"要是自由的文艺，因为调动新的力量和更新的力量到这种文艺的队伍里来的，并非贪欲和声望，而是社会主义的理想和对劳动者的同情"⑤。在两次对列宁文集的权威引证之后，瞿秋白不仅明确著文的阶级立场和指导思想，而且给普洛文艺进行革命和阶级定性。问题讨论尽管是在引证列宁原著的前提下展开，但目标却是为了讨论"现在的中国情形"⑥。瞿秋白认为，现在的中国"普洛文艺的胚胎还没有，只有普洛文艺的理论和所谓前辈。只有普洛文艺的'母亲'，她应当怀胎，但是还没有怀胎"⑦。在瞿秋白眼里，现在中国文艺生活的现象神奇古怪：

　　　因为封建余孽的统治，所以文艺界之中也是不但有阶级的对立，并且还有等级的对立。中国人的文艺生活显然划分

---

① 瞿秋白：《大众文艺和反对帝国主义的斗争》，第 4 页。
② 同上书，第 5 页。
③ 同上。
④ 瞿秋白：《普洛大众文艺的现实问题》，《瞿秋白文集》（文学编）第 1 卷，第 461 页。
⑤ 同上书，第 462 页。
⑥ 同上书，第 463 页。
⑦ 同上。

着两个等级，中间隔着一堵万里长城，无论如何都不相混杂的。第一个等级是"五四式"的白话文学和诗古文词——学士大夫和欧化青年的文艺生活。第二个等级是章回体的白话文学——市侩小百姓的文艺生活。①

基于列宁主义立场和现在中国文艺现状，既然"普洛文艺应当是民众的，新式白话的文艺应当变成民众的"，瞿秋白"劈头一个问题就是：怎样去变"，也就是如何进行革命改造。普洛文艺现在的问题，于是就变成"革命的作家要向群众去学习"，这就是"'怎样把新式白话文艺变成民众的'问题的总答覆"。不仅"'欧化文艺'尚且要努力大众化，扩大自己的读者社会，同时必须打进大众的文艺生活之中去——跳过那一堵万里长城——跑到群众里面去。这就必须创造普洛的革命的大众文艺"。因此，现在的主要工作应当是创造普洛的大众文艺，"应当向那些反动的大众文艺宣战。这是一条唯一的道路——可以造成新的群众的言语，新的群众的文艺，站到群众的'程度'上去，同群众一块儿提高艺术的水平线。所谓'非大众的普洛文艺'和'普洛大众文艺'之间的区别，将要在这一条道路上逐渐的消灭净尽"②。可见，瞿秋白对大众文艺的考虑，一开始就包蕴着以政治斗争为纲的目的。瞿秋白倡导的大众文艺运动，就是政治运动在文艺战线上的表现，因为：

> 文艺问题里面，同样要"由无产阶级反对资产阶级而完成资产阶级民权革命的任务"，准备着，团结着群众的力量，以便"立刻进行社会主义的革命"。为着执行这个

---

① 瞿秋白：《普洛大众文艺的现实问题》，《瞿秋白文集》（文学编）第1卷，第462页。

② 同上书，第464页。

任务起见，普洛大众文艺应当在思想上，意识上，情绪上，一般文化问题上，去武装无产阶级和劳动民众：手工工人，城市贫民和农民群众。这是艰苦的伟大的长期的战斗！①

因此，可以说《普洛大众文艺的现实问题》是瞿秋白拟订的实行普洛大众文艺的革命行动纲领，宗旨就是普洛大众文艺"应当立刻实行，应当认真的解决一些现实的问题"。这一文艺的革命行动，分为五个步骤：

"用什么话写"，目的就是需要在无产阶级领导下"再来一次文字革命，象俄国洛孟洛莎夫到普希金时代的那种文字革命"，"主张真正的用俗话写一切文章"，"还需要有一个积极主张俗话的运动，不但自己这样写、并且还要号召一切人应当这样写，还要攻击不这样写的人"，这需要"象五四时期一样的战斗精神"。"俗话革命的任务"是"一般文化革命的任务，一切革命的文化组织应当担负起来，而尤其是文学的革命组织"②。任务的革命性质、完成任务的办法及任务承担者，每一个环节都是革命行动的周密策划和强制规约。相反，对里面的文艺和语言的成分的考虑则是存在弹性的——"大众文艺和其他文章在言语上的区别，仅仅只在于深浅"。

比较而言，"写什么东西"的区别则是很大的"作品的体裁问题"③。普洛大众文艺所要写的"应当是旧式体裁的故事小说、歌曲小调，歌剧和对话剧等，因为识字人数的极端稀少，还应当

---

① 瞿秋白：《普洛大众文艺的现实问题》，《瞿秋白文集》（文学编）第 1 卷，第 462—464 页。

② 同上书，第 464—466 页。

③ 同上书，第 469—470 页。

运用连环图画的形式;还应当竭力使一切作品能够成为口头朗诵,宣唱,讲演的底稿。我们要写的是体裁朴素的东西——和口头文学离得很近的作品",同时还要"预防一种投降主义,就是盲目的去模仿旧式体裁",因此应当做到两点:"第一是依照着旧式体裁而加以改革;第二,运用旧式体裁的各种成分,而创造出新的形式",而且在文艺形式上"普洛大众文艺也要同着群众一块儿提高艺术的程度"。写什么的最终目的是"同着群众一块儿提高",要防止的是对旧形式的"投降主义",文艺大众化思想中的革命旨趣始终是不可动摇的前提。

　　"为着什么而写"是指"题材——艺术内容上的目的"。这个问题"在所谓'非大众的普洛文艺'和'普洛大众文艺'之间差不多没有什么区别的。如果有的话,那只是相对的。譬如说,因为读者对象的不同,所以'非大众的文艺'大半要是捣乱敌人后防的,而'大众的'大半要是组织自己的队伍的。这是文艺,所以这尤其要在情绪上去统一团结阶级斗争的队伍,在意识上、在思想上,在所谓人生观上去武装群众"①。在瞿秋白看来,只要是普洛文艺,不管大众还是非大众,首先都是在同一战线,是内部统战问题,不是对外的阶级革命斗争问题;只是革命分工不同,不是革命内部的分裂。这和革命军事斗争的战术战略如出一辙。瞿秋白把普洛大众文艺按斗争目的和效果,分为三类:鼓动作品、为着组织斗争而写的作品、为着理解人生而写的作品,仍然念念不忘强调普洛大众文艺在政治斗争上的根本目的——"普洛大众文艺的斗争任务,是要在思想上武装群众,意识上无产阶级化,要开始一个极广大的反对青天白日主义的斗争。……我们要有一个无产阶级的'五四',这应当是无产阶级

---

　　①　瞿秋白:《普洛大众文艺的现实问题》,《瞿秋白文集》(文学编)第1卷,第471—472页。

的革命主义社会主义的文艺运动，这就是反对青天白日主义"①。
上述的一系列主义取向和拣择，鲜明地呈现出瞿秋白文艺大众化
思想的革命旨趣，即为了"苏维埃的革命文艺运动"。目的在于
"反对帝国主义的国际主义"和"反封建宗法的劳动民众的民权
主义和社会主义"。

　　至于"怎么样去写"的确"并不是大众文艺的特殊问题"，
其实就是创作方法的问题，而创作方法本身是没有阶级性的，只
有观点和立场才有阶级性。因此"普洛作家要写工人，民众和
一切题材，都要从无产阶级观点去反映现实的人生，社会关系，
社会斗争"，文艺作品"应当经过具体的形象，——个别的人物
和群众，个别的事变，个别的场合，个别的一定地方的一定时间
的社会关系，用'描写''表现'的方法，而不是用'推论'
'归纳'的方法，去显露阶级的对立和斗争，历史的必然和发
展。这就须要深切的对于现实生活的了解"。不仅要克服主观主
义，而且要预防"用一种轻率的态度来对大众文艺"②。瞿秋白
把这些不良倾向概括为四种：感情主义、个人主义、团圆主义、
脸谱主义。但无论哪个层次，瞿秋白最终总是拐回到政治革命和
阶级斗争的最高宏旨进行总结和强调：

　　　　无产阶级是资本主义社会里的最先进的阶级，他不需要
　　虚伪，不需要任何的理想化，不需要任何的自欺欺人的幻
　　想。"现实"用历史的必然性替无产阶级开辟最终胜利的道
　　路。无产阶级需要认识现实，为着要去改变现实。无产阶级
　　不需要矫揉做作的麻醉的浪漫谛克来鼓舞，他需要切实的了

----

　　①　瞿秋白：《普洛大众文艺的现实问题》，《瞿秋白文集》（文学编）第 1 卷，
第 475 页。
　　②　同上书，第 476—477 页。

解现实，而在行动斗争之中去团结自己，武装自己；他有"现实的将来"的灯塔，领导着最热烈最英勇的情绪，去为着光明而斗争。因此，普洛大众文艺，必须用普洛现实主义的方法来写。这需要开始一个运动，一个为着普洛现实主义而斗争的运动。①

"要干些什么"则是革命任务和目标问题。瞿秋白归纳出四大任务：俗话文学革命运动、街头文学运动、工农通讯运动、自我批评的运动。② 瞿秋白的讨论无疑受到俄苏文艺政策和论战的影响，例如"单是有无产阶级的思想是不够的，还要会象无产阶级一样的去感觉"③ 一类的论述，就是俄苏"拉普"内部的重要争论。既然瞿秋白对文艺能干些什么的认识是基于革命功利的文艺工具论，对于文艺大众化里的"要干些什么"的判断，自然只能在革命斗争的目标预设下思考。

因此，在普洛大众文艺现实化的四大任务里面，文学本身并不重要，重要的是俗话、街头、工农和自我批评，每个任务都有要打倒的政治敌人——胡适之主义、知识精英意识、青天白日主义、非辩证法和非唯物论倾向。总而言之，就是要走群众路线。毕竟革命需要的是群体力量，群众则是群体力量的最好代名词和最后承担者。普洛大众文艺的运动"必须立刻回转脸来向着群众，向群众去学习，同着群众一块儿奋斗，才能够胜利的进行"，"没有大众的普洛文学是始终要枯死的，象一朵没有根的花朵"④。大众不仅是普洛文学的根，更是共产主义革命伟大事

① 瞿秋白：《普洛大众文艺的现实问题》，《瞿秋白文集》（文学编）第1卷，第479—480页。

② 同上书，第480—482页。

③ 同上书，第481页。

④ 同上书，第483页。

业的根。瞿秋白的革命群众观，正是他文艺大众化思想的最高革命指导原则。

《苏维埃的文化革命》是瞿秋白为中央文化工作委员会起草的文件，文中再次明确提出："革命的文化运动的大众化，就是目前最重要的中心问题。"① 《上海战争和战争文学》，从革命文学和普洛文学对于战争的态度，强调"自然就是工人阶级领导之下的劳动民众的态度"②。瞿秋白认为文学叙述与作者的政治立场是同一对等的。因为"劳动民众和兵士现在需要自己的战争文学，需要正确的反映革命战争的文学，需要用劳动民众自己的言语来写的革命战争的文学"③，所以革命文艺的大众化、尤其是革命大众文艺的创造更加迫切。站在现实革命政治立场上，文艺首先是武器和工具，"无产阶级的先锋队要用一切武器，以及文艺的武器，去进攻反动的思想"④。《谈谈工厂小报和群众报纸》里，瞿秋白再次提出党的宣传首先要"脸向着群众"⑤。因此，郑伯奇的《大众化的核心》会引起他的关注，正出于他对"五四"知识分子精英意识的批判。而郑伯奇恰好延续了郭沫若"老实不客气的是教导大众"⑥ 的知识精英启蒙立场，所以瞿秋白相当严肃地驳斥道："这些革命的智识分子——小资产阶级，还没有决心走进工人阶级的队伍，还自己以为是大众的教师，而

---

① 瞿秋白：《苏维埃的文化革命》，《瞿秋白文集》（政治理论编）第 7 卷，第 231 页。

② 瞿秋白：《上海战争和战争文学》，《瞿秋白文集》（文学编）第 3 卷，第 8 页。

③ 同上书，第 10—11 页。

④ 瞿秋白：《"我们"是谁？》，《瞿秋白文集》（文学编）第 1 卷，第 489 页。

⑤ 瞿秋白：《谈谈工厂小报和群众报纸》，《红旗周报》第 31 期，1932 年 3 月 11 日。

⑥ 郭沫若：《新兴大众文艺的认识》，《大众文艺》第 2 卷第 3 期，1930 年 3 月。

根本不肯'向大众去学习'。因此，他们口头上赞成'大众化'，而事实上反对'大众化'，抵制'大众化'。"瞿秋白认为，郑伯奇的文章正好暴露出这类智识分子的态度，由此可见大众化的深刻障碍"就是革命的文学家和'文学青年'大半还站在大众之外，企图站在大众之上去教训大众"。

知识分子的精英意识，阻碍着文艺大众化工作的开展，更限制了对大众化运动的无产阶级领导权争取，因此必须要严加批判。这就是瞿秋白的良苦用心。因此，"作者生活的大众化"成为最中心的问题，也就是转变阶级立场的问题。为此，瞿秋白自觉地作为"我们"的代表"做了另外一篇文章"①。《"我们"是谁?》刊出后，瞿秋白还约郑伯奇进行谈话交流，其实就是思想说服。尽管多年后郑伯奇回忆此事时，更多承认自己"把作者——知识分子出身的文艺工作者和工农大众对立起来"的"错误思想"和"立场态度问题"②。但是，当年既然瞿秋白有找他单独谈话的必要，问题也许是瞿秋白的意见有点贬低知识分子的启蒙作用和政治热情，这令郑伯奇等一类人难以接受。但从另一个角度上，这也表明瞿秋白的激进观点在当时"五四"知识分子里引起的抵触情绪相当大。

在批驳郑伯奇后，知识分子在大众文艺运动中的角色、立场和作用问题已经必然地凸显出来。瞿秋白更加认识到，文艺大众化问题实质上是"欧化文艺"与"无产阶级文艺"在争夺文艺革命领导权。也就是说，知识精英的权威身份和知识话语权力，并没有因为共产主义革命而必然地发生阵地转移。毕竟暴力革命、思想革命和文化权势转移之间不可能同步前行。对于革命事

---

① 这篇文章就是《普洛大众文艺的现实问题》。瞿秋白:《"我们"是谁?》，《瞿秋白文集》(文学编)第 1 卷，第 486—489 页。

② 郑伯奇:《忆创造社及其他》，三联书店 1982 年版，第 161—162 页。

业而言，这同样是重要、甚至是更为根本的革命领导权争夺。1932 年 5 月 4 日，瞿秋白专门作《欧化文艺》对此展开批判，明确指出文艺大众化的问题是"无产文艺运动的中心问题，这是争取文艺革命的领导权的具体任务"①。

然而，就欧化文艺现象的批判而言，其实早在《新鲜活死人的诗》里瞿秋白就有涉及。那时候他只是站在文艺发展本身的立场上，对欧化文学现象、尤其是新诗进行批判，认为欧化新诗人"把外国诗的格律，节奏，韵脚的方法，和自己的活死人的腔调生吞活剥地混合起来，结果，成了一种不成腔调的腔调，新鲜活死人的腔调"②。到写《欧化文艺》的时候，瞿秋白已不再是就欧化文艺现象谈文艺发展，而是灌注政治批判和争夺文艺思想领导权的基本预设。他首先对欧化文艺进行历史辩证梳理。其借批判欧化文艺而批判"五四"知识精英和现代启蒙立场的旨趣可谓一目了然：

> 因为新文艺——欧化文艺的最初一时期，完全是资产阶级智识分子的运动，所以这种文艺革命运动是不澈底的，妥协的，同时又是小团体的，关门主义的。这种运动里面产生了一种新式的欧化的"文艺上的贵族主义"：完全不顾群众的，完全脱离群众的，甚至于是故意反对群众的欧化文艺，——在言语文字方面造成了一种半文言（五四式的假白话），在体裁方面尽在追求着怪僻的摩登主义，在题材方面大半只在智识分子的"心灵"里兜圈子。初期的无产文学运动也承受了这些资产阶级的遗产。
>
> ……

---

① 瞿秋白：《欧化文艺》，《瞿秋白文集》（文学编）第 1 卷，第 492 页。
② 瞿秋白：《新鲜活死人的诗》，《瞿秋白文集》（文学编）第 1 卷，第 394 页。

　　中国资产阶级不能够完成民权革命在文化上的任务,它也绝对不愿意完成这种任务,而且正在反对民众自己的文化革命。而对于无产阶级,所有这些欧化文艺的流弊却是民众自己的文化革命的巨大的障碍。无产阶级应当开始有系统的斗争,去开辟文艺大众化的道路。只有这种斗争能够保证无产阶级在文艺战线上的领导权,也只有无产阶级的领导权能够保证新的文艺革命的胜利:打倒中国的中世纪式的文艺,取消欧化文艺和群众的隔离状态,肃清地主资产阶级的文艺影响。[①]

　　从上可见,瞿秋白从政治和阶级斗争的思路梳理中国"五四"欧化文艺发展史,认为只有通过展开批判欧化文艺的思想斗争才"能够保证无产阶级在文艺战线上的领导权",因为"这种文艺战线上的斗争,正是总的政治斗争的一部分"。为了打倒欧化文艺,瞿秋白规定无产阶级领导的文艺革命的路线——"民众自己的文艺革命的路线是革命文艺的大众化:一方面要创造革命的大众文艺,别方面要使革命的欧化文艺大众化";另一方面,瞿秋白制定对欧化文艺的统战路线:"中国的民众,尤其是中国工人的先锋队,同时也需要利用世界无产阶级的经验,接受世界的文化成绩。对于革命文艺,只有在这个意义上,方才说得上所谓'欧化'。革命文艺的'大众化',不但不和'欧化'发生冲突,而且只有大众化的过程之中方才能够有真正的欧化,——真正运用国际的经验。真正的'欧化'是什么?这是要创造广大群众的新的文字和言语,创造广大群众的新的文艺形式,——足以表现现代的无产阶级的社会关系的,足以使广大群众能够理解国际劳动群众的生活和斗争,理解国际的一般社会生活的。"因此,瞿秋白统战欧化文艺就成为"关于运用旧的

---

　　①　瞿秋白:《欧化文艺》,《瞿秋白文集》(文学编)第1卷,第492—493页。

形式去创造革命的大众文艺的问题"①。

　　归根结底，瞿秋白用"革命文艺"和"文艺大众化"规约了涉及"革命文艺和无产文艺"的所有问题。欧化本身不是问题，问题就在于谁来欧化，怎样欧化，站在什么阶级立场欧化，为什么要欧化。瞿秋白用战争术语式比拟着自己对无产阶级文艺战线的运筹帷幄：

　　　　欧化文艺的大众化和革命大众文艺的创造，这是文艺战线上的两支生力军，它们的目的只有一个：用坚决的刻苦的斗争去消灭"非大众文艺"和"大众文艺"之间的对立和隔离。②

　　瞿秋白的思路是，欧化文艺用大众化对付，非革命的大众文艺用革命化解决。目的是消灭"非大众文艺"和"大众文艺"之间的对立和隔离，创造出无产文艺和革命文艺。至此，无产文艺革命化和大众化、欧化和国际化、国际化和革命化的双重目标得到统一，这便是其的革命文艺思想。

　　经过两年来的思考和论争，瞿秋白革命文艺思想已相当系统清晰，目标也很明确——建立无产文艺和革命文艺。瞿秋白写《五四和新的文化革命》（此文写于《欧化文艺》之后，③ 思想

---

　　①　瞿秋白：《欧化文艺》，《瞿秋白文集》（文学编）第 1 卷，第 493—494 页。

　　②　同上书，第 496—497 页。

　　③　1932 年 5 月瞿秋白写《五四和新的文化革命》。尽管此文没标明具体写于哪一天，但从两个因素可判断当在《欧化文艺》后：其一，此文引用了胡秋原刊载于1932 年 4 月 20 日《文化评论》第 4 期《文化运动的问题》里的文字；其二，瞿秋白在 1932 年 5 月 18 日作《"自由人"的文化运动——答复胡秋原和〈文化评论〉》，批判胡秋原《文化运动的问题》和发表该作的刊物《文化评论》。《五四和新的文化革命》的批判视点显然比《"自由人"的文化运动——答复胡秋原和〈文化评论〉》要高屋建瓴，视野更阔大。可见此文当写于 1932 年 5 月 18 日后。

脉络承接其后），从论述的对象、思想高度和指向性承继《大众文艺的问题》，成为瞿秋白文艺思想的集大成之作，是他提出文腔革命、第三次文学革命后对中国文艺发展的阶段性总结和判断——对中国现代文学的源头"五四"文化运动的一次正本清源。瞿秋白提出，要在"五四"后进行"新的文化革命"。

而与此前对"五四"过激否定和主要持批判立场不同，瞿秋白在《五四和新的文化革命》中对"五四"有较全面客观的评价：

> "五四"是中国的资产阶级的文化革命运动。但是，现在中国资产阶级早已投降了封建残余，做了帝国主义的新走狗，背叛了革命，实行着最残酷的反动政策。光荣的五四的革命精神，已经是中国资产阶级的仇敌。中国资产阶级在文化运动方面，也已经是绝对的反革命力量。它绝对没有能力完成民权主义革命的任务——反帝国主义的及封建的文化革命的任务。新的文化革命已经在无产阶级领导之下发动起来，这是几万万劳动民众自己的文化革命，它的前途是转变到社会主义革命的前途。[1]

瞿秋白明确认为，只有无产阶级"才是真正能够继续伟大的'五四'精神的社会力量"，强调无产阶级"决不放弃'五四'的宝贵的遗产"。瞿秋白认同"'五四'的遗产"是"对于封建残余的极端的痛恨，是对于帝国主义的反抗，是主张科学和民权。虽然所有这些抵抗的革命的倾向，都还是模糊的和笼统的，都包含着资产阶级的个人主义，一切种种资产阶级性的自由主义和人道主义；——但是，这种反抗精神已经是现在一般资产

---

[1]　瞿秋白：《五四和新的文化革命》，《瞿秋白文集》（文学编）第 3 卷，第 22 页。

阶级和小资产阶级的智识分子所不能够有的了"①。然而，这份
遗产却只有无产阶级"能够反对着资产阶级，批判一切个人主
义，人道主义和自由主义等类的腐化的意识，而继承那种极端的
深刻的对于封建残余的痛恨"。瞿秋白把五四文化运动与"俄国
19 世纪 60 年代"的历史相比附，赋予"五四"无产阶级革命历
史的正统权威，认为这就是列宁所说的"新文化运动（启蒙运
动）"。瞿秋白已经习惯以阶级斗争的思维理解文化运动，对五
四文化运动梳理也同样如此，他说："所谓文化运动之中自然反
映着阶级分化的过程，而表现着许多方面的斗争……直到'科
学'，'民权'之类的旗帜完全落到了无产阶级的手里。"②

　　瞿秋白把五四文化运动之后的文学界分化，概括为两种：披
着"粉红色的外套"的"马鹿民族主义"是"从狂人到疯狗"；
"中国新文艺的礼拜六派化"等则是"从狂人到面首"。这些疯
狗和面首自以为是民族意识代表、"艺术至上主义的神仙"、"反
对马路文学——礼拜六主义的健将"，其实他们自己就是"高级
趣味的礼拜六派"。瞿秋白认为，现在中国的劳动群众、尤其是
工人阶级"已经有了觉悟的先锋队"，已经"锻炼出了绝对新式
的'下等社会'里的'英雄'"，这才是中国社会里"绝对新的
文化革命的力量"③。瞿秋白以阶级斗争为纲完成"五四"后的
新文化革命历史的系统勾勒。但对革命文学的创作方针，无论是
"表现革命战斗的英雄"，还是"揭穿一切种种假面具"，瞿秋白
都显然横向移植于苏俄"拉普"的文艺创作政策，甚至还加着
重号表示完全认同。最后，瞿秋白带着展望未来的口气写道：
"'五四'是过去的了。文化革命的领导已经落到了新的阶级手

---

　　　① 　瞿秋白：《五四和新的文化革命》，《瞿秋白文集》（文学编）第 3 卷，第
22—23 页。

　　　② 　同上书，第 23—24 页。

　　　③ 　同上书，第 25—27 页。

里。今年这种剧烈战斗的年头,文化战线上的战斗正在开展着许多新的方面。"① 的确,以阶级政治的斗争逻辑统筹文艺思考的瞿秋白,没有比完成文艺战线上的作战规划和建设蓝图更快慰的事情了。

1932 年 7 月,瞿秋白看到茅盾对《普洛大众文艺的现实问题》的回应文章,再次写下他对大众文艺的思考。《再论大众文艺答止敬》开篇欣喜地说大众文艺的问题总算开始讨论了。除了扫除一些误会和进行过头话自我纠偏、补充方言文学论述外,瞿秋白主要就茅盾提出"技术为本、文字是末"的问题,从"文学革命"和"大众文艺运动"必要性高度进行辨析。他认为:"原则上的分别是在于他不觉得肃清文言余孽应当是一个群众的革命运动,他只要求作家'多下功夫修炼';而我以为一定要一个自觉的革命的斗争,领导群众起来为着活人的言语而斗争。分别是在于发动一个攻击'新文言和死白话'的运动,还是不要。"瞿秋白论断:"在中国的特别情形之下,必须和文艺运动的问题联系在一起。所以这个'文字问题'必须特别的提出来,使一般开始写大众文艺的人就注意到。说'文字是末'——在这个意义上——是错误的。"② 瞿秋白口口声声强调,茅盾的错误在于不承认文艺大众化运动的革命立场。但瞿秋白此时的论辩文字却特别周全、委婉,乃至对他的反诘与辩驳,茅盾的反应显得相当冷静谨慎。茅盾对此分歧当然明白个中利害,因此除了在写给"迪兄"的信中谈及外,他没有对瞿秋白就此问题再有专文回应。他清楚知道二者论说的差异在于"立场"问题——"与秋白是从不同的前提来争论的,即我们对文艺大众

① 瞿秋白:《五四和新的文化革命》,《瞿秋白文集》(文学编)第 3 卷,第 31 页。

② 瞿秋白:《再论大众文艺答止敬》,《瞿秋白文集》(文学编)第 3 卷,第 53 页。

化的概念理解不同"①。

　　但是，不管如何，郑伯奇的被说服和茅盾的不再回应，都表明瞿秋白以文艺大众化为核心的新的文化革命思想已经成熟。瞿秋白以革命文艺的大众化为主轴建立的革命文艺和无产阶级文艺思想路线已经确立，而且起码在左翼文学阵营和党内文艺战线上已基本达成一致，并且成为瞿秋白此时基本的革命文艺思想。

二　"革命文艺的大众化"的多重语义

　　瞿秋白把革命文艺的大众化确立为他所倡导的文艺革命、文学革命、文腔革命的思想路线。瞿秋白说："民众自己的文艺革命的路线是革命文艺的大众化：一方面要创造革命的大众文艺，别方面要使革命的欧化文艺大众化。"② 革命文艺大众化路线本质上有文艺统战意味。创造革命的大众文艺是主动出击，使革命的欧化文艺大众化则是统战规划。文艺大众化的内容因此由两部分构成，但解决问题的方法都是同一个，即普洛大众文艺的"现实"问题（此处的"现实"带有动词性，其实是"实现"），也就是瞿秋白所说的"革命的作家要向群众去学习"③。

　　瞿秋白是从现实政治斗争中心转移到文艺战线继续战斗的革命家，从一开始就不是就文艺谈文艺。他不断讨论大众文艺的问题，原因是大众文艺"决不是简单的笼统的文艺大众化的问题，而是创造革命的大众文艺的问题，这是要来一个无产阶级领导之下的文艺复兴运动，无产阶级领导之下的文化革命和文学革命"④。在瞿秋白的思想中，文艺问题是大众的文艺问题，是革

---

　　① 茅盾：《我走过的道路》中册，人民文学出版社1984年版，第155页。
　　② 瞿秋白：《欧化文艺》，《瞿秋白文集》（文学编）第1卷，第493页。
　　③ 瞿秋白：《普洛大众文艺的现实问题》，《瞿秋白文集》（文学编）第1卷，第463页。
　　④ 瞿秋白：《大众文艺的问题》，《瞿秋白文集》（文学编）第3卷，第13页。

命事业里的文艺问题,是无产阶级领导下的革命事业的一部分,是反对资产阶级斗争的一部分。这四个层次环环相扣,仿佛不断漫溢的水圈,形成瞿秋白讨论文艺大众化的语义场。因此,"革命文艺的大众化"表述本身尽管有着多重语义,但最泛的边界和最低的底线,都是为了政治斗争。

革命文艺的大众化表述本身形成语义场:

第一,它必须表面上依托文艺立论。这既是瞿秋白的现实政治命运导致的文学战线转移,也受当时世界性左翼文学思潮高涨的影响。况且,文艺问题在当时还没有成为政治斗争焦点。而对文化战线上的领导权争夺,当时法理上的统治者国民党也没有形成足够认识。这正好为中国共产党有意扩大斗争领域和政治影响创造条件。当然,瞿秋白在文艺界积累的声誉和对文艺创造与文艺理论方面(尤其是苏俄文论)的修养也是重要因素。

第二,它一开始就把文艺立场问题确定在大众。"大众"一词的语义相当模糊,既可作民众解,又可作群众解。此外,还可作"人民"、"国民"、"普通人"、"民族"解。衍生后还有"流行"和"通俗"等意义。"文艺大众化"存在着"化"、"文艺与大众"、"大众"、"文艺大众"、"大众化"、"文艺大众化"概念纠缠。[①] 显然"大众"、"化"都是异质文化交会而来的词汇,这些词汇本身融入到中国语境里自有一番历史情境的交代;[②] 与此同时,异质词汇构成本土呼应的社会与文学议题,则更有社会必然与历史本然。但这并不等于这些词汇在文学领域里有天然语义合法和合理性,毕竟中国有着自己早熟而发达的文化文学传

---

① 对"大众"关键词的梳理,可参见吴晓黎《作为关键词的"大众":对二三十年代中国相关讨论的梳理》,饶芃子主编:《思想文综》1999年第4期,暨南大学出版社1999年版,第101—164页。

② 柯继铭:《理想与现实:清季十年思想中的"民"意识》,《中国社会科学》2007年第1期。

统。思想上采用"大众化"的表述，既有周全民族主义和消费主义的意思，也有模糊启蒙思想和阶级斗争思想的功效。采用大众化来规约文艺，本身就提供了对大众与文艺关系的宽广阐释空间。

第三，"文艺大众化"往往同时有"大众文艺"、"普洛大众文艺"和"革命文艺大众化"等多种表述，使用情况主要因言说对象和情境而异，基本分为对内和对外。革命阵营内部的讨论和面对革命群众宣传时，多使用"普洛大众文艺"和"革命文艺大众化"；公开场合和普通报刊上的争论则以"大众文艺"或"文艺大众化"等模糊、中性表述为旗帜和口号。无论是"文艺大众化"还是"革命文艺的大众化"的表述，交集的关键词都是"大众化"。20世纪30年代爆发三次关于文艺大众化的论争，每一次的落脚点和重心都系于"大众化"的理解，可见"大众化"的解读空间之宽泛。讨论"革命文艺的大众化"表述的多重语义，其实就是讨论"大众化"这个词在各种语境中的意义指涉。[1] 因此，"大众化"成为中国现代文艺思想史上具有多重面相的关键词，而文艺大众化也成为"文学革命"向"革命文学"转变中的核心问题——"希望解决文学为革命服务和文学为群众服务的历史性问题"[2]。

因此，探究现代文学里"大众化"问题，也就起码同步存在三个向度——启蒙、市场与革命面相的梳理与辩证。[3] 不同文

① 参见李琴《"人民"与"人民文学"的衍化辨析》，《中国文学研究》2008年第1期。类似的名词"知识考古学"之语义变迁史的讨论有不少，但在思想深入上的讨论仍有待深入。

② 冒炘、王强：《瞿秋白文艺思想片论》，《瞿秋白研究》第1辑，第168—169页。

③ 长期以来，大量论者尽管发现仅从启蒙和革命两角度理解"大众化"问题并不周延，但仍旧坚持这种讨论思路。例如张卫中《20世纪30年代"大众化"论争中的两种立场及意义》，《南都学坛》（人文社会科学版）2008年第1期。

学史阶段里的大众化内涵（包括对象、目的、要求、社会实践、实质和作家作品呈现）、不同政治文化阵营的大众化表现（入思理路、口号与论争、作家作品）以及它们在中国历史文化语境里与世界政治情势、社会文艺思潮的关联，都各各不同。而这些往往都是塑造近现代文学独特品格和形态的力量构成。20 世纪以来，因为中国传统的"普遍王权的崩溃"导致整个中国社会、文化和道德失序，① 社会文化在动荡不安的历史情境下分蘖整合，"五四"时激烈的"全盘性的思想上的反传统主义"② 思潮最终形成如"大众化"等经典议题。30 年代的大众化论争始终是文艺运动的中心，③ 有学者甚至认为这是"中国新文学史上一次重要的精神和文体自觉，是五四文学自我更新和发展的体现"④。可以说，大众化是探究中国近现代文学史的关键切口。

　　"大众化"在 20 世纪的中国（主要指大陆地区），作为文学问题和社会议题其内涵不同。更多的人会直接把大众化等同于文学通俗化。然而，大众化并不简单等同于通俗化。就文艺而言的大众化，更是与通俗化存在许多的疏离交错。在 20 世纪前半叶，由于革命实践的展开，"大众"由文学虚构渐渐成为真实的革命主体力量——"崭新的实体"⑤。中国不同历史阶段的文艺大众化吁求、各种文艺思潮流派的关联、国际大气候与国内小气候的

---

　　① ［美］林毓生：《中国意识的危机——"五四"时期激烈的反传统主义》，第 16—23 页。

　　② 同上书，第 81—82 页。

　　③ 周扬：《新的人民的文艺——在全国文艺工作者代表大会上关于解放区文艺运动的报告》，《中华全国文学艺术工作者代表大会纪念文集》，中华全国文学艺术工作者代表大会宣传处编，新华书店 1950 年版，第 70 页。

　　④ 贺仲明：《"大众化"讨论与中国新文学的自觉》，《中国社会科学》2006 年第 6 期，第 144—157 页。

　　⑤ ［美］安敏成：《现实主义的限制——革命时代的中国小说》，姜涛译，江苏人民出版社 2001 年版，第 157 页。

风云交会，国外思潮与国内社会、政治、经济、文化思想变革的需求互相激荡，最终酿成持续不断的"文艺大众化"的社会要求、政治理念、文学方针、审美趣味，产生大众群体真正形成的精神喷涌。①

一个古老帝国的文化传统、一个伟大民族的文明智慧，在这百年来遭遇前所未有的世变，其文学传统自身也必然有所挣扎、有所调适、有所呐喊。然而，无声的呐喊并不等于落后，更不意味着自甘放弃或者沉入历史深处。从秦朝书同文到中唐古文运动展开，从宋元杂剧兴起到明清戏曲小说繁荣，从唐诗高峰到宋词高峰到清词老成，从白话文运动到新文化运动，从诗文风雅到文学大众化吁求，中国文学史总是涌动着文化威权下移、风雅之事易位实学、文体和审美趣味被动转移的潮流。倘若将这一切纳入时代变迁、社会演变的大视野，就会发现文艺大众化问题绝不是简单的雅俗文学趣味的转换。

雅俗是文化眼光和审美趣味问题，不是趣味拥有者本身的层级问题，更不等同于政治经济或者阶级差别。柳永词写得曼妙然匮乏大气，故总显得俗；李煜词同样哀哀依依，然亡国之痛深沉博大，故透着雅。私人审美趣味尽可各人自便，但总体文学价值总有高低、大小之分。因此，雅不一定就读者少，俗也不一定就读者多。但就历史和人类客观情势而言，俗总是易于流传普及，雅总是难以坚持自守。这不仅是文明或者文化差异，还有人性本身趋向恶俗的惰性。当个体没有人性改善和自律的大环境压力时，雅俗之争因席卷着人数多寡而往往成为纯粹的仗势欺人，无论雅或者俗的人数多寡。然而，人多与势众也并非必然成正比。大浪总是淘沙，但带不走岩石岛礁。因此，雅俗之争成为中国文学史

---

① ［德］埃里亚斯·卡内提：《群众与权力》，冯文光、刘敏、张毅译，中央文献出版社 2003 年版，第 18 页。

大问题,不在于雅俗间的区别,而在于趣味、价值和势力、人性之间的纠结。①

与此同时,中国文学的历史趣味远远大于文学趣味,实学总是盖过诗学,这是自身的文学传统。面对欧美诗学,面对其强大发达的声光电工业,面对资本主义国家的侵略和压迫,中华民族和其文化传统都奋起抗争,浴血自强。百年来的调适与变革扬弃,过程激烈动荡。悠久古老的历史荣光和现实的社会状况,也使得文学在中国过早和错位地承担起对自强变革进行因果追问的文化终极责任。与此同时,近代以来中国的积贫积弱、国势颓危,需要和缺乏的都是力量。既有自然力量,也有实业之力。团结就是力量,人多当然是团结的前提和优势。凑巧的是,历史上的大多数恰恰并不掌握真理。历史是大多数人创造的,但却是少数英雄人物推动。而英雄推动就是个人智慧的创造,推动也是偶然的、策略的、有方向性的和合力的。百年来对众人群体的借重与强调,也包括对群氓的批判与反思,还有杰出人物的因缘时会。以上这些,都深深介入历史进程,同样介入文学史进程。

中国文学变革对俗的暧昧态度与力量借重的历史传统,在近现代因缘时会地与启蒙、市场和革命要求天然结合,成为再度自我变革的总要求和动员令,也终于酿成文艺大众化的滔滔洪流,塑造着中国文学在20世纪的独特面貌。② 在中国20世纪文学正统思想视野里,若谈及对文学(艺术)的要求,除所载之道因时而变外,与古

①　此类论述可参见孔庆东《超越雅俗——抗战时期的通俗小说》,北京大学出版社1998年版,第16—20页;陈平原:《二十世纪中国小说史》第1卷(1897—1916),北京大学出版社1989年版,第103页;范伯群:《〈中国近现代通俗作家评传丛书〉总序》,《通俗文学评论》1995年第2期;易中天:《市场的文学》,《通俗文学评论》1994年第2期。

②　李孝悌曾以民间戏曲为例讨论俗文艺在清末民初对下层民众的动员和启蒙功能,从启蒙的层面讨论大众化的问题。李孝悌:《清末的下层社会启蒙运动:1901—1911》,河北教育出版社2001年版。

代文学传统迥异的一点，就是它公然提出文艺大众化要求。

文艺要大众化的新质素，在不同语境中有各样的口号与表述，如"文学的国语，国语的文学"、"平民文学"、"普罗大众文艺"、"无产文艺"、"革命文艺"、"国防文学"、"民族形式"、"中国作风与中国气派"、"雅俗共赏"、"通俗易懂"、"为人民服务"、"老百姓喜闻乐见"等。显然，文艺大众化在20世纪历史语境生成为问题，成为要求和审美规范，成为创作的金科玉律，甚至成为意识形态在文艺上的逻辑推理依据，它就不再是个单纯的文艺问题。实质上，从它发生的那一刻起，大众化就不再是单一的文艺命题。

就文学讨论而言，许多人会直接把"文学大众化"等同于"文学通俗化"，进而转变为对"大众化文学"、"大众文学"乃至"俗文学"的讨论。在一系列枝蔓蜿蜒中，社会思潮与文艺思想、文学思潮与文学趣味、文化群落与社会地位、文化层次与意识形态等问题互相绞缠、互相转化，使"文艺大众化"变为不再是一个简单的文艺问题；而近现代中国独特的历史境遇，战争与内乱、天朝帝国崩溃与民族国家构建、传统迷梦与现代刺激、革命与启蒙、救亡，都在瞬息万变的历史过渡情势下急剧而微妙地改变这个本不简单的文艺问题。因此，"文艺大众化"问题，本质上更像处于中国近现代史过渡时代中的疏离者，它外热内冷，如地壳下奔突的熔岩。20世纪前50年，它似乎是多重人格的分裂者；而20世纪后50年，它蔚为大观，成为嚣然不可抵挡的新时代文艺传统。由于瞿秋白对文艺与政治关系的理解，也导致后人对大众化与民族化问题的联系认识模糊不清，把大众化与通俗化混同起来，制约着整个汉语语文界的思维框架。①

---

① 顾祖年：《略论瞿秋白研究中国语言文字的历史背景和影响》，《瞿秋白研究》第1辑，第295页。

中国文学在20世纪获得崭新的现代品格,除古典文学传统的延续、世界各国艺术新质的浇灌、自我文艺传统的扬弃外,百年独特的中国历史情势塑造是主要、更是本质的力量。救亡、启蒙、反抗外敌的侵略战争、内乱与内战、海外新知与生活经验、城市空间拓展与农村世界垮塌等,无一不时时刻刻地改变和刺激着它。过渡时代,各种势力前所未有地生成为历史动力。而在中国,势力及分化整合更是前所未有的高深莫测。势力的重要因素之一,对历史趋势而言,人数是极为核心的因素。面目模糊的"大众"于是在历史过渡时代中郑重登场,充满着张力,更充满着奥秘,因为"人物的身份只有在群众的情境以及集团的意志之中才能确认"①。文艺当然也在势力所改变的事物日程表中。同时,国外无政府主义、自由主义、日本普罗文学、劳工文学、大众文学、世界性的左翼文学思潮风云交会,国外思潮与国内社会、政治、经济、文化思想变革需求互相激荡,文艺学大传统与小传统之间的离聚消长,更是共同酿成百年来持续不断的文艺大众化的社会要求。

近现代中国,如果以阶级斗争为主线的革命进化论审视历史,似乎一切都必然如此。其他阶级没落,无产阶级兴起,工农翻身做主人,无论是文学小溪还是艺术大川,自然顺势往人多的地方流——也就是"大众化"。若说有何意外的话,那就是文艺和大众都一样没预料到自己会不由自主地成为被时代借重的政治话语。按理说,诗和日常生活本存在距离,文艺与大众永远是少数对多数的关系,正如政治精英与大众。"文艺大众化"直到目前仍是"美丽的想象"②。既没有一律大众化也不能全然"化大

---

① 〔德〕埃里亚斯·卡内提:《群众与权力》,冯文光、刘敏、张毅译,中央文献出版社2003年版,第2页。

② 瞿秋白:《致伯新兄》,《瞿秋白文集》(文学编)第3卷,第342页。

众"。况且"化大众"和"大众化"的文艺，被认可程度还存在相当的怀疑。于是，大众化议题的百年冷热，引起研究者无数追问。

"文艺大众化"论争持续近一世纪，是中国文学发展史上的核心问题。[①] 在不同历史时段，论争侧重点有所歧异。郭国昌认为，"文学大众化"论争"不仅是一个关于文学性质的重新解释过程，而且也是一个与当时的现实状况相关的社会实践过程"[②]。"文艺大众化"作为社会性、政治性的文学议题，本身存在三个向度的面相展开：文学社会启蒙的言说、文学消费市场空间的生成和政治革命的文学叙述。议题提供的解释空间和社会实践空间都对其他议题完全开放，文学本身只不过是被借重的论阈。20世纪本身是个"非文学的世纪"[③]，偏偏文学成为各种言说借重的话头，这本身是个问题。文艺大众化只是这个大问题派生的分问题。那么，文艺大众化何以成为问题呢？

文艺大众化问题的生成，根本源于"大众化"口号的模糊

---

① 胡风曾说："八九年来，文学运动每推进一段，大众化问题就必定被提出一次。这表现了什么呢？这表现了文学运动始终不能不在这问题上面努力，这更表现了文学运动始终是在这问题里面苦闷。特别因为日本帝国主义者底压迫、侵略，一天天地加紧、厉害，文学底教育的功能更强烈地被读者要求，更敏感地被作家自己感到，这苦闷就来得更深更广。文学上的许多努力因为不能拢出这个问题底活的联系，有时候甚至于现出了慌张失措的情形。"〔胡风：《大众化问题在今天——提付商讨的纲要》，《胡风评论集》（中），人民文学出版社1984年版，第12—13页。〕今村与志雄更是指出："如果我们看一看提倡文学大众化的四个时期，就不难发现，每一次讨论都处在中国民族的存亡危机时期。在这种意义上说，文学大众化的历史也就是中国革命的历史。因而，它构成了中国革命的一环，同时在每一个时期，中国文学也都获得了新的生命。"（今村与志雄：《赵树理文学札记》，黄修己编：《赵树理研究资料》，北岳文艺出版社1985年版，第466页。）

② 郭国昌：《二十世纪中国文学的大众化之争》，百花洲文艺出版社2006年版，第1页。

③ 朱晓进等：《非文学的世纪——20世纪中国文学与政治文化关系史论》，南京师范大学出版社2004年版，第3页。

多义与复杂历史语境结合产生的魅力。[1]

　　何为"大众化"？"大众化"源自现代日语的后缀复合词，英文 popularization，日语拉丁化表述是 taishùka。[2] 关于"大众化"的概念理解，何秀煌有较全面的解释，[3] 他特别指出"有的大众化是由于政治上的措施，人为地制造出来，甚至是强制地演做出来的……有的大众化是社会其他的力量（比如经济力量）促成的"。此外，理解大众化概念的含义，除正面的理解，还得有反面的把握，即要把握大众化所反对的。何秀煌认为主要有特权化、贵族化、专门化（或专技化）和高贵化四方面。因此"提倡大众化有一个中心目的，就是要使得一般广大的群众，都有机会去寻求自己生活的意义，改善自己生命的素质；使一般大众不只把自己的人生漫无目的地充当别人生命的养料"，所以应努力提倡知识的大众化、权益的大众化、政治的大众化和财富的大众化。

　　既然单一的"大众化"概念就有如此丰富的阐释空间，那么"文艺大众化"口号所引发的论争之繁杂也就可想而知。对此文学议题引发的论争研究，论者所关注的只能是论争双方的解释立场和侧重点。而更多的时候，也的确是因为论争者侧重点和立场的差异引起论争。再者，"文艺大众化"问题存在的理论张力也相当大。它涉及文学精神深度的层次分野，既有普遍的人性关怀的责任担当，也有个人趣味的耽溺沉醉；既存在获得尽可能多的阅读期待、煽动与感动，又往往面临曲高和寡的现实。因

---

　　① 参见旷新年在《中国 20 世纪文艺学学术史》（第 2 部 下卷）第六章论述。旷新年：《中国 20 世纪文艺学学术史》（第 2 部 下卷），上海文艺出版社 2001 年版，第 221—252 页。

　　② ［美］刘禾：《跨语际实践——文学，民族文化与被译介的现代性（中国，1900—1937）》，宋伟杰译，三联书店 2002 年版，第 433 页。

　　③ 参见何秀煌《哲学智慧的寻求》，东大图书公司 1972 年版。

此，出现文艺大众化的美好愿望与文艺化大众的现实功利需要之间的不对等、审美要求与现实渴望不等同的尴尬。可以说，"文艺大众化"的论争史，本质上是文艺审美旨趣与文艺历史或现实使命不对应的绞缠史。

"文艺大众化"是社会时代和历史发展对文学提出的基本要求，但也一直是文学无法达到而又仍需不断努力的历史目标。由于是历史发展和社会变革提出的基本要求，所以与时代转折、社会变迁、历史权势转移密切相关；由于是对文艺（文学）提出的要求，因此与一个世纪以来的语言变革、文化重构、人格（个人、种族、国家）的文化想象，乃至特定区域的文化精神传播与交流都紧密相连。同时，在对文学提要求的过程中，"大众化"本身充满着接受与变异，有着表里不一的错位，这与文学功能层次的分别有关；由于它是个无法达到而又仍需不断努力的目标，要求成了标准，手段成了目的，媒介成了砝码，问题在历史境域的多个转折口发生畸变。大量努力却无法达到目标的焦虑，使得"大众化"问题成为文艺自身历史和时代长期的内部冲动；大众化尚未成功、文艺家就得继续努力，这使得"大众化"问题成为艺术发展的口号和标准。一个向度的变革，最终构成体制重压下唯一的价值标准，历史发展的趋势与问题在非文学意义上（启蒙、革命、消费）达成统一，这是百年中国文学"势大于人"① 的根本症结。这也是中国走大众路线、一切以趋时求新求变为准的、并一以概之崇尚群体抉择而压制个人选择的缘由。

"大众化"成为文艺发展思路，在中国现代历史境域中无疑只是一种斗争策略，更是历史的必然之势。郭国昌曾把近一个世

---

① 黄修己：《中国现代文学史研究中的"势大于人"》，《东方文化》2002 年第5 期。

纪以来的"文学大众化"论争概括为启蒙式、革命式和救亡式三类,并认为都具有"鲜明的政治化倾向"和"强烈的民间化倾向"。① 此概括没有把当时"马路文学"一类的大众文学纳入视野,更不要说把"礼拜六派"、"鸳鸯蝴蝶派"等作为考察对象。这种概括其实忽略了大众文艺中最常态和最重要的一面——消费意义上的大众文艺。既然20世纪中国文学史"文艺大众化"问题论争本质是因论争者发言立场和采用大众化概念侧重点不同而产生和形成的,那么以论说者言说立场和语义重心来分类讨论当是以简驭繁的可行做法。因此,从文学启蒙言说、消费空间和革命政治三向度讨论"文艺大众化"议题论争史也许是问题深入的办法。

大众指称集体意识的抽象,但大众又是先天具有历史合法性的代码。尽管其本身就包含进步与落后两极端,但都意味着力量。这种力量是由群体造成的势能。本来,文学力量天然与群体势能有所隔离。文学作用的发生,也总是具体到个人。然而,当历史大势挟着群体力量呼啸前行的时候,个体的文学力量就显得相当虚弱,甚至无法着陆。此刻,文学宣传层面的煽动力量变得前所未有的强大和实用,人性中容易盲从和趋向破坏的本能,迅速在宣传的激情燃烧中一拍即合。启蒙和革命需要的正是破坏本能的现实释放,而消费空间营造的也是生理欲望的本能释放。尽管这些力量释放有虚拟的一面,但与文学深层力量的释放在机制上并无不同。因此,大量文学雅俗之争都源于是否认同这种共同的力量释放机制,而不是在文学的趣味层级区别上有什么歧见。

大众在现实上的可用性,引起研究者对不同向度的"文艺大众化"言说话语的关注,从而使文学形成崇尚宏大叙事的风气。宏大叙事成为中国文学百年来的整体风格,表达着对重塑伟

---

① 郭国昌:《二十世纪中国文学的大众化之争》,第2—3页。

大传统的焦虑。尽管宏大叙事在不同语境里也有不同的面相呈现，但是在总体上"文艺大众化"论争期间的文艺都产生共同特征：因文艺的力量崇拜而将文学夸大为历史变革的根本动力，或者将文学宣传功能强化到极致，或将文学娱乐功能运用到极致；因强化共性而多塑造群体形象，抹平个体差异、压抑个体独立情感和思考，最终形成艺术抽象观念论争喜好和集体主义写作风尚；强调顺应时代和历史是唯一的选择和价值标准，倾于功利的现实主义成为中国百年来最强大的审美思潮。

瞿秋白"革命文艺的大众化"的提出，同样是"大众化"多重语义中的某向度表述，它强化了后来的汉字拉丁化实验，导致中国世界语运动阶段的勃兴。这既与共产国际的决定有关，也与瞿秋白对汉字拉丁化的认同有关。① 瞿秋白自"五四"时就有文化救中国的梦想，但最终陷入苏俄以共产国际名义决定的"汉字拉丁化"的怪圈。② 尽管汉字拉丁化实验对扫盲、汉语拼音方案工作有一定助益，但当时毕竟是出于短期革命功利的考

---

① 顾祖年：《略论瞿秋白研究中国语言文字的历史背景和影响》，《瞿秋白研究》第 1 辑，第 285—297 页。

② 据瞿独伊说，郭质生曾经告诉她，瞿秋白 1922 年在全东方各国劳动者代表大会上与列宁再度会面时，列宁曾说："拉丁化对东方语言是一个革命的因素。"（瞿独伊：《寻觅双亲的足迹》，《瞿秋白研究》第 1 辑，第 367 页。）然而，据周有光先生在《瞿秋白先生的文字观》中介绍，"苏联的文字政策也可以分为前后两个时期。前期是拉丁［罗马］化时期，后期是斯拉夫［俄文］化时期。在前期（主要在1921—1932 年），苏联各少数民族纷纷制订各自的拉丁化新文字，俄文也一度考虑改为拉丁字母。列宁热烈支持这个运动。他说，'拉丁化是东方的伟大革命'。这句话是列宁给苏联新字母中央委员会的信中说的，苏联对外文化协会给国际联盟的报告《苏联的文字拉丁化发展概述》中郑重地引了这句名言（中文译本见文改出版社《外国文字改革经验介绍》，第 111 页）。在后期（主要在 1936—1940 年），苏联各少数民族奉命悄悄地把拉丁化新文字改为斯拉夫字母。较晚出版的《列宁全集》中完全删去了列宁鼓励拉丁化的言论。"（周有光：《新语文的建设》，语文出版社 1992 年版，第 373—374 页。）苏联第一次拉丁文中国字代表大会的决议案里也说"汉字是古代封建社会的产物，是中国统治阶级压迫劳苦群众的工具之一"，"我们要根本铲除象形文字，以拼音文字来代替它"。（《拉丁化中国文字拼音和写法参考书》，苏联

虑。瞿秋白的盲视与洞见,既由于共产国际的权威与革命本身的神圣,也出于他焦虑而急迫地想要改变中国落后面目的热情。革命与文化本身的张力,是反思瞿秋白文化过激思想的突破口,也是教训。古典文学传统的变迁与阶级政治斗争扭结在一起,由于要率先注重革命言语动员的效果,"文艺大众化"开启了从强调阅读到注重听讲的文艺传播惯例与审美思潮。

———————

新字母中央委员会印。此处转引自叶楠《瞿秋白评传》,河海大学出版社1991年版,第153页。)因此,紧跟共产国际和苏俄政策的瞿秋白认为,"中国的'汉字',对于群众实在是太困难,只有绅士阶级能够有这许多时候去学他,所以他是政治上文化上很大的障碍"、"反对废除汉字,其实是绅士阶级的成见。他们(绅士)靠着汉字可以独占智识,压迫平民群众"。(瞿秋白:《中国拉丁化的字母》,《瞿秋白文集》(文学编)第1卷,第351页)同时,瞿秋白的《中国拉丁化的字母》在莫斯科出版时还在《出版说明》中提出:"中国文字的拉丁化具有非常重大的意义,因为它是中国的亿万文盲群众的政治发展和文化发展的一个强有力的因素。陈旧的中国象形文字从各方面来说都是过时的残渣。拼命倒转历史车轮的中国反动派黑暗势力死死抱住这种残渣。在中国蓬勃发展的群众性革命运动的背景前面,象形文字所起的作用尤其令人注意:它是反动派和旧秩序的象征,而且越来越对所有革命者成为障碍。这些革命者们不仅在口头上,而且在实际上为人民群众从政治压迫、经济剥削及由此而来的文化落后和迷信中解放出来而斗争,对这可恨的象征加以布尔什维克的毁灭性打击,以便促使亿万劳动群众迅速得到扎实的文化和智识,学会运用以拉丁化字母为基础的现代书体。"此《出版说明》口吻似乎不是出自瞿秋白手笔,更像当时苏俄当局一个"风高放火"的政治宣言。(瞿秋白:《中国拉丁化的字母·出版说明》,《瞿秋白文集》(文学编)第3卷,第418页。)况且,当时"苏联党的中央委员会认为反对鞑靼等民族改用罗马字母的人事实上等于出卖阶级",是"右派机会主义者"。(瞿秋白:《普罗大众文艺的现实问题》,《瞿秋白文集》(文学编)第1卷,第464页、第484页的"注12"。)可见,无论是此政策的政治含义还是瞿秋白的现实需要,都使得瞿秋白热衷于结合文艺大众化的革命文化事业蓝图来从事汉字拉丁化的实践。在《新中国文草案·绪言》里,瞿秋白终于宣告"中国的几万万民众,差不多有极大多数是不识字的,即使识得几个字,也还有许多人仍旧不能够自由运用自己的言语和文字。这里,除开根本的原因,还有中国文字本身的困难:汉字的复杂和紊乱,以及文言或者假白话的不能够成为口头上的言语,以至于文字和言语几乎完全分离。所以最彻底的文字革命是十分必要的了。同时,这种文字革命的可能也已经出现,而且逐渐的扩大起来"、"我们这个草案就是拟定'新中国的普通话文'的一种尝试,希望能够经过详细的讨论和修改,而达到发动彻底的文字革命的目的"。(瞿秋白:《新中国文草案·绪言》,《瞿秋白文集》(文学编)第3卷,第423—424页。)

　　瞿秋白"革命文艺的大众化"表述，以对外论争和内部说服、讨论的方式，终于形成为革命阵营内部基本一致同意的文艺革命思想路线。当时连郑伯奇和茅盾等都对瞿秋白的文艺大众化论述有不少的误解和争议。这除了与论说立场的差异相关外，与"文艺大众化"表述本身纷纭复杂导致的有些泛漫的语义场也有很大的关系。"革命文艺的大众化"表述，在语义场上与"文艺大众化"相同，但把一些语词以限定性方式进行调整使用，既可以明确问题的讨论立场和语境，也能避免来自内部的争论。然而，思想路线的统一表述只是形成革命斗争的旗帜和口号，在革命语境压抑语义场的多重交错与纠结，并没能消解内部多重语义场本身导致的异质思想张力。直到1942年，毛泽东的《在延安文艺座谈会上的讲话》才对"大众化"进行有革命政权保障下的权威阐释："什么叫做大众化呢？就是我们的文艺工作者的思想感情和工农兵大众的思想情绪打成一片。而要打成一片，就应当认真学习群众的语言。"[①]　即便如此，在中国现代文艺思想史上，"大众化"都是至关重要的关键词，对它的阐释界定与文艺和政治的关系讨论，二者始终如影随形。[②]

第三节　重写文学史与革命叙述

　　瞿秋白的现代文艺革命思想中，文学史观是重要一环。正如

---

　　①　毛泽东：《在延安文艺座谈会上的讲话》，《毛泽东选集》第3卷，第2版，第851页。

　　②　保罗·皮科威兹在1976年发表《瞿秋白眼中的鲁迅——中国三十年代马克思主义文学论争新探》，讨论瞿秋白和毛泽东对文艺大众化文艺思想的会通与歧异，认为瞿秋白文艺大众化思想多是一种革命策略，而毛泽东在问题重心上把瞿秋白的"由谁写"转变为"为谁写"的问题。参见 Paul G. Pickowicz：*Lu Xun Through the Eyes of Qu Qiu - bai*：*New Perspectives on Chinese Marxist Literary Polemics of the 1930s*，*Modern China*，Vol，2 No.3，July1976，pp.327—368。

保罗·皮科威兹所说的:"要理解瞿秋白对于左翼作家的特殊评论以及他对未来的设想,必须了解他对现代文学运动简短历史以及它的革命产物的总评价。"[①]

瞿秋白对文学史的理解和训练来自三方面:一是古典儒家经典教育里对文学的历史理解和对历史的文学理解;二是第一次旅俄期间曾大致系统理解的俄国"十月革命"前的文学史及他写成的《俄国文学史》;[②] 三是长期投身中国无产阶级革命事业,在现实政治斗争中形成的对中国文学史的判断和规划。因此,瞿秋白的文学史观分两种:一是古典儒家经典教育中的文史浑融的经典文学史观;一是对俄国革命后因现实政治需要而梳理的革命文学史观。本节主要讨论瞿秋白现代革命视野中的文学史观。

一　瞿秋白现代文学史观的发展

传统的文史哲合一的观念、朝代变易与文化转移步调并不一致的现实、中国古典文学足以让人仰之弥高的辉煌艺术成就,都使瞿秋白的经典文学史观非常含混和模糊。对于古典诗词唯美的文字游戏训练,瞿秋白除了徜徉其间并作些集句式诗词以表达古人情怀的隔世同音外,往往别无突破途径。瞿秋白特别钟情于作集句诗词,这也印证他早年浑融的经典文学史观。

瞿秋白古典文艺思想受到冲击,是在受欧化的中学教育的时候。瞿秋白此时的古典文艺思想并未破产,而是因现实政治

---

① [美]保罗·皮科威兹:《书生政治家——瞿秋白曲折的一生》,第112页。

② 1927年12月经瞿秋白本人同意,由蒋光慈删改并改题为《十月革命前的俄罗斯文学》,作为蒋光慈著的《俄罗斯文学》下卷,由上海创造社出版部出版。蒋光慈的《俄罗斯文学》之所以把瞿秋白的《十月革命前的俄罗斯文学》作为下卷而不是上卷,是因为他觉得"十月革命后的俄罗斯文学比较重要而且对于读者有兴趣些"。(蒋光慈:《俄罗斯文学·书前一篇》,《蒋光慈文集》第4卷,上海文艺出版社1988年版,第57页。)

恶象的刺激而生反动，越加耽于古典唯美的文艺世界，即名士化。至此，仍可说瞿秋白对文学史观仍未有现代自觉。考进俄文专修馆习俄文并自修英文、法文之后，瞿秋白的文学观渐渐发生变化，但尚无证据表明他此时生成有稍微系统的现代文学史观。旅俄期间，瞿秋白曾系统梳理俄国"十月革命"前的文学史，并根据自己对俄国革命现实经验的理解写成《俄国文学史》①。这是瞿秋白第一次以现代"文学史"的名目，表述他对俄国文学的系统观照，也是对现代文学史观的初步理解和方法论实践。在《俄国文学史》中，瞿秋白以社会历史进程梳理俄国"十月革命"前的文学潮流更替、思想变迁与历史进程转换关系，初步体现了他对现代文艺思想基本观念的理解和运用。全书采用专题式随感和读书心得式记述，不像一部有着独立文学史思想的著作，更像俄国文学史的学习笔记综述。由于当时苏俄国内文学史普遍采取革命史驾驭文学史的写作模式，瞿秋白写作的《俄国文学史》思路也深受影响。因此，《俄国文学史》的写作，初步形成瞿秋白日后将革命与文学联系起来的史论模式，并因此成为中国现代文学史的"开创者之一"②，在中国近现代史上，瞿秋白"第一个创新地开拓性地建立起唯物的、辩证的文学史观"③。

---

①　中国国内较早翻译过来的《俄国文学史》，有"应当有一种俄罗斯文学的空气来救援我们的文学"（《俄国文学史·译者的 NOTE》）而翻译过来的克鲁泡特金著的《俄国文学史》。（［俄］克鲁泡特金：《俄国文学史》，郭安仁译，重庆书店 1931年版。后有［俄］高尔基：《俄国文学史》，缪灵珠译，新文艺出版社 1956 年版。）

②　丁言模先生也持此说。但他以车尔尼雪夫斯基为例把这个影响归因于瞿秋白自觉，没有考虑当时苏俄国内大量文学史写作模式的影响，无视瞿秋白旅俄期间曾经请人教习《俄国文学史》的史实，导致判断主次失误。（丁言模：《〈瞿秋白文集〉的两个新注解——兼谈瞿秋白与车尔尼雪夫斯基》，《瞿秋白研究》第 4 辑，第 105页。）

③　季甄馥：《瞿秋白〈俄国文学史〉的时代意义及其文学史观》，《瞿秋白研究文丛》第 1 辑，第 193 页。

瞿秋白出任上海大学教务长兼社会学系系主任后,讲授《社会学概论》和《社会哲学》课程,其中论及关于艺术的社会学理解和哲学把握。而对知识进行现代体系梳理和建构,则是现代社会科学一大特征:

> 近几年来由空论的社会主义思想进于更有系统的社会科学之研究,以求确切的了解其所要改造之对象,亦即为实际行动所推演求进的结果——这确是当然的倾向。
>
> 不但如此,因有上述的原因,亦就今中国旧式的文化生活渐次崩坏,文学艺术方面发生许多新要求——个性的发展,学术的民众化等。所以"文学革命"居然三分天下有其二。实因社会现象的日益复杂,不得不要求文字上的革命,以应各种科学之需要——文字原为一切科学的工具。……
>
> 中国文艺之中"外国货"的容纳取受,并不是"国粹沦丧,文化坠绝"之表征,而却是中国新文化命运之转机,中国新文化生活(复生)的端倪。数年以来的运动,自然始则散漫传播,继则渐次广泛,征取新领域,至今已渐就集中,渐就分化,将形成一新系统,这亦是一种当然的倾向。
>
> 切实社会科学的研究及形成新文艺的系统——这两件事便是当有的"上海大学"之职任,亦就是"上海大学"所以当有的理由。①

瞿秋白一再强调要对社会现象(包括文艺)进行"切实社会科学的研究及形成新文艺的系统"。而在《俄国文学史》里,

---

① 瞿秋白:《现代中国所当有的"上海大学"》,《瞿秋白文集》(政治理论编)第2卷,第127页。

瞿秋白也开始运用马克思唯物主义史观中关于社会存在决定社会意识、经济基础决定上层建筑等原理，初次考察俄国文学思想发展史。① 与此同时，社会运动与文学思想发展、文学史和社会发展史的关系论述，也成为瞿秋白勾连文学史写作的经纬线，所谓"文学与现实的融铸就成了俄国文学进化的南针"②。俄文专修馆学习、在俄考察期间的翻译和大量急就章式的教学相长之后，瞿秋白接受了现代社会科学思想方法和梳理体系，思想带上强烈的俄国革命思维和列宁主义色彩。

1923 年，瞿秋白戴着"红色眼镜"，运用现代革命文学史观首次瞭望中国文坛，写成《荒漠里——一九二三年之中国文学》。该文分成两部分，正文前面缀有一篇"小叙"③："小叙"开篇表明自我感觉——"好个荒凉的沙漠，无边无际的"。接着征引俞平伯的说法，即"到过洋鬼子那里去的人回到礼教之邦来，便觉得葬身荒漠里似的"，以此来表示自己感觉的普遍性和正确。"'物质臭'熏天的西方反而是艺术世界"，这简直难以理喻。对热爱文学的瞿秋白而言，中国文坛直到 1923 年为止仍是沙漠。接着瞿秋白劈头就说，"文学革命的胜利，好似武昌的革命军旗；革命胜利了，军旗便隐藏在军营里去了"，现在"文学的白话，白话的文学"都没着落，中国没有"民族国家运动"所以就没有"民族文学"，也就没有"民族统一的精神所寄"，"中国的现代文还没有成就"。瞿秋白继而严厉指出，"五四"文学革命后的翻译文学没有"丝毫现实性和民族性"，是一种"外

---

① 　季甄馥：《瞿秋白〈俄国文学史〉的时代意义及其文学史观》，《瞿秋白研究文丛》第 1 辑，第 192—203 页。

② 　瞿秋白：《赤都心史·普希金》，《瞿秋白文集》（文学编）第 2 卷，第 156 页。

③ 　瞿秋白：《荒漠里——一九二三年之中国文学》，《瞿秋白文集》（文学编）第 1 卷，第 312 页。

古典主义"。对1923年中国文学梳理批判之后，瞿秋白热情呼唤中国新文学"从云端里下落，脚踏实地"，因为"许多奋发热烈的群众，正等着普通的文字工具和情感的导师"。瞿秋白相信东方始终要日出，到时候就"大家走向普遍的光明"，文学世界才能真正有劳工诗人的劳作之声。

《荒漠里》是瞿秋白运用现代革命文学史观的尝试之作，为了革命必须指出现状的一团乌黑、毫无亮色，才能给革命开辟一片大好天地，瞿秋白批判1923年中国文坛的思维逻辑之简单化显而易见。但瞿秋白以政治革命和社会革命为起点切割文学史的思路，却从此蔚为壮观，甚至成为此后中国现代文学史标准的写作模式。而瞿秋白给王剑虹信中的"我是江南第一燕，为衔春色上云霄"两句诗，也恰当概括出他从文学转向现实政治革命的决心和热情，毕竟"革命的理论永不能和革命的实践相离"。①

1931年，瞿秋白回返文学园地，以一名有着丰富的政治斗争实践经验的战士领导文艺战线，不再是为文艺而文艺。经历现代政治斗争的磨炼，瞿秋白现代文学史观更加成熟，不仅加强革命色彩，也有更现实的政治使命意识和阶级斗争针对性。《鬼门关以外的战争》提出第三次文学革命，瞿秋白认为关键要实行"文腔革命"，建立"现代普通话的新中国文"②，并进一步提出革命文学的大众化问题。《鬼门关以外的战争》还有意对自梁启超《论小说与群治之关系》以来的近30年文学史进行革命梳理，其实就是文学史重写。瞿秋白特意指出，"无产阶级的领导队伍——苏联无产阶级的文学

---

① 瞿秋白：《〈瞿秋白论文集〉自序》，《瞿秋白论文集》，瞿勃、杜魏华整理，重庆出版社1995年版，第1页。

② 瞿秋白：《鬼门关以外的战争》，《瞿秋白文集》（文学编）第3卷，第137、164、169页。

斗争应当是我们的模范。读者对于苏联普洛文学运动之中的新的任务，深刻的去了解，应当会应用他们所研究出来的原则到中国的普洛文学方面来"①。这也就同时为中国的普洛大众文学树立了学习榜样和确立了前进方向，苏联无产阶级文学成为中国革命文学的历史目标。同年秋，瞿秋白以代拟中央文化工作委员会文件的领导者身份，写下《苏维埃的文化革命》。文中明确提出："革命的文化运动的大众化，就是目前最重要的中心问题"②、"苏维埃的文化革命，是在文化战线上彻底完成民权革命的任务，为着社会主义而斗争"③。

1932年3月5日，瞿秋白给鲁迅写信——《关于整理中国文学史的问题》④。这是自《荒漠里》后，瞿秋白再次观照中国文学史。显然，这一次的梳理不仅对象阔大——不再是对某一年文坛的单独瞭望，而是涉及中国文学史整体的讨论，而且思考的系统性和观点表述的深刻程度都前所未有。这封信可谓是瞿秋白对其现代文学史观较为完整的体现，系统表述了他对中国文学史的基本判断、对现代中国文学史革命叙述和红色写作等相关理念。

二　瞿秋白现代文学史观的两个阶段

较系统地体现瞿秋白文学史观的文章主要有两篇：为发动"文腔革命"而作的《鬼门关以外的战争》；给鲁迅的信《关于整理中国文学史的问题》。前者关涉1902—1931年近30年文学

---

① 瞿秋白：《斯大林与文学》，《瞿秋白文集》（文学编）第2卷，第266页。

② 瞿秋白：《苏维埃的文化革命》，《瞿秋白文集》（政治理论编）第7卷，第231页。

③ 同上书，第232页。

④ 这是瞿秋白1932年6月10日写给鲁迅的信，1950年上海鲁迅纪念馆整理鲁迅藏书时发现手稿，题目为1953年辑入8卷本第3卷时编者所加。

史,以革命思路叙述文学发展,可谓红色文学史写作发端;后者着眼整个中国文学史,以阶级斗争的社会历史观笼罩全盘,意味着革命者对意识形态的重构,是文学史革命叙述的肇始。

1. 红色文学史发端:革命的文学史叙述

早在1923年,瞿秋白就认为,"俄国文学史向来不能与革命思想史分开,正因为他不论是颓废是进取,无不与实际社会生活相的某部分相响应。俄国文学的伟大,俄国文学的'艺术的真实'亦正在此"①。瞿秋白从政治实践工作转到文学战线不久,就结合汉字拉丁化工作和对当时文坛现状的观察,发动"第三次文学革命"、"文腔革命"。为了寻找革命合理性,瞿秋白根据新文学与新言语关系,将胡适的"文学的国语,国语的文学"②按革命逻辑对应阐述为"文学革命"和"革命文学"。瞿秋白把20世纪前30年分成三阶段,即三次文学革命:梁启超等人的"三界革命"、辛亥革命后的"五四"新文化运动、瞿秋白倡导的"文腔革命"。由此,瞿秋白率先确立革命视野中现代文学史的分析框架。瞿秋白认为,"第一次的文学革命,始终只能算是流产了","根本算不得革命";"第二次文学革命才是真正的文

---

① 瞿秋白:《郑译〈灰色马〉序》(原题为《〈灰色马〉与俄国社会运动》),《瞿秋白文集》(文学编)第1卷,第256页。

② "文学的国语——国语的文学"语出自胡适的《建设的文学革命论》。(胡适:《建设的文学革命论》,《胡适全集》第1卷,安徽教育出版社2003年版,第52页。)瞿秋白对"国语"有自己特殊的理解,即"只承认是'中国的普通话'的意思"。个中原因据陈铁健先生说是因为"瞿秋白鉴于沙俄时代,俄国各民族人民反对俄语同化政策,坚决反对在中国用'国语'统一中国各民族的语言"。陈铁健先生论述道:瞿秋白指出:"'国语'的名称本来是不通的,指定统治民族的语言为'国语',是压迫弱小民族,这种含义的'国语',应当排斥不用。他坚持只用普通话,不用'国语'一词。"但瞿秋白并未拒绝使用"国语"一词,但的确对该词使用有自己的限定。(瞿秋白:《鬼门关以外的战争》,《瞿秋白文集》(文学编)第3卷,第169页瞿秋白的原注①;陈铁健:《从书生到领袖——瞿秋白》,第432页。)

学革命"①。

　　按"新的文学"产生、"新的言语"产生、"现代普通话的建设"三个目标，瞿秋白论述三次文学革命的发展过程和成败所在，并把中国"新的文学"产生过程分出三个阶段：第一次文学革命形成"旧式白话小说"，因此"建立了相当意义之中的新的文学，当时并非国语的文学"；第二次文学革命分成两个阶段、两个营垒——"所谓两个阶段是：一，一九一九年到一九二五年，那时候主要的倾向只是个性和肉体的解放；二，一九二六，二七年到现在，这时候新兴的倾向是集体主义和匪徒精神。所谓两个营垒是：一，辛亥革命之前的'下等人'领袖变成了'高等人'的营垒；二，下等人之中的下等人，就是奴隶牛马的营垒。这都是指着文艺内容方面说的"。前两次文学革命的意义在于："首先，在于他明白的树起建设'国语的文学'的旗帜，以及推翻礼教主义的共同倾向。这才是真正的要创造新的文学和新的言语。"但是，第二次文学革命"只建立新式白话的'新的文学'，而还不是国语的文学。文学革命的任务，显然是没有执行到底"。

　　瞿秋白分别从诗歌、小说、戏剧三方面，检讨"五四"文学革命运动 12 年来的成绩，认为："国语的文学至今还没有建立"；而第三次文学革命是文学革命的新阶段，在"文艺内容上，不但要反对个人主义，不但要反对新文学内部的种种倾向，而且要认清现在总的责任还有推翻已经取得三四十年前《史记》、《汉书》等等地位的旧式白话的文学"；"在文腔改革上，不但要更彻底的反对古文和文言，而且要反对旧式白话的威权，而建立真正白话的现代中国文"。由于此前两次文学革命运动

---

　　① 瞿秋白：《鬼门关以外的战争》，《瞿秋白文集》（文学编）第 3 卷，第 146页。

"暴露停滞的现象",因此第三次文学革命的对象是"现在的旧文学——旧式白话的文艺,以及高级的和低级的新式礼拜六派";目的"必须包含继续第二次文学革命的任务——建立真正现代普通话的新中国文(所谓'文学的国语')"。

瞿秋白还从语言与文字分离现实开始,把30年现代文学史理解为四种文言与白话的关系:古代文言——"书房里的腔调"、现代文言——"现在的时文"、旧式白话——"死的言语"、新式白话——"新式文言"①。瞿秋白认为这四种语言文字关系都已落后于文学革命要求,"现在中国的言语,实在处于极端混杂的状态之中"。因此第三次文学革命运动是非常需要的,现代普通话的新中国文必须建立,这是"文学革命运动继续发展的先决条件",而现代普通话的新中国文应是"习惯上中国各地方共同使用的,现代'人话'的,多音节的,有语尾的,用罗马字母写的一种文字"②。

《鬼门关以外的战争》的行文思路和论争逻辑,都是环绕着革命需要而动。梳理近30年文学史的目的,不在于文学史本身,而在于对文学史在革命思路下进行重新叙述以获得"第三次文学革命"、"文腔革命"和建立现代普通话的历史合理性。瞿秋白叙述近30年文学史之目的,是服务于文学战线上新政治任务的提出,同时也给自己寻找继续革命的领域和理由。这既是瞿秋白刚从政治斗争回返的现实需要,也是中国无产阶级革命事业全面发展的必需。

根据革命需要而重构历史,是瞿秋白一直以来非常关注的事情。1931年,华岗著的《中国大革命史》第六章发表,瞿秋白

---

① 瞿秋白:《鬼门关以外的战争》,《瞿秋白文集》(文学编)第3卷,第154—162页。

② 同上书,第154—162、169页。

迅速写长文《中国大革命史应当这样写的么？——对于华岗的〈中国大革命史〉的批评》①作为回应。瞿秋白对1925—1927年的大革命史异常关注，既因为这段历史他是实质领导者，也体现了他对革命历史叙述本身的高度重视。所以，当瞿秋白从政治斗争中心转移到文学战线上时，不论出于个人活动的历史延续要求，还是从革命任务口号提出的合理性出发，瞿秋白都有必要对现代30年文学史进行革命化的重新叙述。

瞿秋白的以革命逻辑需要展开文学史重新叙述的做法，为左翼文学史、革命文学史和新文学史的革命叙述和红色文学史的写作开辟了写作先河，个中意义不容忽视。

2. 阶级斗争为纲：文学史的革命重构

倘若说《鬼门关以外的战争》仅仅检讨近30年文学史，目的并不在于文学史写作本身，而是为了寻找新的革命任务和开辟战线。那么，瞿秋白写《关于整理中国文学史的问题》这封信，就是为了建构现代共产主义革命政治家心目中的文学史体系。瞿秋白表达很明确，抱负也很阔大。

瞿秋白写信给鲁迅谈文学史写作的起因，是鲁迅送给瞿秋白一本杨筠如的《九品中正与六朝门阀》。信中，瞿秋白除简略评价此书外，重点集中于系统讨论中国文学史写作和评价尺度问题。显然，瞿秋白看完《九品中正与六朝门阀》后，从杨筠如对政治制度的历史分析发现作者的历史写作方法本身存在问题，因而借题发挥，转而重点讨论文学史写作的方法。实质上，瞿秋白是在讨论历史叙述的指导思想问题。由于鲁迅首先是文学家，瞿秋白便以中国文学史叙述为例有感而发。再者，这也算是与赠书人交流读书心得以表谢

---

① 瞿秋白：《中国大革命史应当这样写的么？——对于华岗的〈中国大革命史〉的批评》（原载《布尔什维克》第5卷1932年第1期），《瞿秋白文集》（政治理论编）第7卷，第444—471页。

忧。因此，瞿秋白写《关于整理中国文学史的问题》，既有以他人酒杯浇自己块垒的痛快，又含有友朋间问答交流的情谊。

杨筠如的《九品中正与六朝门阀》在历史写作方法上的根本问题，是瞿秋白觉得，该书"只不过汇集一些材料，不但没有经济的分析，并且没有一点儿最低限度的社会的政治的情形底描写"[①]。该书引起瞿秋白深思还在于，"单是看看这书上引证的一些古书的名称"就使他"想起十五六岁时候的景象"，触发他对青少年时代的记忆：

> 什么《廿二史札记》等等的书，我还是在那时候翻过的——十几年来简直忘掉了它们的存在。整理这"乙部"的国故其实是很重要的工作。中国的历史还只是一大堆"档案"，其中关于经济条件的材料又是非常之少。中国的"社会的历史"，真不容易写。因此文学史的根据也就难于把握。这是一个巨大的工程。[②]

瞿秋白继而感慨中国社会历史不容易写，并指出"因此文学史的根据也就难于把握。这是一个巨大的工程"。针对杨筠如书中的主旨，瞿秋白首先表明对中国封建制度和门阀发展史的看法，在此基础上，他花相当篇幅介绍了中国封建制度的特殊性。最后，采用列宁对奴隶社会、封建社会和资产阶级社会将等级问题转化为阶级斗争问题的论述思路，瞿秋白把中国社会封建社会门阀制度等，一概抽象为"中国的等级制度"进行讨论。实质上，这就是将其转化为中国社会历史的阶级斗争问题。尽管瞿秋

---

① 瞿秋白：《关于整理中国文学史的问题》，《瞿秋白文集》（文学编）第3卷，第75页。

② 同上。

白明明知道并指出"'门阀'——我们现在翻译外国文的时候，通常总译做等级，这是和阶级不同的"。但是，为了使材料服从观点，瞿秋白还是将二者混用起来。

　　为了寻找中国封建制度的思想主线，瞿秋白把中国贵族"文士道"对应为欧洲贵族"武士道"。瞿秋白根据马克思列宁主义社会学思想，相信上层建筑与经济基础的能动关系，想当然地认为："中国的等级制度既然有这样长期的历史和转变，有这样复杂的变动的过程，它在文学上是不会没有反映的"。既然"文士道"是中国封建制度贵族思想，那么"文士道"变迁便是中国文学史的发展线索。瞿秋白自然而然得出论述文学史和论述门阀史的共同逻辑所在——"封建制度的崩坏和复活，复活和崩坏的'循环'的过程"、"文学上的贵族和市侩的'矛盾'或者冲突，混合或者搀杂各种各式的'风雅'，'俗物'的概念，以及你（指鲁迅）说过的'帮忙'和'帮闲'的问题，都和这门阀史有密切的关系"①。将门阀史进行阶级斗争的思路转换后，瞿秋白以同样的思路来转换对中国文学史的论述。瞿秋白根据阶级斗争主线，以社会历史必须要有经济的分析和社会政治情性的描写为根据，提出"整理"中国文学史的五条原则：

　　　　第一，文学史的整理，首先要看清中国的高文典籍，一切文言的文学，都是贵族的文学（或者叫它士族文学，"君子"文学）。②

　　　　第二，索性单独的提出贵族文学史。③

　　　　第三，中国贵族文学史之中：一，要注意等级制度在文

① 瞿秋白：《关于整理中国文学史的问题》，《瞿秋白文集》（文学编）第3卷，第78页。

② 同上书，第80页。

③ 同上书，第81页。

学内容上的反映;二,要注意它受着平民生活和口头文学的
影响;三,要注意它企图影响平民,客观上的宣传作用,安
慰,欺骗、挑拨、离间的手段;四,要注意它每一时期的衰
落,堕落,甚至于几乎根本消灭的过程……以及它跟新贵族
的形成而又复活起来,适应着当时许多特殊条件而发生
"形态上的变化"。①

第四,中国贵族的文学,和其他各国的封建时代一样,
承接着古代的封建以前的原始社会,奴隶社会等类的古代文
化,文学和宗教上,哲学上,科学上,政治上的一般实用
"文章"还没有完全分化。②

第五,中国的白话文学的开始时期,很教人想起欧洲中
世纪末期的所谓"城市新文化"。③

瞿秋白的中国文学史"整理",下限是"五四"时期,重点
是从元曲到"五四"前。五条原则的核心,是把"五四"前的
文学史定性为"贵族文学史",认定它属于"封建时代"的"古
代文化"。因此,整理这段文学史必须有四大注意:"注意等级
制度在文学内容上的反映"、"注意它受着平民生活和口头文学
的影响"、"注意它企图影响平民,客观上的宣传作用,安慰,
欺骗,挑拨,离间的手段"、"注意它每一时期的衰落,堕落,
甚至于几乎根本消灭的过程……以及……适应着当时许多特殊条
件而发生'形态上的变化'"。瞿秋白简直把文学史整理当作严
阵以待的敌我双方的政治斗争,阶级壁垒分明、革命警惕性之高
溢于言表。可见,瞿秋白相当强调在整理文学史背后的阶级斗争

---

①　瞿秋白:《关于整理中国文学史的问题》,《瞿秋白文集》(文学编)第3卷,
第81。

②　同上书,第82页。

③　同上书,第83页。

思维。对瞿秋白而言，文学史和社会史相辅相成。他认为"贵族文学史"的提出，是"和整个'远东古国史'的整理联系着的"①。"希腊罗马的文学史可以研究，因为希腊罗马的一般社会史已经有了比较清楚的研究。而古代中国的历史——直到清朝为止，还只有一些杂乱的材料。因此，我们要来研究中国的文学史，就格外困难。其实，文言文学史的价值，只有希腊罗马文学史的那样价值。"②因此，整理文学史目的在于整理社会斗争史。瞿秋白特别指出：

> 我们的文学史必须注重在内容方面：每一个时代的阶级斗争的反映，各种等级，各种阶层，各种"职业"或者"集团"的人生观的变更，冲突。③

一方面，整理文学史只是瞿秋白整理社会阶级斗争史时借重的外壳；另一方面，瞿秋白注重文学史在内容方面的整理，实质上就是对文学思想发展史的整理。尽管瞿秋白对文学思想发展史理解的指导思想是阶级斗争。瞿秋白接下来干脆说："贵族文学之中的纯粹文学部分……实在并没有多少足以做我们的研究对象的。"④ 贵族文学之中的纯粹文学部分乃至于不足以做研究对象，不属于应当注重的文学史内容方面，因为瞿秋白认为"文言文学发展到唐人的小说就差不多已经走到了'逻辑上的最后结局'。至于什么韩柳欧苏……渐渐的沉到垃圾桶，以至于黄浦江，太平洋的海底里去。至于说文法学和修辞学的对象，那么，

①　瞿秋白：《关于整理中国文学史的问题》，《瞿秋白文集》（文学编）第3卷，第81页。
②　同上，第81页。
③　同上书，第82页。
④　同上。

韩柳欧苏……桐城派的文章，和公文程式一样的有价值"①。可见，瞿秋白并非真的不重视文学发展史，而是他特别强调文学史内容上的逻辑——文学思想发展本身。因此，瞿秋白特别注意中国贵族文学在"文学和宗教上，哲学上，科学上，政治上的一般实用'文章'还没有完全分化"②，这种具体分别正来自于瞿秋白对中国文学思想史发展的细微观察。

瞿秋白是以阶级斗争为纲看待文学思想发展，进而理解文学史的。在选取文学史整理的重点上，他尤为看重从元曲到"五四"前这一段，因为它特别符合阶级斗争为纲的叙述要求。瞿秋白将其作为"现代的（资产阶级式）文学的史前时期"，且认为"这部分的历史比较更加重要"、"要写文学史必须把这部分特别提出来，加以各方面的研究，象现代各国的文学一样，从这种文学的言语（文字），体裁，技巧的进展，一直到很细腻的内容上的分析"③。

同时，瞿秋白对民间文学和白话文学的理解也以阶级斗争思维来统贯，并加入社会历史元素的考量，论述也较时人相对深入而独到。瞿秋白把阶级分化与文类变迁结合起来，把文学史理解为社会历史发展的反映。以阶级斗争为社会历史发展的纲，自然就以阶级斗争为文学史发展的纲。纲举目张，瞿秋白形成了以阶级斗争为纲、强调社会历史和时代决定性因素的文学史叙述。例如对茅盾《子夜》和创造社的论述，瞿秋白就一再强调"文学是时代的反映"④、"时代的电流是最强烈的力量"⑤。但是，瞿秋白还是相当有自知之明，他知道"初步的工作实在已经比研

---

① 瞿秋白：《关于整理中国文学史的问题》，《瞿秋白文集》（文学编）第3卷，第82页。
② 同上。
③ 同上书，第84页。
④ 瞿秋白：《读〈子夜〉》，《瞿秋白文集》（文学编）第2卷，第88页。
⑤ 瞿秋白：《致郭沫若》，《瞿秋白文集》（文学编）第2卷，第418页。

究古文学难得多了"，整理工作只是"最初的工程，恐怕也只能限于一个大体的轮廓"，并且认为"五四"时对著名旧小说评价有失衡之处。因此，瞿秋白提出"再加上把五四时期对于著名的旧小说的估量，大致的'重新估量'一遍。这倒是很急需的"①。瞿秋白对五四时期对旧小说估量偏颇的反思，无疑有文学史革命重写的考虑。但是，这也表明他对中国传统文学和文化遗产审慎的微妙态度。

瞿秋白给鲁迅写《关于整理中国文学史的问题》，本意是想借文学史整理之一斑以窥中国社会发展史之全豹，尝试进行中国社会史的革命重新叙述。然而，瞿秋白整理文学史的举例和试演，却以阶级斗争为纲的重写中国文学史，无形之中完成了革命意识形态下的中国文学史重构。不管是对于瞿秋白还是对于中国革命事业而言，尽管这都还是最初的工程，但它毕竟成为此后评述作家作品和文学史现象的根本思路，并且影响着后来新文学史在相当长一段时间内的写作模式。

三　瞿秋白的"五四"文学史观

瞿秋白生活在历史变幻的风云时代，亲身经历并熟悉现代文学史上的诸多人事。对五四文学革命和大革命时期文学运动，瞿秋白也一再评说和论断。② 这些都不仅影响后来者，而且引起诸多论争。瞿秋白甚至通过强烈批评"五四"一代作家和文学成就的方式，促进中国早期马克思主义文学批评发生和发展，③ 并

---

①　瞿秋白：《关于整理中国文学史的问题》，《瞿秋白文集》（文学编）第3卷，第84页。

②　瞿秋白对五四运动的历史认识历程，参见叶孟魁《瞿秋白论五四运动》，《瞿秋白研究》第6辑，第25—38页。

③　参见保罗·皮科威兹对此的专题讨论。Paul G·Pickowicz：*Qu Qiubai's Critique of the May Fourth Generation：Early Chinese Marxist Literature Criticism.* 引文见贾植芳主编《中国现代文学的主潮》，第184—207页。

体现他的现代文学史观。

五四运动陡然爆发的时候,瞿秋白说自己是被"卷入漩涡","抱着不可思议的'热烈'参与学生运动"①。瞿秋白对自己参与后世仰之弥高的"五四"的动机描述得非常朴素,呈现出穷学生在大时代浪潮中更为常态的被动和激情。而对五四时的思潮纷乱混杂,瞿秋白也有形象生动的观察和回忆,较平实地展现他的心路历程,也客观传达出他对五四时期的体验。直到写《饿乡纪程》时,瞿秋白对五四时期的各种思潮也只有总体的感受和观察,但没有具体深入的研究,更没有对"五四"文学更深入的关注。②

然而,瞿秋白日后的文化讨论却仍以"五四"为文化文学问题的讨论起点或者批判源头,原因何在呢?原因可从《赤都心史》最后两篇得到些许解释。《生活》和《新的现实》不仅是瞿秋白思想飞跃的记录,里面有他新世界观和人生观的生成,也是他现代思想体系生成的标志。瞿秋白在文中表示,他从此要运用现代社会科学的科学方法来解释和解决中国社会现象。③ 旅俄期间,瞿秋白用新现实观、世界观和现代社会科学理论,对"五四"进行反思,并且进而确定自己"为文化而工作"④ 的奋斗目标。因此,日后只要是讨论到文化问题,瞿秋白总是以"五四"为起点,原因正在于此。

瞿秋白1923年扫描文坛时,对五四文学革命曾有过一个比

---

① 瞿秋白:《饿乡纪程·四》,《瞿秋白文集》(文学编)第1卷,第25页。

② 杜文君和许华剑先生曾对瞿秋白"五四"前后的中西文化观进行系统考察,参见杜文君、许华剑《"五四"前后瞿秋白中西文化观之历史考察》,《瞿秋白研究》第2辑,第43—63页。

③ 瞿秋白:《赤都心史·四八·新的现实》,《瞿秋白文集》(文学编)第1卷,第246—247页。

④ 瞿秋白:《赤都心史·四九·生活》,《瞿秋白文集》(文学编)第1卷,第252页。

喻："文学革命的胜利，好似武昌的革命军旗；革命胜利了，军旗便隐藏在军营里去了，——反而是圣皇神武的朝衣黼黻和着元妙真人的五方定向之青黄赤白黑的旗帜，招展在市侩的门庭。"①在《鬼门关以外的战争》里，瞿秋白提出"第三次文学革命"，以"文腔革命"来开辟新的文艺战线和提出新的革命任务，把"五四"文学革命定为第二次文学革命。而第二次文学革命的前前后后，瞿秋白都是在场亲历者。因此，相关的论述不仅篇幅最多，而且讨论尤为细致和充分，评论话语也特别激烈（甚至有不少过激语）。单就这篇文章中，瞿秋白对五四文学的论述就不少于十处。尽管瞿秋白认为，五四文学革命是真正的文学革命、"的确形成了一种新的言语"，但还是可以从中看出瞿秋白此时由于评价力求周全，因此话语上显得有点抽象，对具体文类成绩评价标准单一。瞿秋白反复强调两点：读者少——"只有新式智识阶级"，用的言语——不是"现代普通话"。因此，很难说瞿秋白对五四文学革命的批评是出于文学立场。

《学阀万岁!》里，瞿秋白再次讨论五四运动的光荣，对新文学的不彻底进行带有激烈否定色彩②的夸张描述③：

———————

　　①　瞿秋白：《荒漠里——一九二三年之中国文学》，《瞿秋白文集》（文学编）第 3 卷，第 312 页。

　　②　瞿秋白对自己表述的偏激是很清楚的，茅盾曾问瞿秋白："难道你真认为'五四'以后十二年间的新文学一无可取么？他回答说：不用猛烈的泻药，大众化这口号就喊不响呀！那么，他自己未尝不觉得'五四'以后十二年间新文学不应估计太低，不过为了要给大众化这口号打出一条路来，就不惜矫枉过正。但隔了一年，在论'大众文艺问题'时，他的主张就平稳得多了。"（茅盾：《瞿秋白在文学上的贡献》，《人民日报》1949 年 6 月 18 日。）

　　③　蒋明玳先生认为瞿秋白对"五四"以后文学的估价"就是夸张的"，并认为这是瞿秋白杂文的一种"修辞手法"。（蒋明玳：《文学家的政治式写作——论瞿秋白的杂文创作》，《瞿秋白研究》第 8 辑，第 367 页。）我认为瞿秋白不仅在估价上夸张，而且表述方式也是夸张的，但这不仅仅是"修辞"问题，而是瞿秋白的政治思想在文艺表述上的策略共鸣。

　　中国文学革命运动所生出来的"新文学",为什么是一只骡子呢?因为他是"非驴非马":——既然不是对于旧文学宣战,又已经不敢对于旧文学讲和;既然不是完全讲"人话",又已经不会真正讲"鬼话";既然创造不出现代普通话的"新中国文",又已经不能够运用汉字的"旧中国文"。这叫做"不战不和,不人不鬼,不今不古——非驴非马"的骡子文学。①

　　瞿秋白认为,五四文学革命不彻底,除了中国社会实际生活里的许多原因外,还有一个次要的原因是"'文学革命党'自己的机会主义"②。瞿秋白不仅指出"五四"文学革命不彻底性,而且认为"五四"时代文学革命"三大主义"都堕落为反动旗帜,③ 指出其不彻底性和最终走向革命反动的结局。瞿秋白说"五四"的娘家是"洋场"④。站在无产阶级革命的立场,瞿秋白进一步对"文学革命之中的文艺革命三大主义"展开主体批判,⑤ 第一次激烈地把汉字说成真正是"世界上最龌龊最恶劣最混蛋的中世纪的毛坑"⑥、"十恶不赦的混蛋的野蛮的文字"⑦,"必须完全打倒才行"⑧。同时,瞿秋白也客观承认,"真正的白话文是'五四'文学革命运动里面渐渐的产生出来的"⑨、"并

---

①　瞿秋白:《学阀万岁!》,《瞿秋白文集》(文学编)第3卷,第177页。
②　同上。
③　同上书,第179页。
④　同上书,第190页。
⑤　同上书,第198页。
⑥　瞿秋白:《普通中国话的字眼的研究》,《瞿秋白文集》(文学编)第3卷,第247页。
⑦　瞿秋白:《大众文艺的问题》,《瞿秋白文集》(文学编)第3卷,第15页。
⑧　瞿秋白:《欧化文艺》,《瞿秋白文集》(文学编)第1卷,第495页。
⑨　瞿秋白:《新中国的文字革命》,《瞿秋白文集》(文学编)第3卷,第291页。

不是说十四年以来的一切新式白话的刊物都是这种骡子话"①。

而当讨论重点从五四文学革命转移到五四式白话时，瞿秋白已不是在讨论"五四"的文学意义，而是讨论"五四"文学的语言意义。瞿秋白转向从语言变革的贡献反过来评价五四文学革命功绩。② 因此，瞿秋白的五四文学史观存在两次评价上的思路转折：第一次是从对五四文学革命评价转向五四文学的语言革命评价；第二次是从五四文学的语言革命评价转向五四的文学革命的评价。在一些论文中，这两种思路同时存在，这就导致瞿秋白的评价往往出现混沌和过激现象，因此也给后人增加不少误解和误用。

瞿秋白的两次评价思路，都以无产阶级革命彻底性作为总的评价标准，即文艺大众化和现代普通话。革命彻底性问题当然至关重要，因此瞿秋白才会认为五四文学革命是"半路上失败了"，并且认为"现在需要第二次的文学革命"是"原则上的问题"。③

于是，瞿秋白根据实现文学革命和语言革命彻底性的具体目标——文艺大众化和现代普通话——展开五四文学革命评述。瞿秋白认为"哑巴文学"可以说是过渡期现象，提倡新文学界必须发起朗诵运动，只有"朗诵之中能茶馆里朗诵的作品，才是民众的文艺"，即"茶馆文学"④。这无疑已经是文艺大众化问题的先声。瞿秋白以革命历史展开的思路，论述普洛大众文艺的现实问题，因为文艺问题也是阶级革命问题。为发动第三次文学革

---

① 瞿秋白：《致伯新兄》，《瞿秋白文集》（文学编）第 3 卷，第 344 页。
② 瞿秋白：《新中国的文字革命》，《瞿秋白文集》（文学编）第 3 卷，第 292 页。
③ 瞿秋白：《致新兄》，《瞿秋白文集》（文学编）第 3 卷，第 339 页。
④ 瞿秋白：《哑巴文学》，《瞿秋白文集》（文学编）第 1 卷，第 376 页。

命，瞿秋白提倡文腔革命，号召"中国需要再来一次文字革命"[①]、"文化革命"[②]。无产阶级革命—文学革命—文腔革命—文字革命—文化革命，文艺大众化—汉字拉丁化—现代普通话，瞿秋白的论述逻辑渐渐趋于两个极端：一方面，越来越偏重于具体而微的语言文字；一方面，越来越强调大而化之的民族文化。瞿秋白五四文学史观存在的两次评价思路转折，表现得异常清晰，而且呈现出极端化和可逆化的思维特征。瞿秋白的两种思路和两个极端的绞缠论述，在此后许多论著里更是随处可见。[③]

　　由于瞿秋白论述资源中的五四文学革命具有多副面孔、多种语义，所以不仅在其本人论述中有时显得驳杂，而且给相关论争带来不少尴尬。瞿秋白答覆胡秋原和《文化评论》的表述里，就涉及对五四文学革命精神继承权和合法性的争论。瞿秋白《文艺新闻》与胡秋原《文化评论》的分歧在两点：一，"五四"有没有"未竟之遗业"；二，不管"五四"是什么，都只有为谁服务的选择问题。这是瞿秋白批判答复胡秋原的两个中心，归根到底只有一个问题，即阶级立场的底线。瞿秋白把五四分成民权革命和自由主义两块，前者"应当彻底完成"但领导权应该而且已经发生转移；后者却是"遗毒"所以"应当肃清"。瞿秋白对五四的比喻性论述，同时带上结论的跛脚病。尽管冒着几乎忘却五四文学革命中文学主体的危险，瞿秋白却牢牢把握住了

---

　　①　瞿秋白：《普洛大众文艺的现实问题》，《瞿秋白文集》（文学编）第 1 卷，第 465 页。

　　②　保罗·皮科威兹认为瞿秋白对待文化革命的态度和毛泽东有契合之处，这涉及对中国现代"左翼"文学文化思想与延至"文革"的中国当代史的关联。［美］保罗·皮科威兹（Paul G. Pickowicz）：《书生政治家——瞿秋白曲折的一生》，第 272—274 页。

　　③　瞿秋白：《普洛大众文艺的现实问题》，《瞿秋白文集》（文学编）第 1 卷，第 465—466 页；《"我们"是谁?》，《瞿秋白文集》（文学编）第 1 卷，第 488 页；瞿秋白：《欧化文艺》，《瞿秋白文集》（文学编）第 1 卷，第 491—492 页。

五四文学革命里的革命立场和革命领导权争夺问题。

瞿秋白和胡秋原的论争尴尬自然经不起学理的严密推敲，①但却经受住了政治斗争的考验，毕竟他属于革命政治斗争异常激烈的大时代，革命立场是所有问题最后和唯一的标杆。瞿秋白重写而成的《大众文艺的问题》，以更明确、更成熟的革命叙述方式，以大众文艺为准的，对五四新文化运动再度进行革命化重构。在叙述中瞿秋白特意强化阶级斗争和对立的表述语词以及动机。②

既然"五四"文学革命已经成为革命双方争夺历史合理性的重要资源，那就不仅要展开论争和局部重构，而且必须进行系统化的革命历史意识形态建构。《"五四"和新的文化革命》堪称这方面的力作，此文同时被收入文学编和政治理论编③也说明它的意义非同寻常，既有文艺思想价值也有政治思想地位。瞿秋白从革命领导权转移的角度，论述只有无产阶级才真正能够继续伟大的"五四"精神④。瞿秋白还同步构建无产阶级领导的新文化革命和五四接续的历史合理性。对五四的成绩，瞿秋白则根据阶级分化的革命进化论，结合革命领导权向无产阶级转移的过程，进行再次辩证论述。此外，瞿秋白还肯定五四时期三个最初的革命贡献："在反对帝国主义的斗争里，最初发生了国际主义

---

①　有论者往往过于喜好以文字表层逻辑的推理证明 20 世纪 30 年代诸多文艺论争的"政治性"和"非文学本位"，尽管因有大量文本依托而显得切实，但沉溺于此则有过犹不及的细碎之病。如曹清华《中国左翼文学史稿（1921—1936）》，中国社会科学出版社 2008 年版。

②　瞿秋白：《大众文艺的问题》，《瞿秋白文集》（文学编）第 3 卷，第 13—16 页。

③　此文收入文学编第 3 卷和政治理论编第 7 卷。收入政治理论编时题目稍有出入，"五四"没有引号，题为《五四和新的文化革命》，其他完全一致。

④　瞿秋白：《"五四"和新的文化革命》，《瞿秋白文集》（文学编）第 3 卷，第 22—23 页。

的呼声"①、"最初发现了阶级斗争的口号"②、"最初发动了白话文学运动，要想废除文言，要想废除汉字"③。

　　既然否定原初的"五四"，因此瞿秋白就有必要倡导"来一个无产阶级的'五四'"④。至此，瞿秋白的"五四"文学史观基本定型。在新文化革命的宏伟蓝图观照下，瞿秋白确定"五四"在革命历史叙述中的起点地位和原初意义。此后，"五四"都以此面目成为瞿秋白的话语资源。而新文化革命的具体革命目标，则是现代普通话的建立与文艺大众化的实现。⑤那些"偏偏用些不文不白的新文言来写革命的文章"的做法是"'革命骡子'的害虫政策"⑥，都是"死人"⑦的力量。瞿秋白以阶级斗争的革命思维来叙述中国语文、艺术历史变迁，自然有他不够体贴的地方。但是，反过来说，他的论述也因此获得从社会历史角度理解语言文学艺术的哲学深度。例如，瞿秋白对五四文学革命与文言正统之间的关系论述，就存有相当深刻的历史洞见。

　　也正是出于革命思维的历史重构动机，瞿秋白才给鲁迅写信论及中国文学史整理问题。瞿秋白整理中国文学史的思想前提，是相信社会历史和政治经济领域的阶级斗争在文学史上应有同步体现。整理中国文学史就是整理中国社会史、政治史、

---

　　①　瞿秋白：《"五四"和新的文化革命》，《瞿秋白文集》（文学编）第3卷，第29页。

　　②　同上。

　　③　同上书，第30页。

　　④　瞿秋白：《大众文艺的问题》，《瞿秋白文集》（文学编）第3卷，第13页。

　　⑤　瞿秋白：《再论大众文艺答止敬》，《瞿秋白文集》（文学编）第3卷，第50页。

　　⑥　瞿秋白"害虫政策"的说法出自高尔基，类似的情况估计还很多。参见瞿秋白《"非政治化的"高尔基——读〈革命文豪高尔基〉之二》，《瞿秋白文集》（文学编）第2卷，113页。

　　⑦　瞿秋白：《再论翻译——答鲁迅》，《瞿秋白文集》（文学编）第1卷，第523页。

经济史。历史构建和重新叙述，是为了给革命事业寻找历史合理性的支撑力量。站在整个中国文学史高度，从元曲时代到"五四"前的历史自然更重要；但当前革命更急需的是首先重构"五四"以后的历史——从"五四"说起，因此以革命思维重估"五四时期对于著名的旧小说的估量"，就更为紧迫。毕竟无产阶级革命事业的领导权争夺，最早也只能追溯到"五四"这个原点。

历史总是由点到面构建起来。瞿秋白对此已经有面上的宏观把握，即从"五四"到新的文化革命。但瞿秋白还需要寻找点的依托。革命的中国文学史，要在"五四"到1933年的历史时段寻找符合叙述要求的点，而且必须是瞿秋白熟悉的点，这当然只有鲁迅。瞿秋白花四个白天时间，认真选录鲁迅从1918年到1932年的75篇杂文，编成《鲁迅杂感选集》。[1] 同时，瞿秋白又花四个晚上的时间，写成《〈鲁迅杂感选集〉序言》。瞿秋白从"五四"以来中国思想斗争史的革命高度来定位鲁迅，认为这里反映着"五四"以来"中国的思想斗争的历史"[2]，接着从政治立场、社会观察和民众斗争的肯定性角度来观照鲁迅。在瞿秋白笔下，矗立在"五四"到1933年间革命斗争洪流里的"红色"鲁迅，迅速被崭新构建起来。当然，在论述中，瞿秋白时刻注意把鲁迅红色历史的起点与急需的革命历史构建起点都定在共同的"五四"。自此，瞿秋白以阶级斗争为纲的革命文学史观颇成体系。"五四"是急需的、革命化的现代文学史光辉起点，"五四"

---

① 《鲁迅杂感选集》是否为瞿秋白独立编选似有疑问。杨之华回忆是瞿秋白独立编选。（杨之华：《〈鲁迅杂感选集序言〉是怎样产生的》，《语文学习》1958年1月号。）但鲁迅则明确说是"我们有几个人在选我的随笔"。鲁迅：《致李小峰》（1933年3月20日），《鲁迅全集》第12卷，人民文学出版社2005年版，第383页。从这个角度上说，此书编选工作贯穿着政治意味和集体主义精神考量。

② 瞿秋白：《〈鲁迅杂感选集〉序言》，《瞿秋白文集》（文学编）第3卷，第96页。

文学史观自然是重中之重。《关于整理中国文学史的问题》因此成为"用马克思主义观点指导编写中国文学史"时具有"开路和导向价值"[1]的重要文献。

中国共产主义革命历史上,瞿秋白是少数在政治斗争和文化斗争两条战线都有亲身体验的领导人。他也最早提出对中国文学史进行革命化整理的意见,并进行尝试。在重构中国现代革命文学史实践中,瞿秋白最重要的成绩便是编定《鲁迅杂感选集》并写长篇序言。瞿秋白这一举措,为中国现代文学史树立经典,更找到革命文艺战线上的旗手。此外,瞿秋白对"五四"文学革命的历史梳理和加以革命领导权争夺为主线的重新叙述,也为中国现代文学史革命构建确立光辉起点,凿定革命文学史的思想界碑。这两项历史意识形态构建的重大工程,不仅足以让瞿秋白在中国文艺思想史有一席之地,而且也给后来的中国文学史留下宝贵的革命历史文学书写的传统:一是文学的社会历史批评传统,一是文学史按革命思维整理的传统,也就是重写文学史的革命传统——文学史上的造反有理。[2]

社会历史批评,是瞿秋白现代文学史观中最常运用的文学批评方法。此前,尽管有对文学社会价值的讨论,但没有人像瞿秋白这样用社会历史批评方法来系统分析作家作品。而文学史的整理意见,则是瞿秋白文艺思想的革命性在重写文学史实践中的具

---

[1]　钱璱之:《瞿研小札(三则)》,《瞿秋白研究》第 6 辑,第 207 页。此信对鲁迅文学史思想的影响目前讨论阙如。但鲁迅在 1932 年 8 月 15 日《致台静农》中把郑振铎的《中国文学史》评为"文学史资料长编,非'史'也。但倘有具史识者,资以为史,亦可用耳"。鲁迅强调文学史写作史识,不知是否有瞿秋白的影响呢?

[2]　现代意义上的文学史几乎都是重写,只不过重写时各自所本的主义、思想不同而已。参阅[美]宇文所安《过去的终结:民国初年对文学史的重写》,参见刘东主编《中国学术》2001 年第 1 辑(总第 5 辑),商务印书馆 2001 年版,第 180—202页。

体体现。这是中国共产党人在陈独秀提出"三大主义"建设"文学革命军"后，再次按革命要求对文学史进行重新叙述。瞿秋白以"骡子文学"、"骡子话"来形容"五四"文学和语言，本意都在于强调其革命性不够彻底，并非源自于对文学史发展史实的切实体会。例如，陈望道就曾经不客气地批评说："例如所谓'骡子文学'论，便不能不令人怀疑对于'文学革命'以来的这几年史实也是隔膜的。"① 瞿秋白提出用服食泻药的方式重新开展第三次文学革命、文腔革命，后来甚至致力于开展汉字拉丁化，认为这才是"无产阶级的五四"，如此等等，根本上都是为了革命思想文化意识形态的建设。

瞿秋白自重返文学园地以来，始终潜在地把自己定位为文学战线上的无产阶级革命领导者。面对"五四"文学革命之后欧化文艺占据主流文化话语的情势，对民族主义极为反感的瞿秋白需要在欧化、俄化中选择思想资源。然而，政治实践中盲从共产国际虽然已经给他以深刻教训，但苏俄的文字拉丁化和扫盲运动成绩却给了他启发。加之与吴玉章等人共同从事汉字拉丁化的经验，结合上海期间对"礼拜六派"等新式流行文化读物泛滥的文化现象观察，瞿秋白才提出"革命文艺的大众化"这个新的文化革命目标。

从反对欧化文艺到反对民族主义文艺，瞿秋白走向"革命文艺的大众化"，完成他对新文学发展史的革命道路设计。而拟订新文学史的发展路线，自然就得对此前文学史进行传统接续与寻找，于是就有瞿秋白关于整理中国文学史问题的相关思考。瞿秋白的整理本质，就是重写文学史，追求对革命的文学史叙述和对文学发展史的革命重构，为新文学史的

① 陈雪帆（陈望道）：《关于理论家的任务速写》，《现代》1932 年 11 月第 2 卷第 1 期。

发展寻找光荣的革命传统，也让革命事业在文学发展领域具备历史合理性。最后，在明确"我们是谁"① 的前提下取得稳固的文化革命领导权。

---

① 瞿秋白:《"我们"是谁?》,《瞿秋白文集》（文学编）第 1 卷，第 486—490 页。

第 四 章

热血与冷铁*:文艺与政治的互动实践

瞿秋白的现代文艺实践,集中在上海左联时期及中央苏区时期,主要包括文艺论战与文学交往、编译活动及论争和苏区戏剧大众化活动等。这些"政治事实"和"文学事实"①掺和在一起的文艺实践,自然不全都是个人日常行为,也被纳入政治情态里的斗争设计。它们既是出于革命政治理想的规约与筹划,也是瞿秋白文艺思想在文艺实践活动中的一次次调适与检验。

第一节 "欧化文艺"批判

"欧化"② 是中国文化发展史上的重要议题。在现代社会

---

* 瞿秋白在 1925 年 6 月 4 日的《〈热血日报〉发刊辞》中写道:"创造世界文化的是热的血和冷的铁,现世界强者占有冷的铁,而我们弱者只有热的血;然而我们心中果然有热的血,不愁将来手中没有冷的铁,热的血一旦得着冷的铁,便是强者之末运。"[瞿秋白:《〈热血日报〉发刊辞》,《瞿秋白文集》(政治理论编)第 3 卷,第 184 页。]

① [俄]托洛茨基:《文学与革命》,刘文飞、王景生、季耶、张捷译,外国文学出版社 1992 年版,第 537 页。

② "在研究现代化的初期,人们常把现代化说成是欧洲化,或简称欧化 (europearization)。由于美国迅速发展起来,欧化这一说法就显得不甚准确,于是有人开始称现代化为西方化 (westernrization)。现代化理论的最初著作就是试图从理论上总结西方发达国家在近代和现代的发展过程,并把它上升到普遍适用的蓝图或模式的高度。"(方雷:《现代化战略与模式选择》,山东人民出版社 1996 年版,第 10 页。)

历史进程中,"随着种族上、政治上和经济上的欧化而来的必然是文化上的欧化"①。自明中叶以来欧洲近代天文知识因耶稣教士而传入,②中国的"欧化"就已经产生。陈垣认为,"西洋画而见采于中国美术界,施之于文房用品,刊之于中国载籍"以及"其说明用罗马字注音",都证实明代文化的"欧化"③。可见,"欧化"问题是伴随着异域资源(包括器物)传入而引发的、文化上关于近现代意识的普遍性思想焦虑。④晚清人对此的解释则是:"欧化云者,谓文明创自欧洲,欲己国进于文明,必先去其国界,纯然以欧洲为师。极端之论,至谓人种之强,必与欧洲互相通种,至于制度文物等类无论矣。"⑤

近代中国的欧化主义思潮则由洋务派思想家们掀起,并经过由"器"而"政"而"教"的历程。清以后,中国还出现数次"欧化"讨论,如清代"国粹观"讨论⑥、五四时期"学

① [美]斯塔夫里阿诺斯(L. S. Stavrianos):《全球通史——1500 年以后的世界》,吴象婴、梁赤民译,上海社会科学院出版社 1999 年版,第 547 页。

② 明中叶崇祯三年(1629)由于钦天监推算日食错误,崇祯任命尚欧洲天文知识的徐光启主持历法改革,成立"历局",聘请耶稣教士参加,开始接受近代天文学和数学知识,突破了传统天文和历法范畴。

③ 陈垣:《跋〈明季之欧化美术及罗马字注音〉》,《陈垣史学论著选》,上海人民出版社 1981 年版,第 235 页。

④ 陈秀武认为:"所谓'欧化',就是非欧美国家以欧美先进国家的发展为样板,致力于把本民族或本国也发展或转化成那样的国家或近似于那样的国家……在东亚各国,可以说鸦片战争之后,'欧化'意识逐渐成为各国知识精英的一种普遍心态。"(陈秀武:《欧化与日本大正时代的知识分子》,参见王振锁、张聚国主编《亚太主要国家历史与文化初探》,天津人民出版社 2001 年版,第 414 页。)明治政府初期也推行"欧化主义",在 1887 年日本首相伊藤博文在总理官邸举行大型化装舞会时达到顶点。

⑤ 佚名:《日本国粹主义与欧化主义之消长》,《译书汇编》1902 年第 5 期。

⑥ 参见罗志田《温故知新:清季包容欧化的国粹观》,《中华文史论丛》2001 年第 2 辑(总第 66 辑)。

衡派"的"国粹与欧化之争"①、"文学研究会"的"关于语体文欧化"的讨论②。20 世纪 30 年代，"欧化"再次成为社会议题。1933 年 10 月 7 日，天津市社会局甚至向下属商会转发训令，要求"克服醉心欧化思想，唤醒民众投入国货运动周"③。看来，此刻"欧化"已不仅是文化问题，也是关系国计民生的根本问题。正是在这种历史语境下，左翼文化领导者的瞿秋白才对"欧化"及"五四"新文化展开激烈批判。

一 "欧化文艺"问题的由来

"近代欧化有益于中国文艺，中国文艺亦受世界潮流而欧化矣。"④ 中国的"欧化"问题最早与宗教文化传播有关，文学"欧化"同样如此。新文学运动之初，就有人攻击白话是马太福音体，鲁迅回应说："马太福音是好书，很应该看。"⑤ 周作人也说："我记得从前有人反对新文学，说这些文章并不能算新，因为都是从《马太福音》出来的；当时觉得他的话很是可笑，现在想起来原要佩服他的先觉；《马太福音》的确是中国最早的欧化的文学的国语，我又预计他与中国新文学的前途有极深的关系。"⑥ 可是，20

---

① 周作人：《国粹与欧化》，《晨报副刊》1922 年 2 月 12 日（署"仲密"）；胡逢祥：《社会变革与文化传统：中国近代文化保守主义思潮研究》，上海人民出版社 2000 年版，第 133—153 页。

② 贾植芳等编：《文学研究会资料》（上），河南人民出版社 1985 年版，第 187—208 页。

③ 原因是"一般醉心欧化者，甚至非洋货不买，非洋货不用，用洋货者为荣，服国货者为俗，一唱百和，相率效尤，其始仅殷实之家与知识分子服用，今则已深入苦力贫民矣！其始仅及于沿海各地，今则已遍于全国矣"！〔天津市档案馆等编：《天津商会档案汇编（1928—1937）》（上、下），天津人民出版社 1996 年版，第 1496 页。〕

④ 张星烺：《欧化东渐史》，商务印书馆 2000 年版，第 115 页。

⑤ 鲁迅：《寸铁》，《鲁迅全集》第 8 卷，第 89 页。

⑥ 周作人：《圣书与中国文学》，《小说月报》第 12 卷第 1 号，1921 年 1 月 10 日。

年之后,关于什么是欧化文艺的问题,答案源头却反讽性地追溯到鲁迅本人和他的老师章太炎。1934年,李时编著的《国学问题五百》对"欧化文学"条目的解释是:"浙江周树人之译西洋小说。斥意译为不忠实,乃顺文直书之;然而诘屈聱牙,过于盘诘,人谓之'欧化的国语文学'。章士钊最喜逻辑,又邃于古文,于是衡政论文,无不求合于逻辑,人称之为'欧化的古文'。"① 从上述两次关于"欧化文艺"的因果思路转折,可见不仅文学"欧化"的现实越来越普遍,而且也越来越和中国本土实际相结合。而实际上,"欧化"运动本来就一直和"白话文运动"相粘连。②

"欧化"在新文化运动时期被认为是理所当然的事情。王力说:"白话诗和欧化诗的界限是很难分的。"③ 周作人干脆说:"关于国语欧化的问题,我以为只要以实际上必要与否为断,一切理论都是空话。"④ 郑伯奇认为:"在语和文里面,跟生活有关系的欧化是必要的,跟生活没有关系的欧化是不必要的。后者应该反对,自不必讲。"⑤ 也就是说,在时人看来,欧化文艺最初和新文化运动、白话文运动合流。几乎没有人觉得这个问题有什么单独讨论的必要。梁漱溟当年被视为反对欧化者,但他本人却否认这一指责并作辩解:"欧化实为世界化,东

---

① 李时编著:《国学问题五百·集部》,北平君中书社1934年版,第"三六七何谓欧化文学?",第187页。

② 当年有人反对白话文运动和新文学,朱光潜就认为"这篇文章很可以代表维护国学者对于近年来白话文运动和欧化运动的反响",将"白话文运动和欧化运动"相提并论。[朱光潜:《文学与语文(下)——文言白话与欧化》,《朱光潜美学文集》第2卷,上海文艺出版社1982年版,第323页。]

③ 王力:《白话诗和欧化诗》,《王力文集》第15卷,山东教育出版社1989年版,第145页。

④ 周作人:《语体文欧化讨论》,《小说月报》第12卷第9号,1921年9月。

⑤ 郑伯奇:《两栖集》,上海书店1987年据原书影印,第75页。

方亦不能外。然东方亦有其足为世界化而欧土将弗能外者。"①
为此，陈来认为他"决不是反对西方文化，而是反对反东方文
化"、"多元文化主义"。② 朱自清尽管也批评过分欧化，但对
"欧化"仍相当通达并持肯定态度："西方文化的输入改变了我
们的'史'的意念，也改变了我们的'文学'的意念"③、"新
诗不出于音乐，不起于民间，跟过去各种诗体全异。过去的诗
体都发源于民间乐歌，这却是外来的影响"④、"从前看惯旧小
说的人总觉得新小说无头无尾，捉摸起来费劲儿。后来习惯渐
渐改变，受过教育的中年少年读众，看那些斩头去尾的作品，
虽费点劲儿，却已乐意为之"⑤。因此，朱自清肯定"欧化是中
国现代化的一般动向"⑥、"中国语达意表情的方式在变化中，
新的国语在创造中。这种变化的趋势，这种创造的历程，可以
概括的称为'欧化'或'现代化'"⑦。可见，"欧化"是没有
争议也不必要争议的，应该争议和真正引起争议的，则是冰心
所说的——对"化"字的"奥妙"作者"如何运用"。⑧

---

　　① 梁漱溟：《梁漱溟全集》第 4 卷，山东人民出版社 2005 年版，第 547 页。
　　② 陈来：《现代中国哲学的追寻：新理学与新心学》，人民出版社 2001 年版，
第 6 页。
　　③ 朱自清：《诗言志辨·序》，《诗言志辨》，华东师范大学出版社 1996 年版，
第 1 页。
　　④ 朱自清：《朗读与诗》，《新诗杂话》，生活·读书·新知三联书店 1984 年
版，第 89—98 页。
　　⑤ 朱自清：《读〈心病〉》，《朱自清序跋书评集》，生活·读书·新知三联书
店 1983 年版，第 207—210 页。
　　⑥ 朱自清：《诵读教学》，《标准与尺度》，生活·读书·新知三联书店 1984 年
版，第 80—83 页。
　　⑦ 朱自清：《〈语文零拾〉序》，《朱自清序跋书评集》，生活·读书·新知三
联书店 1983 年版，第 41 页。
　　⑧ 冰心在《遗书》中说："文体方面我主张'白话文言化'，'中文西文化'，
这'化'字大有奥妙，不能道出的。只看作者如何运用罢了！"冰心：《冰心全集》
第 1 卷，海峡文艺出版社 1999 年版，第 431 页。

青木正儿从文学思想史的角度,把中国的"欧化"问题史上溯清末道光末年的太平天国运动。他认为是因为社会政治生活的变动导致文艺思潮的异域冲击,最终导致中国近代以来"欧化文学思想的兴起"。因此,在这种思潮中渐渐地出现欧化的新文学是"理所当然的了"①。他进而认为,"用工整的古文体译出"欧洲小说"这种程度的欧化,开始于清末。但文学翻译的内容是与年共进的……但这书的译者是用西洋人的名义译的","到了民国以后,欧化文学运动很快呈现出活跃的局面。开其端绪的就是那些进行所谓的文学革命的人"②。但是,民国以后的文艺思潮染上的西方色彩,则"有相当多的成分是以日本为中介而间接输入中国的"③。

梁实秋从翻译文学与本土文学的关系角度,认为"欧化"文学是此前翻译文学质量不高、态度不端正的"硬译"造成的不良后果。他说:

> 欧化文这东西是从何而来的呢?是语言学家和文学家们因为中国文没有欧洲文字那样精密合用,所以才创为欧化文么?事实告诉我们不是这样一回事。语言学家大概对于中国文的语法文法是很推重的。假如文法的简单是高阶段的进化的现象。中国文无疑的是很进化的了。许多的欧洲文的繁杂的规律在中文里都不成问题,中文是如此之圆滑含浑。我不知道有那一个语言学家要改造中国文法使成为欧化。至于文学家呢,固然有一部分是在使用着极端欧化的文字,但是还没有人公然提倡这东西。欧化文的起因,据我看,是和翻译

---

① [日]青木正儿:《中国文学思想史》,孟庆文译,春风文艺出版社 1985 年版,第 127 页。
② 同上书,第 128 页。
③ 同上书,第 129 页。

有关系的，尤其是和"硬译"那一种东西有关系的。有些翻译家，因为懒或是匆忙或是根本未通，往往写出生吞活剥的译文，即"硬译"是。贤明如鲁迅先生，亦是"硬译"的大师。鲁迅的杰作阿Q正传不是用欧化文写的。而鲁迅译起书来（当然是从日本文译）便感觉中国文不够用了，勉强凑和，遂成硬译。所以欧化文与硬译实在是一而二二而一者也……然而鲁迅先生将错就错的，依老卖老的，硬译下去，且诌出硬译的理论以遮掩其译例之丑。硬译转成为很时髦的一种文体。试阅时下的几种文艺刊物，无译不硬，一似硬译（欧化文）乃新颖上乘之格调。甚至有并不识得几个外国字，而因寝馈于硬译之中，提起笔来，亦扭扭捏捏，蹩手蹩脚，俨然欧化！其丑态正不下于洋场恶少着洋装效洋人之姿势仿洋人之腔调而自鸣得意。[①]

梁实秋对文学欧化的原因探究，夹杂着不少个人意气，因此也引发他和鲁迅之间关于翻译问题的论战。尽管如此，梁实秋还是点出文学"欧化"的部分原因——现代体验、异域事物的译介和本土表述仓促之间转换不当，也造成文学的欧化。

除了以上原因外，面对现代世界体验的展开，汉语的主动变革也是一方面。对于语法句式上的"欧化"，朱星从历史变迁的角度认为是"自从鸦片战争以后，我国有些人产生一种民族自卑感，以为中国事事不如外国，连汉语也不行了"[②]。而黎锦熙在"论中国语文'欧化'的趋势"时，更全面地解释汉语"欧化"的必然（尽管他谈的是"解放以来"的情况）：

---

① 梁实秋：《欧化文》，天津《益世报·文学月刊》1933 年第 56 期。
② 朱星：《汉语语法学的若干问题》，河北人民出版社 1979 年版，第 50 页。

由于学习时所阅读的译本多，提起笔来，包孕的复式句、积叠的形容词或疏状（副词性的）语等等，自然奔向笔底。这就是五四以来所谓"欧化的语体文"……何况新爱国主义是和国际主义结合的，不但思想政治的学习资料，就是一般的宣传品、理论文和应用文（即机关团体的公事文件，特别是外交部的），都摆脱不了这欧化的趋势。欧化并不是基本地改袭拉丁文法，它只是汉语文法中"造句法"的新发展。[①]

黎锦熙认为，由于汉语文法的"造句法"的必然改变，汉语的欧化趋势不可避免。因此，文艺欧化自然也是必然的。此外，更重要的是黎锦熙把汉语"欧化"问题和爱国主义、国际主义结合的卓越识见。

综上所述，"欧化文艺"成为议题，其实不在于"欧化"的合理或合法。因为自从中国遭受现代世界的冲击以后，中国文学和汉语都渐渐在主动或被动地进行自我调适和整合。"一个整合的文化系统"的调适必然引起"技术系统、社会系统和思想意识系统"[②] 的亚系统变动。"欧化"不仅仅发生在文学，而且渗透各个领域各个层面，不在有无而在深浅。因此，欧化问题其实就是如何看待和解决世界现代性潮流对中国本土文化的冲击问题。在五四新文化运动的时代，看待还不成其为问题，解决虽然早成为问题，但一时还没先例和经验。因此，"欧化"问题都未能浮出时人的思想视野，毕竟此前"欧化"规模不大，而且还遭受着本位文化自觉、顽强而庞大的阻遏，如严复和林纾的翻

---

① 黎锦熙：《中国文字与语言》（中），五十年代出版社 1953 年版，第 82—83 页。

② ［美］L. 怀特（White, L. A.）：《文化的科学——人类与文明研究》，沈原等译，山东人民出版社 1988 年版，第 351 页。

译。当历史发展到 20 世纪 30 年代的时候，一来国际性左翼文化氛围浓厚，二来中国国内民族矛盾、阶级矛盾尖锐，欧化问题因此一变而为民族与阶级问题。语言和文学只是"欧化"问题的表面，这便是论争纠结的根本所在。这也就是罗志田所说的："当时一些充满'启蒙'心态的知识分子的确无意顺应民众的语言，而是想要改变民众的思想。"①

在"五四"兼容并包、极度自由的思想气氛里，没有人会认为大量接受异域经验的冲击有什么不妥。而且起初也正是由于白话文代替文言文之后，语言文字变得简单易懂的同时，也失去了语言的丰富表现力。因此，当时傅斯年等承续王国维"新学语"② 输入的思路，提倡以"国语欧化"③ 来因应对白话文运动中提出的、高于语文层面上的要求，尤其是创作上的欧化这一点。傅斯年的思路，旨在翻译层面和帮助中国人"创造出新的中国的现代言语"④的角度上，鲁迅和瞿秋白也都是同意的。⑤ 只不过后来因为民族主义思潮的凸显壮大，问题才渐渐分野。欧化开始成为对民族文化自尊心的冲击，而由于欧化的精英群体在现实政治选择上的分裂，欧化文艺也才连带成为了政治问题。站在革命动员群众力量的立场上，"因为政治考虑而否定欧化文体"⑥，这才是瞿秋白的"欧化文

---

① 罗志田：《文学的失语：整理国故与文学研究的考据化》，见《裂变中的传承——20 世纪前期的中国文化与学术》，中华书局 2003 年版，第 289 页。

② 王国维：《论新学语之输入》，周锡山编校：《王国维文学美学论著集》，北岳文艺出版社 1987 年版，第 111—112 页。

③ 傅斯年：《怎样做白话文》，《中国新文学大系·建设理论集》（影印本），胡适编选，上海文艺出版社 2003 年版，第 223—227 页。

④ 瞿秋白：《论翻译——给鲁迅的信》，《瞿秋白文集》（文学编）第 1 卷，第 505—506 页。

⑤ 参见鲁迅《关于翻译的通信》，《鲁迅全集》第 4 卷，第 382 页；瞿秋白：《论翻译——给鲁迅的信》，《瞿秋白文集》（文学编）第 1 卷，第 505—506 页。

⑥ 王宏志：《"欧化"："五四"时期有关翻译语言的讨论》，见谢天振主编《翻译的理论建构与文化透视》，上海外国语大学出版社 2000 年版，第 139 页。

艺"的前提，也是他展开"五四"批判的逻辑起点。

二　争取文艺革命领导权：瞿秋白的"欧化文艺"批判

"欧化"问题的历次讨论都有历史语境的依托。金克木说："个人的想象之外还有社会的想象，这就是集体的传统、意识形态。任何人都不能跳出自己的由欧化文学传统和历史规定的'上下文'。"[①] 而瞿秋白的"欧化"及"五四"批判的上下文，在他转向左翼文艺战线之前和之后是不同的。

回国初始，瞿秋白就对"五四"文学革命和"欧化文艺"展开批判，这主要是出于对"五四"文学革命进行共产主义革命角度重新解释的需要，核心根据是无产阶级必然要代替资产阶级的历史逻辑。因此，在任何时候瞿秋白的论述思路都是文艺与政治的二元结合，这个思路总是在文学（语言）和政治之间二而一地展开，从来没有纯粹讨论过单独的某一方面。

瞿秋白瞭望文坛，曾开门见山地将文学革命与政治革命等量齐观、比照论述，提出"五四"文学革命未竟之业的继承问题。[②] 瞿秋白把"五四"文学革命的不成功，一方面归因于"五千年牛鬼蛇神的象形字政策"，另一方面则归因于中国缺少"民族国家运动"，因此不能有成功的民族文学。瞿秋白文艺思想的二元结构，不仅在"五四"批判是这样，在欧化文艺（"外古典主义"）批判也是如此。瞿秋白认为，"五四"新文学除散文和小诗已经开始"锻炼中国之现代的文言"[③]，小说则充斥着浓重而普遍的翻译腔，是"中国新文学的第一期：不是伪古典主义，

---

① 金克木：《谈诠释学》，《比较文化论集》，生活·读书·新知三联书店1984年版，第234—244页。

② 瞿秋白：《荒漠里——一九二三年之中国文学》，《瞿秋白文集》（文学编）第1卷，第312页。

③ 同上书，第313页。

而是外古典主义"①。说鼓书、唱滩簧、廉价旧小说、冒牌新小说则"仍旧占断着群众的'读者社会'"②。瞿秋白热情呼唤新文学能"从云端下落，脚踏实地"，因为"这许多奋发热烈的群众，正等着普通的文字工具和情感的导师"③。

外古典主义，其实就是普遍欧化的翻译腔。瞿秋白自己也曾是局中人和始作俑者，他自觉批判自己写的《浼漫的狱中日记》"还是离得现实很远"、"文笔也有些'外古典主义'"④，而且浅薄难懂。在瞿秋白看来，欧化文艺由于不说中国话而找不到丝毫现实性、民族性、没能占领群众。瞿秋白的论述逻辑依然是由语言而文学，由文学而政治。瞿秋白文艺与政治结合的"五四"及"欧化文艺"批判，一开始就把原来停留在民族语言文化层面的讨论，扭转为对文艺现实政治意识的强调。"外国化得厉害，心肝脾肺都浸在'欧风美雨'里"的这帮人，"对于中国的平民，真正的无用，同样的无用……他们对于中国社会的价值，真正没有，同样的没有"⑤。瞿秋白对"欧化文艺"批判的原因，是因为它们对中国平民"无用"。对某一类群体作出对"谁"有"用"与否的思维，显然不是就事论事的文学研究，而是以革命功利的立场划分人群阶级成分的办法。共产主义革命对历史的重新叙述冲动，现实革命政治的功利实用主义，强烈主导着瞿秋白的批判逻辑，其字里行间洋溢着历史必然性在手的真理自信。真理代言人的这一点盲目，也使得瞿秋白对自我的自觉批判似乎显得事不关己，更没有梁启超"以今日之我战昨日之我"的坦率，

---

① 瞿秋白：《荒漠里——一九二三年之中国文学》，《瞿秋白文集》（文学编）第 1 卷，第 312—313 页。

② 同上。

③ 同上书，第 314 页。

④ 同上书，第 315 页。

⑤ 瞿秋白：《鞘声·二·无用的人与东方文化》，《瞿秋白文集》（文学编）第 1 卷，第 319 页。

更多的是身为文化新战士的遗忘姿态，大有唐僧看俗世之躯在桥下漂过时的陌生。因此，身为"五四"过来人的瞿秋白，他对"五四"与"欧化文艺"的批判，由于自我体察的深入不够而在深刻性上有所缺失。

　　"左联"时期，瞿秋白再次对"五四"和"欧化文艺"展开批判，相关文字主要集中于《乱弹》集。瞿秋白的此次批判，以事实描述为前提。他说："'欧化文艺'这个名词，初听起来似乎有点儿奇怪。但是，中国的事实是这样：自从五四文学革命之后，正在很热闹的'提倡国货'的年头，却出现了一种新式的文艺，就是所谓欧化文艺；现在市场上，显然存在着两种不同的文艺：一种是中国旧式的文艺，一种是新式的欧化文艺。谁能够否认这种事实呢？"①　显然，这种描述现状的开头，自然构不成正式的批判理由，顶多算是文化现象观感。

　　那么，瞿秋白为什么要再次展开"欧化文艺"批判呢？当然是因为现实政治需要。

　　瞿秋白此时的批判目的，在于为无产阶级争取文艺革命战线上的领导权，同时也为自己争取左翼文艺战线上的政治领导权。此时上海左翼文化高涨的历史情境，还有他本人刚从革命实际斗争折返至文艺战线的精神处境和政治困境，都使得瞿秋白对"五四新文学革命"和"欧化文艺"的批判变得更加激烈，也更为全面深刻。况且，不仅"文艺革命运动之中的领导权的斗争，是无产阶级的严重的任务"，而且"资产阶级，以及摩登化的贵族绅士，一切种种的买办，都想利用文艺的武器来加重对于群众的剥削，都想垄断文艺，用新的方法继续旧的愚民政策"②。因此，在瞿秋白看来，通过文艺大众化来革欧化文艺的命，就成为"无产

---

　　①　瞿秋白：《欧化文艺》，《瞿秋白文集》（文学编）第 1 卷，第 491 页。
　　②　同上书，第 492 页。

文艺运动的中心问题，这是争取文艺革命的领导权的具体任务"①。

瞿秋白的"欧化文艺"批判，首先是政治理论上的革命行动。瞿秋白一开始就将批判建立在"欧化文艺"的阶级关系和政治实质揭露的基础上。他认为，欧化文艺的特点在于：

> 它是资本主义时代的产物，它反映着资本主义的社会关系，它表现着许多新的现象，提出许多新的问题……中国的资产阶级民权革命却受着了挫折，资产阶级民权主义的文化革命，同样遭着了资产阶级的叛变。"五四"初期的资产阶级倾向的新式欧化文艺，本来就包含了不少的买办性的成分，现在这种买办性就更加显露出来，——本来，中国的资本主义的社会关系是在帝国主义和买办阶级的支配之下生长出来的。资产阶级公开叛变革命之后，文艺战线上——尤其是欧化文艺之中发生了更明瞭更剧烈的阶级分化：一方面，资产阶级的欧化文艺在内容方面完全投降买办的封建的意识；别方面，无产阶级的文艺运动也从这里开始发展出来。所以革命的和无产阶级的文艺从所谓"欧化"开始，是自然的现象，这是中国的新的社会关系的反映，资本主义生产关系的反映。②

正是由于"欧化文艺"对应的是"中国的新的社会关系的反映，资本主义生产关系的反映"，因此，批判欧化文艺就等同于号召政治革命，号召发起争夺文艺革命领导权的斗争。瞿秋白再三给"欧化文艺"确定阶级性——"欧化应当等于贵族

---

① 瞿秋白：《欧化文艺》，《瞿秋白文集》（文学编）第1卷，第492页。
② 同上书，第491—492页。

化"①。昆曲、皮簧的乱弹，都被"已经是现代式的阶级，却仍旧带着等级的气味"的"绅商阶级霸占了去"。绅商阶级"连自己大吹大擂吹着的所谓白话，都会变成一种新文言，写出许多新式的诗古文词——所谓欧化的新文艺"。因此，瞿秋白号召"重新乱弹起来，这虽然不是机关枪的乱弹，却至少是反抗束缚的乱谈"。② 显然，展开批判是因为瞿秋白对"欧化文艺"蕴藉的阶级压迫内涵不满，所以欧化文艺批判就成为阶级压迫反抗的象征，正如"乱弹"与"机关枪"在反抗束缚上的类同。尽管这是"文痴武痴"们的"世纪末"，却是"黄金时代"人们的"世纪初"③。

其次，批判"欧化文艺"也是发动思想革命。瞿秋白不止一次地引用法国人的一句俗话："Le mort saisit le vif——死人抓住了活人"④，借此来强调文学对社会思想的批判意识。他赞赏张天翼的小说《二十一个》，是因为它"很紧张的表现人生，能够抓住斗争的焦点。他的言语，也的确是'人话'，很少文言的搀杂"。批评《鬼土日记》，是因为它批判对象不集中，应该要针对中国现在的情形，即"袁世凯的鬼，梁启超的鬼，……的鬼，一切种种的鬼，都还统治着中国。尤其是孔夫子的鬼，他还梦想统治全世界。礼拜六的鬼统治着真正国货的文艺界。……这

---

① 瞿秋白：《乱弹（代序）》，《瞿秋白文集》（文学编）第1卷，第350页。
② 同上。
③ 瞿秋白：《世纪末的悲哀》，《瞿秋白文集》（文学编）第1卷，第353—355页。
④ 瞿秋白在《画狗罢》和《再论翻译——答鲁迅》中都引用了这句法国俗语。（瞿秋白：《瞿秋白文集》（文学编）第1卷，第357、523页。）此说源于马克思在《资本论》第1卷《1867年第一版序言》。马克思说："除了现代的灾难而外，压迫着我们的还有许多遗留下来的灾难，这些灾难的产生，是由于古老的、陈旧的生产方式以及伴随着它们的过时的社会关系和政治关系在苟延残喘。不仅活人使我们受苦，而且死人也使我们受苦。死人抓住活人！"这段话的最后一句是马克思引用法国人的一句谚语"Le mort saisit le vif!（死人抓住活人！）"。

样说下去，简直说不尽"①。批判民族主义文学，是因为它们"在那些四六电报宣言布告之外，替军阀添一种欧化文艺的宣传品，去歌颂这种中世纪式的战争"②。批判《声色》杂志和徐志摩的诗，主要是因为它想做勒住中国文坛里左翼文学这匹野马的"另外一种的缰绳了"③。总而言之，瞿秋白的批判"欧化文艺"，都是因为这些欧化文艺的作者阶级性不纯或反动，因此连带其作品也必然是思想反动、内容封建腐朽。因此，批判这些欧化的文艺作品，实质上也就是批判一种社会思想意识，从而为革命思想意识的张扬打开生存空间。

再者，批判"欧化文艺"也出于文学革命和语言革命。文艺欧化导致"国语文学"受众面狭小，"事实上所谓新文学——以及'五四式'的一切种种新体白话书，至多的充其量的销路只有两万。例外是很少的"④。然即便如此，在常态的历史进程里，刊物的受众多少和发行量这个问题是必然存在的，而且也允许有一个渐渐扩大的过程。瞿秋白也知道这"可以说是过渡时期的现象"。但瞿秋白却认为，这个问题"虽然小，其实是很严重的。任何一个先进国家的文字和言语，固然都有相当的区别，但是书本上写着文字，读出来是可以懂得的，只有在中国，'国语的文学'口号叫了十二年，而这些'国语文学'的作品，却极大多数是可以看而不可以读的。可以说是过渡时期的现象，但是，这过渡过到什么时候才了？"⑤ 可见，瞿秋白的焦虑不在于这个现象是否合理，而在于过渡时间的紧迫。这种时间紧迫感，无疑来自于瞿秋白对一个时代和历史的判断——必须尽快缩短和

---

① 瞿秋白：《画狗罢》，《瞿秋白文集》（文学编）第 1 卷，第 357 页。
② 瞿秋白：《狗样的英雄》，《瞿秋白文集》（文学编）第 1 卷，第 369 页。
③ 瞿秋白：《猫样的诗人》，《瞿秋白文集》（文学编）第 1 卷，第 373 页。
④ 瞿秋白：《吉河德的时代》，《瞿秋白文集》（文学编）第 1 卷，第 376 页。
⑤ 瞿秋白：《哑巴文学》，《瞿秋白文集》（文学编）第 1 卷，第 359 页。

结束白话语言"欧化"和普洛文艺"摩登主义"①的过渡时段。渐变的过渡必然是改良，只有革命可以跳跃过渡时期而进入新时期。因此，必须进行文学革命和语言革命，也就是"文腔革命"、"第三次文学革命"②，"要有一个无产阶级的'五四'，这应当是无产阶级的革命主义社会主义的文艺运动，这就是反对青天白日主义"③，必须进行"新的文化革命"④。

　　同时，瞿秋白也承认语言"应当用正确的方法实行欧洲化"⑤，只不过方法要正确、立场要革命。看来，通过"欧化文艺"批判发动的语言革命，本身不在于"欧化"，而在于其方法的不正确。瞿秋白认为正确的方法最好就是废除汉字——这才是最革命的方法，也是最符合国际共产主义革命预设的"欧化"。这样"欧化"的新中国文，才是产生革命的大众文艺的工具，产生中国现代的普通话和普洛革命文艺的大众化。由此可见，瞿秋白的"欧化文艺"批判在文学革命和语言革命的向度上，也同样服膺于政治革命的预设。尽管论述过程中存在片面的深刻和正确，但瞿秋白的思维却陷入共产国际潜在的大国沙文主义的包办革命圈套而不自知。最终，在世界革命情怀的光晕中，瞿秋白产生一定程度的民族文化虚无主义。

　　进一步说，"欧化文艺"导致文字和言语对立、听和读分裂，

---

①　瞿秋白：《普洛大众文艺的现实问题》，《瞿秋白文集》（文学编）第1卷，第470—471页。

②　瞿秋白：《鬼门关以外的战争》，《瞿秋白文集》（文学编）第3卷，第152页。

③　瞿秋白：《普洛大众文艺的现实问题》，《瞿秋白文集》（文学编）第1卷，第475页。

④　瞿秋白：《财神还是反财神？·反财神》，《瞿秋白文集》（文学编）第1卷，第412页。

⑤　瞿秋白：《鬼门关以外的战争》，《瞿秋白文集》（文学编）第3卷，第166—167页。

这不仅涉及文学传统的变迁，也和现代社会转型有关。这是瞿秋白"欧化文艺"批判中的一大识见。但遗憾的是，瞿秋白却首先将此归罪为象形文字的使用，然后才论及古典文学传统必然的现代转换。在他看来，"中国的象形文字，使古文的腔调完全和言语脱离。象形字是野蛮人的把戏"①，中国绅士们又"垄断着知识"的"绝妙工具"象形文字，所以"这样是不能够创造出文学的言语的。自然，用这种文字，也可以做出内容很好的作品来。可是诗古文词里面，未始没有这样好的东西，只是这些东西，只能够给看得懂的人消遣消遣。只看不听，只看不读——所能够造出来的：不是文学的言语，而是哑巴的言语；这种文学也只是哑巴的文学"。更要不得的是，"古文的这种'流风余韵'，现在还保存在新文学里面"。而真正的中国文学，"恰好都是给民众听的作品里流转发展出来的"。况且，新式白话本来应该能够"成功一种听得懂的言语"②。既然如此，瞿秋白认为革命人可以用人工制造政治革命和社会革命的方式，人为地发起文学审美传统的革命，"把无意的不自觉的过程变成有意的自觉的革命"③ ——把文学接受的前提由"看得懂"转变为"听得懂"，先"成功一种听得懂的言语"④ 的现代启蒙任务。这也是现代政治革命动员最为迫切和需要的。只有这样，瞿秋白认为才能改变"那极大的大多数人的中国，与欧化的'文学青年'无关"、"中国人的脑筋里是剑仙在统治着"的局面，争取那些在小茶馆里听书的"欧化之外的读者"⑤，"新文学界必须发起一种朗诵运动"⑥。

　　发起朗诵运动而不是注重写作训练，强调听得懂而不是看得

① 瞿秋白：《哑巴文学》，《瞿秋白文集》（文学编）第1卷，第359页。
② 同上书，第360页。
③ 瞿秋白：《致新兄》，《瞿秋白文集》（文学编）第3卷，第342页。
④ 瞿秋白：《哑巴文学》，《瞿秋白文集》（文学编）第1卷，第360页。
⑤ 瞿秋白：《吉诃德的时代》，《瞿秋白文集》（文学编）第1卷，第378页。
⑥ 瞿秋白：《哑巴文学》，《瞿秋白文集》（文学编）第1卷，第360页。

懂，瞿秋白试图以革命宣传和动员的技术手段彻底颠覆文学传统。这种思路，既符合瞿秋白对现代社会转型侧重读者社会的预期，也切合革命时代对大众启蒙在动员速度和效果上的追求。此外，朗诵和听觉的强调都要求声音在场，因此必须是即时、参与和互动，也就必然是群众和集体主义。这显然正是革命洪流的特征，也是革命与大众艺术的心契之处。而这一切，都显然和"欧化文艺"的现代个人主义思潮和趣味格格不入。

因此，在瞿秋白看来，"这种文化上的战斗，是和一般政治经济的斗争联系着的，是总的革命斗争之中的一个队伍"[①]，"欧化文艺"批判同样也不例外，它是一次充满着革命政治思想的同步批判。政治思想的"主义"与"欧化文艺"的"主义"是可以互相转换的。例如，瞿秋白对"新文艺——欧化文艺的最初一时期"的论断：

> 完全是资产阶级智识分子的运动，所以这种文艺革命运动是不澈底的，妥协的，同时又是小团体的，关门主义的。这种运动里面产生了一种新式的欧化的"文艺上的贵族主义"……[②]

与此同时，"欧化文艺"的批判也存在革命战争同样的战术战略策划。例如瞿秋白对"普洛大众文艺"与"非普洛的大众文艺"两种大众文艺的分析：

> 这里，在所谓"非大众的普洛文艺"和"普洛大众文

---

① 瞿秋白：《"五四"和新的文化革命》，《瞿秋白文集》（文学编）第3卷，第28页。

② 瞿秋白：《欧化文艺》，《瞿秋白文集》（文学编）第1卷，第492页。

艺"之间，差不多没有什么区别的。如果有的话，那只是相对的。譬如说，因为读者对象的不同，所以"非大众的文艺"大半要是捣乱敌人后防的，而"大众的"大半要是组织自己的队伍的。①

革命既是破坏也是建设。瞿秋白的"欧化文艺"批判同样也与新文艺的建设同步进行、破立结合。"五四"新文艺里，小说已经"欧化"；白话诗仍旧"用这种活死人的腔调来做"；韵文和诗样的散文只能"用它来放焰口"；欧化诗又"大半读不出来，说不出来。即使读得出来，也不象话，更不能够懂"②；昆曲和皮簧乱弹又被绅商阶级霸占；"马路文学"又是在文化和文字语言上受着"古文言和新文言"等封建余孽的压迫③的财神大众文艺。因此，"茶馆里朗诵的作品，才是民众的文艺"④。"诉苦"的"反财神的戏"是这条活路的开头，况且还可以开辟"'下等人国'的'国语'运动。这是中国文学革命（以及革命文学）的新纪元"⑤。此外，还要展开俗话文学革命运动、街头文学运动、工农通讯员运动，包括大众文艺的讨论和一般创作方法的讨论的自我批评的运动。如此，才能有革命的大众化的普洛文学。瞿秋白的建设蓝图，就是"革命文艺的大众化"：

---

　　① 瞿秋白：《普洛大众文艺的现实问题》，《瞿秋白文集》（文学编）第1卷，第472页。

　　② 瞿秋白：《水陆道场·新鲜活死人的诗》，《瞿秋白文集》（文学编）第1卷，第394—396页。

　　③ 瞿秋白：《财神还是反财神？·小白龙》，《瞿秋白文集》（文学编）第1卷，第416页。

　　④ 瞿秋白：《哑巴文学》，《瞿秋白文集》（文学编）第1卷，第360页。

　　⑤ 瞿秋白：《财神还是反财神？·反财神》，《瞿秋白文集》（文学编）第1卷，第413页。

民众自己的文艺革命的路线是革命文艺的大众化：一方面要创造革命的大众文艺，别方面要使革命的欧化文艺大众化。现在，革命的大众文艺大半还需要运用旧式的大众文艺的形式（说书，演义，小唱，故事等等），来表现革命的内容，表现阶级的意识。这种初期的革命的大众文艺，将要同着大众去渐渐的提高艺术的水平线。这正是打倒中世纪旧式文艺的道路，所谓"不入虎穴，焉得虎子"。而中国的民众，尤其是中国工人的先锋队，同时也需要利用世界无产阶级的经验，接受世界的文化成绩。对于革命文艺，只有在这个意义上，方才说得上所谓"欧化"。革命文艺的"大众化"，不但不和"欧化"发生冲突，而且只有大众化的过程之中方才能够有真正的欧化，——真正运用国际的经验。真正的"欧化"是什么？这是要创造广大群众的新的文字和言语，创造广大群众的新的文艺形式，——足以表现现代的无产阶级的社会关系的，足以使广大群众能够理解国际劳动群众的生活和斗争，理解国际的一般社会生活的。①

这才是正确的、革命的"欧化"。而"欧化文艺的大众化和革命大众文艺的创造，这是文艺战线上的两支生力军，它们的目的只有一个：用坚决的刻苦的斗争去消灭'非大众文艺'和'大众文艺'之间的对立和隔离"。也就是说，"欧化文艺"批判本身既不在于"欧化"也不是"文艺"，而在于究竟是谁的"欧化文艺"，由谁来领导"欧化"。由此可见，瞿秋白批判"欧化文艺"的最终目的，只是争取文艺革命的无产阶级领导权，因为"这种文艺战线上的斗争，正是总的政治斗争的一部分"②。

---

① 瞿秋白：《欧化文艺》，《瞿秋白文集》（文学编）第1卷，第493—494页。
② 同上书，第494—497页。

三　"欧化文艺"批判溯源："五四"遗产的继承与超越

"欧化文艺"其实并非仅仅是"五四"新文化运动的遗产。但在瞿秋白的批判视野里，就只溯源到"五四"，因为"五四"毕竟是中国现代史极为重要的开端，而且是他本人亲身体验过的最早的欧化。因此，瞿秋白的"欧化文艺"批判，不仅是争夺文艺战线的领导权，还有对"五四"遗产进行正本清源、亲证历史、对现代革命史以无产阶级革命立场进行重新叙述的考量。

既然在无产阶级革命立场的预设里，只有无产阶级才是"真正能够继续伟大的'五四'精神的社会力量"①。那么，就必须要论证资产阶级不能继续领导"五四"文学革命，而且还得论证曾经由资产阶级领导的、自"五四"至今的这一段新文化运动史和革命史都是失败的。资产阶级不能继续领导的理由很简单，因为"资产阶级不需要再澈底的文字革命，而且还在反对这个革命"②、"资产阶级民权主义的文化革命，同样遭着了资产阶级的叛变"③；资产阶级领导失败的证据，就是"五四"迄今的欧化失败，包括文艺欧化的失败。基于这两点判断，瞿秋白才展开对"五四"进行无产阶级革命立场上的、历史辩证式的批判。

首先是"五四"以来的整个运动，由于非革命和反革命的欧化导致失败：在性质上就是中国资产阶级的文化革命运动，是"反对中国圣人的运动"。而现在，文化革命的前途是"转变到

---

① 瞿秋白：《"五四"和新的文化革命》，《瞿秋白文集》（文学编）第3卷，第23页。

② 瞿秋白：《普洛大众文艺的现实问题》，《瞿秋白文集》（文学编）第1卷，第465—466页。

③ 瞿秋白：《欧化文艺》，《瞿秋白文集》（文学编）第1卷，第491—492页。

社会主义革命的前途"①。五四时期的文学革命的性质，是"文艺复兴运动（也许不是有意的）"②的开始，是"最早期的真正革命文学运动"③，是"第二次文学革命"④，是"资产阶级民权革命之中的一般文化革命的任务，自然不是狭义的文学革命"⑤，主张科学和民权，部分思想代表是真心的资产阶级民权主义者；⑥在成绩上，"这个文化革命也和一九二七年的革命一样，是失败了"⑦。意义在于"明白的树起建设'国语的文学'的旗帜，以及推翻礼教主义的共同倾向"、"尤其是个性解放和肉体解放主义的新文学，的确是建立了"⑧，但"国语的文学至今还没有建立"⑨。文化生活此后"开辟了一条新的道路"、"新文艺总算多少克服了所谓林琴南主义"⑩；积极遗产就是战斗精神，"对于封建残余的极端的痛恨，是对于帝国主义的反抗"⑪，"战

---

①　瞿秋白：《"五四"和新的文化革命》，《瞿秋白文集》（文学编）第3卷，第22—30页。

②　瞿秋白：《大众文艺的问题》，《瞿秋白文集》（文学编）第3卷，第15—16页。

③　瞿秋白：《〈鲁迅杂感选集〉序言》，《瞿秋白文集》（文学编）第3卷，第111页。

④　瞿秋白：《鬼门关以外的战争》，《瞿秋白文集》（文学编）第3卷，第146页。

⑤　瞿秋白：《普洛大众文艺的现实问题》，《瞿秋白文集》（文学编）第1卷，第465—466页。

⑥　瞿秋白：《财神还是反财神？·红萝卜》，《瞿秋白文集》（文学编）第1卷，第406页。

⑦　瞿秋白：《普洛大众文艺的现实问题》，《瞿秋白文集》（文学编）第1卷，第465—466页。

⑧　瞿秋白：《鬼门关以外的战争》，《瞿秋白文集》（文学编）第3卷，第146页。

⑨　同上书，第152页。

⑩　瞿秋白：《"五四"和新的文化革命》，《瞿秋白文集》（文学编）第3卷，第24页。

⑪　同上书，第23页。

斗的激烈的对于一切腐败龌龊东西的痛恨，始终是值得敬重的"①；消极因素居多：中国绅商和所谓"智识阶级"事实上造成"新式的文言"②；新文化运动"差不多对于民众没有影响"③；反对礼教斗争"只限于智识分子"④；新文学是非驴非马⑤的骡子；而知识阶级特殊使命论立场，则是"应当肃清"⑥的资产阶级自由主义遗毒。

其次，由于思想上的不革命或反革命，或不坚定的革命，导致作家作品的文艺欧化失败。因此，对五四时期作家作品的批判，瞿秋白表现出对同代人毫不客气的激烈批判态度。瞿秋白认为，"百分之八十的五四式的新文艺"⑦ 是那些一出校门坎就晃来晃去的小诸葛的自传；穆时英等的新感觉派的感伤主义作品的颓废充满"一切封建余孽和布尔阶级的意识"⑧；冰心的小说则以"自由主义的伤感的语气"证明她"也只是一个市侩"⑨；梁实秋、罗隆基、新月派是"西洋古典主义"；沈从文《一个妇人的日记》是"宗法的浪漫主义"⑩；周作人小品、张资平小说、徐志摩诗歌，则被称为"灵感的或者肉感的享乐主

---

① 瞿秋白：《财神还是反财神？·红萝卜》，《瞿秋白文集》（文学编）第1卷，第406页。

② 瞿秋白：《"五四"和新的文化革命》，《瞿秋白文集》（文学编）第3卷，第27页。

③ 瞿秋白：《大众文艺的问题》，《瞿秋白文集》（文学编）第3卷，第13页。

④ 瞿秋白：《普洛大众文艺的现实问题》，《瞿秋白文集》（文学编）第1卷，第475页。

⑤ 瞿秋白：《学阀万岁！》，《瞿秋白文集》（文学编）第3卷，第177页。

⑥ 瞿秋白：《"自由人"的文化运动——答复胡秋原和〈文化运动〉》，《瞿秋白文集》（文学编）第1卷，第502页。

⑦ 瞿秋白：《新英雄·小诸葛》，《瞿秋白文集》（文学编）第1卷，第426页。

⑧ 瞿秋白：《新英雄·红萝卜》，《瞿秋白文集》（文学编）第1卷，第407页。

⑨ 瞿秋白：《新英雄·老虎皮》，《瞿秋白文集》（文学编）第1卷，第427页。

⑩ 瞿秋白：《学阀万岁！》，《瞿秋白文集》（文学编）第3卷，第187页。

义"①；胡适是"美国市侩式的实际主义"②；连郭沫若《三个叛逆的女性》、田汉《往民间去》、蒋光慈《短裤党》、茅盾《蚀》三部曲，也被批评成"动摇主义无赖们"③　自己的写实；对已有的"革命文学"和"普洛文学"作品，瞿秋白认为是"创作里的浅薄的人道主义"、"文艺复兴初期的感情主义居然和世纪末的颓废主义碰了头，混合在一起"，是"感情主义的诉苦，怜惜，悲天悯人的名士气"④。"五四"新文学的历史，在瞿秋白眼中几乎没什么亮色，更没有红色。

　　再次，由于思想政治上的阶级领导的反动或不够革命，不仅政治和社会革命失败、作家作品失败，"五四"以来的文学革命整体上也是失败的。从元曲到"五四"，是"现代的（资产阶级式）文学的史前时期"⑤。"五四"造成白话新文言，只建立"新式白话的'新的文学'，而不是国语的文学"⑥，即产生不正确的欧化文艺。"五四"到"五卅"前后，新文化内部分裂——"一方面是工农民众的阵营，别方面是依附封建残余的资产阶级。这新的反动思想，已经披了欧化，或所谓五四化的新衣服。这个分裂直到一九二七年下半年方才完成"⑦。从"文学革命"到"革命文学"，尽管是前进的斗争，但在革命文学营垒

---

①　瞿秋白：《学阀万岁！》，《瞿秋白文集》（文学编）第3卷，第187页。

②　瞿秋白：《〈鲁迅杂感选集〉序言》，《瞿秋白文集》（文学编）第3卷，第105页。

③　瞿秋白：《学阀万岁！》，《瞿秋白文集》（文学编）第3卷，第193页。

④　瞿秋白：《普洛大众文艺的现实问题》，《瞿秋白文集》（文学编）第1卷，第477页。

⑤　瞿秋白：《关于整理中国文学史的问题》，《瞿秋白文集》（文学编）第3卷，第84页。

⑥　瞿秋白：《鬼门关以外的战争》，《瞿秋白文集》（文学编）第3卷，第147页。

⑦　瞿秋白：《〈鲁迅杂感选集〉序言》，《瞿秋白文集》（文学编）第3卷，第106页。

内造成欧化风气，"这和革命领导机关的政治上的错误是一样的，客观上帮助了反革命的势力，而使自己和广大的群众隔离起来"①。

瞿秋白从政治、思想、文学成绩、文学革命史上，分别论证从"五四"到20世纪30年代初期，新文化运动在资产阶级领导下已经彻底失败。而"五四"文学革命和当时一切运动都密切相关，"仿佛留声机和唱片的关系一样"②。因此，这段历史时期，包括欧化文艺在内的整个历史都彻底失败。所以，文艺问题也就是政治问题，欧化文艺的批判也就是思想批判和政治批判，更是历史批判，同样要"'由无产阶级反对资产阶级而完成资产阶级民权革命的任务'，准备着，团结着群众的力量，以便'立刻进行社会主义的革命'"③。在这种逻辑思路的推演下，瞿秋白认为：文学革命"首先是要用文学上的新主义推翻旧主义，用新的艺术推翻旧的艺术"④，因此要继续"五四"文学革命，真正造成现代中国文，必须来一个无产阶级的"五四"；"要在思想上武装群众，意识上无产阶级化，要开始一个极广大的反对青天白日主义的斗争"；"应当有一个广大的反帝国主义的国际主义，反封建宗法的劳动民众的民权主义和社会主义的文艺运动——苏维埃的革命文艺运动"⑤。

通过"欧化文艺"的批判溯源，瞿秋白清理"五四"新文化运动以来的历史遗产，既获得"欧化文艺"批判合理性的史

---

① 瞿秋白：《大众文艺的问题》，《瞿秋白文集》（文学编）第3卷，第13、14—15页。

② 瞿秋白：《学阀万岁！》，《瞿秋白文集》（文学编）第3卷，第174页。

③ 瞿秋白：《普洛大众文艺的现实问题》，《瞿秋白文集》（文学编）第1卷，第464页。

④ 瞿秋白：《学阀万岁！》，《瞿秋白文集》（文学编）第3卷，第178—179页。

⑤ 瞿秋白：《普洛大众文艺的现实问题》，《瞿秋白文集》（文学编）第1卷，第476页。

实支撑,对"五四"遗产进行无产阶级革命立场的继承和超越,更寻找到开辟无产阶级必然要取代资产阶级、继续领导自"五四"以来开创的中国现代革命历史的伟大任务。革命文艺仅仅是这项伟大任务的一条战线,革命的普洛大众文艺也仅是这条战线的一个历史目标形态。当然,"欧化文艺"也得成为革命文化战线中的一分子,只不过必须是革命正确的欧化。由此可见,瞿秋白的"欧化文艺"批判,不仅仅是着眼于文艺,更出于政治和革命的考量。

第二节　政治情态里的文艺论战

中国现代文学运动"从来就不是一场纯文学运动"①,既充满大量驳杂复合的口号之争,也发生许多有实质差异的思想论战。中国现代文学发展史呈现出很强的论战形态,概括为"论辩性"② 其实并不太准确,因为很多论争并非平等姿态的理性讨论,不仅存在着诸多不平衡因素,而且夹杂许多策略性考虑。拥有政治革命家和文学家双重身份的瞿秋白,往往主动或被动(主动居多)介入论战。因此,在战斗中成长的瞿秋白的现代文艺思想,更是不时呈现为一种政治情态。③

---

① 刘小中:《瞿秋白与中国现代文学运动》,南京大学出版社 2002 年版,第 1 页。

② 郭国昌:《二十世纪中国文学的大众化之争》,第 1 页。

③ 瞿秋白在 1925 年 6 月 4 日的《〈热血日报〉发刊辞》中写道:"创造世界文化的是热的血和冷的铁,现世界强者占有冷的铁,而我们弱者只有热的血;然而我们心中果然有热的血,不愁将来手中没有冷的铁,热的血一旦得着冷的铁,便是强者之末运。"(瞿秋白:《〈热血日报〉发刊辞》,《瞿秋白文集》(政治理论编)第 3 卷,第 184 页。)在瞿秋白看来,文艺论战无疑是"热的血",实际军事斗争等是"冷的铁",都是革命政治的构成。因此,我认为瞿秋白介入系列文艺论战更多属于政治情态表现。

瞿秋白参与文艺论战问题的前提，是他主动回返文艺战线及其曲线从政的努力。作为刚从政治中心被挤出来的领导人，瞿秋白何以能够重回上海文坛并打开局面呢？被挤出中央政治局后，组织上并没有给瞿秋白安排新工作。作为党的核心人物突然被悬置，瞿秋白只好以请病假的方式进行角色重新定位。杨之华说："秋白在这个时期，一如往常，把全部心思都集中在工作上。他当时每天工作和学习的时间总在十几个小时以上，而且总是按部就班，有条有理。早晨起床后先看报，几份大报看得很仔细，看到有用的材料就剪下来或摘录……看书看报是他作为了解政治形势和文艺界动态的方法之一。他真是如饥似渴地阅读各种书刊，包括反动的，他都想办法买来看。"[1] 这种过于"有条有理"、"按部就班"的日常生活，对于很早就习惯于深夜工作的瞿秋白而言，无疑是反常而奢侈的。可见，瞿秋白此时的精神状态，显得颇有点无事忙的焦虑和身心疲惫。另一方面，从此时"看书看报是他作为了解政治形势和文艺界动态的方法之一。他真是如饥似渴地阅读各种书刊，包括反动的，他都想办法买来看"的情况推理，也的确表现出瞿秋白试图重新在文艺战线上寻找自我的努力。

此外，瞿秋白还多方创造回返文艺战线的条件：连续两次写信给郭质生，请他寄俄文文学书刊、文字拉丁化方面的材料；作小说《"矛盾"的继续》，暗中批判国民党组织的民族主义文艺运动；下旬接到茅盾来访，并讨论《子夜》；冯雪峰送《前哨》创刊号给茅盾遇见瞿秋白，他当面赞叹刊中鲁迅的《中国无产阶级革命文学和前驱的血》写得好。瞿秋白的热情反应，使冯雪峰出于对曾经的领导者的尊敬就势请教，瞿秋白于是便对左翼文化工作发表意见。几天后，瞿秋白请冯雪峰找个能较长时间居

---

① 杨之华：《回忆秋白》，第 94 页。

住的地方,自此与"左联"发生联系。

暂时的安居、与党的文化战线接上关系的喜悦,使瞿秋白顺利完成从政治革命到文学革命的战线转换,并重新爆发出文艺天才和创造力。在创建文艺战线的过程中,瞿秋白还尽力改变"左联"的"关门主义"倾向,① 半年内写出许多重要的长篇论文。不仅如此,瞿秋白还积极运用马克思主义文艺理论,连着参加左翼文坛所有的重大论战:第二次文艺大众化讨论、民族主义文艺运动批判,对"自由人"、"第三种人"论战,发起了"克服庸俗社会学和机械文艺观的斗争"②。记得当初瞿秋白评论普希金的时候,曾说普希金"他并不忘记现实生活的黑暗,往往自觉精神上的孤寂,他忏悔他的绮年。无论怎样黑暗,怎样困苦,我们的诗人决不颓丧。'光明的将来'维持着他的创造力"③。其实,此话用来移评瞿秋白回归文艺战线的努力,也同样恰切。

一 唯政治主义:民族主义文艺运动批判

民族主义与民族主义文艺运动是颇为复杂的问题。但对瞿秋白而言,它们往往是一回事儿,对其态度也始终批判如一,这实在是件奇怪的事情。瞿秋白站在共产国际立场上理解民族主义,自然不存在实质上的民族文化立场考虑。瞿秋白甚至常常以保卫苏联和革命无国界的角度,完全否定民族主义。而对民族主义文艺运动的批判,在此思想基础上又加入国内革命斗

---

① 瞿秋白在"左联"纠"左"过程中的贡献,参见戴知贤《左翼文化运动的引航人——瞿秋白和左翼文化界策略的转变》,《瞿秋白研究文集》,第206—214页。

② 艾晓明:《中国左翼文学思潮探源》,第182页。

③ 瞿秋白:《俄国文学史·普希金》,《瞿秋白文集》(文学编)第2卷,第157页。

争、反对国民党对左翼"文化围剿"的现实考虑。因此，瞿秋白无视民族主义本有的、在思想文化上合理的民族内涵，全盘否定"民族主义"，并将其作为反动和帝国主义代名词一概加以打倒和批判。

瞿秋白致力于批判孙中山先生的民族主义。孙中山曾以"竹杠论"对民族主义有比喻性论述，这个例子反复成为瞿秋白批驳的对象。小说《"矛盾"的继续》里面，瞿秋白不时讽刺孙中山对"民族主义"的比喻式论述；《"五四"与新的文化革命》中，瞿秋白甚至从"五四"开始对民族主义进行清算，认为"五四"是"反对中国圣人的运动"，因此"现在的文化革命是在新的基础之上反对新的中国圣人的运动"①。瞿秋白把民族主义看作是国际主义的死对头，认为反对民族主义就是反对帝国主义，就是反对帝国主义联合进攻"那个'国际主义的国家'"②。简单化的革命逻辑和激进的共产国际革命视野，使瞿秋白迅速地以勃发的革命激情和决绝的态度，对宣称发扬民族主义精神的民族主义文学展开批判。③ 因此，这次文艺批判长期被定性为敌我性质的论战，也被认为是瞿秋白重返文学战线后的首战之功。

1929 年 2 月，国民党首次颁布《宣传品审查条例》。9 月，召开宣传工作会议制定"三民主义"文艺政策。"前锋社"等官方社团率先成立，其骨干成员多具有国民党官方身份，社团背景

---

① 瞿秋白：《"五四"和新的文化革命》，《瞿秋白文集》（文学编）第 3 卷，第 29—30 页。

② 同上书，第 30 页。

③ 瞿秋白认为中西文化差异在于"时间差"，"东西文化的差异，其实不过是时间上的。……是时间上的迟速，而非性质上的差别。"（瞿秋白：《东方文化与世界革命》，《瞿秋白文集》（政治理论编）第 2 卷，第 14 页。）庞朴先生以瞿秋白的"时间差"观点为例，对"五四"一代激进思潮从文化观上进行独特解释。（庞朴：《文化的民族性与时代性》，中国和平出版社 1988 年版，第 106 页。）

则是国民党中宣部部长叶楚伧和掌管 CC 系的陈氏兄弟。① 因此,所有宣传或赞成民族主义的文学团体,都被认为是国民党官方纠集来抵抗普罗革命文学的文艺社团。稍后,直属国民党中宣部的中国文艺社、在国民党中组部间接领导下的开展文艺社等,也相继成立并创办刊物鼓吹"三民主义"和民族主义文艺、攻击左翼文艺和新兴文学。②《前锋周报》第 2 期刊登《民族主义文艺运动宣言》,以丹纳"种族、环境和时代"文艺三要素论为思想理论资源,鼓吹民族主义文艺并攻击左翼文艺。《前锋周报》第 10 期的《编辑室谈话》,指斥普罗文学"封建思想、颓废思想、出世思想仍是乌烟瘴气的弥漫着;而所谓左翼作家大联盟,更是甘心出卖民族,秉承着苏俄的文化委员会的指挥,怀着阴谋想攫取文艺为苏俄牺牲中国的工具,致使伟大作品之无从产生,正确理论之被抹杀;作家之被包围,被排斥;青年之受迷蒙,受欺骗;一切都失了正确的出路:在苏俄阴谋的圈套下乱转。这些,无一不断送我们的文艺,牺牲我们的民族。在这现象下,我们实在不忍再坐视了,而危机的环境也绝对不容我们再坐视了。因此,便齐集于民族主义文艺运动的旗帜下,而负起突破中国文坛当前的危机的任务;同时,更进一层,完成民族主义文艺的使命——为民族而呼喊,为民族而尽力"③。《前锋周报》对普罗革命文学和革命作家的攻击,可谓不遗余力。

《前锋月刊》、《现代文学评论》对左翼文艺的攻击,则显得较为隐秘和相对缓和。除前锋社刊物外,其同盟《当代文艺》、《南风月刊》也大量刊发攻击左翼新兴文学的文章。陈穆如认

---

① 倪伟:《民族想象与国家统制》,上海教育出版社 2003 年版,第 51—52 页。

② 张大明、王保生:《三十年代左翼文艺大事记》,见中国社会科学院文学研究所《左联回忆录》编辑组编《左联回忆录》(下册),中国社会科学出版社 1982 年版,第 785 页。

③ 《编辑室谈话》,《前锋周报》1930 年第 10 期。

为，"所谓的新兴文学完全被一帮盲目的作者戴着新的面具借来宣传他们的争议或受某一阶级的利用——俄国共产主义的一种革命政策，一种企图获得政权的运动——绝不是大公无私，本着研究文艺的宗旨而提倡起来的"①。朋淇更是严厉指斥普罗诗歌是"失望＋诅咒＋空喊＝普罗诗歌"与"空喊＋空喊＋空喊＝普罗诗歌"的公式作品，辱骂普罗诗人是"有似'春天的狗'，在狂'叫'狂'跳……因为他们是，只要能写几句粗暴的标语，高呼几声无意识的口号，就可以戴起诗人的桂冠"②。周子亚认为普罗文学是"显斯底里亚的狂喊"，把"已经喧嘈的文坛，弄得更是乌烟瘴气"③。由国民党纠集的民族主义文艺运动，尽管潮流汹涌、对左翼文艺极尽讽刺辱骂攻击，但一时还没有什么有影响的作品。尽管如此，这些逆流还是引起左翼文艺界注意，并首先激起瞿秋白的政治警惕。而左翼文学界对此的全面警惕和系统批判，则在一年后才真正展开。④

瞿秋白的民族主义文艺运动批判以小说《"矛盾"的继续》为发端。瞿秋白一生中尽管创作总量惊人，但小说创作并不多。而瞿秋白在刚被挤出政治领导层不久，却居然有心情写小说，更显得这篇小说不同寻常。这篇小说按照瞿秋白创作与发表习惯早应发表，但其生前却没有发表，直到就义后才编入《乱弹及其他》，可见这篇

---

① 陈穆如：《中国今日之新兴文学》，《当代文艺》创刊号，1931 年。

② 朋淇：《一九三〇年中国普罗诗歌》，《当代文艺》1931 年第 2 期。

③ 周子亚：《中国新文艺的缺陷及今后的展望》，《南风月刊》创刊号，1931 年。

④ 如叶灵凤和周毓英被左联除名，原因是叶灵凤在《现代文学评论》创刊号上发表《现代丹麦文艺新潮》，被认为是"实际的为国民党民族主义运动奔跑，道地的做走狗"。不久，周毓英也因同样的罪名被左联除名。(《文学导报》第 1 卷，1931 年 8 月 5 日第 2 期）。1931 年 5 月 3 日上午，由数十位青年佯装顾客闯进现代和光华书局门市部，将《前锋》、《现代文学评论》、《南风月刊》等几种民族主义刊物撕毁，并散发"打倒民族主义文学宣言"的传单。(1931 年 5 月 11 日《文艺新闻》第 9 期和 5 月 25 日《开展月刊》第 9 号都有所报道。）

小说既有所寄托也有苦衷。瞿秋白写这篇小说的缘由，是因为《前锋月刊》第3期刊登有小说《矛盾》，而且其作者是"前锋社"《现代文学评论》① 主编李赞华②。《矛盾》刊发后，被热捧为国内创作界罕见的"含有民族主义文艺的中心意识"③ 的代表作。

从题名和内容上看，瞿秋白显然是在戏仿李赞华，借此对民族主义文艺思潮进行批判和攻击。④ 由于采用小说形式构建思想攻击，因此瞿秋白的小说充满许多政治思想论辩和批判。《矛盾》和《"矛盾"的继续》主人公都是"倚徙华洋之间，往来主奴之界"⑤的西崽燕樵。不同的是，《矛盾》中的燕樵，是买办与华人的"中间人"⑥；在瞿秋白笔下，燕樵则为资本家工会组织一员，成为资本家与工人的"中间人"。瞿秋白的小说矛头直指"前锋社"，不仅小说中两次提到《前锋月刊》、《前锋周报》，⑦ 而且通过小说人

---

① 《现代文学评论》隶属"先锋社"，由李赞华主编，1931年4月10日创刊，1931年10月20日停刊，由现代书局出版发行。《现代文学评论》的民族主义文学倾向最为淡薄，很像是一份走中间路线的纯文学刊物。当时为《现代文学评论》撰稿的，除了"前锋社"成员外，还有王平陵等其他国民党文人，中间派作家赵景深、谢六逸、张资平、钱歌川等人。甚至许多左翼作家，如郁达夫、叶灵凤、周毓英、周扬、陈子展、何家怀、孙席珍等作家的大名也经常出现。

② 李赞华，生卒年不详，据《矛盾月刊》第2卷第2期所载：李于"九一八"后赴江西先后任江西《民国日报》总编辑、《新闻日报》总编辑、江西通讯社社务主任及总编辑、江西省反省院管理科主任等职。

③ 汤彬：《矛盾》，《申报》1931年2月12日的"书报介绍"栏。

④ 李赞华的小说《矛盾》引起瞿秋白高度警惕和批判，早在瞿秋白最初写《大众文艺的问题》（初稿断片）中就已经提到，因此瞿秋白的小说《"矛盾"的继续》针对其而作。（瞿秋白：《街头集》，上海霞社1940年版，第43页。）

⑤ 鲁迅：《"题未定"草》，《鲁迅全集》第6卷，第355页。

⑥ 彭维锋认为主人公"燕樵"和瞿秋白一样，都是"中间人"角色的"隐喻"。（彭维锋：《"中间人"的隐喻与瞿秋白思想的转变——瞿秋白〈"矛盾"的继续〉的修辞学阅读》，《济南大学学报》（社会科学版）2008年第2期。）

⑦ 第一次：一心想辞职的燕樵从公司领工资回家，他老婆问："你回来了，《前锋月刊》你替我买了没有？今天不是领着薪水回来了吗？"；第二次：燕樵回家时还是他老婆提醒他"叫他去借两本《前锋月刊》《前锋周报》来看，他想起了市党部里面的叶先生和陈先生——至于王先生那样大人物，还没有结识得上呢"。

物的思想发展和情节演进的对应叙述，对国民党宣扬的民族主义思想进行形象批判。因此，彭维锋认为是"一种隐喻和修辞"，"实际上是瞿秋白思想转变的一个重要标志"①，体现出瞿秋白"重新思考了共产国际/西方思潮与中国革命的关系，认识到了中国问题的特殊性"②。此种解读尽管有提前瞿秋白思想进程的误差，没有考虑此刻其思想状态和生活处境，但对小说批判民族主义文艺运动的意义判断则基本正确。

然而，在瞿秋白生前《"矛盾"的继续》并未发表。对此，瞿秋白当然有苦衷。彭维锋认为是瞿秋白彼时处境艰难和对自己"中间人"角色的强烈反省。③ 诚然，瞿秋白曾说："我第二次回国是一九三〇年八月中旬，到一九三一年一月七日我就离开了中央政治领导机关，这期间只有半年不到的时间。可是这半年对于我几乎比五十年还长！人的精力已经像完全用尽了似的。"④ 但就此来判断瞿秋白当时没发表这篇小说，逻辑似乎有点牵强。因为瞿秋白转入文艺战线后，曾风风火火和鲁迅一起实质领导"左联"。这篇小说既然是批判民族主义文学逆潮，完全可在这时候发表。倘若说瞿秋白批判民族主义文学同时也反省自己，这种解释不符合人之常情，更不符合政治斗争壁垒森严的左翼时期。更可能的解释是，瞿秋白在经历政治打击之后，形成异常警惕和小心、唯恐动辄得咎的心理，这使得他无意再去发表这篇有所寄托的小说。毕竟，在心境和自我身份不明的情境下，瞿秋白不想、也没精力去应对小说发表可能带来的解释疑难。

---

① 彭维锋：《"中间人"的隐喻与瞿秋白思想的转变——瞿秋白〈"矛盾"的继续〉的修辞学阅读》。

② 同上。

③ 同上。

④ 瞿秋白：《多余的话》，《瞿秋白文集》（政治理论编）第7卷·附录，第711页。

　　不久，《前锋月刊》推出民族主义文艺运动的系列代表作《陇海线上》、《国门之战》、《黄人之血》等，理论上也有胡秋原编的《民族主义文艺论文集》出版。一时来势汹汹，对左翼文学造成围攻之势。瞿秋白于是陆续发表《屠夫文学》、《非洲鬼话》、《青年的九月》，对"民族主义文学"进行全面系统详细的解剖。瞿秋白把"民族主义文艺运动"定性为"中国绅商就定做一批鼓吹战争的小说，定做一种鼓吹杀人放火的文学"[①]。《陇海线上》把中国军阀战争比为非洲战场法国客军与非洲人的战争，瞿秋白讽刺说"该打该打，不是讲神话，是讲鬼话"[②]；对于《国门之战》，瞿秋白则说："这里，假造一些谣言，描写民族主义者杀老婆的本领。那又是多么英雄气概。神话化了的岳飞也拉进了剿匪战争，大声叫喊着'壮志饥餐胡虏肉，笑谈渴饮匈奴血'。这种吃人肉喝人血的精神，的确值得帝国主义者称赞：'好狗子，勇敢得很！'"[③]《青年的九月》里，瞿秋白把民族主义文艺运动创作和理论宣传品，上升为思想政治的同类反动现象进行系统批判，认为他们在"歌颂着战争，赞美着'马鹿爱国主义'"[④]，"这是中国资产阶级的丑态"[⑤]。资本家想要让劳动青年当炮灰，"中国的黄金少年要出来弄个什么民族主义文艺的把戏。中国的肥头胖脑的绅士，大肚皮的豪商，沐猴而冠的穿着西洋大礼服，戴着西洋白手套的资本家，本来是帝国主义的走狗。他们的狗种——黄金少年，黄埔少年，五皮主义的少年——自然要汪汪汪的大咬起来，替他们的

---

　　①　瞿秋白：《屠夫文学》（《狗样的英雄》），《瞿秋白文集》（文学编）第1卷，第367页。

　　②　瞿秋白：《非洲鬼话》，《瞿秋白文集》（文学编）第1卷，第366页。

　　③　瞿秋白：《屠夫文学》（《狗样的英雄》），《瞿秋白文集》（文学编）第1卷，第370页。

　　④　瞿秋白：《青年的九月》，《瞿秋白文集》（文学编）第2卷，第31页。

　　⑤　同上书，第32页。

主人做'战鼓',鼓吹战争了"①。

　　不管是《陇海线上》还是《国门之战》,瞿秋白认为都是鼓吹屠杀劳动者的战争文学,"什么《陇海线上》什么……之战……之战吗?民族主义的文学家就高唱吃人肉喝人血的诗词"②。瞿秋白从政治斗争的高度,把民族主义文艺运动的鼓吹之作比作"狗把戏"和"蒙汗药",认为"文艺上的所谓民族主义,只是企图圆化异同的国族主义,只是绅商阶级的国家主义,只是马鹿爱国主义,只是法西斯主义的表现"③。此后,瞿秋白将文艺中心转移到思考普洛大众文艺现实问题上来,但仍不时对民族主义文艺运动进行随手批判。继瞿秋白排炮式地批判民族主义文艺运动后,左翼文坛的其他作家也对"民族主义文学运动"展开全面批判。有着国民党政府权势和金钱支撑的民族主义文艺运动,一方面落入被其他各派文艺者四处声讨的地位;另一方面由于日军在上海吴淞发动侵略战争,④ 而国民党政府又"缺乏连贯性"的文艺政策,因此民族主义文艺运动没能成气候,"左联"反而渐渐取得了"掌控舆论动向的能力"。⑤

　　对民族主义文艺运动的批判,是瞿秋白返回文艺战线后的首次主动出击。在他人还没有完全意识到民族主义文艺运动的政治危险和思想反动意味的时候,瞿秋白作为曾经的革命领导者,凭着政治敏感率先对其发动攻击,引领着其他左翼革命作家进行系统批判。在这次敌我性质的文艺思想交锋中,瞿秋白并不是从文艺理论角度批判和攻击,而是从敌人政治意图的反

---

　　① 瞿秋白:《青年的九月》,《瞿秋白文集》(文学编)第 2 卷,第 34 页。

　　② 同上书,第 35 页。

　　③ 同上书,第 36 页。

　　④ 施蛰存:《重印全份〈现代〉引言》,《现代》影印版第 1 卷,上海书店1984 年印行。

　　⑤ [美]史淑美:《现代的诱惑——书写半殖民地中国的现代主义(1917—1937)》,何恬译,江苏人民出版社 2007 年版,第 341 页。

动性、从该运动的反动的唯"政治主义"角度进行彻底批判。其实，当时攻击民族主义文艺运动的，并非只有左翼革命作家，自由主义作家对民族主义文艺运动的反动政策也同样大加挞伐。其中就包括新月派作家，以及后来因强调文艺自由与左翼展开论战的胡秋原。对此，瞿秋白说得很清楚也看得很透彻。①

瞿秋白对民族主义文艺运动的批判，刚好处于从革命政治斗争转向文艺战线的过渡期。因此，这次论战的成功令他获得重返文艺战线的政治资本。正是出于政治嗅觉的敏锐和思想斗争的深刻发现，使他迅速认清批判民族主义文艺运动的政治意义和文艺论战上的思想价值。尽管这次论战是瞿秋白以对敌人展开文艺思想上的政治批判取得的胜利，但却从此开辟左翼文艺论战在战术上的新天地——以政治思想批判代替文艺理论辩驳、以革命立场否定代替文艺审美讨论。与此同时，新月派和胡秋原等对民族主义文艺运动的批判，也使瞿秋白意识到文艺独特性。因此，在接下来的文艺大众化讨论中，如何处理文艺与革命需要的关系成为瞿秋白的思考中心，这正是瞿秋白文艺大众化思想引起争论的焦点所在。

对民族主义文艺运动的批判，呈现出瞿秋白文艺思想实践初期的特点：政治性和战斗性。这是有着政治革命实践体验的瞿秋白转入文艺战线后的天然禀赋。政治嗅觉的敏锐和思想意识的深刻，使得瞿秋白文艺思想在实践中呈现出鲜明的斗争色彩。通过不断介入论战，瞿秋白越来越注重文艺问题的文艺特性。但政治斗争色彩却成为瞿秋白文艺思想的一大特征。尤其是在敌我性质的民族主义文艺运动批判中，瞿秋白文艺思想历史生成了唯政治

---

①　瞿秋白：《Apoliticism——非政治主义》，《瞿秋白文集》（文学编）第 1 卷，第 542 页。

主义的革命意识形态屏障。

二　阶级立场：第二次文艺大众化讨论

由于瞿秋白认为第一次文艺大众化的讨论失败了，最主要的原因是"普洛文学运动还没有跳出智识分子的'研究会'的阶段，还只是智识分子的小团体，而不是群众的运动"①。因此，在第二次文艺大众化讨论中，瞿秋白不仅是主要参与者更是发起人，而且首先强调必须展开第二次文艺大众化讨论，认为这必须是一场"由无产阶级领导的广泛群众性的'新五四'政治性的'运动'"，是"以继续发扬五四反传统为革命精神，以政治斗争逻辑为武器，以'彻底'继续五四文学革命和实现'文艺大众化'为主要内容，追求最大的文学阶级功利性"②的运动。从上可见，瞿秋白和葛兰西在"大众化"思路上是相通的，③他们都注意到"一般群众的世界观是受大众文化潜移默化的影响和控制"的本质，都从"关于意识形态领导权和大众文化"④的关系展开论说。因此，第二次文艺大众化讨论作为革命政治规划中的文艺运动，在现代文艺思想史上显得特别重要。

第二次文艺大众化讨论，是瞿秋白"引起"⑤的、带有革命策略性的文艺战线行动。如果说第一次文艺大众化讨论还存在论争不深入、偏重从组织上解决问题、忽略作家作用以及瞿秋白急欲重返文艺战线等不足的话，那么，第二次文艺大众化讨论则是瞿秋白结合自己亲身体验长期形成的结果。而其实在此之前，与

---

①　瞿秋白：《"我们"是谁?》，《瞿秋白文集》（文学编）第1卷，第486页。

②　丁言模：《论瞿秋白"第三次文学革命——文艺大众化的运动"》，《瞿秋白研究》第1辑，第192、195页。

③　刘康：《全球化/民族化》，天津人民出版社2002年版，第86—94页。

④　王铁仙：《瞿秋白的大众文艺论与葛兰西的文化霸权理论》，《瞿秋白研究》第13辑，第43—44页。

⑤　茅盾：《文艺大众化的讨论及其它》，《我走过的道路》（中），第148页。

郭质生讨论汉字拉丁化和呼唤"劳作之声"①，就已经是瞿秋白文艺大众化思想的萌芽。

　　瞿秋白再次赴苏时，曾与吴玉章、林伯渠一起研究汉字拉丁化，并制成《中国拉丁式字母草案》。后来，此方案还被用于海参崴华工扫盲，并取得较好效果。因此，瞿秋白"提出汉语拼音化思想和论证拼音化的原则与目标，实质上都是由他的社会政治观决定的"②。于是，第二次的赴苏体验，成为瞿秋白回国后从事文艺大众化讨论的思想资源。其实，林伯修在此之前就在国内撰文，强调要注意解决普洛文学大众化的问题。③ 此后，《大众文艺》等也发表过不少关于大众化讨论的文章，这些都曾引起瞿秋白的注意。等到瞿秋白重返文坛的时候，他已是带着对文艺大众化问题的语言体验来反思文艺大众化讨论得失了。因此，瞿秋白发难之初，就直指语言文字问题，要打鬼门关以外的战争，进行文腔革命。瞿秋白连续发文，激烈批判中国文学语言现状，提出第三次文学革命。这便是瞿秋白文艺大众化思想的发展阶段——文学语言的大众化。

　　"左联"执委会通过的决议《中国无产阶级革命文学的新任务》，拟订7项任务的第4项就是"大众化问题的意义"。国际革命作家联盟《对于中国无产文学的决议案》④ 中，也要求普及大众文艺。于是，左翼文坛继续展开文艺大众化讨论。⑤ 第二次

---

　　① 瞿秋白：《荒漠里——一九二三年之中国文学》，《瞿秋白文集》（文学编）第1卷，第314页。

　　② ［苏联］A. T. 施普林钦：《瞿秋白与中国拼音文字》，马贵凡译，《瞿秋白研究》第7辑，第160页。又参见叶楠《瞿秋白对语言理论的贡献》，《瞿秋白研究》第2辑，第173—182页。

　　③ 林伯修：《一九二九年急待解决的几个关于文艺的问题》，《海风周报》1929年第12期。

　　④ 《文学导报》1931年第8期。

　　⑤ 关于30年代左翼文学运动历史进程的梳理，参见马良春、张大明编《三十年代左翼文艺资料选编》，四川人民出版社1980年版。

文艺大众化讨论初始，瞿秋白首先号召"革命的文艺，向着大众去"①，进而从"用什么话写"、"写什么东西"、"为着什么而写"、"怎么样去写"、"要干些什么"五个方面，系统回答和论述普洛大众文艺的"现实"和"如何现实"。②自此，瞿秋白文艺大众化文艺思想基本形成。而在重写《大众文艺的问题》③时，瞿秋白再次对大众文艺从"问题在那里"、"用什么话写"、"写什么东西"、"前途是什么"④四个方面进行深化提高，要求"在大众之中创造出革命的大众文艺出来，同着大众去提高文艺的程度，一直到消灭大众文艺和非大众文艺之间的区别，就是消灭那种新文言的非大众的文艺，而建立'现代中国文'的艺术程度很高而又是大众能够运用的文艺"⑤。

针对讨论中引起的反驳意见，瞿秋白又陆续写文章，将第二次文艺大众化讨论引向深入。在与"自由人"、"第三种人"关于文艺自由的论辩中，瞿秋白也偶尔涉及文艺大众化问题，但焦点已转移到文艺阶级性和文艺自由问题。从提出"文腔革命"到号召进行"新的文化革命"，刘小中曾按论战角度，把第二次文艺大众化讨论分为"寻找突破口"、"全面建设"、"争鸣论辩"⑥三个阶段，基本概括瞿秋白讨论中的文艺思想转变过程：

---

① 瞿秋白：《大众文艺和反对帝国主义的战争》，《瞿秋白文集》（文学编）第3卷，第5页。

② 瞿秋白：《普洛大众文艺的现实问题》，《瞿秋白文集》（文学编）第1卷，第461—485页。

③ 《大众文艺的问题》是重写的，初稿目前只有部分断片可见，刊于上海霞社1940年1月1日初版瞿秋白著的《街头集》（第41—44页）。

④ 瞿秋白：《大众文艺的问题》，《瞿秋白文集》（文学编）第3卷，第12—21页。

⑤ 同上书，第20—21页。

⑥ 刘小中：《瞿秋白与中国现代的文学运动》，南京大学出版社2003年版，第120—133页。

文腔革命—文学革命—文化革命。[①] 讨论中，瞿秋白认为语言大众化是文艺大众化的先决条件这一观点，给此后的大众语建设讨论提供了思想资源。[②] 魏猛克认为，此后文艺大众化讨论"不但有了理论上的斗争的发展，并且最先涉及到'用什么话写'的文字本身，这实在是大众文学急待解决的先决问题"[③]。

　　然而，第二次文艺大众化讨论，瞿秋白为什么会成为发动者呢？除了重返文艺战线的策略因素和对该问题的思考已成熟外，由于瞿秋白的《大众文艺的问题》过于强调文艺讨论中的政治立场和阶级要求，因而引发他人参与讨论，这是更重要的原因。李长夏回忆说，他读了瞿秋白的论文后，对"宋阳先生"这篇印象"特别"，"并不是因为他的理论错误最多，倒是为了他的理论最有条理，有最大的影响"[④]。李长夏分析道："要谈大众文艺，首先必须对于现在大众的文艺生活有一个明确的估计。这个估计是决不能离开整个的政治经济状况，特别是目前的阶级斗争状况的。宋阳先生恰巧是犯了这种错误，就是把中国劳苦群众的文化生活从当前整个中国政治经济状况中独立出来。"因此，李长夏认为，瞿秋白对于文艺大众化的问题"回答是歪曲了，并且枝生了许多错误"[⑤]。时至今日，仍可以说李长夏的感受和判断相当准确，他不仅道出当时瞿秋白文章影响广泛、乃至引起讨论的原因，而且

---

①　胡明先生也如此理解瞿秋白文艺思想发展的逻辑路线。（胡明：《从文学革命、文腔革命到文字革命——瞿秋白文化革命路线图诠解》，《中国文化研究》2008年第3期。）

②　由此引出日后关于民族形式问题的论争，其意义在中国现代文艺思想史上极为重大。参见汪晖《地方形式、方言土语与抗日战争时期"民族形式"的论争》，《汪晖自选集》，广西师范大学出版社1997年版，第341—375页。

③　魏猛克：《普通话和"大众语"》，原载1934年6月26日《申报·自由谈》。见文振庭编《文艺大众化问题讨论资料》，上海文艺出版社1987年版，第239页。

④　李长夏：《关于大众文艺问题》，原载《文学月报》第1卷第5、6号，1932年10月。见《文艺大众化问题讨论资料》，第163页。

⑤　文振庭编：《文艺大众化问题讨论资料》，第163页。

指出瞿秋白文艺思想中"左"倾和激进的弊病根源。①

　　其实，在讨论展开前，关于大众化问题，瞿秋白已经写出了不少文章。但真正引发讨论的，却是重写的《大众文艺的问题》。此文与《普洛大众文艺的现实问题》存在继承关系，前者是后者的引申和深入，且更强调文艺大众化的"革命"内涵。对此，刘小中认为二者存在发表在内部刊物和外部刊物、观点激烈与平稳等几方面的差异。②然而，排除对"五四"语言的论述差异，从文艺大众化观点实质上看，前者无疑是后者观点的深化提高，且更突出大众化要求的革命内涵。因此，《大众文艺的问题》能引起讨论，主要源于此。发表在外部刊物而读者面更宽泛，当然也有一定关系。

　　由此可见，第二次文艺大众化讨论，是一次标举文艺讨论中的政治立场和阶级取向的文艺论战，鲜明展现出瞿秋白文艺思想中的革命政治本色。这种革命政治第一的思想，制约着瞿秋白对文艺的细腻和审慎思考，但也赋予他在论战中的战斗力和雄辩色彩。

　　瞿秋白参与第二次文艺大众化的讨论，可分为两部分：一部分是因他引起的批评讨论，如茅盾的《问题中的大众文艺》、沈起予在《〈北斗〉杂志社文学大众化问题征文》的发言；李长夏的《关于大众文艺的问题》；另一部分是因他人引起的瞿秋白的批评，如瞿秋白对郑伯奇的批评。其中又以瞿秋白和茅

---

　　① 瞿秋白文艺思想上的"左"倾源于其政治思想上的"左"倾。早在1927年11月至1928年3、4月间，瞿秋白主持党的领导工作，召开党的临时政治局扩大会议上通过《中国现状与共产党的任务决议案》。当中就认为中国资产阶级"已经成了绝对的反革命势力"，小资产阶级"已经不是革命的力量，而是革命的障碍"，鼓吹城市暴动。(《中国现状与共产党的任务决议案》，《布尔塞维克》第1卷，1927年11月28日第8期。)艾晓明先生认为瞿秋白的"左"倾思想还和日共党内福本主义有关。(艾晓明：《中国左翼文学思潮探源》，第118—119页。)

　　② 刘小中：《瞿秋白与中国现代的文学运动》，第130—131页。

盾的讨论最重要和深入。

　　首先对瞿秋白作出回应的是茅盾。瞿秋白"特别着重的说明'一切写的东西'的文字上的革命必要"①，认为在具体的办法上茅盾和他并非绝对相反，但原则分别在于：茅盾"不觉得肃清文言余孽应当是一个群众的革命运动"，只要求作家下功夫修炼。而瞿秋白以为一定要一个自觉的革命斗争，领导群众起来为着活人的言语而斗争。因此，瞿秋白和茅盾的分歧是在于要不要发动一个"攻击'新文言和死白话'的运动"。瞿秋白认为站在群众的观点上，"自然觉得新式文言和旧小说的死白话是'罪孽深重'"②，因此，他再次重申"'文字是末'——在这个意义上——是错误的"③。瞿秋白说的"这个意义上"，即是"站在群众的观点上"，亦即"站在一个自觉的革命的斗争，领导群众起来为着活人的言语而斗争"的立场，也就是共产主义革命的政治立场，无产阶级的立场。可见，瞿秋白反驳的核心，就是韩侍桁说的"宋阳先生不顾那一般的作者们所苦心计划过的而实际上是想在中间维持其生长的一切论议，而简截了当地要求真实的劳动大众所能消化得了的读物的制造了，不是以劳动大众为文学的原料，而是以劳动大众为全部的动向，要制造出劳动大众能够完全享受的文艺作品了"。茅盾没有回应瞿秋白的反批评，他明白两人的观点分歧在于阶级立场，在于讨论中预设的"不同的前提"④。茅盾应该值得庆幸，因为当时没有更多人把这种差异上升到"政治立场"⑤。

---

　　①　瞿秋白:《再论大众文艺答止敬》,《瞿秋白文集》(文学编)第3卷,第45页。

　　②　同上书,第53页。

　　③　同上。

　　④　茅盾:《我走过的道路》(中册),第155页。

　　⑤　侍桁(韩侍桁):《论大众文艺》,《文学评论集》,上海现代书局1934年版,第161页。

　　瞿秋白和茅盾关于文艺大众化的公开论争相当激烈，各成体系各为立场，结局却不了了之，耐人寻味。论争之激烈或许是友谊"另一生动的表现"①，但倘若由此推出两人"对待学术问题上的分歧是如此严肃认真"② 则有点强作解人。此次论争，瞿秋白与茅盾的论辩在表面上都是适可而止，起码茅盾是如此。而且，瞿秋白在《再论大众文艺答止敬》里的行文表达特别周全委婉，乃至茅盾对此的反应显得相当冷静谨慎。除了在写给"迪兄"的信中谈及此事，茅盾没有再回应瞿秋白。然而，茅盾的回应文章，却对瞿秋白造成很大刺激。除《再论大众文艺答止敬》外，瞿秋白还在四封私人书信③里一再论及茅盾的相关论点。四封书信关涉茅盾的缘由，是因为收信人"把茅盾的信转寄给"④ 瞿秋白。这似乎有点奇怪，茅盾写给他人的私信，居然有转寄给瞿秋白的必要？从信件文字来看，瞿秋白和"迪兄"以及"新兄"（"伯新兄"）和茅盾都互相认识而且熟悉。也许是私人书信里的表达没有特别顾忌，瞿秋白对茅盾的批评在信中干脆明了，已经没有了论辩气味。第二次文艺大众化讨论中，瞿秋白还主动与郑伯奇论辩，因为他认为郑伯奇的文章⑤是"最近讨论革命的大众文艺的第一篇文章"，但是存在把"我们"和"群众"对立起来的论述立场，而且还有革命大众文艺发展的"第一重困难在于大众自己"的错

---

　　① 梦花：《战友、诤友和挚友》，载孙淑、汤淑敏主编《瞿秋白与他的同时代人》，南京大学出版社 1999 年版，第 388—389 页。

　　② 同上。

　　③ 除了《再论大众文艺答止敬》外，瞿秋白还在《致迪兄》（一）、《致迪兄》（二）、《致新兄》、《致伯新兄》四封私人书信里，一再论及茅盾的回应文章《问题中的大众文艺》的相关论点。

　　④ 瞿秋白：《致迪兄》（一），《瞿秋白文集》（文学编）第 3 卷，第 330 页。

　　⑤ 据瞿秋白文中提示，此文是郑伯奇化名何大白写的《大众化的核心》。（瞿秋白：《"我们"是谁?》，《瞿秋白文集》（文学编）第 1 卷，第 486 页。）据郑伯奇回忆，此文已经查找不到了，发表情况也不得而知。[郑伯奇：《回忆瞿秋白烈士》，《群众日报》（西安）1952 年 6 月 18 日。]

误观点,"充分的表现着智识分子脱离群众的态度,蔑视群众的态度",是一种"把群众放在反动思想的影响之下"的"等待主义"。① 但是,郑伯奇并不完全同意他的观点。为此,瞿秋白曾派夏衍约谈郑伯奇并进行说服。② 谈话的效果很明显,态度的转变很快体现在郑伯奇下一篇文章中。③ 由此也可见,第二次文艺大众化讨论本身蕴涵的政治思想压力非同寻常。

尽管瞿秋白既不位居中央,也不是组织指定的文艺战线领导,但不管是对茅盾还是郑伯奇,在前提上瞿秋白和他们的讨论都不是立足点平等的论辩。从双方论辩思路看,尽管有些文艺问题一开始都是就事论事,但最后都不免存在以立场差异代替论辩内容辨析的特征,甚至以政治立场的优势来压倒对不同文艺观点的讨论深入。

此外,文艺大众化讨论还关涉到中国现代文艺思想史上的"普及"与"提高"、"形式"与"内容"的久远之争。对在政治与文学中各执一词的选择者而言,瞿秋白与茅盾之争不仅是文学选择,更是政治现实需要。即便自认为处于同样的政治立场的瞿秋白与郑伯奇之间,他们也存在着是否意识到革命与群众之间存在革命领导权争夺的问题。这是文艺大众化问题在革命语境遭遇复杂命运的一次呈现。④ 而对这一特殊的论争,赵树理曾有过

---

① 瞿秋白:《"我们"是谁?》,《瞿秋白文集》(文学编)第1卷,第489—490页。

② 郑伯奇:《回忆瞿秋白烈士》,《忆创造社及其他》,香港三联书店1982年版,第161—166页。

③ 郑伯奇:《文学的大众化与大众文学》,《北斗》第2卷,1932年7月20日第3、4期合刊。

④ 包忠文先生、陈辽先生曾就此问题发文讨论了瞿秋白文艺大众化论述对当下文艺现状的借鉴意义。(包忠文:《略谈当代文艺的低俗化倾向——兼谈瞿秋白的有关论述》,《瞿秋白研究文丛》第1辑,第172—178页;陈辽:《瞿秋白的通俗文学理论及其现实意义》,《瞿秋白研究》第9辑,第218—228页。)

朴素的总结，他说："因了近来一度的文白之争，接连着提出值得讨论的问题，便是应否欧化与大众语等问题。似乎这是在过去已经热烈的讨论过，而被人遗忘了的。但现在又重新提了出来，这正足以说明，是件很迫切而不容许轻视的事。……首先我以为应该慎重的是出发点的问题。需知道这问题的提出是为大众，不但是想让文学渐渐的接近大众，有欣赏能力，并且有创造的可能和机会，使文学变成社会的东西，变成为大众、由大众的东西。如果仍然固执着对文人学士说话的态度，我敢武断的说，无论讨论到什么时候，也不能把握住问题的重心，得不出个确当的结论。这并不是放低文学的价值，并不是牵就，这是个事实发展的真实的过程。"①

尽管朴素的论争变得如此复杂，但也的确呈现出瞿秋白文艺思想重返文坛后的历史实践形态。茅盾发现瞿秋白和他的歧见，是在"从不同的前提来争论的，即我们对文艺大众化的概念理解的不同"②。郑伯奇在谈话后，检讨自己"始终不能脱掉小资产阶级的皮"③。茅盾的表述相当谨慎，郑伯奇的检讨有点"今之视昔"的沉痛。再结合李长夏的感受和判断，可见瞿秋白重返文艺战线后，其文艺思想呈现出"偏激"和"左"倾色彩。不仅以革命立场为文艺思想探索的纲领，而且甚至有为革命暂时忽略文艺的做法。

讨论之后，瞿秋白很清楚地意识到自己论说方式的弊病和根源，并自觉进行修正和调整。茅盾认为瞿秋白文艺思想是在系列讨论和论战实践中发展的，因此不仅要理解到"二十年前，文

---

① 赵树理：《欧化与大众语》，《和青年作者谈创作》，第134、136页。

② 茅盾：《瞿秋白在文学上的贡献》，《回顾文艺大众化的讨论》，《文艺大众化问题讨论资料》，第421页。

③ 郑伯奇：《回忆瞿秋白烈士》，《忆创造社及其他》，香港三联书店1982年版，第161—166页。

艺理论上若干问题,还没有得到正确的结论,——那时候,一般的理论水平都不见得太高,所以,秋白在那时候的文艺评论在若干论点上有时不免有点偏向,我们正不必为他讳",同时也应该肯定瞿秋白"值得我们钦佩,而且我们应当向他学习的,是他的决不固执己见的态度"①。

的确,总体上属于同一革命营垒的第二次文艺大众化讨论,瞿秋白文艺思想呈现出开放形态。②尽管有偏激色彩和过激观点,但讨论和商量之后,瞿秋白还是迅速克服自己将文艺战线论辩直接等同于政治革命斗争的急躁心态,渐渐注重对马克思主义文艺理论的译介和在中国语境里的建设,为左翼文学的文艺理论发展作出了巨大贡献。因此,王铁仙认为:"在现代文学史上,正是瞿秋白,第一次明确提出:为工农大众服务,与工农大众相结合,是无产阶级文艺运动的中心问题。他还初步阐明了解决这个问题的关键,在于作家向工农大众学习,转变自己的小资产阶级思想感情。他承前启后,既坚持和深化了早期共产党人关于革命文学的主张,又为后来在《延安文艺座谈会上的讲话》工农兵方向的提出,提供了有益的思想材料。"③

---

① 茅盾:《瞿秋白在文学上的贡献》。
② 1933年冬在去中央苏区前,瞿秋白翻译了普希金的著名叙事长诗《茨冈》(未竟)。在誊清本的衬页上,瞿秋白用拉丁字母写着"第一次用普通的白话写诗的尝试"。(罗果夫主编:《普希金文集》,戈宝权编译,上海时代出版社1953年版,第92页。)由此可见,瞿秋白的文艺大众化实践努力不仅体现在革命文艺理论争论上,而且已注意到审美艺术因素。
③ 王铁仙:《瞿秋白论稿》,第106—107页。王永生主编的《中国现代文学理论批评史》(中册)也持类似评断,认为"如果把《延安文艺座谈会上的讲话》看成是对革命文艺运动历史经验高度的理论总结,那末,它所确立的文艺为广大的人民群众、首先为工农兵群众服务的一系列重要原则,显然汲取了'左联'时期关于文学大众化问题的理论探讨成果,尤其是瞿秋白在上述问题上的深刻见解"。(王永生主编:《中国现代文学理论批评史》(中册),贵州人民出版社1988年版。)

三　绞缠与开放：文艺自由论辩

文艺创作自由的辩论，是中国现代文坛上"一个很重要的论争"①。这次论争"以文艺创作的自由为问题中心的，虽然牵涉到旁的方面是很多"②。的确，此次论争里文艺并不是中心，文艺自由与政治规约的关系才是要害。但苏汶的"旁的方面"，却是瞿秋白等人的"正面"。因此可以说，文艺自由论辩是文艺与政治错位的论争。至于论战中摘取个别词语形成替代性的论战称谓，既是鲁迅"贬痼疾常取类型"③的手段，也是称谓的政治修辞术。朱自清就说："'第三种人'是被'左'倾宗派主义的铁门评出来的名词，本没有成立的必然和可能，不如取消。"④

文艺自由论辩的起因，是胡秋原发表的《阿狗文艺论》。胡秋原的本意是批判"民族主义文艺运动"，但因文中顺带批评左翼"武器文学"的做法而"激怒了左翼的文艺团体者"。⑤况且，文艺自由论辩又"时常被牵涉到而读者必须参看的'自由人文化运动'和'文艺大众化'这两个问题"⑥。因此，最终演变成以左翼诸君为主的论辩。胡秋原的《钱杏邨理论之清算与民族文学理论之批评》、苏汶的《关于〈文新〉与胡秋原的文艺论辩》则促使论辩白热化，直至中共中央宣传部部长张闻天的《文艺战线上的关

---

① 《现代》第 3 卷第 1 期，封底 3，1933 年 5 月 1 日出版。

② 苏汶：《编者序》，《文艺自由论辩集》，上海现代书局 1933 年版，第 1 页。上海书店 1982 年印行的影印本。

③ 鲁迅：《伪自由书·前记》，《鲁迅全集》第 5 卷，第 4 页。

④ 朱自清：《中国新文学研究纲要》，《文艺论丛》第 14 辑，第 9 页。

⑤ 侍桁（韩侍桁）：《论"第三种人"》，《文学评论集》，第 187 页。

⑥ 苏汶：《编者序》，《文艺自由论辩集》，第 5 页。

门主义》①刊出，论辩才基本结束。

文艺自由论辩可分为两阶段，以《文化评论》、《文艺新闻》、《现代》、《文学月报》为双方的论辩阵地，《读书杂志》则在里面起转折作用，《现代》是共同的平台。瞿秋白介入的主要是以《现代》为平台的第二阶段，也是论辩的深入阶段。纵观文艺自由论辩进程，瞿秋白共写有四篇文章：《"自由人"的文化运动》和《财神还是反财神？》中的《狗道主义》和《红萝卜》两则，是批判"自由人文化运动"；《文艺的自由和文学家的不自由》、《并非浪费的论争》，则是反驳胡秋原和苏汶。瞿秋白零星文章②也偶尔涉及此次论辩。也就是说，瞿秋白自始至终参加了文艺自由论辩，其中包括反对"自由人文艺运动"和反对"第三种人"的两个阶段，实质批判对象则分别是胡秋原和苏汶。但瞿秋白对其批判起因和着重点有同有异，需要厘清看待。

胡秋原的《阿狗文艺论》，主张"艺术者，是思想感情之形象的表现，而艺术之价值，则视其所含蓄的思想感情之高下而定。所以，伟大的艺术，都具有伟大的情思"。胡秋原还引用安德列夫的话，认为"文学之最高目的，即在消灭人类间一切的阶级隔阂。所以，只有人道主义的文学，没有狗道主义的文学"③。胡秋原的批判焦点，是民族主义文艺运动及其发布的宣言。因此，他在文中不止一处地批判民族主义文艺运动，说它们

---

① 张闻天（署名"歌特"）：《文艺战线上的关门主义》，《斗争》1932年11月3日第30期。1933年1月15日略为删改转载于《世界文化》（署名"科德"）。

② 瞿秋白：《"爱光明"》、《"向光明"》、《"Apoliticism"》，《瞿秋白文集》（文学编）第1卷，第541—544、548—551页。

③ 胡秋原：《阿狗文艺论——民族文艺理论之谬误》，《文化评论》创刊号1931年12月25日。转引自吉明学、孙露茜编《三十年代"文艺自由"论辩资料》，上海文艺出版社1990年版，第8页。

是"中国文艺界上一个最可耻的现象"①。

　　除了总体思想批判外，胡秋原还对《民族主义文艺运动宣言》进行逐段批判和否定。然而，在批判过程中，胡秋原的确牵扯到左翼普洛文学。例如，在分析民族主义文艺的本质时说："到了去年，随着中国'内乱'之尖锐，独裁政治之强化，盲动主义之急进与败北，所谓普洛文学之盛极而衰，在感觉最敏锐的文艺领域中，开始见法西斯主义之萌芽。为这萌芽之具体表现者，即所谓'民族主义文艺运动'。"②在该文的第一节里，胡秋原先是"慨叹中国文艺界封建意识与阶级意识之横行，而认为'新文艺之危机'即在'整个文艺运动中缺乏中心意识'"③。同时，他又借题发挥："我就不明白为什么要什么'中心意识'？文化与艺术之发展，全靠各种意识互相竞争，才有万华撩乱之趣。中国与欧洲文化，发达于自由表现的先秦与希腊时代，而僵化于中心意识形成之时。用一种中心意识独裁文坛，结果，只有奴才奉命执笔而已。那是什么艺术？各种意识之竞争批评，正是光明而不是危机；而要用什么民族意识来包办，才真是危机，不，简直是牲畜道而已"④。诸如此类的连带分析与批评，加之一些倡导文艺自由的言语，如："文学与艺术，至死也是自由的、民主的"、"将艺术堕落到一种政治的留声机，那是艺术的叛徒。艺术家虽然不是神圣，然而也决不是叭儿狗。以不三不四的理论，来强奸文学，是对于艺术尊严不可恕的冒渎"⑤ 等，更是刺痛左翼在革命对垒时期异常敏

----

　　① 胡秋原：《阿狗文艺论——民族文艺理论之谬误》，《三十年代"文艺自由"论辩资料》，第9页。

　　② 同上。

　　③ 同上书，第10页。

　　④ 同上。

　　⑤ 同上书，第8—9页。

感的政治神经，并因此引起左翼革命作家的奋力反击。

胡秋原本意旨在批判民族文艺理论的文章，反而成为左翼革命作家反对"自由人文化运动"的开端。同时，胡秋原在《真理之檄》中还认为："现在正是需要我们来彻底重估一切价值的时代"、"今后的文化运动，就是要继续完成五四之遗业，以新的科学的方法，彻底清算，再批判封建意识形态之残骸与变种"。胡秋原以"真理之守护者"宣称自己是"自由的智识阶级，完全站在客观的立场，说明一切批评一切"①。胡秋原的这种气势和野心，自然也引起左翼革命作家不满，况且还涉及"五四"文化运动领导权问题。

左翼作家大多刚从大革命失败低潮中走过来，他们刚刚消散民族主义文艺运动的反动政策，正需要警惕和寻找新的战斗目标。此外，20世纪30年代初期的上海社会氛围里，不革命就是反革命的二元对立思维也使左翼文坛变得异常排外，即关门主义和宗派主义色彩极为浓厚。加上种种来自文章解读的、或真批评、或真误解的原因，胡秋原及《文化评论》自然成为左翼革命作家和《文艺新闻》的批判目标，被认为是属于某类人的文艺运动。胡秋原的文章发表后，左翼革命作家阵营里的谭四海、"文艺新闻社"等较早展开批评。胡秋原也继续撰文回应，这是文艺自由论辩第一阶段。

《读书杂志》第2卷第1期，胡秋原发表长文《钱杏邨理论之清算与民族文学理论之批评》。这篇有着马克思文艺理论依托的批评，旨在对当时左翼批评健将钱杏邨进行清算，同时批判民族主义文艺运动的谬误。副标题"马克思文艺理论之拥护"，道出论者的理论意图和背景，也向左翼文坛提出"马克思主义文

---

　　① 胡秋原：《真理之檄》，《文化评论》创刊号，1931年12月25日。转引自《三十年代"文艺自由"论辩资料》，第4页。

艺理论"的解释权威，这也是革命领导权的正统所在。胡秋原在"按语"中写道：

> 最近三四年来，中国文艺理论界又一个最大的滑稽与最大的丑恶。前者即是左翼文艺理论批评家钱杏邨君之"理论"与"批判"，后者即是随暴君主义之盛衰而升沉的民族文艺派之"理论"与"创作"。①

胡秋原将左翼文坛与民族主义文艺运动相提并论的批评，无论批评策略还是批评立场都犯了大忌。况且，此文发在当时影响最大的《读书杂志》，其产生的负面影响之大前所未有。此文一出，迅即标志着文艺自由论辩转入第二阶段。

曾经身为共产主义革命领袖的瞿秋白，在文艺自由论辩中，看到胡秋原文中的"盲动主义之急进与败北，所谓普洛文学之盛极而衰"②之类的话语，他那本来就敏感的政治神经和痛苦的政治命运，再度被深深刺痛。况且，"将艺术堕落到一种政治的留声机，那是艺术的叛徒。艺术家虽然不是神圣，然而也决不是叭儿狗。以不三不四的理论，来强奸文学，是对于艺术尊严不可恕的冒渎"、"我就不明白为什么要什么'中心意识'？文化与艺术之发展，全靠各种意识互相竞争，才有万华撩乱之趣"③之类的表述，一再强调争夺文艺战线领导权的瞿秋白，自然明白胡秋原的这些话对左翼文艺思想潜在的颠覆危险。而稍后胡秋原的

---

① 胡秋原：《钱杏邨理论之清算与民族文学理论之批评——马克思文艺理论之拥护》，《读书杂志》第 2 卷第 1 期，1932 年 1 月 30 日。转引自《三十年代"文艺自由"论辩资料》，第 42 页。

② 胡秋原：《阿狗文艺论——民族文艺理论之谬误》，《三十年代"文艺自由"论辩资料》，第 9 页。

③ 同上书，第 10 页。

《钱杏邨理论之清算与民族文学理论之批评》，又对左翼文坛严肃提出"马克思主义文艺理论"的正确解释和权威理解问题。偏偏瞿秋白又不仅是左翼文坛中唯一两次到过苏俄，而且对文艺创作和马克思列宁主义文艺理论都有一定威望的作家和领导人。因此，无论是于公于私、于情于理，还是于现在于将来，瞿秋白对胡秋原展开反击都是理所当然、势所必然的事情。

瞿秋白写《"自由人"的文化运动》，这篇作为"社论"性质的长文占当日《文艺新闻》的整版还多。瞿秋白批判胡秋原的三个方面：一是胡秋原代表的"自由人"的"知识阶级"的立场；[①] 二是答复"究竟是谁担负着反封建的文化革命"；[②] 三是批判胡秋原的"五四"文学革命观。[③] 瞿秋白的《财神还是反财神？》，对胡秋原的《真理之檄》针锋相对地提出"中国只有狗道主义的文学，而没有人道主义的文学"[④]，"自由的智识阶级"自己认为是"群众之上的一个'阶级'，把群众的文化斗争一笔勾消"[⑤]。瞿秋白对胡秋原等发起的批判文章，都发表在左翼刊物上面，而且或匿名或化名。但《"自由人"的文化运动》则是作为文艺新闻社"社论"发表，可见瞿秋白在左翼文艺战线上的威望和实质性的领导地位。同期的《文艺新闻》还刊载《布力汗诺夫的〈艺术与社会生活〉中的错误》[⑥]。布力汗诺夫即普

---

① 瞿秋白：《"自由人"的文化运动——答复胡秋原和〈文化评论〉》，《瞿秋白文集》（文学编）第 1 卷，第 499 页。

② 同上书，第 499—500 页。

③ 同上书，第 502 页。

④ 瞿秋白：《财神还是反财神？·狗道主义》，《瞿秋白文集》（文学编）第 1 卷，第 403 页。

⑤ 瞿秋白：《财神还是反财神？·红萝卜》，《瞿秋白文集》（文学编）第 1 卷，第 408 页。

⑥ 《布力汗诺夫的〈艺术与社会生活〉中的错误》，文末注"塞琪译自第三期《世界革命文学》"，《文艺新闻》第 56 号第 5 版，1932 年 5 月 23 日。而《艺术与社会生活》注明是"雪峰译，水沫版"。（上海文艺出版社 1963 年 3 月根据原刊影印。）

列汗诺夫，正是胡秋原的理论所宗。可见，此文是有意配合着瞿秋白的社论。

　　奇怪的是，对胡秋原这篇影响很大的长文，瞿秋白并未马上反击。首先反批评的却是冯雪峰《"阿狗文艺"论者的丑脸谱》①。苏汶看到胡秋原和瞿秋白两篇"表面上似乎没有多大连续性而实际上是十分针锋相对"的"煌煌大文"之后，反而感到"很大的兴味"。胡秋原文章的副标题也令他觉得有趣，因为"钱杏邨先生也是曾经把自己视为 100% 的马克思主义者的"②。凭着编辑的职业敏感，苏汶发觉里面暗含着争夺马克思主义文论的正统解释权的实质，苏汶称之为"文艺舞台替我们排演的一出《新双包案》"③。本来是"左联"革命作家批评胡秋原及其"自由人文化运动"，不料曾是"左联"成员的苏汶，此刻却自称"第三种人"跳出来为胡秋原辩护。而且在调停论争的外表下，苏汶还对"左联"的理论和活动提出批评，这自然引起左翼文坛更大注意。苏汶认为自己和胡秋原"提出意见最多"，而左翼文坛在论争的前期，"却不但把这提出意见认为是'对于无产阶级文学的不满'，甚至竟把它扩大为一种政治的阴谋，并且从而加以猛烈的抨击。这是论争前期的姿态"。苏汶也承认，自己的文章"的确写得太'拐弯抹角'了一点，以致左翼文坛便怀疑我是胡先生的那个所谓'政治阴谋'的声援"。苏汶的追述基本符合事情原委。但在论辩中，不仅仅是由于他的文章写得太拐弯抹角，而且还因为苏汶对论

　　① 这是刊在《文艺新闻》1932 年 6 月 6 日第 58 号时编者加的题目。后来在苏汶编《文艺自由论辩集》时，冯雪峰特意嘱正为《致〈文艺新闻〉的一封信》。参见《三十年代"文艺自由"论辩资料》，第 78 页的文题注释。
　　② 苏汶：《关于〈文新〉与胡秋原的文艺论辩》，《三十年代"文艺自由"论辩资料》，第 92 页。
　　③ 同上。

争双方貌似调停、实则加剧论辩的评述，有时恰恰说出论争双方都不想触及的论辩本质。苏汶其实相当清楚，他的文章在当时对左翼文坛造成的内在的攻击。①

瞿秋白于是撰文分别批驳胡秋原和苏汶，开头引用列宁在《党的组织和党的文学》中揭露资产阶级文艺自由的名言。对胡秋原，瞿秋白主要揭露其自命为马克思主义者的荒谬，认为"他的所谓'自由人'的立场不容许他成为真正的马克思主义者"②。因为在事实上，"著作家和批评家，有意的无意的反映着某个阶级的生活，因此，也就赞助着某一阶级的斗争。有阶级的社会里，没有真正的实在的自由"③。胡秋原的文艺理论"其实是反动阶级文学的理论"④，"最重要的是他要文学脱离无产阶级而自由，脱离广大的群众而自由"⑤，所以实际上"恰好把普列汉诺夫理论之中的优点⑥清洗了出去，而把普列汉诺夫的孟塞维克主义发展到最大限度——变成了资产阶级的虚伪的旁观主义"⑦。

对于苏汶，瞿秋白指出他"这种文章是达到某种政治目的

---

① 苏汶：《编者序》，《文艺自由论辩集》，第1—5页。

② 瞿秋白：《文艺的自由与文学家的不自由》，（《现代》第1卷第6期。文中两个小标题：一、"万华缭乱"的胡秋原；二、"难乎其为作家"的苏汶。）《瞿秋白文集》（文学编）第3卷，第57页。

③ 瞿秋白：《文艺的自由与文学家的不自由》，《瞿秋白文集》（文学编）第3卷，第61页。

④ 同上。

⑤ 同上。

⑥ 瞿秋白认为的"普列汉诺夫理论之中的优点"应该就是托洛茨基说的"普列汉诺夫乃是马克思主义的别林斯基，是这一高贵的政论朝代的最后一个代表。别林斯基们在文学上凿出一个通向社会的通风口，——这便是他们的历史作用"。〔俄〕托洛茨基：《文学与革命》，刘文飞、王景生、季耶、张捷译，北京外国文学出版社1992年版，第195页。

⑦ 瞿秋白：《文艺的自由与文学家的不自由》，《瞿秋白文集》（文学编）第3卷，第58页。

的锐利的武器"①，批驳他关于煽动与艺术不能并存的观点，肯定左翼文艺政治性和革命性。胡秋原对瞿秋白和苏汶之间的论争，可谓旁观者清。他认为二者"辩论的中心问题，实际上是革命与艺术之关系问题，文艺之倾向性问题"②。由于立场不同，辩论双方自然拢不到一起。但身为"左联"成员的苏汶，其文章的发表更是引起左翼的集体批判。论战阵地开始转移到以《现代》为中心，论战双方的阵容变成以左翼革命作家为一方、胡秋原和苏汶为另一方。胡秋原继续发表《浪费的论争》，就瞿秋白《文艺的自由与文学家的不自由》进行辩驳。瞿秋白则刊出《并非浪费的论争》③作回应。双方就文艺与政治（革命、阶级、大众）的关系、普列汉诺夫的理论得失、对钱杏邨的批评问题、自由主义文艺理论与左翼文艺理论及其与马克思列宁主义文艺理论的关系等展开辩驳。瞿秋白指出，胡秋原是托洛茨基派的文艺理论家，所持的马克思主义文艺理论是"去过势的"，恰好形成"反革命派别的政治主张之在文艺理论上的反映"，事实上"至少被他们利用着，并且他也仿佛甘心被利用，在群众面前他已经是敌人的冲锋队里面的一个了。事实上是如此，客观上也是如此"。瞿秋白抱着列宁主义的态度，认为"承认朴列汗诺夫在艺术理论以及哲学理论上，有着很宝贵的成绩；我们必须去研究，去学习它"、"要学习朴列汗诺夫，所以也要研究和了解他的错误"。瞿秋白认为他与胡秋原的分歧是"两种不同的立场"。胡秋原对安德列夫的人道主义

---

① 瞿秋白：《文艺的自由与文学家的不自由》，《瞿秋白文集》（文学编）第3卷，第63页。

② 胡秋原：《浪费的论争——对于批判者的若干答辩》，原载《现代》第2卷第2期，1932年12月。转引自《三十年代"文艺自由"论辩资料》，第230页。

③ 一说此文是瞿秋白与冯雪峰讨论后，由瞿秋白执笔起草并以冯雪峰的笔名"洛扬"发表。故此文同时被编入文学编第3卷和《雪峰文集》。

和文艺创作自由主义说的"许多的解释和辩护的话"，瞿秋白认为"这里是包含许多性质上不同的问题的"，如"言论自由"、革命"为争取大多数的解放（自由）"和"普罗革命文学或左翼内部的所谓'创作的自由'，以及对于同路人的政策"；瞿秋白再次强调，文艺大众化"必须在无产阶级的领导之下，应当以群众为本位"①。瞿秋白讥讽胡秋原，说他其实是"爱着灯光式的光明"，最好还是"交头接耳的暗黑"②。

在文艺自由论辩中，瞿秋白的文艺革命思想第一次被激发起马列主义文论的正统意识，迫使他开始认真系统地思考马列文论的译介和在中国的阐释体系的构建问题。在和有一定马克思主义文论修养的胡秋原、有着文艺实践经验素养的苏汶进行论战的过程中，瞿秋白也认识到，左翼仅靠革命立场来解决文艺问题的方式和思路，的确显得有点生硬和"横暴"③。

面对论争对手的日益强大，瞿秋白认识到系统地理解苏俄文论的紧迫性，以及在中国建构马列文论解释体系的必要性。参加文艺自由论辩，使瞿秋白文艺思想获得革命性的成长，也多少认识到文艺问题的独特性。这既造就瞿秋白文艺思想在革命统战立场上的开放视野，也使瞿秋白对革命与文艺的关系思考上升到辩证高度。与此同时，瞿秋白文艺思想在论争中不断自我完善的开放性，也使得他在参与论战时仍能不乏"平心静气地讨论真理"④的论辩风度。从学理层面上，这反而对左翼文艺理论渐渐获得文艺理论意义上的威权作出贡献。

---

① 瞿秋白：《并非浪费的论争》，《瞿秋白文集》（文学编）第 3 卷，第 89—93 页。

② 瞿秋白：《"爱光明"》，《瞿秋白文集》（文学编）第 1 卷，第 548 页。

③ 苏汶：《编者序》，《文艺自由论辩集》，第 2 页。

④ 胡秋原：《浪费的论争——对于批判者的若干答辩》，转引自《三十年代"文艺自由"论辩资料》，第 218 页。

第三节　文学交往①中的革命与温情

瞿秋白"左联"时期的活动并非都是单纯的文艺活动或个人日常活动，文艺论战如此，与鲁迅和茅盾的交谊是这样，乃至于对泰戈尔和萧伯纳访华的反应②也是瞿秋白"构筑世界无产阶级革命文化体系中的一个有机环节"③。而其中，要数瞿秋白与鲁迅、茅盾之间的文学交往活动影响最大。

一　瞿鲁交谊的讨论

瞿秋白、鲁迅与"左联"因 30 年代左翼文化"反围剿"而紧密结合，④ 瞿秋白的书生政治家角色在这一时段，尤其得以和谐

---

① "文学交往"的概念和有关理论界说由西格弗莱德·J. 施密特发展出来，其基本概念之一是"成规"，参见西格弗莱德·J. 施密特（Schmidt, Siegfried J.）在《文学的经验主义研究基础》（*Foundations for the Empirical Study of Literature*）中的论述。参见［荷兰］佛克马、易布思《文学研究与文化参与》，俞国强译，北京大学出版社 1996 年版，第 31 页。

② 参见郝庆军的《诗学与政治：鲁迅晚期杂文研究（1933—1936）》的第四章第二节《萧伯纳在一个意识形态分析的文本》。郝庆军：《诗学与政治：鲁迅晚期杂文研究（1933—1936）》，北京文化艺术出版社 2007 年版，第 167—179 页。

③ 王文强：《瞿秋白文化思想的发展历程》，《瞿秋白研究》第 12 辑，第 224 页。

④ 瞿鲁交谊后，王晓明先生认为鲁迅从此踏入政治斗争的"漩涡"，摆出了一副"新姿态"，陷入"心理危机"。（王晓明：《无法直面的人生——二十年代晚期的鲁迅思想》，见王晓明主编《二十世纪中国文学史论》第 1 卷，上海东方出版中心 1997 年版，第 456—494 页。）郝庆军先生则认为它表明"鲁迅的亲共亲苏倾向已经不容置疑"，却是"业已成为文学史和革命史上的一段佳话"。（郝庆军：《诗学与政治：鲁迅晚期杂文研究（1933—1936）》，北京文化艺术出版社 2007 年版，第 55 页。）这本质上都关涉到对鲁迅与中共的关系如何看待的问题。毋庸讳言，瞿鲁交谊有着中共对鲁迅的借重和利用因素，鲁迅也承认"梯子之论，是极确的"。（鲁迅：《致章廷谦》1930 年 3 月 27 日，《鲁迅全集》第 12 卷，第 8 页。）这是一方面；另一方面也是鲁迅本人为了做"于中国更为有益"［鲁迅：《忆刘半农君》（1934 年 10 月），《鲁迅全集》第 6 卷，第 73 页。］的事情而"当然，要战斗下去！"，甘心"仍旧打杂"的主动之举。［鲁迅：《致萧军》（1935 年 10 月 4 日），《鲁迅全集》第 13 卷，第 226 页。］

统一。如果说瞿秋白一生中心态平和的阶段不多，那么"左联"时期无疑算一个。连论辩对手胡秋原，也称赞瞿秋白此时颇有的论辩风度。而在文学史上，瞿秋白在这一阶段的工作，不仅为革命争取鲁迅这面文艺战线上最重要的旗帜，而且为后来的鲁迅研究确立了马克思主义文艺批评基本范式，同时也奠定他本人作为中国马克思主义文艺理论家、批评家、翻译家的基本内涵。

　　1931 年 5 月初，瞿秋白在茅盾家初次见到左联党团书记冯雪峰。① 过了几天瞿秋白托冯雪峰找个能长时间居住的地方，准备"翻译苏联的文学作品"②。不久，瞿秋白夫妇迁到谢澹如家，从此开始和左联发生关系且较直接地领导③"左联"。冯雪峰"大概三四天到他那里去一次，至少一个星期去一次，主要是去和他谈左联与革命文学运动的情况，讨论问题，和拿他写的稿子"④。但事后，冯雪峰坚持认为，"秋白同志来参加领导左联的工作，并非党所决定，只由于他个人的热情；同时他和左联的关系成为那么密切，是和当时的白色恐怖以及他的不好的身体有关系的"⑤。钱云锦也认为，瞿秋白是"通过冯雪峰和澹如了解左联和文化界动向"⑥。可见，瞿秋白大约在 1931 年 5 月以后才主动融入了"左联"，而且更多地出于个人不得不然的革命热情。

　　"左联"正是毛泽东所谓的"第二党式的所谓赤色群众团体"⑦ 之一。1931 年上半年，由于过度"左"倾，"左联的阵容

　　① 冯雪峰：《回忆鲁迅》，人民文学出版社 1981 年版，第 107 页。

　　② 同上。

　　③ 同上书，第 108 页。

　　④ 同上。

　　⑤ 同上书，第 106 页。

　　⑥ 钱云锦：《忆谢澹如掩护党的秘密工作的片断》，《党史资料丛刊》1983 年第 3 辑，上海人民出版社 1983 年版。

　　⑦ 毛泽东：《关于若干历史问题的决议》（1945 年 4 月）。

已经非常零落"①。瞿秋白在茅盾家初见冯雪峰的时候，读到鲁迅的《中国无产阶级革命文学和前驱的血》并连声赞叹"写得好，不愧是鲁迅"②。瞿秋白的赞赏思路，显然是因文及人。由此可见，此时他仍尚未直接和鲁迅发生联系。又据冯雪峰回忆，瞿鲁"还没有见面以前，秋白同志也是一看到我，就是'鲁迅，鲁迅'的谈着鲁迅先生，对他流露着很高的热情和抱着赤诚的同志的态度的"③。由此可推定，此时瞿秋白对鲁迅还停留在单边的热情赞赏阶段。瞿鲁关系的转折，"开始于秋白同志住进谢家的这个时候"④。冯雪峰也说，瞿鲁"接近是从一九三一年下半年开始的，在这之前他们没有见过面。他们的相互认识和接近，是因为有一个'左联'"⑤。的确，正是因为共同的"左联"，瞿秋白和鲁迅才发生关联。而且，这首先是一种因为革命而发生的关联。"左联"成为瞿秋白和鲁迅、文学和政治都能互动和取得双赢的平台。在"左联"，瞿秋白既有政治威望又有一定的文学造诣，而鲁迅则有文学威望，⑥ 因此二者的结合可谓文学与政治的合则双美。⑦

　　瞿秋白自入住谢澹如家以后最初写的文章，⑧ 是《鬼门关

① 茅盾：《关于"左联"》，《左联回忆录》（上册），第115页。
② 冯雪峰：《回忆鲁迅》，第107页。
③ 同上书，第113页。
④ 同上书，第109页。
⑤ 同上书，第106页。许广平认为瞿秋白和鲁迅亲近的原因，是两人"同是从旧社会士大夫阶级中背叛过来的'逆子贰臣'"。许广平：《鲁迅回忆录》，作家出版社1961年版，第122页。
⑥ 茅盾回忆说："虽然他（瞿秋白）那时受王明路线的排挤，在党中央'靠边站'了，然而他在党员中的威望和他文学艺术上的造诣，使得党员们人人折服。"茅盾：《"左联"时期》，《新文学史料》1981年第3期。
⑦ 鲁迅、瞿秋白与"左联"的关系，参见王宏志《鲁迅与"左联"》，北京新星出版社2006年版。
⑧ 冯雪峰：《回忆鲁迅》，第108页。

以外的战争》、《学阀万岁!》等论文,并因此开始文艺大众化理论的倡导。此后,瞿秋白担任论战主力的三次文艺论战(民族主义文艺运动批判、文艺自由论辩和翻译问题论战),鲁迅也都参加了,主要原因仍然是共同的"左联"[①]。在论战过程中,瞿鲁不断"相互认识和接近"[②],瞿鲁交谊也有质的变化。而从一般战友变成"亲爱的同志",则从《论翻译》的通信开始。瞿秋白介入鲁迅和梁实秋之间的翻译论战,是瞿鲁交谊质变的重要环节。正是因为这次论争,瞿鲁二人亲密地走到一起,既成为"左翼文台两领导"的铁战友,又是"人生知己"加"斯世同怀"的好兄弟。而所谓革命战友加兄弟的交谊,在革命年代的分量无疑是沉甸甸的。在中国现代文艺思想史上,这份友谊更是无比坚实。同时,在翻译问题的论争过程中,瞿秋白也因此进行大量的翻译实践,从俄文直接译介马克思主义文艺理论。然而,这项本来就难以单独离析讨论的工作,却改变了中国左翼文艺思想从日本转译苏俄文论资源的单一取向,部分纠正左翼文艺战线关门主义的发展倾向,[③] 更因此对中国现代文艺思想和左翼文艺理论发展产生深远影响。

　　鲁迅与梁实秋之间的文学翻译论战,持续 8 年之久。论战的复杂,就因为它一开始就渗进政治斗争的敏感因素,"战辞之激

①　在瞿秋白和鲁迅的交谊活动中,鲁迅信任的学生冯雪峰起了很大的中介作用。冯雪峰和瞿秋白的关联,可参见张小鼎《肝胆相照　情深谊笃——冯雪峰与瞿秋白交谊述略》,《瞿秋白研究》第 5 辑,第 188—202 页。

②　冯雪峰:《回忆鲁迅》,第 106 页。

③　关于瞿秋白在上海"左联"时期的纠左努力及其原委,可参见张小红《瞿秋白与左联》,《华东师范大学学报》(哲社版)1999 年第 1 期;庚林:《瞿秋白与"左"》,《瞿秋白研究》第 11 辑,第 134—146 页;一木:《两个"小卒"转换角色——瞿秋白与张闻天》,《瞿秋白研究》第 14 辑,第 136—141 页。注:一木先生的文字虽然对张闻天与瞿秋白纠左的原委述说周详,但不明所据。

烈，战文之繁密，实为中国文史所罕见"①。其实，当时曾发生过多起有关翻译问题的争论。除了鲁迅和梁实秋外，茅盾与郑振铎、陈西滢与曾虚白、巴金与王力、张友松与徐志摩，甚至鲁迅与瞿秋白、穆木天、林语堂等都因翻译问题有过争论。然而，为何偏偏鲁迅与梁实秋最终成为译坛论敌？而瞿秋白的介入，究竟在里面充当什么角色？有什么特殊的意义呢？

　　梁实秋与鲁迅交恶，始于梁实秋发表《北京文艺界之分门别户》，"这可能是梁实秋一生中写过的唯一的一篇播弄是非的文章"②。由于这篇文章，此后才有梁实秋与鲁迅关于翻译艺术质量的论战。《新月》第 2 卷第 6、7 期合刊，同时刊载梁实秋的《文学是有阶级性的吗?》、《论鲁迅先生的"硬译"》。《萌芽月刊》第 1 卷第 3 期，则发表鲁迅的《"硬译"与"文学的阶级性"》。直到《新月》第 2 卷第 9 期发表梁实秋的《答鲁迅先生》时，两人关于翻译艺术的论战才告一段落。但是梁实秋和鲁迅之间的论战仍然在继续，只不过翻译艺术问题退入次要位置，矛盾焦点转向翻译和文学的阶级性、普遍人性以及批评态度等问题。

　　凭心而论，当年鲁迅翻译的日本式马克思主义文论，的确是不够通俗流畅，确实有点难以卒读，这一点鲁迅其实有自知之明。③ 梁实秋的文章激起鲁迅带意气的反批评，只不过因为梁实秋对鲁迅不够尊重和体谅，更要命的是对鲁迅从事翻译的工作态度和热情没有正确的认识。对鲁迅翻译文本的选择批评，梁实

---

　　① 刘全福：《鲁迅梁实秋翻译论战研究》，参见张柏然、许钧编《面向 21 世纪的译学研究》，商务印书馆 2002 年版，第 589—590 页。

　　② 高旭东：《梁实秋：在古典与浪漫之间》，文津出版社 2005 年版，第 45 页。

　　③ 据冯雪峰回忆，有一次由雪峰口头转达瞿秋白对鲁迅从日译本转译的几种马克思主义文艺论著译文的意见时，鲁迅在默认的同时表示对瞿秋白翻译才能的推崇，认为像瞿秋白这样的在国内找不到第二人。而且鲁迅说："马克思主义的文艺理论，能够译得精确流畅，现在是最要紧的了。"（冯雪峰：《回忆鲁迅》，第 129 页。）可见鲁迅也承认自己翻译得的确不够精确流畅。（冯雪峰：《回忆鲁迅》，第 129 页。）

秋更是带着政治偏见。因此,后来鲁迅和梁实秋的文学翻译论争
竟然会游移到对关涉文学翻译的政治立场和文学的阶级性之争,
也是内在逻辑的必然。由此可见,鲁迅与梁实秋的翻译论战主要
是因为双方对翻译艺术的出发点和目的理解在层次和立场上的差
异。况且,个人性格与翻译写作风格上的因素,也使得论争纠结
着太多的情绪和意气。如此一来,翻译水平和立场的论战,自然
就渐渐转化为个人身份关联的政治斗争。文学趣味差异引发政治
立场的歧见,文学群落的分别导致革命阵营的分野。因此,高旭
东认为,"梁实秋与鲁迅的论争,百分之六十以上要怪梁实秋。
当他从美国学了一种保守的人文主义与古典主义文学批评之后,
他那种横空出世的姿态,以及对鲁迅缺少起码的作为有成就的作
家和学术长者的尊重,导致了论争的逐步升级"[1]。这起码算得
上是部分体贴人情的论解。

　　恰恰在翻译之争转变为政治立场较量的背景下,瞿秋白主动
介入[2]鲁迅和梁实秋之间变味和变性的文学翻译问题论战。1931
年12月5日,瞿秋白给鲁迅去了一封长达七千多字的信。12月
28日,鲁迅回信答复瞿秋白。后来,这两封信分别以《论翻译》
(署名"J. K.")、《论翻译——答J. K. 论翻译》发表。瞿秋白
接着再次给鲁迅去信(即《再论翻译——答鲁迅》)。而正是前

---

① 高旭东:《梁实秋:在古典与浪漫之间》,第67—68页。
② 在瞿秋白看来,翻译无疑是为着现实斗争——当然是政治斗争——的需要。
早在1925年"年底前后"的一个下午,瞿秋白由蒋光慈陪同访问郭沫若的时候,瞿
秋白就"劝说"郭沫若翻译托尔斯泰的《战争与和平》,因为"那部小说反波拿伯
主义,在我们中国有绝对的必要"。当时的郭沫若对托翁有偏见,因为觉得"他是贵
族,又还倡导无抵抗主义",没立即着手。(郭沫若:《创造十年续编》,北新书局
1946年版,第164页。)可见,不管是瞿秋白还是郭沫若,翻译不翻译《战争与和
平》,着眼的不是艺术而是"思想"的现实革命亟需。翻译,对他们而言,"谁能够
说:这是私人的事情?!"(瞿秋白:《论翻译——给鲁迅的信》,《瞿秋白文集》(文
学编)第1卷,第504页。),它是一场战斗。

两封信的发表，成为鲁迅和梁实秋翻译论战再起高潮的导火线。因此，1933 年成为梁实秋攻击鲁迅"硬译"最激烈的时候。此后，鲁迅和梁实秋的互相攻击才渐渐少了，因为"大概是在国民党政府真正对'左翼'文学家实行暴力镇压的时候，梁实秋没有落井下石而是反过来替'左翼'文学说话而谴责政府的缘故，而且梁实秋的翻译莎士比亚肯定获得了鲁迅内心的认同，因为鲁迅曾劝林语堂翻译莎士比亚，可是却被林语堂拒绝了"①。实际上，对自己和梁实秋在翻译问题上的观点分歧，鲁迅心里其实非常清楚。《文艺与批评·译者附记》② 中，鲁迅写道：

> 从译文看来，卢那卡尔斯基的论说就已经很够明白，痛快了。但因为译者的能力不够和中国文本来的缺点，译完一看，晦涩，甚而至于难解之处也真多；倘将仿句拆下来呢，又失了原来的精悍的语气。在我，是除了还是这样的硬译之外，只有"束手"这一条路——就是所谓"没有出路"——了，所余惟一的希望，只在读者还肯硬着头皮看下去而已。③

鲁迅的这段话有三层意思：第一，本书不是直接从俄语翻译的，即是重译的问题；第二，自谦翻译能力不够，明确说"中国文本来的缺点"才是翻译不好的根本原因，而这又是翻译与汉语的发展问题；第三，重申坚持"硬译"法，只能让读者肯

---

① 高旭东：《梁实秋：在古典与浪漫之间》，第 61 页。
② 《文艺与批评》是苏联卢那察尔斯基文艺评论集，共收论文 6 篇。其中《托尔斯泰之死与少年欧罗巴》曾发表于《春潮》月刊，《托尔斯泰与马克思》、《苏维埃国家与艺术》曾发表于《奔流》月刊，其他 3 篇未在报刊上发表过。此书于 1929 年 10 月由上海水沫书店出版，列为《科学的艺术论丛书》之一。《译者附记》最初印入《文艺与批评》单行本卷末，未在报刊上发表过。
③ 鲁迅：《文艺与批评·译者附记》，《鲁迅全集》第 10 卷，第 299 页。

来适应和改变阅读习惯,这是翻译标准问题。[①] 的确,这三个层面的问题,不仅是梁实秋和鲁迅翻译论战的核心,也是瞿秋白和鲁迅通信讨论的核心。但是,有一点虽不是译学问题,却是梁实秋和鲁迅、瞿秋白歧异的最重要的出发点和要害,那就是梁实秋首先缺乏对前辈鲁迅的尊重。而瞿秋白恰恰在这一点上,不仅尊重鲁迅,而且率先肯定的就是鲁迅从事翻译的认真态度和热情。因此,尽管瞿秋白和鲁迅翻译观点不同(瞿秋白和梁实秋倒是相近),但最终他们却因翻译问题成为战友和知己同怀,而梁实秋则与鲁迅成为终身译敌。个中错位,着实令人慨叹历史人事的难解难分。

梁实秋批评鲁迅翻译是"硬译",言下之意就是"死译"。可是"硬译"概念对鲁迅和梁实秋却具有不同含义。鲁迅把自己的翻译称为"硬译",显然没有任何贬义,只是"直译"的代替说法。"硬",一方面是语言翻译而言的;另一方面也是鲁迅知难而上的倔强斗争精神、对翻译文学事业的真诚态度。况且,提倡"硬译"也包括更加忠实原文的意思。鲁迅后来提出"宁信而不顺",只不过是针对"宁顺而不信"的意气语。鲁迅指出"不顺"并非指讹译误译,而是说译文由于强调准确传神而同步导致的艰涩,即"不像吃茶淘饭一样几口可以咽完,却必须费牙来嚼一嚼"[②]。鲁迅对于翻译策略,有自己一整套的考虑:

> 译者面对的读者要分为不同的层次,甲是受过良好教育的,乙是略能识字的。丙是识字无几的,其中丙被排除在译

---

① 参见《面向 21 世纪的译学研究》,第 597 页。
② 鲁迅:《论翻译——答 J. K. 论翻译》,《文学月报》第 1 卷,1932 年 6 月第 1 期。

文读者的范围之外，给乙类读者的译文要用一种特殊的白话，至于甲类读者，则不妨运用直译，或者说不妨容忍译文中出现"多少的不顺"。①

　　而梁实秋的翻译观点，则是在批评鲁迅的过程中渐渐形成。刘全福认为："尽管梁实秋批判鲁迅的硬译，他自己却没有明确提出过自己的翻译标准。"② 这种概括不尽全对，因为梁实秋一开始就主张翻译首先要人看懂，即"顺"、"爽快"。从瞿秋白的文艺大众化思想来看，梁实秋和瞿秋白的翻译标准相同。而瞿秋白和鲁迅的共同点，则是对重译的态度、对翻译和汉语发展关系的看法。鲁迅后来却力荐瞿秋白从俄文原著翻译俄文作品，可见鲁迅对重译的看法转而在朝梁实秋靠近。其实，鲁迅和瞿秋白的重译观本来也只是出于改变现实的迫切起见，并非原则差异问题。

　　由此看来，瞿秋白和鲁迅的最大共同点，只是对翻译和汉语发展关系的认识。瞿秋白努力从事汉语拉丁化，希望通过语言大众化来达到文艺大众化，从而完成群众的革命启蒙和战争动员、宣传任务；鲁迅则从日语在翻译过程中不断添加新表现法而逐渐臻于完美的事实得到启发。如何通过翻译来发展汉民族语言？鲁迅有自己的一整套理论。他认为"宁信而不顺"的翻译也是一种译本，而"这样的译本，不但在输入新的内容，也在输入新的表现法"。要克服中国文缺点，"只好陆续吃一点苦，装进异样的句法，古的，外省外府的，外国的，后来便可以据为己有"。他继而认为，可以"一面尽量的输入，一面尽量的消化，吸收，可用的传下去，渣滓就听他剩落在时代里"。所以现在可

---

① 鲁迅：《论翻译——答 J. K. 论翻译》。
② 《面向 21 世纪的译学研究》，第 600 页。

容忍译文中出现"多少的不顺"。"其中的一部分，将从'不顺'而成为'顺'，有一部分，则因到底不顺而被淘汰，被踢开，这最要紧的是我们的批判。"①

　　然而，正是在翻译与汉语发展关系问题上，梁实秋和鲁迅、瞿秋白差异很大。梁实秋历来反对把翻译和语言发展问题混淆，认为"翻译的目的是要把一件作品用另一种文字忠实表现出来，给不懂原文的人看"。此外，梁实秋对汉语的认识也和鲁迅、瞿秋白相反。梁实秋认为"中国文是如此之圆润含浑"、"许多欧洲文的繁杂的规律在中文里都不成问题"、"翻译家的职责即在于尽力使译文不失原意而又成为通顺之中文而已"、"中文文法之受欧洲语言影响而发生变化是不可避免的事，但应该认识到这一过程的循序渐进，翻译家虽不妨作种种尝试，却不可操之过急，否则只能会欲速则不达，其结果连翻译本身的职责也丢了"、"鲁迅先生加以为中国文法之足以达意，则应于写杂感或短篇小说时试作欧化文"②。事后看来，梁实秋以我为主的改良式观点显得颇为稳健。但鲁迅和瞿秋白认为，翻译可促进民族语言的发展也是对的，但低估甚至错误贬斥汉语活力则过于草率。从急于改变民族文化面貌、尽快取得革命事业成功的心态来说，鲁迅和瞿秋白的观点当然可以体谅，毕竟那是"大夜弥天"③的革命年代。

　　梁实秋和鲁迅的翻译论战在1934年后进入僵持阶段，后来又断断续续在老问题上有所反复。鲁迅逝世后，这场"拉锯战式"的论战不了了之。而继30年代以来，关于直译、意译的标

---

① 鲁迅：《论翻译——答 J. K. 论翻译》。

② 梁实秋：《欧化文》，《益世报·文学月刊》1933 年 12 月 23 日第 56 期。

③ 鲁迅：《〈唐宋传奇集〉序例》称"时大夜弥天，璧月澄照，饕蚊遥叹，余在广州"。〔原载《北新周刊》1927 年第 51—52 期，《鲁迅全集》第 10 卷，第 143 页。〕

准大讨论仍是这场论战的深入和继续。梁实秋和鲁迅、瞿秋白的翻译论争对中国翻译事业有重大影响，就瞿鲁交谊和瞿秋白文艺思想来说，这场论争同样重要，意味着共产主义革命已深入到对任何文化事业进程的操控和规约。

首先是在这种论战背景下，瞿秋白不自觉介入鲁迅和梁实秋之间的文学翻译论战的独特意义。瞿秋白看了鲁迅翻译的《毁灭》后，高度赞扬鲁迅翻译的认真精神并批评"20 世纪的才子和欧化名人"，指出马克思主义文艺论著翻译中存在一些问题。而此时鲁迅和梁实秋翻译论战刚告一段落。梁实秋对鲁迅"硬译"的批评也着实说出鲁迅的短处和痛处。恰好在此刻，身为翻译家和革命家的瞿秋白却及时以"亲爱的同志"、"亲密的人"的身份给鲁迅译作以高度赞扬，而且率先肯定鲁迅对待翻译事业的热情和认真。况且，瞿秋白还指明鲁迅从事的是革命文学翻译事业，更给予鲁迅从事翻译事业在革命道义和革命态度上的双重肯定。因翻译饱受梁实秋专业上贬损之苦的鲁迅，得到这些宝贵支持无疑深受感动。① 因此，鲁迅写了一封同样长度的复信表示默契。

瞿秋白和鲁迅在就文学翻译问题上的往复通信过程中，坦诚讨论翻译标准、翻译和汉语发展关系等问题，并达成论战同盟式共识——不仅对梁实秋及其弟子赵景深提出尖锐批判，而且对汉民族语言生命力极力予以贬斥。这两封信不仅迅速被鲁迅公开发表，而且最后还被鲁迅并在一起收入自己的《二心集》。可见鲁

---

　　① 瞿秋白的俄文翻译成中文的艺术造诣在当时应该是首届一指的，对此鲁迅在当时就赞叹不已。由此亦可见瞿秋白此时的肯定对鲁迅的支持和鼓舞力量之大。关于瞿秋白俄文中译的艺术造诣，范立祥先生的相关讨论可谓相当深入而到位。参见范立祥《瞿秋白翻译艺术探微》（1—6），《瞿秋白研究》（第 3 辑，第 232—243 页；第 4 辑，第 166—185 页；第 5 辑，第 241—257 页；第 6 辑，第 226—240 页；第 8 辑，第 382—397 页；第 10 辑，第 137—151 页）。

迅对这次通信的珍视程度。那么,鲁迅为何又将这两封私人论学书信公开发表呢?刘全福推测,"鲁迅想必认为两人之间的讨论有益于中国文学翻译事业的发展"①。其实,除了翻译事业上堂而皇之的考虑外,鲁迅更是以此举来表明自己"吾道不孤"。

实事求是地说,瞿秋白对翻译问题的理论思考并不多,也没有材料表明他对鲁迅和梁实秋的翻译论战在此前有过关注。但在《苦力的翻译》中,瞿秋白强调过翻译问题上革命立场的重要性。瞿鲁结缘因为翻译论战,更因为"左联"。正是在接触"左联"和参加左翼文学战线的系列斗争中,瞿秋白与茅盾、冯雪峰建立稳固联系,同时和鲁迅发生信息沟通和交流。② 1931 年10 月瞿秋白再度接受鲁迅委托,重译《解放了的唐·吉诃德》③。后来又受鲁迅委托翻译《铁流》序言。交付译稿时,瞿秋白附短柬说《铁流》序言"简直是一篇很好的论普洛创作的论文"④。但此时两人"不但还没有见过面,并且也没有什么通信"⑤。可见,瞿鲁两人最初的见面大概在《毁灭》译本出版的时候,⑥ 因为瞿秋白是读完《毁灭》后才就小说出版意义和翻译问题写信给鲁迅的。况且,瞿秋白从来都以革命立场来看待文学翻译事业,给鲁迅写信谈翻译问题同样出于这一立场。因此可以说在写这封论翻译的信时,瞿秋白并没有介入鲁迅和梁实秋翻译

---

① 《面向 21 世纪的译学研究》,第 595 页。
② 冯雪峰:《回忆鲁迅》,第 109 页。
③ 第一场是鲁迅从日文本转译,第二场开始由瞿秋白从俄文本直接译出。
④ 瞿秋白致鲁迅和冯雪峰的残信。
⑤ 冯雪峰:《回忆鲁迅》,第 115 页。
⑥ 同上书,第 116 页;《瞿秋白年谱长编》,第 323 页。鲁迅译的苏联作家法捷耶夫名著《毁灭》的两个版本,是中国最早的两个中文译本版本。一本是 1931 年9 月由上海大江书铺出版,译者署名"隋洛文"(鲁迅的一个笔名,以示对国民党称他为"堕落文人"的反击);另一本是 1931 年 10 月由上海三闲书屋出版,译者署名为"鲁迅"。大江书铺版只印一版,三闲书屋后来又再版。(唐文一:《鲁迅译著〈毁灭〉的两个版本》,《人民日报·海外版》2005 年 10 月 27 日第 7 版。)

论战的考虑。

但是，瞿秋白谈翻译的去信和鲁迅复信的发表，却现实地成为本已告一段落的梁鲁翻译论战再起高潮的导火线。所以说，瞿秋白写这封信，一方面不自觉地介入并且再次激发梁鲁翻译论战，另一方面也在关键时候给鲁迅以莫大的来自革命阵营的支持。反过来说，鲁迅此前只是出于对瞿秋白中俄文翻译才能的欣赏，[①] 但这封关键时候的翻译讨论来信，却让鲁迅获得同志和朋友的支援。尽管瞿鲁的翻译观仍旧同中有异，[②] 但因论战而趋同的策略，却使得鲁迅对瞿秋白的翻译才能[③]和立场发生更大认同和更高赞赏。至此，"战友"不再只是瞿秋白单方面的认同性称呼，而是瞿鲁之间的共识。瞿秋白和鲁迅之间"异乎寻常的亲密友谊"[④] 基本形成。通过翻译问题论战，瞿秋白不经意之间率先完成统战鲁迅的第一步，这是鲁迅靠近革命阵营的一小步，却是瞿秋白"在文艺界上革命统一战线的执行"[⑤] 的一大步，体现了"更多的细心、忍耐、解释，甚至'谦恭'与'礼貌'"[⑥]。

二　知己与同怀：革命友谊与文学合作

"左联"时期，鲁迅在上海靠写作为生，日益倾向左翼文

---

① 冯雪峰：《回忆鲁迅》，第 109 页。

② 关于瞿秋白和鲁迅二者翻译观的异同，王薇生先生有较好辨析。王薇生：《开拓俄苏文学翻译园地的辛勤园丁——鲁迅、瞿秋白翻译比较观》，《瞿秋白研究》第 3 辑，第 217—231 页。

③ 参见范立祥关于瞿秋白翻译艺术的赏鉴式系列论文《瞿秋白翻译艺术探微(1—6)》，《瞿秋白研究》第 3、4、5、6、8、10 辑。

④ 丁景唐：《鲁迅和瞿秋白友谊的丰碑——鲁迅帮助出版瞿秋白著译的经过》，《中南民族学院学报》1982 年第 1 期，第 53 页。

⑤ 歌特（张闻天）：《文艺战线上的关门主义》，《斗争》1932 年 11 月 3 日第 30 期。

⑥ 同上。

艺。鲁迅刚刚经受来自太阳社、创造社等革命小将们的围攻，①
又纠缠于梁实秋漫长的翻译论战。而在最艰难的时刻，瞿秋白却
因缘时会地支援他。况且在三次文艺论战里，鲁迅也以"左联"
盟员身份发出"战叫"②。于是，在共同的战斗与互相欣赏中，
瞿秋白与鲁迅构成知己与同怀、战友加兄弟的友谊关系。③ 瞿鲁
的文学合作，从合写 14 篇杂文④开始。

---

　　① 这是瞿秋白路线在文艺策略上的极"左"表现，后经党中央通过江苏省委
向创造社及太阳社中的党员发出停止与鲁迅论争的指示，并由李立三及中宣部文委
的同志出面做思想工作，论战才告结束。（李计谋、唐纯良：《李立三与"左联"》，
《北方论丛》1985 年第 6 期。）

　　② 鲁迅文中常用"战叫"表明其独特的人生与社会态度，最早出于《野草·
这样的战士》。鲁迅：《这样的战士》，《鲁迅全集》第 2 卷，第 215 页。

　　③ 瞿秋白到中央苏区后，不仅鲁迅的学生冯雪峰成了"和他谈得来的人"，（庄
东晓：《瞿秋白同志在中央苏区》，《忆秋白》，第 337 页。）而且"谈鲁迅"也是他和
冯雪峰闲谈时的主要话题。可见瞿秋白和鲁迅的交谊之深。（冯雪峰：《忆秋白》，第
270 页。）又根据周建人回忆说鲁迅书赠瞿秋白的条幅"人生得一知己足已，斯世当以
同怀视之"，此"对联中的话，鲁迅说是录何瓦琴的话，我记得是秋白说的，而鲁迅有
同感，所以书录下来，又赠送给秋白。后来有人纠正我，说何瓦琴在历史上确有此人。
可能我记错了，也可能这句话是秋白来的，而鲁迅书写了。总之，这句话代表两人
的共同心意"。这也可以证明两人心契之深。（周建人：《我所知道的瞿秋白同志》，
《解放军报》1980 年 3 月 16 日。后改题为《我所知道的瞿秋白和鲁迅》，收入周建人
《回忆大哥鲁迅》，上海教育出版社 2001 年版，第 151 页。）

　　④ 1933 年瞿秋白和鲁迅合作在《申报·自由谈》发表系列杂文，不仅"出色
地表现了他们之间的不分你我，一体战斗的千古不灭的友谊——这是革命的战斗的
友谊"，而且也是瞿秋白在文艺战线上重要的文艺思想实践。瞿秋白用鲁迅笔名发表
的杂文里，《"儿时"》、《〈子夜〉和国货年》都没被收入《鲁迅文集》。根据鲁迅的
编纂习惯推测，这应该另有考虑。《"儿时"》从内容看纯属私人心路历程的感叹之
作，不属于合作篇什，可肯定是瞿秋白写的；《〈子夜〉和国货年》目前没有合理证
据表明是合作。因此瞿鲁合写的杂文目前公认是 12 篇。参见唐弢《申报自由谈·
序》（上，1932 年 12 月 1 日—1934 年 4 月 25 日），上海图书馆影印本 1981 年第 1 次
印刷；许广平：《鲁迅回忆录》，第 122—128 页；丁景唐：《犹恋风流纸墨香——六
十年文集》，第 265 页。叶楠认为是 15 篇，不仅《"儿时"》应算入内，而且还应加
上《〈大晚报〉的不凡和难堪》。我觉得此逻辑过于机械，没有考虑文风和思想内涵
归属。参见叶楠《论秋白与鲁迅合作的杂文》，《瞿秋白研究》第 3 辑，第 150—161
页；丁景唐、王保林：《鲁迅和瞿秋白合作的杂文及其他》。

　　关于瞿秋白和鲁迅合写的杂文，据许广平回忆，"大抵是秋白同志这样创作的：在他和鲁迅见面的时候，就把他想到的腹稿讲出来，经过两人交换意见，有时修改补充或变换内容，然后由他执笔写出"①。从篇目、内容到写作经过，可以肯定瞿和鲁合写杂文是成功的。瞿鲁合作的杂文，基本写于 1933 年 3 月 5 日到 4 月 24 日。此时，瞿秋白和鲁迅无论居住空间还是情感程度都相当密切，可谓天时、地利与人和的产物。由于是在共同的思想探讨之后，再由瞿秋白来单独执笔写作，因此这些杂感的文字表现出强烈的战斗色彩和坚定一致的革命立场，符合瞿秋白文艺思想倾向。语言文字风格和表现手法上，也因鲁迅修改和参与讨论显得蕴藉内敛一些。②瞿鲁杂文合作行为不仅是文坛佳话，也体现了二者文艺思想上的日益亲近。就瞿秋白而言，是革命向文学的转移；对鲁迅来说，则是文学朝革命的迈进。在这次互相靠拢而最终团结在一起的、文学与革命会合的历程中，瞿鲁交谊不仅是私人友谊，更是瞿秋白文艺思想成功的革命实践和文学归化。瞿鲁的杂文合作，不仅充满着人间温情，也渗透着革命和文学在现实斗争中生成的互相召唤。

　　因此可以说，瞿秋白"左联"时期的文艺思想实践互动，是从瞿鲁杂文写作的文学合作开始的，并以斗争和建设两方面同时展开，称得上是一次漂亮完美的文艺战线方略。斗争的一面，是瞿鲁共同参与"左联"组织的三大文艺论战，甚至合作写杂文对论敌展开文艺思想战线斗争；建设的一面，除了瞿秋白的马克思主义文艺理论译介、传播和阐释体系本土化和系统化工作外，还包括瞿秋白对鲁迅和高尔基两位中苏革命文学创作榜样的

---

　　①　许广平：《鲁迅回忆录》。此书写成于 1959 年 11 月 24 日。

　　②　关于瞿秋白和鲁迅合作的杂文修改前后文体风格差异比较，参见李国涛先生《STYLIST 鲁迅研究的新课题》第三章第二节《文体比较·同瞿秋白文体的比较》。（李国涛：《STYLIST 鲁迅研究的新课题》，陕西人民出版社 1986 年版，第 135—147 页。）

确立和阐释。其中，瞿秋白对鲁迅的红色阐释和革命经典地位的确立，即《鲁迅杂感选集》编选和长篇《序言》撰写，既是这次文艺战略的重中之重，也是瞿秋白在文艺思想实践上的空前胜利。瞿秋白因此成为"党内最早认识和高度评价鲁迅在中国思想文化界的杰出作用的领导人"①。

瞿秋白对鲁迅的认识逻辑，始终是一致的，都是立足于反封建的思想革命价值上的肯定。1923 年底，瞿秋白对当年文坛进行扫描，这是他对周氏兄弟第一次评价。瞿秋白把周氏兄弟当作当年中国文坛的代表人物，分别以其代表作《呐喊》和《自己的园地》书名来评价他们在小说和散文创作上的文学成绩。瞿秋白指出，鲁迅思想超前"孤独"，"虽然独自'呐喊'着"而"只有空阔里的回音"②。瞿秋白再次提到鲁迅，是在《学阀万岁!》。这次为了倡导"革命大众化的文艺"，瞿秋白把鲁迅也列进"懂得欧化文的'新人'"的"第三个城池"里。③ 1932 年 5 月，瞿秋白写《"五四"和新的文化革命》，提及对《狂人日记》的看法，艺术评价不高，但高度赞赏说："不管它是多么幼稚，多么情感主义，——可的确充满着痛恨封建残余的火焰。"④《狗样的英雄》里，瞿秋白再次提到《狂人日记》反抗吃人礼教的进步意义。⑤可见，瞿秋白对鲁迅的认识，一开始就不是纯粹艺术上的价值判断，而是始终把他定位在反封建革命意义来评价和赞赏。但也只是对鲁迅小说在内容题材上的肯定，根本没有涉及鲁迅杂文。

瞿秋白转向关注鲁迅的杂文，是在他们合作写 12 篇杂文之

---

① 杨尚昆：《在瞿秋白同志就义五十周年纪念会上的讲话》。

② 瞿秋白：《荒漠里——一九二三年之中国文学》，《瞿秋白文集》（文学编）第 1 卷，第 311—312 页。

③ 瞿秋白：《学阀万岁!》，《瞿秋白文集》（文学编）第 1 卷，第 200 页。

④ 瞿秋白：《"五四"和新的文化革命》，《瞿秋白文集》（文学编）第 3 卷，第 24 页。

⑤ 瞿秋白：《狗样的英雄》，《瞿秋白文集》（文学编）第 1 卷，第 371 页。

后。转向鲁迅杂文关注之后，瞿秋白的鲁迅评价却是突变式的。这种突变与他们交谊程度的飞跃和革命情势的紧迫度密切关联。1933 年 3 月 20 日，据鲁迅书信记载，鲁迅主动向北新书局李小峰推荐由瞿秋白编选自己的杂感选集。① 征得北新书局同意后，4 月 8 日，瞿秋白编就《鲁迅杂感选集》② 并"花了四夜的功夫"③ 写成长篇序言《〈鲁迅杂感选集〉序言》。出于迷惑敌人起见，瞿秋白化名何凝并故意在《序言》末署"一九三三·四·八·北平"。为了《鲁迅杂感选集》的出版，鲁迅亲自批划编排格式（与《铁流》、《毁灭》、《两地书》相同，二十三开、横排、天地宽大、毛边本），扉页选用鲁迅喜欢的司徒乔的炭画像，亲任校对，亲自为瞿秋白支付稿费。

《鲁迅杂感选集》的出版，不仅"可以说是鲁迅和瞿秋白合作的产物，是他们友谊的结晶"④，也是鲁迅研究史和瞿秋白文艺思想发展史上的光辉起点。而《〈鲁迅杂感选集〉序言》则成为此后用马克思主义文艺理论解释鲁迅的批评研究范式文本。⑤ 尤其是

---

① 初始，鲁迅信中明确说"我们有几个人在选我的随笔"。（《致李小峰》，《鲁迅全集》第 12 卷，第 383 页。）后来才渐渐明确说是"编者"（1933 年 4 月 13 日《致李小峰》，《鲁迅全集》第 12 卷，第 387 页）、"选者"是单数的"他"。（1933 年 4 月 5 日《致李小峰》，《鲁迅全集》第 12 卷，第 387 页。）

② 据杨之华说瞿秋白编选《鲁迅杂感选集》目的有二：一是秋白自愧将鲁迅赠与的书籍散失零落；一是为"要有系统地阅读他的书，并且为他的书留下一个永久的纪念"。（杨之华：《〈鲁迅杂感选集〉序言》是怎样产生的》，《语文学习》1958 年 1 月。）

③ 杨之华：《回忆秋白》，第 136 页。

④ 丁景唐：《鲁迅和瞿秋白友谊的丰碑——鲁迅帮助出版瞿秋白著译的经过》。

⑤ 曹靖华 1941 年和周恩来谈话说："'我所看过的论鲁迅先生的文章，在思想性和艺术性上，能赶上瞿秋白同志写的《〈鲁迅杂感选集〉序言》的，还没有。'周恩来同志就接着说：'我有同感'。"（曹靖华：《往事漫忆——鲁迅与秋白》，《光明日报》1980 年 3 月 26 日。）1941 年 11 月 16 日，周恩来在庆祝郭沫若 50 生辰暨创作生活 25 周年而发表的讲演《我要说的话》里三次引用《〈鲁迅杂感选集〉序言》，包括瞿秋白对鲁迅著名的"四点概括"。（周恩来：《我要说的话》，《新华日报》1941 年 11 月 16 日。）

"研究态度和研究方法，被认为是具有示范的意义"①，更成为鲁迅红色经典化进程的开端。这篇长篇序言，也是瞿秋白构建中国马克思主义文艺理论体系并将其本土化的重大突破，是瞿秋白文艺思想实践成就的体现。

《鲁迅杂感选集》首先体现瞿秋白作为"选家"的眼光。由于瞿秋白与鲁迅在人生经历上的相似因素，选本编纂和序言写作也部分地出于瞿秋白的夫子自道。② 瞿秋白的编选范围，是编选时鲁迅已亲自编辑出版的 8 部杂文集③中的 7 部。而关涉到 1926 年 9 月至 1927 年 1 月鲁迅在厦门大学思想情况的《华盖集续编补编》④，却未被纳入。纳入编选范围的文章，涵盖鲁迅自 1918 年开写杂感至 1931 年底共 13 年间的杂文创作，总量大约占鲁迅自编杂文集的 1/3 弱，对鲁迅杂文写作年份的注重情况也各不相同。⑤ 从入选杂文思想内容看，瞿秋白主要以强调鲁迅反封建、反国民党政府和趋向无产阶级革命的思想进程（其中包括与反

---

①　王铁仙:《关于科学评价鲁迅的若干思考——重读瞿秋白的〈《鲁迅杂感选集》序言〉》，《瞿秋白研究》第 11 辑，第 209—210 页。

②　瞿秋白和鲁迅的相似，参见刘福勤《瞿秋白与鲁迅文学传统》，《瞿秋白研究》第 11 辑，第 223—237 页。对瞿秋白与鲁迅文学思想上的承续讨论，韩斌生先生有较好的讨论。［韩斌生:《世纪之交论秋白——瞿秋白与中国现代文化发展及其当代启示》，《瞿秋白研究》第 8 辑，第 398—410 页；韩斌生:《世纪之交论秋白（二）——瞿秋白与 20 世纪中国文学的鲁迅传统》，《瞿秋白研究》第 10 辑，第 94—106 页。］

③　1933 年 4 月 8 日前，鲁迅出版了 8 部杂文集，分别是《热风》（1922）、《华盖集》（1925）、《华盖集续编》（1926）、《华盖集续编补编》（1926）、《坟》（1926）、《而已集》（1928）、《三闲集》（1929）、《二心集》（1932）。

④　见鲁迅博物馆、鲁迅研究室编《鲁迅年谱》第 2 卷，人民文学出版社 1983 年版，第 31—36 页。

⑤　按选入文章比重降序排列:1921 年（100%）、1927 年（40.5%）、1925 年（36%）、1928 年（35.7%）、1926 年（33.3%）、1918 年（33.3%）)、1929 年（30.8%）、1930 年（27.8%）、1931 年（22.2%）、1919 年（20%）、1924 年（18.2%）、1922 年（9.0%）。

动文艺思潮论战①）为编选标准。② 对鲁迅文学性和学术性较强
的杂文，则一般不收入。③ 对鲁迅反击太阳社和创造社围攻的文
章，多采取规避或淡化论战色彩的处理方式。④ 整部选集正文部
分，贯穿着瞿秋白注重无产阶级革命斗争的文艺思想，以选家瞿
秋白长篇序言为开篇，而以被选者鲁迅《〈二心集〉序言》为收
束，将选家评述和被选者自评完美统一。可见在编选时，瞿秋白
已经对鲁迅杂感的历史发展确立了认识标准——现实主义文艺思
想的革命生长。瞿秋白继而以此为编选思想准绳，裁定、删削和
截取入选篇目的内容和范围。瞿秋白看重鲁迅在 1921 年《新青
年》分化时期的杂感，也特别关注 1925—1928 年大革命转折
时期的杂感。瞿秋白选择鲁迅《〈二心集〉序言》为选集收束
的重要原因，是鲁迅思想无产阶级化的发展进程，⑤ 因为鲁迅

---

　　① 例如瞿秋白对《二心集》篇目编选，入选文章（除了《〈二心集〉序言》
外）是 8 篇杂感。《非革命的急进革命论者》、《对于左翼作家联盟的意见》、《中国
无产阶级革命文学和前驱的血》是鲁迅对左翼文学的意见；《对于左翼作家联盟的意
见》是在"左联"成立大会上的演讲辞，《中国无产阶级革命文学和前驱的血》刊
于联机关刊物《前哨》创刊号（此文还是瞿秋白刚从政治斗争转向文艺战线时异常
赏识鲁迅的媒介）；《"丧家的""资本家的乏走狗"》和《梁实秋论战》；《黑暗中国
的文艺界的现状》、《上海文艺之一瞥》、《"民族主义文学"的任务和运命》、《中华
民国的新"堂·吉诃德"们》批判民族主义文艺运动；《"友邦惊诧"论》则驳斥对
"9·18"后学生运动的侮蔑。
　　② 这一点在那些截取性的篇目上体现得非常明显，例如：鲁迅自编杂文集
《华盖集》之第三篇《忽然想到（一到四）》，瞿秋白编入时改为《忽然想到之三、
四》篇，选择"三、四"这两篇，因为是感慨国民革命失败的，而第"一、二"则
是讽刺中国人糊涂陋习。由此可见瞿秋白编选标准之一斑。
　　③ 例如《而已集》中的名篇《魏晋风度及文章与药及酒之关系》就没有收入。
　　④ 瞿秋白选入的鲁迅论革命文学的文章有：《而已集》中的《革命时代的文
学》、《革命文学》、《文艺和革命》和《三闲集》中的《文艺与革命》、《扁》、
《路》。但却没有收入《三闲集》中的反击名篇，如《"醉眼"中的朦胧》、《我的态
度气量和年纪》、《"革命军马前卒"与"落伍者"》等。
　　⑤ 瞿秋白在序言中引用鲁迅这段话并称为"终于宣言"。参见何凝（瞿秋白）
编《鲁迅杂感选集》，青光书局 1933 年版，第 21 页。

自己曾写道：

> 只是原先是憎恶这熟识的本阶级，毫不可惜它的毁灭。后来又由于事实的教训，以为惟新兴无产者才有将来，却是的确的。①

编选《鲁迅杂感选集》时，瞿秋白一方面按历史时序并根据鲁迅杂感文字本身来择取篇目，对鲁迅进行革命化叙事和整理；另一方面，瞿秋白根据鲁迅本人对自己皈依革命进程的自我梳理。在编选过程中，作为选家的瞿秋白，以编辑《鲁迅杂感选集》的方式，不仅完成鲁迅和自己的"革命"会师，也促成鲁迅以杂感写作方式进行的革命转变。这是瞿秋白编选工作上的革命行动，也是瞿秋白文艺思想在编辑工作上的体现。

编选工作和革命策略完美会师后，瞿秋白接下来便要对整个编辑革命工作进行总结，即作一场编辑革命的经验总结报告和文学战线上的革命总动员。相对于瞿秋白译介和编撰马克思主义文艺理论著述上的成功，瞿秋白编选《鲁迅杂感选集》更为重大。因为这项工作，瞿秋白在中国本土革命语境内，成功树立马克思主义文艺理论与中国革命文学创作实践结合的典范——红色鲁迅，完成革命红色经典塑造。而《〈鲁迅杂感选集〉序言》本身也是一个革命经典——红色鲁迅隆重推出的宣言。在回顾与创造社、太阳社论争时，鲁迅说："我那时就等待有一个能操马克思主义批评枪法的人来狙击我，然而他终于没有出现。"② 近 3 年的时间过去了，鲁迅终于等到这个"狙击手"——瞿秋白，而

---

① 鲁迅：《〈二心集〉序言》，《鲁迅全集》第 4 卷，第 191 页。
② 鲁迅：《对于左翼作家联盟的意见——3 月 2 日在左联作家联盟成立大会讲》，《萌芽月刊》1930 年 4 月 1 日第 1 卷第 4 期，第 23 页。

且一击而中、应声而立。因此，在读《〈鲁迅杂感选集〉序言》时，鲁迅竟然"看了很久，显露出感动和满意的神情，香烟头快烧着他的手指头，他也没有感觉到"①。

《〈鲁迅杂感选集〉序言》洋洋一万五千余言，瞿秋白用"＊"将全文共分为八个部分。第一部分是总论：开篇引用鲁迅在杂文集《坟》里《我们现在怎样做父亲》的名言，把鲁迅当成革命殉道者的象征。接着，瞿秋白以卢那察尔斯基《高尔基作品选集序》的表述，构成中苏文艺对称结构，② 以类比修辞揭示序言的思想意义：

俄苏	卢那察尔斯基——高尔基——《高尔基作品选集序》
中国	瞿秋白——鲁迅——《〈鲁迅杂感选集〉序言》

瞿秋白进而归纳性指出鲁迅和高尔基的共同之处。③ 在"革命的作家总是公开地表示他们和社会斗争的联系"这共同的大前提下，瞿秋白再次采取类比修辞把鲁迅确立为中国的高尔基：

---

① 杨之华：《回忆秋白》，第137页。

② 瞿秋白不仅类比卢那察尔斯基评价高尔基的论说思路，据 K. B. 舍维廖夫考察，瞿秋白在《〈鲁迅杂感选集〉序言》中"不仅引用了列宁的文艺思想，而且还采用了列宁《纪念赫尔岑》一文的写法"。［俄］K. B. 舍维廖夫：《中国人民的优秀儿子——瞿秋白》，马贵凡译，《瞿秋白研究》第6辑，第252页。瞿秋白对卢那察尔斯基是熟悉的，《赤都心史·兵燹与弦歌》中记载了他采访时任苏俄人民教育委员会主席卢那察尔斯基的经历。况且"卢那察尔斯基的著作是鲁迅的首选内容并因此而上溯到了普列汉诺夫对于马克思主义文艺的经典认识，1931年瞿秋白被中共六届四中全会整肃而从'回归（文艺）家园'后，对于卢氏文艺理论和创作显然也是与鲁迅热议的内容"。（王观泉：《兵燹与弦歌》，《瞿秋白研究文丛》第1辑，第143页。）

③ 何凝编：《鲁迅杂感选集》，第1页。

大前提	小前提	结论
高尔基——写"公开书信和'社会论文'（Publicist article）"——被讥为"只会写这些社会论文"	鲁迅——写"杂感"——被讥为"杂感专家"	"鲁迅的杂感其实是一种'社会论文'——战斗的'阜利通'（feuilleton）"①

　　在汲取苏俄革命话语权威完成对鲁迅"中国的高尔基"定性与定位后，瞿秋白继续对鲁迅和其杂感文体的"中国的高尔基"身份，进行本土化因果定性与定位。瞿秋白的思路是：

前提	谁要是想一想这将近二十年的情形，他就可以懂得这种文体发生的原因。②
因	急遽的剧烈的社会斗争，使作家不能够从容的把他的思想和情感熔铸到创作里去，表现在具体的形象和典型里；同时，残酷的强暴的压力，又不容许作家的言论采取通常的形式。作家的幽默才能，就帮助他用艺术的形式来表现他的政治立场，他的深刻的对于社会的观察，他的热烈的对于民众斗争的同情。③
果	这里反映着"五四"以来中国的思想斗争的历史。杂感这种文体，将要因为鲁迅而变成文艺性的论文（阜利通——feuilleton）的代名词。自然，这不能够代替创作，然而它的特点是更直接的更迅速的反映社会上的日常事变。④

　　系列类比修辞和因果论证后，瞿秋白给鲁迅、杂感文体和鲁迅杂感编选三者都打上鲜明的红色革命色彩，将鲁迅杂感写作史与中国社会斗争史、中国思想斗争史密切对应和联系起来，明确而简洁地完成勾勒"红色"鲁迅——对鲁迅进行革命经典化塑造的主体工程。瞿秋白在《序言》中，明确指出编选鲁迅杂感工作

①　何凝编：《鲁迅杂感选集》，第2页。
②　同上。
③　同上。
④　同上。

的革命思想底蕴——"现在选集鲁迅的杂感，不但因为这里有中国思想斗争史上的宝贵的成绩，而且也为着现时的战斗……"①

第二部分是过渡部分。瞿秋白以"亚尔霸·龙迦的公主莱亚·西尔维亚被战神马尔斯强奸了，生下一胎双生儿子：一个是罗谟鲁斯，一个是莱谟斯"的一通神话比喻式论述，把鲁迅"革命"思想的逻辑起点确定为鲁迅的家庭出身，从而自然过渡到以阶级论阐释鲁迅的革命宏大叙述的基本思路。瞿秋白展开论述的逻辑大前提是——"是的，鲁迅是莱谟斯，是野兽的奶汁所喂养大的，是封建宗法社会的逆子，是绅士阶级的贰臣，而同时也是一些浪漫谛克的革命家的诤友！他从他自己的道路回到了狼的怀抱。"②

奠定鲁迅的国际身份和国内身份，确立阐释鲁迅的"阶级论"革命思路，从第三部分到第七部分，瞿秋白娴熟地根据革命进化论逻辑，在历史性叙述中按照"辛亥革命—五四前—五四时期—大革命时期—革命文学论争时期"的历史进程，完成对鲁迅从进化论到阶级论的革命思想生长梳理和总结。第八部分是瞿秋白的结论归纳，根据"阶级论"叙述模式，鲁迅杂感写作史就是"从进化论进到阶级论"③的历史。在此过程中，鲁迅社会身份发生相应变化——"从绅士阶级的逆子贰臣进到无产阶级和劳动群众的真正的友人，以至于战士，他是经历了辛亥革命以前直到现在的四分之一世纪的战斗，从痛苦的经验和深刻的观察之中，带着宝贵的革命传统到新的阵营里来的"④。因此，"最近期间，'九一八'以后的杂感"，瞿秋白认定鲁迅已"站在战斗的前线，站在自己的哨位上"⑤。瞿秋白回

---

① 何凝编：《鲁迅杂感选集》，第 2 页。
② 同上书，第 3 页。
③ 同上书，第 20 页。
④ 同上。
⑤ 同上书，第 21 页。

顾鲁迅杂感里战斗的光辉历程，目的在于总结鲁迅的革命传统，他说:"然而鲁迅杂感的价值决不止此。……历年的战斗和剧烈的转变给他许多经验和感觉，经过精炼和融化之后，流露在他的笔端。这些革命传统（revolutionary tradition）对于我们是非常之宝贵的，尤其是在集体主义的照耀之下。"① 可见，瞿秋白以阶级论完成鲁迅杂感写作的革命史梳理，是"以一个党内著名的理论家和政治家的气魄和眼光来评价鲁迅的"②。

在"集体主义的照耀之下"，瞿秋白发现了鲁迅的"革命传统"③。在红光照耀下，鲁迅自然也被证明有红色革命传统。而这种循环论证的革命逻辑，使瞿秋白以编选鲁迅杂感选集的方式，"出于他在当时政治斗争和思想斗争中的切身感受"④ 编辑出想塑造的、革命也需要的红色鲁迅。至于瞿秋白对鲁迅"这些革命传统"的四点概括，⑤ 不仅互相矛盾，而且把第四点看成是"文学家的鲁迅，思想家的鲁迅的最主要的精神"⑥ 也不够周全。毕竟仅凭"反虚伪的精神"厘定鲁迅作为文学家和思想家的意义，并没有足够说服力。然而，这还并不重要，重要的是鲁迅"革命经典化"已完成。从此，鲁迅成为革命前驱和"听将令"的隐喻。瞿秋白再次重申:

---

① 何凝:《鲁迅杂感选集》，第 21—22 页。

② 丁言模:《瞿秋白等人评价鲁迅的现实主义标准——兼评冯雪峰、周扬、巴人的鲁迅观》，《瞿秋白研究》第 3 辑，第 137 页。

③ 何凝:《鲁迅杂感选集》，第 21—22 页。

④ 王铁仙:《关于科学评价鲁迅的若干思考——重读瞿秋白的〈《鲁迅杂感选集》序言〉》，《瞿秋白研究》第 11 辑，第 215 页。

⑤ "第一，是最清醒的现实主义"、"第二，是'韧'的战斗"、"第三，是反自由主义"、"第四，是反虚伪的精神"。[何凝（瞿秋白）编:《鲁迅杂感选集》，第 22—24 页。]

⑥ 何凝编:《鲁迅杂感选集》，第 22—24 页。

　　自然，鲁迅的杂感的意义，不是这些简单的叙述能够完全包括得了的。我们不过为着文艺战线的新的任务，特别指出杂感的价值和鲁迅在思想斗争史上的重要地位，我们应当向他学习，我们应当同着他前进。①

　　一切为了现实革命与斗争需要。在革命斗争异常紧张和激烈的年代，作为无产阶级革命政治领导者，瞿秋白的所作所为无疑是历史必然和个人本然、应然的统一。当选家和做长序，都是瞿秋白服从于革命斗争需要的行动。尽管行动中有瞿秋白对鲁迅的感恩心理②和经济利益因素③驱动，但并不与革命的功利需要相矛盾。瞿秋白无论在编选标准确立上还是序言论述思想上，也都与其现实主义文艺思想相融合。因此，瞿秋白编选《鲁迅杂感选集》并作序，无疑是瞿秋白文艺思想一次成功的文艺实践。

　　然而，必须指出瞿秋白在《鲁迅杂感选集》编选和《〈鲁迅杂感选集〉序言》中体现出的鲁迅观，并不完全等同瞿秋白个人的鲁迅观。瞿秋白不仅没有否定钱杏邨等对鲁迅的批评攻击，而且在《多余的话》中提及"可以再读一读"的文艺著作中只有"鲁迅的《阿Q正传》"④，并没有提及鲁迅的杂感。这似乎

---

　　①　何凝编：《鲁迅杂感选集》，第25页。

　　②　杨之华说瞿秋白编《鲁迅杂感选集》目的是为给鲁迅的书"留下一个永久的纪念"。（杨之华：《〈〈鲁迅杂感选集〉序言〉是怎样产生的》。）

　　③　鲁迅说："我的选集，实系出于它兄之手。序也是他作，因为那时他寓沪缺钱用，弄出来卖几个钱的。"［鲁迅：《致曹靖华》（1936年5月15日），见《鲁迅书简·致曹靖华》，上海人民出版社1976年版，第186页。］

　　④　瞿秋白：《多余的话》，《瞿秋白文集》（政治理论编）第7卷，第723页。关于《阿Q正传》，杨之华说瞿秋白"经常读它，重复读它，也经常介绍给当时青年。他说读一次二次是不够的，要细读，要重复的读"。（《杨之华致陈梦熊信》，《新文学史料》1982年第3期。）唐天然曾披露瞿秋白用大小十个"Q"字组成阿Q像漫画。（唐天然：《战友情深——有关瞿秋白和鲁迅的三件新史料》，《新文学史料》1982年第4期。）此图见王仲良、季世昌主编《瞿秋白》，第180页。

也能说明，瞿秋白编选和序说鲁迅杂感的真正意图和思想内核并不在于文学，而在于革命思想。因此，瞿秋白和鲁迅的确处于"隔膜和相知"① 并存的复杂状态。②

不同的立场产生歧异的阐释结果。与《〈鲁迅杂感选集〉序言》同年问世的钱基博的《现代中国文学史》则认为"树人颓废，不适于奋斗"，把鲁迅和徐志摩混在一起，都判为"以文艺之右倾，而失热血青年之望"③。但是，瞿秋白在无产阶级革命立场上的鲁迅阐释，却为中国无产阶级革命的文艺思想战线树立起一面红色旗帜。

《〈鲁迅杂感选集〉序言》不仅成为日后革命阵营研究和评说鲁迅杂感和思想的论述范式，而且确立中国现代文学批评史上作家作品研究的基本范式。瞿秋白的鲁迅评说结论，甚至成为此后汗牛充栋的鲁迅研究论著的基本前提。瞿秋白的鲁迅阐释，一定意义上成为中国新文学研究的出发点，也是中国现代文艺思想史革命化叙述的起点。在鲁迅成为中国化高尔基的同时，瞿秋白也奠定自己作为"中国的卢那察尔斯基"④ 的历史角色。

---

① 徐允明:《荆天棘地两代人——鲁迅与瞿秋白:隔膜与相知》，《瞿秋白研究文集》，第 258 页。

② 黎活仁先生在《鹿地亘与瞿秋白〈《鲁迅杂感选集》序言〉的日译》（《抖擞》1979 年 5 月第 33 期。）中对"文革"时以质疑〈《鲁迅杂感选集》序言〉等来离间瞿鲁关系的论点进行讨论。原因是鲁研专家陈漱渝在《鲁迅与女师大学生运动》附录《携手共艰危》中写道:"据周海婴先生回忆:……在逝世前的一个星期，许广平同志完成了一万多字的论文，揭发批判瞿秋白贬低鲁迅的种种谬论。"（陈漱渝:《鲁迅与女师大学生运动》，人民出版社 1978 年版，第 137 页。）

③ 钱基博:《现代中国文学史》，上海世界书局 1933 年初版，岳麓书社 1986 年再版，第 504—505 页。

④ 〔苏联〕郭绍棠:《回忆瞿秋白》，路远译，《瞿秋白研究》第 6 辑，第 258 页。把瞿秋白评价为"中国的卢那察尔斯基"的说法不仅来自苏联研究者，美国的保罗·皮科威兹也持这观点。Paul G. Pickowicz, *Marxist Literature Thought and China: A Conceptual Framework*, Center For Chinese Studies Institute of East Asian Studies University of California Berkeley, California 1980, pp. 47—54。把瞿秋白类比成卢那察尔斯基，我的理解应该是指二者在各自国家里马克思主义文艺发展的作用和思路的相似。

三 翻译通信："私人的事情?!"①

瞿鲁交谊主要围绕着编译工作展开。尽管这里存在个人私谊情感，但更有着为革命文艺战线共同战斗的同志热情。无论是瞿秋白介入鲁迅和梁实秋的翻译论战，还是与鲁迅进行文学合作，乃至对鲁迅作革命的系统阐释，在瞿秋白看来，都首先是文艺战线上严肃的革命斗争工作。在彼时情势下，瞿秋白所做的一切尽管有经济困境和情感寄托的考虑，但革命斗争的需要是第一位的。② 因此，瞿秋白尽管在翻译问题上当梁实秋和鲁迅发生论战时支援鲁迅，但他本人和鲁迅其实也存在另一层面的翻译论战。尽管他们之间的论战是以翻译通信的方式展开的，但仍旧并非私人的事情。

最初是因为瞿秋白读完鲁迅译的《毁灭》，特写信祝贺鲁迅，并借机讨论翻译问题。瞿秋白开篇就说自己祝贺的理由，是因为"这是中国普洛文学者的重要任务之一"③。鲁迅翻译《毁灭》，当然主要是他私人的事情。然而，瞿秋白却质问道："可是，谁能够说：这是私人的事情?! 谁?!"④ 两个问号加两个感叹号的发问，可见瞿秋白的焦虑和重视程度非同一般。瞿秋白认为，"《毁灭》、《铁流》，等等的出版，应当认为一切中国革命文学家的责任。每一个革命的文学战线上的战士，每一个革命的读者，应当庆祝这一个胜利；虽然这还只是小小的胜利"⑤。其实，

---

① 瞿秋白：《论翻译——给鲁迅的信》，《瞿秋白文集》（文学编）第 1 卷，第504 页。

② 王宏志先生认为瞿秋白翻译工作的中心思想是"翻译为政治服务，翻译本身就是一场政治斗争"。（王宏志：《论瞿秋白翻译理论的中心思想》，《中国比较文学》1998 年第3 期，第 79—92 页。）这种表述尽管深刻但失之简单，遭到一些学者批评。

③ 瞿秋白：《论翻译——给鲁迅的信》，《瞿秋白文集》（文学编）第 1 卷，第504 页。

④ 同上。

⑤ 同上。

瞿秋白是急于要把鲁迅的翻译问题上升为革命文学战线上的斗争
体现，这才是他祝贺鲁迅翻译的《毁灭》出版的真实意图，即
要把鲁迅的"这种努力变成团体的"①。瞿秋白明白指出：

> 你的努力——我以及大家都希望这种努力变成团体
> 的，——应当继续，应当扩大，应当加深。所以我也许和你
> 自己一样，看着这本《毁灭》，简直非常的激动：我爱它，
> 象爱自己的儿女一样。咱们的这种爱，一定能够帮助我们，
> 使我们的精力增加起来，使我们的小小的事业扩大起来。②

瞿秋白把翻译问题从两个方面展开：一方面就事论事，讨论
翻译与现代汉语发展的关系："翻译——除出能够介绍原本的内
容给中国读者之外——还有一个很重要的作用：就是帮助我们创
造出新的中国的现代言语"③；另一方面，不断强调翻译与革命
斗争事业的紧密关联："我们的胜利的道路不仅要迎头痛打，打
击敌人的军队，而且要更加整顿自己的队伍"④。瞿秋白一方面
高度肯定鲁迅在《毁灭》翻译艺术上的"忠实"和翻译举动的
革命意义；另一方面又指出译文本身有弱点。但这个弱点，是
"我们自己的弱点，敌人乘着这个弱点来进攻"⑤。最后，瞿秋白
以非常客气的语调对鲁迅说："我觉得对于这个问题，我们要有
勇敢的自己批评的精神，我们应当开始一个新的斗争。你以为怎
么样？"⑥"《毁灭》的出版，始终是值得纪念的。我庆祝你。希

---

① 瞿秋白：《论翻译——给鲁迅的信》，《瞿秋白文集》（文学编）第 1 卷，第
505 页。

② 同上。

③ 同上。

④ 同上书，第 507 页。

⑤ 同上。

⑥ 同上书，第 509 页。

望你考虑我的意见，而对于翻译问题，对于一般的言语革命问题，开始一个新的斗争。"①

1931 年 12 月 28 日，鲁迅回信答复瞿秋白，但显然没能从"革命的文学战线上的战士"、"革命的读者"② 的高度自觉上来理解瞿秋白的意思。鲁迅仍然是在客观平实而细致地讨论翻译原则和标准的因材施教问题。读到瞿秋白过火挞伐严复的翻译和对文艺大众化的急迫策略的时候，鲁迅甚至委婉地纠偏说：

　　赵老爷评论翻译，拉了严又陵，并且替他叫屈，于是累得他在你的信里也挨了一顿骂。但由我看来，这是冤枉的，严老爷和赵老爷，在实际上，有虎狗之差。③

　　但我想，我们的译书，还不能这样简单，首先要决定译给大众中的怎样的读者。将这些大众，粗粗的分起来：甲，有很受了教育的；乙，有略能识字的；丙，有识字无几的。而其中的丙，则在"读者"的范围之外，启发他们是图画，演讲，戏剧，电影的任务，在这里可以不论。但就是甲乙两种，也不能用同样的书籍，应该各有供给阅读的相当的书。供给乙的，还不能用翻译，至少是改作，最好还是创作，而这创作又必须并不只在配合读者的胃口，讨好了，读的多就够。至于供给甲类的读者的译本，无论什么，我是至今主张"宁信而不顺"的。④

　　虽然创作，我以为作者也得加以这样的区别。一面尽量

---

　　① 　瞿秋白：《论翻译——给鲁迅的信》，《瞿秋白文集》（文学编）第 1 卷，第509 页。

　　② 　同上书，第 504 页。

　　③ 　鲁迅：《二心集·关于翻译问题的通信》。

　　④ 　同上。

的输入,一面尽量的消化,吸收,可用的传下去了,渣滓就听他剩落在过去里。所以在现在容忍"多少的不顺",倒并不能算"防守",其实也还是一种的"进攻"。在现在民众口头上的话,那不错,都是"顺"的,但为民众口头上的话搜集来的话胚,其实也还是要顺的,因此我也是主张容忍"不顺"的一个。

但这情形也当然不是永远的,其中的一部分,将从"不顺"而成为"顺",有一部分,则因为到底"不顺"而被淘汰,被踢开。这最要紧的是我们自己的批判。如来信所举的译例,我都可以承认比我译得更"达",也可推定并且更"信",对于译者和读者,都有很大的益处。不过这些只能使甲类的读者懂得,于乙类的读者是太艰深的。由此也可见现在必须区别了种种的读者层,有种种的译作。①

鲁迅的讨论非常平和而体贴人情,鲁迅还借助进化论思想来证明自己采取"自然的淘汰"的"直译"之可行。② 但瞿秋白急于要把问题上升到革命高度,革命的紧迫需要也不容许他认可鲁迅翻译上的进化思想。于是,瞿秋白再次花两天的时间回信来"答"鲁迅。瞿秋白的第二封信比第一封信的态度严肃许多,因为这次已是翻译问题"原则上的解决",瞿秋白说:

翻译的问题在中国还是一个极重要的问题,从"五四"到现在,这个问题屡次提出来,屡次争论,可是始终没有得到原则上的解决。③

---

① 鲁迅:《二心集·关于翻译问题的通信》。
② 王宏志:《论瞿秋白翻译理论的中心思想》。
③ 瞿秋白:《再论翻译——答鲁迅》,《瞿秋白文集》(文学编)第1卷,第515页。

你的来信也还说："我是至今主张'宁信而不顺'的。"我觉得这是提出问题的方法上的错误。问题根本不在于"顺不顺",而在于"翻译是否能够帮助现代中国文的发展"。……说到"信"也是一样。

That is the question,问题是在这里!

象你说的:"宁信而不顺"……"现在可以容忍多少的不顺",那就是没有着重的注意到绝对的白话本位的原则。①

瞿秋白认为翻译问题原则上的解决,应是绝对的白话本位的原则。而"白话本位"的表述就不仅是在讨论翻译,而是讨论翻译背后的革命立场,即李今所说的:瞿秋白"论翻译就是企图确立一种公认的翻译原则"②。瞿秋白同时还借他人批评金丁③的话来表达自己的真实意思,大有点敲山震虎的味道:

> 这是五四式的林琴南主义!这种新式的林琴南主义现在风行得很。而金丁能够写真正的白话,却偏要扭扭捏捏的,这尤其是不可宽恕的罪恶。我说"罪恶",这决不是过分的。我记得在一本杂志上,有人骂一种群众报纸上用"借途灭虢"的标题,是"对于革命的罪恶"。④

---

① 瞿秋白:《再论翻译——答鲁迅》,《瞿秋白文集》(文学编)第 1 卷,第 515—516 页。

② 李今:《翻译的政治与翻译的艺术——以瞿秋白和鲁迅的翻译观为考察对象》,《河北学刊》2007 年第 2 期。

③ 金丁:即汪金丁,原名汪锡联,"左联"成员,参加过"左联"创作委员会并为"左联"执委。金丁:《有关左联的一些回忆》,《左联回忆录》(上),第 182—198 页。

④ 瞿秋白:《再论翻译——答鲁迅》,《瞿秋白文集》(文学编)第 1 卷,第 520 页。

　　话已至此,相信鲁迅一定已经明白他和瞿秋白在翻译问题上的分歧,不仅事关"直译"可否,而且还事关革命。瞿秋白再次重申:"现在要开始一个新的文学革命,新的文字问题的斗争,就一定要打倒新式的林琴南主义。这就是要坚定的清楚的认定白话本位的原则。"① 对瞿秋白的回答,鲁迅没有再次回应,毕竟革命立场问题从来不允许讨论,也没有讨论的必要。

　　瞿鲁的翻译通信,实质并非源于对翻译理论认识上的本质分歧。翻译的"顺"和"信"的重要性比较,涉及不同角度和立场对翻译文本和翻译者的要求。而翻译"通顺"与"正确"、"硬译"与"硬要"译之间,也根本构不成二元对立。因此而引发的争论,只能说多数出于意气。前者是瞿秋白和鲁迅的分歧,后者则是鲁迅和梁实秋、赵景深等的论战。鲁迅注重在翻译方法正确的前提下,强调操作上循序渐进;瞿秋白则强调在翻译立场正确的前提下,注重语言选择的革命大众化。因此,李今认为,鲁迅和瞿秋白的翻译观"均与他们各自的文学主张紧密相连",其分歧"从根本上说,是其文学观的不同,同时也反映了文学家和政治家、文化启蒙和政治启蒙的差别"②。李今这种二元对立式的判断,指出问题实质,但也抹去思想与策略的深入差异。③ 此类思路,极容易导致论者由于瞿秋白强调翻译立场,而抹杀他的翻译理论家的地位和历史贡献。王宏志的持论就是一例。王宏志认为:"瞿秋白并不是什么翻译理论家,甚至其翻译

---

　　① 瞿秋白:《再论翻译——答鲁迅》,《瞿秋白文集》(文学编)第1卷,第521页。

　　② 李今:《翻译的政治与翻译的艺术——以瞿秋白和鲁迅的翻译观为考察对象》。

　　③ 张历君先生认为"硬译"一说指涉的是鲁迅在语文观上的态度,在与瞿秋白讨论翻译时的论说有论战表态的意味。参见张历君《迈向纯粹的语言——以鲁迅的"硬译"实践重释班雅明的翻译论》,《中外文学》第30卷,2001年第7期。

经验也算不上丰富，因此，他所提的'翻译理论'，并不是一种经过学理探究或翻译上的实践而得出来的。"① 这种论述不仅失之简单粗暴，而且同样充满学究意气。然而，王宏志和李今对瞿秋白翻译思想的基本判断都是正确的，即瞿秋白作为政治家和革命家的翻译理论思想"只有一个大前提：一切都要为革命服务"②，这不仅是瞿秋白翻译理论的中心思想，也是他30年代基本的文艺思想。不论是翻译问题的通信和论战，还是编选《鲁迅杂感选集》并作序，乃至编译《"现实"——马克思主义文艺论文集》，都是瞿秋白革命功利的现实主义文艺思想的体现。

在从事革命政治的瞿秋白看来，几乎没什么私事可言。瞿秋白和鲁迅之间的翻译通信，当然也不仅仅是私事（革命政治的世界里不允许先有私事预设），它更像是一场革命斗争！

四　政治僭叙③：瞿秋白与《子夜》的红色经典化历程

茅盾与瞿秋白的相识，起始于阅读对方的文章。此外，瞿秋白还曾经通过郑振铎进一步接近茅盾。④ 1924年冬，瞿秋白与茅盾比邻而居，交往更加频繁。茅盾当时是商务印书馆党支部书记。在家开党内会议时，瞿秋白代表党中央常来出席。公交私谊往来之后，他和茅盾的友情加深。而瞿秋白与茅盾的文学交往，主要在1930—1934年。期间，瞿秋白不仅对茅盾的《路》、《三人行》提出批评，而且对《子夜》的创作产生重大

---

① 　王宏志：《论瞿秋白翻译理论的中心思想》。

② 　同上。

③ 　"僭叙"，本文取其"跨界限代为叙述"意，语出《古今粹语序》，（明）陈继儒：《陈眉公集》。

④ 　对瞿秋白与茅盾的交谊往来，考辨周详的是刘小中先生。参见刘小中《瞿秋白与茅盾的交往和友谊》，《瞿秋白研究》第5辑，第173—187页。

影响。瞿秋白与茅盾的文学交往，提供了考察文学交往与瞿秋白文艺思想互动关系的入口，让我们更好地理解革命时代里文学与政治的绞缠。

瞿秋白对《子夜》① 的修改和批评，是革命改变文学的最具体例子。刘小中甚至认为，"瞿秋白对茅盾《子夜》创作的帮

---

① 《子夜》从 1931 年 10 月开始动笔，到 1932 年 12 月 5 日脱稿。第一章于 1932 年在《小说月报》发表，不久毁于战火；后以《火山上》、《骚动》为题在《文学月报》连载。这部曾拟名为"燎原"、"野火"、"夕阳"的小说最后还是以"半夜；天快亮了"的《子夜》为题。《子夜》平装本和精装本初版本分别由上海开明书店在 1933 年 1 月和 4 月（其实是再版）印出，6 月则为第三版。"用同一个纸型印"的"三版均为平装 32 开，全书 577 页，前边没有序言、目录之类，最后 1 页是后记、跋样的文字"。1934 年 6 月出版删节后第 4 版。开明书店版《子夜》到 1951 年 12 月止"共印过 26 版"。平装初版本为"报纸印，封面为灰绿色纹纸，封面设计极单纯，只在右侧有'子夜'两个篆字，篆书者为叶圣陶先生。书的扉页上，有'子夜'两字的题签，则是王伯祥先生所书，底版的小方块用斜行英文'The Twilight：a Romance of China in 1930'连续出现而组成"。（参见《火山上》，《文学月报》1932 年 6 月创刊号。《骚动》，《文学月报》1931 年 7 月第 2 号；朱金顺：《〈子夜〉版本探微》，《中国现代文学研究丛刊》2003 年第 3 期，第 257—262 页。）唐弢说这个底版是茅盾自己设计的。（唐弢：《晦庵书话》，生活·读书·新知三联书店 1980 年版，第 68 页。）茅盾自己则说这个英文字组成的底版出自设计者之手。松井博光的《黎明的文学》中写道："一九三四年六月发行的第四版有删掉的部分。"（松井博光：《黎明的文学》，第 171 页）；瞿光熙先生在《〈子夜〉的烙痕》中说："结果只得把描写农民暴动的第四章和描写工人罢工的第十五章，全部删去。在重版的《子夜》中，在这两章删除的地方各注一个'删'字，而页码不改，共缺六十页之多。书店还恐怕发售时发生麻烦，把伪市党部的'批答'刻版印在版权页的后面。后来又经过一番活动，才得把删削的两章印入，又在版权页上添了一行'内政部著作权注册执照警字第三五三四号'。"（瞿光熙：《中国现代文学史札记》，上海文艺出版社 1984 年版，第 61 页。）倪墨炎说："1933 年 2 月，国民党上海特别市党部密令查禁 149 种图书，其中包括《子夜》。在鲁迅《且介亭杂文二集·后记》中，附有这个目录。上海书业 26 家书店联名呈文，请求开禁，到 1934 年 3 月，得到批示，分 5 档处理，《子夜》属于'应删改'之类中。对《子夜》的批文是：'二十万言长篇创作，描写帝国主义者以重量资本，操纵我国金融之情形，P97 至 P124 讥刺本党，应删去，十五章描写工厂，应删改。'"（倪墨炎：《现代文坛灾祸录》，上海书店 1996 年版，第 213 页。）据陈思和先生的理解：《子夜》初版本内封的题签下反复衬写着的英文"The Twilight：a Romance of China in 1930"，意思是"夕阳，1930 年中国的传奇"，"夕阳"是茅盾最初设计的书名，后面一句话则点出了这个故事是一个传奇、一段浪漫史。（陈思和：《〈子夜〉：浪漫·海派·左翼》，《上海文学》2004 年第 1 期。）

助，是瞿秋白从政治战线转向文学战线后所办的第一件实事"[1]。
的确，瞿秋白对《子夜》的修改和评价，影响了《子夜》在文
学史上的评价，[2] 也影响了茅盾的文学史地位。

瞿秋白夫妇结束第二次赴苏行程回到上海后，曾见过当时已
脱党并刚从日本回来不久的茅盾。[3] 由于瞿秋白稍后即陷入政治
命运转折期，而茅盾也由于此前的脱党身份，两人一度失去联
络。[4] 后来，茅盾才从弟弟沈泽民口中得知瞿秋白的境况和地址，
第二天前往探访并请瞿秋白审阅《子夜》原稿及写作大纲。两天后
茅盾再访瞿秋白时，因情况紧急瞿秋白夫妇避难茅盾家。期间，瞿
秋白和茅盾天天谈《子夜》。[5] 因此，瞿秋白不仅在《子夜》创作过
程中发表不少意见，对作品实际创作产生较大影响；而且当作品完
成后，瞿秋白也较早进行评论，评论本身对作品文学地位和历史地
位也都产生了影响。从这两方面来看，瞿秋白与《子夜》互动，就
不仅是读者与作品（作者）的关系，而是指导者、作者和批评者与
作品（作者）的关系。这类关系形态在中国现代文学发展史上并不
多见，而且也只有在左翼革命时期思想组织化的情境下才有可能发
生。瞿秋白与《子夜》的关系，成为革命与文学互动的象征。

---

① 刘小中：《瞿秋白与〈子夜〉》，《扬州职业大学学报》1999 年第 1 期，第 13
页。

② 蓝棣之先生认为《子夜》是"一份高级形式的社会文件"，在瞿秋白参与修
改和指导创作上说，这种判断不失深刻。（蓝棣之：《一份高级形式的社会文件——
重评〈子夜〉》，《上海文论》1989 年第 3 期。）

③ 茅盾回忆 1931 年 4 月与孔德沚一起去看望瞿秋白时，只是"有四五个月没
见面"。［茅盾：《我走过的道路》（中），第 60、71—72、109 页。］可见，从 1930 年
8 月到 1931 年 4 月再见，瞿秋白与茅盾期间会过面。

④ 一说是 1930 年夏天，瞿秋白从莫斯科回到上海并知道茅盾也刚从日本回国，便
用化名写信交开明书店收转约茅盾见面。两人见面后都非常高兴。当时茅盾有颇多小说发
表，瞿秋白读到后十分欣赏。他赞同茅盾以写小说为职业。参见茅盾《我走过的道路》
（中册），第 60 页。

⑤ 茅盾：《我走过的道路》（中册），第 109—111 页。

本来,茅盾构思《子夜》时是准备写"都市—农村交响曲"。按原来的设想,都市方面设计三部曲:《棉纱》、《证券》、《标金》。① 陈思和认为,《子夜》是写"一个二十世纪现代的王子、骑士、英雄,一个工业界的神话人物,以及这个人物在上海的传奇故事。所以,这样的故事和写作动机,很难说它是写实主义的,我们过去都说茅盾是用阶级分析方法来写这个故事的,从茅盾个人的阐述和作品表面来看,这当然是对的,但仅用阶级分析的方法,有谁写出过这么栩栩如生的资本家"、"吴荪甫这个人物一出现,就不是现实主义的写法,他是一个英雄,到最后失败了,要拿枪自杀也是一个英雄的举动。整个故事写的是一个英雄如何进入困境,这是典型的浪漫主义境遇"②。然而在瞿秋白的介入下,《子夜》从小说情节设计构想到人物细节表现都发生许多变化。

据茅盾回忆,瞿秋白介入《子夜》的缘起是:

> 秋白和之华见了我们很高兴,因为我们有四五个月没有见面了。在叙了家常之后,秋白问我在写什么?我答已写完《路》,现在在写长篇小说,已草成四章,并把前数章的情节告诉他。他听了很感兴趣,又问全书的情节。我说,那就话长了,过几天等我把已写成的几章的原稿带来再详谈罢。过了两天,记得是一个星期日,我带了原稿和各章大纲和德沚又去,时在午后一时。秋白边看原稿,边说他对这几章及整个大纲的意见,直到六时。我们谈得最多的是写农民暴动的一章,也谈到后来的工人罢工。写农民暴动的一章没有提到土地革命,写工人罢工,就大纲看,第三次罢工由赵伯韬

---

① 茅盾:《〈子夜〉写作的前前后后》,《我走过的道路》(中册),第92—96页。
② 陈思和:《〈子夜〉:浪漫·海派·左翼》。

挑动起来也不合理，把工人阶级的觉悟降低了。秋白详细地向我介绍了当时红军及各苏区的发展情形，并解释党的政策，何者是成功的，何者是失败的，建议我据以修改农民暴动的一章，并据以写后来的有关农村及工人罢工的章节。正谈得热闹，饭摆上来了，打算吃过晚饭再谈。①

秋白建议我改变吴荪甫、赵伯韬两大集团最后握手言和的结尾，改为一胜一败。这样更能强烈地突出工业资本家斗不过金融买办资本家，中国民族资产阶级是没有出路的。秋白看原稿极细心。我的原稿上写吴荪甫坐的轿车是福特牌，因为那时上海通行福特。秋白认为像吴荪甫那样的大资本家应当坐更高级的轿车，他建议改为雪铁龙。又说大资本家愤怒绝顶而又绝望就要破坏什么乃至兽性发作。以上各点，我都照改了。但是，关于农民暴动和红军活动，我没有按照他的意见继续写下去，因为我发觉，仅仅根据这方面的一些耳食的材料，是写不好的，而当时我又不可能实地去体验这些生活，与其写成概念化的东西，不如割爱。于是我就把原定的计划再次缩小，又重新改写了分章大纲，这一次是只写都市而不再正面写农村了。但已写好的第四章不忍割舍，还是保留了下来，以至成为全书中的游离部分。这个新的分章大纲比前一个分章大纲简单多了，现在还保存着其中的一部分。②

经过与秋白的交谈，我就考虑如何压缩《子夜》的原定计划。可是尚未动笔，雪峰又来找到我，一定要我担任下半年的"左联"行政书记。不久，秋白也参加了"左联"

---

① 茅盾：《〈子夜〉写作的前前后后》。
② 同上。

的领导工作,他向我提出要总结"五四"以来新文学运动的经验,要我写两篇论文。加之那年的夏天奇热,一个多月的期间天天老是华氏九十几度的天气,我的住房又在三楼,热得喘不过气来。这样,我只好满足于先把新的分章大纲写出来,而把《子夜》的写作暂时搁下,专注于"左联"的日常工作。直到十月份,我觉得写《子夜》的计划不能再拖了,便向冯雪峰辞去"左联"行政书记之职,坐下来,按照新的分章大纲,重新往下写。①

从茅盾对《子夜》创作过程的回忆看,瞿秋白介入《子夜》创作形态生成的过程相当深入而具体。瞿秋白对《子夜》的情节结构设置、人物刻画、小说细节都提出许多宝贵意见。对这些意见,茅盾或照单全收或稍微调整。照单全收的瞿秋白意见有:

1.《子夜》最初结局设想是:吴荪甫跟赵伯韬两人斗到最后,由于工农红军打到长沙,两派资本家握手言和,他们联手起来跑到庐山去狂欢,在豪华别墅里互相交换情人纵淫。② 这种结局在瞿秋白看来当然不合乎革命前途的必然逻辑,也不合阶级分析的结果。因此瞿秋白建议"改变吴荪甫、赵伯韬两大集团最后握手言和的结尾,改为一胜一败。这样更能强烈地突出工业资本家斗不过金融买办资本家,中国民族资产阶级是没有出路的"③。现在的《子夜》结局正是吴荪甫失败想自杀却没有成功。可见《子夜》里失败结局并非茅盾最初的构想。

---

① 茅盾:《〈子夜〉写作的前前后后》。
② 茅盾在《〈子夜〉写作的前前后后》所录的写作《提要》。参见茅盾《我走过的道路》(中册),第99—109页。
③ 茅盾:《我走过的道路》(中册),第110页。

2. 茅盾回忆：“秋白同志说‘福特轿车是普通轿车，吴荪甫那样的资本家该坐雪铁龙。’又说‘大资本家到愤怒极顶而又绝望时，就要破坏什么，乃至兽行发作’，这两点我都照改、照加。”① 现在的《子夜》里，茅盾就增添这些细节来表现所谓的资本家残暴虚弱的特性——奸淫送燕窝粥的保姆，坐雪铁龙轿车。

3. 瞿秋白曾建议茅盾“作为‘左联’执行书记先写一两篇文章出来带个头，对‘五四’以来的新文学运动，以及1928年以来的普罗文学进行研究和总结”②。茅盾“遵照秋白的建议”写了《“五四”运动的检讨》、《关于创作》、《中国苏维埃革命与普罗文学之建设》等，这是茅盾回国后写的最初一批文艺论文。文章中许多重要内容在写作前曾与瞿秋白交换过意见，“其中有的观点也就是他的观点，例如对‘五四’文学运动的评价”③。

茅盾只是部分吸收瞿秋白意见，而在小说中稍微调整的有：

1. 瞿秋白在工人斗争和农民暴动方面给茅盾讲了许多政策和场景，但茅盾却因不能深入体验具体生活，又不愿意作概念化描写，于是割舍正面写农村场景的计划，突出写城市，尤其资本家之间相互争斗的情景。茅盾说《子夜》中的革命运动者及工人群众是“仅凭‘第二手’的材料”④，就是指瞿秋白等革命政治实践者提供的材料。

2. 茅盾虽没有听从瞿秋白写农村生活的建议，但当时已完成的正面描写农村的第四章还是保留下来。因此这部分与全书显得有些游离。

---

① 茅盾：《回忆秋白烈士》，《红旗》1980年第6期。
② 茅盾：《我走过的道路》（中册），第73页。
③ 同上。
④ 茅盾：《再来补充几句》，《子夜》，人民文学出版社1977年版。

3. 茅盾回忆《子夜》里"关于农民暴动和红军活动,我没有按照他的意见继续写下去,因为我发觉,仅仅根据这方面的一些耳食的材料,是写不好的,而当时我又不可能实地去体验这些生活,与其写成概念化的东西,不如割爱"①。

《子夜》平装本初版刚出来,茅盾便拿着几本样书,带着夫人孔德沚和儿子到北四川路的公寓去拜访鲁迅。② 鲁迅此刻与瞿秋白交往密切,因此鲁迅对《子夜》的意见非常重要。③ 鲁迅认为,茅盾是最近"新作家出现"④,作品"并未预告"⑤ 而低调产生;"现在也无更好的长篇作品"⑥,为时人"所不能及"⑦;《子夜》"只是作用于智识阶级的作品而已"⑧,但应该还有比《子夜》"能够更永久的东西"⑨。《子夜》出版时,鲁迅认为暂没有超越《子夜》的作品。直到 1936 年,对茅盾的"地位"、"作风(Style)和形式(Form)"及其"与别的作家之区别"、"对于青年作家之影响,布尔乔亚作家对于他的态度"⑩,鲁迅仍旧说"一向不留心此道"⑪。可见,鲁迅对茅盾和《子夜》的热情并不高,基本停留在对他写作态度的表态层面,对艺术评价只是鼓励的热情居多。鲁迅的态度无疑受到其他人对《子夜》的评价影响,这里面就包括瞿秋白。然而,对《子夜》革命评价

---

① 茅盾:《我走过的道路》(中册),第 110 页。

② 同上书,第 115—116 页。

③ 鲁迅:《致曹靖华》(1933 年 2 月 9 日夜);《文人无文》(1933 年 3 月 28 日);《致吴渤》(1933 年 12 月 13 日);《致胡风》(1936 年 1 月 5 日夜)。

④ 鲁迅:《致曹靖华》(1933 年 2 月 9 日夜),《鲁迅书信集》。

⑤ 鲁迅:《文人无文》(1933 年 3 月 28 日),《伪自由书》。

⑥ 鲁迅:《致吴渤》(1933 年 12 月 13 日),《鲁迅书信集》。

⑦ 鲁迅:《致曹靖华》(1933 年 2 月 9 日夜),《鲁迅书信集》。

⑧ 鲁迅:《致吴渤》(1933 年 12 月 13 日),《鲁迅书信集》。

⑨ 同上。

⑩ 鲁迅:《致胡风》(1936 年 1 月 5 日夜),《鲁迅书信集》。

⑪ 同上。

最终的定调，则来自冯雪峰。[①]

　　梳理《子夜》的接受视野，瞿秋白的《子夜》批评的历史意义自然呈现出来。瞿秋白的《子夜》批评分为两阶段。瞿秋白读了《子夜》后，最先与鲁迅交换意见，合写杂文《〈子夜〉和国货年》。[②]《〈子夜〉和国货年》曾由鲁迅对个别文字稍加修定，请人誊写后署上鲁迅自己笔名"乐雯"寄给《申报·自由谈》刊载。而瞿秋白最初的《子夜》批评，着重于它在创作方法和革命立场[③]上的历史突破价值——"第一部写实主义的长篇小说"、"应用真正的社会科学，在文艺上表现中国的社会阶级关系"，比"国货年"更具有文学史上和一般历史上大事件记录价值。此时，瞿秋白和鲁迅对《子夜》的看法基本相同，论调平稳，但已开始具体化为革命立场和创作方法的肯定。瞿秋白在写《〈子夜〉和国货年》时曾说："这里，不能够详细的研究《子夜》，分析到它的缺点和错误，只能够等另一个机会了。"这"另一个机会"，就是 1933 年 8 月 13 日瞿秋白的《读〈子夜〉》[④]。

　　《读〈子夜〉》共分成五段，对《子夜》进行"比较有系统的批评"。瞿秋白此刻采取的批评"系统"，自然不是加引号的批评

---

　　① 何丹仁（冯雪峰）：《〈子夜〉与革命的现实主义的文学》，《木屑文丛》第 1 辑，1935 年 4 月 20 日。参见庄钟庆编《茅盾研究论集》，天津人民出版社 1984 年版，第 217 页。

　　② 乐雯（瞿秋白）：《〈子夜〉与国货年》，《申报·自由谈》1933 年 4 月 2—3 日。

　　③ 在文艺批评中强调革命立场实质上就是审查作者的写作动机，艾晓明先生认为这是李初梨"开了一个恶劣的先例"。（艾晓明：《中国左翼文学思潮探源》，第 109 页。）李初梨认为一个作家"不管他是第一第二……第百第千阶级的人，他都可以参加无产阶级文学运动"、"不过我们首先要审查他的动机，看他是'文学而革命'，还是'为革命而文学'"。（李初梨：《怎样地建设革命文学》，《文化批判》第 2 号，1928 年 2 月 15 日。）

　　④ 瞿秋白：《读〈子夜〉》，《中华日报·小贡献》1933 年 8 月 13 日，《瞿秋白文集》（文学编）第 2 卷，第 88—94 页。

的野心（即纯粹的文学批评），而是写《〈鲁迅杂感选集〉序言》时确立的批评模式，即文学的社会历史批评。批评思路如下:

大前提	《子夜》"它不但描写着企业家、买办阶级、投机分子、土豪、工人、共产党、帝国主义、军阀混战等等，它更提出许多问题，主要的如工业发展问题，工人斗争问题，它都很细心的描写与解决"。①
小前提	"从文学是时代的反映上看来"②
结　论	"在中国，从文学革命后，就没有产生过表现社会的长篇小说，《子夜》可算第一部。"因此，《子夜》"的确是中国文坛上新的收获，这可说是值得夸耀的一件事"。③

　　瞿秋白认为，"在作者落笔的时候，也许就立下几个目标去写的，这目标可说是《子夜》的骨干"。瞿秋白事先读过《子夜》的创作提纲，也和茅盾讨论过写作思路，他说这句话的时候，当然是一切了然于心。因此，瞿秋白对《子夜》的目标概括自然相当准确。《子夜》反映目标的预先设定，所以瞿秋白认为《子夜》首先是讨论问题的，因此他择要提出来谈的，都是关于中国封建势力、军阀混战、民族工业、帝国主义与民族资本家、知识分子、女性形象和恋爱问题里的阶级关系、小说人物情节里表现的"立三路线"、历史必然和革命战术问题等。行文至此，瞿秋白显然在借茅盾的文学酒杯浇自己的政治块垒，把《子夜》作为现实革命政治情势分析的文本。当然，瞿秋白把《子夜》当成一份高级的社会文件，并不能反过来推定《子夜》就是"一份高级的社会文件"④。但必须肯定，瞿秋白的《读

① 瞿秋白:《读〈子夜〉》，《瞿秋白文集》（文学编）第2卷，第88—94页。
② 同上。
③ 同上。
④ 蓝棣之:《一份高级形式的社会文件——重评〈子夜〉》。

〈子夜〉》的确不是在谈文学，而是在谈政治。《读〈子夜〉》的最后一段，瞿秋白提出五点意见：

一、有许多人说《子夜》在社会史上的价值是超越它在文学史上的价值的，这原因是《子夜》大规模地描写中国都市生活，我们看见社会辩证法的发展，同时却回答了唯心论者的论调。

二、在意识上，使读到《子夜》的人都在对吴荪甫表同情，而对那些帝国主义、军阀混战、共党、罢工等破坏吴荪甫企业者，却都会引起憎恨，这好比蒋光慈的《丽莎的哀怨》中的黑虫，使读者有同样感觉。观作者尽量描写工人痛苦和罢工的勇敢等，也许作者的意识不是那样，但在读者印象里却不同了。我想这也许是书中的主人翁的关系，不容易引人生反作用的！

三、在全书中的人物牵引到数十个，发生事件也有数十件，其长近五十万字，但在整个组织上却有很多处可分个短篇，这在读到《子夜》的人都会感觉到的。

四、人家把作者来比美国的辛克莱，这在大规模表现社会方面是相同的，然其作风，拿《子夜》以及《虹》、《蚀》来比《石炭王》，《煤油》、《波士顿》，特别是《屠场》，我们可以看出两个截然不同点来，一个是用排山倒海的宣传家的方法，一个却是用娓娓动人叙述者的态度。

五、在《子夜》的收笔，我老是感觉太突然，我想假使作者从吴荪甫宣布"停工"上，再写一段工人的罢工和示威，这不但可挽回在意识上的歪曲，同时更可增加《子夜》的影响与力量。①

---

① 瞿秋白：《读〈子夜〉》，《瞿秋白文集》（文学编）第2卷，第92—93页。

瞿秋白的五个问题，分别涉及对《子夜》社会史价值肯定、意识的矛盾效果、"整个组织"上"多处可分个短篇"的结构问题、茅盾与辛克莱的异同和结尾"太突然"。瞿秋白提的都是文学问题，但只是提出问题、稍作解释和建议解决办法，并没有像《〈鲁迅杂感选集〉序言》一样，展开对作者作品思想艺术的论述和归纳。即便如此，茅盾对瞿秋白上述两篇文章相当认可，高度珍视。茅盾认为"瞿秋白是读过《子夜》的前几章的"，但又声明自己"虽然喜爱左拉，却没有读完他的《卢贡·马卡尔家族》全部二十卷，那时我只读过五、六卷，其中没有《金钱》"。茅盾甚至曾"将《读〈子夜〉》一文的剪报珍藏了半个多世纪，在逝世前不久，让家人将剪报送给瞿独伊，以供编入新版《瞿秋白文集》之用"①。在晚年的回忆中，茅盾仍旧写道："我与他见面时常谈文艺问题，有时我们也争论，但多半我为他深湛的见解和实事求是的精神所折服。"②

瞿秋白的介入，促使茅盾将《子夜》原定写作计划作调整，分章大纲也进行重写。茅盾根据瞿秋白的意见修改《子夜》，当然部分是因为瞿秋白政治身份的特殊，也不排除对瞿秋白马克思主义文艺理论家身份的尊重。陈思和认为，"根据政治需要，小说是可以随便改的，为什么？就是为了使自己的艺术创作更符合现实主义创作所要求的反映生活的'本质'"、"这样一种创作方法自身存在着非常强烈的二元对立。一方面，它强调细节的真实，可是另一方面，他在设计这个生活的时候，又严格地按照一个阶级、一个政党的要求来写，所以他才会分析出吴荪甫的两重性。我们谈民族资本家的两重性，这种两重性都是通过人物设计

① 刘小中：《瞿秋白与中国现代文学运动》，第203页。
② 茅盾：《回忆秋白烈士》，《红旗》1980年第6期。

表现出来的"①。况且，文学现代性追求与左翼革命也并非完全
对立。《子夜》体现"上海文化或者海派文化的影响"，对于文
学作品"除了有繁华与糜烂同体存在的这么一种特色以外，它
还有另外一个特色，就是站在左翼立场上，对于上海都市现代性
的一种批判"。因此，导致《子夜》出现两个特点："现代性质
疑"和"繁荣与糜烂同体性"，"一个是现代性的传统，还有一
个是左翼的传统，而左的传统主要牵涉的问题就是批判现代
性"②。根据陈思和的分析，瞿秋白介入《子夜》文学创作的意
义，在于强化《子夜》批判现代性的现代性质疑，也就是通过
改变小说情节结构设计、表现细节等来强化小说左翼情绪观念，
从而丰富和深化《子夜》的思想内涵，造成小说"现代性质疑"
和"繁荣与糜烂同体性"的紧张对立，最终《子夜》"完成了现
代文学史上'革命文学'到左翼文学的转换"③。陈思和的论述
是一个向度，但有点脱离文本的时代语境的生硬。因为同样也可
以说，瞿秋白的介入也使《子夜》产生了政治观念设计对小说
艺术魅力自然生长的压抑和扭曲，人为地制造小说世界里的人工
革命紧张，导致小说以牺牲部分艺术魅力来换取社会史层面上的
反映能力。

　　因此可以说，瞿秋白与茅盾围绕着《子夜》的文学交往实
践，正是二者文学思想的谈判与妥协。站在各自立场上都可说是
双赢结局，站在文学读者的立场上也不妨说是两败俱伤。瞿秋白
介入的出发点不是艺术，茅盾接受介入的出发点当然也不全是艺
术。瞿秋白和茅盾在《子夜》修改问题上的立场一致，具体意
见也基本一致。因此，对瞿秋白的《子夜》评论意见，茅盾如

---

① 陈思和：《〈子夜〉：浪漫·海派·左翼》。
② 同上。
③ 同上。

遇知音。作为修改的介入者和评论者的瞿秋白,他也表现出事该如此的自信满满。因此,不能不说这是中国文学批评史上的一段佳话。此外,引人注目的还有瞿秋白就义前对茅盾的评价。在《多余的话》里,瞿秋白想"可以再读一读"[1] 的作品中,没有《子夜》,但却有《动摇》。[2]

瞿秋白和茅盾围绕着文艺大众化的争论,涉及文艺理论的革命立场问题。而瞿秋白对《子夜》的修改,涉及的却是现实主义理论的创作方法问题。在革命立场问题上,瞿秋白用革命的现实功利完全压倒现实主义;在文学理论上,茅盾现实主义理论也部分修正瞿秋白的革命激进态度。《子夜》的革命修改是双赢,文艺大众化的争论则成为一种服从。前者是革命思想与艺术实践的互动,尚有相当的独立空间进行调整;后者是文艺理论上的阶级立场之争,舍我其谁的独断自然是除了服从便只有选择沉默。

瞿秋白对《子夜》的修改,是他文艺思想对现实文艺创作活动的介入。在这次革命政治理念对文学创作的僭叙中,革命呈现出比文艺理论上的现实主义更强悍的伟力。现实主义尽管因为革命而让渡一些唯美趣味上的艺术探索,却获得批判现代性意味上的思想质疑和理论张力。在瞿秋白代表的革命政治的僭叙中,茅盾现实主义的写作艺术,获得另一种情感丰富和思想深度。因此,无论从哪个角度说,瞿秋白和茅盾的两次文学交往都是中国左翼文学批评史上的两次完美实践。正是类似的

---

① 瞿秋白:《多余的话》,《瞿秋白文集》(政治理论编)第 7 卷,第 723 页。
② 王彬彬先生认为瞿秋白对《子夜》完全是出于政治利用而介入相关构思、创作和评论过程。(王彬彬:《两个瞿秋白与一部〈子夜〉——从一个角度看文学与政治的歧途》,《南方文坛》2009 年第 1 期。)这种说法有其合理的一面,但过于简单和片面。正如本书所言,尽管《子夜》的创作和评价过程中,瞿秋白以政治目的进行相关僭越式的叙述,但瞿秋白对《子夜》有文学角度的认识和文艺理论角度的考量。

实践，不仅丰富了瞿秋白作为革命政治家的文艺理论内涵，而且塑造了中国现代文学的现代品格，尤其是革命政治的品格。

第四节　集体写作：危险与愉悦

瞿秋白在江西中央苏区虽然担任人民教育委员，但苏区革命战争时期的教育内容主要是扫盲，更重要的是调动文艺力量配合军事鼓动和战争宣传。由于上海等白区党组织遭到严重破坏，而中央苏区却因刚取得四次"反围剿"胜利而群情激奋，大量的文艺力量纷纷转移到中央苏区，为苏区文艺活动的蓬勃展开提供条件。正是在这种特殊情势下，瞿秋白才花费巨大精力从事苏区戏剧大众化活动并取得可喜成绩。其中，以戏剧大众化活动为表现形态的集体写作形式，不仅为此后延安新文艺发展积累起宝贵经验，也深刻地影响了新文艺的发展路向和文艺思想，形成一系列集体写作的规范、红色经典与宏大叙事的审美规约。

1933 年 6 月初，瞿秋白遵令从东照里搬出与冯雪峰同住，以便协助通讯工作，并为党报写文章。[①] 在此之前，是冯雪峰常前往瞿秋白住处商议事情并取文章。而今却转变为瞿秋白协助冯雪峰开展日常工作。角色的戏剧性转换，表明瞿秋白政治命运的每况愈下。瞿秋白政治命运的再度转折，[②] 象征着他"左联"文艺战线生涯的收束。瞿秋白对自己的命运转折也非常清楚，写于

---

① 　冯雪峰：《回忆鲁迅》，第 118 页。

② 　1933 年 9 月 22 日，临时中央作出《中央关于狄康（瞿秋白）同志的错误决定》，在全党范围内对瞿秋白发动公开批判，包括在《红旗周报》和《斗争》上发表署名文章批判瞿秋白"右倾机会主义"错误。1933 年 10 月 15 日，瞿秋白在《斗争》以"康"发表《我对于错误的认识》。1933 年 10 月 31 日《红旗周报》61 期发表社论《白区党在五次反"围剿"中的战斗任务》，《粉碎五次"围剿"与反倾向斗争》，继续批判瞿秋白。1933 年 10 月，苏区中央局机关刊物《斗争》全文刊发此文，标志着对瞿秋白的批判从白区扩展到苏区，进入全党范围批判。

此刻的《"儿时"》以龚诗①起兴抒发出悲凉心境,渗透着生命流逝的悲哀、人生无法回头的苍凉与迷惘。尽管如此,瞿秋白毕竟是革命者,他仍以"假使他的生命溶化在大众的里面,假使他天天在为这世界干些什么"的假设前提,获取自己为革命事业牺牲的坦然和安慰理由——"然而他的事业——大众的事业是不死的,他会领略到'永久的青年'"②。再次飘零于政治狂风漩涡中的瞿秋白,迫切需要真实的大众来"溶化"自己(这也是一种保护)。

1934年2月5日,瞿秋白到达瑞金沙洲坝,这是他想象中的"天堂"③——江西苏区。

瞿秋白在中央苏区仅约一年,主要从事苏区文化教育工作,任中华苏维埃共和国临时中央政府教育人民委员部部长、苏维埃大学校长,兼管教育部下属的艺术局,④ 不久参编《红色中华》。⑤在中央苏区,瞿秋白有苏区戏剧大众化活动的现实经验,又有战争火线上的艺术新体验,加之得着文艺大众化实现必需的"政治之力的帮助"⑥,开始两条腿走路。结合此前的文艺大众化理论思考,瞿秋白对苏区文艺活动经验进行总结。总结的实践成果,是将原来在上海"左联"时期的集体创作(写作)、文艺大众化理

---

① (清)龚自珍:《猛忆》:"狂胪文献耗中年,亦是今生后起缘;猛忆儿时心力异,一灯红接混茫前",《龚自珍全集》(下册),第495页。

② 瞿秋白:《"儿时"》,《瞿秋白文集》(文学编)第2卷,第95页。

③ 瞿秋白在前往苏区的途中致杨之华便条上的话。

④ 关于瞿秋白在苏区期间的文艺活动,可参见《瞿秋白年谱》;汪木兰、邓家琪:《苏区文艺运动大事记》,《江西师院院学报》(哲学社会科学版)1981年第2期;汤家庆编著:《中央苏区文化建设史》,鹭江出版社1996年版,第276—312页。

⑤ 前任主编沙可夫,因病于1934年初去苏联疗养。(赵敏:《瞿秋白与〈红色中华〉》,《新文化史料》1989年第5期。)

⑥ 鲁迅:《文艺的大众化》,《鲁迅全集》第7卷,第350页。

论讨论和相关实践糅合，① 发扬光大此后对延安之后的新文艺影响甚深②的集体写作文艺制度。集体写作，既是瞿秋白对苏区文艺制度更全面系统的设计，也是他文艺大众化理论思考的再出发。

一 集体写作的由来

就创作组织的模式而言，集体写作在古今中外都有，既存在于古老的民间口头创作，也与商业因素导致的文学社会生产有关。而在现代民族革命战争环境、现代共产主义政治革命的意识形态、现代商业因素三者刺激交错之后产生的集体写作制度却与此前不太相同。作为现代政治中的文艺制度生成，集体写作制度在中国应该发育于20世纪20年代"革命文学"倡导的高潮时期。③ 周维东考察解放区文学后认为，集体写作与解放区的战争形态和政治文化有关，属于文学在战时"突击"的创作"组织形式"。但他也混淆作为组织形式上的"集体创作"和作为现代文艺制度的"集体写作"④。袁盛勇简单地认为，延安时期集体

---

① 郭国昌认为："集体写作主要是从上海传入苏区的。中央苏区集体写作方式的最直接来源主要是上海的左翼文学运动，但是这并不排除其他方面的影响，例如从苏联直接引入，因为像中央苏区的戏剧家李伯钊、沙可夫等人都是苏联的留学生，他们都有可能接受集体写作方式的影响，但是我并没有发现这方面的直接证据。"（郭国昌：《集体写作与解放区的文学大众化思潮》，注㉗，《中国现代文学研究丛刊》2005年第5期。）郭国昌单纯把集体写作作为一种俄苏思想资源的译介有点过于简单。毕竟它不是单纯作为一种文学思想或制度译介，而是以政治意识形态的方式在中国文化语境和现实环境下转换过来。

② 长期以来，论者多直接将"左联"与延安文学传统直接联系，较少考察苏区文艺传统与延安文学传统的关联。结合二者的讨论，赵卫东先生的博士论文可为一例。参见赵卫东《延安文学体制的生成与确立》（浙江大学博士论文，2004年，指导教授：吴秀明），第16—24页。

③ 赵卫东、郭国昌和周维东都持这种观点。袁盛勇认为开始于延安时期，大错特错。

④ 周维东：《"突击"中的突击文学——对解放区文学的政治文化阐释》（西南师范大学硕士论文，2004年，指导教授：李怡），第12—13页。

创作是"意识形态化写作方式"①。这无疑遮蔽集体写作在中国革命语境内理论和实践的具体生长现实。②

其实，集体写作最初是作为俄苏共产主义革命中的文艺生产经验，③曾经过从俄苏归国的李伯钊等人挪移到中国，最后经上海而进入中央苏区。郭国昌认为，由于"上海缺乏具体实施的现实土壤"，"左联"才决定将集体写作方式推广到中央苏区及其他地区，并被推广到小说、散文、诗歌、报告文学乃至日记等不同的文体。④事实并非如此。早在 20 世纪 20 年代，集体写作的创作实践⑤和文艺理论讨论⑥在上海"左联"时期已经展开。而在进入中央苏区

① 袁盛勇：《延安时期的集体创作——作为一种意识形态化写作方式的诞生》，《中山大学学报》（社会科学版）2005 年第 3 期。

② 郭国昌先生对这项工作进行较好的发掘和阐释。（参见郭国昌《集体写作与解放区的文学大众化思潮》，《中国现代文学研究丛刊》2005 年第 5 期。）但他把集体写作理解为从"一种文学生产方式"到"文学传统"的变迁则失之简单。毕竟集体写作是现代革命政治语境和现代商业环境中交错生成的问题。

③ 高尔基对"集体创作"意义有过阐述，包括"使文学活动成为一个集体的运动、更利于动员一切作家、有利于广大的工农文学通讯员作家的成长"。参见《提倡集体创作的意义——答李健汶君》，《读书月刊》第 4 卷，1936 年第 12 期。

④ 郭国昌：《集体写作与解放区的文学大众化思潮》。

⑤ 20 世纪 20 年代末，集体创作在共产党领导的各苏区已经出现，如方志敏在赣东北根据地组织戏剧《年关斗争》，罗荣桓、罗瑞卿、聂荣臻等组织戏剧《庐山之雪》。此外，还有早期红色歌谣等。（参见万叶《方志敏与赣东北苏区新剧建设》，《新文学史料》1995 年第 2 期；方志纯：《忆赣东北苏区的戏剧活动》，《新文学史料》1995 年第 2 期；邵葆：《中央苏区戏剧与瞿秋白》，《新文学史料》1995 年第 2 期；左莱：《中央苏区文艺漫忆》，《新文学史料》1995 年第 2 期；廖正本：《中央苏区宣传队伍的建设》，《江西社会科学》1996 年第 11 期；戈丽：《苏维埃剧团春耕巡回表演纪事》，汪木兰、邓家琪编：《苏区文艺运动资料》，上海文艺出版社 1985 年版，第 115 页。）但只为历史演出而创作的急就章，没有自觉的理论和制度总结。参见周维东《"突击"中的突击文学——对解放区文学的政治文化阐释》，第 11—22 页。

⑥ 如沈端先《到集团艺术的路》，《拓荒者》第 1 卷，1930 年第 4、5 期；沈起予：《中国漫画家从苏联带来的礼物》，《光明》第 1 卷，1936 年 10 月第 9 号；南宫离：《谈集体创作》，《夜莺》第 1 卷，1936 年第 3 期；《关于集体创作》，《光明》第 2 卷，1937 年 3 月 10 日第 7 号；周钢鸣：《展开集体创作运动》，《光明》第 2 卷，1936 年 12 月 10 日第 1 号；周文：《创作生活与集体生活》，《大众文艺》第 1 卷，1940 年 9 月 15 日第 6 期。

之前，瞿秋白对"左联"的两种集体写作方式——工农通信员运动、蓝衫剧团运动，以及文艺集体主义思想也已经有所了解，[①] 而且认为普罗文学将要在"集体工作之中产生出自己的成熟的作品"[②]。

因此，瞿秋白到中央苏区后的戏剧大众化活动，只是推动集体写作的发展，使集体写作方式在苏区更加广泛。尤其是以戏剧大众化活动为中心，瞿秋白把集体写作与文艺大众化理论相结合，把革命政治理论、革命文艺事业的规划设计与中央苏区革命实际需要、苏区现有的文艺生长环境相结合，将集体写作制度化与规范化，从而基本生成可操作性的苏区文艺基本政策，渐而成为日后延安文艺政策和文艺活动的基本模式。

二　集体写作：瞿秋白的苏区文艺政策设计

集体写作这种特殊的革命文艺工作参与方式，"在本质上就是作家与工农兵大众的结合"[③]。这也吻合瞿秋白长期以来对文艺大众化的理论设计和革命规约。更重要的是，中央苏区独特的自然地域环境、客家文化生态、革命军事氛围，都使得戏剧活动中的集体写作成为文艺大众化思想的极为契合的现实形式。而从某种意义上说，整个中央苏区就是一个半封闭的剧场，而革命本身就是类似这个剧场里的狂欢表演。正是在这独特的语境里，瞿秋白展开活跃的苏区戏剧大众化活动，同时对集体写作从文艺制度设计的层面进行更周密的总结和思考。瞿秋白

---

① 瞿秋白在《普洛大众文艺的现实问题》、《鬼门关以外的战争》、《〈鲁迅杂感选集〉序言》里多次用"集体主义"来概括革命文艺的思想精髓。（瞿秋白：《瞿秋白文集》（文学编）第1卷，第478页；《瞿秋白文集》（文学编）第3卷，第116、146页。）

② 瞿秋白：《普洛大众文艺的现实问题》，《瞿秋白文集》（文学编）第1卷，第482页。

③ 郭国昌：《集体写作与解放区的文学大众化思潮》。

的苏区文艺政策设计就是集体写作的制度化。具体而言，包括四个方面的文艺活动规约：思想制度化、创作集体化、制度规范化、艺术大众化。

（一）思想制度化

强调革命性和阶级立场，为革命斗争服务，这是瞿秋白投身于苏区戏剧大众化活动的基本出发点。斯诺曾写道："在共产主义运动中，没有比红军剧社更有力的宣传武器了，也没有更巧妙的武器了。由于不断地改换节目，几乎每天变更活报剧。许多军事、政治、经济、社会上的新问题都成了演戏的材料，农民是不易轻信的，许多怀疑和问题就都用他们所容易理解的幽默方式加以解答。成百上千的农民听说随军来了红军剧社，都成群结队来看他们演出，自愿接受用农民喜闻乐见的形式的戏剧进行的宣传。"① 作为中央苏区文化教育法规的制定人，瞿秋白反复在相关文艺制度的拟订上，体现这一基本革命立场——对戏剧活动革命性和阶级性的强调。瞿秋白明确通过教育部拟订文艺制度来对文艺活动提要求，以制定、修订、汇编出版系列文艺活动、教育活动政策法规的方式，完成中央苏区文艺活动思想要求上的有法可依、有理可据的制度化约束，把无形的思想控制变成有条条框框的现实拘禁。

瞿秋白主持制定的《俱乐部纲要》规定，苏区"戏剧及一切表演的内容必须具体化，切合当地群众的需要，采取当地群众的生活的材料，不但要一般的宣传红军革命战争，而且要在戏剧故事里，表现工农群众的日常生活，暗示妇女解放，家庭及生活等的革新，揭破宗教迷信的荒谬，提倡卫生及一切科学思想，发扬革命的集体主义相战斗精神"，一切工作都是"为

---

① ［美］埃德加·斯诺（Edgar Snow）：《西行漫记》，董乐山译，生活·读书·新知三联书店1979年版，第99页。

着动员群众来响应共产党和苏维埃政府每一号召的，都应当是为着革命战争，为着反封建的斗争的"①。《苏维埃剧团的组织法》第 4 条规定："中央苏维埃剧团的任务是：1. 研究并发展苏维埃的革命的戏剧运动，争取无产阶级意识在戏剧运动之中的领导权。2. 在戏剧的技巧内容等方面，帮助广大工农群众的工农剧社运动的发展。3. 用表演戏剧等的艺术宣传，参加一般的革命斗争，赞助工农红军的革命战争。4. 发扬革命和斗争的精神，并有计划有系统的进行肃清封建思想、宗教迷信以及帝国主义及资产阶级的文艺意识的坚决斗争。"②《工农剧社章程》则规定，工农剧社"以提高工农劳苦群众政治和文化的水平，宣传鼓动和动员来积极参加民族革命战争，深入土地革命"③为宗旨。甚至连《工农剧社社歌》的打头歌词都是"我们是工农革命的战士，艺术是我革命武器。创造工农大众的艺术，阶级斗争的工具"④。

瞿秋白制定的这些文艺政策，不仅革命色彩鲜明，而且在戏剧活动实践中的革命效果也相当显著。1934 年 6 月，闽西上杭县教育部配合节省粮食运动特地组织临时苏维埃剧团深入各地演出，结果一周内就收到"节省米七十余担、大洋二百三十九元四角，布草鞋一千余双，布三匹，伞四十把，伞袋三十余条，干荣二十三担，干粮袋三十个，毛巾十九条"⑤。除以政策条文制定来体现思想要求之外，瞿秋白还通过政策法规条文自然而然地规定苏区文艺内容和形式，规约着它们走向革命生活和集体世

---

① 《俱乐部纲要》1934 年 4 月。

② 汪木兰、邓家琪编：《苏维埃剧团的组织法》，《苏区文艺运动资料》，上海文艺出版社 1985 年版，第 27 页。

③ 《工农剧社章程》，《苏区文艺运动资料》，第 16 页。

④ 《工农剧社社歌》，《苏区文艺运动资料》，第 20 页。

⑤ 《上杭临时苏维埃剧团在突击线上的活跃》，《红色中华》1934 年 6 月 14 日。

界。《红色中华》文艺副刊《赤焰》的发刊词，明确要求"为着抓紧艺术这一阶级斗争武器，在工农劳苦大众的手里，来粉碎一切反革命对我们的进攻，我们是应该来为着创造工农大众艺术发展苏维埃文化而斗争的。因此，我们号召红中的通讯员与读者努力的去把苏区工农群众的苏维埃生活的实际，为苏维埃政权而英勇的斗争的光荣历史事迹，以正确的政治观点的立场在文艺副刊可以有充实内容来经常发刊，而且对于创造中国工农大众艺术上也有极大的帮助"①。

　　既然一切以思想宣传效果为思想革命性的衡量，苏区艺术门类自然因这个导向出现发展不平衡。"在中央苏区，除了演习，就属歌咏活动最活跃"、"歌咏活动在苏区是最普及的，是最受欢迎的"②。从中央苏区出版物登载的文艺作品情况统计看（见下面的统计表③），"歌谣"、"新剧"、"漫画"和"通讯"的确成为当时文艺活动的主要样式，这都是因为它们的战时动员效果的显著。不仅统计数据显示如此，实际的情形也是这样。例如歌谣的效果就特别明显。根据《青年实话》的通讯员当时的报道："一九三三年的广州暴动纪念节，代英县芦丰太拔区的少年先锋队，举行以区为单位的总检阅，并举行游艺晚会，在晚会上，太拔的妇女山歌队，突击了太拔全体出席检阅的队员加入红军。芦

---

①　"红中编委"：《〈红色中华〉的文艺副刊〈赤焰〉发刊词》，《苏区文艺运动资料》，第 213 页。

②　刘云：《"二苏大"与中央苏区文艺——访老红军胡德兰》，《新文化史料》1995 年第 2 期，第 58 页。

③　备注：本统计根据钟书棋先生、谢济堂先生、吴邦初先生等的整理资料进行，参见江西省文化厅革命文化史料征集工作委员会、福建省文化厅革命文化史料征集工作委员会编《中央苏区革命文化史料汇编》，江西人民出版社 1994 年版。其中，《中央苏区报刊上发表的小说、散文、诗歌、特写、通讯、漫画目录》（钟书棋等整理，第 323—347 页）、《中央苏区薄命歌谣选·目录》（谢济堂编，第 348—356 页）、《江西苏区创作、演出的剧目大观》（吴邦初整理，第 357—375 页）、《中央苏区摄影作品目录》（钟书棋整理，第 376—379 页）。

报、刊、书名 \ 分类	小说	散文	诗歌	特写	通讯	漫画	其他	总计
《红色中华》（含副刊、特刊、增刊）	2	3	20	16	74	100		215
《青年实话》	1	5	9	2	21	1		39
《苏区工人》		1			2	2		5
《红旗》			1					1
《武库》（纪念十月革命拥护全苏大会专号）			1					1
《红星报》			4	1	17	1		23
《斗争》					11			11
《火线上的一年》					1			1
《革命画集》						50		50
《中央苏区歌谣选》①							498	498
话剧							186	新剧共计230
讽刺剧							2	
滑稽剧							2	
哑剧							1	
活报剧							39	
京剧							6	旧戏16
木偶戏							8	
东河戏							2	
舞蹈							16	曲艺歌舞类55
曲艺							10	
歌舞剧表演唱							29	
摄影							59	
总计（10种）	3	9	35	19	126	154		346

----

① 谢济堂主编：《中央苏区革命歌谣选》，鹭江出版社 1990 年版。

丰的妇女突击队，亦突击了七个队员加入红军。因为她们是指着名字来唱，所以格外动人，能够收到这样大的成绩。"① 此外，形式宣传便利、内容上对革命生活就地取材，这都使得它们成为革命文化眼中的宠儿。而艺术创作和鉴赏要求较高的"小说"、"散文"、"诗歌"和"特写"，则显然不被看好。被视为革命改造对象的"旧戏"，情形更是寒碜。即便是中央苏区所在地客家聚居区的山歌民谣，也都被清一色地置入革命思想之后，才成为革命宣传最便捷和最有效的形式。②

　　文艺活动的思想制度化，也包括对革命文艺活动主体的革命改造和利用政策的制定，这涉及中央苏区的知识分子政策。张闻天曾特别指出："我们不但应该尽量的用这些知识分子，而且为了吸收这些知识分子参加苏维埃的文化教育工作（其他工作也是如此），我们还可以给他们以优待，使他们能够安心地为苏维埃政府工作。"③ 瞿秋白也明确"反对'吃知识分子'主义"④，并把这一思想自觉贯彻到革命文化建设中形成苏区文艺里的知识分子政策，如吸收一部分曾在国民党军队中做戏剧、美术、音乐工作的战俘到戏剧学校任教员。⑤ 从文艺主体思想的政策制定到文艺表现内容的规定，瞿秋白以文艺思想制度化的规约方式将艺术变成武器，形成中央苏区文化活动与革命战争互相配合的良好

---

① 《〈革命歌谣选集〉代序》，《苏区文艺运动资料》，第 222 页。

② 例如对江西赣南客家民歌《十送郎》、采茶调《长歌》曲牌的改造利用后，成为脍炙人口的苏区革命民歌《十送红军》。参见《〈十送红军〉真相——那些被异形附身的美丽民歌》（本文不同意此文立场和结论，但材料可作参考。）http：//www. douban. com/group/topic/2903098/。

③ 洛甫（张闻天）：《论苏维埃政权的文化教育政策》，载《斗争》1933 年 9 月 15 日第 26 期。

④ 瞿秋白：《阶级斗争中的教育》，载《斗争》1934 年 6 月 2 日第 62 期。

⑤ 李伯钊：《回忆瞿秋白同志——瞿秋白同志逝世十五周年纪念》，《苏区文艺运动资料》，第 321—322 页。

局面。

（二）创作集体化

创作集体化，源自中央苏区革命文化工作者对苏联文艺制度的借鉴。早在"左联"时期，还被认为是解决"创作不振"问题的"出路"①。在革命文化发展中，由于一味强调思想革命性和阶级性，个人思想危险性大大增加。而创作集体化既可满足战时宣传速度上的需要，又可保证作品思想满足相关制度要求。正如袁盛勇所言："集体创作既是一种应对机制，也是一种在意识形态强制状态下的自我防御机制。"② 再者，革命文化事业也必须最大限度动员一切人力、物力。特殊之处在于，文化事业的参与，除了热情还得具备一定文化素养，因此往往不得不倚重个人。为克服二者的矛盾，唯一的办法便是采取群众包围个人，个人溶化于群众的策略。

此外，集体化创作还可满足战时资源有限情况下对建设速度的要求。因此，瞿秋白极为强调苏区戏剧活动中集体创作的重要性。由于苏区文艺专业人员极少，瞿秋白认为让群众参与集体创作，"不但能多产生剧本，同时能很快的提高每个同志的写剧水平"③。瞿秋白要求群众学员，"会写字的要帮那些不会写字的同志写歌、写戏。我们没有作家、戏剧家和作曲家，可我们可以搞集体创作，可以向山歌、民歌学习，把群众中好的东西记录下来"④。

然而，创作的个人性又往往制约着集体参与的热情。为此，

---

① 张天翼：《创作不振之原因及其出路》，《北斗》第 2 卷，1932 年 1 月 20 日第 1 期。

② 袁盛勇：《延安时期的集体创作——作为一种意识形态化写作方式的诞生》。

③ 赵品三：《关于中央革命根据地话剧工作的回忆》，《苏区文艺运动资料》，第 300 页。

④ 石联星：《秋白同志永生》，《苏区文艺运动资料》，第 351 页。

瞿秋白提出深入生活的创作取向,在内容题材的来源上弥补这一环节。因为"闭门造车是绝不能创造出大众化的艺术来的"①、"没有丰富的社会经验,就不可能产生好的作品"②。瞿秋白要求,剧团"经常组织到火线上和乡村中去巡回演出","可保持同工农群众的联系,深入生活丰富创作源泉"③。

集体创作,一方面让个体才华得到革命群众控制下的发挥和利用;另一方面,如列宁所说,"在群众中间唤起艺术家,并使他们得到发展"④。于是,群众热情被纳入革命文化建设。洛甫在一次演讲中,指出集体创作的群众立场实质:

> 白区中一些作家他们都是过小房子里孤独的生活,他们看不到群众,更不易知道群众的斗争和力量,所以他们只能描写一些个人的生活,不能创作群众真实的生活,特别是群众斗争的伟大作品,因为他们没有这种生活经验。我们苏区就不同,我们成天融合在广大工农群众的生活中,能看到或参加广大群众的斗争,在群众的武装斗争中我们能认识群众的伟大力量,这些材料都是取之不尽用之不竭的,这种伟大的现实斗争的宝贵材料,白区的作家是得不到的,所以他们不能有伟大的群众的作品。⑤

---

① 李伯钊:《回忆瞿秋白同志——瞿秋白同志逝世十五周年纪念》,《苏区文艺运动资料》,第 322 页。

② 赵品三:《关于中央革命根据地话剧工作的回忆》,《苏区文艺运动资料》,第 300 页。

③ 李伯钊:《回忆瞿秋白同志——瞿秋白同志逝世十五周年纪念》,《苏区文艺运动资料》,第 321—322 页。

④ 〔俄〕蔡特金:《列宁印象记》(摘录),转引自《列宁论文学与艺术》,中国社会科学院文学研究所文艺理论研究室编,人民文学出版社 1983 年版,第 435 页。

⑤ 《洛甫同志讲演略词》,《红色中华》1936 年 11 月 30 日。

集体创作就是站在群众立场上的作品创作，"用工农正确的敏锐的眼光去观察各种事情"[1]，"与人民一道滚过几身泥土，吞过几次烈火浓烟"[2]，才可能有伟大的群众的作品。其中，中央苏区组织演话剧实行对旧戏的斗争，便具有丰富的集体创作意味。1933年9—10月，仅1个月的时间，就有瑞金北郊上中乡第二村、于都县段屋区段屋乡胡公庙、西江县宽田区令泉乡等地上演封建旧戏。面对严峻斗争形势，苏区政府立即组织力量上演新戏——话剧《破除迷信》，希望引起群众反封建迷信的热情。[3]在斗戏的过程中，群众对讲大白话、反映现实生活的新剧产生浓厚兴味，直接或间接地加入到革命文化活动中。

此外，对苏俄文艺资源的借鉴，也是实行创作集体化的重要途径。苏区活报剧的创作就是一例。苏区活报剧创作和演出，形式整齐划一，从创作到演出基本上机械模式化：每个演员不论男女都有一身仿苏裙式蓝衫，三角形上襟里红外白，登台时不用怎么化妆，翻出红的代表革命人物，翻出白的代表反面人物，同时，人还可以表演机器、车、马等。"这种表演方式很新颖，编排也很简便，可以随时变换内容，尤其适合蓝衫团学校的孩子们集体表演。"[4] 创作集体化，一定程度上解决了"谁来写"、"怎么写"、"写什么"的问题，对延安以后新文艺创作制度和意识形态宣传体系产生深远影响。

（三）制度规范化

苏区戏剧活动对红色戏剧表演制度的规范化进行了可贵探索

① 《〈红色中华〉的通讯员》，《红色中华》1933年3月25日。
② 丁玲：《给孙犁同志的信》，转引自张学新、王玉树主编《创造新世界的文学——首届中国解放区文学研讨会论文集》，文化艺术出版社1989年版，第297页。
③ 陈荣华、何友良编著：《中央苏区史略》，上海社会科学院出版社1992年版，第130—131页。
④ 曾芸：《作为革命武器的苏区文艺》，《文艺理论与批评》1993年第1期。

和发展，包括设立剧本审查、剧作预演、剧本出版和戏剧人才培养制度。

中央苏区戏剧活动，由于战争时期时间仓促，有些又属临时或集体创作，文艺专门人才总体匮乏，每个人的文艺认识水准也有差异，这些原因都不免使创编、演出的剧本的艺术质量参差不齐，有时甚至有不健康、不正确的宣传内容。为确保苏区文化事业正确发展，瞿秋白亲自拟定剧本审查和预演制度，规定每个剧本、舞剧，先交由戏剧委员会讨论、提出修改意见，然后经他最后审查，再通过预演以观效果。瞿秋白总结道："剧本的成功，必须经过'写'和'预演'两步程序。演一次改一次，才能有好的剧本产生。"[①] 戏剧演出后，瞿秋白还非常重视剧本的编辑出版工作，使戏剧艺术能够在持续、稳定基础上不断提高。对《号炮集》[②] 出版工作的重视就是一例。

瞿秋白还非常重视戏剧人才的专门培养。瞿秋白对高尔基戏剧学校教学计划作具体指示，特别强调："第一，学校要附设剧团，组织火线巡回表演，鼓动士气，进行作战鼓动。平时按集期到集上流动表演，并注意搜集创作材料，保持同群众密切的联系。第二，学校除普通班外，应添设红军班和地方班。戏剧学校如果不为红军部队培养艺术干部，就失掉了创办的重要意义。他

---

①　赵品三:《关于中央革命根据地话剧工作的回忆》，《苏区文艺运动资料》，第 301 页。

②　据汤如庆在《中央苏区文化建设史·中央苏区文化建设大事记（1927 年 8 月—1935 年 1 月）》第 311—312 页的介绍，1934 年的"下半年　红军长征前，瞿秋白同志编辑了剧本集《号炮集》，收入话剧剧本《牺牲》（韩进作）、《李宝莲》（韩进作）、《游击》（赵品三作）、《非人生活》和《不要脸》，瞿秋白同志写了序言"。但有人认为情况是："瞿秋白亲自选校、编辑了中央苏区唯一的剧本集——《号炮集》，油印三百多份，发到全区。这本剧本集包括《牺牲》、《不要脸》、《李保莲》、《非人生活》、《游击》等五个剧本，瞿秋白亲自写了序言，他还准备设法由交通带到上海，后因故未果。"汪木兰、邓家琪:《苏区文艺运动大事记》，《江西师院学报》（哲学社会科学版）1981 年第 2 期。

建议把瑞金云集区工农剧社的社长，长汀县工农剧社的社长，中央印刷厂工农剧社社长，各区的社长调来训练，开设地方班，半年毕业。"①

从剧本审查、预演审看、剧本后续出版、戏剧人才培养，瞿秋白对苏区戏剧表演的制度规范化思考相当成体系。从当初文艺大众化的理论探讨，到苏区戏剧活动的制度规范，瞿秋白初步形成现实革命文艺事业可行性发展的思路。

（四）艺术大众化

瞿秋白所有文艺政策设计，都围绕实现其现实主义文艺思想为中心，以军事动员、思想宣传和政治煽动为目的，以中央苏区工农为对象的文艺大众化（尤其是戏剧大众化）实践为现实形态。

"左联"时期，瞿秋白就提出："因为话剧（文明戏）没有音乐、对于群众的兴趣是比较的少的"，设想"可以模仿文明戏而加入群众自己的参加演戏；可以创造新式的通俗歌剧，譬如说用'五更调'、'无锡景春调'，等等凑合的歌剧，穿插着说白，配合上各种乐器"②。到中央苏区以后，瞿秋白针对话剧普遍流行的苏区文艺现实，特别强调"话剧要大众化、通俗化，采取多样形式，为工农兵服务"③。因担任中央苏区教育职务之便，瞿秋白选择戏剧实验（主要是话剧）来实现自己文艺大众化、创造工农大众艺术的方式。

瞿秋白坚持认为，大众及其政治文化代表在文艺接受上具有优先权、否决权，坚持"文艺为工农兵服务"方针。他曾对石

① 李伯钊：《回忆瞿秋白同志——瞿秋白同志逝世十五周年纪念》，《苏区文艺运动资料》，第321—322页。

② 瞿秋白：《普洛大众文艺的现实问题》，《瞿秋白文集》（文学编）第1卷，第472页。

③ 赵品三：《关于中央革命根据地话剧工作的回忆》，《苏区文艺运动资料》，第300页。

联星说："对工农，要热心耐心。"① 当时，中央苏区戏剧发展主要有两种途径：一是如瞿秋白所设想的、对旧戏加以改造；二是发展现代话剧。瞿秋白坚持文艺大众化宗旨，认为"戏剧及一切表现的内容必须具体化，切合当地群众的需要，采取当地群众的生活材料，不但要一般的宣传红军战争革命，而且要在戏剧故事里表现工农群众的日常生活，暗示妇女解放，家庭及生活条件的革新，打破宗教迷信的荒谬，提倡卫生及一切科学思想，发扬革命的集体主义和战斗精神"②。

瞿秋白也十分重视戏剧语言大众化问题。中央剧团演出《无论如何要胜利》后，瞿秋白称赞该剧演出成功，但批评"剧本存在的缺点，着重指出该剧作中有的台词显得生硬、抽象，听起来不入耳"，强调"要用活人口里的话来写台词，不要硬搬书上的死句子。务要使人一听就便，愿意听，喜欢听。……语言艺术是戏剧成功必不可少的条件"③。瞿秋白反复强调作品"通俗性"，认为"民间歌曲，对群众的教育更大，由于歌词是发自群众肺腑的心声，内容通俗易懂，好听好唱。所以更受群众欢迎"④。

艺术大众化实践，必然出现民间文艺形式运用和内容改造的冲突。这实质上是对群众路线的理解问题。"群众"作为实指和虚指对象，它们在革命语境中的不对应，必然造成生活中是实指对象的"群众艺术"（如民间歌谣、旧戏）的利用与改造的解释矛盾。《革命歌谣选集》的编者，最早意识到这个解释困境并有经典的解释：

---

① 石联星：《秋白同志，我们永远怀念你》，《人民日报》1980 年 6 月 16 日第 5 版。

② 《俱乐部纲要》。参见刘云主编《中央苏区文化艺术史》，第 71 页。

③ 李伯钊：《回忆瞿秋白同志——瞿秋白同志逝世十五周年纪念》，《苏区文艺运动资料》，第 322 页。

④ 庄东晓：《瞿秋白同志在中央苏区》，《苏区文艺运动资料》，第 362 页。

我们也知道这些歌谣，在格调上来说，是极其单纯的；甚而，它是农民作者用自己的语句作出来的歌，它道尽农民心坎里面要说的话，它为大众所理解，为大众所传诵，它是广大民众所欣赏的艺术。

有一些同志，保持着文学上贵族主义的偏见，表示轻视大众爱唱的歌谣。我们要说：我们用不着象酒鬼迷醉酒杯那样，迷恋着玫瑰色的美丽诗词，我们需要运用一切旧的技巧，那些为大众所能通晓的一切技巧，作我们的阶级斗争的武器，它的形式就是旧的，它的内容却是革命的，但这并不妨碍它成为伟大的艺术，应该为我们所欢迎所支持。①

如果说革命对民间歌谣的解释还有点无可奈何的骑墙，那么对旧戏的解释则显得干脆利落。"沈白"在号召对旧戏展开斗争的报道中写道：

在这一天早上，这村列宁小学的教员，因怕人看见，很早就起来拿着一只鸭子跪在"效封显福大名爷"神位面前大叩响头，虔诚祷告。……他负（任）列小教员，平时未尝作过反封建迷信的宣传，象这样的冬烘夫子，他配做列宁小学的教员吗？②

报道对列宁小学教员参与演旧戏一事，仅用"他配做列宁小学的教员吗？"的反问便完成解释。旧戏和歌谣不同，尽管也是群众喜欢的民间艺术，但因涉及旧戏表现内容、表演程式、团

① 《〈革命歌谣选集〉编完以后》（1934 年 1 月 6 日），《苏区文艺运动资料》，第 223 页。

② 沈白：《开展反对封建迷信斗争！云集区列宁小学教员拜老爷！封建旧戏大演特表演！》，《红色中华》1934 年 2 月 10 日。

体艺人生存和经济收入等复杂问题，不容易被革命利用和改造。因此，必须把"展开反对封建旧戏的斗争"当作是"艺术领域内的阶级斗争"，"各地负责机关必须对这一问题纠正那种自由主义的态度"[①]。由于苏区戏剧实践中出现旧戏演出与文艺大众化的悖论，新剧（即话剧）更迫切地成为戏剧大众化实践的中心。因此，中央苏区选择苏联活报剧艺术进行改造，如蓝衫剧团学习和表演从苏联学来的大众化的"活报剧"。

旧戏的斗争和新剧的建设，都是革命与群众互动要求的体现。这种互动，需要文艺实践者代表革命召唤的声音直接同群众对话。一方面，讴歌群众的革命觉悟和热情，以艺术上的肯定促进革命力量的军事动员；再者，重视群众的欣赏趣味、汲取群众生活中的民间艺术元素，也可以提升革命艺术的战时鼓动效果。在文艺大众化的制度要求下，苏区戏剧艺术在实践与外来文化、民间文化融合，把抽象的大众转换为现实工农的革命力量。欧化的话剧与客家人聚居区常见的旧戏（如汉剧、山歌剧、采茶戏）和客家山歌等杂糅，形成苏区独特的红色戏剧。戏剧实践者们接触当地民间文艺生活，既使苏区新剧逐渐摆脱欧化习气，也使地方文化元素进入新兴艺术。苏区的文艺大众化因此"发扬了民间文学的传统"[②]。苏区戏剧大众化活动，使外来新剧、民间戏曲以革命为基准，真正找到契合点。这也为稍后延安戏剧在民族化和现代化的双向发展开辟了道路。

瞿秋白还十分重视文学与新闻的关系，认为培养工农通讯员是发展普罗文学创作家的重要途径。因此，瞿秋白将文艺大众化思想制度化贯彻到革命报刊编辑。早在"左联"时期，瞿秋白就建议

---

① 《艺术领域内的阶级斗争——展开反对封建旧戏的斗争》，《红色中华》1933年12月5日。

② 姚芳藩：《战斗的苏区文艺运动》，《语文教学通讯》1981年第1期。

"开展工农兵通迅运动"、发行"真正通俗的可以普及到能够勉强读得懂最浅近文字的读者群众"①的《工农报》。主持《红色中华》期间,瞿秋白实行工农通讯员制度,形成庞大通讯网,②推进革命报刊大众化。瞿秋白认为,大众文艺"必须立刻切实的实行工农通讯运动",工人通讯员主要是政治通讯,但是普罗文学的一个来源,文艺的通讯"应当在一般的工农通讯员运动里去发展"③。

苏区的文化教育和工农戏剧活动,为瞿秋白文艺思想提供了与革命现实结合的平台,也给他的文艺大众化理论倡导提供了实践机会。在苏区现实体验的刺激下,瞿秋白文艺思想的激进和悬空成分得到反拨,合理可行的部分得到革命军事力量保证下的制度化体现和规范化操作。这一点,尤其体现为瞿秋白对苏区集体写作的文艺政策设计。

从上海到苏区,瞿秋白只是完成一次模糊的战线转换。在与苏区文艺实践的结合过程中,瞿秋白文艺思想开始进行理论体系在现实生活中的调适。而他的苏区戏剧活动,也为后来革命文艺思想和文艺政策制定提供宝贵借鉴。对瞿秋白苏区文艺活动的成绩,无论是虚指式肯定④还是确指性肯定⑤,相隔50

---

① 瞿秋白:《关于〈红色中华〉的意见》,《瞿秋白文集》(政治理论编)第7卷,第630—633页。

② 陈铁健:《从书生到领袖——瞿秋白》,上海人民出版社1995年版,第458页。

③ 瞿秋白:《普洛大众文艺的现实问题》,《瞿秋白文集》(文学编)第1卷,第482页。

④ "苏区的文艺运动体现了人民群众在文化上的革命,体现了文艺的阶级路线和群众路线,它给毛主席后来'在延安文艺座谈会上的讲话'的理论提供了实践的经验。"[《苏区文艺运动及创作》:署名"现代文学组、1959年2月28日定稿",《北京师范大学学报》(社会科学版)1959年第2期。]

⑤ "在领导中央苏区文艺工作的不长时间里,瞿秋白以其对文艺,尤其是对大众文艺的深刻理解,较好地解决了无产阶级文艺的服务对象,文艺的方向及创作源泉等问题,对毛泽东文艺思想的形成作出了独特的贡献。"[张军:《瞿秋白对中央苏区文艺运动的贡献》,《武汉理工大学学报》(社会科学版)2004年第5期。]

年的两次评价，都表明瞿秋白苏区文艺活动及其文艺思想的影响和开创性。

三 集体写作:文艺大众化思想的再出发

瞿秋白以戴罪之身①入苏区，他仍然希望自己能延续文艺战线上的工作（这也是一种政治生命）。本来，这在苏区似乎很艰难，②但瞿秋白政治角色的模糊③却使他获得模糊战线④上生存的可能。如果说"左联"时期，瞿秋白以从事文艺战线上的革命来延续政治生命，那么在苏区，瞿秋白便是以从事教育和文艺宣传上的政治工作来延续文艺生命。正是革命战争时期文艺与教育、宣传之间的模糊，使瞿秋白在苏区完成身份政治与思想状态的模糊过渡。

也正因为如此，瞿秋白"左联"时期的文艺大众化思想，与中央苏区时期的戏剧大众化活动、工农大众艺术、苏区教育和战争宣传动员天然地融合、调适和转换，最终生成较为系统的集

① 瞿秋白曾要求和妻子杨之华一起到苏区，但被拒绝。（参见袁孟超《1933年中共江苏省委的一些情况》，《党史资料丛刊》1984年第4辑；杨之华：《回忆秋白》，第147—148页。）在江西苏区时，瞿秋白曾向苏区最高"三人团"要求参加"长征"，也遭到拒绝。（详情参见张闻天的笔记《从福建事变到遵义会议》，《福建党史月刊》1985年第3期。）

② 王明路线时期，瞿秋白等老同志生活非常艰难，精神上的压迫更是紧张。据李立三在1956年9月中共第八次全国代表大会上的控诉，那段时期他"……经常感到精神上的压迫，简直透不过气来……好像过了七年小媳妇的生活"。（毕植倩编著：《中国共产党第一次整风运动的伟大胜利》，吉林人民出版社1957年版，第18页。）

③ 瞿秋白是一边受政治批判，一边被调来参加实际政治工作（尽管是革命政治布局中的教育工作），这种身份定位本身就悖谬和模糊。

④ 瞿秋白担任教育人民委员，但实际上教育部负责人是毛泽东的老师徐特立，瞿秋白真正管辖的只是教育部艺术局直属的中央剧团。因此，瞿秋白的工作实质上是戏剧宣传与苏区扫盲教育兼而有之。这种身份是模糊的，既政治又文艺，既宣传又戏剧。

体写作文艺政策。

（一）苏区体验与文艺大众化思想的调适

目前为止，对瞿秋白在苏区的文艺贡献有不同概括。[①] 但对瞿秋白本人而言，这段苏区生活体验，是他在苏区进行文艺大众化思想的现实调适：思想上，因地制宜调整为"创造工农大众艺术"；理论上，将文艺大众化思想现实制度化、政策化。

瞿秋白文艺大众化思想的调适，首先源于他在苏区的教育体验反拨。在革命战争最艰苦激烈的中央苏区，教育文化事业融合一起，不论是机构设置还是实践工作开展都如此。而且苏区教育和文化事业宗旨都服务于革命斗争需要，特点是"军事化、革命化、大众化和国家化"[②]。

早在1929年12月，共青团闽西特委召开第一次县宣传科联席会议就已提出"一切的文化都是宣传，资产阶级的文化是资产阶级的宣传工具，无产阶级的文化是无产阶级的宣传工具。在

---

① 刘云从五方面概括瞿秋白"在毛泽东主席的领导下"对苏区文化工作的贡献："提出苏维埃戏剧为工农兵服务的方针"、"加强文艺团体的法规建设"、"重视抓剧本创作"、"致力文艺干部的培养"、"提倡剧团到战争第一线巡回演出"。（刘云：《瞿秋白同志永生——瞿秋白对中央苏区文化的卓越贡献》，《新文化史料》1999年第1期。）张军则概括为"加强了党对文艺事业的领导，健全了苏区文化建设的规章制度"、"创办戏剧学校，培养文艺骨干，组建戏剧团体，锻炼文艺人才，让文艺服务于生活，让艺术在生活中提高"、"坚持走大众化的文艺宣传路线"、"制定剧本审查和预演制度，提高戏剧的演出质量"、"向敌占区宣传苏区的文化建设成就，以文艺宣传为武器，坚持中央苏区的最后对敌斗争"五方面。（张军：《瞿秋白对中央苏区文艺运动的贡献》。）张剑锋敏锐地注意到瞿秋白"文艺大众化"文艺思想和苏区"创造工农大众艺术"之间的连续性，把瞿秋白对中央苏区"创造工农大众艺术"理论贡献概括为三点：苏区革命生活的文艺创作源泉、苏区文艺创作的集体模式和在文艺创作和接受之间的预审模式。［张剑锋：《中央苏区文论研究（1927—1934）》（南昌大学，2007，指导教授：周平远），其中第三章中的第三节讨论了瞿秋白对中央苏区"创造工农大众艺术"的理论贡献，第35—39页。］

② 王予霞、汤家庆、蔡佳伍：《中央苏区文化教育史》，第191页。

这个工农革命高潮日益高涨的时候，文化更成了我们宣传上的一个重要的力量"①。1933 年 6 月 5 日，中央人民教育委员部发布第二号训令，强调俱乐部是"教育群众的政治文化的中心"②。10 月 20 日，中央教育人民委员部提出的第一条任务就是要求"在工农民主专政的共和国内，一切教育事业的设施，无论在政治教育范围内，或普通的工艺的教育范围内，或文艺的范围内，都应当从阶级斗争出发"③。

"一苏大会"、"二苏大会"瞿秋白都当选为教育部部长，④而教育部的"艺术局和社会教育局共同分管戏剧运动和俱乐部的工作，使中央苏区戏剧运动有了统一领导。苏区的不断巩固和壮大，为戏剧运动的发展创造了良好的政治环境，把苏区的戏剧运动推进到一个新的阶段"⑤。瞿秋白抵达苏区后随即就任教育部长，不久就开始领导苏区文艺法制化和规范化工作，制订《高尔基戏剧学校简章》，重订《俱乐部纲要》，批准《工农剧社简章》、《苏维埃剧团组织法》、《俱乐部的组织与工作》、《儿童俱乐部的组织和工作》等法规，从制度上保证苏区工农文艺实践正常发展。1935 年 4 月，教育部把文件汇编为《苏维埃教育法规》，这是中国共产党领导下的第一部文化教育法规。⑥ 据徐特立回忆，瞿秋白到苏区后"从制订教育方针到编写教材，都提出了

---

①　《共青团闽西特委各县宣传科第一次联席会议决议案》，《中央苏区革命文化史料汇编》，第 118 页。

②　《中华苏维埃共和国中央教育人民委员部训令第二号——关于建立和健全俱乐部的组织和工作》。

③　《中央文化教育建设大会决议案》（1933 年 10 月 20 日），《红色中华》1933年 11 月 17 日、20 日连载。

④　瞿秋白直到"二苏大会"开完几天后才抵达中央苏区，随即任教育人民委员部部长。

⑤　王予霞、汤家庆、蔡佳伍：《中央苏区文化教育史》，第 55 页。

⑥　同上书，第 128 页。

自己的见解"，不同意当时"左"倾路线指导下强调以共产主义为内容的国民教育政策和对知识分子的过"左"政策，还发生过分歧和争论。[1] 苏区教育"直接住校负责者"[2] 是徐特立，瞿秋白多从事原则指示，尤其是将文艺阶级性要求一如既往地灌注到教育事业上，对教育阶级性强调非常明确。在国民党军队占领广昌的严峻革命情势下，瞿秋白仍不忘著文强调"苏维埃的教育，是阶级的教育，是马克思列宁主义的阶级教育"[3]。

在阶级性强调和革命立场坚持上，办教育和从事文化战线斗争是相通的，尤其在侧重政策设计的草创阶段。理论规划和政策设计工作是瞿秋白的强项，[4] 因此从文化战线转移到苏区办教育能够自然过渡。但苏区教育实践状况，对瞿秋白刺激巨大。苏区强大的革命教育传统，既使他看到文化教育事业的崭新形态和革命前景，也让他认识到文化教育事业本身的独特性和困难，这些都促使瞿秋白对此前文艺大众化理论进行自觉反思。在《多余的话》中，瞿秋白回忆道：

> 最近一年来，叫我办苏维埃的教育。固然，在瑞金、宁都、兴国这一带的所谓"中央苏区"，原来是文化落后的地方，譬如一张白纸，在刚刚着手办教育的时候，只是办义务小学校，开办几个师范学校（这些都做了）。但是，自己仔细想一想，对于这些小学校和师范学校，小学教育和儿童教育的特殊问题，尤其是国内战争中工农群众教育的特殊问

---

① 杨之华：《回忆秋白》，第151页。

② 徐特立：《回忆与秋白同志在一起的时候》，《忆秋白》，第322—323页。

③ 瞿秋白：《阶级战争中的教育——论教育系统的检举运动》，《瞿秋白文集》（政治理论编）第7卷，第671页。

④ 瞿秋白擅长系统思维和理论思辨，编过讲义教材，写过诸多长篇论文。1931年上半年周恩来要瞿秋白提出几条整理文件的规定出来，瞿秋白欣然从命，代中央起草了《文件处置办法》。

题，都实在没有相当的知识，甚至普通常识都不够！……譬如"中央苏区"的土地革命已经有三四年，农民的私人日常生活究竟有了怎样的具体变化？他们究竟是怎样的感觉？我曾经去考察过一两次。一开口就没有"共同的语言"，而且自己也懒惰得很，所以终于一无所得。[①]

　　生活是最好的老师，瞿秋白"左联"时的文艺大众化思想，包括启发于苏俄扫盲的汉字拉丁化思考，都因到苏区（且恰好从事教育管理）而获得现实调适：一来二者在强调阶级性和革命立场、强调大众化的文化和革命思想启蒙本质上是延续的；二来诸如汉字拉丁化、废除汉字等激进思想也因亲自体验到苏区现实而得到反拨和校正。出于思想反思与种种现实因素的制约，苏区戏剧活动的热潮吸引了瞿秋白关注的目光，并与"左联"时期的文艺大众化思考和现实主义文艺思想汇合起来，成为推动他从事苏区戏剧大众化活动的动力。[②]

　　瞿秋白文艺大众化理论的现实调适，还源于他对苏区戏剧活动热潮的现实体验和文化生态考察。红军部队和革命根据地的戏剧运动早在井冈山革命时期就开展了，[③] 中央苏区戏剧运动同样"先从部队开始"[④] 并在继承"文明戏"基础上发展起来。苏区

---

① 瞿秋白：《多余的话》，《瞿秋白文集》（政治理论编）第 7 卷·附录，第 717—718 页。

② 刘云：《瞿秋白对中央苏区戏剧运动的卓越贡献》，《瞿秋白研究》第 12 辑，第 189—196 页。

③ 王予霞、汤家庆、蔡佳伍：《中央苏区文化教育史》，第 55 页。"在井冈山时期，红军的文艺还处于刚刚萌芽的状态。部队整天忙于打仗，反击敌人一次次'围剿'，开辟革命根据地，文艺工作还未列入这支初创军队的议事日程，也没有专门机构，更没有连队俱乐部、剧团之类的组织。"［解放军文艺史料编辑部编：《中国人民解放军文艺史料选编（红军时期）》（上册），解放军出版社 1988 年版，第 36 页。］

④ 《江西苏区文学史》第三章《苏区戏剧》，第 121—161 页。

戏剧活动既是上海左翼戏剧运动的延伸与深化，也受国际"红色30年代"思潮催生，① 是国际无产阶级戏剧运动本土化的产物。②

中央苏区戏剧活动率先发展，首先因为它是红军部队宣传普遍采用的形式，如红四军第九次代表大会通过的大会决议案就规定军队宣传要适合地方特点，"化装宣传是一种最具体最有效的宣传方法，各支队各直属队的宣传队均设化装宣传股，组织并指挥对群众的化装宣传"，要求"各政治部征集并编制表现各种群众情绪的革命歌词"，"出版石印的或油印的画报"③。古田会议后红军部队更强调宣传工作的重要性。④ 闽西第一次工农代表大会则强调"各县要组织新剧团，表演新剧本"⑤。毛泽东在"二苏大"报告中也指出："群众艺术在开始创建中，工农剧社与蓝衫团运动有了发展，江西、福建、粤赣三省的2931个乡中，有俱乐部1656个"⑥，可见中央苏区已普遍开展戏剧运动。赵品三回忆说："开始时并没有剧团机构和专门演员，演剧时，不论指挥员或战斗员，都可以参加。特别是担任政治工作的同志们政治委员、政治部主任、指导员、宣传员，都当着政治任务来积极参加。"⑦ 从硬性战斗任务转变为主动政治宣传，这是苏区戏剧发

---

① 王予霞、汤家庆、蔡佳伍：《中央苏区文化教育史》，第60页。

② 王予霞：《中央苏区文化新透视》，《党史研究与教学》1998年第6期。

③ "古田会议决议"资料，《苏区文艺运动资料》，第3—18页。

④ 毛泽东：《中国共产党第四军第九次代表大会决议案》（1929年12月闽西古田会议上通过，1945年5月，新民主出版社再版），《苏区文艺运动资料》，第4页；姚芳藩：《战斗的苏区文艺运动》，《语文教学通讯》1981年第1期。

⑤ 刘云主编：《中央苏区文化艺术史》，百花洲文艺出版社1998年版，第61页。

⑥ 毛泽东：《"二苏大"报告》（1934年1月）。转引自《中央苏区文化建设史》，第129页。

⑦ 赵品三：《关于中央革命根据地话剧工作的回忆》，《苏区文艺运动资料》，第291页。

展的历史实际。在部队文艺活动和群众文艺活动的双重推动下，中央苏区产生了戏剧活动热潮。[①]

　　苏区盛行戏剧（尤其是话剧）还因为当时苏区"左"倾思想盛行。[②] 韩进回忆说："当时认为话剧是进步的东西，京、评、越、昆是封建落后的，所以很少。"[③] 思想倾向与实际需要，使话剧成为苏区戏剧活动首选。况且由于旧戏演出在中央苏区所属客家地区非常发达、甚至深受群众喜爱，[④] 这也使戏剧率先成为革命改造和争夺的文艺形式。旧戏[⑤]在苏区的繁荣发达争夺了大量群众，以至于对革命文化工作造成巨大压力。旧戏自然也就成为革命必须反对和改造利用的对象。既然如此，以话剧作为革命文艺宣传活动形式就自然而然了。

----

　　① 胡志毅先生认为"左翼戏剧所倡导的戏剧大众化，是'五四'时期'民众戏剧'的继续发展。'民众戏剧'一方面是受了罗曼·罗兰的影响，另一方面也就因于'五四'时期的民主主义思想。……而30年的戏剧大众化则不仅是起源于新俄的演剧运动，更主要的是出于无产阶级革命的宣传的需要"。（胡志毅：《国家的仪式：中国革命戏剧的文化透视》，广西师范大学出版社2008年版，第43—44页。）此说作为大而化之的概括基本正确，但没有对苏区、白区和租界等地的演剧活动进行具体而微的分析。

　　② "左"倾思想对苏区文艺工作影响很大，负面影响也不小，如对《工农剧社章程（草案）》的批判称《草案》起草者徐家容等人为托洛茨基主义分子，并采用组织手段进行斗争和打击。这使最早发起组织工农剧社的一批骨干再也没有在中央苏区的戏剧舞台上出现。1933年又对哑剧《武装保护秋收》进行批判，硬把哑剧与当时的政治斗争联系起来，说是"偷运了邓子恢机会主义的见解在舞台上的表演"。（参见《江西苏区文学史》，第184—190页。）

　　③ 邵葆：《韩进谈中央苏区文艺——考老红军访问记》，《中央苏区革命文化史料汇编》，第557页。

　　④ 参见《红色中华》1933年1月28日、9月18日、9月27日和1934年1月10日的报道。

　　⑤ 欧达伟先生认为："民众从戏曲中得到的，比单纯的消遣娱乐和逃避乏味的日常生活要多一些"，但"一般地说，乡村戏曲的娱乐功能要大于政治内涵"。[美]欧达伟：《中国民众思想史论——20世纪初期—1949年华北地区的民间文献及其思想观念研究》，董晓萍译，中央民族大学出版社1995年版，第2—3、22页。

　　此外中央苏区所在恰好"与客家人主要聚居区的重合"①，以客家人为主是它与别的苏区最大的区别之一，② 这也是中央苏区能够盛行戏剧大众化活动的原因。客家人聚居赣闽粤边远山区，经济文化发展较为落后，崇山峻岭的地理环境又为其文化传播交流设置天然屏障。客家文化、闽文化、赣南文化、福佬文化及畲文化等在此多元并存。客家人富有革命传统，统一的客家方言、地处边陲的地理位置，国民党政府统治薄弱等条件，蓝青官话的话剧既使群众能听懂，作为新鲜事物和多元文化也容易被客家文化接纳。

　　当然，戏剧成为苏区文艺大众化形式也有苏俄戏剧艺术的影响。瞿秋白、李伯钊、沙可夫都在苏俄学习并有深厚体验，胡底和韩进都参加过"左联"。而由李伯钊从苏联带入苏区的"活报剧"更是典型例子。胡德兰回忆，"活报剧"宣传在徐特立负责教育部工作时就已进《共产儿童读本》。③ "活报剧"又叫"蓝衣剧"或"游戏剧"④，20 世纪 20 年代初流行于苏联红军部队，有"活新闻"、"活报纸"、"红色扩音器"之称。中野淳子将其概括为"以宣传、启蒙为目的的，是处理军事、政治、社会等时事问题的，是通过小歌剧、喜剧、蒙太奇、哑剧、丑角剧（模拟动作）、讽刺剧、歌唱、清唱剧，等等创作舞台形象的一种戏剧报导"⑤。

　　以上种种因素，不仅使得戏剧大众化活动天然成为部队倡导、群众喜爱的行之有效的文艺样式和革命工作形式，⑥ 而且使

---

① 　王予霞：《中央苏区文化新透视》。
② 　《中央苏区史略》，第 130—131 页。
③ 　刘云：《"二苏大"与中央苏区文艺——访老红军胡德兰》。
④ 　《中央苏区文化艺术史》，第 92 页。
⑤ 　[日] 中野淳子：《瑞金时代的戏剧——活报剧及戏曲介绍》，1981 年 5 月前民译，1981 年 6 月宋仰之校。参见《中央苏区文化艺术史》，第 92 页。
⑥ 　戏剧宣传的革命实践效果日后甚至成为解放区解决地方民众思想问题的一个好办法。（杭苇：《"庄上碰到了苦难，演他一个戏"》，见白桃等《从一个村看解放区的文化建设》，香港新民主出版社 1949 年版，第 96—104 页。）

客家地区成为苏区文化建设发展繁荣所在。既然新剧是上下内外都喜欢的文艺活动和宣传形式，而瞿秋白"左联"时期也赞同其革命内涵，① 戏剧自然就成了瞿秋白调适文艺大众化思想，创造工农大众文艺的实践形式。

（二）集体写作：文艺大众化思想的革命再出发

瞿秋白尽管在苏区主要是大力提倡戏剧大众化活动，但在教育事业开展和戏剧表演实践的过程中，也深刻体会到文艺大众化理论设想与现实革命环境之间的差距：师资力量、群众接受能力、表演场地、革命斗争的现实需要等因素，都严重限制着革命文艺大众化的现实化。曾经花费精力从事拼音文字改革的瞿秋白，迅速对自己的大众化理论作出实际调适，率先解决大众化本身的言语问题——在苏区工农大众的实际生活中，去寻找"共同的言语"②，从而创造符合中央苏区革命实际需要的工农大众化文艺。

中央苏区时期，瞿秋白并没有留下多少有关文艺的理论性文章。③"左联"时期，瞿秋白也并未能将自己的革命文艺理论完

---

① 早在上海时期，瞿秋白《普洛大众文艺的现实问题》已提出"因为话剧（文明戏）没有音乐、对于群众的兴趣是比较的少的"，因此他设想"可以模仿文明戏而加入群众自己的参加演戏；可以创造新式的通俗歌剧，譬如说用'五更调'、'无锡景春调'，等等凑合的歌剧，穿插着说白，配合上各种乐器"。（瞿秋白：《普洛大众文艺的现实问题》，《瞿秋白文集》（文学编）第 1 卷，第 472 页。）

② 瞿秋白：《多余的话》，《瞿秋白文集》（政治理论编）第 7 卷·附录，第717 页。

③ 1934 年 4 月 21 日《红色中华》刊出一则广告说："中央教育人民委员会，决定于 5 月初出版《苏维埃文化》月刊"，"要反映苏区文化教育工作的实际情形和群众的文化生活，要表扬模范工作以推进落后区域，给小学、夜校、俱乐部、剧社等以切实而具体的领导"。1934 年 5 月 21 日，《红色中华》再次刊出广告——"《苏维埃文化》出版了"，《目录》上第一篇文章就是瞿秋白的《文化战线上的红五月》。1934 年 6 月 26 日，《红色中华》再次刊出广告——"《苏维埃文化》（刊物）出版预告"，"创刊号将于 7 月间出版"。（参见周葱秀《瞿秋白与〈红色中华〉》，《瞿秋白研究》第 7 辑，第 74—83 页。）由此可见，瞿秋白在中央苏区时期对文化的思考仍贯穿着革命政治和现实斗争的基本理念。

全付诸实践。到中央苏区后，因职务关系，瞿秋白顺理成章地将自己的文艺思想与苏区教育工作、苏区的戏剧大众化实践结合起来，开辟了"中央苏区戏剧的新阶段及其前进方向"①。

　　戏剧大众化实验，是瞿秋白在苏区的文艺大众化思想的调适与实践，更是苏区工农大众艺术建设的尝试，也是他在"左联"时期亲自写作大众文艺作品（如《东洋人出兵》等）等创作活动的延续。② 通过苏区戏剧大众化实践，瞿秋白实现了文艺大众化思想在革命战争处境下的现实化。在文艺思想现实表演形态的转化过程中，瞿秋白完成了从文艺大众化的思想探索到制定工农大众文艺的发展政策——集体写作的转换。③ 而以苏区革命生活为源泉的取材模式、集体参与的创作组织模式、文艺演出的预审模式，则是瞿秋白文艺大众化思想在苏区调适后的具体政策呈现。因此，从这个意义上说，集体写作政策的设计，是瞿秋白文艺大众化思想的革命再出发，也是此后苏区和解放区建设工农大众艺术的文艺政策雏形。

---

　　① 《中央苏区文化艺术史》，第153—188页。

　　② 瞿秋白在中央苏区也写了一些民歌小调宣传革命，如发表在《红色中华》副刊上的《送郎参军》、《红军打胜仗》、《消灭白狗子》等。（郑德金：《瞿秋白在〈红色中华〉报发展过程中的地位和作用》，《瞿秋白研究》第13辑，第271页。）

　　③ 韩斌生：《瞿秋白的影剧艺术活动及其理论贡献述评》，《瞿秋白研究》第4辑，第211—226页。

第 五 章

犬耕①：现实主义②的探索与限制

瞿秋白是五四时期成长起来的中国早期马克思主义文艺理论家。作为中共曾经的最高领导、左翼文学的实质领导人，瞿秋白以"五四"为发端走上共产主义革命的道路，并以其充分的思想代表性③成为延安新文学传统的历史资源点之一。

对瞿秋白文艺思想的讨论，不仅是理解"五四"文艺传统在中国现代史上辗转变迁的突破口，也是梳理左翼文艺成为延安新文学最终主流的关契。在五四时期西学滔滔的刺激与启发下，瞿秋白文艺思想渐渐走出古典文艺自伤自悼的狭窄封闭空间，走

---

① 关于"犬耕"笔名，茅盾回忆说："三十年代他与鲁迅来往时，写信有时署名犬耕，鲁迅不解其意，问他，他说：'我搞政治，好比使犬耕田。'"[茅盾：《致陈铁健》(1979 年 5 月 14 日)，《瞿秋白研究》第 10 辑，第 307 页；茅盾：《回忆秋白烈士》，《红旗》1980 年第 6 期。]周建人的相关回忆文章也提及此事，区别在于鲁迅对瞿秋白解释的反应。(周建人：《学习鲁迅，认真读书》，《光明日报》1971 年9 月 25 日；周建人：《我所知道的瞿秋白同志》，《解放军报》1980 年 3 月 16 日。)

② 瞿秋白对"现实主义"的理解更多指向"世界观意义上的一元论，而不是文学传统流派的意义上的'现实主义'"，([俄]托洛茨基：《文学与革命》，刘文飞、王景生、季耶、张捷译，外国文学出版社1992 年版，第 221 页。)因此在文艺思想上，包括瞿秋白本人在内对"瞿秋白的现实主义文艺思想"都主要从目标角度对其现代探索努力进行描述，包括以"革命"、"功利"或"大众化"限定其过程形态。

③ 在公开发布被视为延安新文学传统开端的《延安文艺座谈会上的讲话》讲稿前，毛泽东曾潜心研读瞿秋白的文艺论著集大成之作——《海上述林》。(李又然：《毛主席——回忆录之一》，《新文学史料》1982 年第 2 期。)这足以证明瞿秋白文艺思想作为中国左翼文艺资源的原初意味。

向以社会生活为广阔视野的现实主义探索。这无疑也意味着瞿秋白文艺思想在现代处境中的艰难觅渡。

然而，瞿秋白文艺思想的现代转向，并未从文艺到文艺地前进，而是迅即与俄苏马列主义思想结合，生成为具有浓烈现实功利色彩和巨大革命实践性能量的、革命功利的现实主义文艺思想。瞿秋白的文艺言论不时有过激之虞，原因正在于其文艺思想并非仅仅是文艺理论家在小阁楼上的深思，因为它"不是一种单纯的知识练习，它联系着实际的政治问题与左翼文学运动的命运"①，而是政治家在革命文化策略上对文艺事业规划的运筹帷幄。②

目前为止，对瞿秋白现实主义文艺思想探索的基本判断，在前人零散研究的基础上，学界已经形成六种代表性观点：

A. 王铁仙等人从现代文学批评史的角度看待瞿秋白文艺思想的历史地位，认为瞿秋白第一个明确提出了为人民大众服务是革命文学的中心问题，直接地比较系统地将马克思主义经典作家文艺论著介绍或翻译到国内来，用马克思主义观点研究了鲁迅；③

B. 王士菁等人认为，瞿秋白文艺观点归纳起来主要有：文腔问题、文艺大众化问题、革命作家向群众学习的问题；④

C. 季甄馥等人从美的本质、审美的功利观和政治观、

---

① Paul Pickowicz：*Qu Qiubai's Critique of the May Fourth Generation：Early Chinese Marxist Literature Criticism*，in *Modern Chinese Literature in the May Fourth Era*，pp. 351—384. 该文陈思和先生译有节译《瞿秋白对"五四"一代的批评——中国早期的马克思主义文学批评》。转引自贾植芳主编《中国现代文学的主潮》，第204页。

② ［美］保罗·皮科威兹：《书生政治家——瞿秋白曲折的一生》，第258—274页；丁守和：《马克思主义在中国的传播及其对文学的影响》，《中国现代文学思潮流派讨论集》，第175—208页。

③ 王铁仙：《瞿秋白文学评传》，第232页。

④ 王士菁：《关于瞿秋白的评价问题》，《现代文学讲演集》，第176页。

自然美与哲理美的追求①三个方面，讨论瞿秋白哲学美学思想；

　　D. 保罗·皮科威兹等人认为，在革命语境中瞿秋白通过现实主义和浪漫主义的再思考，形成既反对理想主义又反对决定论②的中间状态的中国化马克思主义文艺思想；

　　E. 玛利安·高利克等人以关键词辨析的方式，讨论瞿秋白现实主义概念生成与变迁内涵；

　　F. 丁言模等人认为，瞿秋白文艺思想的核心是在普洛大众文艺的现实问题，并以哲学反映论兑换美学社会功能，从而生成唯物论和美学政治化③的现实主义。

　　诚然，就单个时段或具体文艺观点而言，上述六种判断都有其一得之见。然而，今天我们很难以当时或现在的某一思想流派来确立瞿秋白的现实主义文艺思想探索。但至少有一点是可以确定的，即瞿秋白自大革命之后（尤其是"左联"时期）一直致力于中国本土语境下的现实主义文艺思想求索，并且在艰难的探索中发展出有自己特色的、对现实主义文艺思想的三个基本诉求：文艺新社会的思想视野描述、文艺现实情怀的解释、大众阶级立场的艺术判断。瞿秋白的现实主义文艺思想探索的核心，整体而言就是王铁仙概括的——"一种革命的大众的现实主义的文论"④。

---

　　①　季甄馥：《瞿秋白哲学思想评析》，华东师范大学出版社 1998 年版，第 124—145 页。

　　②　［美］保罗·皮科威兹：《书生政治家——瞿秋白曲折的一生》，第 126—169 页。

　　③　丁言模：《瞿秋白等人评价鲁迅的现实主义标准——兼评冯雪峰、周扬、巴人的鲁迅观》，《瞿秋白研究》第 3 辑，第 137—141 页。

　　④　王铁仙：《中国现代文学的精神》，人民文学出版社 2008 年版，第 164 页。

第一节　基本诉求:新社会视野·现实情怀· 大众阶级立场

左翼文艺思想资源的中国发生究竟如何? 马克思主义又是如何成为中国文艺思想的基本资源? 讨论这两个问题,无论从革命政治角度还是文艺思想史角度,瞿秋白与现实主义文艺思想的关系都是重要切入口,因为他"在中国是系统阐述新现实主义理论的第一人"[①]。

中国现代文学是以革命语境和传统文化变革为依托的,这既是它的历史规定性,也是历史宿命。在形形色色的文艺思潮和纷纭复杂的异域文学观念中,中国现代文学的现实主义探索,以苏俄马列主义思想的现实观为中心,结合佛教哲学[②]、中国古典诗学和实学中的各种思想资源,渐渐生成其独特面目。而在这个演变过程中,瞿秋白正是其中兼具"个人同一性"和"同时代性"[③] 的代表。

瞿秋白的现实主义文艺思想,历经古典文艺唯美趣味的耽溺之后,渐渐走向具有社会现实视野的现代审美思想,进而追问文艺现实及其背后的历史推进动力。最终,瞿秋白从马克思主义哲学思想中,找到解释一切现实与文艺现象依存的真义:

　　　而一切阶级的文艺却不但反映着生活,并且还在影响着

[①]　朱辉军:《西风东渐——马克思主义文艺理论在中国》,北京燕山出版社1994 年版,第40 页。

[②]　佛教哲学对瞿秋白现实主义文艺思想形成的影响,参见玛利安·高利克《中国现代文学批评发生史 (1917—1930)》第九章《瞿秋白:俄国样板与文艺中"现实"的概念》。

[③]　[美]约瑟夫·阿·勒文森:《梁启超与中国近代思想》,第9 页。

生活;文艺现象是和一切社会现象联系着的,它虽然是所谓意识形态的表现,是上层建筑之中最高的一层,它虽然不能够决定社会制度的变更,他虽然结算起来始终也是被生产力的状态和阶级关系所规定的,——可是,艺术能够回转去影响社会生活,在相当的程度之内促进或者阻碍阶级斗争的发展,稍微变动这种斗争的形势,加强或者削弱某一阶级的力量。①

瞿秋白的这种文学现象论,源于他对列宁主义艺术论的全盘接受。瞿秋白现实主义文艺思想的理论本源,也正是"列宁主义艺术论"和"马克思列宁主义"的艺术观:

　　而事实上,艺术一方面反映生活,别方面也还是生活的一部分,艺术固然是经济政治现象的间接的结果,是研究社会现象的一些意识形态方面的材料,然而同时,也还是社会斗争和阶级斗争之中的一部分实际行动,表现并且转变意识形态的一种武器。这是列宁主义的艺术论,而普列哈诺夫的"象形说"恰好是和这个相反的。②

　　马克斯列宁主义反对一切种种的"纯粹艺术"论,"自由艺术"论,"超越利害关系的艺术"论,"无所为而为的没有私心的艺术"论。马列主义无条件的肯定艺术的阶级性,承认艺术的党派性,认为艺术是阶级斗争的锐利的武器。列宁主义的艺术论,不但不能够容纳康德的美学观念——所谓"美的分析学",而且坚决的反对这种学说,认

① 瞿秋白:《文艺的自由和文学家的不自由》,《瞿秋白文集》(文学编)第3卷,第58—59页。

② 瞿秋白:《文艺理论家的普列汉诺夫》,《瞿秋白文集》(文学编)第4卷,第62页。

为这种学说也和其他的资产阶级意识形态上的表现一样，是蒙蔽和曲解现实的社会现象的。①

摆正文艺、生产力状态和阶级关系各自的位置，确立艺术和社会生活、阶级斗争的关系之后，瞿秋白的现实主义文艺思想的三点基本诉求显得异常明晰：文艺新社会的思想视野描述、文艺现实情怀的解释、大众阶级立场的艺术判断。这三点基本诉求，既是瞿秋白现实主义文艺思想的现代展开逻辑，也规定着日后瞿秋白文艺批评实践的基本理路。②

一　新社会视野——现实主义文艺思想的预设

瞿秋白现实主义文艺思想的现代发生，可归于母亲自杀对他的刺激。母亲被迫自杀，使瞿秋白对家族制度、对形成如此变态的人与人之间关系网络的社会发出追问，古典诗文唯美再也不能满足他心灵苦闷的慰藉需求。

此后，瞿秋白上北京求出路。这不仅是瞿秋白人生的一大转折，也使他的思想得以开辟出新境界：一方面，入俄文专修馆后，瞿秋白有老师同学的群体交际，也因学习俄语等有固定的新思想接受渠道。瞿秋白"积极参加了当时进步学生的各种社会活动，结交了许多志同道合的朋友"③；另一方面，瞿秋白"看了许多新杂志，思想上似乎有相当的进展，新的人生观正在形成"④。而在

---

①　瞿秋白：《文艺理论家的普列汉诺夫》，《瞿秋白文集》（文学编）第 4 卷，第 66 页。

②　［美］安敏成先生认为："'写实'标志了与传统精神生活中的迷信与根深蒂固的古典主义的决裂；'社会'则表明对儒家的官僚和家族体系的舍弃。"［［美］安敏成（Marson Anderson）：《现实主义的限制——革命时代的中国小说》，第 31 页。］

③　瞿重华口述，韩斌生整理：《回忆秋白叔父在北京的情况》。

④　瞿秋白：《多余的话》，《瞿秋白文集》（政治理论编）第 7 卷·附录，第 695 页。

瞿纯白处的寄生生涯,也重新触动他对社会问题的疑问。

在北京的三年里,瞿秋白整个思维视野渐渐打开,社会问题、政治问题、新思潮等不仅进入他的思想世界,而且刺激着他。最重要的是,瞿秋白"新的人生观正在形成"① ——从"避世"到"厌世"到"入世"。五四运动爆发后,瞿秋白开始有"变"的要求,而且要"暂且与社会一震惊的刺激"②。瞿秋白主动投稿《晨报》,希望"各地学生联合会多出书报,切实研究外交、政治,以为一般社会之指导"③,开始把社会政治问题纳入思想视野。瞿秋白还和瞿菊农、郑振铎、耿济之等合力刊出《新社会》旬刊,旨在"向着德谟克拉西一方面以改造中国旧社会"、"创造德谟克拉西的新社会——自由平等,没有一切阶级的新社会"④。这是瞿秋白思想第一次与社会生活接触。从此,他更明白社会的意义。⑤ 至此,社会视野渐渐成为瞿秋白思想中新人生观的核心要素,并且为他的思想新变开辟了从古典世界转向现代世界的思想通道。

随着现代社会观的生成,瞿秋白文艺思想也发生着现代新变。他开始特别关注和强调社会变革、批判的作品,甚至以此来指导自己对俄国文学的接受和翻译。译毕《仆御室》时,瞿秋白写的"译者志"说道:

> 现在中国实在很需要这一种文学。不过文学这门学问,有人说还未形成一种科学,更因国界言语的不同,环境的不

---

① 瞿秋白:《多余的话》,《瞿秋白文集》(政治理论编)第 7 卷·附录,第695 页。

② 瞿秋白:《饿乡纪程·四》,《瞿秋白文集》(文学编)第 1 卷,第 25 页。

③ 瞿秋白:《不签字后之办法》,《瞿秋白文集》(政治理论编)第 1 卷,第 3 页。

④ 郑振铎:《〈新社会〉发刊词》,《新社会》第 1 号,1919 年 11 月 1 日。

⑤ 瞿秋白:《饿乡纪程·四》,《瞿秋白文集》(文学编)第 1 卷,第 26 页。

同，所以翻译外国文实在还不能满足这一种需要。这是我个人的私见，我不是研究文学的，所说或者全是外行话，更希望现在研究文学诸君注意到这一层。①

瞿秋白在《俄罗斯名家短篇小说集·序》里，更是明确指出文学译介必须考虑中国社会现实变革的需要：

> 不是因为我们要改造社会而创造新文学，而是因为社会使我们不得不要创造新文学……只有中国社会所要求我们的文学才介绍，使中国社会里一般人都能感受都能懂得的文学才介绍。②

入北京前，瞿秋白多耽溺于古典文艺唯美世界，满足于自我精神安慰。母亲的自杀，使他转入佛教典籍寻找新思想资源。加之有古典诗文的抚慰，暂且也能让瞿秋白"得一安顿的'境界'"③。入北京后，新思潮、新人际关系、社会政治情势，等等，都刺激着瞿秋白发生思想的现代新变。北京的政治文化中心地位，不仅强化着瞿秋白的社会参与意识，而且也为他提供更多机会。新文化运动以后的北京，对于许多从古典文艺世界转向现代文艺的青年，也提供不少以文学参与社会运动的机遇，如办同人刊物、依附报馆办杂志、向报刊投稿等。在那个时代，青年们甚至可以把文学本身当职业。④ 五四运动的实践体验，更是给瞿秋白带来人生价值有希望实现的喜悦和成就感。以上种种，都促

---

　　① 瞿秋白：《〈仆御室〉译者志》，《瞿秋白文集》（文学编）第 4 卷，第 392—393 页。

　　② 瞿秋白：《〈俄罗斯名家短篇小说集〉序》，《瞿秋白文集》（文学编）第 2 卷，第 249 页。

　　③ 瞿秋白：《饿乡纪程·四》，《瞿秋白文集》（文学编）第 1 卷，第 24 页。

　　④ 瞿秋白：《普洛大众文艺的现实问题》，《瞿秋白文集》（文学编）第 1 卷，第 461 页。

使瞿秋白开始走出古典唯美、脆弱而抑郁的文艺小天地，走向参与群体变革运动的社会大舞台。以文学变革社会、凭文学才华登上社会舞台，不仅给瞿秋白提供展露社会的机缘，也成为当时诸多青年的选择时尚。社会动荡在给瞿秋白等"五四"青年带来苦痛的同时，也给他们提供新生的契机，放大他们的思想视野——从家庭到社会。加入新社会的创造激流，因此成为"五四"一代青年学生共同的历史使命。

《新社会》不久就被勒令停刊，因为当时的北洋军阀政府"见着'外国的货色'——'社会'两个字，就吓得头晕眼花，一概认为'过激派'，'布尔什维克'，'洪水猛兽'"①。随即《人道》出版，但已和《新社会》倾向不大相同——转为"要求社会问题唯心的解决"。其中，瞿秋白强调"唯物史观的意义"辩论"不足为重"②，因为此时瞿秋白已经"有了马克思主义的倾向，把一切社会问题作为一个整体来看"③。在参加"五四"和出版新杂志的过程中，现代的社会视野成为瞿秋白从古典文艺的唯美世界转向追求文艺现代品格时必须迈过的第一道门槛，成为其现代文艺思想新变的第一个关键词。

社会视野引发瞿秋白对社会主义的讨论兴趣，正式提出要把文化运动和创立新社会联系起来。瞿秋白批评时人把"文化运动"当成"新名词——最时髦的名词"的肤浅风气，接着进一步分析说：

可是，文化是什么？运动是什么？文化运动又是什么？这个问题好不容易解答。从"五四"、"六三"……以来，

---

① 瞿秋白：《饿乡纪程·四》，《瞿秋白文集》（文学编）第 1 卷，第 27 页。
② 同上。
③ 郑振铎：《记瞿秋白同志早年的二三事》。

种种运动，常常被人叫做文化运动，我们现在真不能知道这些运动是否文化运动，真不能知道这些运动能有什么样的结果。然而从事实上，表面上看去，的的确确是从个人的毕业运动、饭碗运动里解放出来，发展到社会的某种运动——或者是文化运动，或者是非文化运动——方面去。①

尽管这些运动和参加运动的人，都有一个共同的目标——新社会，但大多数是不明所以的。面对这种迷惘糊涂局面，瞿秋白尖锐指出"真实能做改造社会的——创立新社会的——第一步，只有真正有实力的'文化运动'。我们所预期的'新社会'既然不是一篇文章、一部书所能说明的，我们就不能不慎重的思考，讨论研究，试验，实行，传播；直到能直接运动的时候，这第一步才算告终"②。

在赴饿乡途中，瞿秋白如实写下"和诸同志当时也是飘流震荡于这种狂涛骇浪之中"③的思想状态：

中国社会思想到如今，已是一大变动的时候。一般青年都是栖栖皇皇寝食不安的样子，究竟为什么？无非是社会生活不安的反动。反动初起的时候，群流并进，集中于"旧"思想学术制度，作勇猛的攻击。等到代表"旧"的势力宣告无战争力的时期，"新"派思想之中，因潜伏的矛盾点——历史上学术思想的渊源，地理上文化交流之法则——渐渐发现出来，于是思潮的趋向就不象当初那样简单了。政治上：虽经过了十年前的一次革命，成立了一个括弧内的"民国"，而德谟克拉西（la

① 瞿秋白：《文化运动——新社会》，《瞿秋白文集》（政治理论编）第1卷，第70页。
② 同上。
③ 瞿秋白：《饿乡纪程·五》，《瞿秋白文集》（文学编）第1卷，第30页。

démocratie) 一个字到十年后再发现。西欧已成重新估定价值的问题,中国却还很新鲜,人人乐道,津津有味。这是一方面。别一方面呢,根据于中国历史上的无政府状态的统治之意义,与现存的非集权的暴政之反动,又激起一种思想,迎受"社会主义"的学说,其实带着无政府主义的色彩——如托尔斯泰派之宣传等。或者更进一步,简直声言无政府主义。于是"德谟克拉西"和"社会主义"有时相攻击,有时相调和。实际上这两个字的意义,在现在中国学术界里自有他们特别的解释,并没有与现代术语——欧美思想界之所谓德谟克拉西,所谓社会主义——相同之点。由科学的术语上看来,中国社会思想虽确有进步,还没有免掉模糊影响的弊病。……同时"中国的印度文化"再生,托尔斯泰等崇拜东方文化说盛传,欧美大战后思想破产而向东方呼吁,重新引动了中国人的傲慢心。"西方文化与东方文化",居然成了中国新思潮中的问题。于是这样两相矛盾的倾向,各自站在不明瞭的地位上,一会儿相攻击,一会儿相调和,不论政治上,经济上,学术上的思潮都没有明确的意义,只见乱哄哄的报章,杂志,丛书的广告运动,——一步一步前进的现象却不能否认,——而思想紊乱摇荡不定,也无可讳言。[1]

自此,瞿秋白站在时代前沿,追逐着各种日新月异的新思潮,开始与社会同行。瞿秋白的目的是要从文化运动经过"历史派的——马克思主义派的直接运动"[2],最终创立新社会。瞿秋白因此打算成就自己世间的唯物主义,"决然想探一探险,求实际的结论,在某一范围内的真实智识"[3]。这虽或是瞿秋白个

---

① 瞿秋白:《饿乡纪程·五》,《瞿秋白文集》(文学编) 第 1 卷,第 29—30 页。

② 瞿秋白:《读〈美利坚之宗教新村运动〉》,《瞿秋白文集》(政治理论编) 第 1 卷,第 61 页。

③ 瞿秋白:《饿乡纪程·五》,《瞿秋白文集》(文学编) 第 1 卷,第 30—31 页。

人思路畸形的发展，却因此成就他"入俄的志愿——担一份中国再生时代思想发展的责任"——开始决意对社会和自己心灵的要求负责任。① 从佛教里自利利他的菩萨行思想出发，瞿秋白自然转到"溅血以偿'社会'"②的社会本位思维。社会成为瞿秋白现代思想世界里重要的关键词。③

1923 年 5 月，旅俄归来的瞿秋白，郑重宣告"《新青年》当为社会科学的杂志"④，中国革命无产阶级"应当竭全力以指导中国社会思想之正当轨道，——研究社会科学，当严格的以科学方法研究一切，自哲学以至于文学，作根本上考察，综观社会现象之公律，而求结论"⑤，《新青年》"当研究中国现实的政治经济状况。研究社会科学，本是为解释现实的社会现状，解决现实的社会问题，分析现实的社会运动"⑥，《新青年》"既为中国社会思想的先驱，如今更切实于社会的研究，以求知识上的武器，助平民劳动界实际运动之进行"⑦。瞿秋白甚至认为，"现代最先进的社会科学派别，是与实际的世界革命运动有密切关系的，就是共产国际"⑧。为此，瞿秋白特意标举自己作为革命人而从事研究文学艺术思想所应当有的革命自觉：

---

① 瞿秋白：《饿乡纪程·五》，《瞿秋白文集》（文学编）第 1 卷，第 30—31 页。

② 瞿秋白：《赤都心史·三五·中国之"多余的人"》，《瞿秋白文集》（文学编）第 1 卷，第 220 页。

③ 瞿秋白在马克思主义历史唯物论和历史辩证法基础上，进一步形成自己的社会史观。参见朱净之《中国新文化的一胚胎——瞿秋白的社会史观》，《瞿秋白研究》第 1 辑，第 138—154 页。

④ 瞿秋白：《〈新青年〉之新宣言》，《瞿秋白文集》（政治理论编）第 2 卷，第 8 页。

⑤ 同上书，第 9 页。

⑥ 同上。

⑦ 同上书，第 12 页。

⑧ 同上。

《新青年》当表现社会思想之渊源,兴起革命情绪的观感。社会科学本是要确定社会意识,兴奋社会情感,以助受压迫被剥削的平民实际运动之进行。所以对于一般的思想及情绪之流动,都不得不加以正确的分析及映照。一切文学艺术思想之流派,本没有抽象的"好"与"坏",在此中国社会忙于迎新送旧之时,《新青年》应当分析此等流派之渊源,指出社会情绪变动的根由,方能令一般的意识渐渐明晰,不至于终陷于那混沌颟顸等于飞蛾投火的景象。再则,现时中国文学思想,——资产阶级的"诗思",往往有颓废派的倾向,此旧社会的反映,与劳动阶级的心声同时并呈,很可以排比并观,考察其中的动象;亦可以借外国文学相当的各时期之社会的侧影,旁衬出此中的因果。却尤其要收集革命的文学作品,与中国麻木不仁的社会以悲壮庄严的兴感。①

在练就"集合的超人"② 眼光的瞿秋白看来,社会不仅已是其文艺思想新视野,更是他革命理论系统的建构基础、革命实践活动的改造对象。重社会而掉个人,是五四时期打倒家族制度、吁求创造新社会之思想潮流下的悖谬现象。启蒙主义思想迅速与国家民族救亡的历史使命纠结起来,变成"清障"③ 式的战斗,成为革命洪流对启蒙主义的现实改造。变革现实的热情成为革命乌托邦理论的先在前提,文艺思想里的现实主义迅速蜕变为社会改造中革命功利的现实主义——因为"政治生活的新制度要求

---

① 瞿秋白:《〈新青年〉之新宣言》,《瞿秋白文集》(政治理论编)第2卷,第10页。

② 瞿秋白:《劳农俄国的新文学家》,《瞿秋白文集》(文学编)第1卷,第273页。

③ [澳] 费约翰 (John Fitzgerald):《唤醒中国:国民革命中的政治、文化与阶级》,李霞等译,生活·读书·新知三联书店2004年版,第118页。

我们有一种心灵新制度"①。

　　尽管社会成为瞿秋白新的思想视野，然而其着眼的只是新社会。况且，瞿秋白并不认为旧社会是新社会的建设基础，而认为旧社会只是革命和批判的目标。新社会的思想视野，是瞿秋白现实主义文艺思想的理论预设和展开前提。瞿秋白曾认为，"中国向来没有社会。因此也没有现代的社会科学。中国对社会现象向来是漠然的。"② 正因为如此，瞿秋白的新社会设计就是理念性质的，其社会视野的思想观照因此充满着理论形式的逻辑推演和人工预设色彩。在以共产国际为中心的世界共产主义革命进程中，瞿秋白的社会视野同样带上紧跟共产国际革命在理论设计上的弊病（例如瞿秋白对中国资产阶级历史阶段的论述）。因此，瞿秋白现实主义文艺思想的社会视野观照，既是理论预设和革命想象相驳杂的产物，更是割断自身传统和仓促套用异域资源的结果。而瞿秋白对文艺的新社会视野的预设，也多着眼于简单化的破旧和理念性的立新。这导致瞿秋白的现实主义文艺思想探索在生活现实的情境中进退失据，理论依托薄弱而生硬，相关论述也多有偏激局促之处，实际可操作性微弱。也正因为这个原因，个人趣味的情怀和文艺特殊性，更是成为瞿秋白现实主义文艺思想考量中最缺失的环节。

二　现实情怀——瞿秋白现实主义文艺思想的基调

　　瞿秋白把新社会作为文艺现象观照的思想视野和描述起点，自然意味着肯定文艺是新社会的意识形态构成。自进化论用生物世界的观察解释人类社会的变迁开始，社会便自然而然被认为是有机组织。人和文艺等一切现象都是这个有机体的组成。同样，

---

　　①　［苏］马克西姆·马克西莫维奇·高尔基：《不合时宜的思想——关于革命与文化的思考》，朱希渝译，江苏人民出版社1998年版，第47页。

　　②　瞿秋白：《赤都心史·四八·新的现实》，《瞿秋白文集》（文学编）第1卷，第246页。

引入新社会的视野对文艺现象进行描述,也相当于将个体纳入有机组织的集体,从而获得集体主义的宏大背景力量支撑,自然也就必然要承担集体义务和整体服从。①

文艺的新社会视野描述,个体情感不仅退居幕后,而且增添被动色彩。而文艺描述的社会现象本身——"现实"这个"带有价值观念的词"②,开始越过个人情感层面,凸显为文艺创作的动力。从世界观说,这通常被誉为从唯心到唯物的根本转变,即瞿秋白对社会的二分法——"经济基础和上层建筑"的认同。在选择以新社会的视野描述文艺现象,又选择唯物世界观转变之后,瞿秋白开始着力追求文学对社会现实的解释和变革力量,这便是其现实主义文艺思想的现实情怀的依托所在:"活而'现实'"、"凡是现实的都是活的,凡是活的都是现实的"③。

五四运动后,瞿秋白"多读了一些书","理智方面是从托尔斯泰式的无政府主义很快转到了马克思主义"④。瞿秋白笔下的现实追求变得前所未有的紧迫,"江南旧梦已如烟"⑤。瞿秋白认为,"文学只是社会的反映,文学家只是社会的喉舌"⑥。瞿秋白的白话新诗《心的声音》,写了一幕幕不公平的社会压迫景象,充满着强烈的愤

---

① 托洛茨基对革命与集体主义思想关联有精要概括,他说:"因为革命的出发点是这样一个中心思想:集体的人应当成为唯一的主人,他的力量的大小取决于他认识和利用各种自然力量的本领。……它是现实主义的,积极的,充满着能动的集体主义和相信未来的无限的创造的信念……"[俄]托洛茨基:《文学与革命》,刘文飞、王景生、季耶、张捷译,外国文学出版社1992年版,第6页。

② [美]雷内·韦勒克:《批评的概念》,张今言译,中国美术学院出版社1999年版,第216页。

③ 瞿秋白:《赤都心史·四九·生活》,《瞿秋白文集》(文学编)第1卷,第251、252页。

④ 瞿秋白:《多余的话》,《瞿秋白文集》(政治理论编)第7卷·附录,第701页。

⑤ 瞿秋白:《雪意》,《瞿秋白文集》(文学编)第2卷,第359页。

⑥ 瞿秋白:《〈俄罗斯名家短篇小说集〉序》,《瞿秋白文集》(文学编)第2卷,第248页。

恨与不满。瞿秋白已经不满足于对文艺抽象的社会视野观照，他要追问社会现实背后的真相与决定历史道路前进的动力。

瞿秋白的现实情怀也继承着传统文化中求真务实、"文以载道"的思想。汪诚国认为："古代文论家都把真实性提到非常重要的位置，而实录写真逐渐演化成为古代现实主义文学理论的核心；瞿秋白继承了这一现实主义文学的传统精神，一贯反对'瞒和骗的文学'，并提出革命的无产阶级的现实主义。"① 但是，瞿秋白对现实的强调，更多源于对社会视野中各种现象纷繁芜杂的切身体会。尽管有时他也会借助传统文论的表述方式。②

历经五四运动从高潮到落潮，整个社会思想在急遽分化，"社会思想的变态：一方面走得极前，一方面落得极后"③。"不论政治上，经济上，学术上的思潮都没有明确的意义，只见乱哄哄的报章，杂志，丛书的广告运动，——一步一步前进的现象却不能否认，——而思想紊乱摇荡不定，也无可讳言。"④ 在这种情形下，瞿秋白强烈感到社会现象的复杂、认识现实真相的不易，于是"和诸同志当时也是飘流震荡于这种狂涛骇浪之中"⑤。

对现象纷纭的焦虑、对现实真相的渴求，使瞿秋白不仅调动早年佛教哲学里朴素唯物主义认识论的思想素养，且运用刚刚初步领

---

① 汪诚国：《兼收并蓄　自出心裁——瞿秋白散文的比较研究》，《瞿秋白研究》第 7 辑，第 104 页。

② 瞿秋白曾以孔子的《论语·阳货》"兴观群怨"观解释俄诗人涅克拉梭夫（Nekrasov）在俄国文学史上的独特意义。瞿秋白说："十九世纪下半期俄国的诗人很多，亦就是因为一则普希金之后'诗境'与'实境'相融洽，二则因为社会生活，如瀑流喷溅，实在丰富。当那平民的运动激厉猛进的时候，差不多'大家不喜欢诗，可是独独宽容一个涅克拉梭夫'，——这就显然是因为他最能鸣'公民的怨'。"［瞿秋白：《俄国文学史·一七·俄国的诗（一）》，《瞿秋白文集》（文学编）第 2 卷，第 221 页。］

③ 瞿秋白：《饿乡纪程·四》，《瞿秋白文集》（文学编）第 1 卷，第 27 页。

④ 瞿秋白：《饿乡纪程·五》，《瞿秋白文集》（文学编）第 1 卷，第 30 页。

⑤ 同上。

会的"唯实的人生观及宇宙观"① 思想，决定"以整顿思想方法入手，真诚的去'人我见'以至于'法我见'"。觉得自己"成就了世间的'唯物主义'"的瞿秋白，"决然想探一探险，求实际的结论，在某一范围内的真实智识"②。瞿秋白亲赴"饿乡"的考察，刚好满足他探寻和解释社会现实真相的渴求。《饿乡纪程》、《赤都心史》中，他常喜欢用"实际情况"、"实际"、"事实"、"现实生活"、"现实的世界"等词（且常常加上着重号），这不仅表现出他对社会现实真相的强调，也传达出他内心对把握现实的能力有限的焦虑。③但不管怎样，瞿秋白已经从文艺新社会描述的起点，进到追求现实解释力量。这一点，同样反映在他文艺思想的进程上。

瞿秋白自从学习俄语开始，就面临着对俄国文学作品译介对象的选择问题。当其一旦存有新社会的思想预设的时候，社会视野就迅即成为他对现代文艺品格追求的第一要素。因此，瞿秋白这一阶段的翻译多立足于社会变革的文艺作品。随着"五四"落潮和"饿乡"之旅的展开，瞿秋白对社会现象有越来越多的亲身观察和体会，也有越来越明确的唯物主义人生观、世界观旨趣。瞿秋白对社会现象发生疑问，对繁复现象有了深度认识，对现象真相、对想象的"现实（实际）"的方面有更强烈的追问意识。在身离赤塔准备入俄罗斯时，瞿秋白很明确自己"实行责任之期已近"，认为要研究俄罗斯文化就必须"于理论之研究，事实之探访外，当切实领略社会心理反映的空气，感受社会组织显现的现

---

① 瞿秋白:《饿乡纪程·五》,《瞿秋白文集》（文学编）第 1 卷，第 30 页。

② 同上书，第 30—31 页。

③ 瞿秋白:《饿乡纪程·一二》,《瞿秋白文集》（文学编）第 1 卷，第 83—84 页；《饿乡纪程·跋》,《瞿秋白文集》（文学编）第 1 卷，第 108 页；《赤都心史·三五·中国之"多余的人"》,《瞿秋白文集》（文学编）第 1 卷，第 219—220 页；《赤都心史·四八·新的现实》,《瞿秋白文集》（文学编）第 1 卷，第 248 页；《赤都心史·四九·生活》,《瞿秋白文集》（文学编）第 251—252 页。

实生活"①。瞿秋白明白"现实生活"乃是"社会组织显现",事实之外还有"社会心理反映的空气"。瞿秋白不再满足于获得"社会"——这个充满各种现象的"视野",而是要求追问此有机组织中"事实"之"外在的社会心理"和"内在的社会组织"。这种思路,导致其旅俄期间对自己的精神世界现实尤为关注。瞿秋白的自剖力度之深、态度之真诚,在现代文学史上罕见。旅俄途中,他甚至不断以佛教语表述,强调要"回向"实际生活:

> 由主观立论,一切真理——从物质的经济生活到心灵的精神生活——都密切依傍于"实际",由客观立论,更确定我的"世间的唯物主义"。劳工神圣,理想的天国,不在于智识阶级的笔下,而在于劳工阶级实际生活上的精进。心灵的安慰,物质与精神的调和,——宇宙动率的相映相激——全赖于人类的"实际内力"。"实际内力"能应付经济生活的"要求"及"必需",方真是个人,民族,人类进化的动机。
> 我"回向"实际生活。②

瞿秋白还试图把自己对现实的理解,及时、吃力地表述成有机认识系统。这也就是高利克所说的、以佛教语言来诠释马克思主义思想。③ 其《俄国文学史》还特别注意对俄国文学史的系统把握。④

---

① 瞿秋白:《饿乡纪程·一二》,《瞿秋白文集》(文学编)第1卷,第85页。
② 瞿秋白:《饿乡纪程·八》,《瞿秋白文集》(文学编)第1卷,第52页。
③ 参见玛利安·高利克《中国现代文学批评发生史(1917—1930)》第九章《瞿秋白:俄国样板与文艺中"现实"的概念》。
④ 瞿秋白写作此书前"几个月内,请了私人教授,研究俄文、俄国史、俄国文学史"。(瞿秋白:《多余的话》,《瞿秋白文集》(政治理论编)第7卷·附录,第696页。)可见,瞿秋白对文学史的系统理解和思维方式习得,是以当时俄国国内俄国文学史和俄国史编纂为榜样。也就是说,瞿秋白文艺思想中的系统建构思维也是俄国思想体验资源的一部分。

注重现象的系统理解、强调现实的解释力度,是俄罗斯两年间瞿秋白实践"现实"的认识思路。他不仅游览各种展览馆、参加各种集会演讲,与时政要人、艺术名人访谈,阅读大量教科书和专著,还同步地不断解剖与鞭策自己。在追求"现实"解释力量的过程中,瞿秋白不仅真切感受到"饿乡"的"现实",也理性地把握到心路历程的"现实"。正是蕴藏其间的现实主义的"叙事"① 力量,使散文集②《饿乡纪程》和《赤都心史》凭着真诚的心灵力量征服不少青年学子、影响深远,例如,王统照就曾经称赞瞿秋白的"哲学思想的引动,文学明光的导指,实际生活的搜求与研究,在这本书中所有的,如是如是"③。

《新青年》季刊第一期,瞿秋白首次郑重提出"辩证法的唯物论"概念。同期《新青年》还刊载普列汉诺夫的《辩证法与逻辑》。这标志着瞿秋白现实观的马列主义转变。在《〈新青年〉之新宣言》中,瞿秋白更是明确宣告:

> 《新青年》自诞生以来,先向宗法社会、军阀制度作

---

① 卢卡契对叙事和描写有意识形态层面的分析,认为现实主义必须是叙事性的,因为现实主义的任务是揭示社会关系,即揭示社会各阶层中人与人之间存在怎样的关系;而现代主义艺术更喜欢把叙事变成描写。"描写不但根本提供不出事物的真正的诗意,而且把人变成了状态,变成了静物画的组成部分"(第68页)。现实主义作家应该表现马克思指出的"无产阶级对于这种异化的非人性所感到愤怒的重要意义","如把这种愤怒在文艺上加以表现,描写方式的静物画就会被一扫而光,自然而然地有必要讲求故事情节、采用叙述方法了"(第75页)。参见卢卡契的《现实主义文学论》(柏林建设出版社1955年版)中《叙事与描写——为讨论自然主义和形式主义而作(1936)》(刘半九译)。本文转引自(匈牙利)卢卡契(G. Lukacs)《卢卡契文学论文集》(1),中国社会科学院外国文学研究所外国文学研究资料丛刊编辑委员会编,中国社会科学出版社1980年版,第38—86页。

② 关于《饿乡纪程》和《赤都心史》的文体问题,尽管有"游记说"、"文艺通讯说"和"报告文学说",但都认为属于散文。参见王文强《〈饿乡纪程〉〈赤都心史〉文体论》,《瞿秋白研究》第4辑,第158页。

③ 王统照:《新俄国游记》,《瞿秋白研究》第1辑,第31页。

战，革命性的表示非常明显。继因社会现实生活的教训，于
"革命"的观念，得有更切实的了解，——知道非劳动阶级
不能革命，所以《新青年》早已成无产阶级的思想机关，
不但对于宗法社会的思想进行剧激的争斗，并且对于资产阶
级的思想同时攻击。本来要解放中国社会，必须力除种种障
碍：那宗法社会的专制主义，笼统的头脑，反对科学，迷
信，固然是革命的障碍；而资产阶级的市侩主义，琐屑的对
付，谬解科学，"浪漫"，亦是革命的大障碍。①

　　写作旨趣与效果的互动、对理论解释现实的力量追求，使现
实情怀追求在瞿秋白文艺思想里深深扎根。因此，一旦瞿秋白成
为革命政治的实践力行者和领导者，其现实主义文艺思想便完全
转变成为革命的功利现实主义，甚至为了革命而否定现实主义思
想本来并不一定要排斥的、创作方法上的"浪漫谛克"。由于瞿秋
白认为"'浪漫'，亦是革命的大障碍"，于是一味地追求捏合②
"拉普"文艺政策表述的"唯物辩证法的现实主义的路线"③。
　　瞿秋白站在革命策略立场上，选择和阐释现实主义。瞿秋白
说："无产阶级所需要的，是切实的唯物论辩证法的认识现
实——认识具体的阶级关系和历史条件，这是决定他们革命策略
的基础，这是改造现实底真正的出发点。所以在文艺上，他们不
会需要浪漫主义。"④　在瞿秋白看来，要不要文艺上的现实主义

---

　　①　瞿秋白：《〈新青年〉之新宣言》，《瞿秋白文集》（政治理论编）第2卷，
第8页。
　　②　谭一青：《怎样看待瞿秋白与"拉普"文艺思潮的关系》，《理论月刊》1988
年第1期。
　　③　瞿秋白：《革命的浪漫谛克——评华汉的三部曲》，《瞿秋白文集》（文学编）
第1卷，第460页。
　　④　瞿秋白：《马克思主义文艺论底断篇后记》，《瞿秋白文集》（文学编）第3
卷，第130页。

取决于"革命策略的基础"，而不是文艺发展本身。于是，革命功利目的成为第一性考量，现实主义蜕变为革命功利主义。造成的结果就是，文艺现实情怀中的批判锋芒被大大削弱，革命理想主义激情相应越发地高涨起来。因此，瞿秋白现实主义文艺思想的弊病，成为日后中国文艺发展久治难愈的内伤。① 革命的功利追求和校正，在瞿秋白现实主义文艺思想中，渐渐成为他衡量、评判文艺对现实关注深度的基本标准。

诚然，任何革命功利都有政党立场。而文艺对现实的关注深度，则涉及艺术审美效果。在不知不觉的逻辑置换下，瞿秋白用革命阶级的立场分野，遮蔽艺术现实的审美判断，从而开创中国以政治思维修改现实主义文艺思想的现代革命文学传统。绕了一圈之后，比起华汉的《地泉》三部曲所犯的、受严厉批评的"自欺欺人"的"革命的浪漫谛克"来说，瞿秋白自己最终也不免堕入稍微好一些的"庸俗的现实主义"②。

瞿秋白希望走向列宁所说的"最清醒的现实主义"③，且试图闯出有自己特色的"唯物辩证法的现实主义的路线"④，从而

---

① 安敏成先生认为革命时代中国小说的"现实主义的限制"导致了现实主义"批判的湮没与模式的消解"。（［美］安敏成（Marson Anderson）：《现实主义的限制——革命时代的中国小说》，第206页。）

② 瞿秋白：《革命的浪漫谛克——评华汉的三部曲》，《瞿秋白文集》（文学编）第1卷，第456、457、460页。

③ "最清醒的现实主义"表述出自瞿秋白《〈鲁迅杂感选集〉序言》对鲁迅现实主义文艺思想的概括。其实，"最清醒的现实主义"始出自列宁的《列甫·托尔斯泰象一面俄国革命的镜子》。（列宁：《列甫·托尔斯泰象一面俄国革命的镜子》，瞿秋白译，见文学编第4卷，第231页。）重要的是，瞿秋白所引表述在列宁原文中是以"一方面"和"别方面"二者对比方式出现的，"最清醒的现实主义"是相对于"最混蛋"的"宗教"宣传而言。因此，这种表述本身并没有界定的思想理论内涵，更多是一种描述性的情感说法。正如"社会主义的现实主义"表述一样，"最清醒的现实主义"并不是哪一种现实主义，而只是对现实主义理论探索的目标描述。

④ 瞿秋白：《革命的浪漫谛克——评华汉的三部曲》，《瞿秋白文集》（文学编）第1卷，第460页。

建构"健全的现实主义"①。然而，革命功利的立场预设，却成为瞿秋白现实主义文艺思想走向批判辩证、深度的现实的厚障壁。革命功利与对苏俄文艺政策不同程度的认同，② 成为瞿秋白走向现实主义文艺思想的桥与墙。瞿秋白现实主义文艺思想，在中国现实主义文艺思想发展历程中，仅仅生成为一座与生活隔岸相望的、思想与审美的断桥。

三　大众的阶级立场——瞿秋白现实主义文艺思想的旨趣

毛泽东曾概括道："自从有阶级的社会存在以来，世界上的知识只有两门，一门叫做生产斗争知识，一门叫做阶级斗争知识。自然科学、社会科学，就是这两门知识的结晶，哲学是关于自然知识和社会知识的概括和总结。"③ 尽管这种概括因阶级立场划分的凸显而显得过于粗糙，但毕竟深刻指出了革命语境里知

---

① 瞿秋白：《致郭沫若》，《瞿秋白文集》（文学编）第 2 卷，第 418 页。

② 对苏俄文艺政策的认同因素对瞿秋白文艺思想也有不同程度的影响，例如根据苏俄"拉普"派的"唯物辩证法的创作方法"的理论，把他认为的"无产阶级的现实主义"表述为"辩证法唯物论的文学创作方法"和"揭穿假面具"就是一个典型例子。（瞿秋白：《马克思、恩格斯和文学上的现实主义》，《瞿秋白文集》（文学编）第 4 卷，第 18—19 页。）在这个问题上，唐弢先生主编的《中国现代文学史》认为瞿秋白在文艺批评上提出的"却是"源自苏俄"拉普"派的"唯物辩证法的创作方法"。（唐弢主编：《中国现代文学史》（二），第 63 页。）对此论点，周葱秀先生认为瞿秋白是"来不及提出一个新名称"，（周葱秀：《试论〈"现实"——马克思主义文艺论文集〉》，《瞿秋白研究》第 6 辑，第 121 页。）于是在"字面上还沿用"此旧提法，"实质"上却是"完全推翻了'拉普'派所提出的'唯物辩证法的创作方法'"。（周葱秀：《中国现代文学史上的瞿秋白》，《瞿秋白研究》第 10 辑，第 251 页。）黄修己先生则认为是瞿秋白的"误用"。（黄修己：《中国现代文学发展史》，第 252 页。）综上所述，我认为更多地应该属于瞿秋白出于革命功利和情势紧迫之下的一种表述挪用，在思想实质上未必等同于苏俄国内的文艺政策。另外，艾晓明先生有专节《瞿秋白对"拉普"理论的借鉴和改造》讨论瞿秋白文艺思想与"拉普"派理论的异同。（艾晓明：《中国左翼文学思潮探源》，湖南文艺出版社 1991 年版，第 286—317 页。）

③ 《毛泽东选集》第 3 卷，第 815—816 页。

识观念本身的阶级属性。

瞿秋白对阶级的理解是从感受性体验出发的。而知识追求的阶级立场——大众阶级立场，是他对革命文艺探索的前提，也是其现实主义文艺思想的理论旨趣皈依。苏俄革命后的新文艺第一要素，就是它必须是多数人的艺术。[①] 瞿秋白在政治革命、社会革命和阶级革命语境下，大力提倡文艺大众化，正是取其对"阶级"与"大众"在社会"大多数"意义上的等同。从文艺论说的表述频率来看，"大众"甚至比"阶级"更常为瞿秋白所采用，尽管二者意义常常被混同。

刚到哈尔滨时，听到高呼"万岁"、"哄然起立"后合唱的"声调雄壮"[②] 的《国际歌》，瞿秋白就感受到"赤俄"新文艺的热力——以群体数量为基础带来的雄壮美。此时，瞿秋白对俄国共产党革命理论尚无认识。他在赤塔阅读了一些苏俄宣传性质的书籍杂志后，"才稍稍知道俄共产党的理论"[③]。在赤塔戏院看戏时，比较了革命宣传文艺的粗糙后，瞿秋白情不自禁地发出对资产阶级"文明"的感慨，[④] 流露出其浓厚的古典文艺趣味。

同时，瞿秋白也学着从"阶级"立场来判断文艺问题。苏俄两年考察，瞿秋白在承认苏俄革命前的俄罗斯艺术成就的同时，渐渐偏向肯定苏俄革命后的新文艺并寄予厚望。阶级意识慢慢地规约着瞿秋白的文艺思想的立足点和出发点，但他仍不至于完全以阶级涵盖对文艺成就的判断。瞿秋白此时的文艺趣味，甚至常因转向内心情绪的真实体验而感到矛盾，不时返回古典文艺寻找古典趣味寄托，如翻译莱蒙托夫的《"烦闷……"》、《安琪儿》等。

---

① "布尔什维克"与"孟什维克"俄文本义和政治名词取向，也是在于其"多数派"和"少数派"。

② 瞿秋白:《饿乡纪程·九》,《瞿秋白文集》(文学编) 第 1 卷, 第 61 页。

③ 瞿秋白:《饿乡纪程·一一》,《瞿秋白文集》(文学编) 第 1 卷, 第 82 页。

④ 瞿秋白:《饿乡纪程·一〇》,《瞿秋白文集》(文学编) 第 1 卷, 第 72 页。

瞿秋白撰写完病愈后的第一篇通讯《赤俄之第四年》，就开始不断地报道苏俄共产党的社会政治状况，承担起全方位、系统宣传苏俄共产党的思想政策方针任务。瞿秋白与王一知共同翻译郭范仑夸的《俄国无产阶级社会观》。[①] 此外，他还完成《俄罗斯革命论》。有了新社会观、新人生观的武装，瞿秋白文艺思想自然产生新的飞跃——写下《赤都心史》的集大成总结篇目：《生活》与《新的现实》。《新的现实》是瞿秋白第一次感受苏俄的思想总结，更是其文艺思想变化的阶段性报告。瞿秋白认为，文化代表着阶级利益，有着阶级的社会意识为基础：

> 唯实的，历史的唯物论有现实的宇宙。无产阶级为自己利益，亦即为人类文化担负历史的使命。凡在现实世界中，为现实所要求以达这"新"使命的，则社会意识的表示者都不推辞：代表此一阶级利益，保持发展人类文化。资产阶级文化已经破产。[②]

回国后，瞿秋白随即开始思考文艺在革命事业蓝图的全新定位。瞿秋白为《灰色马》作序，开篇就对"艺术的真实"、"社会情绪"、"社会思想"发一通见解：

> 那伟大的"俄罗斯精神"，那诚挚的"俄罗斯心灵"，结晶演绎而成俄国的文学……这是俄国社会生活之急遽的瀑流里所激发飞溅出来的浪花，所映射反照出来的异彩。文学是民族精神及

---

① 此书原名《政治常识》，但瞿秋白"因欲注意于胜利的无产阶级之新人生观"，（瞿秋白：《俄国无产阶级社会观·译者序》，见郑惠、瞿勃编《瞿秋白译文集》（下），译林出版社 1999 年版，第 86 页。）而改译为《俄国无产阶级社会观》。

② 瞿秋白：《赤都心史·四八·新的现实》，《瞿秋白文集》（文学编）第 1 卷，第 248 页。

其社会生活之映影;而那所谓"艺术的真实"正是俄国文学的特长,正足以尽此文学所当负的重任。文学家的心灵,若是真能融洽于社会生活或其所处环境,若是真能陶铸锻炼此生活里的"美"而真实的诚意的无所偏袒的尽量描画出来,——他必能代表"时代精神",客观的就已经尽他警省促进社会的责任,因为他既能如此忠实,必定已经沉浸于当代的"社会情绪",至少亦有一部分。社会情绪随那社会动象的变迁而流转,自然各成流派,自为阶段。每一派自成系统的"社会思想"(ideology),必有一种普通的民众情绪为之先导,从此渐渐集中而成系统的理论,然此种情绪之发扬激厉,本发于社会生活及经济动象的变化,所以能做社会思想的基础而推进实际运动;因此,社会生活顺此永永不息的瀑流而转变,则向日有系统的"社会思想",到一定时期,必且渐因不能适应而就渐灭,所剩的又不过是那普通的情绪而已。社会情绪的表现是文学,其流派的分化,亦就隐约与当代文学的派别相应;社会思想的形式是所谓"学说",——狭义的社会理想;因此种理想往往渗入主观,故"致其末流"虽或仍不失其为一派社会情绪的动因,然而只能代表那"过去"的悲哀了。俄国文学史向来不能与革命思想史分开,正因为他不论是颓废是进取,无不与实际社会生活相的某部分相响应。俄国文学的伟大,俄国文学的"艺术的真实",亦正在此。[①]

瞿秋白一边高度赞美《灰色马》"艺术的真实",一边在写于次日的《劳农俄国的新作家》[②] 里宣布"俄国劳农时代的作

---

① 瞿秋白:《〈灰色马〉与俄国社会运动》(《郑译〈灰色马〉序》),《瞿秋白文集》(文学编)第1卷,第255—256页。

② 瞿秋白:《劳农俄国的新作家》,《小说月报》第14卷第9期。此文后作为郑振铎的《俄国文学史略》第14章,1924年3月由商务印书馆出版。收入《瞿秋白文集》时题改为《劳农俄国的新文学家》。

家，足以继那光荣的俄国文学，辟这光荣的俄国时代，——将创造非俄国的，而是世界的新'伟大'"①，高度赞扬马雅可夫斯基等苏俄的新作家。前后两天内写成的这两篇文章，可谓是瞿秋白"文学审美观念发生变化的一个延续"②，也是《新的现实》表现出来的、瞿秋白文艺思想转变的见证。在《赤俄新文艺时代的第一燕》中，他进一步认为，"真正的文化只是无产阶级的文化"③，提出革命文学阶级性问题。在《荒漠里》一文中，他甚至首次对中国文学进行全面审视，要备盛筵替"外古典主义"和"伪古典主义"送行，开始倡导以"劳作之声"为内容的大众化文学。④ 在《最近俄国的文学问题》中，瞿秋白进一步讨论俄国文学为人生派、为艺术派和未来主义"近代派"的争论，提出文学人生观、阶级性、集体主义思想等问题。⑤

　　瞿秋白选择以大众阶级立场来判断文艺，其实就是选择思想言说的立场。这种立场选择的支撑力量，除了共产党意识形态规约外，也源于其以大众阶级立论、代大众立言、为生民请命的思维逻辑。⑥ 瞿秋白把更多的精力放在倡导文艺大众化、汉字拉丁化，同样出于阶级文化论的思维逻辑。熟悉俄文和苏俄文化的瞿秋白，选择意为"大多数"的"大众"来表述共产党意识形态的阶级论，相当恰切而自然。一种表述、一种立场与一种革命政党

---

　　① 瞿秋白：《劳农俄国的新文学家》，《瞿秋白文集》（文学编）第1卷，第273页。

　　② 陈春生：《关于瞿秋白与俄苏文学关系的几点思考》，《东方丛刊》2003年第2期。

　　③ 瞿秋白：《赤俄新文艺时代的第一燕》，《瞿秋白文集》（文学编）第2卷，第250页。

　　④ 瞿秋白：《荒漠里》，《瞿秋白文集》（文学编）第1卷，第313—314页。

　　⑤ 瞿秋白：《最近俄国的文学问题——艺术与人生》（亦题为《艺术与人生》），《瞿秋白文集》（文学编）第1卷，第305—310页。

　　⑥ 康模生：《大众文艺理论联系实际的表率》，《中国艺术报》2006年10月27日。

的力量，天然地紧密地结合，自此成为不言自明的革命思想逻辑。

瞿秋白的现实主义文艺思想的大众阶级立场，天然地使他倾向对通俗文艺和大众文艺的提倡。① 对多数人的倚重，自然制约他对常态社会中精英文艺的压抑。文艺趣味的选择服从于革命力量的统战，这不仅背离瞿秋白本人古典唯美的旨趣，更难以在学理上说服五四新文化运动以来的同时代精英。然而，在阶级革命设想中，群体力量的动员是现在时的现实前提，而群体性的文艺理想则仅仅是将来时的结果。作为革命美好未来的想象对现实革命力量动员的参与，大众阶级立场坚守更多地成为了革命功利对瞿秋白现实主义文艺思想的规约。这既是革命理论本身的自足，也是革命现实的条件制约。毕竟在中国现代革命语境里，大多数人文化水平相当之低，尤其是苏区。② 大众阶级立场下的文艺政策——文艺大众化，既是出于无奈的现实战争动员策略，也是带有乌托邦想象性质的革命文艺图景想象。因此，瞿秋白才一再把文艺大众化的最根本的要求，简化为语言工具层面上的问题，突出强调"文艺的语言文字示范功能"③，认为"许多奋发热烈的群众"正在"等着普通的文字工具和情感的导师"④。而"文艺作品对于群众的作用，不单是艺术上的'感动的力量'，而且更广泛的是给群众一种学习文字的模范"⑤。

文艺遭遇革命现实的大众阶级立场要求，一再简化为语言，再而简化为工具。由此可见，文艺大众化，既是瞿秋白革命思想

---

① 汪大钧:《论瞿秋白的大众文艺观》，《瞿秋白研究》第 6 辑，第 95—108 页。

② 中央苏区普遍文化水平低与瞿秋白倡导文艺大众化之间的关联，参见〔美〕保罗·皮科威兹《书生政治家——瞿秋白曲折的一生》，第 226—227、229—243 页。

③ 樊德三:《瞿秋白的文艺功能观》，《瞿秋白研究论丛》2002 年第 2 期。

④ 瞿秋白:《再论大众文艺答止敬》，《瞿秋白文集》（文学编）第 3 卷，第 50 页。

⑤ 瞿秋白:《荒漠里》，《瞿秋白文集》（文学编）第 1 卷，第 314 页。

的彻底性展现，更是其现实主义文艺思想大众阶级立场的深刻表达。

四 名实之辩：瞿秋白现实主义文艺思想探索

瞿秋白的现实主义文艺思想，不仅存在新社会的思想视野预设、文艺现实情怀的执著、大众阶级立场的强调这三方面的基本诉求，而且存在对现实主义理论的名与实的思想内涵界定过程。这也是瞿秋白文艺思想在"左联"时期成熟的标志。其实，"现实主义"的名称选择和表述确立，① 就清晰地表明瞿秋白对现实主义文艺思想本身的理解。

20 世纪 30 年代，国内对"普洛列塔利亚的写实主义"的理论概括已相当成熟。相比"旧写实主义（资产阶级和小资产阶级写实主义）"，顾凤城曾把普洛列塔利亚的理论核心概括为三个要素："应当从事实中出发"、"作者须把握唯物辩证法，站在无产阶级的立场上去描写事实"、"把那心理的由来向社会中探求，决定那心理的社会的等价。要之，把人们和那一切的复杂性一起全体的把握着这事"②。

其实从一开始，瞿秋白就已经很清楚地知道——"现实主义（Realism），中国向来一般的译作'写实主义'"③，而且对"现实主义"的"普洛列塔利亚的写实主义"实质有着时代共识。为什么呢？因为当要将高尔基作为"新时代的最伟大的现

---

① 杨慧：《"现实"的诞生——再论瞿秋白对马克思主义文学理论的译介》，《中国现代文学研究丛刊》2008 年第 3 期。

② 顾凤城：《新兴文学概论》，光华书局 1930 年印行，第 141、146、158、160 页。顾凤城此书已颇成体系，对普洛列塔利亚文学进行相当详尽和初具体系的理论建构。由此可见，瞿秋白马列主义文艺理论的建构努力并非空谷足音，而是承前启后、接续前人之劳动。

③ 瞿秋白撰述《马克思、恩格斯和文学上的现实主义》的原注①。瞿秋白：《瞿秋白文集》（文学编）第 4 卷，第 19 页。

实主义的艺术家"论述时，出于敏锐应答时代思想召唤的需要，瞿秋白就已意识到，必须对"写实主义"和"现实主义"进行差异辨析，从而标举现实主义文艺思想的新名词与旧成见。瞿秋白下意识地把自己当作高尔基现实主义文艺思想的中国知己和代言人，严肃地指出:

> 高尔基……对于现实主义的了解是这样的！他——饶恕我把他来和中国的庸俗的新闻记者比较罢——决不会把现实主义解释成为"纯粹的"客观主义，他不懂得中国文，他不会从现实主义"realism"的中国译名上望文生义的了解到这是描写现实的"写实主义"。写实——这仿佛只要把现实的事情写下来，或者"纯粹客观地"分析事实的原因结果，——就够了。这其实至多也不过是自欺欺人的"客观主义"，或者还是明知故犯的假装的客观主义。天下的事实多得很。你究竟为什么只描写这一些事实，而不描写那一些事实？天下的现实，每天在变动着。你究竟赞助着或是反对着现实变动的那一个方向？你能够中立吗？你的"中立"客观上帮助了谁？这些问题是文学家必须回答的；每一个文学家也的确在回答着，不过有些利于自己掩饰一下，有意的或是无意的。[①]

指出现实主义应当有的不纯粹和客观事实选择背后的倾向性后，瞿秋白实质上阐明他对现实主义的真实性和倾向性两结合的要求——现实主义文艺思想必需的阶级立场要求，即"究竟赞助着或是反对着现实变动的那一个方向？"在这段辨析后，瞿秋

---

① 瞿秋白:《高尔基论文选集·写在前面》，《瞿秋白文集》（文学编）第5卷，第324—325页。

白迅速肯定高尔基的两个"真实"论:

> 真实有"两个":一个是临死的,腐烂的,发臭的;另
> 外一个是新生的,健全的,在旧的"真实"之中生长出来,
> 而否定旧的"真实"的。①

在新与旧、生与死之间,瞿秋白采取自新文化运动以来文学
革命、文化革命者通常的进化论思路,宣布现实主义代替写实主
义的天然合理性,实质上明确现实主义所应当选择和书写的究竟
是哪一种"真实"。这种真实选择的原则,就是瞿秋白所认可
的、马克思和恩格斯所应当说的、"客观的现实主义的文学"的
"文学上的现实主义",要求"有政治的立场的"、"表现革命倾
向的",但又不是仅仅只有"表面的空洞的倾向性"和"曲解事
实而强奸逻辑的私心"②。《马克思文艺论底断篇后记》中,瞿秋
白再次直截了当地强调所谓"真正的现实主义"内涵:

> 真正的现实主义——不做资产阶级"科学"底俘虏的
> 现实主义,应当反映到这现实世界之中的伟大的英勇的斗
> 争,为着光明理想而牺牲的精神,革命战斗的热情,超越庸
> 俗的尖锐的思想,以及这现实的丑恶所激发的要求改革,要
> 求光明的"幻想",远大的目的。③

---

① 瞿秋白:《高尔基论文选集·写在前面》,《瞿秋白文集》(文学编)第5卷,
第325页。

② 瞿秋白:《马克思、恩格斯和文学上的现实主义》,《瞿秋白文集》(文学
编)第4卷,第3—4页。

③ 瞿秋白:《马克思文艺论底断篇后记》,《瞿秋白文集》(文学编)第3卷,
第130页。

可见，瞿秋白对"现实主义"文艺思想的根本规约，就是符合革命现实需要的阶级立场，满足实际政治斗争效果的功利要求。也就是强调有一定"逻辑"的"倾向性"要压倒"表面"、"空洞"的"事实"。正因为如此，瞿秋白对现实主义文艺思想的界定，与他对浪漫主义的始终排斥是同步进行的。因为"浪漫"在瞿秋白文艺思想里，早已是"革命的大障碍"[①]。郄智毅认为瞿秋白的"浪漫主义"或"罗曼谛克"，已经"不是一种文艺学意义上的与现实主义并列的创作方法，而是指一种不从客观实际出发，对现实的空想和对革命的狂热，是一种没有现实根基的虚浮的表面的、与真实脱节甚或背离的倾向性"。因此，他认为瞿秋白的批判和攻击都是"误用概念"[②]。显然，郄智毅无疑犯了纯粹理论推理的弊病。

作为与"现实主义"对举的概念，瞿秋白的"浪漫主义"批判，和"罗曼谛克"批判并不是一回事。而且，这里还存在行文语境的差异考量。瞿秋白不是"误用概念"，而是概念辨析的顾此失彼，对"浪漫主义"的名实辨析着力不够。这也并非错误，而是革命现实策略的"逻辑"和"倾向性"的需要，[③]

---

①　瞿秋白:《〈新青年〉之新宣言》,《瞿秋白文集》（政治理论编）第2卷，第8页。

②　郄智毅:《论瞿秋白的现实主义文学观》,《瞿秋白研究》第13辑，第84页。

③　瞿秋白文艺论述的政治策略性现实表现中，最典型的是他对文艺与宣传的看法——"新兴阶级固然运用文艺，来做煽动的一种工具，可是，并不是个个煽动家都是文学家——作者。文艺——广泛的说起来——都是煽动和宣传，有意的无意的都是宣传。文艺也永远是，到处是政治的'留声机'。问题是在于做那一个阶级的'留声机'。并且做得巧妙不巧妙。总之，文艺只是煽动之中的一种，而并不是一切煽动都是文艺。每一个阶级都在利用文艺做宣传，不过有些阶级不肯公开的承认，而要假托什么'文化'、'文明'、'国家'、'民族'、'自由'、'风雅'等等的名义，而新兴阶级用不着这些假面具"。（瞿秋白:《文艺的自由与文学家的不自由》,《瞿秋白文集》（文学编）第3卷，第67页。）显然，在同一段话里瞿秋白表述的意思前后矛盾，前后支绌。瞿秋白的矛盾一方面源于他挪用列宁1905年发表在《新生活报》上的《党的组织与党的出版物》中的表述（其实，列宁已经事先声明"任何比

因为他反对的，只是浪漫主义里的"不革命因素"[①]。

第二节　思路变迁逻辑：从政治革命到文化革命

瞿秋白引进和接受现实主义，与胡适、茅盾等引进和接受写实主义一样，有两个时代语境共同点：一方面，他们都"深受政治信仰支配文学的传统心态等因素的影响"；另一方面，他们对文学现实主义或写实主义都"不是仅仅作为'学理式'的文学创作方法和新流派，而是作为他们政治信仰价值的载体"[②]。因此，瞿秋白现实主义文艺思想也带上新文学运动以来基本的思

喻都是有缺陷的"）："党的出版物的这个原则是什么呢？这不只是说，对于社会主义无产阶级，写作事业不能是个人或集团的赚钱工具，而且根本不能是与无产阶级总的事业无关的个人事业。无党性的写作者滚开！超人的写作者滚开！写作事业应当成为整个无产阶级事业的一部分，成为由整个工人阶级的整个觉悟的先锋队所开动的一部巨大的社会民主主义机器的'齿轮和螺丝钉'。写作事业应当成为社会民主党有组织的、有计划的、统一的党的工作的一个组成部分。"（《列宁全集》第 12 卷，第 93—94 页。）此文在中国从 20 世纪 30 年代起先后有过多种译文，但所有中译文都译作《党的组织和党的文学》。"党的文学"这一提法，容易使人误认为文学这一社会文化现象是党的附属物。1982 年，中共中央马恩列斯著作编译局把《党的组织和党的文学》"郑重校订改译"为《党的组织和党的出版物》，（《列宁的〈党的组织和党的文学〉译文有误，已经郑重校订改译为〈党的组织与党的出版物〉》，《文艺理论研究》1985 年第 1 期。）可见兹事体大。"新的中文译本"的发表，当时就被认为是"我国文艺理论领域中的一件大事，也是近年来我国马克思主义文学理论研究工作中的一项可喜的科学成果，影响所及，意义将是深远的"。（王春元：《可喜的科学成果——读〈党的组织和党的出版物〉的新译文》，《文学知识》1983 年第 1 期。）另一方面，正如黄修己先生所认为的——"瞿秋白的文艺思想也始终存在着矛盾，由于'左联'主要犯的是'左'的错误，因此瞿秋白的批评文章也始终贯穿着反'左'的倾向。然而他自己又始终未能从'左'的氛围中挣脱出来。他曾经误用了'唯物辩证法的创作方法'理论，以为是医治'主观主义理想化'、'革命浪漫谛克'的良药。他对'五四'文学革命几乎是完全否定的，这又与他未能对民主革命中资产阶级、小资产阶级有个正确的分析，未能彻底抛弃把中间努力视为最危险敌人的看法有关。这些都造成他理论上的某些错误。"（黄修己：《中国现代文学发展史》，第 252—253 页。）

①　Paul Pickowicz：*Qu Qiubai's Critique of the May Fourth Generation*：*Early Chinese Marxist Literature Criticism.* 转引自贾植芳主编《中国现代文学的主潮》，第 199 页。

②　丁言模：《写实主义骑士和现实主义革命者——胡适、瞿秋白文学观之比较》，《瞿秋白研究》第 2 辑，第 127 页。

维模式——"双线文学的新观念"①、"非此即彼"②,对一切非
现实主义思想具有强烈的排他性。况且,瞿秋白现实主义文艺思
想探索,是和他参加革命政治的进程一起展开的,带有独特的个
人命运色彩。

　　在新社会的思想视野里,瞿秋白尽管坚持文艺现实情怀,但
大众阶级立场却牢牢局限他对文艺审美的全面把握和批判理解。
作为"政治型的文学批评家"③ 的瞿秋白,其现实主义文艺思想
最大限度地发挥与革命功利的结合,成为为革命而现实的现实主
义。现实主义思想本身的现实批判功能,"它的作用似乎由激进
转为顺应"④。在该思路逻辑的限定下,瞿秋白的文艺思考一开
始就是政治的,这也正是他政治思想的文艺向度。⑤ 因此,当瞿
秋白从政治权力中心退出后,他便自然转向政治事业蓝图在文艺
方面的规划设计与现实努力。正如罗兰·巴尔特在《写作的零
度》中所言:

　　　　当政治的和社会的现象伸展入文学意识领域后,就产生
　　了一种介于战斗者和作家之间的新型作者,他从前者取得了
　　道义承担者的理想形象,又从后者取得了这样的认识,即写
　　出作品就是一种行动。⑥

---

　　① 胡适口述:《胡适口述自传》,唐德刚译注,广西师范大学出版社 2005 年
版,第 252 页。
　　② 丁言模:《写实主义骑士和现实主义革命者——胡适、瞿秋白文学观之比
较》,《瞿秋白研究》第 2 辑,第 137 页。
　　③ 唐世贵:《瞿秋白现实主义文学观》,《瞿秋白研究》第 6 辑,第 88 页。
　　④ 〔美〕安敏成(Marson Anderson):《现实主义的限制——革命时代的中国小
说》,第 78 页。
　　⑤ 鲁云涛:《瞿秋白的文学观》,《瞿秋白研究》第 11 辑,第 196—208 页。
　　⑥ 〔法〕罗兰·巴尔特:《符号学原理·结构主义文学理论文选》,李幼蒸译,
生活·读书·新知三联书店 1988 年版,第 76 页。

　　出于以写作参与革命政治的行动方式考虑，瞿秋白开始撰写大量杂文和政治策略性文艺论文（包括拟订语言文字拼音草案等）。① 从对"五四"文学革命的革命性否定开始，瞿秋白希望掀起语言工具上的文腔革命和文字革命，发动"无产阶级的五四"，以语言政治参与现实革命政治。因此，胡明认为"瞿秋白关于中国文化革命的设计路线，大抵经过三个阶段或三个程序：文学革命—文腔革命—文字革命"，并以此作为瞿秋白"文化革命路线图"② 进行诠解。此概括大体不差，但应该补充的是，在大众阶级立场的规约和革命逻辑推演下，瞿秋白还有从文学革命到文化革命的总体设计，文腔革命和文字革命只不过是中间程序。所以，严格说来，"政治革命—文学革命—文腔革命（文学语言革命）—文字革命—文化革命"才是瞿秋白文化的革命路线图，才是他现实主义文艺思想内涵的完整变迁逻辑。③ 因此，瞿秋白现实主义思想的发展轨迹，才最终"以出色的政治工具

---

　　① 蒋明玳先生认为瞿秋白一生"始终没有放弃对文学的热爱；但作为一个政治家，他的政治敏感又必然使他的文学创作带有强烈的政治色彩；而杂文作为一种文艺性的社会论文所具有的边缘文体的特点，恰好满足了上述两方面的要求，因此，杂文创作就成为瞿秋白政治式写作的最主要的方式"。（蒋明玳：《文学家的政治式写作——论瞿秋白的杂文创作》，《瞿秋白研究》第 8 辑，第 359 页。）这种判断有一定道理，但对瞿秋白"杂文"观指代不清。历史地看瞿秋白所说和所用的"杂文"，其实并不是严格现代文体意义上的"杂文"，而是瞿秋白看待高尔基和鲁迅类似创作现象时所通约使用的概念。正是高尔基的"杂文"创作样态，启发了瞿秋白评述鲁迅杂感的思路。（参见瞿秋白《〈鲁迅杂感选集〉序言》。）

　　② 胡明先生的诠解更多停留在串讲层面且语多谐谑，缺乏对革命语境的理解与同情而显得不够温厚。胡明：《从文学革命、文腔革命到文字革命——瞿秋白文化革命路线图诠解》，《中国文化研究》2008 年第 3 期。

　　③ 长期以来，研究者套用固定模式，认为中国现代文学从"文学革命"进到"革命文学"。对此，汪晖先生指出："有关中国文字的讨论最初涉及的是日常语言问题，但在 1915 年夏天，胡适与任鸿隽、杨诠、唐钺及梅光迪等人的辩论将这一问题扩展至中国文学问题上来。换言之，文学革命的问题是'从中国文字转到中国文学'的。"（汪晖：《白话的技术化与中国现代人文话语的创制》，《中共浙江省委党校学报》2005 年第 4 期。）

的身份和苏联文学的特使地位出现"①。

瞿秋白的现实主义文艺思想首先是政治的。正如革命是中国现代史的基础语境一样,政治是瞿秋白现代文艺思想的根本灵魂。瞿秋白从赤俄归国后,其对文艺的新社会之思想视野预设,以共产主义革命及其相关理论为指针。当中国共产主义革命走上暴力革命的道路后,瞿秋白作为领导者对文艺事业的思考,也是站在新中国、新文化之革命理想蓝图规划角度进行的。对一个政治领导人而言,无论他的政治地位如何变迁,政治设计始终笼罩着他对文化的设计。文艺思想也仅仅是他政治理念的局部表征。因此,瞿秋白最初从事俄国文学翻译时,率先着眼的便是"中国的国民性"②。个中的立意卓绝,正基于他的政治革命和社会革命的高度,这与鲁迅的国民性批判不一样。

在《现代文明的问题与社会主义》中瞿秋白认为,社会主义科学的特征就在于"澈底的以因果律应用之于社会现象,——或所谓'精神文明'的",因此"不但封建制度文明之'玄妙不可测度'的神秘性,应当推翻;就是资产阶级文明之'仅仅限于自然现象'的科学性,也不能不扩充。科学文明假使不限于技术而推广到各方面,既能求得各方面之因果,便有创造各方面谐和的艺术、文明之可能。意志应当受智识科学的辅助,而后能锻炼出乐生奋勇的情绪(艺术);那无智识、无因果观念,近于昏睡或狂醉的意志,只能去'老僧入定'或者学李陵的'振臂一呼',——而不能办什么'公产青年教育'或'马克思学校'"③。

---

① 丁言模:《写实主义骑士和现实主义革命者——胡适、瞿秋白文学观之比较》,《瞿秋白研究》第2辑,第131页。

② 瞿秋白:《序沈颖译〈驿站监察吏〉》,《瞿秋白文集》(文学编)第1卷,第247页。

③ 瞿秋白:《现代文明的问题与社会主义》,《瞿秋白文集》(政治理论编)第2卷,第281页。

可见，不论强调文艺"国民性"还是标举社会主义科学"澈底的以因果律应用"，瞿秋白文艺思想中的政治考量都是第一位的。"国民性"对应着社会革命改造的人物，社会现象研究之"澈底的以因果律应用"，则是以阶级斗争为历史动力的革命史叙述准则。即便在就义前夕，瞿秋白写信给郭沫若，评说创造社在五四运动后的变化，其间仍贯穿着瞿秋白以政治考量笼罩文艺思潮走向、"时代的电流是最强烈的力量"①的、政治第一的基本思路逻辑：

> 创造社在五四运动之后，代表着黎明期的浪漫主义运动，虽然对于"健全的"现实主义的生长给了一些阻碍，然而它确实杀开了一条血路，②开辟了新文学的途径。而后来就像触了电流似的分解了，时代的电流使创造社起了化学的定性分析，它因此解体，风化。③

能对创造社和浪漫主义运动等文艺思潮起分析定性作用的，瞿秋白坚持认为是时代的电流，而不是文艺思想的转折本身。这个思路，与瞿秋白"五四"前后"把文化革命与政治革命混同

---

① 瞿秋白：《致郭沫若》，《瞿秋白文集》（文学编）第 2 卷，第 418 页。

② 瞿秋白就义前不久写的这封信，使用了"杀开了一条血路"的表述。而在1917 年《自杀》中，同样有如下表述——"你要在旧宗教，旧制度，旧思想的旧社会里杀出一条血路，在这暮气沉沉的旧世界里放出万丈光焰，你这一念'自杀'，只是一线曙光，还待你渐渐的，好好的去发扬他"。（瞿秋白：《自杀》，《瞿秋白文集》（文学编）第 2 卷，第 3 页。）无独有偶，萧邦奇也用"血路"一词来概括瞿秋白的前辈和同代人沈玄庐（定一）的革命传奇。［［美］萧邦奇（R. Keith Schoppa）：《血路：革命中国中的沈定一（玄庐）传奇》，周武彪译，江苏人民出版社 1999 年版。］沈定一既是瞿秋白第二任妻子杨之华曾经的公公，也是促使杨之华参加革命活动的早期引路人。再者，沈定一和瞿秋白的经历有一定相似，都是文人政治家。在这个基础上，或许可以感触到那一代人在现代中国遭遇的突围困境与个中艰难。

③ 瞿秋白：《致郭沫若》，《瞿秋白文集》（文学编）第 2 卷，第 418 页。

一起的观点"①一样。可见，瞿秋白现实主义文艺思想的基本品格是政治。对从革命语境中走过来的政治领袖人物而言，其所思所想，无不为着现实的政治功业。政治是他们思索现实的起点也是终点。因此也可以说，政治功利是瞿秋白现实主义文艺思想的出发点和结穴点。

尽管政治功利主宰瞿秋白现实主义文艺思想的基本品格，但其落脚点却是文学。一方面，是因为他自己就是个古典与现代交织的双料文人；另一方面，也因为他政治生涯的相当成绩都落实于文艺战线上的驰骋。旅俄期间，瞿秋白考察苏俄革命时，花费相当精力研究苏俄文学和文学史，并将心得体会融会而成《俄国文学史》；归国初始，瞿秋白率先引介赤俄的新文学。主编《新青年》时，发表政论之余同时刊载不少文艺作品。尽管上海大学"成为一所有名的革命青年训练所"②、主干院系是社会学系，但瞿秋白仍鲜明地凸显由文学革命而行"切实社会科学的研究及形成新文艺的系统"的政治策略。

而且除苏俄共产主义革命系统政治理论外，瞿秋白最熟悉的也是文艺和文字工作。即便在从事职业革命时，瞿秋白更多忙于不断撰述革命文件纲领和会议报告，革命军事实践行动的指挥并非其核心和擅长。因此，当转向左翼文艺战线时，瞿秋白的革命政治理论领导才能和文艺深厚素养才得以完美结合，并最终成就他杰出的领导者崇高伟大的形象。乃至在中央苏区期间，瞿秋白的主要精力也不在教育事业的发展（这也是战争情境条件所限），而是着力于苏区戏剧大众化活动的开展。从瞿秋白一生的革命实践看，文艺都是他的擅长和可以发挥政治影响的立足点。

---

① 杜文君、许华剑:《"五四"前后瞿秋白中西文化观之历史考察》，《瞿秋白研究》第2辑，第61页。

② 张国焘:《我的回忆》第1册，东方出版社1998年版，第283页。

文学与政治密切结合，阶级论在文学战线上展开，经过瞿秋白这个书生政治家的缀合，焕发出马列主义文艺理论应有的尖锐战斗锋芒。完美实现文艺与政治的互动，这是其现实主义文艺思想对现代文学批评最核心的贡献，也是他在现代文学思想史上的独特意义。

长期以来，研究者都把政治和文学作为瞿秋白一生活动的两极，这无疑犯下与瞿秋白所在时代"已经通行了"的误会一样的误会——"误会着加入了党就不能专修文学——学文学仿佛就是不革命的观念"①。而实际上，瞿秋白自发表第一篇政论文始，就从来没有离开过政治讨论文学。早在《〈俄罗斯名家短篇小说集〉序》中，瞿秋白就一再声明，自己对文学的"主义"选择的现实主义旨趣。他曾明确说，他是"因为社会使我们不得不创造新文学"，所以要根据中国的国情，着眼于创造使"中国社会里一般人都能感受"的"新文学"：

> 　　不是因为我们要改造社会而创造新文学，而是因为社会使我们不得不创造新文学，那么，我们创造新文学的材料本来不一定取之于俄国文学，然而俄国的国情，很有与中国相似的地方，所以还是应当介绍。不过我们决不愿意空标一个写实主义或象征主义，新理想主义来提倡外国文学，只有中国社会所要求我们的文学才介绍——使中国社会里一般人都能感受、都能懂得的文学才介绍，读者看我们所译的小说自然可以明白。②

---

　　①　瞿秋白：《多余的话》，《瞿秋白文集》（政治理论编）第 7 卷·附录，第 697 页。

　　②　瞿秋白：《〈俄罗斯名家短篇小说集〉序》，《瞿秋白文集》（文学编）第 2 卷，第 249 页。

在一些政治报告①中，关于文学的现实针对性，瞿秋白也往往会同样地顺手论上几句，更遑论瞿秋白那些本身就属于政治策略设计里的文学论述。因此，文学始终是瞿秋白现实主义文艺思想的立足点。

瞿秋白现实主义文艺思想，缘于他改造现实社会的政治热情，立足点则是文学。然而，和胡适等人提倡白话文学一样，瞿秋白现实主义文艺思想的突破口却是语言。站在今天的立场上，人们很容易指出胡适和瞿秋白等一代人混淆文学语言与日常语言的思路错位，也很容易去指责他们把社会达尔文主义扩大化地套用的后果。② 然而，站在时人的历史语境里，在现代知识观念方才兴起的 20 世纪 20 年代，刚刚从古典文人转换为现代文艺知识者的瞿秋白等人，他们要变革社会，唯一可以找到的突破口便是批判中国古典文化。对他们而言，在一定程度上，中国古典文化就等于以文言为基准的唯美古典文艺世界。因此，他们激烈地否定那个古典的世界，从而希望自己能够一身爽朗地迈入以白话为工具的现代知识语境。这一点瞿秋白在写《知识是赃物》时，就已经有相当典型的展现。

站在现代知识语境里的瞿秋白，为着要攻击传统封建等级制度，把打破知识垄断当成思想变革的关键，简单根据浦鲁东的激进思想逻辑③提出要"废止知识的私有制"④。瞿秋白把知识公共

---

① 瞿秋白:《现代文明的问题与社会主义》,《瞿秋白文集》(政治理论编) 第 2 卷, 第 281—283 页;《中国革命中之争论问题　第三国际还是第零国际——中国革命中之孟雪维克主义》,《瞿秋白文集》(政治理论编) 第 4 卷, 第 541—542 页。

② 类似思路逻辑上的弊病指责, 可参见曹清华《中国左翼文学史稿 (1921—1936)》, 中国社会科学出版社 2008 年版。

③ 瞿秋白明确说自己的表述逻辑源于法国无政府主义创始人之一的浦鲁东 (Proudhon) 在其著作《什么是财产?》中的警句——"财产是赃物"。(瞿秋白:《知识是赃物》,《瞿秋白文集》(政治理论编) 第 1 卷, 第 41 页。)关于浦鲁东经济思想, 可参见［苏］M. H. 雷季娜、E. Г. 华西列夫斯基、B. B. 戈洛索夫等:《经济学说史》, 周新城、吴小贺译, 中国人民大学出版社 1987 年版, 第 90—94 页。

④ 瞿秋白:《知识是赃物》,《瞿秋白文集》(政治理论编) 第 1 卷, 第 44 页。

性等同于现代民主社会的唯一标准，甚至将其上升为政治制度核心，这无疑有点中国现代知识分子幼稚时期的天真。然呼唤变革的迫切心情，容不得他对此进行学理上的审慎详察。瞿秋白甚至把《大乘起信论》的"言说之极，因言遗言"这一涉及语言哲学的问题，简单判断为"这就是我们用来表示事物的符号不够用，所以只好自己用自己的，知识就成了私有的了"①。瞿秋白因此把语言工具改造作为崭新的现代知识世界创造的首要步骤，作为变革古典唯美世界的突破口，作为从事打破传统封建等级制度的现代知识人所应从事的第一要务。关于"废止知识私有制的方法"，瞿秋白认为：

> 我们既找出知识私有两个重大的原因，多是很远的远因，就可以觉着废止知识私有制的困难，只能用渐进的方法了。怎么样呢？对付第一种原因，我们应当改变人生观，一切"我"的观念一概抛弃：非但对于有名人的意见不要盲从，并且不要故意立异；非但对于无名人的意见不要轻忽，并且不要故意容纳。在客观上，我们可以承认经济上的关系——财产私有制——有较大的力量，在主观上我们不应当不勉励，并且可以去掉为求知识而求知识的观念，去实行泛劳动主义。对付第二种原因，我们应当竭力设法改良记载知识的符号——语言文字；使一件东西有一个名词，——科学上的名词尤其要紧，我们听见这个名词，我们就有对于这件东西极清晰的观念，研求知识的人授受多没有十分困难。在现在中国语言文字极不正确的时候，大家研求知识，语言文字上的争论，愈少愈好。②

---

① 瞿秋白：《知识是赃物》，《瞿秋白文集》（政治理论编）第 1 卷，第 44 页。
② 同上。

语言不仅是进入现代知识世界的核心问题。在瞿秋白看来，"一切宗教哲学科学文学"都只是一种"知识"，而且只是"成熟的时候偶然借一个人的著作发表出来"。知识除了普适性之外，似乎别无个性，更没有情趣和审美向度。瞿秋白写道：

> 知识本来是普遍的，无限度的。（一）一切宗教哲学科学文学上的知识，是依于全人类意识的潜势力而进步的，不过是成熟的时候偶然借一个人的著作发表出来。一般什么教主、学者就据为己有了，其实某种教义，某种学说，多是经过很长的时间，很大的空间，随时随地随人所感受的缺乏或需要而发生的。这些知识多是全人类意识的出产物，一定不能认为一种所有物的。①

激烈否定传统世界的同时，瞿秋白以变革现实世界为唯一任务的语言观，不仅抹杀现代知识语境的审美维度，也遮蔽文化传统本应有的传承性。因为选择语言工具为变革世界秩序的突破口，瞿秋白现实主义文艺思想的革命彻底性极为鲜明，而创造性和承传性则明显不足。如果说传统文化和文学本位是现实主义文艺思想根本上的现实，那么，瞿秋白现实主义文艺思想就陷入"拔着头发离开大地"的、自我釜底抽薪的思想悖论。瞿秋白日后进行汉字拉丁化实验，不仅于他本人而言基本上是徒耗精力，于中国文化的传承也贡献几稀。② 如果仍然记得瞿秋白是通过学

---

① 瞿秋白:《知识是赃物》,《瞿秋白文集》（政治理论编）第 1 卷, 第 45 页。

② 瞿秋白从事汉字拉丁化实验, 仅在汉语拼音方案发展上仍对后人有可取之处。尽管瞿秋白此举相当程度上受到苏俄拉丁化文字实验和共产主义革命的激进主义影响, 但目前没有直接材料表明瞿秋白注意到此举毁灭传统中国文化的内在逻辑企图。

习俄语而进入共产主义革命政治的特殊履历，那么对瞿秋白以语言为突破口生发的现实主义文艺思想和它的革命功利性和彻底性，论者将会有更深的理解。毕竟文艺和文化在暴力革命的政治功利语境中，的确多少显得有些缥缈而无关紧要。

政治是瞿秋白文艺思想的起点和终点，文艺是立足点，而文化则是其原点与迷津。其实，旅俄期间瞿秋白就曾经对自我的新生和裂变有过翔实的体察，而且这种体察从一开始就超拔到文化高度：

如此，则我的职任很明瞭。"我将成什么？"盼望"我"成一人类新文化的胚胎。新文化的基础，本当联合历史上相对待的而现今时代之初又相补助的两种文化：东方与西方。现时两种文化，代表过去时代的，都有危害的病状，一病资产阶级的市侩主义，一病"东方式"的死寂。

"我"不是旧时代之孝子顺孙，而是"新时代"的活泼稚儿。

固然不错，我自然只能当一很小很小无足重轻的小卒，然而始终是积极的奋斗者。

我自是小卒，我却编入世界的文化运动先锋队里，他将开全人类文化的新道路，亦即此足以光复四千余年文物灿烂的中国文化。

"我"的意义：我对社会为个性，民族对世界为个性。

无"我"无社会，——无动的我更无社会。无民族性无世界，无动的民族性，更无世界。无社会与世界，无交融洽作的，集体而又完整的社会与世界，更无所谓"我"，无所谓民族，无所谓文化。①

---

① 瞿秋白：《赤都心史·三三·"我"》，《瞿秋白文集》（文学编）第1卷，第212—213页。

瞿秋白在《"我"》中,强烈表达他把个人、民族、文化、社会和世界等量齐观的混治思想。在《义和团运动之意义与五卅运动之前途》中,瞿秋白更是把义和团运动和五卅运动相提并论,强烈批判义和团运动"狭隘的民族主义和国家主义思想":

> 义和团运动的缺点是很多的。……他们盲目的"共信"他们的"排外主义"……自己手上所做的是阶级斗争,可是心上所想的是狭隘的民族主义及国家主义。……因为义和团被狭隘的民族主义及国家主义思想所蒙蔽,他们竟为贵族阶级所利用来巩固自己的统治地位,反对一切进步的资产阶级的维新运动。①

瞿秋白的文化视野是世界主义,但这种世界主义更多地出于共产国际的革命无国界的思想,而不是文化上的世界主义。瞿秋白只展望共产主义革命的国际化的合理性,而没有窥测到文化共同体、民族国家在现代语境形成的合理性。况且,在唯共产国际是从的世界无产革命语境里,瞿秋白也根本不可能去质疑世界共产主义革命政策,更不可能意识到它与民族国家形成趋势之间的矛盾。曾自许"忏悔的贵族"的瞿秋白,一变而为"'新时代'的活泼稚儿"和"自然只能当一很小很小无足重轻的小卒"。这种变迁不仅是身份上的,更是心态和思想上的。关键问题是,瞿秋白体认到自己"自是小卒"却被"编入世界的文化运动先锋队里"的心态和思想认同。这使得瞿秋白在一定程度上丧失诸多方面的独立意识,其中最重要的就是文化和现代民族国家的独立意识。

---

① 瞿秋白:《义和团运动之意义与五卅运动之前途》,《瞿秋白文集》(政治理论编)第3卷,第341—342页。

　　苦旅饿乡、寻求异域思想资源，本来是瞿秋白现实主义文艺思想生发的原点。然而，被历史性地编入世界共产主义革命文化运动的先锋队的定位却使瞿秋白丧失民族文化基点、陷入苏俄世界共产主义革命政策预设下的文化迷津。因此，瞿秋白现实主义文艺思想的批判性锋芒，最终止步于苏俄共产主义革命理论预设的坚冰——共产主义革命的远景规划，从而被坚决地排斥在民族国家和民族文化认同的思考之外。

　　从政治而文学，由语言至文化，瞿秋白现实主义文艺思想展开它独特的思想旅途。瞿秋白从变革社会政治而展开的现实追问，最终迷失于民族文化的无所认同的岔口。没有民族传统文化的摆渡，丧失民族国家和文化共同体的现代革命预设，无疑只能限于盲目激进的文化迷津。值得庆幸的是，瞿秋白的迷失之处，恰好是毛泽东等伟大步伐的踵武和开启处。无论在政治、思想还是在文学上，都是如此。

第三节　中间物的历史形态:"最清醒的现实主义"

　　在中国现代文艺思想史上，作为历史典型个案的瞿秋白意味丰富。瞿秋白现实主义文艺思想的形成史，与中国新文艺的现代历史构建几乎重合，与延安新文学传统的历史追溯在逻辑和内容上同一。在"五四"以来激烈的"全盘性反传统"思潮下，对"中国文化传统中某些成分具有知识和道德的价值"[①] 的守望，使得瞿秋白文艺思想对传统文化在历史的"感情上的义务"与价值层面上的"理智上的义务"无法相一致，[②] 因此形成"贵

---

　　① ［美］林毓生（Lin, Yusheng）:《中国意识的危机——"五四"时期激烈的反传统主义》，第252页。

　　② ［美］约瑟夫·阿·勒文森（Joe. R. Levenson）:《梁启超与中国近代思想》，第4页。

族"与"小卒"杂糅的二元结构,① 生成为胶着于古典与现代的
历史中间物形态。

瞿秋白认同古典文以载道的文艺思想传统,却耽溺于唯美的
文艺私趣。其特异在于,他的古典文人禀赋被派用在现代革命政
治场域。因此,他对文艺私趣的守望和现代追寻,注定是孤独、
软弱和悲剧的,更是悖论和矛盾的。在喧嚣变革、需要力而不是
需要美的时代,在以阶级划分鲜明立场的群体时代,瞿秋白文艺
思想最终只能存留于古典与现代交接与分野的过渡地带。

瞿秋白文艺思想是在古典向现代转型过程中生成的。在古典
文艺思想考量中,他有着浓厚的古典唯美的痴恋情怀,对象包括
中国和俄罗斯文学古典;从现代文艺思想视阈看来,他又有唯美
的文艺旨趣追寻,涵盖旧体诗词创作和现代文学创作与译介。瞿
秋白文艺思想的坐标中,无论是对文学现代品格的追求还是对古
典唯美趣味的执著,二者都是连绵相生而相互绞缠。"一为文
人,便无足观"② 的思想传统,里面蕴涵着太多的思想压力和道
德负重。站在现代思想的立场上,作为文人自然就意味着许多的
不合时宜;但站在古典视野里,这里却是不免包含某种精英身份
的自我期许。

对于瞿秋白而言,在中国现代转型的语境下被目为文人,就

---

① 瞿秋白曾自称"忏悔的贵族"。(1932 年 12 月瞿秋白重录《雪意》赠鲁迅
时给该诗加的《跋语》。瞿秋白:《雪意》,《瞿秋白文集》(文学编)第 2 卷,第 359
页。)参加政治革命后,瞿秋白称自己为"编入世界的文化运动先锋队里"的"小
卒"。(瞿秋白:《赤都心史·三三·"我"》,《瞿秋白文集》(文学编)第 1 卷,第
213 页。)对于瞿秋白文艺思想和文化观的理解,多数研究者都认为是二元结构。但
也有个别论者认为不是,如刘福勤先生在《瞿秋白早期文化思想片论四题》中就持
这种观点。(《瞿秋白研究》第 6 辑,第 62 页。)

② 《宋史·三四〇卷·刘挚传》:"而宋刘挚之训子孙,每曰:'士当以识器为
先,一号为文人,无足观矣。'然则以文人名于世,焉足重哉。"(元)脱脱等撰:
《宋史》第 16 册,中华书局 1977 年版。

不仅仅是荣耀或辱没的问题，它还意味着必须承受无法彻底剥离的身心折磨——既有现实社会里实际生存技能的劣势与道德低位的判断，更有被目为文化没落者的羞耻。① 然而，古典文艺的唯美世界始终是瞿秋白心神向往的栖息之所，那是安全、封闭、柔美、纯净的所在，也是充满高贵情趣和人生尊严的家园。陈旭麓将《雪意》和《旧梦》比较后，认为"瞿秋白的文风是一贯的"②。可见，古典意趣始终是瞿秋白审美世界的趣味执守。正如普列汉诺夫所言："人们往往会回到自己孩提时代的信仰；为此必须有一个条件，这样的信仰能在心灵中留下深刻的痕迹。"③

　　纵观瞿秋白一生，对古典文艺的喜好、对古典趣味的迷恋，正是他"孩提时代的信仰"。古典文艺世界已成为其精神家园。瞿秋白不仅阅读、欣赏古典文艺作品自娱，还不时创作以自遣。而且，越是在精神紧张和时间紧迫的时候，古典文艺世界就越是自觉地成为他寻找心灵慰藉率先的选择方式。古典文艺不仅成为其精神家园，更成为他人眼中的瞿秋白的形象气质表征。在布哈林、毛泽东、郑超麟等许多同时代人的印象里，乃至在瞿秋白自己的文字中，他都以文人或书生而得名。文人——这个中国文化里独特的称谓，既赋予瞿秋白在性格上的软弱犹疑，也凸显他对古典趣味的倔强守望——对因现代社会变革沉默于历史深处的中国古典文化的守望。如果说文化与时代密切相依，那么过渡时代的人则无疑饱受着文化变革与时代更新的思想痛苦。尽管在文化更替与裂变的时候，瞿秋白的第一选择就是自我调适。

---

　　① 郑清茂先生从中国思想史角度对"文人"称谓的历史内涵变迁有较全面的梳理和讨论。参见郑清茂《中国文学在日本》，台北纯文学出版社 1968 年版，第79—224 页。

　　② 陈旭麓：《我对瞿秋白的认识》，《瞿秋白研究》第 4 辑，第 241 页。

　　③ ［俄］普列汉诺夫：《普列汉诺夫美学论文集》（2），曹葆华译，人民出版社 1983 年版，第 227 页。

在社会思想上,瞿秋白主张与时俱进、社会变革与政治革命。但在文艺思想上,他一方面留恋古典趣味的怀旧和慰安,另一方面则积极投身于现代文艺思想新变。随着现代社会变革的展开,瞿秋白也渐渐从古典世界中挪移出来,进而思考现代文艺思想的生成,并参与中国文艺的现代变革。瞿秋白毕竟是与时代前行的现代革命家。对现代文艺,他表现出独特的时代敏锐和参与热情。他对现代社会科学论著(尤其是对马列文论的译介传播)知识的接受、俄苏文艺作品的译介,都充满着持久的热情。他也积极从事现代文艺创作的批评及理论研究,甚至雄心勃勃要发动"第三次文学革命"[①]。

瞿秋白的现代文艺品格思考,开始于对俄苏文学等异域文艺思想资源的接触。他最初喜欢翻译俄罗斯古典作品,但也翻译一些近革命的作品。"左联"期间,他除了译介苏俄文学名著外,更是大力译介马列文论。从托尔斯泰的无政府主义宣传式的小说习作式翻译,到倍倍尔的社会科学论文的共鸣式选译,进而有计划、有取向地翻译苏俄革命作家的文艺经典。瞿秋白对俄苏文艺的译介,从现代文艺思想的追寻,到对马列文论的本土建构。其间,他经历从现代文艺思想发端到理论系统本土建构的升华。

伴随现代革命的不断深入,瞿秋白甚至开始有意识地完成对现代文艺的品格追求。最终,他选择马列主义文艺思想,并将其作为中国古典文艺思想现代转化的建构目标——建立中国马列主义文艺理论体系。译介的同时,瞿秋白破立结合,始终不耽搁对中国现代文艺的建设实践与理论探索。译介仅仅是从异域窃取天火,而从事现代文艺创作、批评和自主理论研究则是窃火煮肉。

---

①　瞿秋白:《"五四"和新的文化革命》,《瞿秋白文集》(文学编)第3卷,第23页;《鬼门关以外的战争》,《瞿秋白文集》(文学编)第3卷,人民文学出版社1989年版,第147页。

瞿秋白的努力，在于希图一种现代文艺思想的本土生成。

担任上海大学社会学系主任时，瞿秋白的现代文艺品格追求已见雏形。"左联"时期，瞿秋白写了一百多篇关于现代文艺批评与研究的理论文字，当中不少是大篇幅文艺论作。瞿秋白发起第二次文艺大众化讨论，同时又参与"第三种人"、"自由人"的论辩，并因此成为大众语讨论的"前奏和先导"①。在一系列的文艺论战和辩难中，左翼文学开始成为中国共产主义革命中的强大组成力量，瞿秋白也因此而获得马列主义理论家的殊荣，甚至与鲁迅并称为中国两大"文艺思想家"②。因此，不管在事前还是事后，论敌胡秋原都敬服瞿秋白的理论修养和论战风度。③因此，有理由肯定瞿秋白在 20 世纪 30 年代已获得文艺意味上的现代文艺理论品格。

《多余的话》和《未成稿目录》，更是难能可贵地涉及瞿秋白对文学现代生存处境的反思。尽管政治革命家的身份，使得这一反思更多地指涉文学与政治的关系。但瞿秋白对古典文人与现代革命家的人生角色的反思，使他的狱中文本具备文学的哲学思考深度。《多余的话》的写作行为、文本思想、历史反响和主体悲剧命运，已经综合构成中国文化现代变革的隐喻和象征。因为这种哲学层面的政治与文学、人生关系的反思，瞿秋白也获得思想层面上的现代品格与勘探深度。因此，《多余的话》的写作本身成为对人与世界的生存追问，而不再仅仅是里尔克所说的"无缘无故的哭"④。

---

① 文逸编著：《语文论战的现阶段》，天马书店 1934 年版，第 32—33 页。

② 李何林：《近二十年中国文艺思潮论》，第 9—10 页。

③ 胡秋原：《浪费的论争——对于批判者的若干答辩》，转引自《三十年代"文艺自由"论辩资料》，第 218 页；胡秋原：《瞿秋白论》。

④ ［法］里尔克：《严重的时刻》。本译文取自臧棣编《里尔克诗选》，中国文学出版社 1996 年版，第 10 页。

当然，瞿秋白是从儒家经典世界走向现代马列文论建构的革命文艺理论家。从社会功利角度着眼观照文艺，始终是瞿秋白文艺思想的基本原则。儒家的经典教育，既熏陶他的古典文艺趣味，也培养他士大夫式的社会责任感。然而，无论古典文艺趣味还是文以载道，都仅是儒家经典文艺思想的一体两面。儒家文艺思想本身也包含着古典唯美趣味和经世致用的文以载道。属于没落的士大夫阶级出身的瞿秋白，传统的政治精英渠道已经不可能再实现。文以载道、经世致用的文官仕途，也没有可能再次复兴。儒家文以载道思想的唯一存留，便是文艺自我慰藉的兴观群怨。"诗可以怨"因此往往成为过渡时代的个人的主要选择，他们可以从中寄托对古典唯美世界的怀恋。当然，这也是他们对旧日的生存方式与精神处境的一种凝眸与回望。

母亲自杀是瞿秋白文艺思想的分界点。为此，瞿秋白经历避世观到厌世观的变迁。他的思想转变，因此首先归功于大乘佛教里菩萨行思想的导引,[①] 即所谓的回事向理。瞿秋白从避世转厌世、从逃避现实转而参与变革现实，菩萨行的思想影响巨大。瞿秋白的思想转向现实思考，还与整个社会思潮情势相契合。在北京 3 年的社会、政治和现实情形，极大地充实了瞿秋白看待世界的视野。而腐朽黑暗的社会现实，更是强烈地刺激了他。在内在的思想导引和外在的思潮冲击的合力下，变革社会现实的设想成为泄导瞿秋白思想苦闷的新突破口。菩萨行的实践、社会情势的关注、社会政治的现实，一起引导着瞿秋白把长期耽于哲学玄思的目光转向社会现实。

与此同时，清末以来的今文经学思潮也吸引着瞿秋白转向现

---

① 李大钊也经历过类似的、从厌世到隐退佛教净土宗的思想阶段。参见 ［美］莫里斯·迈斯纳（Mamtee Meisized）《李大钊与中国马克思主义的起源》，中共北京市委党史研究室编译组译，中共党史资料出版社 1989 年版，第 16、24 页。

实社会的变革。不论是社会思潮的求变，还是寻找思想和现实出路，今文经学彻底的实用主义文艺思想都非常吻合瞿秋白的胃口。五四运动爆发后，瞿秋白抱着不可思议的热烈，融入这一重大的社会政治历史事件，思想更是发生巨变。参与社会实践的政治运动，让瞿秋白强烈体会到投身现实后人生价值得到实现的快乐，也促使他从以佛典语汇解释人生变为睁眼看社会。在时势的推动下，瞿秋白把个人思想苦闷的泄导，努力与整个社会黑暗现实的变革联系起来，并因此获得历史言说的宏大底蕴和不竭动力。

在俄国大量接触共产主义革命思想之前，瞿秋白内心挥之不去的仍然大多是群怨传统、佛教利他的菩萨行精神和今文经学的实用主义思想。尽管其间也有托尔斯泰的无政府主义、实验主义、改良主义、斯笃矣派等偶入心怀，但只是补充、加强原有的思想。从文以载道的宏大志愿，缩小为着眼于个人抚慰的群怨传统；从汲取大乘佛教经典里的菩萨行思想，进而与晚清今文学传统的合流，瞿秋白的传统文艺思想经历古典到近代的转型。古典实用功利文艺思想主旨，契合近代以来中国社会求变求新、讲究实用的现代性理路。而在最终接受共产主义革命的思想信仰之后，他的古典文艺思想在实用主义主旨上又迅速与革命事业联系起来，成为现代历史语境中的革命功利的现实主义文艺思想，即追寻所谓的"最清醒的现实主义"①。

瞿秋白的现实主义文艺思想的探索与追寻，开始于他选择中途退学赴俄考察。其实，自从选择学习英文与俄文的时候，瞿秋白的思想已加入不少新鲜质素：既有"五四"新思潮、新书刊杂志阅读带来的，也有从翻译阅读俄国文学经典中吸收的。不管

---

　　① 瞿秋白此前把现实主义文艺思想称为"新写实主义"，（瞿秋白：《劳农俄国的新文学家》，《瞿秋白文集》（文学编）第 1 卷，第 272 页。）这也是时人对现实主义的习惯性称谓。因此，安敏成先生称瞿秋白为"新写实主义的设计师"。［美］安敏成：《现实主义的限制——革命时代的中国小说》，第 66 页。

作品本身是宣扬托尔斯泰主义，还是果戈理的早期批判现实主义与晚期神秘主义，或是倍倍尔的民主社会主义，都先后被纳入瞿秋白初步具备现实主义文艺思想基本内涵的实用主义文学思想中，这是其现实主义文艺思想的发端。瞿秋白不仅把文艺认识的目光聚焦于社会现实，且积极投身一些社会政治事件的讨论和实际活动（如办刊物、向报纸投稿、参加马克思主义学习小组、参加社会实进会的公开讲座等）。

"五四"是瞿秋白的思想临界点，尤其是给他的文艺思想带来飞跃性新变的质素——社会。社会的眼光既给瞿秋白提供全新的人生视野，更打开了广阔的思考平台。此前，他只是停滞在哲学因果的角度去反思个体命运。一旦他将个人问题放大为社会普遍现实之后，瞿秋白便获得思想上前所未有的解放——群体的追问力量和正义逻辑。从此，他不再孤独无助，个体奋斗和菩萨行的苦行都有了社会民生变革和国家富强的道义追求的依托。而瞿秋白实用主义文艺思想吸收社会使命的探索，也就同时赋有现实主义文艺思想的宏大主旨，文艺之事不再是单纯的个人精神慰藉和寄托，而变成为中国民族文化再生而担负责任的大事和义举——所谓"出世间的功德"、"以文化救中国的功夫"①。

从人生到社会，传统实用功利的文艺思想在革命政治语境里开始现实主义文艺思想探索的发端。于是，瞿秋白在正当所谓人生观形成的时期，"理智方面是从托尔斯泰式的无政府主义很快就转到了马克思主义"②。正因为如此，第一次旅俄的时候，瞿秋白经过中俄各方面差异的比较考察，思想迅速发生剧变而加入共产党。从此，其现实主义文艺思想就不再完全是个人意

---

① 瞿秋白:《饿乡纪程·四》,《瞿秋白文集》（文学编）第 1 卷，第 25 页。
② 瞿秋白:《多余的话》,《瞿秋白文集》（政治理论编）第 7 卷·附录，第 701 页。

义和文艺本位的思想探索，而是带上政治集团的意识形态的主
义规约。因此，以 1922 年 2 月①为界的入党，对瞿秋白的思想
分割力并非那么明显。其文艺思想变化，要早于组织上的入党。
因为个中要害的因素，是瞿秋白对"阶级"概念的文艺接受。②
在莫斯科里对革命伟力的观察体验，给瞿秋白以巨大震撼。他
从此不再把文化问题与社会心理分而论之，而是通过革命找到
它们之间的逻辑联系。瞿秋白在革命思维逻辑里运用社会达尔
文主义，③ 不仅把资产阶级和无产阶级文化分为新旧，而且认
为后者天然具备时间逻辑般的、不可逆转要替代前者的伟力。
因此，瞿秋白倾向于从革命语境来理解文化问题。"阶级性"
从此成为瞿秋白文艺思想的重要艺术判断标准和基本立场概念。
而加入共产党的组织之后，更是彻底赋予他崭新的马列主义哲
学思想限定下的现实观、世界观和人生观。

　　从接受并运用阶级观念来看待文化问题，到以阶级性作为
文艺批评和文艺思想的判断标准和立场取舍，瞿秋白进而接受
整套的共产主义革命意识形态的体系，并以此塑造自己的现实
观、世界观和人生观。瞿秋白达成马列主义思想信仰之后，文
艺思想上彻底走向最清醒的现实主义。第一次赴俄考察回国后，
瞿秋白相继提出一系列对所谓的"最清醒的现实主义"的革命
定义：革命文学的阶级性、文艺大众化、文学人生观、阶级性、
集体主义思想等。而当瞿秋白奉命再往苏俄时，苏俄的文化建
设现状、扫盲运动的成绩更是刺激他对革命文化事业的思考和

---

　　① 瞿秋白入党时间有不同说法。我采信目前官方统一说法，即为 1922 年 2 月。
1922 年 1 月 29 日是瞿秋白的生日，这天晚上他写了一篇《晓霞》（《赤都心史》第
四十篇），文中颇有获得新生的意味。

　　② 瞿秋白：《饿乡纪程·八》，《瞿秋白文集》（文学编）第 1 卷，第 57 页。

　　③ 进化论片面运用的弊病不少，此类反思甚多，参见［美］林毓生（Lin -
Yusheng）《中国意识的危机——"五四"时期激烈的反传统主义》，第 94—95 页。

规划，并形成新的现实主义文艺思想探索的要素——以汉字拉丁化为核心的文艺大众化思想。"左联"时期，瞿秋白进一步讨论文艺阶级性和大众化思想，并开始对"最清醒的现实主义"进行文艺理论和文艺创作体系上的双重建构。因此，"左联"时期可以说是其现实主义文艺思想集成期。

从文化的阶级分野到文学的阶级性标准，从汉字拉丁化改革到文艺大众化思想，瞿秋白"五四"时萌发的现实主义文艺思想探索急遽地转向共产主义革命的意识形态。儒家文以载道、菩萨行自利利他的苦行实践、今文经学的经世致用、"五四"关注社会民生的热情，都一股脑儿地折服于共产主义革命那开天辟地的伟力。马列主义的思想宏图，最终吸纳不少像瞿秋白这样的共产主义革命者的思想朝圣者的激情。在红光一线的吸引下，瞿秋白渐渐完成他现实主义文艺思想的塑形，形成强调阶级性和大众的革命立场的文艺思想。

在中国共产主义革命的进程中，这种混杂合一的"最清醒的现实主义"文艺思想，经过毛泽东在延安时期的再一次地域化、历史化和革命化阐释，生成为延安的新文艺传统。因此可以说，无论是古典文艺趣味守望，还是现代文艺品格追求；无论是现实主义文艺旨趣的向往或社会视野开拓，还是文学阶级性的强调与文艺大众化的终极追问，瞿秋白都曾试图努力将他们捏合为一个和谐整体。① 但他毕竟只是具体历史的"这个"②，尽管他试图像卢那察尔斯基那样，开辟一个中间状态的马克思主义文艺思

---

①　这种和谐并不意味着刘福勤先生所说的"革命政治领袖的瞿秋白和杰出诗人文学家的瞿秋白，二者在其成长和初露头角时，基本上是平行发展的"、"如果把二者又交替又平行发展的整个动态过程结合起来看，是不能得出孰主孰次的总结性结论的"。（刘福勤：《平行发展·交替·新境界——革命政治家瞿秋白和文学家瞿秋白》，《瞿秋白研究》第 3 辑，第 175 页。）

②　［德］恩格斯：《恩格斯致敏·考茨基》（1885 年 11 月 26 日），《马克思恩格斯选集》第 4 卷，第 673 页。

想——既避免普列汉诺夫、弗理契的机械决定论错误，又没有
"无产阶级文化派"和"拉普"派的唯意志论弊病。瞿秋白"中
间立场"① 的尝试没有成功，也不可能取得成功。相反，因为其
独特的古典到现代转换的历史中间物处境，因为他的贵族与小卒
兼而有之的社会身份，因为他对"五四"文化自我裂变与超拔，
因为他对俄苏文艺思想资源吸收在审美与政治的双向度，② 瞿秋
白文艺思想呈现出另一种的二元结构——文学趣味的现代觅渡。
这也是由于"现实主义的表现概念"，文学现代性进程遭遇现代
革命政治的"永恒相遇与相互介入"③。

第四节　困境与意义：从狱中诗文④开始的讨论

　　作为中国现代文学史上的典型现象，瞿秋白究竟在中国现代文艺
思想史上占什么地位、有何意义呢？难道仅仅是个"历史的误会"⑤？
　　在中国现代文学史上，瞿秋白往往也只在"左翼"文艺理
论发展过程中被提及，分量也不算特别重，仿佛总是被夹在毛泽
东、鲁迅、周扬和胡风之间，显得颇为尴尬逼仄。尽管如此，但
瞿秋白显然不是"多余人"。瞿秋白曾言："最难论的是历史的

---

　　① ［美］安敏成：《现实主义的限制——革命时代的中国小说》，第60页。
　　② 关于瞿秋白吸收苏俄文艺理论资源过程中的复杂性，保罗·皮科威兹、艾晓
明、冒炘等有深入论述。参见 Paul Pickowicz：*Marist Literary Thought and China：a Conceptual Framework*，Center for Chinese Studies Instiude of East Studiws University of California Berkeley，California 1980；艾晓明：《中国左翼文学思想探源》，第286—317页；冒炘、王强：《瞿秋白文艺思想片论》，《瞿秋白研究》第1辑，第176—181页。
　　③ Theodore Huters：*Mirages of Representation：May Fouth and the Anxiety of the Real*，转引自［澳］费约翰《唤醒中国：国民革命中的政治、文化与阶级》，李霞等译，生活·读书·新知三联书店2004年版，第478页。
　　④ 为讨论便利见起，本书把瞿秋白从1935年5月9日被解到长汀到6月18日就义这一段时间写的相关文字，统一称为长汀"狱中文本"。
　　⑤ 瞿秋白：《多余的话》，《瞿秋白文集》（政治理论编）第7卷·附录，第695页。

事实和历史的人物! 中国人说:'盖棺论定'。其实历史的棺是永久不盖的。"① 瞿秋白对自己的历史评价态度是开放的,② 这一方面说明他已经意识到自己的意味复杂和历史困境。但反过来,这也说明瞿秋白是丰富的和历史的。

一　困境的文本呈现

瞿秋白的狱中文本,在写作的时候,已经没有附加太多的功利政治考量,可谓是最真实、最坦白的心灵絮语。因此,这些狱中反思,也是瞿秋白文艺思想发展史上的一个原点——既表露他文艺思想现实的困境,也展现出强大丰富的历史张力。

狱中文本再次展露瞿秋白浓厚的唯美古典情结。七首旧体诗词,《无题》占两首(斩断尘缘尽六根③)(百年心事向黄昏),以佛教轮回思想表达生命空洞与历史荒谬感;用旧题写的词占两首《浣溪沙》(廿载浮沉万事空)、《卜算子》(寂寞此人间),以否定之否定的心态对自己的一生作了回望,颇有革命者绝灭前的淡定和辩证;自拟题一首《梦回》(山城细雨作春寒)为忆内怀人之作,大有咀嚼孤寂中的温暖意味;集唐人句占两首《忆内·集唐人句》(夜思千重恋旧游)、《偶成·集唐人句》(夕阳明灭乱山中),一为怀人伤感之作,一为生死别离彻悟之作。无奈、伤感、决绝、怅惘、怀恋,是瞿秋白寂灭前情感世界的主题词。

除两首依旧题而作的词外,唐人集句诗和唐人趣旨浓厚的

① 瞿秋白:《李宁与社会主义》(《列宁与社会主义》),《瞿秋白文集》(政治理论编)第2卷,第501页。

② 瞿秋白:《多余的话》,《瞿秋白文集》(政治理论编)第7卷·附录,第720页。

③ 据钱璱之先生考证,这首套用康熙年间无云和尚的一首偈子的调而成(见纪昀《阅微草堂笔记》第1卷《滦阳消夏录》),属"活剥体"。钱璱之:《瞿研小札(四则)》,《瞿秋白研究》第3辑,第298—299页。

旧体诗是瞿秋白最喜欢的体裁。正如他的书法的古雅儒弱一样，瞿秋白选择能够"完全呈露"① 自己个性的古典唯美文艺世界寄托绝灭前夜的意绪。革命与政治的外在激荡已远去，"心中空无所有"② 的虚无感再次使瞿秋白选择古典诗词唯美世界的平静与封闭，这也意味着瞿秋白选择拒绝与现实世界对话的孤独——遗世独立，这是他内心深处向往古典世界、以文人自许的一面。

瞿秋白的狱中文本情况一览表

文题	备注	
《无题》（斩断尘缘尽六根）		
《浣溪沙》（廿载浮沉万事空）	1935 年初夏录呈国民党少校军医陈炎冰，用章"息为"	1935 年 6 月录呈《福建民报》记者李克长，用章"息为"
《卜算子》（寂寞此人间）		
《梦回》（山城细雨作春寒）		
《忆内·集唐人句》（夜思千重恋旧游）		
《无题》（百年心事向黄昏）	仅《瞿秋白批判集》收录	
《偶成·集唐人句》（夕阳明灭乱山中）	1935 年 6 月 18 日临刑前录出	
《多余的话》③	写于 1935 年 5 月 17—22 日	
《致郭沫若》	写于 1935 年 5 月 28 日	
《致杨之华》	不明，信件散佚	
《瞿秋白访问记》（1935 年 6 月 4 日上午 8 时，记者：李克长）	刊于 1935 年 7 月 3 日至 6 日的《福建民报》、《上海时事新报》，也载于《国闻周报》1935 年第 12 卷第 26 期	

---

① 丁玲：《我对〈多余的话〉的理解》，《光明日报》1980 年 3 月 21 日。

② 瞿秋白：《多余的话》，《瞿秋白文集》（政治理论编）第 7 卷·附录，第700 页。

③ 本书取用的《多余的话》文本，以政治理论编第 7 卷·附录（第 693—726页）为准。

　　然而，瞿秋白毕竟不是完全沉浸于古典世界里的文人，他是现实世界里的政治革命家，他是从古典唯美文艺转型而来的现代文艺理论批评家、译介者和文学家。瞿秋白已经习惯于宣传与呐喊，习惯于对话、论战和交谈（甚至"乱谈"①），习惯与当下现实进行紧密的互动——那是一个喧嚣的声音世界。于是，明知不可为而为之的瞿秋白，在写完旧体诗词之后，还是忍不住写下聚讼纷纭的《多余的话》。② 《多余的话》不仅集中展现了瞿秋白精神世界里"人"与"文"的激烈辩难，也表露出他二元文艺思想间的紧张冲突。

《多余的话》的文本分析之一

小标题	文本结构及其写作时间备注	
引子	《诗经·黍离》："知我者，谓我心忧；不知我者，谓我何求。"	
何必说？——代序	共1部分，4自然段，493字，以"何况我是在绝灭的前夜，这是我最后'谈天'的机会呢！"结束	末注"一九三五·五·十七于汀洲狱中"。
"历史的误会"	共1部分，11自然段，2861字，以"总之，我其实是一个很平凡的文人，竟虚负了某某党的领袖的名声十来年，这不是'历史的误会'，是什么呢？"结束	
脆弱的二元人物	共1部分，11自然段，2174字，以"但是，最后也是趁早结束了罢。"结束	

---

　　① 瞿秋白:《多余的话》，《瞿秋白文集》（政治理论编）第7卷·附录，第695页。

　　② 对《多余的话》的解读可谓汗牛充栋，可构成独立研究史（参见赵庚林《〈多余的话〉研究史略》，《瞿秋白百周年纪念——全国瞿秋白生平和思想研讨会论文集》，第152—161页。）而国内种种主流意见之集大成者，是刘福勤先生的《心忧书〈多余的话〉》。但在我看来，对《多余的话》的写作本身考察得深入而细腻的当推李琦的《瞿秋白与方志敏狱中文稿比较研究》。（《中共党史研究》2001年第2期。）

续表

小标题	文本结构及其写作时间备注	
我和马克思主义	共 1 部分，13 自然段，2593 字，以"而最主要的是我没勇气再跑了，我根本没有精力在作政治的社会科学的思索了，stop。"结束	末尾注"STOP"
盲动主义和立三路线	共 1 部分，12 自然段，2557 字，以"历史的事实是抹煞不了的，我愿意受历史的最公平的裁判！"结束	末注"一九三五·五·二十"
"文人"	共 13 部分＊，27 自然段，3162 字，以"可惜，恐怕现在这个可能已经'过时'了！"结束	
告别	共 3 个部分，25 自然段，2361 字，以"永别了！"结束	末注"一九三五·五·二二"
记忆中的日期——附录	"一八九九年（一月二十九日——光绪二十四年十二月十八日生于常州）"到"一九三五年五月九日解到汀洲三十六师师部"	

＊　所谓的"部分"，就是《多余的话》中出现一些自然段与另一些自然段中间有两行的间距，这种情况我把它称为"部分"，相当于一个"断章"。

《多余的话》的文本分析之二

运用的核心词汇	频率	运用的核心词汇	频率
历史（势、形势、局势、势、形格势禁、势力、误会、历史的误会、历史的纠葛）			45
政治（家）	68	知识（知识分子、资产阶级知识者）	13
文人（绅士、游民、读书人、读书种子）	29	马克思（主义）	32
文学、文艺、书本子、翻译、俄国文学	48	研究	29
滑稽剧、舞台	12	斗争	20
我	395	阶级	28
主义	69	兴趣	15
休息（永别、疲劳、病、废人、残废、废物、颓废、脆弱、衰弱、弱者、多余）			62
可是（但是、竟、不过、反而、实在、的确、虽然、只、其实、却）			190

续表

运用的核心词汇	频率	运用的核心词汇	频率
因此（结果、最后、因为、最初、开始）	69		
似乎（觉得、仿佛、好像、也许、假使、可能等）	74		
破折号"——"	63	感叹号"！"（包括俄文字母"А"）	24
省略号"……"	11	问号"？"	21

　　从结构起承和内在思想的停顿接续看，《多余的话》正文共由 8 部分构成，另有附录《记忆中的日期》。全文不是一气呵成，而是在 6 天内断章续成。越到后面文气越为散乱和激越。尽管偶有重复絮语处，但回望一生的旨意仍为清晰，对文艺热爱而不得与不能的怅惘也始终贯穿其间。《多余的话》不仅仅在文本结构标目，就是在语词运用、乃至于标点符号的运用上也都有所蕴藉。从语词符号运用统计看，《多余的话》无疑是主体情感异常强烈的自述（"我"出现 395 次）。政治仍是瞿秋白最大的胸中块垒（"政治"等词出现 68 次）。瞿秋白有时甚至被有关政治生涯的追忆激越得不能自已，如"我和马克思主义"这部分不得不标注英文字母"STOP"强行中断叙述；历史时势的无奈感表述也甚多（"历史的误会"一类的语词出现有 45 次之多）。瞿秋白不断对自我身份和身体精神状况的反复确认，流露出他强烈的人生角色失败感和心灵渴盼得到皈依的飘忽感。

　　此外，《多余的话》表述本身也呈现出瞿秋白精神世界深刻的无奈［转折类连词出现 190 次，破折号出现 63 次，感叹号（包括俄文 А）出现 24 次］。大量的转折、感叹和因果追寻，编织成瞿秋白绵密委曲的绝灭心绪。《多余的话》是生命独语，也是瞿秋白的泣血自剖。此刻，瞿秋白文艺思想全然自外于古典唯美的世界，超拔于人生与历史，把文艺作为生命本质力量对象化的选择可能。生于时代转折期的年轻文弱而决绝的瞿秋白，有着太多牵绊和太少机会，终于一再被裹入"最强烈的力量"——作为"时代的电流"①的革命政治。自此，文艺之于瞿秋白和革命政治，不论古典还是现代都只能业余乃至多余。大时代使命的决绝与自我身份认同的夹杂，使瞿秋白既耿耿于自己不能对现代知识世界有"系统的研究"②，也索然于自己不可能对政治有清醒的"社会科学的思索"③。

瞿秋白知识世界和思想进程都呈现驳杂累积形式，而不是渐进更替形式。这一方面，使他的思想和知识世界异常驳杂丰富，出现瞿秋白自己痛恨的"死鬼抓住活人"④的悖论；另一方面，也致使瞿秋白的许多思想呈现实用"主义"的实践形态。瞿秋白在绝灭前夜，出现自我身份认同的强烈危机。

---

① 瞿秋白：《致郭沫若》，《瞿秋白文集》（文学编）第 2 卷，第 418 页。这封信并不是瞿秋白本意中主动要写的。（见孙克悠回忆和当时国民党 36 师师部医生陈炎冰的谈话。孙克悠：《〈多余的话〉知情者如是说》，《瞿秋白研究》第 5 辑，第 276 页。）郭沫若在信中只是起到一个陪瞿秋白虚拟对话的叙述功能。因此，一定意义上这封信可当作《多余的话》的副文本看待。

② 瞿秋白：《多余的话》，《瞿秋白文集》（政治理论编）第 7 卷·附录，第 705、713 页。

③ 同上书，第 708 页。

④ 瞿秋白在《〈鲁迅杂感选集〉序言》等文中多次出现过类似论述。冯契在《瞿秋白的历史决定论》中写道："虽已经过辛亥革命，推翻了封建王朝，然而专制主义的鬼、玄学的鬼、孔教的鬼，仍然统治着中国。瞿秋白把这叫做'僵尸统治'……瞿秋白在 30 年代提出的'死鬼抓住活人'这一论点，是十分深刻的。"（冯契：《中国近代哲学的革命进程》，上海人民出版社 1989 年版，第 356—357 页。）张历君认为"如果说'孔夫子的鬼'抓住了在生的活人，继续统治着中国，那么，瞿秋白自己便肯定是这些死鬼的一分子"。（张历君：《历史与剧场：论瞿秋白笔下的"滑稽剧"和"死鬼"意象》，樊善标、危令敦、黄念欣编：《墨痕深处：文学·历史·记忆论集》，牛津大学出版社 2008 年版，第 311—328 页。亦见"思与文网"：http：//www. chinese - thought. org/whyj/005846. htm。）

而一旦发现自己身份角色出现错位，他便惯于以"形格势禁"、"实逼处此"等一言蔽之——如昆德拉所言"非如此不可"。

瞿秋白认为，在不可抗拒的"时代的电流"[①]面前自己"禁不起"[②]，甚至不断以示弱（病人、废物之类语词出现62次）来解释自己的思想危机：一个无法胜任政治领袖职务的文人——这是个"可笑"的"事实"。[③]刘福勤认为，这是"作者的心情一时由深自内疚转为妄自鄙弃的表现"[④]。但应该说，这"恰恰展示了瞿氏对自我身份认同矛盾的深刻体会"[⑤]。政治和文学间的身份认同矛盾，"一直是他无法解决的两难困境"[⑥]。况且，瞿秋白也曾以"滑稽剧"[⑦]丑角比喻自己的尴尬与无奈。[⑧]的确，无论"文人"还是"政治家"，瞿秋白都有点不够专业和不够彻

---

① 瞿秋白：《致郭沫若》，《瞿秋白文集》（文学编）第2卷，第418页。

② 同上。

③ 瞿秋白：《多余的话》，《瞿秋白文集》（政治理论编）第7卷·附录，第719页。

④ 刘福勤：《心忧书〈多余的话〉》，上海社会科学院出版社1993年版。

⑤ 张历君：《历史与剧场：论瞿秋白笔下的"滑稽剧"和"死鬼"意象》，《墨痕深处：文学·历史·记忆论集》，第311—328页。

⑥ 同上。

⑦ 瞿秋白：《多余的话》，《瞿秋白文集》（政治理论编）第7卷·附录，第718页。瞿秋白所言的"滑稽剧"是"喜剧"的误译，瞿秋白在《马克斯、恩格斯和文学上的现实主义》里曾把巴尔扎克的《人间喜剧》译作《人的滑稽戏》。马克思（Karl Marx）在《〈黑格尔法哲学批判〉导言》中，把当时德国落后的制度和政治状况比喻为"喜剧"的"丑角"（comedian）——"现代的旧制度不过是真正主角已经死去的那种世界制度的丑角。历史是认真的，经过许多阶段才把陈旧的形态送进坟墓，世界历史形态的最后一个阶段是它的喜剧"。张历君先生认为瞿秋白在《多余的话》里有关"滑稽剧"和揭穿假面的比喻"明显来自马克思这篇名作"，（张历君：《历史与剧场：论瞿秋白笔下的"滑稽剧"和"死鬼"意象》，《墨痕深处：文学·历史·记忆论集》，第311—328页。）但没有证明。

⑧ 瞿秋白：《多余的话》，《瞿秋白文集》（政治理论编）第7卷·附录，第722页。

底。因此，所谓"多余"——"舞台上空空洞洞的"① 存在处
境，也就成为瞿秋白文艺思想困境的隐喻。《多余的话》不仅彰
显瞿秋白人生角色的历史困境，也突出其文艺思想的历史尴尬。
正如柳鸣九在《〈忏悔录〉译本序》中评卢梭一样，瞿秋白"他
并不想把自己打扮成历史伟人，但他却成了真正的历史伟人，他
的自传也因为他不想打扮自己而成了此后一切自传作品中最有价
值的一部分"②。

《多余的话》中，瞿秋白把文人、绅士、游民、读书人、读书
种子混为一谈，把文学、文艺、书本子、翻译、俄国文学等同视
之。这表明，不管现代文艺还是古典文艺，瞿秋白认为本质上它
们是夹杂前行的。中国古典唯美文艺世界的"文人"、"读书人"
和俄国文学的"多余人"、"忏悔的贵族"，都可互不排斥地成为
瞿秋白强烈的身份认同。这是瞿秋白的现实处境、人生经历、政
治斗争实践、自身质素、俄苏文学修养与佛教文化的影响所致。
瞿秋白不仅在人生处境有强烈的被抛出现实宇宙之多余感，而且
"多余"也成为他对文艺自始至终的清醒定性与准确定位。

对文艺的爱而多余，表现了瞿秋白作为大革命时代觅渡者本
身的角色尴尬与两难。因此，《多余的话》成为瞿秋白对大时代
重压下"从文"者"无足观"的最好诠释。

二 历史困境与意义

每个时代都有它独特的文学观念。瞿秋白所处的现代中国处
境，古典文学世界遭遇社会革命后，毫无反抗和生存之力，于是
只剩下颓唐。同时，现代文学的思想世界又还远未成熟。因此，

---

① 瞿秋白：《多余的话》，《瞿秋白文集》（政治理论编）第 7 卷·附录，第
722 页。

② 柳鸣九：《法兰西文学大师十论》，复旦大学出版社 2004 年版，第 66 页。

在革命语境中，文艺思想的现代进程往往多被异化为文学旗帜下的思想论战与革命呐喊。

可是，在非文学的时代，瞿秋白偏偏想以古典唯美的方式作现代文人的调适自处。瞿秋白这种多重错位的选择，最终便只剩下悲剧、多余、困境与颓唐。或许，只有在"伴醉眠"[①] 和"永久休息"[②] 之际，瞿秋白的江南旧梦才有现实存放的可能。因此，从古典文人转而为现代革命家的瞿秋白，他的文艺思想层积着三重意义上的追问，进而构成他的身份认同困境：如何在现代文艺世界安放古典唯美文艺趣味？如何在革命政治语境以古典的现代文人自处？如何在非文学时代进行文学趣味的选择？

从古典到现代、从唯美趣味到革命政治，是瞿秋白文艺思想发展史上的一次精神苦旅。而较之前人从古典到近代的文艺思想的变革与维新，二者所不同的是，瞿秋白必须在暴力革命的历史处境下，完成他从古典文人到现代政治家和文学家的精神觅渡和角色转换。这也正是瞿秋白文艺思想的历史意义与困境所在。

（一）身份认同的困境

瞿秋白一再自称文人，可见他相当清楚而且认同自己所处的古典文人角色的过渡状态。[③] 其实，瞿秋白文艺思想的过渡转态，不仅仅是在古典文艺方面。在现代文艺上，瞿秋白也从未完成它的专业化训练，因为他"没有功夫做有系统的学术上的研

---

① 瞿秋白：《雪意》，《瞿秋白文集》（文学编）第 2 卷，第 359 页。

② 瞿秋白：《多余的话》，《瞿秋白文集》（政治理论编）第 7 卷·附录，第 720 页。

③ 刘福勤先生认为，瞿秋白的"'书生'生涯，只是在少年时代那几年出于极不稳定的演变着的过程中，一步入成人阶段，从主色调来看，它就是革命的书生、马克思主义的书生了"。（刘福勤：《瞿秋白的书生、知识分子特点》，《瞿秋白研究》第 10 辑，第 153 页；刘福勤：《文学家的瞿秋白和革命政治家的瞿秋白》，《文学评论》1991 年第 3 期。）刘福勤先生的理解有点机械，因为革命与书生生涯并没有必然的关系，一如钱钟书先生对"文人无行"说的辩证。

究"。尽管瞿秋白一开始就认同"个人找一种学问或是文艺研究"的现代文学研究者的角色，然而一旦进入革命政治大潮之后，他就感慨自己被"喧宾夺主"①。从"有余暇研究一些文艺问题"到"有时还会怀念着文艺而'怅然若失'"，瞿秋白误会着自己入党就不能再专修文学，因为"学文学仿佛就是不革命的观念，在当时已经通行"②。因此，瞿秋白在生命的最后，竟然希望"只做些不用自出心裁的文字工作"以度余年。瞿秋白甚至想"拒绝用脑"③，这也是部分出于他对文学的现代专业角色的了解不够深入。瞿秋白认为，自己对现代文艺的兴趣，"只因为六年的'文字因缘'，对于现代文学以及文学史上的各种有趣的问题，有时候还有点兴趣去思考一下，然而大半也是欣赏的份数居多，而研究分析的份数较少。而且体力的衰弱也不容许我多所思索了"④。尽管瞿秋白一再认为自己的现代文艺身份不够专业，但是现代文艺毕竟是他唯一现实的精神认同。因为江南旧梦已如烟，那个古典文艺的唯美时代毕竟远去了。

对于文人，瞿秋白相信"再过十年八年没有这一种知识分子"，因为文人是"中国中世纪的残余和'遗产'——一份很坏的遗产"⑤。尽管瞿秋白仍把文人当作现代知识分子的一种，但在文人身份⑥与文艺专业现代认同的选择上，瞿秋白却是毫不犹豫的。也许他认为这是革命者应有的原则。瞿秋白对文人和现代

---

① 瞿秋白：《多余的话》，《瞿秋白文集》（政治理论编）第 7 卷·附录，第 704—705 页。

② 同上书，第 697 页。

③ 同上书，第 703 页。

④ 同上。

⑤ 同上书，第 713 页。

⑥ 历史上人们对于文人多有戏谑嘲讽的传统，包括文人自己也不时自嘲。如范泉先生主编的"青年知识文库"第三辑第一种中，就有一本《论文人》对古代文人极尽调笑。（洪为法：《论文人》，上海永祥印书馆 1947 年版。）

文艺专业进行比较辨析，并对后者作出有倾向性的论说。瞿秋白不幸不能否认自己正是文人之一种，但更不幸的是，他觉得自己在现代文艺上也不够专业。[①] 两边不靠的尴尬状态，令瞿秋白意识到自己正是游走于古典与现代之间的历史过渡状态中的戏子角色。正如他把文人混同于一种知识分子一样，瞿秋白也把戏子混同于舞台上的演员。[②] 所以，在文人与现代文艺专业者、文艺与政治之间，瞿秋白都觉得自己是剧中人。[③] 然而，瞿秋白清醒地知道，扮演舞台上的角色究竟不是自己的生活。精力消耗于政治游戏舞台、假戏真做的现实生活，让瞿秋白很苦、后悔和十分厌倦。于是，在文艺与政治之间，瞿秋白首选回家。但何处是归程呢？古典文人抑或现代文艺专业？

排除文艺与政治的二元困境后，瞿秋白在文艺体味要求上的感性具体，又遭遇理性、系统的现代知识体系的挑战。文人、文艺专业与书生理论知识工作的对立，也让瞿秋白无法两全。一方面，"庞杂而无秩序的一些书本上的知识和累赘"既"反乎自己兴趣的政治生活"，使瞿秋白"麻木起来，感觉生活的乏味"；另一方面，书生本来就"对于宇宙间的一切现象，都不会有亲切的了解，往往会把自己变成一大堆抽象名词的化身"、"对于实际生活，总象雾里看花似的，隔着一层膜"[④]。在现代知识处境中，瞿秋白对"具体"的所指发生游离。

按理说，文艺具体是感性与生动。但瞿秋白笔下，"具体"却成为修汽车、配药方、办合作社、买货物、清理账目。瞿秋白认为文人和书生就意味着不够专业，因为他们"样样

---

① 瞿秋白：《多余的话》，《瞿秋白文集》（政治理论编）第 7 卷·附录，第713—714 页。

② 同上书，第 713、715 页。

③ 同上书，第 715 页。

④ 同上书，第 716 页。

都懂得一点，其实样样都是外行"。由于对"具体"与"名词"在理解上的含混而游离，瞿秋白在古典文人、现代文艺专业者、现代知识分子这三种角色之间的选择和自我身份认同陷入困境。①

瞿秋白将这种身份认同的困境与尴尬，归咎于自己与实际生活的"隔膜"。瞿秋白最终把对"具体"的理解回归到实际生活、回归到"比较精细地考察人物，领会一切'现象'"②。在文艺与政治、现代文艺专业与古典文人、感性生活体验与理性知识体系之间，瞿秋白最后还是选择前者。尽管有"太迟了"和"一切都荒疏了"的遗憾，瞿秋白还是由此而印证自己选择的正确。瞿秋白认为，这是他从文人"进到真正了解文艺的初步"，因此也觉得自己得到一种身份归属。瞿秋白相信，尽管他曾经发表过的一些文艺意见"驳杂得很"，但也相信自己"也许走进了现代文艺的水平线以上的境界，不至于辨别不出兴趣的高低"；尽管瞿秋白认为，自己在现代文艺专业身份上虽然不够彻底，"自己写的东西——类似于文艺的东西是不能使自己满意的"、"至多不过是个'读者'"，但他毕竟在自我的苛求中获得身份认同。无疑，这是因为瞿秋白源于另一种自信，即对自己的俄文翻译水平的大胆肯定。瞿秋白认为"假使能够仔细而郑重地，极忠实地翻译几部俄国文学名著，在汉字方面每字每句地斟酌着，

---

① 莫里斯·迈斯纳引入马克斯·韦伯的理论［［德］马克斯·韦伯：《宗教社会学》（上），［德］约翰内斯·温克尔曼（Johannes Winckelmann）整理，林荣远译，商务印书馆1997年版，第453—705页］来解释这种选择困境的本质，认为这是"根本目的伦理"［也翻译为"信念伦理"（ethic of conviction）和"责任伦理"（ethic of responsibility）］两种准则在现代中国革命风暴中的选择困境。［［美］莫里斯·迈斯纳（Mamtee Meisized）：《李大钊与中国马克思主义的起源》，中共北京市委党史研究室编译组译，中共党史资料出版社1989年版，第121—123页。］

② 瞿秋白：《多余的话》，《瞿秋白文集》（政治理论编）第7卷·附录，第716—717页。

也许不会'误人子弟'的"①。在因果式的追问中,瞿秋白渐渐明晰自己的身份皈依——从半吊子古典文人转变而来的、现代文艺专业水平线以上的境界的读者。而生命最后时日里的文艺阅读渴望,也再次证明瞿秋白在现代文艺专业旨趣上的自我身份认同。

瞿秋白最后想读的书籍里,除了《红楼梦》,其他都是中国和苏俄现代文艺经典。但瞿秋白却迅即补一句——"中国的豆腐②也是很好吃的东西,世界第一"。这或许是瞿秋白从食物的意义上,肯定自己最终对现代文艺的选择和认同。但也不妨理解为,这是他回顾一生后的精神了悟——"得其放心矣"③。此刻,瞿秋白对美食的无端慨叹,既是对古典与现代、文艺趣味与革命政治等一系列二元对立的轰然消解,更是瞿秋白对自我精神困境的最后解放——回归自我。

（二）精神皈依的困境

作为政治革命家,对信仰的组织形式的忠诚是其最后的政治皈依;作为现代文艺家,具体的"实际生活"的感受（瞿秋白很愿意"回过去再生活一遍"④）则是专业思想生发的经验依托;作为古典文人,唯美古典诗文的语言世界,才是安放个人心灵的家。然而,瞿秋白在任何角色归属上都处于过渡状态,这不仅导致他思想深处的焦虑和紧张,更让他的文艺思想陷入困境。

不管是《多余的话》还是七首旧体诗词,在文体选择、思

---

① 瞿秋白:《多余的话》,《瞿秋白文集》（政治理论编）第7卷·附录,第717—718页。

② 需补充的是,瞿秋白就义地——福建长汀豆腐以鲜嫩出名,至今仍为"闽西八大干"之一。

③ 瞿秋白:《未成稿目录》,见陈铁健《瞿秋白传》,第497页。

④ 瞿秋白:《多余的话》,《瞿秋白文集》（政治理论编）第7卷·附录,第716—717页。

想表达、情感基调上，都是瞿秋白文艺思想困境的表现。古典唯美与现代品格、文艺兴趣天性和政治时势裹挟，构成瞿秋白文艺思想的困境；半吊子的古典文人意趣、不够具体的现代文艺专业身份，蕴蓄着瞿秋白文艺思想的内在张力。瞿秋白把他的思想困境归于"历史的误会"①。

　　《多余的话》里"历史的误会"出现6次，"历史的纠葛"出现1次；含有不可抗力意味的"历史"表述，更出现45次之多。在《致郭沫若》中，瞿秋白同样把命运归因于"时代的电流"②，一切结果都是历史和时代所致。③一般来说，把个人命运因果追究落实到历史，这种逻辑无疑是非常表面浮泛的。但瞿秋白是立志为同时代人"辟一条光明的路"④的革命先行者，他如此来归纳自己的人生因果却相当准确和深刻。也正因为如此，瞿秋白文艺思想的困境和张力才具有历史和时代的经典个案意味。列宁曾把托尔斯泰誉为"俄国革命的镜子"⑤，类似比喻也被施用于鲁迅。⑥而这种拟喻对瞿秋白同样适用，起码在瞿秋白文艺思想困境的普遍性意义上是如此。

　　从古典到现代，中国文艺的最大转折变化是审美标准。现代历史进程中，人与语言的关联越来越紧密，所谓"存在在思想中形成

---

　　①　瞿秋白：《多余的话》，《瞿秋白文集》（政治理论编）第7卷·附录，第694—699页。

　　②　瞿秋白：《致郭沫若》，《瞿秋白文集》（文学编）第2卷，第418页。

　　③　这种身不由己的"时代"感，今人多少有些隔膜。但在瞿秋白的历史阶段里则是普遍体验。张天翼的小说《从空虚到充实》（收入文集时更名为《荆野先生》）对此有同样的表达。张天翼：《从空虚到充实》，《萌芽月刊》第1卷第2号，1930年9月1日。

　　④　瞿秋白：《饿乡纪程·序言》，《瞿秋白文集》（文学编）第1卷，第5页。

　　⑤　［俄］列宁：《列夫·托尔斯泰是俄国革命的镜子》，《列宁全集》第17卷，第181—188页。

　　⑥　王富仁：《中国反封建思想革命的一面镜子——〈呐喊〉〈彷徨〉综论》，北京师范大学出版社1986年版。

语言。语言是存在的家,人以语言之家为家"①。看重文字想象世界的古典文人,他们在朝向声音信息世界中的现代知识分子身份的转换过程中,也伴随着世界观和生活方式的转换,所谓"想象一种语言就是想象一种生活方式"②。古典文艺世界的多元共生处境,在现代社会里则简化为一元选择。古典文艺唯美封闭的语言世界,本来是古典文人经纶世务之余的心灵家园;现代文艺守望的实际生活,则是现代文艺专业品格的依托处所。当现代文艺由于专业知识分化以后,也就把文艺的心灵归家和品格依托仅仅变成为职业选择与社会生存的手段。二者的不同,只是在于现代处境的文艺心灵归家与经纶世务的分裂更为剧烈。作为现代无产革命实践者的瞿秋白,对这种激烈和紧张的体会更是深刻。从古典文人到现代革命政治家、文艺家,瞿秋白没能在思想上同步完成与时俱进的角色与趣味扬弃,更多的只是在观念上进行名词更替,③"在接触实际上有点教条主义"④。这不仅造成瞿秋白在革命身份的转换上不够彻底,也使他在现代文艺专业上的思考不够具体,更导致他的古典唯美趣味的"田园荒芜"⑤、心灵无法回到自己的"家"——"愿意干的俄国文学研究"。瞿秋白曾因学文学仿佛就是不革命而"误会着加入了党就不能专修文学"⑥,这种误会无疑过于平面化,因为革命与文学本不对立,更非对等的二元。

---

①　彭富春:《译者前言》。[德]海德格尔:《诗·语言·思》,文化艺术出版社 1991 年版,第 4 页。

②　[英]路德维希·维特根斯坦:《哲学研究》,陈嘉映译,上海世纪出版集团、上海人民出版社 2005 年版,第 13 页。

③　刘晓先生认为"瞿秋白的世界观转变,带有浓重的观念色彩"、"他似乎很满足于仍做一个'观念人'","在瞿秋白执着于思想文化的改造与提升的积极追求的背后,正隐伏着对于现实政治疏离的旧根。"(刘晓:《文化传统与瞿秋白、方志敏的思想性格》,《瞿秋白研究》第 2 辑,第 203 页。)

④　李维汉:《对瞿秋白"左"倾盲动主义的回忆》。

⑤　瞿秋白:《多余的话》,《瞿秋白文集》(政治理论编)第 7 卷·附录,第 697 页。

⑥　同上书,第 711 页。

古典到现代的转换中，瞿秋白文艺思想经受多层面选择的痛苦，这往往源于其"性格根本上是软弱的"①。此外，瞿秋白因历史生成的"工具人格"②、对政治和文学的关系不够深刻的误会——即太缺少"做有系统的学术上的研究"③，也都与之有关。

瞿秋白的驳杂与坦诚，令人同时发现古典与现代文艺思想的同体共生，进而去体味二者在变革时代里互相纠缠的历史变迁形态。然而，倘若把"'人'的瞿秋白"④作为一个思想原点，或许可以更好地理解"一个饱经风霜的敏感的文人学者"⑤从古典到现代的精神苦旅！

（三）现实主义文艺思想探索的理论困境

目前，瞿秋白的现实主义文艺思想探索在中国现代文艺思想史上的经典地位，已得到一定的确认和论述。⑥但是，瞿秋白现实主义文艺思想的内涵与局限，迄今为止尚未得到深入的讨论。这当然部分地是由于瞿秋白个人身份指涉的政治与历史定位之复杂。但就文艺思想而言，这也因为他的现实主义文艺思想探索本身存在理论局限和历史规约。

在理论的自足和周延层面上，韦勒克曾经指出"现实主义"本身深刻的理论吊诡：

---

① 郑超麟：《我所知道的瞿秋白》，《郑超麟回忆录》（下），东方出版社 2004 年版。郑超麟的说法有点过火，但瞿秋白性格里的确有软弱的根性。

② 冯昕：《瞿秋白的道德思想》，《瞿秋白研究》第 14 辑，第 84 页。

③ 这一点也是胡秋原认为造成瞿秋白悲剧命运的根本原因。参见胡秋原《瞿秋白论》。

④ 冒炘、王强：《也说"脆弱的二元人物"》，《瞿秋白研究》第 3 辑，第 187 页。

⑤ 周扬：《"为大家开辟一条光明的路"》，《瞿秋白研究》第 1 辑，第 6 页。

⑥ 在由中共中央马恩列斯著作编译局编译的《马克思恩格斯选集》（人民文学出版社 1995 年版）中，瞿秋白翻译过的马恩著作中论文艺的篇目手稿或书影，已经成为马恩选集中对应篇目今译的插图页。这也似乎含蓄地表明瞿秋白在中国现代马列文论发展史上的经典地位。

然而,现实主义同样有潜在的危险性,这种危险性与其说在于其程式和规范的僵化,不如说是它在其理论支持下,抹杀艺术与传播知识或劝世教人的界线的可能性。……在较低的层次上,现实主义总是降格成新闻报道、论文写作、科学论文等,简言之,降格成了一种非艺术;而在最高的层次上,它产生了巴尔扎克和狄更斯、陀斯妥耶夫斯基、托尔斯泰、亨利·詹姆斯和易卜生甚至左拉等一批伟大的作家。在这些伟大作家的作品中,它总是超越自己的理论,创造出各种想象的世界。①

其实,不仅是"现实主义"的名词本身或思潮发展存在悖论,几乎所有致力于现实主义文艺思想探求的文艺理论家,往往都不免陷入思想发展与历史功利的纠缠。② 这也就是安敏成所说的"美学冲动凌驾于变革目标"或"艺术与社会的两难",最终或导致"批判的湮没与模式的消解",或仅仅为读者提供"美学慰藉而非生活的指导"③。为此,韦勒克更是有点情绪化地宣称"现实主义理论最终是一种坏的美学"④,尚佛勒则指责"现实主义"是"'无数带着主义尾巴的宗教'之一"⑤。

然而,当现实主义理论由西方思想理论背景转而进入共产主

---

① [美] R. 韦勒克:《文学思潮和文学运动的概念》,中国社会科学出版社1989年版,第250页。

② 关于现实主义文艺思想探索与政治的纠葛,可参见路易·阿拉贡为《论无边的现实主义》写的《序》以及此书的附录论文《关于现实主义的争论》(胡越译)。[法] 罗杰·加洛蒂:《论无边的现实主义》,吴岳添译,百花文艺出版社1998年版,第1—9、246—277页。

③ [美] 安敏成:《现实主义的限制——革命时代的中国小说》,第205—206页。

④ [美] R. 韦勒克:《文学思潮和文学运动的概念》,第250页。

⑤ 转引自 [美] 丹绵·格兰特、莉莲·弗斯特《现实主义·浪漫主义——艺术历程的追踪》,郑鸣放、邵小红、朱敬才译,陕西人民出版社1989年版,第30页。

义革命思想观照的时候，其原先分析资本主义社会现实的理论预设，① 也就自然转换为阶级斗争的思想分析策略和立场限制。因此，在现代共产主义革命的视域中的现实主义文艺思想探索，更是剑走偏锋。虽然呈现出它在意识形态美学上的锐利锋芒，却模糊更高层面的人性与社会群体的温暖情怀。况且，现实主义文艺思想在中国的发展，自始至终都与中国传统的文以载道理论难解难分，不仅仅是因为二者在理论质素上的趋同，也因为中国近代以来历史变局实在太过危急。传统世界秩序的瓦解与现代社会的急速转型紧密对接，人们没有时间和可能对任何理论做过于抽象和系统的审慎辨析，更多是出于实用立场的对付和功利考量的拣择。批判现实主义已经"无力修补遍布中国的文化裂隙"，在"新的民族群众，或大众感受的生成"眼中，甚至已经成为"一种殖民主义的圈套"② 遭到放逐。而所谓的"社会主义现实主义"以及形形色色的政治现实主义，③ 除了一时权宜的理论宣传便利和政治目标的政策规约外，本身并不存在多少文艺理论意义上的考量。

因此，瞿秋白的现实主义文艺思想探索，由于种种因素的制约，变得只能用"最清醒的"限定词来表达他对现实主义理论目标的深度描述，强调一种"描述的现实性"而非"内容的现实性"④，更没有办法进行深入系统的理论思考。因此，瞿秋白

---

① 伍晓明：《中国文学中的现代思潮概观》，见乐黛云、王宁主编《西方文艺思潮与二十世纪中国文学》，中国社会科学出版社 1990 年版，第 5—6 页。

② ［美］安敏成：《现实主义的限制——革命时代的中国小说》，第 207 页。

③ 关于"现实主义"理论在中国的接受历程，可参见以下专著：温如敏：《新文学现实主义的流变》，北京大学出版社 1988 年版；陈顺馨：《社会主义现实主义理论在中国的转换与接受》，安徽教育出版社 2000 年版；李杨：《抗争宿命之路："社会主义现实主义"（1942—1976）研究》，时代文艺出版社 1993 年版；汪介之：《回望与沉思：俄苏文论在 20 世纪中国文坛》，北京大学出版社 2005 年版。

④ ［英］C. S. 路易斯：《文艺评论的实验》，徐文晓译，华东师范大学出版社 2008 年版，第 72—78 页。

身处现实主义理论的"巴别城似的"① 现代困境之中,他不仅无法自拔,也无需自拔。毕竟他属于那个时代,更属于历史。

（四）瞿秋白文艺思想与中国现代左翼文学批评

迄今为止,学界已基本认同一个观点:瞿秋白文艺思想是中国新文学建设的"中介环节"②,具有"承前启后的意义"③。甚至更有学者从知识—话语—权力的系统构建角度,进一步理解瞿秋白在中国现代文学史上的地位:

> 作为政治附庸、宣传部门的人文学科,便是由权势话语所建构的,以中国现代文学研究为例,它主要是在瞿秋白文艺思想—左翼文学运动—延安文艺政策—新中国成立后17年文艺政策的这个逐渐发展完善的权势话语的理论系统支配下建构学科的,通过权势（Power）作为原初动力的知识生产系统,生产出学科的话语、概念系统,建立新的语汇及概念,进行意义赋予。④

类似的思路,还有洪子诚把左翼文艺与历史宏大叙述生成相联系起来的考量。⑤ 然而,总体上说,在中国现代哲学史⑥和文

---

① 陈思和:《中国新文学整体观》,上海文艺出版社1987年版,第70页。

② 丁言模:《中国新文学建设的"中介环节"——论胡适、瞿秋白和毛泽东的文学观》,《瞿秋白研究》第8辑,第337、339页。

③ 季世昌、朱净之:《瞿秋白对中国马克思主义文艺理论的贡献》,陈铁健等编:《瞿秋白研究文集》,中共党史资料出版社1987年版,第202页。

④ 张先飞:《形而上的困惑与追问——现代中国文学的思想寻踪》,河南大学出版社2004年版,第187页。

⑤ 洪子诚:《文学与历史叙述》,河南大学出版社2005年版,第87—95页。

⑥ 袁伟时认为:"从李大钊等开始播种,到结下毛泽东哲学思想的硕果,瞿秋白的辛勤耕耘是促进生长、发育的重要一环。这就是他在中国现代哲学史上的地位。"（袁伟时:《试论瞿秋白的哲学思想》,《哲学研究》1982年第5期。）

艺思想史上，瞿秋白都是无法忽视的存在（除了刻意遗忘，其实这也是一种重视）。在中国现代左翼文学批评视域里，瞿秋白无疑是公认的、俄苏文艺思想资源进入中国的引路人，马列主义文艺批评实践的开先河者。

中国现代左翼文学批评与中国现代革命事业密切联系在一起，前者甚至是后者革命图景规划和实践中的一部分。由于强调革命领导权争夺和追求革命胜利的目标预设，革命的彻底性和二元对立的斗争思维，贯穿左翼文学批评的始终。战斗性成为中国现代左翼文学批评的基本品格。在《普洛大众文艺的现实问题》中，瞿秋白就曾强调："普洛大众文艺，必须用普洛现实主义的方法来写。这需要开始一个运动，一个为着普洛现实主义而斗争的运动。"① 瞿秋白的现实主义文艺思想探索，绝对不仅仅是文学的。不论是它对彻底性的要求程度，还是以运动来进行斗争的思维方式，都"努力地显示出无产阶级与资产阶级争夺文学领导权斗争的坚决性和必要性"②。

作为最早策划和领导左翼文艺运动的共产主义革命领导人，不管在思想理论资源的构建上，还是在具体对象的文艺批评实践范式的开创上，瞿秋白都当之无愧地成为左翼文学批评基本品格的奠定者。瞿秋白把无产阶级唯物的世界观与现实主义文艺思想的现实观紧密联系起来，认为无产阶级"他们的热情、理想、高尚的情思的根源，就发生于赤裸裸的丑恶的现实"③。当然，瞿秋白本人对左翼批评的激进与偏颇未尝没有认识，并也曾经试

---

①　瞿秋白：《普洛大众文艺的现实问题》，《瞿秋白文集》（文学编）第 1 卷，第 480 页。

②　丁言模：《写实主义骑士和现实主义革命者——胡适、瞿秋白文学观之比较》，《瞿秋白研究》第 2 辑，第 133 页。

③　瞿秋白：《马克思文艺论底断篇后记》，《瞿秋白文集》（文学编）第 3 卷，第 129—130 页。

图有所纠偏。可是，由于瞿秋白是一个希望急切彻底改变中国现代历史命运的政治家和古典趣味浓厚的文人，他的相关探索既有热情奔放乃至盲目的一面，更有书生意气和文人热烈的气质。正如鲁迅所说：

> 文人不应该随和；而且文人也不会随和，会随和的，只有和事老。但这不随和，却又并非回避，只是唱着所是，颂着所爱，而不管所非和所憎；他得像热烈地主张着所是一样，热烈地攻击着所非，像热烈地拥抱着所爱一样，更热烈地拥抱所憎——恰如赫尔库来斯（Hercules）的紧抱了巨人安太乌斯（Antaeus）一样，因为要折断他的肋骨。[①]

在"只是唱着所是，颂着所爱，而不管所非和所憎"的执拗中，瞿秋白为中国革命贡献了自己毕生的精力。因此，瞿秋白作为中国现代左翼文学批评思想资源的最早引进者，他的虔敬和忘我精神担得起后人对真正意义上的革命者的最纯粹的崇敬。当瞿秋白决意前往饿乡考索中国未来时，他的内心独白是那么的高洁：

> 世界上对待疯子，无论怎么样不好，总不算得酷虐。我既挣扎着起来，跟着我的"阴影"，舍弃了黑甜乡里的美食甘寝，想必大家都以为我是疯子了。那还有什么话可说！我知道：乌沉沉甘食美衣的所在——是黑甜乡；红艳艳光明鲜丽的所在——是你们罚疯子住的地方，这就当然是冰天雪窖饥寒交迫的去处（却还不十分酷虐），我且叫他"饿乡"。我没有法想了。"阴影"领我去，我不得不去。你们罚我这

---

① 鲁迅:《再论"文人相轻"》,《鲁迅全集》第 6 卷，第 336 页。

个疯子，我不得不受罚。我决不忘记你们，我总想为大家辟
一条光明的路。我愿去，我不得不去。我现在挣扎起来了，
我往饿乡去了。①

瞿秋白"总想为大家辟一条光明的路"。在引进左翼文学批评
思想资源上，他为现代中国文艺带来第一批较为纯粹的马克思主
义文艺理论，也带来国人对苏俄文艺马克思列宁主义式的理解。
在审美与意识形态的贯通下，马恩文论的苏俄式理解，从此成为
现代中国左翼文学批评的基本思维范式——文学的社会历史批评；
与此同时，也生成另一种不太好的副产品——文学政治批评。毋
庸讳言，审美的意识形态批评，自有其尖锐深入的思想批判锋芒。
但意识形态对审美意识的笼罩，也同步地带来对文艺在美学意味
上探索的遮蔽和伤害。鲁迅称这一种文艺批评为"马克思主义批
评枪法"②。"枪法"一词，可谓一语中的、意味深长。

中国现代文学批评的"马克思主义批评枪法"，来自瞿秋白
编译的《"现实"——马克思主义文艺论文集》③。这本书"不
免略为关涉到中国文艺界的现象"④，瞿秋白生前并未出版。首
篇《马克斯、恩格斯和文学上的现实主义》，曾署名"静华"发
表于 1933 年 4 月 1 日的《现代》第 2 卷第 6 期。然而，即便就
此一篇，也足可证明瞿秋白作为左翼文学批评的基本理论设计者
的历史分量。论文里，瞿秋白编译并撰述马克思文艺理论的根本
问题：文艺思想上的现实主义内涵、作家本人的世界观和现实主

---

① 瞿秋白：《饿乡纪程·绪言》，《瞿秋白文集》（文学编）第 1 卷，第 5 页。
② 鲁迅：《对于左翼作家联盟的意见》，《鲁迅全集》第 4 卷，第 236 页。
③ 此书于 1936 年 3 月由鲁迅辑入《海上述林》（上卷）《辨林》时，副题曾改
为《科学的文艺论文集》。
④ 瞿秋白：《"现实"——马克思主义文艺论文集》，《瞿秋白文集》（文学编）
第 4 卷，第 226 页。

义艺术成就的矛盾、现实主义文艺思想的真实性和典型创造、文学遗产继承、无产阶级的现实主义。瞿秋白根据马克思和恩格斯等人对以上相关问题的片断论述,结合自己的俄苏体验进行理解并撰述成篇,对上述问题作出了迄今为止仍然可以称得上是马列主义经典式的阐释。从这篇论文开始,瞿秋白式的马列主义文艺理论阐释思路,就成为中国现代左翼文学批评的基本思想理论资源。

瞿秋白不仅是中国马列主义文艺基本理论的设计者,也是将它们率先运用于左翼文学批评实践的最初倡导者和实践者之一。无论在具体论述思路的展开模式上,还是在批评理论与批评对象、文本的结合上,瞿秋白作的《〈鲁迅杂感选集〉导言》都是范式性的左翼文学批评文本。更重要的是,这篇论文不仅奠定了马列主义式的现当代文学批评的作家批评模式,而且界定鲁迅此后几乎不可动摇的地位。可以说,在中国现当代文艺思想史上,这是以政治权威确立文艺思想权威的最初、也是最成功的尝试。文艺与政治结合且能双赢的历史创举,仅此一次。当然,正如康保成所论说的——文艺有多复杂,与政治关系就有多复杂,这大概源于人内心世界的复杂。[①]

以左翼文学批评视域来观照瞿秋白的理论贡献和思想史意义,旨趣在于反思延安文学以来的新文学传统。研究界往往强调历史现场感,而“回到五四”一类的口号,更是意味着把新文学传统前溯“五四”。因此,本书首先定位于对“五四”到延安时期的左翼文学思想发生、发展和变迁的讨论,即对中国新文学传统的前史研究。没有“五四”就没有左翼,也就没有革命文

---

① 文艺与政治关系的复杂,康保成先生在《南明罢演〈燕子笺〉事件的来龙去脉——兼说文品与人品、文艺与政治的关系》中有精彩深入的辨析和考论。(日本名古屋大学中国语学文学会编:《名古屋大学中国语学文学论集》第十九辑,2007年3月。)

学。选择连接"五四"、左翼和延安新文学传统的典型人物瞿秋白为个案，只是希望以瞿秋白文艺思想讨论为开端，重新梳理现代文学批评的思想流脉，丰富对本土文艺理论和文艺思想历史发展的认知。

结　语

在同时代人里面，瞿秋白是少数既熟悉文艺又能坚持对文艺进行革命政治规约的文艺理论家和文学家①。他的两部俄国游记，影响了中国人对俄国革命和俄国文学的接受；他编译的《"现实"》，对中国左翼文论的发展和马列文论的中国化进程更是功高业伟；他的文艺大众化思想和苏区文艺实践（尤其是集体写作的文艺政策设计），与毛泽东文艺思想之间的承传和影响关系②更是有稽可考。

然而更可贵的是，在中国现代文艺思想史上，瞿秋白率先坦承自己思想上存在现实与浪漫的内在不协调（这也是他文艺思想上的二元主轴）：对文艺的社会政治功利要求与对文艺审美趣味的执著。瞿秋白革命政治实用论的文艺思想，是激变时代③决定的，也是他对"影响的焦虑"和因此导致的"忧郁症和焦虑

---

① 毛泽东曾认为瞿秋白"既懂政治，又懂艺术"。（李又然：《毛主席——回忆录之一》）我认为瞿秋白懂的只是理论政治，而并非实践政治。但在文艺上，瞿秋白不仅懂文艺，也懂政治文艺学，可谓难得。因此，毛泽东说他"懂艺术"可谓精当之论。

② 参见李又然《毛主席——回忆录之一》，《新文学史料》1982 年第 2 期；冯雪峰：《谈有关鲁迅的一些情况》，《鲁迅研究资料》第 1 辑，文物出版社 1976 年版；萧三：《忆秋白》，《人民日报》1980 年 6 月 18 日；吴奚如：《吴奚如回忆"左联"大众化工作委员会的活动》，文振庭主编：《文艺大众化问题讨论资料》，第 401 页；〔荷兰〕佛克马、易布思：《二十世纪文学理论》，林书武等译，生活·读书·新知三联书店 1988 年版，第 126 页。

③ 罗志田：《激变时代的文化与政治》，北京大学出版社 2006 年版，第 8 页。

原则"① 纠结的结果。然而瞿秋白在内心深处始终耽溺唯美的文艺趣味，认同着诗文乃安身立命、诗意安居的"归家"② 的古典文人传统。

即便在俄苏等异域文艺思想资源的汲取上，瞿秋白也同样存在二元：瞿秋白翻译俄苏文艺和译介马列文论，但他选择译介的并不完全等同于他本人喜欢接受的。所谓自作往往不一定自受。瞿秋白异域文艺思想接受的更多是已经俄化的马克思主义，当然也有小部分马克思恩格斯的原典：马列主义文论原典部分，被瞿秋白偶尔运用于作家作品的具体批评；俄化这部分，与中国文以载道传统有着天然的亲和力。③ 随着革命政治工作的需要，被融入到瞿秋白对文艺在革命事业中的思考、定位和实践倡导中。因此，瞿秋白现代文艺思想的发生、发展与中国现实革命的洪流有着不可分割的同构性。由于这些特殊的历史限定，瞿秋白功利实用论文艺思想衍生出三个基本内核：一是"最清醒的现实主义"；二是文腔革命论；三是革命文艺的大众化。围绕着这三个基本内核，瞿秋白文艺思想继而派生出六项系统的文艺观念：

（一）**文艺本体论**　主导工具论，④ 把文学绑缚在政治革命的战车上，因文学革命而倡革命文学，最终只推崇唯革命甚至直

---

① ［美］哈罗德·布鲁姆：《影响的焦虑》，徐文博译，生活·读书·新知三联书店1989年版，第6、11页。

② 以诗文艺事为"归家"，瞿秋白有多处提及。钱锺书也有精彩论述，如钱锺书：《说"回家"》，《钱锺书散文》，浙江文艺出版社1997年版，第541—545页。

③ 郭沫若对此的解释极为典型。郭沫若在20世纪20年代后期曾用新"载道观"解释"五四"："古人说'文以载道'，在文学革命的当时虽曾尽力加以抨击，其实这个公式倒是一点也不错的。'道'就是时代的社会意识。"（郭沫若：《文学革命之回顾》，《文艺讲座》1930年第2期。）

④ 最能体现瞿秋白"文学工具论"的是"留声机"论。（瞿秋白：《文艺的自由和文学家的不自由》，《瞿秋白文集》（文学编）第3卷，第67页。）

接是以文学为名目的革命行动；

（二）**文艺风格论**　以大众化为唯一标准，把分别处在启蒙需求、消费策略、革命动员三个向度的文艺思考简约为文艺风格通俗化，进而等同于革命动员宣传；

（三）**文艺批评论**　强调文学社会历史批评，以阶级分析法对作品进行世界观的审视，[①] 重视阶级立场判断，形成"最清醒的现实主义"理路；

（四）**文学语言论**　提出普通话、真正的白话等文言合一理想，希望在文言、古代白话、现代白话、骡子话之外寻求中国现代汉语的发展，抹杀"诗的语言"与"普通语言"、[②] 文学艺术和语言工具之间的差别；

（五）**文学史观**　认为"五四"后的新文学传统需要下猛烈的泻药，必须实行无产阶级的"五四"，强调争夺文学史写作的革命领导权来配合现实政治使命；

（六）**文化论**　引进高尔基"两个真实论"[③]，将文化进程等同于现实政权更替。认为汉字拉丁化才是中国文化彻底革命、重新开始的金光大道。主张文化激进，视汉字为"世界上最龌龊最恶劣最混蛋的中世纪的毛坑"[④]。尽管这与他本人深厚的中

----

① 瞿秋白把涉及世界观的辩证法和唯物论当作文艺阶级立场差异的判断标准，这也是他对马列文论之文学现实主义的基本理解。（瞿秋白：《马克思、恩格斯和文学上的现实主义》，《瞿秋白文集》（文学编）第 4 卷，第 18 页。）

② ［英］乔治·汤姆生：《马克思主义与诗歌》，袁水拍译，生活·读书·新知三联书店1950年版，第 10 页。

③ 瞿秋白写道："高尔基回答是：真实有'两个'：一个是临死的，腐烂的，发臭的；另外一个是新生的，健全的，在旧的'真实'之中生长出来，而否定旧的'真实'的。"（瞿秋白：《高尔基论文选集·写在前面》，《瞿秋白文集》（文学编）第 5 卷，第 325 页。）

④ 瞿秋白：《普通中国话的字眼的研究》，《瞿秋白文集》（文学编）第 3 卷，第 247 页。

国传统文化教养和积累也极为矛盾。①

　　然而，难能可贵的是，在现代思潮滔滔的历史变革洪流中，瞿秋白没有单一地选择走古典化（名士化）或欧化（绅士化）的道路，因为这些都是非革命的文艺大众化。② 也不简单盲目地选择走完全俄化的道路，而是试图走彻底革命的第三条道路——文学革命、文腔革命与文化革命，即革命文艺的大众化路线。尽管瞿秋白的许多文艺思想最后都没有获得充分实践，但是他的所有努力和有限探讨仍旧为中国现代新文学传统提供了重要的思想资源。在中国文艺现代转型过程中，瞿秋白无愧为力图独立思考的"时代的一定思想的代表"③。而且在中国现代文学史上，瞿秋白是少数能直接汲取俄苏文艺思想资源的、古典文人和现代职业革命家紧密结合的历史人物典型。在对异域思想资源进行吸收、传播以及在中国语境内实际运用后，瞿秋白对其进行总结提高，并提出文腔革命主张。这在很大程度上改变了中国现代文学的发展路向和思想品格，尤其在中国左翼文艺思潮和现代文论品格的塑造、现实主义文艺思想的发展方面。

　　尤其重要的是，在实质上领导"左联"时期，瞿秋白为左翼文学和中国革命文艺运动争取鲁迅这面旗帜。此举深刻地改变了现代文学的发展轨迹，极大丰富了延安新文学传统——既对鲁迅的启蒙传统有所发展，同时又直接启发毛泽东，因此瞿秋白成

---

　　① 关于瞿秋白文化思想及其中国文化激进主义思想的讨论，参见杨成敏《论瞿秋白的中国新民主主义文化思想》，《瞿秋白研究》第 13 辑，第 47—61 页；杨成敏：《近十年来瞿秋白文化思想研究综述》，《瞿秋白研究》第 13 辑，第 95—112 页；胡伟希、田薇：《中国文化激进主义思潮的历史演进》，《中国人民大学学报》（哲学社会科学版）2001 年第 6 期。

　　② 瞿秋白：《欧化文艺》，《瞿秋白文集》（文学编）第 1 卷，第 493 页。

　　③ ［德］恩格斯：《致裴·拉萨尔》（1859 年 5 月 18 日），《马克思恩格斯全集》第 4 卷，第 558 页。

为"马克思主义文艺思想'中国化'的奠基者"①。瞿秋白还是最早运用马列文论从事文学批评和文学论争的批评家和文艺理论家之一。瞿秋白的批评理路、批评风格和批评样式,成为独具特色的左翼文学批评、马列主义文学批评和研究的典范。尤其是《〈鲁迅杂感选集〉序言》,既体现了瞿秋白独特的文艺批评范式,更奠定此后鲁迅研究的思想高度和基本思路。与此同时,瞿秋白还是现代中国语言革命的代表。瞿秋白提倡和参与的汉字拉丁化运动因过于激进而难以为继,但是他的努力毕竟推动了中国现代汉语普通话拼音运动的发展。② 在现代汉语文学语言的发展方面,瞿秋白更是以自己的翻译实绩和翻译思想作出巨大贡献。

　　瞿秋白文艺思想的历史性、革命性的真正价值在于,他艰难地探索了这么一个问题:如何既"保持西方文学传统(包括'五四'资产阶级和俄化马克思的文学传统)"又"保持中国自己的文化传统"③,从而既能继承传统文化以建设新兴文化又能争取群众基础以保无产阶级革命成功? 正是出于试图周全这两种互相矛盾的思想,瞿秋白文艺思想既有激进的成分,但也不乏保守因子。由于过度强调阶级斗争的对立和政治革命的紧迫决绝,不仅导致瞿秋白在继承民族传统文化遗产上的偏激态度,不恰当地贬抑五四新文化运动功绩,也限制他对欧美非左翼的现代文艺思想的包容接纳。这对现代文艺发展造成一些负面影响,也极易令人误解瞿秋白有民族文化的虚无倾向和过多的极"左"意识

---

　　① 冒炘、王强:《瞿秋白文艺思想片论》,《瞿秋白研究》第 1 辑,第 168 页。

　　② 奇怪的是,今人在梳理这一问题时多未提及瞿秋白的贡献,而是直接以在瞿秋白之后参与汉字拉丁化试验的吴玉章为起点。(黄加佳:《50 年前〈汉语拼音方案〉制订始末》,《北京日报》2008 年 4 月 22 日。)

　　③ Paul Pickowicz: *Qu Qiubai's Critique of the May Fourth Generation: Early Chinese Marxist Literature Criticism*,转引自贾植芳主编《中国现代文学的主潮》,第 203 页。

形态狭隘。① 可是正如恩格斯所言："主要的出场人物是一定的阶级和倾向的代表，因而也是他们时代的一定思想的代表，他们的动机不是从琐碎的个人欲望中，而正是来自他们所处的历史潮流。"②

因此，瞿秋白文艺思想在历史语境中的迁流转折，不论是归因于时代、革命还是个人性格与命运因素，更多地都是出于历史与个人契合而成的"不得已"③。从这个角度上说，对瞿秋白文艺思想的研究，将不再是出于纯粹的怀恋与评价，而是具有时代思想整理的考虑和民族精神风貌传承的思想史价值讨论。正如王铁仙先生所言，中国现代新文学的显著特点是"它与无产阶级领导下的人民革命斗争的密切联系。谁如果割断了这种联系，就不能清楚阐述中国现代新文学的历史，也无法正确评价瞿秋白的文学贡献"④。在 20 世纪的中国思想史视野里，瞿秋白影响了中国现代革命史走向、塑造了中国现代文学的战斗品格、丰富了中国现代文艺思想史的资源构成。在现代文化史上，瞿秋白也无疑是中国自近代以来文化嬗变转型时期的重要关节点。而在西化、欧化、俄化、现代化的思想论争中，作为时代洪流里的一个思想原点，瞿秋白文艺思想也具有不可否认的历史反思和借鉴价值。

总而言之，瞿秋白文艺思想贯穿着古典与现代的二元绞缠：

---

① 对瞿秋白文艺思想中的极"左"色彩，要抱以历史和辩证的态度。毕竟瞿秋白文艺思想是在革命斗争环境下历史发展的，其间不仅有国际左翼文学思潮的影响，而且他本人始终是以"马克思主义的小学生""做革命"态度来对待文艺事业的。参见胡有清《论中国左翼创作理论所受的国际影响》、武援平：《新文学史上关于题材的第一次争论——三十年代左翼文学中的题材问题》，皆见《文学评论》丛刊第 29 辑，中国社会科学出版社 1987 年版，第 167—224 页。

② ［德］恩格斯：《致裴·拉萨尔》（1859 年 5 月 18 日），《马克思恩格斯全集》第 4 卷，第 558 页。

③ 中国文艺和文人在为文与从政时往往出于一种自卑心理基础，所谓不得已。（郑清茂：《中国文学在日本》，台北纯文学出版社 1968 年版，第 106、119 页。）

④ 王铁仙：《瞿秋白文学评传》，第 273 页。

古典部分是以古典文艺赏鉴为核心的唯美文艺趣味和传统功利主义文艺思想，现代部分是革命功利的现实主义和现代意识形态的文艺审美。尽管瞿秋白的文艺思想贯穿着革命政治斗争的现实规约，但古典文艺趣味浓厚、现代马列文论修养较时人精深的瞿秋白，他始终艰难地行进在现实主义文艺思想的探索途中。与此同时，瞿秋白的文艺思想也饱受着文艺与政治、唯美与功利、古典与现代二元绞缠的痛苦。这些痛苦是丰富的，也是历史的。这是瞿秋白文艺思想在中国现代文艺思想史上的意义和价值所在，当然也是局限和无奈之处。

参考文献

一 中文部分

现代文献

民国报刊影印本

报纸

《申报》（本书写作参考了第 61—335 册），上海书店 1983 年版。

《益世报》（影印版），南开大学出版社、天津古籍出版社、天津教育出版社 2004 年版。

叶楚伧、邵力子主编：《民国日报》（上海版），人民出版社 1981 年影印本。

《晨报》（影印版），全国图书馆文献缩微复制中心 2004 年版，共 105 册。

北京晨报社编：《晨报副镌》（1921—1928 年影印版），人民出版社 1981 年影印版。

《向导周报》，1922 年至 1927 年中国共产党中央委员会机关报，人民出版社 1954 年影印版。

《民国日报》（广州版），1923 年 6 月创刊，1937 年 1 月更名为《中山日报》，人民出版社 1981 年影印版，共 42 分册。

《红色中华》（1933年10月至1937年21—324期），人民出版社1982年影印版，共3册（第3分册为《新中华报》）。

瞿秋白主编：《热血日报》（1925年6月，合订本），中共中央主办，1925年6月4日创刊，6月27日停刊，人民出版社1980年影印版。

《民国日报》（汉口版）：1926年11月25日创刊，1927年7月15日改组，人民出版社1980年影印版，共3分册。

《红旗日报》，（1930年8月至1931年3月），1930年8月15日创刊，中国共产党中央委员会机关报（自162期起改为中国共产党中央委员会江苏省委机关报），人民出版社1982年影印版，共1册。

《红旗周报》1931年3月9日创刊，1934年3月1日终刊，中国共产党中央委员会机关报，人民出版社1982年影印版，共6册。

《申报自由谈》（上），1932年12月1日至1934年4月25日，上海图书馆1981年影印版。

《申报自由谈》（下），1934年4月26日至1935年10月31日、1938年10月10日至1938年10月31日，上海图书馆1981年影印版。

《新华日报》1938年1月11日创刊，1947年2月28日停刊，北京图书馆1963年影印，共18分册。

期刊

《新青年》（月刊），共9卷，人民出版社1954年影印版。

瞿秋白等主编：《新社会》（旬刊），共18期，社会实进会发行，1919—1920年。

瞿秋白等主编：《人道》1920年8月15日，仅1期。社会实进会发行。

傅斯年、罗加伦等编：《新潮》月刊，北京大学新潮社编辑，共 12 期，上海书店 1986 年影印版。

茅盾（沈雁冰）主编：《小说月报》（1921—1931），第12—22 卷，书目文献出版社 1981—1994 年版，共 11 册。

《新青年》（季刊），共出 4 期，中国共产党中央委员会机关刊物，人民出版社 1954 年影印版。

《创造月刊》，共 2 卷，上海创造社出版部发行，上海书店1985 年影印版。

蒋光慈主编：《太阳月刊》，共 7 期，上海春野书局发行，上海文艺出版社 1961 年 4 月据原书影印。

郁达夫等主编：《大众文艺》，共 11 册 12 期，上海现代书局发行，上海文艺出版社 1961 年 5 月据原书影印。

蒋光慈主编：《拓荒者》，上海现代书局发行，上海文艺出版社 1960 年影印版。

鲁迅主编：《萌芽月刊》，共 5 期，上海文艺出版社 1959 年影印版。

《巴尔底山》，中国左翼作家联盟机关刊物，共 5 期，上海文艺出版社 1959 年影印版。

《文化斗争》，中国左翼作家联盟机关刊物，共 2 期，上海文艺出版社 1961 年影印版。

鲁迅主编：《新地月刊》，仅 1 期，上海文艺出版社 1959 年影印版。

鲁迅主编：《十字街头》，中国左翼作家联盟机关刊物，1931 年 12 月 11 日创刊，共 3 期，上海文艺出版社 1959 年 5 月据原刊影印。

《文艺新闻》，翁从元发行，上海文艺新闻报社，1931—1932 年，上海文艺出版社 1963 年 3 月影印版。

中国左翼作家联盟机关杂志，前哨编辑委员会编：《前哨·文学导报》（共 8 期，从第 1 卷第 2 期始更名为《文学导报》），上海文艺出版社影印。

丁玲主编：《北斗》（中国左翼作家联盟机关杂志），上海湖风书局 1931 年至 1932 年发行，共 8 期 7 册。

《现代》（共出 34 期），上海现代书局发行，上海书店 1984 年 9 月影印版，精装全 8 册。

《文学月报》（共 1 卷 6 期，中国左翼作家联盟的理论指导机关刊物），上海光华书局 1932 年 6 月至 12 月发行，上海文艺出版社 1984 年 11 月影印。

陈质夫编：《文化月报》（仅 1 卷第 1 期，中国左翼文化总同盟的机关刊物），上海文艺出版社 1959 年影印版。

《文艺月报》（北平左联机关刊物），立达书店发行，上海文艺出版社 1959 年影印版。

上海文学新地社编辑：《文学新地》（仅创刊号），上海文艺出版社 1959 年影印版。

《太白》1934 年 9 月 20 日创刊，1935 年 3 月 5 日出版第 12 期后停刊，上海生活书店发行。

瞿秋白著述

瞿秋白著作文集·选集

瞿秋白执笔：《文学》（半月刊，仅第 1 卷第 1 期，中国左翼作家联盟的理论指导机关刊物）1932 年 4 月 25 日，上海文学社出版。上海文艺出版社据原书影印。（此书即为《乱弹》的基本内容，虽为刊物，实则瞿秋白独著。）

瞿秋白编选并序：《号炮集》，江西中央苏区，1934 年油印版。

瞿秋白（遗著）：《乱弹及其它》，东北书店 1936 年版。

瞿秋白：《街头集》，霞社校，1939、1940 年版。

瞿秋白：《大众文艺现实问题》，华中文化协会编，1946

年版。

瞿秋白：《论中国的文学革命》，冯乃超编，香港海洋书屋，1947 年 7 月印行。

瞿秋白：《社会科学概论》，上海书店 1989 年版。

瞿秋白：《瞿秋白文集》（仅文学编，为 8 卷 4 册本），冯雪峰主编。

　　第 1 册（1—2 卷），人民文学出版社 1953 年版。

　　第 2 册（3—4 卷），人民文学出版社 1953 年版。

　　第 3 册（5—6 卷），人民文学出版社 1953 年版。

　　第 4 册（7—8 卷），人民文学出版社 1954 年版。

瞿秋白：《瞿秋白论文学》，人民文学出版社 1959 年版。

瞿秋白：《瞿秋白选集》，人民文学出版社 1959 年版。

瞿秋白：《多余的话》，人民文学出版社资料室编印，人民文学出版社 1973 年版（内部发行）。

瞿秋白：《瞿秋白诗文选》，人民文学出版社 1982 年版。

瞿秋白：《论〈子夜〉及其它》，朱正编，百花文艺出版社 1985 年版。

瞿秋白：《瞿秋白选集》，人民出版社 1985 年版。

瞿秋白：《瞿秋白文集》（文学编·6 卷本，出版时只标出版年份），周扬主编。

　　第 1 卷，人民文学出版社 1985 年版。

　　第 2 卷，人民文学出版社 1986 年版。

　　第 3 卷，人民文学出版社 1989 年版。

　　第 4 卷，人民文学出版社 1986 年版。

　　第 5 卷，人民文学出版社 1987 年版。

　　第 6 卷，人民文学出版社 1988 年版。

瞿秋白：《瞿秋白文集》（政治理论编·8 卷本），温济泽主编。

第 1 卷，人民出版社 1987 年版。

第 2 卷，人民出版社 1988 年版。

第 3 卷，人民出版社 1989 年版。

第 4 卷，人民出版社 1993 年版。

第 5 卷，人民出版社 1995 年版。

第 6 卷，人民出版社 1996 年版。

第 7 卷，人民出版社 1991 年版。

第 8 卷，人民出版社 1998 年版。

瞿秋白：《坦荡人生：瞿秋白随想录》，何乃生编，广州花城出版社 1992 年版。

瞿秋白：《瞿秋白语萃》，丁守和、王凌云编，华夏出版社 1993 年版。

瞿秋白：《瞿秋白自传》，梦华编选，江苏文艺出版社 1996 年版。

瞿秋白：《瞿秋白论文集》，瞿勃、杜魏华整理，重庆出版社 1995 年版。

瞿秋白：《民国丛书·第五编：80 册·新俄国游记》，《民国丛书》编辑委员会编，周谷城主编，上海书店 1996 年版。

瞿秋白：《多余人心史》，东方出版社 1998 年版。

瞿秋白：《瞿秋白文集》（文学编·6 卷本），周扬主编。

瞿秋白：《瞿秋白文集》（1~6 卷），人民文学出版社 1998 年版（仅印 1000 套）。

瞿秋白：《饿乡纪程·赤都心史·乱弹·多余的话》，岳麓书社 2000 年版。

瞿秋白等：《红色光环下的鲁迅》，河北教育出版社 2000 年版。

瞿秋白著述：《瞿秋白》，中国社会科学出版社 2003 年版。

瞿秋白：《赤都心史》，广西师范大学出版社 2004 年版。

瞿秋白：《俄国文学史及其他》，复旦大学出版社 2004 年版。

瞿秋白：《瞿秋白游记：饿乡纪程·赤都心史》，东方出版社 2007 年版。

瞿秋白译文集·选集：

［苏］杜洛斯基（即托洛茨基）：《现代经济政策之趋势》，瞿秋白译。

［俄］高尔基：《为了人类》，瞿秋白、吕伯勤等译，上海挣扎社 1946 年版。

［俄］洛若夫斯基：《世界劳工运动现状》，瞿秋白译。

［俄］托尔斯泰：《托尔斯泰短篇小说集》，瞿秋白译，1924 年版。

［俄］郭列夫：《无产阶级之哲学——唯物论》，瞿秋白译，1927 年版。

［苏］郭列夫：《新哲学——唯物论》，瞿秋白译，原野出版社 1949 年版。

瞿秋白：《共产国际制定〈共产国际党纲及章程〉》，1929 年编。

［苏］郭范仑科：《新社会观》，王伊维（瞿秋白）译，1930 年版。

《海上述林》，瞿秋白译，鲁迅（周树人）编，诸夏怀霜社校印［分上卷（辨林）下卷（藻林）的两卷本，深蓝色布面］，1936 年版，印数 400。（上海三联书店 1949 年版。）

［苏］斯徒夸夫：《无产阶级政党之政治的战术与策略》，瞿秋白译，1938 年版。

［苏］高尔基：《高尔基创作选集》，瞿秋白译，人民文学出版社 1953 年版。

［苏］高尔基：《高尔基论文选集》，瞿秋白译，人民文学出

版社 1954 年版。

[苏] 卢那察尔斯基:《解放了的董吉诃德》，瞿秋白译，人民文学出版社 1954 年版。

[德] 马尔赫维察:《爱森的袭击》，瞿秋白译，人民文学出版社 1954 年版。

[俄] 普希金:《茨冈》，瞿秋白译，人民文学出版社 1959 年版。

瞿秋白译，郑惠、瞿勃编:《瞿秋白译文集》（2 册），译林出版社 1999 年版。

瞿秋白编著

瞿秋白编:《鲁迅杂感选集》，上海青光书局 1933 年版。（上海文艺出版社 1980 年据此影印再版）。

乐雯（瞿秋白）剪贴、翻译并编校:《萧伯纳在上海》，四川人民出版社 1983 年版。

瞿秋白年谱

周永祥编写:《瞿秋白年谱》，广东人民出版社 1983 年版。

周永祥:《瞿秋白年谱新编》，学林出版社 1992 年版。

姚守中、耿易、马光人编著:《瞿秋白年谱长编》，江苏人民出版社 1993 年版。

朱钧侃主编:《总想为大家辟一条光明的路：瞿秋白大事记述》，南京大学出版社 1999 年版。

研究瞿秋白的专门材料

专著类

上官艾明:《瞿秋白与文学》，江苏文艺出版社 1959 年版。

丁景唐:《学习鲁迅和瞿秋白作品的札记》，上海文艺出版社 1961 年版。

　　周红兴：《秋白诗歌浅释》，广西人民出版社 1981 年版。

　　曹子西：《瞿秋白的文学活动纪略》，新文艺出版社 1983 年版。

　　王铁仙：《瞿秋白论稿》，华东师范大学出版社 1984 年版。

　　丁景唐、陈铁健、王关兴、王铁仙等：《瞿秋白研究文选》，天津人民出版社 1984 年版。

　　杨之华：《回忆秋白》，洪久成整理，人民出版社 1984 年版。

　　丁守和：《瞿秋白思想研究》，四川人民出版社 1985 年版。

　　方去疾、吴朴堂、单晓天：《瞿秋白笔名印谱》，上海人民美术出版社 1986 年版。

　　单演义：《鲁迅与瞿秋白》，天津人民出版社 1986 年版。

　　丁景唐、王保林：《鲁迅和瞿秋白合作的杂文及其它》，陕西人民出版社 1993 年版。

　　冒炘：《瞿秋白研究》，中国矿业大学出版社 1989 年版。

　　韩斌生：《瞿秋白与中国现代文化》，江苏人民出版社 1989 年版。

　　罗宁：《诸夏怀霜》，文津出版社 1990 年版。

　　邓中好：《瞿秋白哲学研究》，中国文史出版社 1992 年版。

　　刘福勤：《心忧书〈多余的话〉》，上海社会科学院出版社 1993 年版。

　　张文泰：《李大钊、陈独秀、恽代英、瞿秋白的美学思想》，黑龙江教育出版社 1993 年版。

　　刘福勤：《从天香楼到罗汉岭：瞿秋白综论》，广西师范大学出版社 1995 年版。

　　唐宝林、陈铁健：《陈独秀与瞿秋白》，中国青年出版社 1997 年版。

王文强：《瞿秋白杂文研究》，华东师范大学出版社 1998 年版。

季甄馥：《瞿秋白哲学思想评析》，华东师范大学出版社 1998 年版。

许京生：《瞿秋白与鲁迅》，华文出版社 1999 年版。

严慈：《瞿秋白：学者兼革命家》，上海教育出版社 1999 年版。

刘福勤：《瞿秋白：情感　才华　心史》，济南出版社 2001 年版。

程民：《瞿秋白写作艺术论》，南京大学出版社 2001 年版。

刘小中：《瞿秋白与中国现代文学运动》，南京大学出版社 2002 年版。

吴之光：《瞿秋白家世》，中央文献出版社 2003 年版。

张秋实：《瞿秋白与共产国际》，中共党史出版社 2004 年版。

杨建生：《瞿秋白政论文研究》，中央文献出版社 2004 年版。

孙克悠：《瞿秋白平反工作纪实》（内部资料），中国方正出版社 2005 年版。

编著类

柳亚子辑：《关于瞿秋白烈士殉国案》。

吕健编著：《李大钊和瞿秋白》，上海商务印书馆 1951 年版。

丁景唐、文操编：《瞿秋白著译系年目录》，上海人民出版社 1959 年版。

北京政法学院革命委员会《讨瞿战报》编辑部编：《讨瞿》（彻底搞臭大叛徒瞿秋白资料汇编），北京政法学院革命委员会《讨瞿战报》发行组 1967 年 10 月发行。

北京师大井冈红军：《瞿秋白批判集》，1968 年版。

《忆秋白》编辑小组编：《忆秋白》，人民文学出版社 1981年版。

史习坤编：《瞿秋白研究资料》（上、下），中央民族学院科研处 1982 年（内部出版物）。

陈云志编著：《瞿秋白》，黑龙江人民出版社 1982 年版。

南京图书馆书目部编：《瞿秋白研究资料索引》，江苏省哲学社会科学联合会 1985 年版。

中共龙岩地委党史资料征集研究委员会编：《浩气贯长虹·纪念瞿秋白就义五十周年》，1985 年 6 月（内部资料）。

梦花编：《瞿秋白的写作生涯》，百花文艺出版社 1986年版。

陈铁健等编：《瞿秋白研究文集》，中共党史资料出版社1987 年版。

王保林编注：《怀霜诗钞》，天津人民出版社 1991 年版。

长汀县民政局编：《瞿秋白在汀州》，厦门大学出版社 1992年版。

丁景唐、丁言模编：《瞿秋白印象》，学林出版社 1997年版。

《瞿秋白百周年纪念》编辑组编：《瞿秋白百周年纪念：全国瞿秋白生平和思想研讨会论文集》，中央文献出版社 1999年版。

孙淑、汤淑敏主编：《瞿秋白与他的同时代人》，南京大学出版社 1999 年版。

朱钧侃主编：《高山仰止：瞿秋白的崇高精神和高贵品质》，南京大学出版社 2001 年版。

江苏省瞿秋白研究会选编，汤淑敏、蒋兆年、叶楠主编：《瞿秋白研究新探》，南京大学出版社 2003 年版。

吴之光编著：《瞿秋白家世》，中央文献出版社 2003 年版。

王仲良、季世昌主编：《瞿秋白》（大型文献画册），中央文献出版社 2003 年版。

刘林元等著，江苏省瞿秋白研究会编：《瞿秋白对毛泽东思想形成的重要贡献》，中央文献出版社 2005 年版。

中共江苏省委党史工作办公室、江苏省瞿秋白研究会编：《瞿秋白的历史功绩》，中国文联出版社 2005 年版。

传记·评传·文学作品

萧三、杜静、康生：《瞿秋白 刘华传》，上海国际图书公司 1940 年版。

司马璐：《瞿秋白传》，香港自联出版社 1962 年版。

姜新立：《瞿秋白的悲剧》，台湾幼狮文化事业公司 1982 年版。

王士菁：《瞿秋白传》，四川人民出版社 1985 年版。

陈铁健：《瞿秋白传》，上海人民出版社 1986 年版。

王观泉：《一个人和一个时代：瞿秋白传》，天津人民出版社 1989 年版。（1991 年 3 月，修订版第 1 版。）

陈铁健：《从书生到领袖——瞿秋白》，上海人民出版社 1995 年版。

王铁仙：《瞿秋白文学评传》，百花文艺出版社 1987 年版。

史洪：《革命先驱瞿秋白》，中国劳动出版社 1990 年版。

鲁云涛：《瞿秋白评传》，四川文艺出版社 1991 年版。

叶楠：《瞿秋白评传》，河海大学出版社 1991 年版。

冒炘：《瞿秋白 杨之华》，中国青年出版社 1995 年版。

王静、陆文桂：《瞿秋白》，江苏文艺出版社 1999 年版。

严慈：《瞿秋白：学者兼革命家》，上海教育出版社 1999 年版。

余玉花：《瞿秋白学术思想评传》，北京图书馆出版社 2000

年版。

蓝鸿文、许焕隆：《瞿秋白评传》，人民日报出版社 2000 年版。

韩斌生：《文人瞿秋白》，中央文献出版社 2000 年版。

张琳璋：《瞿秋白》，中央文献出版社 2005 年版。

龙德成：《马克思主义者瞿秋白》，中共党史出版社 2005 年版。

梁化奎：《文化伟人瞿秋白》，中央文献出版社 2005 年版。

瞿秋白纪念馆编：《江南一燕：瞿秋白的生平和故居》，江苏人民出版社 1987 年版。

金石编著：《瞿秋白》，中国青年出版社 1994 年版。

丁景唐主编：《中国现代著名编辑家编辑生涯》，中国展望出版社 1990 年版。

金风编写：《瞿秋白》，新华出版社 1991 年版。

瞿秋白纪念馆编：《江南第一燕：瞿秋白画传》，上海书店出版社 2002 年版。

于仲良主编：《瞿秋白》（大型画册），中央文献出版社 2003 年版。

郭一平主编：《瞿秋白传》（上、下），学苑音像出版社 2004 年版。

以瞿秋白有关人事为题材的文艺作品

丁玲：《韦护》，上海大江书铺 1930 年 9 月 15 日初版，1931 年 12 月 2 日再版。

蒋光赤（光慈）：《短裤党》，上海泰东书局 1927 年版，亚东图书馆 1938 年 12 月重印。

郭沫若：《克拉凡左的骑士》，曾题为《同志爱》、《新的五月歌》、《武汉之五月》。见王锦厚、伍加伦、肖斌如编《郭沫若佚文集（1906—1949）》（上册），四川大学出版社 1988 年版，第 214—215 页。

蒋柏桢：《瞿秋白》（新诗集），南方出版社 1999 年版。

阎欣宁：《永远的秋白》，海峡文艺出版社 2002 年版。

宋振海：《碧血忠魂：瞿秋白革命的一生》，中央文献出版社 2003 年版。

瞿秋白研究辑刊·专刊：

《瞿秋白研究》（1—14 辑）

第 1 辑：纪念瞿秋白诞辰九十周年（1899.1—1989.1）：中国常州瞿秋白纪念馆瞿秋白研究会编，1989 年 1 月（内刊）。

第 2 辑：瞿秋白纪念馆编，上海学林出版社 1990 年版。

第 3 辑：瞿秋白纪念馆编，上海学林出版社 1991 年版。

第 4 辑：瞿秋白纪念馆编，上海学林出版社 1992 年版。

第 5 辑：瞿秋白纪念馆编，上海学林出版社 1993 年版。

第 6 辑：瞿秋白纪念馆编，上海学林出版社 1994 年版。

第 7 辑：瞿秋白纪念馆编，上海学林出版社 1995 年版。

第 8 辑：瞿秋白纪念馆编，上海学林出版社 1996 年版。

第 9 辑：瞿秋白纪念馆编，上海学林出版社 1998 年版。

第 10 辑：瞿秋白纪念馆编，上海学林出版社 1998 年版。

第 11 辑：瞿秋白纪念馆编，上海学林出版社 2000 年版。

第 12 辑：瞿秋白纪念馆编，上海学林出版社 2002 年版。

第 13 辑：瞿秋白纪念馆编，上海社会科学院出版社 2005 年版。

第 14 辑：瞿秋白纪念馆编，中国福利会出版社 2007 年版。

江苏省瞿秋白研究会编：《瞿秋白研究文丛》（第 1 辑），中央文献出版社 2007 年版。

江苏省瞿秋白研究会主办，《瞿秋白研究论丛》编辑部编（内刊）：《瞿秋白研究论丛》2000 年 3 月第 1 期，2002 年至第

8 期。

其他相关的研究专著·编著

专著

顾凤城：《新兴文学概论》，上海光华书局印行 1930 年版。

郑振铎：《中国文学论集》，上海开明书店 1934 年版。

侍桁：《文学评论集》，上海现代书局 1934 年版。

叶籁士：《拉丁化概论》，上海天马书店 1935 年版。

阿英（钱杏邨）：《中国新文学大系史料·索引》，上海良友图书公司 1936 年版。

洪为法：《论文人》，上海永祥印书馆 1947 年版。

李何林编著：《近二十年中国文艺思潮论》，上海生活书店 1948 年版。

倪海曙：《拉丁化新文字概论》，上海时代出版社 1949 年版。

白桃等：《从一个村看解放区的文化建设》，香港新民主出版社 1949 年版。

李何林等：《中国新文学史研究》，新建设杂志社 1951 年版。

蔡仪：《中国新文学史讲话》，上海新文艺出版社 1952 年版。

丁易：《中国现代文学史略》，作家出版社 1955 年版。

侯外庐、赵纪彬、杜国庠：《中国思想通史》，人民出版社 1957 年版。

许广平：《鲁迅回忆录》，作家出版社 1961 年版。

杨子烈：《往事如烟》（后改为《张国焘夫人回忆录》），香港自联出版社 1970 年版。

何秀煌：《哲学智慧的寻求》，台北东大图书公司 1972

年版。

王健民：《中国共产党史稿》（增订本 1—3 编）（第一编 上海时期；第二编　江西时期；第三编　延安时期），香港中文图书供应社 1974—1975 年版。

李泽厚：《中国近代思想史论》，人民出版社 1979 年版。

刘绶松：《中国新文学史初稿》，人民文学出版社 1979 年版。

唐弢：《晦庵书话》，生活·读书·新知三联书店 1980 年版。

刘心皇：《现代中国文学史话》，台北正中书局 1971 年版。

鲁迅：《鲁迅全集》（16 卷本），人民文学出版社 1981 年版。

鲁迅：《鲁迅全集》（18 卷本），人民文学出版社 2005 年版。

冯雪峰：《回忆鲁迅》，人民文学出版社 1981 年版。

郑伯奇：《忆创造社及其它》，香港三联书店 1982 年版。

王瑶：《中国新文学史稿》，上海文艺出版社 1982 年修订版。

陈原：《社会语言学》，学林出版社 1983 年版。

瞿光熙：《中国现代文学史札记》，上海文艺出版社 1984 年版。

茅盾：《我走过的道路》（中册），人民文学出版社 1984 年版。

萧公权等：《近代中国思想人物论——社会主义》，台北时报出版公司 1985 年版。

李维汉：《回忆与研究》，中共党史资料出版社 1986 年版。

王富仁：《中国反封建思想革命的一面镜子——〈呐喊〉〈彷徨〉综论》，北京师范大学出版社 1986 年版。

陈思和：《中国新文学整体观》，上海文艺出版社 1987 年版。

王国维：《王国维文学美学论著集》，周锡山编校，北岳文艺出版社 1987 年版。

钱理群等：《中国现代文学三十年》，上海文艺出版社 1987 年版。

蔡仲翔、黄保真、成复旺：《中国文学理论史》，北京出版社 1987 年版。

王功安、毛磊：《国共两党关系史》（5 卷合订本），武汉大学出版社 1988 年版。

温儒敏：《新文学现实主义的流变》，北京大学出版社 1988 年版。

杨云若、杨奎松：《共产国际和中国革命》，上海人民出版社 1988 年版。

邓牛顿：《中国现代美学思想史》，上海文艺出版社 1988 年版。

庞朴：《文化的民族性与时代性》，中国和平出版社 1988 年版。

黄修己：《中国现代文学发展史》，中国青年出版社 1988 年版。

李泽厚：《马克思主义在中国》，生活·读书·新知三联书店 1988 年版。

冯契：《中国近代哲学的革命进程》，上海人民出版社 1989 年版。

金耀基：《从传统到现代》，广州文化出版社 1989 年版。

陈平原：《二十世纪中国小说史·第 1 卷》（1897—1916），北京大学出版社 1989 年版。

申小龙：《汉语人文精神论》，辽宁教育出版社 1990 年版。

李明滨：《中国文学在俄苏》，花城出版社 1990 年版。

王宏志：《思想激流下的中国命运——鲁迅与左联》，台北风云时代出版公司 1991 年版。

张起厚：《中共地下党时期报刊调查研究》（1919—1949），台湾永业出版社 1991 年版。

毛泽东：《毛泽东选集》（全 4 卷），人民出版社 1991 年版。

艾晓明：《中国左翼文学思潮探源》，湖南文艺出版社 1991 年版。

聂振斌：《中国近代美学思想史》，中国社会科学出版社 1991 年版。

陈晋：《毛泽东与文艺传统》，中央文献出版社 1992 年版。

周有光：《新语文的建设》，语文出版社 1992 年版。

周来祥：《中国美学主潮》，山东大学出版社 1992 年版。

方锡德：《中国现代小说与文学传统》，北京大学出版社 1992 年版。

张大明：《不灭的火种——左翼文学论》，四川文艺出版社 1992 年版。

李杨：《抗争宿命之路："社会主义现实主义"（1942—1976）研究》，时代文艺出版社 1993 年版。

温儒敏：《中国现代文学批评史》，北京大学出版社 1993 年版。

昌切：《思之思：20 世纪中国文艺思潮论》，武汉大学出版社 1994 年版。

朱辉军：《西风东渐——马克思主义文艺理论在中国》，燕山出版社 1994 年版。

程正民：《二十世纪俄苏文论》，百花文艺出版社 1994 年版。

钱穆：《中国文化史导论》，商务印书馆 1994 年版。

杨奎松：《马克思主义中国化的历史进程》，河南人民出版社 1994 年版。

熊月之：《西学东渐与晚清社会》，上海人民出版社 1994 年版。

周作人：《中国新文学的源流》，华东师范大学出版社 1995 年版。

黄修己：《中国新文学史编纂史》，北京大学出版社 1995 年版。

赵敦华：《西方哲学通史》（第 1 卷），北京大学出版社 1996 年版。

冯友兰：《中国哲学简史》，涂又光译，北京大学出版社 1996 年版。

倪墨炎：《现代文坛灾祸录》，上海书店 1996 年版。

汪晖：《汪晖自选集》，广西师范大学出版社 1997 年版。

杨国强：《百年嬗蜕：中国近代的士与社会》，上海三联书店 1997 年版。

陈建华：《20 世纪中俄文学关系》，学林出版社 1998 年版。

旷新年：《1928：革命文学》，山东教育出版社 1998 年版。

孔庆东：《超越雅俗——抗战时期的通俗小说》，北京大学出版社 1998 年版。

刘纳：《嬗变——辛亥革命时期至五四时期的中国文学》，中国社会科学出版社 1998 年版。

陈永发：《中国共产革命七十年》（上、下），台北联经出版事业股份有限公司 1998 年版。

罗志田：《权势转移：近代中国的思想、社会与学术》，湖北人民出版社 1999 年版。

王予霞、汤家庆、蔡佳伍：《中央苏区文化教育史》，厦门大学出版社 1999 年版。

王善忠主编：《马克思主义美学思想史》（4 册），中央编译出版社 1999 年版。具体分撰情况如下：第一册：许明著；第二册：梁一儒、李树榕、王善忠著；第三册：毛崇杰著；第四册：钱竞著。

刘炎生：《中国现代文学论争史》，广东人民出版社 1999 年版。

张星烺：《欧化东渐史》，商务印书馆 2000 年版。

陈顺馨：《社会主义现实主义理论在中国的接受与转换》，安徽教育出版社 2000 年版。

周安华：《20 世纪中国问题剧研究》，中国戏剧出版社 2000 年版。

陈子展：《中国近代文学之变迁·最近三十年中国文学史》，徐志啸导读，上海古籍出版社 2000 年版。

陈建华：《革命的现代性——中国革命话语考论》，上海古籍出版社 2000 年版。

杜书瀛、钱竞主编：《中国 20 世纪文艺学学术史》（四部），上海文艺出版社 2001 年版。具体分撰情况如下：第一部：钱竞、王飙著；第二部（上）：辛小征、靳大成著；第二部（下）：旷新年著；第三部：孟繁华著；第四部：张婷婷著。

周建人：《回忆大哥鲁迅》，上海教育出版社 2001 年版。

李孝悌：《清末的下层社会启蒙运动：1901—1911》，河北教育出版社 2001 年版。

张朋园：《知识分子与近代中国的现代化》，百花洲文艺出版社 2002 年版。

哈迎飞：《五四作家与佛教文化》，上海三联书店 2002 年版。

刘康：《全球化/民族化》，天津人民出版社 2002 年版。

陈晓明：《表意的焦虑》，中央文献出版社 2002 年版。

张俊才、李扬：《二十世纪中国文学主潮》，河北教育出版社2002年版。

许道明：《中国现代文学批评史新编》，复旦大学出版社2002年版。

张梦阳：《中国鲁迅学通史》，广东教育出版社2002年版。

余英时：《士与中国文化》，上海人民出版社2003年版。

胡适编选：《中国新文学大系·建设理论集》（影印本），上海文艺出版社2003年版。

倪伟：《民族想象与国家统制》，上海教育出版社2003年版。

胡适：《胡适全集》（共44卷），安徽教育出版社2003年版。

邵志强：《常州文化丛书·常州名胜》，中国文史出版社2003年版。

杨联芬：《晚清至五四：中国文学现代性的发生》，北京大学出版社2003年版。

袁伟时：《帝国落日：晚清大变局》，江西人民出版社2003年版。

陈思和：《中国现当代文学名篇十五讲》，北京大学出版社2003年版。

朱晓进等：《非文学的世纪：20世纪中国文学与政治文化关系史论》，南京师范大学出版社2004年版。

郑超麟：《郑超麟回忆录》（"现代稀见史料书系"丛书），东方出版社2004年版。

张毅：《儒家文艺美学：从原始儒家到现代新儒家》，南开大学出版社2004年版。

张先飞：《形而上的困惑与追问——现代中国文学的思想寻踪》，河南大学出版社2004年版。

袁国兴：《1898—1948 中国文学场态》，广东人民出版社2005 年版。

高旭东：《梁实秋：在古典与浪漫之间》，文津出版社2005年版。

汪介之：《回望与沉思：俄苏文论在 20 世纪中国文坛》，北京大学出版社 2005 年版。

王宏志：《鲁迅与"左联"》，新星出版社 2006 年版。

陈福康、丁言模：《杨之华评传》，上海社会科学院出版社2005 年版。

王观泉：《天火在中国燃烧》（增补本），广西师范大学出版社 2005 年版。

刘增人等纂：《中国现代文学期刊史论》，新华出版社 2005年版。

邱运华：《19—20 世纪之交俄国马克思主义文学思想史论》，北京大学出版社 2006 年版。

李今：《三四十年代苏俄汉译文学论》，人民文学出版社2006 年版。

袁进：《中国文学的近代变革》，广西师范大学出版社 2006年版。

栾梅健：《二十世纪中国文学发生史论》，广西师范大学出版社 2006 年版。

黄见德：《西方哲学东渐史》（上册），人民出版社 2006年版。

罗志田：《激变时代的文化与政治》，北京大学出版社 2006年版。

张小红：《左联与中国共产党》，上海人民出版社 2006年版。

朱晓进：《政治文化与中国二十世纪三十年代文学》，人民出版社 2006 年版。

姚辛：《左联史》，光明日报出版社 2006 年版。

郭国昌：《二十世纪中国文学的大众化之争》，百花洲文艺出版社 2006 年版。

张宁：《无数人们与无穷远方：鲁迅与左翼》，复旦大学出版社 2006 年版。

郝庆军：《诗学与政治：鲁迅晚期杂文研究（1933—1936)》，文化艺术出版社 2007 年版。

桑兵：《晚清学堂学生与社会变迁》，广西师范大学出版社 2007 年版。

林红：《民粹主义——概念、理论与实证》，中央编译出版社 2007 年版。

王宏志：《重释"信、达、雅"：20 世纪中国翻译研究》，清华大学出版社 2007 年版。

刘永明：《左翼文艺运动与中国马克思主义文艺理论的早期建设》，中国文联出版社 2007 年版。

刘进才：《语言运动与中国现代文学》，中华书局 2007 年版。

石凤珍：《文艺"民族形式"论争研究》，中华书局 2007 年版。

马建辉：《中国现代文学理论范畴》，兰州大学出版社 2007 年版。

许隽超：《黄仲则年谱考略》，上海古籍出版社 2008 年版。

陆扬：《大众文化理论》（修订版），复旦大学出版社 2008 年版。

张玉法：《中华民国史稿》（修订版），台北联经出版事业股份有限公司 2008 年版。

胡志毅：《国家的仪式：中国革命戏剧的文化透视》，广西师范大学出版社 2008 年版。

曹清华:《中国左翼文学史稿（1921—1936)》，中国社会科学出版社 2008 年版。

胡乔木:《中国共产党的三十年》，人民出版社 2008 年版。

编著

《申报》馆编辑:《最近之五十年》(《申报》馆成立五十周年纪念特刊) 1922 年 2 月。上海书店 1987 年据原书影印。

苏汶编:《文艺自由论辩集》，现代书局 1933 年版。

伍启元编:《中国新文化运动概说》，现代书局 1934 年版。

文逸编著:《语文论战的现阶段》，天马书店 1934 年版。

倪海曙编:《中国字拉丁化运动年表》，中国拉丁化书店 1941 年版。

中华全国文学艺术工作者代表大会宣传处编:《中华全国文学艺术工作者代表大会纪念文集》，新华书店 1950 年版。

中国社会科学院近代史研究所编:《五四运动文选》，生活·读书·新知三联书店 1959 年版。

北京师范学院中文系汉语教研组编著，中国语文杂志社编:《五四以来汉语书面语言的变迁和发展》，商务印书馆 1959 年版。

中山大学中文系编著:《中国文学史（1919—1927)》第 1 卷，1961 年版（教材)。

中共中央马恩列斯著作编译局研究室编:《五四时期期刊介绍》(第一集·上册)，生活·读书·新知三联书店 1978 年版。

中国社会科学院近代史研究所编:《五四运动回忆录》，中国社会科学出版社 1979 年版。

唐弢编:《中国现代文学史》，人民文学出版社 1979 年版。

马良春、张大明编:《三十年代左翼文艺资料选编》，四川人民出版社 1980 年版。

中国社会科学院文学研究所《左联回忆录》编辑组编：《左联回忆录》（下册），中国社会科学出版社 1982 年版。

常州地方志编纂委员会办公室、常州市档案局编：《常州地方史料选编》（第 3 辑），1982 年版。

丁守和主编：《辛亥革命时期期刊介绍》（5 册），人民出版社 1982—1987 年版。

丁福保编纂：《佛学大辞典》，文物出版社 1984 年版。

北京师范大学中文系中国现代文学教研室编：《现代文学讲演集》，北京师范大学出版社 1984 年版。

黄美真、石源华、张云编：《上海大学史料》，复旦大学出版社 1984 年版。

庄钟庆编：《茅盾研究论集》，天津人民出版社 1984 年版。

李泽厚、刘纲纪编：《中国美学史》，中国社会科学出版社 1984 年版。

江西师范大学中文系苏区文学研究室编：《江西苏区文学史》，江西人民出版社 1984 年版。

中国翻译工作者协会《翻译通讯》编辑部编：《翻译研究论文集（1949—1983）》，外语教学与研究出版社 1984 年版。

马良春编：《中国现代文学思潮流派讨论集》，人民文学出版社 1984 年版。

刘柏青编：《日本无产阶级文艺运动简史（1921—1934）》，时代文艺出版社 1985 年版。

汪木兰、邓家琪编：《苏区文艺运动资料》，上海文艺出版社 1985 年版。

王永生主编：《中国现代文学理论批评史》（上册），贵州人民出版社 1986 年版。

张英进、于沛编：《现当代西方文艺社会学探索》，海峡文艺出版社 1987 年版。

文振庭编：《文艺大众化问题讨论资料》，上海文艺出版社1987年版，

周策纵、周阳山主编：《五四与中国：知识分子与中国现代化》，台北时报文化出版事业公司1988年版。

上海市委党史资料征集委员会主编，王家贵、蔡锡瑶编著：《上海大学：1922—1927》，上海社会科学院出版社1986年版。

王永生主编：《中国现代文学理论批评史》（中册），贵州人民出版社1988年版。

香港广角镜出版有限公司编写：《五四运动》（画册），华风书局有限公司发行，1989年版。

贾植芳主编：《中国现代文学社团流派》，江苏教育出版社1989年版。

贾植芳主编：《中国现代文学的主潮》，复旦大学出版社1990年版。

谢济堂主编：《中央苏区革命歌谣选》，鹭江出版社1990年版。

吉明学、孙露茜编：《三十年代"文艺自由"论辩资料》，上海文艺出版社1990年版。

乐黛云、王宁主编：《西方文艺思潮与二十世纪中国文学》，北京大学比较文学研究所编，中国社会科学出版社1990年版。

李衍柱主编：《马克思主义文艺理论在中国》，山东文艺出版社1990年版。

胡绳主编：《中国共产党的七十年》，中共中央党史研究室著，中共党史出版社1991年版。

郭志刚、孙中田主编：《中国现代文学史》，高等教育出版社1993年版。

《中国共产党江西出版史》编写组编：《中国共产党江西出版史》，江西人民出版社1994年版。

江西省文化厅革命文化史料征集工作委员会、福建省文化厅革命文化史料征集工作委员会编：《中央苏区革命文化史料汇编》，江西人民出版社 1994 年版。

常州市地方志编纂委员会编：《常州市志》（3 册），中国社会科学出版社 1995 年版。

汤家庆编著：《中央苏区文化建设史》，鹭江出版社 1996 年版。

黄曼君主编：《中国近百年文学理论批评史（1895—1990)》，湖北教育出版社 1997 年版，

王晓明主编：《二十世纪中国文学史论》，东方出版中心 1997 年版。

上海通社编：《旧上海史料汇编》（上），北京图书馆出版社 1998 年版。

刘云主编：《中央苏区文化艺术史》，百花洲文艺出版社 1998 年版。

中国人民政治协商会议全国委员会文史资料委员会编：《五四运动亲历记》，中国文史出版社 1999 年版。

戴逸主编，李复威分卷主编：《二十世纪中华学案》（文学卷 1)，北京图书馆出版社 1999 年版。

汝信、王德胜主编：《美学的历史——20 世纪中国美学学术进程》，安徽教育出版社 2000 年版。

谢天振主编：《翻译的理论建构与文化透视》，上海外国语大学出版社 2000 年版。

张宝明编著：《西方文学思潮在现代中国的传播史》，四川教育出版社 2001 年版。

许志英、邹恬主编：《中国现代文学主潮》（上、下），福建教育出版社 2001 年版。

徐瑞岳主编：《中国现代文学研究史纲》，江苏教育出版社

2001 年版。

陆贵山、周忠厚主编：《马克思主义文艺学概论》，中国人民大学出版社 2001 年版。

张柏然、许钧编：《面向 21 世纪的译学研究》，商务印书馆 2002 年版。

罗宗强主编：《古代文学理论研究》，湖北教育出版社 2002 年版。

赵利民主编：《儒家文艺思想研究》，中华书局 2003 年版。

罗岗、顾铮主编：《视觉文化读本》，广西师范大学出版社 2003 年版。

张岂之主编：《中国思想史》，西北大学出版社 2003 年版。

李文海编：《民国时期社会调查丛编·文教事业卷》，福建教育出版社 2004 年版。

李文海编：《民国时期社会调查丛编·底边社会卷》（上、下），福建教育出版社 2005 年版。

李文海编：《民国时期社会调查丛编·城市（劳工）生活卷》，福建教育出版社 2005 年版。

《中国共产党早期刊物汇编》，共 8 册，全国图书馆文献缩微复制中心 2005 年版。

李文海编：《民国时期社会调查丛编·社会组织卷》，福建教育出版社 2005 年版。

张岂之主编：《民国学案》，湖南教育出版社 2005 年版。

潘天强主编：《新编马克思主义文艺学》，复旦大学出版社 2005 年版。

《左翼文学的时代》（国际学术研讨会论文提要），北京大学中文系、北京大学二十世纪中国文化研究中心、日本中国三十年代文学研究会主办，2005 年 11 月 25—26 日（会议资料）。

《抗日战争期刊汇编》，共 40 册，全国图书馆文献缩微复制中心 2006 年版。

汕头大学文学院、新国学研究中心主编：《中国左翼文学国际学术研讨会论文集》，汕头大学出版社 2006 年版。

沈志华主编：《中苏关系史纲：1917—1991》，新华出版社 2007 年版。

《民国时事文献汇编》，共 40 册，全国图书馆文献缩微复制中心 2007 年版。

周忠厚、边平恕、连铗、李寿福主编：《马克思主义文艺学发展史》（上、下），中国人民大学出版社 2007 年版。

樊善标、危令敦、黄念欣编：《墨痕深处：文学·历史·记忆论集》，牛津大学出版社（中国）有限公司 2008 年版。

期刊论文

冯雪峰：《回忆鲁迅》，《新观察》1952 年第 3 期。

潘颖舒：《中国马克思主义文艺批评的奠基者——瞿秋白同志》，《文史哲》1954 年第 6 期。

温济泽：《瞿秋白同志在文学上的贡献》，《人民文学》1955 年第 7 期。

郑振铎：《记瞿秋白同志早年的二三事》，《新观察》1955 年第 12 期。

杨之华：《〈《鲁迅杂感选集》序言〉是怎样产生的》，《语文学习》1958 年 1 月号。

周述曾：《瞿秋白的文艺思想》，《文艺月报》1958 年第 6 期。

许广平：《秋白同志和鲁迅相处的时候》，《语文学习》1959 年 6 月号。

黄侯兴：《论瞿秋白的文学思想》，《社会科学战线》1979 年第 2 期。

王永生：《瞿秋白与新文化运动》，《复旦大学学报》（社会科学版）1979 年第 3 期。

陈铁健：《重评多余的话》，《历史研究》1979 年第 3 期。

冯夏熊整理：《冯雪峰谈左联》，《新文学史料》1980 年第 1 期。

瞿轶群口述，王铁仙整理：《回忆我的哥哥瞿秋白》，《社会科学》（上海）1980 年第 2 期。

丁玲：《我所认识的瞿秋白同志——回忆与随想》，《文汇·增刊》1980 年第 2 期。

茅盾：《"左联"时期》，《新文学史料》1981 年第 3 期。

刘柏青：《三十年代左翼文艺所受日本无产阶级文艺思潮的影响》，《文学评论》1981 年第 6 期。

周君适：《瞿秋白同志在黄陂》，《山花》1981 年第 7 期。

黄继持：《鲁迅与马克思主义文艺思想》，（香港）《抖擞》第 46 期，1981 年 9 月。

丁景唐：《鲁迅和瞿秋白友谊的丰碑——鲁迅帮助出版瞿秋白著译的经过》，《中南民族学院学报》1982 年第 1 期。

李又然：《毛主席——回忆录之一》，《新文学史料》1982 年第 2 期。

彭玲：《难忘的星期三——回忆秋白、之华夫妇》，《新文学史料》1982 年第 4 期。

袁伟时：《试论瞿秋白的哲学思想》，《哲学研究》1982 年第 5 期。

李维汉：《对瞿秋白"左倾"盲动主义的回顾与研究》，《中国社会科学》1983 年第 3 期。

冒炘：《瞿秋白研究的历史回顾》，《江海学刊》1984 年第 2 期。

易新鼎：《论太阳社》，《文学评论》1984 年第 6 期。

秦家琪：《瞿秋白的文艺思想与中国现代文学》，《南京师范大学学报》（社会科学版）1985 年第 2 期。

张晓萃：《瞿秋白少年时代生活侧记》，《新文学史料》1985 年第 2 期。

王学其：《"天涯涕泪一身遥"——少年瞿秋白在黄陂》，《春秋》1985 年第 5 期。

贾植芳：《瞿秋白对中国无产阶级文艺理论和文艺批评的开拓性贡献》，《江海学刊》1985 年第 9 期。

谭一青：《怎样看待瞿秋白与"拉普"文艺思潮的关系》，《理论月刊》1988 年第 1 期。

洪峻峰：《瞿秋白早期思想的演变》，《厦门大学学报》（哲学社会科学版）1988 年第 2 期。

罗宁：《瞿秋白与佛学》，《法音》1988 年第 7 期。

王薇生：《保罗·皮科威克兹及其〈瞿秋白对中国马克思主义文艺思想的影响〉》，《国外社会科学情况》1989 年第 5 期。

刘福勤：《文学家的瞿秋白和革命政治家的瞿秋白》，《文学评论》1991 年第 3 期。

谢骏：《论瞿秋白评价的合理性》，《暨南学报》（哲学社会科学版）1993 年第 2 期。

李辉：《秋白茫茫——关于这个人的絮语》，《上海文学》1994 年第 7 期。

昌切：《瞿秋白三十年代文艺思想的内在理路》，《中国现代文学研究丛刊》1994 年第 1 期。

刘永明：《论瞿秋白文艺思想的译介形态》，《文艺理论与批评》1995 年第 5 期。

王宏志：《论瞿秋白翻译理论的中心思想》，《中国比较文学》1998 年第 3 期。

哈迎飞：《瞿秋白与道家文化》，《东南学术》1999 年第

3 期。

王予霞：《中央苏区文化新透视》，《党史研究与教学》1998年第 6 期。

张小红：《瞿秋白与左联》，《华东师范大学学报》（哲学社会科学版）1999 年第 1 期。

刘云：《瞿秋白同志永生——瞿秋白对中央苏区文化的卓越贡献》，《新文化史料》1999 年第 1 期。

鲁云涛：《瞿秋白的文学观》，《西南民族学院学报》（哲学社会科学版）1999 年第 4 期。

蒋明玳：《瞿秋白文艺思想试论》，《韶关大学学报》1999年第 6 期。

哈迎飞：《以科学代宗教——陈独秀、郭沫若、瞿秋白的佛教文化观透视》，《福建师范大学学报》（哲学社会科学版）2000 年第 1 期。

李琦：《瞿秋白与方志敏狱中文稿比较研究》，《中共党史研究》2001 年第 2 期（《新华文摘》2001 年第 7 期转载）。

哈迎飞：《瞿秋白与佛教文化的关系》，《人文杂志》2001年第 3 期。

胡伟希、田薇：《中国文化激进主义思潮的历史演进》，《中国人民大学学报》2001 年第 6 期。

刘小中：《瞿秋白与左联》，《甘肃社会科学》2003 年第 1 期。

黄修己：《中国现代文学史研究中的"势大于人"》，《东方文化》2002 年第 5 期。

陈春生：《关于瞿秋白与俄苏文学关系的几点思考》，《东方丛刊》2003 年第 2 期。

张军：《瞿秋白对中央苏区文艺运动的贡献》，《武汉理工大学学报》（社会科学版）2004 年第 5 期。

郭国昌：《集体写作与解放区的文学大众化思潮》，《中国现代文学研究丛刊》2005 年第 5 期。

陈改玲：《作为"纪程碑"的开明版"新文学选集"》，《中国现代文学研究丛刊》2005 年第 6 期。

贺仲明：《"大众化"讨论与中国新文学的自觉》，《中国社会科学》2006 年第 6 期。

柯继铭：《理想与现实：清季十年思想中的"民"意识》，《中国社会科学》2007 年第 1 期。

李今：《翻译的政治与翻译的艺术——以瞿秋白和鲁迅的翻译观为考察对象》，《河北学刊》2007 年第 2 期。

郄智毅：《中国马克思主义文艺理论传播史中的一次关键转折——评瞿秋白对马列文论的译介》，《河北大学学报》（哲学社会科学版）》2007 年第 3 期。

李琴：《"人民"与"人民文学"的衍化辨析》，《中国文学研究》2008 年第 1 期。

张卫中：《20 世纪 30 年代"大众化"论争中的两种立场及意义》，《南都学坛》（人文社会科学学报）2008 年第 1 期。

李音：《"群众"的发现与"革命文学"的发生》，《中国现代文学研究丛刊》2008 年第 2 期。

彭维锋：《"中间人"的隐喻与瞿秋白思想的转变——瞿秋白〈"矛盾"的继续〉的修辞学阅读》，《济南大学学报》（社会科学版）2008 年第 2 期。

张宝贵：《马克思主义文艺理论中国化的早期历程》，《中国社会科学》2008 年第 2 期。

胡明：《从文学革命、文腔革命到文字革命——瞿秋白文化革命路线图诠解》，《中国文化研究》2008 年第 3 期。

杨慧：《"现实"的诞生——再论瞿秋白对马克思主义文学理论的译介》，《中国现代文学研究丛刊》2008 年第 3 期。

林岗：《论口述与书写》，《中山大学学报》（社会科学版）2008 年第 6 期。

王彬彬：《两个瞿秋白与一部〈子夜〉——从一个角度看文学与政治的歧途》，《南方文坛》2009 年第 1 期。

辑刊/丛刊

蒋铃、马鸿生：《关于瞿秋白的评价问题》，《党史资料丛刊》1979 年第 1 辑，上海人民出版社 1979 年版。

孙九录：《瞿秋白在常州府中学堂和北京的一些情况》，《党史资料丛刊》1980 年第 3 辑，上海人民出版社 1980 年版。

钱云锦：《忆谢澹如掩护党的秘密工作的片断》，《党史资料丛刊》1983 年第 3 辑，上海人民出版社 1983 年版。

倪墨炎：《鲁迅瞿秋白文艺思想比较论》，《文艺论丛》第 14 辑，上海文艺出版社 1982 年版。

朱自清：《中国新文学研究纲要》，《文艺论丛》第 14 辑，上海文艺出版社 1982 年版。

袁孟超：《一九三三年中共江苏省委的一些情况》，《党史资料丛刊》1984 年第 4 期，上海人民出版社 1984 年版。

张小鼎：《略谈瞿秋白与文学研究会》，《纪念与研究》第 7 辑，上海鲁迅纪念馆编，1985 年版（内刊）。

陈鸣树：《二十世纪的伟大工作——论瞿秋白对中国马克思主义文艺理论的贡献》，《文学评论》丛刊（第 29 辑·现代文学专号），《文学评论》编辑部编，中国社会科学出版社 1987 年版。

朱净之、季世昌：《中国马克思主义文艺理论史上的两座高峰——瞿秋白与毛泽东文艺思想比较论》，《毛泽东思想研究》1988 年第 3 辑，《毛泽东思想研究》编辑部编，四川省社会科学院出版社 1988 年版。

羊牧之：《霜痕小集》，《常州文史资料·第十二辑·秋华馆文存》，常州市政协文史委员会编，1996 年版。

朱辉军：《瞿秋白与 20 世纪中国美学和文艺理论》，《马克思主义美学研究》第 1 辑，刘纲纪主编，广西师范大学出版社 1998 年版。

张历君：《心声与电影——论瞿秋白早期著作中的生命哲学修辞》，《现代中国》第 11 辑，北京大学出版社 2008 年版。

陈琼芝：《在两位未谋一面的历史伟人之间——记冯雪峰关于鲁迅与毛泽东关系的一次谈话》，《中国现代文学研究丛刊》1980 年第 3 辑，北京出版社 1982 年版。

吴晓黎：《作为关键词的"大众"：对二三十年代中国相关讨论的梳理》，《思想文综》1999 年第 4 期，饶芃子主编，暨南大学出版社 1999 年版。

陈方竞：《中国现代文学批评发展中的左翼理论资源》，《新国学研究》第 5 辑，汕头大学新国学研究中心编，人民文学出版社 2006 年版。

倪婷婷：《"五四"写实文学观念之滥觞》，南京大学中国现代文学研究中心编：《中国现代文学论丛》第 1 卷第 1 期，生活·读书·新知三联书店 2006 年版。

康保成：《南明罢演〈燕子笺〉事件的来龙去脉——兼说文品与人品、文艺与政治的关系》，《名古屋大学中国语学文学论集》第 19 辑，日本名古屋大学中国语学文学会编，2007 年3 月。

施龙：《中国左翼文学：从历史唯物主义到辩证唯物主义》，《文学评论丛刊》第 10 卷第 1 期，周勋初、杨义主编，南京大学出版社 2008 年版。

胡明：《瞿秋白的"普洛大众文艺"的设计理念与终极追求》，南京大学中国现代文学研究中心编：《中国现代文学论丛》第 3 卷第 1 期，生活·读书·新知三联书店 2008 年版。

国内硕士论文·博士论文·博士后报告

硕士论文

翁文利：《瞿秋白与中共》台湾国立政治大学，1979 年，指导教授：沈之岳。

蔡国裕：《瞿秋白政治思想研究》，台湾"法务部调查局"印行，1984 年 6 月出版。（此应是台湾国立政治大学硕士论文，但未标明。）

唐世贵：《瞿秋白现实主义文学观》，四川大学，1992 年。

简金生：《瞿秋白与中国马克思主义》，台湾国立政治大学，1999 年，指导教授：孙善豪。

欧阳明：《苏俄采访对瞿秋白人生观的影响》，华中科技大学，2002 年，指导教授：吴廷俊。

王延峰：《瞿秋白书生革命家的精神苦旅探析》，山东大学，2004 年，指导教授：郑春。

周维东：《"突击"中的突击文学——对解放区文学的政治文化阐释》，西南师范大学，2004 年，指导教授：李怡。

张剑锋：《中央苏区文论研究（1927—1934）》，南昌大学，2007 年，指导教授：周平远。

余婷婷：《1912—1932 年中国游记研究》，华侨大学，2006 年，指导教授：陈旋波。

顾震宇：《瞿秋白的文艺探索与苏俄左翼思潮的关系》，首都师范大学，2007 年，指导教授：林精华。

杨建生：《瞿秋白文艺思想研究》，南京师范大学，2008 年，指导教授：潘大春。

博士论文

王智慧：《二十世纪二十年代"革命文学"综论》，中国社会科学院研究生院，2002 年，指导教授：刘纳。

程凯：《国民革命与"左翼文学思潮"发生的历史考察（1925—1929)》，北京大学，2004 年，指导教授：温儒敏。

胡涤非：《近代中国政治变迁中的民族主义》，复旦大学，2004 年，指导教授：孙关宏。

赵卫东：《延安文学体制的生成与确立》，浙江大学，2004 年，指导教授：吴秀明。

张大伟：《"左联"文学的组织与传播（1930—1936)》，复旦大学，2005 年，指导教授：吴立昌。

陈红旗：《中国左翼文学的发生》，吉林大学，2005 年，指导教授：陈方竞。

彭维锋：《瞿秋白左翼时期的文艺思想研究》，北京师范大学，2006 年，指导教授：李春青。①

王文仁：《近现代中国文学进化史观之生成与影响》，台湾国立东华大学，2007 年，指导教授：颜昆阳。

博士后报告

陈春生：《瞿秋白与俄罗斯文学（1919—1935)》，四川大学，2003 年。

二　外文文献

中译文献

专著

［瑞典］高本汉：《中国语与中国文》，张世禄译，商务印书

---

① 　此论文已经出版。彭维锋：《在文学与政治之间：瞿秋白左翼时期的文艺思想研究》，新华出版社 2008 年版。

馆 1931 年版。

［英］乔治·汤姆生：《马克思主义与诗歌》，袁水拍译，生活·读书·新知三联书店 1950 年版。

［俄］高尔基：《俄国文学史》，缪灵珠译，新文艺出版社 1956 年版。

［法］柏格森：《时间与自由意志》（*Time and Free Will*），吴士栋译，商务印书馆 1958 年版。

［美］夏志清：《中国现代小说史》，刘绍铭等译，台湾传记文学出版社 1979 年版。

［美］埃德加·斯诺：《西行漫记》，又译为《红星照耀中国》，董乐山译，生活·读书·新知三联书店 1979 年版。

［日］松井博光：《黎明的文学——中国现实主义作家·茅盾》，高鹏译，浙江人民出版社 1982 年版。

［俄］普列汉诺夫：《普列汉诺夫美学论文集》（全 2 册），曹葆华译，人民出版社 1983 年版。

［意］安东尼奥·葛兰西：《狱中札记》，葆煦译，人民出版社 1983 年版。

［德］恩斯特·卡西尔：《人论》，甘阳译，上海译文出版社 1985 年版。

［日］青木正儿：《中国文学思想史》，孟庆文译，春风文艺出版社 1985 年版。

［美］约瑟夫·阿·勒文森：《梁启超与中国近代思想》，刘伟、刘丽、姜铁军译，四川人民出版社 1986 年版。

［美］卡尔文·斯·霍尔：《弗洛伊德心理学与西方文学》，包华富编译，湖南文艺出版社 1986 年版。

［美］林毓生：《中国意识的危机——"五四"时期激烈的反传统主义》，穆善培译，贵州人民出版社 1986 年版。

［英］戴维·莱恩：《马克思主义的艺术理论》，艾晓明、尹

鸿、康林译，湖南人民出版社 1987 年版。

　　［荷兰］佛克马、易布思：《二十世纪文学理论》，林书武等译，生活·读书·新知三联书店 1988 年版。

　　［法］罗兰·巴尔特：《符号学原理·结构主义文学理论文选》，李幼蒸译，生活·读书·新知三联书店 1988 年版。

　　［英］克莱尔·霍林沃思：《毛泽东和他的分歧者》，高湘泽、尹赵、刘辰诞译，河南人民出版社 1989 年版。

　　［美］哈罗德·布鲁姆：《影响的焦虑》，徐文博译，生活·读书·新知三联书店 1989 年版。

　　［美］丹绵·格兰特、莉莲·弗斯特：《现实主义·浪漫主义——艺术历程的追踪》，郑鸣放、邵小红、朱敬才译，陕西人民出版社 1989 年版。

　　［美］莫里斯·迈斯纳：《李大钊与中国马克思主义的起源》，中共北京市委党史研究室编译组译，中共党史资料出版社 1989 年版。

　　［美］保罗·皮科威兹：《书生政治家——瞿秋白曲折的一生》，谭一青、季国平译，中国卓越出版公司 1990 年版。

　　［俄］卢那察尔斯基：《关于艺术的对话：卢那察尔斯基美学文选》，吴谷鹰译，生活·读书·新知三联书店 1991 年版。

　　［美］易劳逸：《1927—1937 年国民党统治下的中国流产的革命》，陈谦平、陈红民等译，中国青年出版社 1992 年版。

　　［俄］托洛茨基：《文学与革命》，刘文飞、王景生、季耶、张捷译，外国文学出版社 1992 年版。

　　［美］洪长泰：《到民间去：1918—1937 年的中国知识分子与民间文学运动》，董晓萍译，上海文艺出版社 1993 年版。

　　［苏］斯·舍舒科夫：《苏联二十年代文学斗争史实》，冯玉律译，上海译文出版社 1994 年版。

　　［俄］费德林等：《前苏联学者论中国现代文学》，宋绍香

译，新华出版社 1994 年版。

　　［美］曼瑟·奥尔森：《集体行动的逻辑》，陈郁、郭宇峰、李崇新译，三联书店上海分店、上海人民出版社 1995 年版。

　　［美］欧达伟：《中国民众思想史论——20 世纪初期—1949 年华北地区的民间文献及其思想观念研究》，董晓萍译，中央民族大学出版社 1995 年版。

　　［荷］D. 佛克马、［荷］E. 伊布思：《文学研究与文化参与》，俞国强译，北京大学出版社 1996 年版。

　　［斯洛伐克］玛利安·高利克：《中国现代文学批评发生史（1917—1930）》，陈圣生、华利荣、张林杰、丁信善译，社会科学文献出版社 1997 年版。

　　［俄］马克西姆·马克西莫维奇·高尔基：《不合时宜的思想——关于革命与文化的思考》，朱希渝译，江苏人民出版社 1998 年版。

　　［法］罗杰·加洛蒂：《论无边的现实主义》，吴岳添译，百花文艺出版社 1998 年版。

　　［美］周策纵：《五四运动：现代中国的思想革命》，周子平等译，江苏人民出版社 1999 年版。

　　［美］萧邦奇（R. Keith Schoppa）：《血路：革命中国中的沈定一（玄庐）传奇》，周武彪译，江苏人民出版社 1999 年版。

　　［美］雷内·韦勒克：《批评的概念》，张今言译，中国美术学院出版社 1999 年版。

　　［法］古斯塔夫·勒庞：《乌合之众：大众心理研究》，冯克利译，中央编译出版社 2000 年版。

　　［美］列文森：《儒教中国及其现代命运》，任大华、任菁译，中国社会科学出版社 2000 年版。

　　［意］安东尼奥·葛兰西：《狱中札记》，曹雷雨等译，中国社会科学出版社 2000 年版。

〔美〕马克·斯洛宁：《现代俄国文学史》，汤新楣译，人民文学出版社 2001 年版。

〔法〕皮埃尔·布迪厄：《艺术的法则：文学场的生成和结构》，刘晖译，中央编译出版社 2001 年版。

〔美〕安敏成：《现实主义的限制——革命时代的中国小说》，姜涛译，江苏人民出版社 2001 年版。

〔法〕萨义德：《知识分子论》，单德兴译，生活·读书·新知三联书店 2002 年版。

〔美〕刘禾：《跨语际实践——文学、民族文化与被译介的现代性（中国，1900—1937）》，宋伟杰译，生活·读书·新知三联书店 2002 年版。

〔德〕埃里亚斯·卡内提：《群众与权力》，冯文光、刘敏、张毅译，中央文献出版社 2003 年版。

〔日〕柄谷行人：《日本现代文学的起源》，赵京华译，生活·读书·新知三联书店 2003 年版。

〔日〕竹内好：《近代的超克》，孙歌编，李冬木、赵京华、孙歌译，生活·读书·新知三联书店 2003 年版。

〔美〕本尼迪克特·安德森：《想象的共同体——民族主义的起源与散布》，吴叡人译，上海世纪出版集团、上海人民出版社 2004 年版。

〔法〕古斯塔夫·勒庞：《革命心理学》，佟德志、刘训练译，吉林人民出版社 2004 年版。

〔澳〕费约翰：《唤醒中国：国民革命中的政治、文化与阶级》，李霞等译，生活·读书·新知三联书店 2004 年版。

〔法〕弗朗索瓦·傅勒：《思考法国大革命》，孟明译，生活·读书·新知三联书店 2005 年版。

〔美〕本杰明·I. 史华慈：《中国的共产主义与毛泽东的崛起》，陈玮译，中国人民大学出版社 2006 年版。

[美] 阿里夫·德里克：《中国革命中的无政府主义》，孙宜学译，广西师范大学出版社 2006 年版。

[日] 石川祯浩：《中国共产党成立史》，袁广泉译，中国社会科学出版社 2006 年版。

[英] 彼得·威得森：《现代西方文学观念简史》，钱竞、张欣译，北京大学出版社 2006 年版。

[美] 史淑美：《现代的诱惑——书写半殖民地中国的现代主义（1917—1937）》，何恬译，江苏人民出版社 2007 年版。

[日] 田中仁：《20 世纪 30 年代的中国政治史：中国共产党的危机与再生》，赵永东等译校，天津社会科学院出版社 2007 年版。

[英] 彼得·伯克：《语言的文化史——近代早期欧洲的语言和共同体》，李霄翔、李鲁、杨豫译，北京大学出版社 2007 年版。

[英] C. S. 路易斯：《文艺评论的实验》，徐文晓译，华东师范大学出版社 2008 年版。

编著

《马克思恩格斯选集》（全 4 卷）：中共中央马克思恩格斯列宁斯大林著作编译局编译，人民文学出版社 1995 年 6 月，第 2 版。

[匈牙利] 卢卡契著，中国社会科学院外国文学研究所外国文学研究资料丛刊编辑委员会编：《卢卡契文学论文集》（1—2），中国社会科学出版社 1980—1981 年版。

张秋华编选：《“拉普”资料汇编》（上），中国社会科学出版社 1981 年版。

中国社会科学院文学研究所文艺理论研究室编：《列宁论文学与艺术》，人民文学出版社 1983 年版。

白嗣宏编选：《无产阶级文化派资料选编》，中国社会科学出版社 1983 年版。

[美] 费正清主编:《剑桥中国晚清史》,中国社会科学院历史研究所编译室译,中国社会科学出版社 1985 年版。

刘柏青、张连弟、王鸿珠主编:《日本学者中国文学研究译丛》(1—4),吉林教育出版社 1986—1990 年版。

[美] P. 麦克法夸尔、[美] 费正清编:《剑桥中华人民共和国史(上卷)·革命的中国的兴起(1949—1965)》,谢亮生等译,中国社会科学出版社 1990 年版。

[美] 费正清主编:《剑桥中华民国史》,章建刚等译,上海人民出版社 1991—1992 年版。

[美] 罗德里克·麦克法夸尔、[美] 费正清主编:《剑桥中华人民共和国史(1966—1982)》(上、下),章建刚等译,上海人民出版社 1992 年版。

中共中央党史研究室第一研究部编:《共产国际、联共(布)与中国革命文献资料选辑 1917—1925》(2),北京图书馆出版社 1997 年版。

《联共(布)、共产国际与中国苏维埃运动(1927—1931)》第 10 卷,中共中央党史研究室第一研究部译,中央文献出版社 2002 年版。

期刊论文

[美] 夏济安:《"软心肠"的共产主义者——瞿秋白》,紫霜译,《明报月刊》1970 年第 5 卷第 4—7 期。

[日] 载藤敏康:《现代文学史对瞿秋白的叙述和评价》,高鹏译,《文学研究动态》1983 年第 3 期。

[斯洛伐克] 玛利安·高利克:《瞿秋白的俄国榜样和文学艺术上的现实观》,张泉译,《中外文学研究参考》1985 年第 6 期。

[美] 安懋桑:《评〈中国马克思主义文艺思想——瞿秋白

的影响〉》（原刊［英］《中国季刊》1986 年第 6 期），张青运译，《国外社会科学情况》1988 年第 1 期。

［日］姬田光义：《论瞿秋白理论体系的形成》，康军译，《国外中共党史研究动态》1991 年第 1 期。

［韩］朴宰雨：《韩国的中国新文学研究近十七年的情况简析（1980—1997）》，《中国现代文学研究丛刊》1997 年第 2 期。

［朝鲜］金时俊、金泰万：《中国现代文学研究在南朝鲜的历史与现状》，《中国现代文学研究丛刊》1991 年第 4 期。

［美］宇文所安：《过去的终结：民国初年对文学史的重写》，见《中国学术》2001 年第 1 辑，总第 5 辑，刘东主编，商务印书馆 2001 年版。

外文原文文献

瞿秋白研究相关的专著

［苏］施奈德：《瞿秋白的创作道路（1899—1935）》，Moscow：Lzdtel, stvo Nauka，1964．（俄文版，武汉大学图书馆藏）

T. A. Hsia：*The Gate of Darkness*, University of Washington Press／Seattle and London，1968.

Pickowicz, Paul.：*Marxist literary thought and China：a conceptual framework*, Berkeley, Calif.：Center for Chinese Studies, Institute of East Asian Studies, Universityof California，1980.

Raymond F. Wylie：*The Emergence of Maoism：Mao Tse – tung, Ch' en Po – ta, and the Search for Chinese Theory（1935—1945）*, Stanford University Press, Stanford California，1980.

Paul G. Pickowicz.：*Marxist literary thought in China：the influence of Ch' ü Ch' iu – pai*, Berkeley：University of California Press，1981.

Hung, Chang – tai：*War and Popular Culture：Resistance in*

Modern China, *1937—1945*, Publication: Berkeley University of California Press, 1994.

Nick Kight: *Marxist Philosophy in China: From Qu Qiubai to Mao Zedong, 1923—1945*, Published by Springer Netherlands, 2005.

Modern Chinese Literature in the May Fourth Era, Edited by Merle Goldman, Harvard University Press, 1977.

博士论文

Intellectuals and Masses: the Case of Qu Qiubai, by Chi – Kenug Knug, Ph. D. , University of Wisconsin-Madison, 1995. Ph. D Adviser: Meisner, Maurice.

The self in dialogue: Refiguring the subject in Chinese modernity, by Liu, Xinmin, Ph. D. , Yale University, 1997. Ph. D Adviser: Holquist, Michael.

期刊论文

Paul G. Pickowicz: Lu Xun Through the Eyes of Qu Qiu – bai: New Perspectives on Chinese Marxist Literary Polemics of the 1930s, *MODERN CHINA*, Vol, 2 No. 3, July 1976, pp. 327—368.

Paul G. Pickowicz: Ch'u chiiu-pa and the Chinese Marxist Conception of Revolutionary Popular Literature and Art, *The China Quarterly*, No. 70 (Jun. , 1977), pp. 296—314.

Jo Hyun-kuk（［韩］赵显国）: The Influence of Bodhisattvahood on the Formation of Qu Qiu-bai's Literary Thought,《中国文学论文集》第 23 号第 2 册, ［韩］月台: 中国文学研究会 2003 年 5 月版, 第 339—362 页。

后　记

　　选择以瞿秋白文艺思想研究为论题，得益于导师林岗先生的启发和鼓励。出于天生的对大历史叙事的敬畏，我一直对诸如"左翼""革命""思想"之类的大词没有癖好。然而，博士阶段的学术训练，使我最终还是选择了探究"大人物"的"小历史"。这似乎颇有点"从敌人中培养同志、从仇恨里滋生爱情"的辩证——正所谓欢喜冤家，难解难分。

　　"谈笑间，樯橹灰飞烟灭。"对成王败寇的中国人事世界的理解与解析，形式逻辑尽管显得相当有效——可发见不少悖谬与张力，但也容易流于理性嬉戏。因此，我切入问题的初衷：一是以平常心爬梳和理解种种"谈笑"之"间"的原始要终，二是以好奇心想望在历史瞬间中定格的"迷离灰烟"。既如此，于是我尽可能去讨论自己能理解的瞿秋白——觅渡时代的文人，才情饱酣但时运逼仄的学生，体格孱弱而意志刚坚的时代先驱，坦荡果敢但又柔情辗转的革命领袖……显然，对如此独特的个人思想世界的探索，魅力与危险同在。因此，我的努力和尝试变得战战兢兢。

　　庆幸的是，在艰难的论题思考中，我始终得到业师林岗先生的严格教诲、热情关爱，以及智慧而恬淡的包容。其实，应该感谢的师长亲朋们还有许多，在此不一一罗列。对于他们的扶助与教导，谨允许我呈上最诚挚而严肃的感谢！

　　又，此书有幸得到郑州大学文学院的学术著作出版资助，在此亦一并致谢。

结束也是开始。挥手康乐园，语终岑寂寂，寄与路绵绵。

2010 年 9 月 26 日谨识